樂 府

·

心里满了，就从口中溢出

金玉凤凰

藏 族 民 间 故 事

下

田海燕　雏燕　编著

SPM 南方传媒　广东人民出版社
·广州·

目 录

下决心，再寻金玉凤凰

　　金玉凤凰讲了《聪明的兔子》的故事，逗得大王子又开了口。于是，金玉凤凰再次脱出了魔法灵效的鹿皮袋，径直飞回桫椤树林去了。

　　大王子懊悔极了，沮丧地坐在一块石头上。他掐起指头一算，这来回已有六十余次了，望着被石头磨穿了底的皮靴，心里翻腾起来：

　　"难道我是在坚硬的石头上种花，劳而无功吗？"想到这里，他几乎失去了捕捉神鸟的信心，坐在石头上摇头叹气。

　　忽然一阵风从东方送来了雪山隐士的话：

　　"最好的走马，都是骑出来的；最有才干的人，都是磨炼出来的。大王子哟，难道你不愿养成沉着性格和坚韧精神，做个有才干的人，而要学猫下梯子——头朝下吗？"

　　这时山谷四周回响起嘲讽声：

　　"大王子要学猫下梯子——头朝下！"

　　"大王子要学猫下梯子——头朝下！"

　　"不！"大王子一阵脸红，昂起头，高声喊道，"雪山一座两座三座，有勇气就能到顶。雪山祖师，纵使再走六十一次，六百一十次，我也要捉回神鸟，养成沉着性格和坚韧精神，使国家吉祥，人民安康幸福。"

　　大王子站起来，把搭在肩上的一只袍袖，与另一只连起来扎在腰间，带上鹿皮袋、红丝绳、月牙斧大步朝西方走去。

　　大王子一口气走了九天九夜，历尽了艰难险阻，终于又来到桫椤树林。他无心观赏灿烂耀眼的桫椤花，拔出月牙斧，大声喊：

"金玉凤凰不要躲，我有魔法月牙斧。"

金玉凤凰从花丛中探出头来，笑着说：

"大王子，你一路辛苦了。"

大王子也不搭理，扬出鹿皮袋说：

"金玉凤凰不要藏，鹿皮袋儿把你装。"

话音刚落，金玉凤凰倏地一下子飞进了鹿皮袋。

大王子甩红丝绳扎上口袋，背起金玉凤凰往回赶路。

路上，金玉凤凰轻声轻气地说：

"大王子，路长道远，走得怪寂寞的，我再讲一个故事解解闷吧！"

大王子暗想："哼！什么讲故事，分明是骗我开口！你要讲就讲吧，反正我有法子不开口了。"大王子掏出玛桑，一边走一边吃。他想嘴里塞满了玛桑，便会不说话了。

金玉凤凰看到大王子吃玛桑，眨了眨眼睛，开启喙嘴讲起来……

三个顿珠

山南有三个顿珠，一个是土司，一个是土司的管家，一个是木匠。

土司顿珠是个大色鬼，他见木匠顿珠的妻子长得漂亮，一心想占为己有。但木匠顿珠的妻子端庄正派，他无法下手，朝思暮想，也想不出计策，竟闹得吃不下饭，睡不好觉，贼胖的身子一天天消瘦下来，只好与管家顿珠商量。

管家顿珠善于察言观色，阿谀奉承，为人冷酷狡猾，坏主意和牦牛身上的毛一样多。他早已看出土司的心事，不过他懂得好的狗儿是等主人需要才施展本领的道理，所以一直不露声色，待土司说出心事后，还不直接点破，反转弯抹角地说：

"鲜花虽美，但有豺狼守卫，要想采摘鲜花，先要除掉豺狼。"

"对，对！"土司顿珠一听喜上眉梢，大喊，"马上派人把木匠顿珠杀死！"

"弓的弦绷得太紧就容易断，马奔得太快就容易乏力，老爷，太性急会闹出事情，不好收拾，得想一个好办法。"

管家一句话，说得土司顿珠脸上又布满了愁云，不住地抓耳搔腮，无计可施。

管家顿珠偷眼看了一下急得团团转的土司，想笑又不敢笑，凑过脸去，说出了一条妙计。

土司顿珠听了，满脸愁云一扫而光，合掌微笑，命令仆人找来木匠顿珠，说道："我家有一只老虎没有房子住，你去给它造一间房子。"说完，不由木匠分说，令兵丁把木匠顿珠推进了一个大房子。

木匠顿珠刚站稳脚跟，一只吊睛老虎扑了过来。木匠顿珠忙向旁边一闪，躲过老虎的利爪，对老虎说："虎大哥，你吃掉我没有用，不吃掉我，土司也会供你吃的，我把木匠的手艺传授给你，这比吃掉我对你更有好处。"

老虎想：你反正是我嘴边的肉，把手艺学会了再吃也不迟。于是和木匠顿珠一起到森林里去。木匠顿珠砍倒了一棵树，打上线，锯、砍、刨、凿，不到一顿饭的工夫，做好一个大木棚子，对老虎说：

"虎大哥，这是手艺盒，只要你往里一站，全部手艺都会了。"

老虎摇摇尾巴，跳进大木棚子。木匠顿珠立刻关上棚门，把老虎关起来，用牛车运到土司那里去交差。

土司顿珠见木匠顿珠非但没有被老虎吃掉，反而制伏了老虎，只好放木匠顿珠回家去了。

管家顿珠眼珠儿一转，又生一计，他对土司顿珠如此这般一说，土司顿珠心里开了花，捧着肚皮大笑起来，惊得栖在窗台的乌鸦呼地一声飞上了天。

"木匠顿珠，我限你三天造一栋大官厅，厅中四根大柱，四边十二根柱子，外间二十四根大柱，每根柱雕上花，每根梁绘上画，如果造不出来就砍你的脑袋。"土司把木匠抓来，命令道。

木匠顿珠是个能工巧匠，二话不说，卷起袖子，上山伐树，开树料，平准调线，不到一天工夫，就把大柱和横梁都做好了。第二天，木匠顿珠凿是凿，砍是砍，挖眼锯榫，用斧头背一拍，一座大厅耸立在地面。最后一天，木匠顿珠翻动着凿子，左一下右一下，深一下浅一下，在大柱子上雕出了龙凤祥云，百鸟花卉；飞舞着画笔，饱蘸着彩墨，在横梁上画出了婀娜多姿的天神和手持花环、哈达的飞天。

4

土司顿珠呆住了，只好眼睁睁地看着木匠顿珠回家去了。他气恼极了，拔出腰刀，呼地一下砍到柱子上。

管家顿珠眼珠儿一转，又想出一条奸计。

第二天，管家顿珠伪造了一份天书，把天书丢在土司经过的路上，一个侍卫拾到这份天书，把它呈给土司。

土司打开天书一看，上面是这样写的：

> 吾儿顿珠知悉：老父升天以后，完成了圆满的功果，为此我要修建一座大经堂，但没有想到这里找不到一个好木匠，我令你速遣木匠顿珠前来一年，不得有误。上天堂方法可请管家顿珠告之。
>
> 此嘱。
>
> 父手书

土司顿珠笃信佛法，读了天书，信以为真，赶快对天谢恩。并转念一想，木匠顿珠上天为老阿爸造房子，正好一箭双雕，高兴得咧开厚嘴唇直笑，吓得脚边的蛤蟆一下钻进地洞里。

"木匠顿珠，老太爷叫你上天一年，为他造房子。"土司顿珠把木匠顿珠召来，将天书一抖说。

"老爷，我一个凡人怎么能上天呢？"木匠顿珠看透了土司和管家的歹毒心肠，但万万没料到他们会生出这条毒计来。

"这用不着你担心，天书里讲得很清楚，由管家顿珠教你。"土司顿珠说。

管家顿珠趋身向前禀道：

"老爷，在官寨门口场上烧起一堆桑[1]，就可送木匠顿珠上天。"

"呵，原来是管家顿珠出的坏主意。"木匠顿珠心里明白了。

木匠顿珠心想，单人独马拿不住山中虎，要想捆抵人的牛，非得要有几根好牛毛绳才行，得想个办法整治他们。他表面上装作恭听受领的样子，弯下腰"拉拉"地尊呼了几声，然后抬起头，捧着手说："尊敬的老爷，让我回家安排一下，三天后上天替老太爷造房子。"

土司顿珠寻思：你就是一支最尖的牦牛角，也顶不破蓝天；就是一匹千里马，也上不了楼顶。于是点点头表示同意。

木匠顿珠回家，从家里挖了一条通向土司门口场上的地道，采办了够吃一年的糌粑、盐、茶、酥油，对妻子吩咐了一番，三天后，背上木匠家什，到土司顿珠家去了。

土司顿珠命令举行煨桑的仪式，场四周挂上了五彩的经幡，场中堆上柏树枝。土司请来诵经念佛的喇嘛。当木匠顿珠坐在柏树枝上后，土司下令在柏枝堆上浇酥油，喇嘛吹起法螺，摇起法铃和双面鼓，吹起了唢呐和长号，口诵经文。一位红衣喇嘛点燃起树枝，火焰顿时冲上了天空。在浓烟中，木匠顿珠连忙打开预先挖好的地道口，钻了进去。土司顿珠看到一缕缕的青烟，真以为木匠顿珠已经上天了，一边朝火中丢柏树枝，一边口诵六字箴言。

第二天，土司顿珠就要去抢木匠顿珠的妻子。管家顿珠忙劝阻："一把糌粑吃不胖，老爷，此时抢人，恐有不便！"

"不便什么？"

"老太爷叫木匠上天造房子的限期是一年，木匠顿珠刚上天，老爷就去抢人，乡亲们会说长论短的，这是其一。其二，木匠顿珠的妻子如果问起

---

[1] 桑，藏语音译，藏族一种祭天的风俗习惯。

此事，老爷作何回答？其三，一年后木匠顿珠从天上回来，找老爷要人，老爷作何处理？"

"那该怎么办？"经管家顿珠一说，土司又没有了法子。

"老爷不用着急，一年后他的妻子自然归你！"

"为什么？"

"昨天，老太爷又托梦给我，说在天上怪寂寞的，他看木匠顿珠聪明能干，决定留他在天上伺候。"管家顿珠眼里闪动着狡猾的光，他早就暗打算盘：等一年后，他如法炮制，骗土司顿珠也上天去拜见老太爷，那时候土司顿珠的家业和木匠顿珠的妻子岂不全属于自己所有。

愚蠢的土司顿珠当然不知道这是管家的奸计，连连点头，掐着指头算日子，巴望一年后去抢木匠顿珠的妻子。

木匠顿珠躲在家中的地道里，每天由妻子送糌粑、奶、茶，养得又白又胖。

一年后，土司顿珠和管家顿珠率领兵丁到木匠顿珠家，把门拍得砰砰直响。

门吱的一声打开了，土司顿珠猛地扑上去就抱。

"好消息如马儿一样跑得快，我正准备到府上禀报，想不到老爷亲自上门，小民实在惶恐。"木匠顿珠闪在一边，低头致礼。

土司顿珠扑了空，一个趔趄摔在地上，厚嘴唇与泥土相碰。他捂着嘴巴爬了起来，正欲发作，见是木匠顿珠，吓得大吃一惊："你……你……"一时说不上话来。

管家顿珠以为眼看花了，忙揉揉眼睛，果真是木匠顿珠，不知他是人还是鬼，也吓得慌了神。

"老爷，"木匠顿珠微笑着说，"托老太爷的福，过了一年天神过的日子，穿的是云彩衣，冬暖夏凉；吃的是凤肝龙脑，喝的是琼浆玉液。"

土司顿珠看到白白胖胖的木匠顿珠，高兴地问道："天上有仙女吗？"

"有，有，只要看上仙女一眼就像喝了酒一样舒服。"

"老太爷还好吗？"

"好，好！"木匠顿珠点点头，从怀里掏出一条丝织的白带子，上面写满了歪歪斜斜的字，说，"老太爷惦记着老爷，请老爷到天上去住一段时间。"

土司顿珠接过家父的手谕，见上头写道：

吾儿顿珠知悉：闻木匠顿珠禀报，知你身体健康，国事顺利，十分宽慰。木匠顿珠已圆满建成大经堂，你可根据他的功劳给予优厚赏赐。现请你到天堂游玩，并嘱管家顿珠一同前往，帮我提调。

父手书

"好啊，凤肝龙脑我还没吃过哩！"土司顿珠高兴地搓起手来，直咽唾沫。

管家顿珠感到这事蹊跷，说这件事是真的嘛，这场戏分明是自己捏造出来的；说这件事是假的嘛，自己又亲眼看到木匠顿珠被烧死了，怎么现在又活活地站在面前，由不得他不信。诡计多端的管家不知这是喜还是忧，呆呆地站着没吭声。

"来人呵，快把柏树枝堆起来！"这时土司顿珠眼前晃动着无数纤细多姿、容貌如玉的仙女，心儿怦怦直跳，迫不及待地喊起来。

过了一会儿，土司门口场上堆起了"桑"，土司顿珠沐浴熏香，梳着油亮的辫子，穿上华丽的裘衣，佩戴上瑰丽的宝石，神气活现地坐在柏枝堆上："喂，管家快来呵！"

管家顿珠惴惴不安，站在那儿不动。土司顿珠站起身来拖管家顿珠，木匠顿珠见状，也赶上来推管家。就这样，管家顿珠想逃也逃不脱，硬着头皮跟着土司一起爬上了柏枝堆。

"点火，快点火！"土司顿珠大声喊道。

木匠顿珠不等喇嘛动手，就把火种丢进浇满了酥油的柏树枝上，火哧的一下烧了起来。

"拉，拉！"土司顿珠在火里高兴得手舞足蹈，"我要上天啰！"

火烧起来，浓烟呛得土司顿珠连连咳嗽，火舌烧得他无法忍受了，想呼喊，但发不出声来，只好死死抓着管家顿珠。管家顿珠被烧痛得两只手乱抓，他们两个厮扭在一起，被火活活烧死，瘫倒在柏树枝上……

国王的秘密

很久很久以前，藏王朗达玛统治着西藏。

朗达玛是一个十分残暴的统治者，他的心像冰山一样冷酷无情，性情像毒蛇一样令人畏惧，贪欲又像雅鲁藏布江水一样流不尽，差役、捐税比草原紫朵[1]还要多，这些像牛子[2]压得黎民百姓、奴隶娃子透不过气来。

朗达玛虽是一个至高无上的君主，住在豪华的宫殿里，吃着百味八珍，喝着香醪佳酿，有着数不清的珠宝，还有成群的仆役和宫女伺候，但却整天愁眉苦脸，忧心忡忡，不许人见。大臣如遇有什么事须奏报的话，也只能低着头进宫，奏禀、领旨，直到出宫，都不许抬头。如果谁要稍稍抬头，立刻处斩，所以从没有一个大臣瞻仰过他的龙颜。

为什么呢？这个秘密只有给朗达玛理发的理发师才知道。但是，每个理发师给他理完发以后，接着就被他砍下了头。

一天，灾难降临在一个年轻的理发师头上。当他和阿妈告别时，阿妈紧紧搂着儿子失声痛哭："苍天为什么这样无情！你夺走了我的丈夫，又要夺走我唯一的儿子！"

理发师的母亲悲痛欲绝，咒骂天神，咒骂佛爷，气得把供在经堂上的多尔玛[3]拿给儿子吃。

年轻的理发师为了不使母亲太难过，强忍着悲痛，装着高兴的样子，

---

[1] 紫朵，布满草原的一种花草。
[2] 牛子，藏族对石头的称呼。
[3] 多尔玛，用酥油和糌粑做的敬神供鬼的祭品。

大口大口吃着多尔玛。

理发师的母亲看到儿子吃得津津有味，灵机一动，到厨房里用蜂蜜和炒青稞花做出喷香的蜂蜜糕后说："儿啊，但愿撒尔加尔神[1]能庇护你，你在知道国王秘密前，将蜂蜜糕献给陛下，或许能使你逃脱灾难。"

年轻的理发师被仆役引进宫，低着头，跪在朗达玛前面，献上了蜂蜜糕。

朗达玛感到意外高兴，因为从没有一个理发师向他献过点心，所以拿了一块蜂蜜糕吃起来，觉得味道很好，忍不住又拿了一块，边吃边啧啧称赞："年轻人啊，这点心是用什么做成的，怎么这般好吃，我要我的厨子们学一学这点心的做法，让我能每天都尝尝这美味的点心。"

"陛下，这点心并非难做，是我阿妈用蜂蜜和炒青稞花搅拌做成的，之所以味道精美，那是因为我阿妈为祈求她的独子能避灾难，把母爱融入里面的缘故。"

朗达玛听后大吃一惊，天下还有这种感人至深的伟大的爱。因为他从来没有得到过任何人的爱。他沉吟片刻，令年轻理发师给他理发。

年轻的理发师惴惴不安地打开朗达玛头上黄麻一样的头发。"天啊！"他差点惊叫起来，原来国王的头上长着一对驴耳朵。他终于明白了，全国人民一旦知道了他们的残暴统治者是一个长着驴耳的怪物，必定会起来消灭怪物，难怪朗达玛不允许一个知道他秘密的人活着出去。

朗达玛吃饱了蜂蜜糕，便打起瞌睡来。年轻人是一个心灵手巧的理发师，他动作像小鹿一样轻捷，像猿猴一般灵敏，不到一顿茶的工夫便理完了发。

朗达玛一点感觉也没有，醒来时，看到年轻的理发师在收拾工具，十

---

[1] 撒尔加尔神，生长万物的地母女神的儿子。

分严厉地问道:"年轻人,你看见了什么?"

"禀陛下,我看到陛下的头发像海子里的波浪一样柔软,柔软的波浪中有两个珊瑚般的小岛。"

朗达玛听了高兴起来,因为每当理完发时,他总要问理发师看见了什么,而每个理发师都是回答:"陛下,看见了一对驴耳朵。"这个年轻人却回答得听了令人舒服。朗达玛犹豫了一下问道:

"年轻人,每一个知道我秘密的人,都将被处死。如果你能发重誓,永远不泄露出这个秘密的话,我可以让你活下去!"

年轻人发誓说:"我凭着觉卧佛的名义发誓,绝不对任何人讲。"

年轻的理发师回到家里,阿妈把他紧紧搂在怀里,抚摸着儿子的头发,一时哭一时笑。

这事儿像飞箭一样传遍了全国,许许多多的人向他打听国王的秘密。年轻的理发师一个劲地摇头,紧闭着嘴巴,什么也没有说。

从此,朗达玛就让年轻的理发师进宫理发,每次他都平安地回到家。

可是,这个秘密老闷在年轻理发师的心里,他就像吞了一个秤砣一样难受。他渐渐地吃不下饭,睡不着觉,像生了大病一样。

年轻的理发师的母亲,看到儿子陷下去的眼睛,忧心如焚,问道:"儿啊,你有什么心事就对阿妈说吧,说了心里就会舒坦些。"年轻的理发师摇摇头:"阿妈拉,我对国王亲口起了誓,绝不将他的秘密对任何人说。起了誓就不能犯誓。"

理发师的母亲点点头:"儿啊,你不对任何人说,就到山上,对洞穴说一说,说出来心里会舒坦一些的。"

年轻的理发师听了阿妈的话,决定去试一试。他走进山,看到四周没有人,对着一个洞穴说:"朗达玛长着一对驴耳朵!"他一口气说了三遍,果然心里感到舒坦些。于是用土掩埋了洞穴,心安理得地回到了家。

说也奇怪，这个洞穴里长出了一棵竹子。这棵竹子见风就长，不到一个时辰，长得笔直的，枝叶稀疏疏的，好看极了。

一个牧童放牧时，看到这棵婆娑摇曳的竹子，想做成笛子，吹吹解解闷。他砍下了竹子，做成了笛子，放在嘴边一吹，既吹不出欢乐的曲调，也吹不出悲凉的音调，却吹出了一个清晰的声音："朗达玛长着一对驴耳朵！"

"嗯，这不是年轻理发师的声音吗？"牧童惊异极了，再吹一遍，"朗达玛长着一对驴耳朵！"

"哦嗬！"牧童终于明白了国王的秘密。他本来就恨透了这个暴君，于是带上这支奇怪的笛子，骑上骏马。

"朗达玛长着一对驴耳朵！"牧童跑到草原，草原上响起了笛声。

"朗达玛长着一对驴耳朵！"牧童跑进山里，山谷间回荡起笛声。

"朗达玛长着一对驴耳朵！"牧童跑进城堡，全城沸腾起来。

全国人民知道压在他们头上作威作福的朗达玛，原来是一个长着驴耳朵的妖精，纷纷起来反抗。他们抽出腰刀、匕首，搭上弓箭，冲进了皇宫，一齐杀死了这个暴君。

从此，穷苦的藏族人民爱上了笛子，无论是在碧绿的海子边，还是广袤的牧场上；无论是在官寨里，还是帐篷旁；无论是在太阳压顶的时刻，还是繁星闪烁的夜晚；——到处可以听到笛声。他们用笛声表示他们的悲哀和欢乐，用笛声号召大家起来反抗暴政，用笛声表示他们憧憬美好生活的心情……

就是这样，藏族人民爱笛子的习惯，一代一代流传了下来。

木匠与公主

古时候，雪域高原上有一个方圆不到一百里的小国。这个小国里，有一个心灵手巧的木匠，叫索朗班登。他不仅手艺出众，而且还弹得一手悦耳动听的六弦琴和有一副胜过百灵鸟的好嗓子。由于他手艺好，被国王召进宫做活儿。

有一天他做完了活儿，对着窗外皎洁的月亮，弹着心爱的六弦琴唱起来：

> 映在水中的月亮，
> 若能捞起它的光辉，
> 就是不让我留在这儿，
> 我也心甘情愿。

婉转动听的歌声从窗棂飘出去，飘过林卡，飘进了皇宫，公主梅朵薇丹被悠扬的歌声所陶醉，不由自主地从寝宫走出来，闻声寻觅，来到林卡。

歌声在花丛和红柳中萦绕，公主找遍了花丛和红柳，都没有找到歌手。

歌声在假山楼阁间荡漾，公主走遍了假山和楼阁，还是没有寻到歌手。

公主抬起头，细细听着歌声，发现歌声是从林卡后面一所房子里传出的，便蹑手蹑脚走到窗下。"哎呀，原来是木匠索朗班登弹唱的！"公主倚在窗棂旁听得入了神。

木匠索朗班登天天晚上都要弹唱一回，借此消遣解闷。公主梅朵薇丹每天晚上必到窗下偷听。天长日久，公主渐渐爱上了年轻的木匠。一天晚上，公主终于忍耐不住，勇敢地用歌声表达了自己纯洁的爱情：

　　　　从东方升起的月亮，
　　　　请你永远在天空停留。
　　　　我愿化为玉兔，
　　　　永远住在月宫；
　　　　我愿变成星星，
　　　　紧紧围绕月亮。

　　索朗班登突然听到一个姑娘圆润清甜的歌声，便情不自禁地放下了六弦琴，侧耳捕捉那动人的歌声。但是歌声消逝了，索朗班登连忙抱着六弦琴走出房，只见满院一片清辉，不见人影。他走进林卡，只见泛着粼粼波光的湖水和静谧的树林。

　　索朗班登十分惆怅，弹起了琴，唱了起来：

　　　　从东方升起的月亮，
　　　　月光照耀在我身上，
　　　　永远照耀在我身上，
　　　　不要从东方落到西方。

　　这时，公主躲在檀香树下，接着唱道：

　　　　从东方升起的月亮，

月光照在姑娘心上，

姑娘爱着月亮，

月光啊，请把姑娘的心意，

带给月亮。

索朗班登抬头，看见月光下一位楚楚动人的姑娘，眼睛像湖水闪闪发光。他先以为是仙女下凡，仔细一看，是公主梅朵薇丹，立时神色慌乱起来。

梅朵薇丹走上前去勇敢地拉起索朗班登的手，羞涩地倾诉自己的爱慕深情：

马群离不开草原，

山岩上绽开格桑花；

大雁离不开天空，

冰原上盛开雪莲。

索朗班登啊，

我愿和你永远在一起。

索朗班登胸脯起伏，痛苦地摇摇头，唱道：

寒霜覆盖了草原，

马群只好离去；

格桑花开满鲜艳，

却被冰雪遮盖；

暴风漫卷天空，

大雁只好栖在湖边；

雪莲虽然美丽，

可惜有雄狮护卫。

公主啊，

你最好还是离去。

"为什么？"梅朵薇丹想不到索朗班登会拒绝她的爱情，泪流香腮。

"国王怎会让他的女儿嫁给连一个糌粑、唐古都没有的朗生呢？"

"为什么国王的女儿就不能和朗生结亲？"梅朵薇丹痛苦极了，转身就走。

索朗班登看着离去的公主，失了魂儿似的坐在湖边，抚摸着六弦琴，热泪盈眶地痛呼："苍天，你为什么这样不公平，贵族和朗生之间隔着冰山，你为什么不能铲平这座冰山？！"

"冰山的铲平要靠我们自己。"梅朵薇丹已换上宫仆的服装，走到索朗班登面前。

索朗班登紧紧握住梅朵薇丹的手，激动得说不出话来。

"索朗班登，我们都有一双手，让我们用自己劳动的血汗来建立幸福家庭。"

"对，对！"索朗班登连忙回到房中，收拾家什。突然，索朗班登停住了手，叹了一口气："草原这样大，我们走不出几箭远，国王的马队就会追上。"

"难道你就不会做一匹马吗？"梅朵薇丹说。

"对，对！"索朗班登拿出了家什，不到一顿茶的工夫，用檀香木造了一匹大骏马，然后用彩笔涂上颜色，成了匹栗色的千里驹。

他们双双骑在马背上，一声吆喝，千里驹腾空而起，风儿一般卷过草原，向远方飞去。

他们在一处盛开格桑花的山溪旁安下了家，共同劳动，生活得很愉快。

梅朵薇丹是织藏毯的能手，她用七色羊毛织出来的图案，仿佛是真的一般，织的娇嫩的花儿招得蜜蜂飞来采蜜；织的顽皮小花鹿，引得花鹿欢跳在毯边；织的雌孔雀，惹得许多雄孔雀飞来，张开绚丽的尾翎，为它跳舞……

藏毯织好后，索朗班登一拿到市场，立刻便卖光了。有一次，索朗班登正在卖藏毯时，碰上了当地的国王。

国王鼓着蛤蟆眼，看了又瞧，瞧了又看，爱得舍不得离开，一挥手，宫仆用重金买下了这块藏毯。

国王回到王宫，将藏毯挂在大殿的壁上，问贴身大臣："这是谁织的藏毯？"

贴身大臣奏道："陛下，织藏毯的是木匠索朗班登的妻子。她有一副仙女般漂亮的脸蛋儿，羊卓雍湖[1]般的眼珠儿，红柳丝条的身段，那可是世上少见的美人。"

国王立即下令要把梅朵薇丹抢进宫。

小溪突然降下了暴风雨，狂风吹开了索朗班登的房门。在狂风中，一队黑骑兵抢走了梅朵薇丹。

索朗班登冲出屋，被打倒在溪水边，在暴雨中听到爱妻的呼喊："索朗班登……拉玛麻尼[2]……拉玛麻尼……"索朗班登懂得了梅朵薇丹的意思，爬起来回家做准备。

国王一看到金花一般的梅朵薇丹，瞪大了蛤蟆眼，嬉皮笑脸地要与她

---

[1] 羊卓雍湖，藏语的意思是碧玉、草原之湖。西藏三大"圣湖"之一，藏族群众习惯用此湖水比喻女性的眼波。

[2] 拉玛麻尼，西藏最古老的说唱形式。艺人在高处挂上绘有多种内容的画轴，用动人的曲调绘声绘色地演唱藏戏故事。

成亲。

"陛下，让我织好一块藏毯就嫁给你，否则我就死在陛下面前。"梅朵薇丹流着眼泪说。

国王为了讨得梅朵薇丹的欢心，连忙答应了。

于是富丽堂皇的王宫里响起了织毯的声音。一天、两天、三天，梅朵薇丹边织边焦灼地等待着索朗班登。

第四天，宫外传来了六弦琴的声音，随着琴声，艺人的歌声飞了进来：

　　　小羊落入狼手，

　　　牧羊人心儿急愁。

　　　小羊啊你在何处？

　　　牧羊人要将你搭救！

梅朵薇丹一听是索朗班登的声音，欣喜若狂，放下了手中活，唱道：

　　　白云伴着蓝天，

　　　小羊依恋草原，

　　　小羊虽被恶狼追逐，

　　　还是准备逃回草原。

索朗班登听到妻子的歌声，高兴地骑着栗色千里驹，在王宫外面卖艺。

梅朵薇丹对国王说："我织累了，把这卖艺人叫来弹唱一曲，快乐快乐。"

国王看见梅朵薇丹额头上愁纹散开，欢欣地立即照办。

索朗班登一身卖艺人打扮，被宫仆引进大殿，拨动起六弦琴，弹唱了一个《"聪明"的大臣》的故事：

　　在印度有一个国家，愚蠢的国王找了一个机灵而又贪心的大臣。有一次国王散步，见到一口小肥猪，便问大臣关于猪的来由。因为养猪的象倌从来没有给大臣什么甜头，大臣借此进谗言：

　　"陛下，它本是你的大象，没有喂好，被饿成这样子。"

　　国王一听气得吹胡子瞪眼睛，立即下令处死象倌，让大臣多买饲料喂象。大臣把钱都放进自己的钱库里。

　　几天后，国王散步时又碰到了那口小肥猪，问："怎么还是这么小？"

　　大臣禀道："这是只老鼠，偷吃了厨房里的东西才长这么胖。"

　　国王大怒，命令下半夜处死厨师。

　　厨师的妻子知道是大臣说的坏话，便把自己出嫁时的金银首饰送给大臣。

　　下半夜，国王要处死厨师，大臣手拿历书说：

　　"陛下，历书上说这时处死的人要上天堂，不能让厨师上天堂。"

　　国王一听，高兴地跳起来："我要上天堂！来人啊！先处死大臣，让他给我带路。"

　　梅朵薇丹听着弹唱的这个故事露齿笑了。愚蠢的国王看到梅朵薇丹欢喜，立即下令把索朗班登留在宫中，天天给梅朵薇丹弹唱解闷。

　　时间一天一天地过去了，眼看藏毯快织好，梅朵薇丹和索朗班登逃走的计策也已商量好了。

　　这天，藏毯织好了，梅朵薇丹说："陛下，请举行一次马赛。谁是优胜者，这张藏毯就赐给谁，然后举行婚礼，以示庆贺。"

国王见这事提得新鲜，乐得咧开厚嘴直笑，立即下诏，骑手云集草原赛马。

这一天，风和日丽，赛马场上搭起了许许多多鲜艳的帐篷，中间突出的大黄帐，是国王的行宫。

梅朵薇丹穿戴一新，容光焕发，油黑的头发上戴着一簇鲜艳的格桑花，在如花似玉的宫女簇拥下，在行宫里落座。

国王看到貌若天仙的梅朵薇丹，神思恍惚，心儿像喝了过量青稞酒一样，有些醉了。

赛马开始了，剽悍的骑手驾着彩鞍骏马，像飞出去的鸟儿般向草原飞去。骑手们跑过了一半马道时，只见一匹栗色骏马闪电一般飞到前面，把其他骑手抛在后面，跑到终点时，栗色骏马的骑手俯身拾起地上的两条哈达。

这时全场欢声雷动，骑手跑马疾驰到行宫去领赏。

国王一看是卖艺人，高兴地称赞："啊啧啧，想不到你有一张巧嘴皮，还有一身好骑术。"

"要是陛下骑上这匹千里驹也会跑第一的。"索朗班登十分恭敬地说。

梅朵薇丹在一旁怂恿："主上若能跑第一，这藏毯就属于陛下。"

国王看着膘肥体壮的栗色骏马，跃跃欲试，将玉带捆紧，跃身上马，谁知刚跨上去就被摔了下来。愚蠢的国王当然不知道这马是索朗班登做的木马，完全服从索朗班登调度的内情，好奇地问梅朵薇丹："我是草原上长大的，什么样的烈马都驯服过，为什么这匹马会把我摔下来？"

"可能是马见你穿的衣服害怕，如果你和骑手换穿下衣服就能骑得稳当。"梅朵薇丹说。

"对，对！"国王立即与索朗班登换了衣服，再次跨马，果然稳稳当当的。于是他欣喜地扬鞭催马，风驰电掣般奔向草原。

索朗班登穿上锦缎龙袍，拉长了嗓音高声叫喊："快抓住盗马的贼子。"

卫兵见是"国王"的命令，急忙拉弓搭箭，乱箭齐发，国王背中十几支箭，从马上跌落下来。

"国王"又下令卫兵将贪官污吏送上断头台，打开粮仓，把青稞分给穷苦牧民。一时全城欢声雷动。

此刻，"国王"脱下了锦缎龙袍，和梅朵薇丹骑上栗色千里驹，翻山越岭，回到小溪旁，仍然过着那充满阳光的欢乐的幸福生活。

同命鸟

　　一条河流的两岸，住有两个部落。一条溜索桥，把两个部落的百姓连在一起。每逢佳节，两个部落的青年男女欢聚跳弦子[1]，河谷间回荡着悦耳的对歌。他们和睦亲热地相处了好多代。后来两个部落的土司为了争夺一块丰茂的草地，结下了冤仇，从此溜索桥被拆毁，两岸对唱的牧歌声被铮铮的刀箭声所代替，清澈的河水经常被械斗的鲜血染红。

　　河东岸的土司有三个儿子和一个女儿，女儿名叫鲁木措，鲁木措从小赶着羊群在岸坡坝子上放牧。

　　河西岸有一个穷牧童，叫拉冶，每天也赶着马群在西岸坝子上放牧。

　　他们隔河相望，天天见面。天长日久，要是谁生了病，或者有事没有来放牧，对方就仿佛缺了什么，一整天不舒服。

　　河西岸的格桑花开了谢，谢了开，一晃十年过去了。鲁木措长得像孔雀，拉冶长得像雄鹰。孔雀爱慕雄鹰的矫健豪迈，雄鹰喜欢孔雀的美丽勤劳。爱情的种子，在两岸播下。这时，他们谁也不去理会什么冤家、仇家。

　　有一天，"雄鹰"终于忍不住，用歌声向"孔雀"倾诉了自己的爱情：

　　　　河西岸的草儿青又青啊，
　　　　你的羊群可想过来吗？
　　　　河东岸的草儿嫩又鲜啊，

---

[1]　弦子，藏语称"热"，是原康藏地区一种藏族舞蹈。

我的马儿去吃可以不?

清凉的河水流不停啊,

一块儿饮牲口不好吗?

"雄鹰"的歌声如澎湃的河水,掀动了"孔雀"的心海,"孔雀"放开
了歌喉答道:

河西岸的草儿青又青啊,

羊群吃了肥又壮,太好啦!

河东岸的草儿嫩又鲜啊,

马儿吃了强又壮,太好啦!

清凉的河水流不停啊,

马羊喝了更兴旺,太好啦!

歌声把他们的心儿紧紧连到一起,但是大河却让他们不能在一起,有
如烈火一样烧着这对年轻人的心,他们痛苦极了。有一天,鲁木措解下了
七彩腰带,默默祈祷河神,希望腰带能化作一座桥,使她同拉冶在桥上相
会。鲁木措在心里默念着,用劲把腰带向河中抛去。奇迹出现了,河上果
然出现了一条彩虹。鲁木措和拉冶同时奔向彩虹。他们唱着歌在虹上相遇
了。他们欢快地跳起梭呀啦和布姆德巴[1],直到晚霞染红了河水,鲁木措才依
依不舍地送拉冶到河边,拉冶解下鲁木措送的腰带往河中一抛,顿时河上
又出现了彩虹。他们相约明天相见后,拉冶通过彩虹走回西岸。

之后他们每天都在一起放牧、唱歌、跳弦子,欢声笑语在河谷间回荡。

---

[1] 梭呀啦和布姆德巴,均为康藏地区著名的藏族舞蹈。

一天清晨，鲁木措洗脸的时候，将拉冶送的手镯滑掉在地上，一个女奴拾到，一看不是鲁木措的手镯，知道姑娘有了心上人，便将这件事传开去。一传十，十传百，这事像风儿一样，吹进了土司的耳朵里。

土司听到消息非常高兴，以为女儿爱上了一个富豪大户的子弟，将鲁木措唤到身边问：

"孔雀不能老关在笼子里，是该飞的时候了，但不知是飞向金山，还是飞向银山？"

鲁木措跪下说："阿爸，孔雀不是飞向金山，也不是飞向银山，孔雀要飞到草坝上，那里有丰茂的草地和雪白的绵羊。"

"是富家还是穷鬼？"土司觉得不是味道，接着又问。

"他虽是一贫如洗的牧人，但心却像奶酪一样纯洁，像火焰一样炽烈。"

"凤凰窝里住凤凰，别的鸟儿是不能来的；孔雀毛只有插在金瓶口上[1]，别的东西是不能装的。穷小子怎能配上我家的女儿！"土司责问道，"他究竟是谁家的小子？"

"他的家住在河西岸。"

"啊！"土司气得一下子跳起来，"女儿，难道你不知道河西的人是我们的仇家？！"

"阿爸，为什么两岸部落不能化干戈为玉帛，将仇家变亲家？为什么穷人和富人隔着九重山，不能走到一块儿呢？"鲁木措噙着泪花说。

土司气得几乎发了疯，立即下令把鲁木措关进了黑房子，不准她出来。

太阳冒出了山嘴，拉冶赶着马匹来到河边，看见对岸满坡鲜艳的花儿，唯独不见姑娘的影儿，直等到太阳压山，月亮捧着银盘出来，还是不见姑娘，只好同启明星一齐回家。

---

[1] 孔雀毛插在金色的净水瓶上，是一种高贵而纯洁的装饰品。

第二天，拉冶又早早来到河边，听见大河哗哗的浪声，却听不见姑娘银铃般的歌声，他焦急不安，唱起了牧歌：

> 阳山坡的花儿红艳艳，
>
> 阴山坡的花儿黄灿灿，
>
> 我喜欢的那一朵格桑花哟，
>
> 为什么不见你的面。

风儿把拉冶的歌送进了黑房子，鲁木措听到拉冶的歌声，心像揣着小羊羔似的嘣嘣跳个不停。她站在窗棂下，望着河对岸唱起来：

> 羽毛美丽的孔雀，
>
> 已经被关到铁笼里了。
>
> 孔雀呀，虽然有能飞的翅膀，
>
> 但却没有飞的自由。

天上的白云把鲁木措的歌儿带给了拉冶。拉冶知道鲁木措被关，心中很痛苦。到星星布满天空时，他向河中抛出了鲁木措的腰带，河上立时出现了彩虹。拉冶从彩虹上过了河，趁着夜色，潜身进入官寨，找到了黑房子，轻轻地呼唤着姑娘的名字。

鲁木措正在嘤嘤哭泣，忽听到拉冶的声音，惊喜万分，爬到铁窗旁，紧紧地握着拉冶的手。他们亲昵地交谈，直到头遍鸡鸣，拉冶才依依不舍地与姑娘分别，回到河西。

铁窗虽隔开他们的身体，却隔不开他们火一样的心。每天晚上，拉冶都去与鲁木措相见，话儿就像潺潺的溪水流不断。

俗话说：没有不透风的墙。这事终被土司知道了。土司唤来大儿子，给他一支毒箭和一副牛皮弓，命令道："去，你待那个仇家的穷小子，与你阿妹见面时，射死他！"

大儿子接过毒箭和牛皮弓，月亮出来后，躲在树下。当他看见阿妹和她的情人是那样诚挚纯真，不忍下手，便走出门去，咬破了自己的手指，将血滴在箭头上，复命交差。

土司将箭矢交给巫师验。巫师告诉土司，这是土司大儿子的手指血。

土司气得骂大儿子："畜生，你敢欺骗阿爸，给我滚！"

第二天，他把二儿子叫来，交给他毒箭和牛皮弓，命令道："去，待那个仇家的穷小子，与你阿妹见面时，射死他！"

二儿子接过毒箭和牛皮弓，星星出来时，躲在树下。当他看见阿妹和她情人的爱情像酥油茶那样醇浓，不忍下手，便悄悄离开大树，射死了一只乌鸦复命交差。

土司将箭矢交给巫师验。巫师告诉土司，这是乌鸦的血。

土司气得骂二儿子："畜生，你怎敢欺骗阿爸，给我滚！"

第三天，他把小儿子叫到身边，交给他毒箭和牛皮弓，命令道："去，待那个仇家的穷小子，与你阿妹见面时，射死他！"

小儿子一直同情阿妹的遭遇，怎么会去射死阿妹心上人，他射死了一条毒蛇复命交差。

土司将箭交给巫师验。巫师告诉土司，这是毒蛇的血。

土司气得打了小儿子一巴掌："畜生，你也敢欺骗阿爸，给我滚！"

土司决定自己亲手射死鲁木措的情人。这天夜晚，乌云遮住了月亮，土司躲在大树下，当拉冶来到铁窗下，正和鲁木措交谈时，土司残忍地拉满了弓，嗖地射出一箭，射中了拉冶。

拉冶跌倒在地，鲁木措悲痛欲绝，眼泪像雨水一样落个不停，拼命呼喊着：

> 天空布满了乌云，
>
> 恶狼闯进了羊群，
>
> 拉冶呀，
>
> 是谁向你射出了暗箭？

拉冶听到了鲁木措的呼喊，挣扎着爬起来，握着姑娘的手说："我的伤势很重，生死未卜，三天后你看天上的黑云和白云相斗，如白云胜了，我俩还有见面的缘分；如黑云胜了，我就不在人间。"

拉冶说完，踉踉跄跄地走了。

三天后，鲁木措望着天空，果真见到一片白云和一片黑云相扑。一会儿白云将黑云吞没，鲁木措高兴地笑了。但过了一会儿，黑云复将白云遮掩，鲁木措脸上起了愁纹。后来，白云又将黑云压没，鲁木措脸上闪出了快乐的光彩。但最后黑云把白云吞没，白云已影迹渺然了。鲁木措悲恸痛哭，昏厥过去。

土司听说拉冶死了，便扬扬得意地将鲁木措放了。

拉冶举行火葬的那天，鲁木措悄悄溜出家，跑到河边，在一位好心的大爷帮助下，渡过了河。

葬场四周被人围得水泄不通，鲁木措无法进去。她拿出酥油饼、奶渣子，分赠给外层的牧民。牧民吃了她送的食物，挤出一条道来，让她过去。

鲁木措取下身上佩戴的松耳石和珠宝给中间的农民，农民拿了她送的珍宝，挤出一条道来，让她过去。

最后一层是正在诵经超度的喇嘛。鲁木措把法鼓、手铃献给喇嘛，喇嘛让出一条道来，让她过去。

鲁木措看到拉冶的尸身，泪水纵横。奇怪的事发生了，无论向拉冶的身上倒多少酥油，堆上多少木柴，尸身总是烧不化。鲁木措把自己的衬衣脱下来丢到火里，尸身烧不化。鲁木措把拉冶送给她的腰带丢到火里，尸身烧不化。鲁木措把拉冶送给她的手镯丢到火里，尸身烧不化。鲁木措悲痛欲绝，高声唱起来：

　　　　天上的大鹰低低地飞，
　　　　手扶马儿轻轻地唱，
　　　　马儿啊，你不会知道我，
　　　　我的忧伤和别人不一样！

　　　　我的忧伤像雪山上的雪，
　　　　雪是永远不会融化完，
　　　　即使融化了，还会有冰，
　　　　冰雪总是在雪山上。

　　　　别人的忧伤像石头上的霜，
　　　　石头上的霜不会长久，
　　　　太阳一出来便融化，
　　　　别人的忧伤多么短暂。

　　　　我的忧伤像井里的泉水，
　　　　泉水永远不会干涸，
　　　　井水，它的泉源不会断，
　　　　像死去的爱人给我的恩爱一样。

大河里的水流不断，

　　神山上的柏树永远长青，

　　我的拉冶呵，

　　我们永远不分离！

　　鲁木措唱完，纵身跳到火堆里，扑到拉冶的身上。旁人扑救不及，烈焰顿时腾上了天空，火光映红了天际。人们双手合十，纷纷为他们祈祷。

　　河东的土司听到这消息，气得眼发黑，他咆哮起来："高山和平地怎能一样高，富人的骨灰怎能与穷人的骨灰混在一起！"何况，女儿的骨灰在仇家。于是他用重金请一个游方喇嘛过河，用亲人的血点开了骨灰[1]。把鲁木措的骨灰买回来，埋在河东岸坝上。拉冶的父母把拉冶的骨灰埋在河西岸坝上。

　　不久，从鲁木措和拉冶埋的地方长出两棵香柏树。树长得非常茂盛，枝叶拢在一起，交攀得紧紧的。

　　河东的土司气得命令娃子把两棵香柏树砍倒。香柏树一倒，天空出现了一对美丽的鸟儿，双宿双飞。土司命令弓手射死这对鸟儿，但总是射不中，土司只好干瞪双眼。人们都说这是一对同命鸟，是鲁木措和拉冶的灵魂。

---

[1] 传说用亲人的血可以分出亲疏来。

物归原主

一个老牧民，有两个儿子和一个女儿。他省吃俭用，辛苦积攒了一份家业，买了上百头羊，过着富裕的生活。

后来儿子娶了媳妇，女儿嫁到外地，老伴也去世了。他看到儿子已成家，便将家业交给儿子料理。两个儿子当起家来，才感到这点家业来之不易，更加敬爱老阿爸，小心侍候老人。老牧民夏天穿绸衫，冬天穿裘衣，不缺吃不愁穿，日子过得挺舒坦。

不久，两个儿子相继得病去世，两个媳妇却变了脸。她们想："一头老羊，肉还能吃，皮还可以用。这个老头子，只会吃不做活，养他有什么用？"于是她们头偎着头合计起来：要害死老牧民吧，她们还没那个胆；把老牧民赶出门吧，要遭到邻居们的非难，何况他还有个女儿。最后她们决定折磨这个老骨头，让他尽早入地狱。

"喂，老不死的东西，老鸹子都叫了，还不赶快去放羊。"天麻麻亮，大媳妇吆喝起来，丢一点发霉的硬馍和干牦牛血块给老牧民。

老牧民只好从破氆氇毯子里爬出来，拿起羊鞭披着星光上山放牧去了。

"喂，老骨头，家里没吃的，去买些糌粑来！"外面下着大雪，小媳妇偎在火塘边喊道。

老牧民无可奈何背起糌粑口袋，抖瑟着走进漫天风雪里。他想到自己晚年这样不幸，流着眼泪，格外思念女儿。一次，他在坡上放牧，碰上一个贩牛的商人。

"好心的充本，麻烦你给我女儿捎个口信吧！"老牧民恳求道，"请告诉她，她阿妈和哥哥都死了，只剩下阿爸了，不过他生活过得很好，现在他成了一大群羊的牧人，每天吃硬馍和干血，喝的酪醴[1]不用青稞酿，放在碗里不起一点泡沫。"

商人看到老牧民骨瘦如柴的身子，怪可怜的，便答应了。商人碰到老牧民的女儿，将口信捎给了她。老牧民的女儿听后眼泪扑簌簌地掉下来，心像刀绞一样痛，她呼道：

"呵！觉仁波大佛护佑我那可怜的阿爸，他为儿女含辛茹苦了一辈子，想不到晚年还要遭这般磨难。"她想回到阿爸身边侍候老人，但俗话说："射出去的箭，嫁出去的姑娘。"嫁出的姑娘是不能和阿爸住在一起的。她想把阿爸接到身边，但风俗又不允许。怎么办呢？老牧民的女儿苦苦思索，辗转一夜难以入眠。

第二天，她想到了一个好办法，将家中最大的一块松耳石，藏在泥砖里，对贩牛商人说：

"好心的充本大哥，麻烦您，请您将这泥砖捎给我阿爸，对他说：如果他要舒服过活，接到这砖后看看里面，再把它保存起来，千万不要卖掉，这样才会有好日子过。"说完给贩牛商人一锭银子。

贩牛商人看到银子，很高兴，答应下来。几天后，贩牛商人在返回途中碰到老牧民，将泥砖给了他，并把他女儿的话说了一遍。

老牧民接过泥砖，反复揣摩女儿的话。老牧民把砖小心掰开，原来里面是一颗绿灿灿的松耳石。宝石可以换来糌粑、羊肉、奶茶和衣服，可女儿为什么说不要卖掉，日子就会好过呢？老牧民反复琢磨了半天，终于悟出了其中的道理。

一天，大媳妇出门去了，老牧民把松耳石拿出来给小媳妇看："我老

---

[1] 酪醴，一种用青稞酿成的酒。

了，活不了多长时间了。我死后，这块宝石就给你，不过，你不要对大媳妇说。"

小媳妇看到松耳石，口水直往肚里咽，脸上堆满了笑，亲热地喊了一声："阿爸！"

过了一天，小媳妇串门去了，老牧民又将松耳石拿给大媳妇看："我老了，活不了多少时间。我死后，这块宝石属于你，不过，你不要对小媳妇说。"

从此，大媳妇和小媳妇争先恐后地伺候老牧民，这个端来奶酪，那个就捧出酪醯。今儿这个给老牧民缝外套，明儿那个给他买裘袍。老牧民把角巴[1]叼在嘴上，两个媳妇争着给他装烟，打火镰。从此老牧民的日子过得舒舒服服。

后来，老牧民病倒了，他知道自己活不长了，就把装松耳石的泥砖藏在屋梁尾上，下面是装有清水的缸。他请媳妇们叫女儿赶回来见一面。

大媳妇思忖："看来，老家伙不行了，他女儿一回，松耳石就得不成了。"于是她装聋没理会这件事。

小媳妇寻思："要是女儿回来了，松耳石肯定不会给我了。"她装着很听话，出门逛了一圈，什么口信也没捎就回来了。

老牧民眼睁睁等了几天，始终没见到女儿就去世了。

老牧民一断气，大媳妇和小媳妇就翻开老牧民的枕头，搜遍老牧民身上，都没有找到松耳石。

"你这个贪嘴的狐狸，松耳石肯定是你偷了！"大媳妇瞪大眼睛，一头撞在小媳妇身上。

"你这个不要脸的黑乌鸦，自己偷了还充好人，快把松耳石交出来！"

---

[1] 角巴，即用羊腿骨做的烟斗。

小媳妇抓住大媳妇的发辫，两人扭打成一团，抓破了脸，撕破了绸衫和围裙，松耳石谁也没得到。

过了几天，老牧民的女儿闻信赶回来，见到阿爸的遗体，泪如泉涌，伤心极了。按照当地风俗，将老阿爸水葬后，问两位嫂子阿爸临死前留下了什么话没有。

"他说有一件宝贝在黑龙的尾上，黑龙的影子映在大海里。"大小媳妇早已把家翻了个底朝天，也没有找到松耳石，见牧民的女儿问起来，便把老牧民临死前说的话讲了出来。

牧民的女儿把房子打量了一下，望着被烟熏黑的屋梁想："这不是阿爸说的黑龙吗？"沿着屋梁走到水缸前，想："这不就是阿爸说的大海吗？"她搭上梯子，取下了松耳石回家去了。

大媳妇和小媳妇看到松耳石被老牧民的女儿拿走了，一齐号啕大哭起来。

国王游街

很早以前，有一个叫索那奴布的国王。他十分虔诚地念经拜佛，遇到什么事，必先求神问卦，卜算为吉，他才去做；卜算为凶，就是燃眉急事，他也不理睬。

有一位叫格西翁多的云游喇嘛知道了这件事，来到这个国家，拜见索那奴布。格西翁多口若悬河，滔滔不绝地胡诌了一通，把索那奴布哄得团团转。从此，他不视朝，农业生产，国家政事，一概不关心，成天在经堂里听格西翁多讲经传法。

大臣们有要事禀报，宫仆总是说："陛下在经堂里。"

这样，国家一天天衰败下来，黎民百姓生活更加困苦不堪。

一个叫朗杰的大臣忧心忡忡。一天，他闯进经堂，打断格西翁多的诵经，禀道："陛下天天诵经求法，不理朝政，国家逐日衰败。当今外敌，秣马厉兵，时时觊觎社稷。武臣蠢蠢欲动，欲夺神器。黎民百姓处在水深火热之中，全国怨气冲天，危机四伏，乞望陛下专心整饬朝廷，振兴国家。"

格西翁多见索那奴布听了朗杰的苦谏，眉头动了一动，似有回心转意，忙说："国家命运，绝不是凡人所能决定，全操在菩萨之手，我们唯有念经求法，乞求菩萨降福祉，方能国泰民安。主上也只有虔诚拜佛，百年后才不至于掉进地狱，而到极乐世界。"

索那奴布听格西翁多说得头头是道，连连点头，呵斥道："朗杰，我拜神求法，正是为了振兴国家。嗯，你跪安去吧！"

不久，边疆果然报警，邻国发来十万大军进犯，烽火很快烧到城下。

索那奴布派朗杰统兵御敌，自己仍然天天在经堂里念经驱鬼。

朗杰受命于危难之际，披甲执锐，率领士兵，喋血疆场。由于依靠全国人民爱国热忱和士兵的浴血奋战，他终于把侵略者赶出了国境。

按理说这件事该促使国王清醒过来，但索那奴布像喝了迷魂汤一般，认为战争胜利是佛祖显光、菩萨点化的结果，愈加信任格西翁多，更加沉湎于诵经之中。

朗杰眼见国运衰败，忧心如焚，数次苦谏，用事实揭穿格西翁多卜算的鬼花招。因此，格西翁多非常恨朗杰，总想把朗杰这颗眼中钉拔掉。一天，他对国王说：

"主上，朗杰经常口出狂言，诋毁神明，必然会招灾惹祸。他自恃有功，把主上不放在眼里，包藏祸心，望主上三思。"

索那奴布听了谗言，非常生气。格西翁多见国王动怒，趁机献上一条毒计，他说："让朗杰做一件过去从来没有的，以后也不会再出现的大怪事，如果办不到，以国法严办。"

索那奴布听了大喜，立即下旨。

朗杰接到国王的圣旨，知道这是格西翁多出的坏主意，决定要叫昏王和格西翁多吃点苦头。他回家将办法告诉妻子，请求妻子帮助。妻子听后眉开眼笑，欣然应诺。

第二天，朗杰的妻子披头散发跑进宫里，悲痛欲绝地向国王报丧。她跪在地上，哭泣着说："朗杰生了怪病，昨天死了，请陛下做主……"

索那奴布听说大臣朗杰去世，心中不免生出一丝怜惜之情，下令为朗杰举行盛大的葬礼。

三天后，按照风俗，国王去江边举行葬礼。奴仆们将朗杰的"尸体"丢到水里。

其实朗杰并没有死，他会游水，所以想出这个办法来蒙骗国王和格西翁多。他顺江而下，在下游的地方，早有一个忠诚的仆人架着牛皮船等在那里。朗杰爬上船，穿上衣服，化了装，人不知鬼不晓地回到家里。

一晃三个月过去了。一天，朗杰将头发剃得溜光溜光的，身上的汗毛也刮得干干净净的，将自己打扮得像一个活佛的样子，穿上黄缎镶边的坎肩，两肩垫得既高且宽，披着红色袈裟，拿着一条缎带，尽量显得威严的样子，迈着四方步，向皇宫走去。

全城沸腾起来了，臣民、僧俗看到死去的朗杰又出现了，以为朗杰是圣灵化身，于是成群结队向他献长寿结和哈达，磕着头向他朝拜。朗杰将缎带在他们头上轻轻拂动，给他们摩顶祝福。"活佛保佑"之声震响全城。

国王和格西翁多听说这等奇事，慌忙跑出宫，果见朗杰死而复生，惊骇不已。这一对佛教之徒，不由自主跪在地上，磕长头，请圣灵为他们摩顶赐福。

朗杰在国王头上摸了一摸。索那奴布顿时感到像六月天吃了冰块一样舒服，心里无限激动。他请朗杰入宫诵经作法。朗杰摇摇头说："我还得赶快回去，佛祖要传授贝叶经。"

索那奴布和格西翁多十分羡慕，向朗杰三跪九叩头，一再恳求朗杰带他们去天堂听佛祖授法。

朗杰想了想答应了，但要国王和喇嘛接受四个条件。他说：

"第一，头发、汗毛一律剃光；第二，衣服鞋帽，统统脱光；第三，在路上要两眼闭紧，不得睁开随便观看；第四，到天堂之前，有许多人笑骂、抛灰、吐唾沫，不得回话和动手。若是你们能办到，我就带你们上天堂。"

索那奴布和格西翁多连忙点头应诺。

朗杰回到家里，叫仆人将两匹挂上大铃铛的驴子，牵到宫殿里。

国王索那奴布和喇嘛格西翁多立即沐浴熏香，身上脱得精光，骑上毛驴，两眼闭得紧紧的。

"呵啧啧！"宫仆和大臣们看到国王和喇嘛身上一丝不挂，谁也不敢笑，垂下头，响起一片恭维话，"祝主上一帆风顺。祝法师一路顺风。"

朗杰派人牵着两头驴子在王宫绕了一圈，然后牵出皇城，走在大街上。

叮当叮当的铃声，吸引了许多人。索那奴布腆着圆滚滚的肚皮神气地坐在驴上。格西翁多挺着干瘪瘪的胸膛，紧闭双目，脸上洋溢着快乐，骑在驴上。

"世道中了邪魔。"一位老年妇女实在看不下去，拍起巴掌，首先气愤地喊起来。

许多人喊叫起来，有的吐唾沫，有的撒灶灰，有的捧腹大笑，有的痛声詈骂，街道上一片喧嚷。

索那奴布和格西翁多雪白的身上沾满了灶灰和唾沫。他们骑在驴上，还以为离天堂不远了，心中充满幸福。

有一个小孩带头，向这两个伤风败俗的狂人抛石头，接着大大小小的石头朝国王和喇嘛身上飞去。尽管索那奴布和格西翁多的身上被打得青一块紫一块，疼得龇牙咧嘴，但是他们还是不敢睁开眼睛，怕一睁眼睛就到不了天堂。

一会儿，一队巡逻兵将他们当作疯子，捉到监狱关押起来，这样国王不得不睁开眼睛了。当国王从士兵口中知道他们刚才不是去天堂，而是在城内街上，遭到全城百姓嘲笑时，脸涨得通红，才明白上了朗杰的当，气得眼珠儿差点弹出来。命令士兵把朗杰抓上殿，咆哮如雷地叫道：

"该死的朗杰，你胆敢欺君犯上，犯有杀身之罪！"

"陛下，"朗杰将双手捧在胸前，微笑着说，"我是遵照您的旨意办事的。"

“什么？”索那奴布气得直跺脚。

“陛下给我的圣谕不是做以前没有今后也不会有的大怪事吗？今天你们二人到天堂去就是历史上从来找不到，今后也永远不会再有的事。”

国王索那奴布虽然气得直打哆嗦，也只好干瞪眼，一句话都说不出来。

雪山女神

　　相传远古时代，雪域高原是一片很大很深的海子。

　　海水哗啦哗啦翻卷着雪亮亮的浪花，和海边金澄澄的格桑花、红灿灿的杜鹃花，互相交辉，汇成花海。

　　岸上长满了高大的树木，树上缀满了五颜六色的果子。还有美丽的孔雀，洁白的雪鸡，在树木间飞彩流虹，织成了五彩斑斓的锦绣。

　　在这如花似锦的地方，人们的生活十分幸福。他们渴了喝奶乳般的海水，饥了吃奶酪般的果子。白天，他们辛勤地劳动，使花、树长得更茂盛；晚上，在月光下摇铃击鼓，跳舞唱歌，歌声顺着海浪飞向远方。

　　歌声惊动了黑赤二魔，它们循着歌声来到了这个美丽富饶的地方，不肯离去，想霸占这块美丽的宝地。

　　黑魔吐出了黑沉沉的雾，遮住金色的太阳，天空顿时漆黑一片，伸手不见五指，沉雾压得人们喘不过气来。

　　赤魔喷出红腾腾的烈焰，花儿被烧枯，果树被毁掉，大地变成了一片焦土。

　　二魔征服了这块地方，鸟兽成了它们的食物，人们做了它们的奴隶。它们驱赶奴隶们在海子边修筑了一座大宫殿。

　　沉沉的黑雾，弥漫了人们的心房。

　　红腾腾的火焰，炙烤着人们的胸脯。

　　人们的眼泪往肚里流，海子边一片悲惨凄凉。他们翘首东方，企求太阳能把这沉沉的黑雾驱散；他们默默祈祷，希望天神能把这红腾腾的火焰熄灭。

一天，从东方飞来了一朵五色祥云，祥云上站着一位身披白色衣袍的女神。

女神用手轻轻一拂，沉沉的黑雾散了，天哗的一下豁亮开来。

女神用嘴轻轻一吹，红腾腾的火焰熄了，地上又绽开了万紫千红的鲜花。

人们仰望着蓝天，嗅到了馨香，情不自禁地欢呼起来。

欢呼声惊动了二魔。二魔跳出宫殿，张目一望，眼前站立着一位楚楚动人的姑娘，顿起邪念。

"鲜花插进玉瓶，鞍架要配鞍垫。"二魔做出多情的姿态说，"美丽的松石鹦鹉[1]，请飞进我们的宫殿。"

"狼和羊怎能合群，水和火岂能相处？"女神很有礼貌地说，"二位若改邪归正，皈依佛门，拜我为师，倒可考虑。"

二魔一听，气恼极了，龇牙瞪眼地嚷道："把尿泡挂起来也是尿泡，把尿泡丢在尘土里还是尿泡[2]，你还是乖乖地伺候我们吧！"

说完，二魔扑过去要捉女神。

女神一闪身，二魔扑了个空。黑魔口一张，喷出了一团团黑雾，将女神紧紧裹住。

女神用劲一吹，把黑雾吹散，再一吹卷起一阵飓风，黑魔被吹得在空中直打旋，最后摔到地上，跌得鼻青脸肿。

赤魔大怒，上前用劲喷出了烈焰，团团烈火像一支支毒箭射向女神。

女神用手一拂，把烈焰扑灭，然后用劲一推，推得赤魔像石头在地上翻滚。赤魔好不容易抱住一棵大树桩，才没有落进大海。

---

[1] 松石鹦鹉，指绿鹦鹉，藏族喜爱将姑娘比喻为鹦鹉、孔雀，将小伙子比喻为雄狮、大鹰。

[2] 藏谚，意指人不识抬举。

二魔气急败坏，怪叫一声，一齐向女神扑去。女神升上了天空，二魔凶神恶煞地追上天。只见天空中，黑雾、烈焰和祥云在翻滚、搏斗。

女神抽出宝剑，左劈右刺：左劈劈开了黑魔的头颅，右刺刺穿了赤魔的胸膛。

黑魔临死前，头往上一扬，将天撞开了一个大窟窿。

赤魔垂死时，挣扎着一伸脚，把天蹬破了一个大缺口。

大水从天上的两个窟窿里哗哗倒下来。霎时，大海的水涨起来，漫上了海岸，淹没了大地，人们争先恐后地往高处跑。

女神站在祥云上看到人间的悲剧，不由得潸然泪下。她摇身一变，化成一座大山，让人们爬上了山。

但是大水一个劲儿地往下倒，海水一个劲儿地往上涨，眼看要漫到了山顶。

女神心急如焚，把手儿一招，从天上下来了几头雪白的神牛。神牛驮来了许多大石头，倒在大山的周围，石头变成了群山，群山挡住了大水。但过了一会儿，水又从山谷间涌了进来，不到一顿茶的工夫，水又快涨到山顶。

女神急了，用手一招，天上飞来了许多金色的孔雀。女神在山上炼起七彩石，孔雀衔起彩石去补天。

不到一顿饭的工夫，天补好了。用七彩石补后的天空，显得更加绚丽多彩。不信，雨后日出时，请你仰面看天空，那凌空飞架的天桥就是那七色的彩虹。

天朗气清，人们纷纷下山，在山谷间搭起了帐篷。女神送给人们青稞、大麦等种子，教他们在群山之间的坝子上种庄稼。

禾苗破土绿遍了坝子，但很快变黄了。原来天补好后，从未下雨，庄稼没有水浇灌，眼看要枯死了。

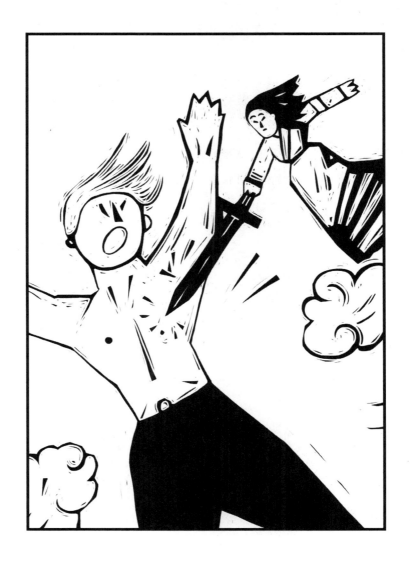

女神在山上也着起急来。她叫神牛下山为人间开河凿海。神牛用牛角挖了河，用鼻子拱出了海。女神用嘴一吹，群山都变成了晶蓝的雪山。在太阳照耀下，一部分雪化成了气，升到天上变成了云，云又化成了雨，一丝一丝地落在坝子上。一部分雪化成了水，顺着山沟流成了河，流进了海子，流进了坝子上的地里。庄稼在雨水和雪水的滋润下，结出了丰硕的谷穗。

女神还不放心，为了使人间不再受妖魔的践踏，自然灾害的侵袭，她就倚着宝剑，站在山顶，日日夜夜地给人间做哨卫。

后来人们就把女神站的那座最高的雪山叫须弥山。

取树种

西藏有个地方，纯金般的山上光秃秃的，没有一棵树，这儿的人们谁也没有看见过树，当然也就不知道树是什么样子。

有一个穷人家的女儿，叫拉嘉斯玛。有一天她在山脚下牧羊，遇上一位过路人。那过路人瞧了瞧蓝宝石般的天空，看了看黄金般的山冈，问拉嘉斯玛：

"姑娘，你们这儿怎么不长树？"

"树是什么东西？"拉嘉斯玛闪动着大眼睛，好奇地反问。

过路人惊奇极了，说："树有石柱似的干，碧玉般的叶子。有的树上还结出珍珠、玛瑙般的果子。果子比酥油茶还香，比饴糖还甜。"

拉嘉斯玛瞪大了眼睛又问："树到底有啥用？"

过路人看到拉嘉斯玛听得入了迷，越发神气起来，打开了话匣子："树可以当柴烧，不需要再捡牛粪烧了。木料做成横梁和柱子，可以造房子，不用住帐篷了。总之用处多极了。"

晚上拉嘉斯玛回到家，躺在羊毛毡上，翻来覆去睡不着。望着火塘里的红火，突然她眼睛一亮，看见远处闪烁着一片翡翠的光辉，她身不由己地朝绿光跑去。走近一看，只见纯金般的山上，竖立着许许多多笔直笔直的柱子，柱子又伸出许许多多的杈子，杈子上挂了许许多多翡翠，风儿一吹，翡翠喇喇直响，就像百灵鸟在唱歌，声音好听极了。

拉嘉斯玛跑到柱子下面，柱子好粗呀，十个人也抱不住。她抬头望去，嗬，柱子好高呀，高得顶着了天。拉嘉斯玛高兴得绕着柱子跳起舞来。

一阵风过去，柱子上掉下一些红玛瑙、松耳石、琥珀。拉嘉斯玛抬起一个喷香的红玛瑙，她想，这大概就是过路人说的果子吧。咬了一口，甜脆脆的好吃极了。拉嘉斯玛捡了一衬裙果子，跑回家大声喊："阿妈，快来吃果子！"

　　"孩子，真是说梦话，什么果子？"阿妈推了推拉嘉斯玛。

　　拉嘉斯玛被推醒了，一翻身坐了起来，揉了揉眼睛，才发现原来是个梦。

　　"阿妈，"她说，"我梦见了树，树上长满了好吃的果子，我要去找树种，让山上长满树！"

　　"孩子，不要说傻话了。"阿妈抬起布满皱纹的脸说，"我活了六十年，还没见过树，你到什么地方去找树种？"

　　拉嘉斯玛已下定决心，就到处打听什么地方有树种。牧羊时，她恭敬地合掌，向老牧民请教："请问阿米娄[1]，什么地方有树种？"

　　老牧民露出豁牙的嘴说道："好孩子，佛爷才知道树种在什么地方。"

　　"佛爷在哪里？"

　　老牧民摇摇头说："我也说不清，听老人说在西方。"

　　拉嘉斯玛到寺庙里，给神灯添了酥油，长跪在地问："喇嘛爷，请问树种在什么地方？"

　　喇嘛念完玛尼真经后，警告说："天地间一切事情都是佛爷安排的，你不要胡思乱想，否则佛爷要降罪于你的。"

　　喇嘛的恐吓，并没有使拉嘉斯玛害怕。她又跑去问见多识广的充本："充本大叔，你走南闯北，可知道树种在什么地方？"

　　充本吐出了长舌头说："姑娘，你就死了这颗心吧，听说树种在天上。"

---

[1] 阿米娄，藏语，羊倌爷爷的敬语。

拉嘉斯玛到处碰壁，但她并不死心，继续打听取树种的地方。有一天，她背着背篓捡牛粪，看见一条淙淙的小溪。她沿着溪水走到一块水草丰盛的地方，绿茵茵的草地就像绿毯子一样，散发出一种温馨的香气。她低头寻找香气来自什么地方，走了不远，看见草地上一块闪闪发光的东西，照得附近一片光亮，并散出浓郁的香味，令人心神舒坦。拉嘉斯玛俯下身，一看原来是一块绿葱葱的松耳石。她把松耳石捡起来揣在怀中，急急忙忙走回家去。

晚上，拉嘉斯玛把松耳石从怀里取出来，放在手心上，看着看着，不知不觉地睡着了。她迷迷糊糊地看到一位飘着绿髯的老人向她走来，和蔼可亲地说："姑娘，你不是要知道取树种的地方吗？"

"是啊！"拉嘉斯玛高兴地跳起来，拉住绿髯老人的手说，"波拉，你快告诉我取树种的地方。"

"取树种的地方很远很远，你有决心去吗？"

"就是在天边，我也有决心去。"

绿髯老人颔首微笑："路上艰难困苦，你不怕吗？"

"就是上虎山，我也不怕！"

绿髯老人高兴地点点头："没有精耕细作的土地，再肥沃也长不出好庄稼；只有山岳一般的意志，才会取得树种。勇敢的姑娘，你只要对手中的松耳石连呼三声，它就会变成一匹千里马，你骑上它，它会带你去堆噶雅[1]这个地方取树种的。"绿髯老人说完便消失了。拉嘉斯玛也从梦中惊醒。

拉嘉斯玛看了看手中闪闪发亮的松耳石，半信半疑地喊一声："松耳石变骏马。"

松耳石没有变化。

---

[1] "堆"是高地的意思，指阿里；噶雅是阿里的一个地方。

"松耳石变骏马。"拉嘉斯玛又喊了一声。

松耳石还是没有变化。

"松耳石变骏马。"拉嘉斯玛有些丧气，轻轻地喊了第三声。突然，拉嘉斯玛手中的松耳石不见了，面前果然站立着一匹大青马，绿色的马鬃，绿色的马尾，遍身的毛闪着绿光。

拉嘉斯玛高兴地唤醒阿爸阿妈，把自己取树种的心愿告诉双亲。

阿爸阿妈膝下就这一个女儿，当然舍不得她远走，何况取树种的路上凶多吉少。但是他们看到女儿取树种的意志用九头牦牛也拉不回，阿爸便连夜做了些馍馍，阿妈亲手缝制了行装，送她上路。

第二天，拉嘉斯玛告别了双亲，勇敢地骑上大青马出发了。

拉嘉斯玛翻过了一座又一座大山，渡过了一条又一条大河，走着走着，突然许多飞虫扑面而来，红的、绿的、黄的虫儿咬她的手和脸。手和脸起了成片的红疙瘩，痛痒难熬。

拉嘉斯玛抓紧马鬃，咬咬嘴唇，迎着飞虫高声唱道：

> 飞虫，飞虫别嚣张，
> 是拉嘉斯玛奔驰在路上，
> 只不过为取树种经过这里，
> 你为啥这般对待姑娘。

说来奇怪，拉嘉斯玛的歌声刚消失，飞虫便不见了；清凉的风儿吹在她身上，手和脸上的红疙瘩顿时消失。她高兴地策马往前飞奔。

拉嘉斯玛翻过一座又一座大山，渡过一条又一条大河，走进了无边无际的沙漠。炎热的太阳烤炙着她的皮肉，烧烫着她的手足。热沙迎面扑来，她的嘴唇干裂得出了血。

拉嘉斯玛抓紧马鬃，咬咬嘴唇，迎着烈日高声唱道：

烈日，烈日别嚣张，

是拉嘉斯玛奔驰在路上，

只不过为取树种经过这里，

你为啥这般对待姑娘。

说来奇怪，拉嘉斯玛的歌声刚落，太阳躲进了云层，淅淅沥沥的雨降落下来，一阵阵凉爽的风吹拂着她的面颊。拉嘉斯玛一抖缰绳，驰过了茫茫沙漠。

拉嘉斯玛翻过一座又一座大山，渡过一条又一条大河，走着走着，遇上了倾盆大雨。暴雨像奔泻的瀑布，使山洪暴发，岩石崩塌，挡住了去路；暴雨如掀天的浪涛，向她卷去，将她打得东倒西歪。

拉嘉斯玛抓紧马鬃，咬咬嘴唇，迎着暴风雨高声唱道：

暴雨，暴雨别嚣张，

是拉嘉斯玛奔驰在路上，

只不过为取树种经过这里，

你为啥这般对待姑娘。

说也奇怪，拉嘉斯玛的歌声刚停，暴雨停止了，阳光透过浓云照在她的身上。拉嘉斯玛驾着马，继续朝前飞奔。

拉嘉斯玛翻过一座又一座大山，渡过一条又一条大河，走进了雪山冰岭。鹅蛋大的冰雹劈头盖脸地打在姑娘身上，朔风像刀一样砍在她的身上。

拉嘉斯玛穿上皮衣，咬咬嘴唇，迎着风雪唱道：

风雪，风雪别嚣张，

是拉嘉斯玛奔驰在路上，

只不过为取树种经过这里，

你为啥这般对待姑娘。

说也奇怪，拉嘉斯玛的歌声刚落音，朔风就停止了呼啸，冰雹消失了。她夹夹马肚，驰过了冰川。

拉嘉斯玛翻过一座又一座大山，渡过了一条又一条大河，进入一座花果山。山上长满了翡翠般的树，树上盛开着奇葩异花，结满了珍珠般晶莹的果子。五颜六色的鸟儿在林中飞翔，潺潺的流水发出叮咚叮咚的声音，整个山林充满了生机。

拉嘉斯玛仿佛进入了仙境，这儿看看，那儿瞧瞧，陶醉在这山光水色之间。

拉嘉斯玛，勇敢的姑娘，

绿色的树种就在身旁，

取起树种播在家乡，

金山叠起翡翠的屏障。

随着歌声，从香柏树上跳下一位朱唇皓齿的少年，含笑望着拉嘉斯玛。

拉嘉斯玛打量一下这位玉树般风姿的少年，惊喜地问："你怎么知道我叫拉嘉斯玛？"

"波拉告诉我的，他说有位叫拉嘉斯玛的姑娘，要取树种绿化家乡，让我在这里迎接你，我已经等了大半天了。"

"你的波拉是谁，他怎么知道我？"

少年顽皮地眨眨眼："我的波拉是树神，你一看到他就会记起来的。"说完，少年领着拉嘉斯玛上山去，只见一棵大雪松下，一位绿髯拂地的老人正在培土。拉嘉斯玛认出这位老人就是梦中指点她取树种的老爷爷，高兴地跑上前，把额头在绿髯老人宽宽的额上碰了碰，说道：

"波拉，这儿就是堆噶雅吗？

"是啊！"老人摸着绿髯，绿眼中流露出欣喜的神情，笑哈哈地说，"不走过险峻陡石岩，就不能见到平坦路；不经过艰难和困苦，就不能得到心爱物。姑娘，你现在还不能马上拿到树种。"

"为什么？"拉嘉斯玛急得差点儿掉下了泪珠。

"有了树种，你不会栽种、管理，使它长成参天大树，那还不是破牛皮袋打水，一场空吗？"

拉嘉斯玛连连点头，祈求说："波拉，请你把这些方法传授给我吧！"

树神指着少年说："你先住下来，和我的孙子一起护理山林，让他教你。"

拉嘉斯玛非常高兴，从这一天起，拉嘉斯玛就和树神的孙子一起，天天在林海里寻觅树种，挖土育苗，浇水剪枝。当树苗长了一人高时，拉嘉斯玛以为护林的本领学到手了，对树神的孙子说："我要带树种回家去了。"

树神的孙子摇摇头："拉嘉斯玛，你知道树的敌人是什么吗？"

拉嘉斯玛用嘴咬着手指，想了半天回答不出来。

树神的孙子笑着问："你在来堆噶雅的路上遇到什么？"

"遇到了怪虫成灾；遇上了烈日烤地，口干舌焦；遇到了暴雨，大水泛滥；遇上了风雪，冰封大地。"

树神的孙子说："这虫、旱、涝、雪正是树苗的四大敌人。"

"那该怎样御敌呢？"拉嘉斯玛虚心地求教。

树神的孙子边劳动边教授拉嘉斯玛御敌的方法。当幼树长了有两人高时，拉嘉斯玛学会了御敌的本领。

"拉嘉斯玛，现在你可以回去了。"有一天，树神送了一唐古树种给拉嘉斯玛。

这时，拉嘉斯玛接过树种却不愿离去。原来树神的孙子勤劳正直，早已占据了姑娘的心房。是回去绿化家乡，还是留下来陪伴爱郎？姑娘陷于彷徨苦闷之中。

树神仿佛知道姑娘的心事，鼓励拉嘉斯玛说："我的孩子，不要留恋一时的欢乐，只有为家乡人民谋得幸福，个人才能获得幸福。"

树神的话像重锤敲打在姑娘的心上。她想到自己历经千辛万苦来取树种，现在却流连忘返，不觉脸红了。

她接过树种，告别了树神，骑马下山去了。她跑了一程，让马放慢了步子，左顾右盼，希望能再见树神的孙子一面。

> 天上一朵朵的白云，
>
> 那是我的化身，
>
> 如果你喜爱的话，
>
> 就请大胆地吐露真情。

突然，山间传来了银铃般的歌声，随着歌声，树神的孙子骑着马儿从山上飞驰下来。

拉嘉斯玛心儿一阵狂跳，忙勒住马，唱起来：

> 地上一座座雪山就是我，
>
> 山上的流水就是你，

假如流水愿意，

雪山绝不变心。

歌声刚毕，树神的孙子已驰到跟前。拉嘉斯玛心碎了，强忍着眼泪，取下嘎乌[1]佩在树神孙子的胸前，拨转马头向山下冲去。

"拉嘉斯玛，你以为我是来送你的吗？"树神的孙子策马追上去。

拉嘉斯玛勒住马头，疑惑地望着树神的孙子。

树神的孙子将自己经盒里的翠石取出来，亲手挂在拉嘉斯玛的胸前，深情地说：

"拉嘉斯玛，波拉叫我和你一起，把你的家乡建设得像堆噶雅一样树木成林，你愿意吗？"

拉嘉斯玛情不自禁地策马拢上去，两个马头亲昵地依偎在一起。

两匹马儿如飞般地回到拉嘉斯玛的家乡。他们把树种像播种爱情一样播种在所有的山坡上。他们经常浇水护理，不到一年工夫，金子般的山上，冒出了翡翠般的小树。

小树刚刚成林，春天到了，不知从什么地方飞来了许多虫子，不到一顿饭的工夫，就把树上的叶子吃了一半。

"拉嘉斯玛，你说该怎么办？"树神的孙子要看看姑娘记不记得自己教她的治虫的办法。

拉嘉斯玛站在山上，吹起了笛子，天上飞来了许许多多的啄木鸟，不到一顿茶的工夫，啄木鸟吃掉了所有的虫子。

夏天来临，老天爷一口气九十九天不下雨，幼树像挨了重霜打一般，垂下了头。

---

[1] 嘎乌，一种胸饰，内装护符。

"拉嘉斯玛，你说该怎么办？"树神的孙子要考考姑娘。

姑娘二话不说，带领乡亲们上山开渠，将河水引上山。幼树喝足了水，青悠悠地在风中摇曳。

秋天到了，一连又下了九十九天雨，幼树泡在水里，眼看要被淹没了。

"拉嘉斯玛，你说该怎么办？"树神的孙子要考考姑娘。

姑娘二话不说，领着乡亲们开沟排灌，一刻工夫，水都流尽了，幼树获救了。

冬天快到了，树神的孙子提醒姑娘："拉嘉斯玛，大雪会把小树冻死的。"

拉嘉斯玛晓得树神的孙子又在考她。她率领着乡亲们，用青稞秆给每棵树穿上了冬装。大雪覆盖了大地，树苗保护得好好的，没有冻坏。

树神的孙子看到姑娘已经变成植树能手，抑制不住内心的激动，绕着拉嘉斯玛跳起舞来。

在他们共同的精心护理下，几年工夫，黄金般的山上出现了绿油油的海洋。

拉必汪的王子

这是一个古老的传说。

有一个国王共有五个王子。他们个个容貌英俊，气宇不凡，远看就像唐古拉山上含苞欲放的金银花。国王看到逐渐长大的孩子们，决心考察一下他们的知识和本领，确定谁是王储。一天，他召见五个王子。

王子们穿着轻裘锦衣，整整齐齐进宫拜见父王。

国王看到他们个个面如金银花，体壮如雄狮，心里有说不出的欢喜。他说："孩子们，最快的骏马是赛出来的，最好的骑手是马上练出来的。今天，我要考考你们，看谁得第一。"国王摸着胡子："现在打上三个谜，你们每人把谜底写在帛上。"接着国王说出第一个谜：

"上面大雪山，下面青水湖，五个小伙伴，围着山跳舞。"

王子们眼珠儿转了转，同时写出了谜底——抓糌粑[1]。

国王微微一笑，说出第二个谜：

"青草地，光又滑，有个驼背小喇嘛，脚踏草坪跳起舞，乐得众人笑哈哈。"

王子们眼睛眨了眨，同时写出了谜底——热巴鼓。

国王笑了笑，说出第三个谜：

"肉山吊在木城上，放牧姑娘早晚忙；肉山射出海螺箭，射中木城翻白浪。"

---

[1] 藏族同胞抓糌粑时，碗里先倒上清茶，清茶上面放糌粑，而后用五个指头搅拌。

王子们眼睛眨了眨，又是一齐写出了谜底——挤牛奶。

国王哈哈大笑起来，捋了一下胡子，心里一动说："孩儿们上马！"

大王子跨上玛瑙红色马，二王子跨上金蛋黄色马，三王子跨上深褐棕色马，四王子跨上铁青黑色马，小王子跨上了海螺白色马，风儿般一齐卷到赛马场。

"孩儿们，看谁第一个拿到哈达。"国王指着离十箭远的杆上的哈达说。

王子们一夹马肚，挥动马鞭，像离弦的箭飞了出去。只见草原上腾起了五条烟尘，飞起了五朵彩云。片刻工夫，"五朵彩云"飞到杆前，五只手同时抓住了哈达。

国王发起愁来，想了想，命令士兵在杆上挂上一个彩球，对王子们说："谁要射断彩球上的丝线，谁就是第一。"

大王子从箭囊里抽出红翎羽箭，二王子抽出黄翎羽箭，三王子抽出棕翎羽箭，四王子抽出黑翎羽箭，小王子抽出白翎羽箭。他们盘弓射箭，嗖的一声，五支利箭飞向彩球，把丝线射断成五截。兵士们被王子们精湛的射技所惊服，喝彩声直冲云天。

"究竟谁的本领最强呢？"国王沉吟片刻，"孩儿们，我给你们每人三枰[1]黄金，去周游世界，寻找师父。三年后的今天，回到我的身边，看你们各学到什么技能。"

王子们早就渴望周游世界开阔眼界，听到父王的话，个个高兴得闪动着晶亮的眸子，欢喜雀跃，同声表示："父王，我们愿意去周游世界。"

第二天一大早，王子们带上黄金和食品，拜别了父王，骑上骏马，上路了。走到一个岔口上，刚好有五条路。他们立在马上，相约三年后在此

---

[1] 枰，衡量单位，每枰等于50两。

相聚，便拍马各走一条道，周游世界去了。

时光像飓风一样，三年呼地一下刮过去了。王子们按期来到岔口上，一齐回到了皇宫。

国王见到孩儿们长得更加威武雄壮，心里甜滋滋的。他问道："孩儿们，你们各学到了什么本领，一一告诉我。"

"父王，孩儿学会了写文章。"大王子第一个说。

国王满意地点点头。

"父王，孩儿学会了经商。"二王子说。

国王满意地点点头。

"父王，孩儿学会了念经。"三王子双手合十。

国王满意地点点头。

"父王，孩儿学会了讲历史。"四王子说。

国王满意地点点头。

"父王，孩儿学会了一种神奇的技能。"小王子神采飞扬地说。

"什么技能？"大家目光一起投向小王子。

小王子拿出必汪[1]，边拉边唱起来：

父王、众阿哥，

我学的技能，

要有灵巧的手指，

要有格西[2]的学问，

要有鹦鹉的舌头。

能使愁苦的喜笑颜开，

---

[1] 必汪，藏族的乐器，类似二胡。

[2] 格西，西藏寺庙里一种高级宗教学位。

能使幸福的愁苦断肠。

……

　　他的歌儿还没有唱完，引得四个王子哄堂大笑。国王气得胡子竖了起来，暴跳如雷："你是高贵的王子，怎能与低贱的卖艺人为伍？你这没出息的孩子，学会了叫花子的勾当，你不配做我的儿子！"

　　四个王子慌忙跪下，为小王子求情说："千里驹也会失蹄，聪明人也有糊涂的时候。小阿弟年幼无知，请父王宽恕他这一次吧！"

　　"不！我不需要宽恕。"小王子想不到国王这样轻蔑拉必汪的，感到十分气愤。"父王，拉必汪的虽地位低微，但他的智慧却如皓月临空，光辉皎洁使群星失色。"说完抱着心爱的必汪，头也不回地走出了皇宫。

　　他拉着必汪走遍了全世界，到处寻师访友，琴艺越拉越高，听众也越来越多。他拉起必汪，鸟儿从天降落，鱼儿从水里探头，太阳波拉听迷了，忘记下山，月亮莫拉匆匆从海子里升出来。他拉起欢快的曲调，听众脸上绽开花朵，心里像沁出蜜糖；拉起伤心的调儿，听众脸上泪雨唰唰，心里像压上一块岩石透不出气。

　　后来，他走到一个国家。这儿的国王是个非常凶残的暴君，苛捐杂税多如牛毛，巧立名目的差役胜似繁星，搞得天怒人怨。但国王操纵一支强大的军队，疯狂镇压、奴役人民，谁只要稍有反抗，就立刻被处极刑，人民只好将仇恨埋在心底。

　　国王憎恨城东的雪山，挡住阳光射不进书房；憎恨城西的雪山，遮住月光照不进寝宫。于是降下一道圣谕，命令每家出一丁出城平山，若山平不掉，就用这些人的头去祭山神。

　　圣谕一下，如狼似虎的官吏和士兵挨家挨户抓人去平雪山。有钱的人家，连忙用重金贿赂官吏，向国王奉献珍宝，免去支差；穷苦的人只好流

着眼泪去支差。

"雪山是根本铲不平的，明摆着送死，你们为什么还要去？"小王子气愤极了，问支差的人。

"小兄弟，国王的命令像山上滚下来的石头，石头几时滚回去过？"支差的人们叹口气说。

"马爱走平川路，人爱讲有理话，我们找国王评理去！"小王子挺着胸膛说。

"哎呀，兔子怎能与雄狮较量。"支差的人不安起来。

"雄狮虽然力大，兔子团结起来就可以战胜它。"小王子鼓励大家，"一根柴火烧不成大火，千万根柴火燃起的烈焰，国王就是搬来腾格里湖[1]的水也扑不灭。"

俗话说："只要一雁领头，百雁就会跟着飞。"支差的人们本来就窝着一团火，听了小王子的话，觉得与其被砍头祭山神，不如去找国王评评理。大家跟着小王子，向王宫进发。沿途许多老百姓也跟在后面，变成了一支浩浩荡荡的队伍。

国王正在寻欢作乐。一个大臣飞奔上殿，禀报此事。国王却下令砍掉这个大臣的头，因为他压根儿都不相信，天底下一个拉必汪的敢向他——至高无上的君主挑战，这只能是臣子为了邀宠，谎报军情。

过了一会儿，又一个大臣飞奔上殿，禀报此事。国王照样下令砍下了这个大臣的头。

文武百官吓得大气都不敢出，尽管他们都听说了这件事，但谁也不再吭声了。

突然，海潮般的声浪冲进了皇宫，冲进了国王的耳朵。他略微惊奇地

---

[1] 腾格里湖，在西藏北部，与羊卓雍湖、玛法木错称三大"圣湖"。

问："这是什么声音？"

"洪福齐天的陛下，"宰相战战兢兢叩头，"一个拉必汪的青年领着百姓向国王求情来了。"宰相怕国王盛怒之下，叫他脑袋搬家，所以尽量把声调放得柔和悦耳，并把"求情"二字说得格外动听。

国王立刻率领朝臣和士兵走出皇宫。

小王子挺身而出，质问道："国王，雅鲁藏布江水流得完吗？"

"领头人原是一个大傻瓜。"国王觉得小王子问得好笑，不觉嘿嘿地笑起来，"真杜[1]，雅鲁藏布江是天上流下来的神江，神江的水是流不尽的！"

"那么雪山是神山，又怎么铲得平呢？"

国王一时语塞，脸涨得通红。"向火吹风，当心胡子烧焦，你这个没长毛的驴子，敢和雄狮较量！"在国王的眼中，黎民百姓只不过是他脚下的草。现在，一个卖艺的居然敢当众质问他，他不由得怒从心头起，拍了一下巴掌："来人，把这个找死的瘟神关进地狱！"

士兵奉旨，前去捉小王子。

小王子从鼻孔里哼了一声，怀着愤怒的心情，拉起了必汪。

曲调凄楚悲凉，拉出了黎民百姓的悲惨遭遇，支差的人们听着掉下了眼泪；拉出了穷苦士兵痛苦受欺凌的生活，士兵们听着放下了刀枪，呜咽啜泣。

国王看到士兵放下了武器，气得直跺脚，大声呵斥，但没有一个士兵服从他的命令。

小王子轻蔑地看了一眼暴君，将音调一转，拉出了愤怒的旋律，坚定有力的乐声，点燃了埋藏在人们心底的火种。

支差的人们在音乐的鼓舞下抹去眼泪，抽出腰刀；士兵们也揩干泪水，

---

[1] 真杜，藏语，意为蠢材。

掉转枪头，一齐逼向国王。

国王看到一双双燃烧着仇恨怒火的眼睛，一张张复仇愤怒的脸，一柄柄闪着寒光的利剑，害怕地逃进宫去。文武百官像失了主的癞皮狗，夹起尾巴一哄而散。

小王子更有力地拉起必汪，曲调急骤地在人群中飞动，鼓舞着大家的斗志。他们冲进宫去，在床底下拉出了国王，一个士兵一刀砍下了暴君的头。

全城沉浸在欢乐幸福的气氛中。小王子拉起了欢快的乐曲，百姓、士兵们围着小王子跳起了锅庄。

大家一致拥戴小王子做国王。小王子谢绝了，抱起心爱的必汪，又踏上了新的里程。

有一天，他走到一块坝子上。奇怪的是，这个坝子只有黑夜，没有白天。只见星星，不见太阳。草木不长，青稞不生。老百姓骨瘦如柴，吃的东西一天少一天，饿毙的人一日多一日。

小王子十分奇怪，问一个老汉："大叔，这儿为什么不见太阳？"

"过路人，不要问，赶快离开这个地方吧！"老汉摇摇头。

"为什么？"

老汉左右看一下，低声说："过路人，坝子上原也是阳光灿烂。后来，不知从什么地方来了一个恶魔，用黑幔将坝子罩住，从此坝子上再也见不到阳光。"

"你们为什么不除掉恶魔？"

老汉听了小王子的话，吓得吐了吐舌头："毛驴怎敢与巨龙斗？好心的过路人，快点离开吧！"

"不！"小王子坚定地说，"大叔，我一定要叫太阳重新照在坝子上。"他告辞了老汉，找恶魔去了。

"喂，乳臭未干的小娃娃，你来干什么？"恶魔见到小王子，问道。

"魔爷，你把黑幔收了吧。"

"哈！哈！哈！……"恶魔狂笑起来。他看了一眼小王子说："我正在修行，不能见阳光，一百年后，待我修行完了，就把黑幔收了。"

"坝子上不见阳光，老百姓都要死去。"

"那不关我的事！"

"你收不收黑幔？"

"不收！"

"你不收，我就要拉必汪！"

"随你的便。"恶魔觉得小王子的话太有意思了，想看个究竟，也不忙着降妖法除掉小王子。

小王子二话不说，坐在石头上，拉起必汪。

奇迹出现了，恶魔听到音乐，先是手舞，后是足蹈，身不由己地随着节拍跳起舞来。

小王子越拉旋律越快，恶魔也越舞越快。

"求求你，拉必汪的天神，请你不要拉了。"恶魔跳得脸色灰白，哀求起来。

"你把黑幔收起来，我就不拉了。"小王子说。

"那可不行。"恶魔喘着气。

"好啰，那就让你跳个够。"小王子拉了九天九夜，恶魔跳了九天九夜。第十天恶魔终于求饶，收起了黑幔。

天地呼的一下亮了，太阳射出万丈金光，把山冈江河镀上了一片金辉。

小王子来到坝子上，老百姓纷纷向他献哈达和长寿结，请求他留下来当万户。

他摇摇头，谢过百姓的好意，抱着必汪，继续去周游天下。

小王子走到了大海边，看到涌起白浪的大海，听到澎湃的涛声，心旷神怡，坐在岩石上面对着大海，拉起必汪。

他拉的音乐太美了。海鸥飞来了，栖在海滩上谛听。海浪停止了喧哗，也在入神地聆听。

小王子演奏完毕，海鸥不愿展翅飞去，大海不忍鼓浪离开。

突然碧玉般的大海哗哗分出一条道来。一位戴着珊瑚顶冠飘着绿髯的老人，从道中走向岩石，双手恭恭敬敬地平举，献上一条哈达，朗声说道：

"高贵的乐师，您拉的曲子太神妙了，感动了我们的龙王和公主，他们邀请您到龙宫做客。"

"怎样去龙宫呢？"小王子问。

"只要您闭上眼睛，下官自有办法。"

"好吧！"小王子阖上了眼睑，只听到耳边哗哗的水声。没多大工夫，水声消逝了。"高贵的乐师，请睁开眼。"老人说。

小王子睁开眼睛，看到一座水晶宫，宫内到处闪烁着神奇的光。屋顶是用珍珠拼成的，大柱子上镶满了美丽的珊瑚，地上铺满葱绿的松耳石。

戴珊瑚顶冠的老人把小王子引进了大殿。小王子参拜了龙王。

"呵啧啧，"龙王称赞道，"乐师啊！您拉的必汪简直太美妙了，我统辖的水族全都像中了魔一样，就连主管音乐的黄鱼大臣也为之倾倒，珊瑚殿柱、珍珠屋顶都随着音乐微微摇动。我女儿也非常爱听，请您再给我们拉一曲吧！"

"好吧！"小王子满口应诺。他坐在珍珠卡垫上，定了定神，又拉起了必汪。

欢乐的曲子在水晶宫里缭绕，公主身不由己地跟着曲子跳起孔雀吃水[1]

---

[1] 孔雀吃水，藏族最有名的舞蹈之一。

的舞蹈。海豚、鲸鱼、石花鱼等大臣挥动起衣袖；海龟、海马、螃蟹等武将踏起了舞步；龙王也离开了宝座，缓缓踏着步子，在人群中穿来穿去。

曲终舞停，公主跪在小王子面前，启动朱唇，轻声恳求："尊贵的乐师，我从小酷爱音乐，想求您给我指点开导。如蒙允诺，我将感激不尽。"

小王子慌忙起身扶起公主，答应下来。

从此，他就住在水晶宫，教公主拉必汪。公主非常聪颖，一天学会一首曲子，一共学会三百六十首，拉得和小王子差不多了。

有一天，小王子对公主说："我的琴艺已全授给您了，我要回故乡去了。"

公主舍不得小王子，闪动着水灵灵的大眼睛说："您走时，父王一定会送您许多奇珍异宝，您什么也别要，只要龙宫水缸内的一条金鱼和神龛上的金瓶子。"

第二天，小王子向龙王告辞。龙王说："尊贵的乐师，您为我女儿辛苦了一年，我要重重地酬谢您，只要是水晶宫里的东西，任您挑！"

小王子推辞不得，便照着公主的话，要水晶宫水缸里的金鱼和神龛上的金瓶子。

龙王虽现出为难的神色，但还是答应了小王子的要求，说道："我知道这是我女儿的意思。但愿您能给金鱼带来幸福。金瓶是水晶宫最珍贵的宝贝，不能送人的，我暂时借您三年，三年以后我将收回。"

小王子带上金鱼和金瓶子，由戴珊瑚顶冠的老人送上岸。他回到故乡，为牧民们拉曲子，牧民们给他搭起了一顶帐篷。小王子把金瓶供在神龛上，把金鱼养在水缸里。

这是一尾多么漂亮的鱼啊，大大的眼睛，全身闪着金光，轻柔的尾巴在水中摆动，就像一片金色的轻云在空中飘浮，小王子看得入了神。

金鱼在水中摆了摆尾巴，突然跃出水面，跳到小王子的手中。

小王子喜爱地捧着小金鱼。小金鱼将头摆了摆，从他手中跳起，掉到地上。

小王子生怕小金鱼跌伤，忙弯腰伸手去捧，却不见金鱼。小王子焦急地在地上四处寻找。突然他听到哧哧的笑声，忙抬起头来，惊奇地看到了袅袅婷婷的公主站在那里朝自己笑。

"原来小金鱼是你！"小王子高兴地叫起来。

公主闪动着明星似的眼睛，握住小王子的手，大胆地向他倾诉了自己的爱情。公主的美丽聪明、勤学好问，也早已深深印在小王子的心田。这一夜他们便结成了夫妻。

第二天，公主对小王子说："这只金瓶是传家宝，你只要冲着金瓶祈祷，你想要的东西就会出现在你面前。"接着公主焚香，默默祈祷："金瓶、金瓶，我要一座宫殿，同父王的宫殿一样。"

话音刚落，一座珍珠顶、珊瑚柱、松耳石地的宫殿耸立在草原上。

"金瓶、金瓶，我要千万只牛羊，成群的马匹。"

顿时，草原上奔跑着骏马、牦牛和雪白的羊群。

他们把牛羊、马匹分给了牧民，经常请他们到宫殿做客。小王子和公主拉起必汪，牧民们跳起粗犷健美的垒谐[1]，唱起了豪放动人的牧歌。

过了一些日子，小王子的父亲老国王骑马围猎来到草原上，看到辉煌的宫殿，问侍从："这是谁造的宫殿，比我住的宫殿还要雄伟十倍？"

侍从们一个个傻了眼，谁也答不出。

老国王气得直蹬马鞍，大声喝道："跟我来，看看谁吃了豹子胆，居然敢在我的领地建筑宫殿。"

小王子正在宫殿的顶上拉必汪，看到父王驰马过来，立即和公主在大

---

[1] 垒谐，藏族劳动的歌舞，浑雄健美，爽朗豪放。

门口恭候。

老国王跳下马，一看是自己卖艺的儿子，愣住了。

"不知父王到此，孩儿没有远迎，实在惶恐不安。"

老国王想到自己把小儿子赶出门的事，尴尬地唔唔了两声。

公主参拜了老国王。老国王看看花容月貌的儿媳，瞧瞧雄伟的王宫，暗想："几年不见，想不到小儿子真交上了好运。"径直走进宫去。

宫内五光十色的奇珍异宝，把他眼睛都照花了。他摸摸熠熠生辉的珊瑚，看着晶莹闪烁的珍珠，顿起贪心。他说："儿呀，我是一国之王，又是你的父亲，你把宫殿让给我住吧。"

小王子说："父王，这宫殿是借来的，三年后，龙王要收回去，还是别换了吧。"

老国王坚决不答应，随即下令搬进了小王子的宫殿。从此，成天专意观宝赏花，将国家大事交给了小王子。

小王子在公主的辅助下，整饬朝政。免除一些赋税、差役；打开国库粮仓，赈济灾民；打开监狱，释放了无辜的穷人。不到一年时间，把国家治理得有条有理，海晏河清，天下太平，人民过上了幸福的生活。

韶光流逝，三年过去了。这天晚上，老国王睡在镶有夜明珠的床上，进入了梦乡。

第二天，太阳光把老国王照醒了。他睁开眼，看到的再不是宝石屋顶，而是珊瑚色的天空。他用手一摸，摸到的不是松软的床垫，而是绿茵茵的草地。他忙爬起身来，看到自己睡在草地上，华丽的宫殿不翼而飞了。

老国王以为自己是在做梦，拔了一根胡子，感到了疼。揉揉眼睛，看清楚了草地上的紫花。他以为碰到了什么灾难，吓得一溜烟似的向旧王宫跑去。

"儿啊，这是怎么回事，一夜之间你的宫殿不见了。"老国王见到小王子，惊魂渐定。

小王子算了算，这天正好是龙王把金瓶收回去的日期，便说："父王，我早告诉过你，这宫殿是借来的，三年后龙王要收回去。"

老国王重重捶着自己的头，懊悔万分。

小王子想："老国王终究是自己的父亲，且年事已高，还是让他回宫里来住吧！"

从此，老国王住在皇宫里吃闲饭，小王子当上了真正的国王。

拉萨梅朵

拉萨梅朵是一位漂亮的姑娘。她双眸灵动得像飞舞的蝴蝶，双唇好比红玛瑙，浑身散发出格桑花的芬芳，引得蜜蜂彩蝶成群绕在她的身旁。拉萨梅朵不仅长得俊俏，而且性情温柔，心灵手巧。她虽住在一条山沟里，名声却早已飞出大山，飞向草原……

有三个魔鬼知道了，都想娶拉萨梅朵，他们争得吵闹起来。

二魔鬼指着大魔鬼讪笑道："你也不照照镜子，一对大獠牙会把姑娘吓昏的。我看你还是死了这份心吧！"

大魔鬼听了哈哈大笑："世上的姑娘没有不爱权贵的，我变成王子，她一定会爱我。"说完施法念咒，顷刻变成了一位风度翩翩的王子。"王子"嘲笑二魔鬼："瞧你这副狰狞的铁青脸，姑娘一看准会吓跑，哪还会嫁给你！"

二魔鬼嬉皮笑脸地说："世上的姑娘没有不爱钱财的，我变成商人的儿子，她一定会嫁给我。"接着念了一声咒语，立刻变成了一个珠光宝气的阔少爷。

这下三魔鬼慌了神，嚷起来："世上的姑娘，没有不爱漂亮的小伙子的，我变成美男子，姑娘准会一见钟情。"他念了一句咒语，藏起了头上的一对大犄角，变成了一位英容焕发的美少年。

大魔鬼向路边的山羊一招，山羊变成了银光马，银色的结儿挂满身。他骑上马，又向天上的一群飞鸟一招，飞鸟变成了威武的侍卫，拥着"王子"朝拉萨梅朵的家进发。

"阔少爷"用手朝身旁的树一指，树变成了赤兔马，红缨彩结缀满身。他跨上马，又向道边的石头一指，石头变成了马帮，驮着金银珠宝、首饰衣物，前后簇拥着"阔少爷"去求婚。

"美少年"赶忙向水边的乌龟一吹，乌龟变成一匹乌枣马，马颈上挂着黑青色彩结。他飞身上马，又朝水中的鱼儿一吹，鱼儿变成一班跳舞的艺人，哈哈嗨嗨地伴着"美少年"向山沟走去。

途中，他们碰上了一个叫道布杰的穷牧羊少年，同走一条道，三个魔鬼傲慢地问道:"喂，你上哪儿? "

"我去向拉萨梅朵求婚。"

"嗬! 嗬! 嗬! "三个魔鬼在马上笑得腰都直不起来，"你还是快滚回去吧，拉萨梅朵怎么会爱你这个连清水糌粑都吃不上的穷汉! "

道布杰不理睬他们的嘲笑，大步赶路。

三个魔鬼和道布杰一齐来到拉萨梅朵家，向她求婚。这下可难住了拉萨梅朵的阿妈，她进到屋里，叫女儿自己做主。

拉萨梅朵正在拉布机，织氆氇。"戥秤可以量轻重，歌儿可以量人品。"拉萨梅朵主意打定，要从歌儿中了解对方的人品。她对阿妈说:"按照我们的风俗，请他们各唱一支歌，谁的歌儿打动了我，我就把爱情交给他。"

三个魔鬼被难住了。他们虽能把自己变成王子、阔少爷、美少年，却变不了自己的粗嗓门，更编不出好的词儿。

大魔鬼只好粗着喉咙，像牛一样吼起来:

> 貌如天仙的拉萨梅朵，
>
> 我是未来的国王，
>
> 父王的疆土骑上万里马也跑不到头，
>
> 父王的奴隶多得像夜雾，

您要嫁给我，

这所有的一切将属于您啰！

拉萨梅朵边织氆氇边唱道：

彩虹的颜色虽然美丽，但不长久，

松柏的颜色虽不美观，却万年长青。

靠权贵换来的爱情，像彩虹稍纵即逝，

我要的爱情，应像松柏永远青翠。

大魔鬼沉下了脸。二魔鬼清了清嗓门，像马一样嘶鸣：

貌如金花儿的拉萨梅朵，

我是巨商的少爷，

我家里的珠宝有山高，

我家里的黑砖茶堆满库，

您要嫁给我，

一辈子享不尽的福！

拉萨梅朵边拉布机边唱道：

买马要看口齿，相爱的人要摸心底，

珠宝虽多，但买不到真心，

满库的砖茶虽重，没有情义重，

我要的爱情，比海子还要明净！

二魔鬼拉长了脸。三魔鬼趋前一步，行毕礼，像羊一样咩咩叫起来：

貌如天神的拉萨梅朵，

我有彩霞般的装束，

十五明月的容貌，

神星般的眼睛，

雄狮般的丰姿。

您要嫁给我，

生活就像吃了饴糖那般甜。

拉萨梅朵停了一下手中的活，瞟了一眼，轻蔑地唱道：

春天的牡丹虽好看，但经不起霜打，

蘑菇表面长得不错，根基却太浅。

想用美貌赢得爱情，爱情像云朵随风飘，

我要的爱情，应像冰原上的雪莲经得起风暴！

三魔鬼耷拉下脑袋。道布杰口里飞出了清脆的歌声：

小时同山牧羊的姑娘，

少年时同树采花的姑娘，

我虽没有权贵，

但有真挚的心；

我虽一贫如洗，

但有勤劳的手一双；

我虽没有漂亮的容貌，

但有强健的身体。

拉萨梅朵哟，

爱情的花朵开满了心房。

拉萨梅朵突然听到小时做伴的道布杰的歌声，喜不自禁地跳下织布机，倚在窗口上，屏息聆听。道布杰的歌声一停，她立刻唱起来：

酥油茶不在多，只要浓酽就行了；

水不在深，只要清洁就行了；

少年不在富有，只要心地善良就行了。

道布杰哟，

如同茶和盐一样相融，

如同糌粑离不开酥油，

我们永远在一起。

拉萨梅朵唱完跑出屋，和道布杰互换手镯。

三个魔鬼又气又恨，立刻变了脸，招来一阵风把拉萨梅朵抢走，关进岩洞里。他们在洞外为谁娶拉萨梅朵争吵起来。

拉萨梅朵环视了一下岩洞，看见洞内还有一个门，便推门进去。里面尽是白惨惨的骨头，骨头当中躺着一头奄奄一息的花牦牛。拉萨梅朵连忙用泉水喂花牦牛。

花牦牛喝了点水，感激地说："姑娘，快逃走！这三个魔鬼会吃掉你的。"

"牦牛大哥，四面都是岩石，洞口三个魔鬼守着，怎样才能出去呢？"

拉萨梅朵啜泣起来。

"你不要哭，赶快把我杀了，将皮铺在地上，四个蹄子放在四个角上，你只要坐在当中，就能逃走。"

"我应该想办法救你出去，怎能杀你呢？"拉萨梅朵不忍心下手。

"姑娘，我是活不成了，与其我俩都死，不如让你活着出去。快点杀了我，否则后悔不及了。"

拉萨梅朵坐在牦牛身边沉思，难过得合上了眼祷告。就在此时天神来助，当她睁开眼时牦牛不见了，只见在她身边站着一匹花斑马。花斑马驮着拉萨梅朵，长啸一声，奔出了洞口。

三个魔鬼看到拉萨梅朵乘着花斑马跑了，立刻停止了争吵，前去追赶。但是花斑马早已跑远，连个影儿也不见了。

花斑马跑着，路上碰到了四处寻找拉萨梅朵的道布杰。拉萨梅朵翻身下马，和道布杰一同走回家。

"姑娘，那三个魔鬼化装成商人正往你家去！"花斑马说了话。

"怎么办呢？"拉萨梅朵吃了一惊，焦急地问花斑马。

花斑马附耳将办法告诉了拉萨梅朵，一转眼便不见了。

拉萨梅朵和道布杰按照花斑马的办法，立刻在家门口挖了一个大坑，上面铺上垫子，再撒上些土，一切准备停当，果见大路上走来了三个"商人"。

拉萨梅朵在门口捻毛线。三个"商人"看见她，咬牙切齿地冲过去，还没到达门口，便一下子全掉进了深坑。

拉萨梅朵忙和道布杰用土把坑填满，在上面堆起一个玛尼堆。

从此，拉萨梅朵和道布杰过上了幸福的生活，直至白发千古。

鸟猴之争

　　从前有一座大山，因为仅低于须弥山，所以向有"山中王子"之称。这座山的山顶是晶莹闪耀的冰峰，山腰是碧绿欲滴的草坪，山脚是浓荫覆盖的森林。山上住着许多飞禽走兽，它们各住一方，峰顶是狮子的王国，草坪是鸟类的乐园，森林是兽族的世界。它们和睦相处，互不侵扰。

　　有一天，一群顽皮的小猴子跑进草坪玩耍。它们一眼看见果树上的果熟大半，馋得垂涎三尺。一个个跳树攀枝，扯的扯，拉的拉，摘的摘，拣那熟透的果子，尽情享用。片刻工夫，把草坪弄得乱七八糟。

　　孔雀首先发现了它们，连忙上前劝阻："猴子小兄弟，你们要吃果子，打声招呼，我们给你们送去，为什么要损坏树枝，搞乱草坪呢？"

　　一只叫阿立玛的小猴吃果子吃得正上瘾，见孔雀阻拦，十分不快，吐出果核，朝孔雀打去。孔雀没有提防，头上被打起一个小包。其余小猴见了鼓掌大乐。阿立玛更加神气，向同伴们挤眉弄眼，一声招呼，顽猴们打秋千从树上跳到草坪，按住孔雀。阿立玛拔下孔雀两根漂亮的尾翎，插在耳朵上，和同伴们摇摇摆摆地返回森林。

　　孔雀向鸟王金翅大鹏哭诉道："请陛下为小臣做主，一群顽猴践踏草坪，小臣上前相劝，它们非但不听，反将小臣打伤。"

　　秃鹰大臣看到孔雀受到这等屈辱，不觉怒火胸中烧，启奏道："这群孽猴，今天敢在光天化日之下，侮辱我同族，攀折花果，明天岂不要驱赶我们，占领草坪！我们绝不能等闲视之。下臣愿领兵一支给孽猴们一点颜色看看，使它们再也不敢扰害草坪。"

鸟王听了连连点头，正欲下令，只见班部中闪出鸽子大臣。他奏道："陛下，顽猴虽属可恶，但我们都是'山中王子'的后裔，同生活在一个大山的兄弟，切不可因一点小事，干戈相见，请派鹦鹉大臣去办办交涉，和平解决争端。"

鸟王觉得鸽子大臣的话也有道理，立即下令鹦鹉去猴王那儿。

猴王听说鸟族来了使者，派礼宾大臣老猕猴出宫迎接。阿立玛看到鹦鹉到了，知道事情不妙，灵机一动，赶进王宫。

老猕猴唱起祝酒歌，向使者敬了酒，然后引入宫，谒见猴王。

鹦鹉恭敬地献上哈达，启齿说道："自古以来，'山中王子'的子孙各据一方，峰顶住着狮子，草坪住着鸟类，森林住着兽族，此疆彼界向来不相侵犯。今天一群小猴子却闯入我们的领地，攀折花果，殴伤孔雀，请陛下圣决！"

猴王转问大臣是怎么回事。

"陛下，"阿立玛奏道，"公众的田地，难道只准一个人耕种吗？很明显这是没有道理的，正如最大的水为海，海中的万物，大的如地上的大象，小的如蚂蚁，但它们自由来往，不分彼此。又如充本做买卖，来往各地，没有人禁止他们。再如天底下只有一个太阳，如果有人以为阳光仅属他专有，不准别人享用，则必定引起争端，这道理是一样的。本山的花草果木本属公有，但鸟类却偏要占为私有，难道这种行为不应该受到谴责吗？"

鹦鹉见阿立玛非但不认错，反而强词夺理，用谎言来遮盖事实，非常气愤地对猴王说："陛下，卖肉的把野兽的尾巴给你看，那是想把驴肉冒充野味卖给你[1]，阿立玛用谎言明目张胆地欺骗别人，正像小偷硬说婆罗门牵的山羊是狗，要他把山羊白白地扔掉那样。"

---

[1] 藏谚，意同"挂羊头卖狗肉"。

猴王不解地问："这是怎么回事，请讲吧！"

鹦鹉便讲了《小偷骗吃婆罗门山羊》的故事——

一个婆罗门牵了一只肥山羊在路上走，遇上四个小偷。小偷饥肠辘辘，看见肥山羊，合计决定要把婆罗门的肥羊骗来吃。于是第一个小偷走向前，瞟了一眼山羊，大惊小怪地叫起来："哎呀，尊敬的婆罗门，您怎么牵一条癞皮狗，怪寒碜的。"

婆罗门白了小偷一眼，骂道："你这个睁眼瞎子，明明是只羊，怎么说成狗！"

说完牵着羊往前走，刚走了两步，碰上第二个小偷。小偷瞟了一眼山羊，故作惊状说："您这个有身份的人，怎么牵一只癞皮狗？"

婆罗门心里嘀咕："今儿怎么这般晦气，又碰上个睁眼瞎。"没好气地说道："伙计，看清楚啰，这是羊，不是狗。"

说完牵着山羊继续往前走。第三个小偷迎向前，恭恭敬敬地鞠躬行礼道："高贵的婆罗门，您这条癞皮狗是卖的吗？"

婆罗门瞪大了眼睛，回头仔细看了一下山羊，奇怪地问道："难道这是癞皮狗吗？"

"没错，我是猎人，猎人的眼睛怎么会看错。"

婆罗门琢磨起来："难道我糊涂得羊和狗都分不清吗？"他摇摇头牵着羊慢慢地走。突然听到路旁有嘻嘻的笑声，抬头见第四个小偷捂着嘴巴在笑，他不安地问道："请问，您为什么瞅着我笑？"

小偷说："我笑您——一位高贵的婆罗门，却牵一条癞皮狗！"说完又哈哈大笑起来。

婆罗门面红耳赤，认为自己牵的不是羊而是癞皮狗，便把山羊丢在路旁，匆匆地走了。

"你这个卖弄聪明的鹦鹉，"阿立玛看到鹦鹉居然在猴王面前用故事奚落它，大声叫起来，"正直的人有时受到危难，就像上弦的月亮一样越来越亮；卑劣的人遇到一次危难，就像熄灭了的酥油灯一样不能再亮。不要忘记了自作聪明的乌龟，终于摔死在地上的故事。"接着他讲了下面的故事——

一对鹭鸶和一只乌龟交上了朋友。每天鹭鸶都要把它们在天上看到的事情，绘声绘色地讲给乌龟听。

乌龟听了羡慕极了，请求道：

"好朋友，请带我到天上玩一趟吧？"

"不行。"鹭鸶摇摇头说，"你没有翅膀怎么上天呢？"

"我伏在你们的背上。"

"那太重了，我们驮不起。"

"有办法了！"自作聪明的乌龟找来一根小木棍，高兴地叫起来，"鹭鸶哥哥咬着棍子这一头，鹭鸶嫂嫂咬着棍子那一头，我咬着小棍子中间，你们一起飞，不就把我带上天了吗？"

那对鹭鸶面有难色，觉得这样做太危险了，但又经不起乌龟一再恳求，于是便反复叮咛："乌龟弟弟，记住，千万不要说话。"

乌龟记着鹭鸶的话，含着小木棍，被带上了天空。嗬，大地真雄伟壮观：弯弯曲曲的河流，像长长的飘带；一座座叠翠的山，像一颗颗翡翠；草原像一条藏毯；透亮柔软的白云像哈达；……

它们飞啊飞，农民们看见了，指着说："看哪，乌龟真聪明，你看它衔着棍子当中，叫两只鹭鸶抬着它。"

鹭鸶听见了理也不理，继续往前飞。乌龟听了美滋滋地想："哈哈！人们夸奖我哩！"

它们飞啊飞，牧童看见了，夸奖鹭鸶："快看哟，两只鹭鸶真聪明，咬着一根棍子，把乌龟带上了天。"

鹭鸶听了还是不理会，一心一意往前飞。乌龟听了气极了，向牧童吼道："邦古[1]！这聪明的主意是我出的！"

乌龟的话是说完了，但也从天空中摔下了地，摔得粉身碎骨。

阿立玛的故事引起了满堂的笑声。鹦鹉见猴王非但不管束自己的臣属，反而跟着讪笑自己，恼羞成怒，厉声地说："水不管怎样沸腾，总不会冒出火来；玻璃不管多么光亮，也不是宝石。水中岂能开路，天上哪能搭桥。陛下，正如在神道面前不能抬头仰望一样，草坪绝不能遭受侵犯。"

说完，鹦鹉大步走出宫，飞回去了。

金翅大鹏鸟听取了鹦鹉的报告，立即召开御前会议。

秃鹰大臣按着宝剑，说道："玩火者必自焚，孽猴恃强凌弱，非但不认错，反而侮辱我使者，这更不能容忍！我们誓死用战斗保卫家园，用剑、戈雪洗耻辱！"

许多大臣武将拔出了剑，要求鸟王下令出兵。

金翅大鹏鸟发出了命令，准备与猴族战斗。

咚！咚！咚！草坪上敲响了三角牛皮鼓。

猴王闻警，立即召集所有大臣商议对策。

阿立玛第一个嚷道："鸟类并非铁打的，我们亦非酥油做的。小河不能

---

[1] 邦古，藏语音译，骂人的话，意同叫花子。

冲桥，鸟类不能遮日。我们用不着怕它们，它们的本领不过能够展翅飞入空中，但是我们也能攀上树梢去抓它们的脚。倘使它们能入地，我们也能赶上捏住它们的头颅，有什么可怕！"阿立玛环视众大臣，挺胸请战，"拾柴不须要大斧。我只要带上一群小猴儿就能战胜它们。"

马猴和猿猴跳出来，愿助阿立玛一臂之力，请求出战。

"且慢！"礼宾大臣老猕猴站出来，奏道，"请陛下慎重行事，如吃饭先用鼻子去闻，穿衣先用眼睛去看。如果鲁莽行事，就如狗发狂，狗发狂会遭棍棒打；如引大水入田，就会把田淹没的道理一样。世界上无论做何事，都应依照公理去做。"

猴王暗暗点头，令老猕猴说下去。

老猕猴捋了一下胡子，转身对阿立玛说："阿立玛细细地听着，自古草坪就是鸟类栖住的地方，正如森林是我们祖辈生活的地方一样，你们侵害了人家本来就毫无道理，没有道理的事却偏要编出道理来，这叫小火去烧长的山冈，细流去淹没大的陆地，是不可能的事。正义在人家一边，我们硬要欺侮人家，不光会遭到全体鸟类的反抗，也会遭到兽族的谴责，到头来，就如羊毛做了绳子抛石头[1]，石头反击在羊身上。"

一席话说得全体大臣连连点头，阿立玛羞愧满面，缩颈藏头。

猴王问道："依卿之见，这事该怎样了结？"

"依小臣愚见，这事只有和平解决，别无他途。"老猕猴非常诚恳地说，"我们和鸟类虽不同族，但都是'山中王子'的后裔，祖祖辈辈和睦相处，同住在这座大山里，是一个家庭的兄弟。兄弟只有团结互助，怎能以刀枪相见呢？"

猴王连连点头，决定请兔子帮忙，充任和平使节。

---

[1] 抛石头，用羊毛编织的一种带形物，中间装着石头，藏音为"乌朵"。藏族群众挥动"乌朵"，里面的石头会飞出打狼，或打别的野兽。意同抛石头砸自己脚。

兔子愉快地接受了猴王的邀请，同时提出："我们整个山林需要和平，而不是战争。为了胜利完成这项神圣的使命，还应该请德高望重的公鸡格西同我一起去调解。"

猴王立即亲自到庙里，邀请公鸡格西。公鸡活佛虽然春秋已高，但为了山林和平，拄着拐杖，和兔子同去见鸟王。

兔子和公鸡见到鸟王后，兔子首先说："尊贵的陛下，我们受猴族的拜托，前来解决鸟猴的争端。倘若鸟猴发生战争，成为永久的仇敌，那么宁静和平的'山中王子'则将无一寸清静土地，后果不堪设想。我们两个虽在鸟兽中都无高尚光荣的地位，但有两颗如白云般纯洁的心，毫无偏袒，只希望猴鸟偃旗息鼓，和平相处。区区心意，请陛下明察。"

和平本来是鸟王的意思，听了兔子的话后，他感激地说："二君为和平操劳之心，洁如白云，纯如黄金。正如古语说的那样：'树木不要的是蛀孔，人身上不要的是疾病，心理上不要的是忧愁。'我们当然不要战争，但此次争端的祸首是猴子，它们破坏我果园，侮辱我子民，因此必须由它们来解决。"

"不看人面看衣面，不看狗面则看铁链。请允许我站在公正的立场上说几句。"公鸡拄着拐棍说，"手背手心都是肉，鸟猴都是'山中王子'的子孙，如果发生战争，正像老话说的'野牛和熊相斗，得利的是猎人'那样。"

"这是怎么回事？"鸟王请公鸡格西讲一讲。

公鸡缓缓地讲了下面的故事——

一个猎人碰上了一头野牛，他正准备开枪时，又看见了一只大熊。猎人想出了一条妙计，收起了猎枪，跑到野牛面前。

野牛咆哮起来，扑向猎人。

猎人闪到熊站的地方，迅速爬上了大树。

熊看到了野牛，大吼一声，站立起来扑过去。

野牛低下头，用角把大熊抵到地上。

大熊爬起来，喘着粗气，用前爪去抓野牛的眼睛。两兽一个顶过来，一个扑过去，最后野牛把大熊抵到大树下，大熊张开四肢，挣扎着扑打野牛，双方相持不下。

相持的结果，大熊被野牛抵死了，野牛也嘴吐白沫累死了。

这时猎人跳下树，请来了人，将野牛和大熊拖回家去。

鸟王听了很受启发，向公鸡格西请教解决争端的良策。

公鸡格西说："这次争端确实是猴子引起，猴子必须赔礼道歉。但陛下也应看到，猴子住在森林，食物却在草坪，如果您绝对禁止它们来觅食，猴子就得饿死。我们既然都是'山中王子'的后裔，同喝山顶流下来的水，同在一个地方生活，陛下也应该通情达理，做些让步才好。"

鸟王低头沉吟一下，表示和臣属们商量后再作答复。它将兔子和公鸡安排下榻后，立即召开会议，大小鸟儿都飞来依次环坐，形如圆鼓。鸟王把兔子和公鸡的话说了一番。

鸽子大臣说："兔子和公鸡的心明如雪山，做的事都纯如牛奶，说的话净如乳酪，我们应该相信它们的诚意。依小臣之见，果园可以让出四分之一给猴子表示我们的诚意，何况我们的兄弟姐妹也经常到森林去觅食、玩耍。"

鸽子大臣的话得到鼓掌通过，鸟王召见兔子和公鸡，请它们转达鸟类的诚意。

猴王闻后大喜，看到鸟类如此宽宏大量，十分羞愧，亲自带上酥油、奶酪、丘热等食物来到草坪，向鸟类赔礼道歉，并表示欢迎鸟类到森林来做客。阿立玛也找到孔雀，向它献了哈达，表示歉意。

鸟猴讲和以后，草坪上经常可以看到猴子。不过猴子不光吃果子，也学会了种果树、浇水、剪枝。森林里也经常有鸟儿来游歇。鸟猴从此成了好朋友。

牧童巧得王位

古时候，有个牧童，不论冬夏，不分阴晴，都要到草原上为财主牧羊。晚上和羊睡在一起，久而久之，对羊产生了感情。

有一次，财主家来了客人，财主挑中一只大肥羊，叫牧童去宰。

牧童看到肥羊浑身打战，心不忍，抱起羊走出财主的院子，走出了寨子，把羊放下地，流着眼泪说："羊儿，快走吧，不要回头，奔向草原，去过自由自在的生活。"

肥羊似乎听懂了牧童的话，感激地点了点头，摇身一变成了一个朱唇皓齿的少年。

牧童惊奇地瞪圆了眼睛。白衣少年将双手一摊说："恩人，我是墨尔扎那神[1]的儿子，因做错了事，被阿爸罚成羊，到人间磨难一年才能复形。谁料到只差一天，灾从天降。要不是恩人搭救，我就只好到地狱去了。为了报答救命之恩，说吧，你想要什么宝物？"

牧童摇摇头说："我是一个牧童，宝物对我没有用处。我成天和羊做伴，如果您让我懂得禽语，能和动物交上朋友，我就太感激您了。"

白衣少年走近牧童，朝他双耳吹了三下："你的愿望达到了，但愿你吉祥如意。"说完便消失在草原上。

这时一对鸟儿飞到牧童的头上，叽叽喳喳地叫。牧童仔细一听，脸色变得灰白。原来鸟儿是来报警的。财主看见牧童和肥羊不见了，派人四处

---

[1] 墨尔扎那神，管山和江河的神。

捉拿牧童，扬言要打牧童三百鞭。

牧童一想，财主心狠手辣，一百鞭就要自己的命，我回去不是寻死吗？他急忙躲进了草原，待月亮出来时，借着月光，逃往他乡。

一天，牧童在官道上，遇见了一个官差骑着马，从后面跑过去，官差像有什么急事似的，拼命鞭打坐骑。但不管官差怎样抽打，马一跌一蹶地老跑不快。

牧童好生奇怪，用马语问："马儿，看你体壮膘肥，怎么跑不快？"

"劳你的驾，帮我把蹄子上的针拔出来，我就跑得快了。"

牧童喊着官差："老哥，你上哪儿？"

官差说："储君的耳朵患了病，御医一大把，没一个能医他的病，药石吃了一大筐，越吃病越重。现在生命垂危，国王令我去找门巴，偏骑上这匹劣马，跑起路来像牛走。"

"老哥，请你下来，把马蹄子里的针拔出来。"

官差半信半疑下了马，拽起马蹄一看，果见一根针刺入马蹄。官差喜出望外："你准是先知者，一定也能把王子的病医好。"

说完，不管三七二十一，把牧童硬拉进了王宫。

国王和王后正守在王子身旁，王子的每一声呻吟，就像针一样扎进了他们的心。国王和王后忧心如焚，一筹莫展。看见官差带来了一个牧羊的娃子，国王气得吹胡子说："我要门巴，不要牧羊娃子！"

"陛下，他虽不是门巴，但比门巴还高明。"接着官差便把途中所见所闻向国王说了一遍。

国王仍不相信，正欲发作，这时王后突然哭泣起来，国王忙到王子的床边，原来王子昏厥过去了。

国王慌得没了主意，官差忙禀道："陛下，不管是真是假，不妨让他看一看。"

国王只好叫牧童前去治病。

牧童无法脱身，急得满头大汗，坐在王子的榻前，左顾右盼。他看到窗外树上栖着一只乌鸦，忙用禽语询问："乌鸦兄弟，请问这位王子得的是什么病？"

乌鸦说："他耳朵钻进了一条肥虫。"

"用什么法子治？"

"用皮鼓在王子耳边敲，再洒些水，肥虫以为是打雷下雨，定会爬出来看动静。它一爬出来，你就抓住它送给我吃，王子的病就好了。"

牧童立即叫人拿来一面皮鼓，放在王子耳旁一边拼命敲皮鼓，一边洒些水，敲了一会儿，牧童就守在王子的耳边。一会儿，果然看见一只大肥虫探出头，牧童一下子捉住肥虫，丢到窗外。乌鸦噗地飞下去，一口将肥虫吞进肚里。王子病好了，他跳下地，扑到了王后的怀里。

国王大喜，赏了牧童一些金银。

牧童用这些金银买了许多羊，在草原上放牧，和羊儿一起过着幸福的生活。

有一天，国王的灵魂玉[1]丢失了，国王吓得面无人色，出布告四出寻找，都无下落。国王想起牧童，立刻下令把牧童找进宫。

"先知者，你能帮我把灵魂玉找回，我把一半江山给你。"国王说。

牧童对半壁江山并无兴趣，暗忖："天下这般大，我到哪里去找灵魂玉呢？"不由得着急起来，他请求国王给他三天时间。

第一天，他去问御林园的孔雀，孔雀摇摇头。

第二天，他去问大殿上的鹦鹉，鹦鹉不吭声。

第三天，他去问寝宫里的花猫，花猫咪了一声跑了。

---

[1] 灵魂玉，参见本书上卷《天湖的传说》一篇中关于"生命球"的注文。

怎么办呢？牧童急得一夜睡不好。他绕着湖边走，苦苦想办法，这时惊动了天鹅。

"老弟，你怎么不去睡觉？"

"天鹅阿哥，睡不着呀！"

"为什么？"

"国王给我三天期限找他的灵魂玉，现在还没有找到，眼看限期就到了。"

"哦，"天鹅伸了伸长颈子说，"国王的灵魂玉是在湖边洗澡时，被大臣阿夏偷了，现在还藏在……"天鹅悄悄小声地告诉了牧童。

第二天，国王登朝，牧童上殿，启禀道："陛下，灵魂玉找到了。"

国王激动地从松耳石宝座上跳下来："在哪里？"

牧童命令侍卫把偷国王灵魂玉的阿夏抓来。

"陛下，"阿夏慌得跪在大殿上说，"我一身清白，千万不要上这个懂得妖术邪语的牧童的当，他……他……陷害忠良。"

"好一个忠良！"牧童冷笑一声，上前撕开了阿夏的上衣，扯下了挂在他胸前的嘎乌，打开盒子，取出灵魂玉还给了国王。

国王又怒又喜，怒的是阿夏居然斗胆偷自己的灵魂玉，下令将阿夏拖出去斩首；喜的是灵魂玉终于找到了。他阖上眼，捧着灵魂玉，念起六字箴言。过了一会儿，国王额头上又皱起了疙瘩，原来他舍不得那半壁江山了。

牧童本来并无要那半壁江山的意思，看见国王有翻悔之意，决定惩罚一下国王。他用鸟语向鹦鹉说了几句话后，告辞了国王。

国王见牧童什么话也没说，喜形于色，跑到经堂乞神庇护。突然五彩经幡后面的圣祖说话了："晴天现虹霓，将是凶兆有灾难。"

"圣祖，"国王吓得连连磕头，"乞圣祖赐福，让我避灾忏罪。"

"你赶快把王位让给帮你找到灵魂玉的牧童，自己到山上坐关¹。"国王哪里知道这是牧童叫鹦鹉飞到佛像后面，学佛祖说话来惩治他，反而认为佛祖的旨意是不能违背的，连忙三跪九磕，退出经堂，立即把王位让给牧童，自己跑进大山里去了。

　　从此，牧童励精图治，使国家兴盛起来。

---

¹　坐关，是藏传佛教的修炼形式，静坐修禅，不见外人。

"巨人"客措巴布

有一个小伙子，壮如牛，力气大得惊人。有一次，一对野牛冲到寨子里打架，吓得寨上的人都躲了起来，他上前鼓足劲，一拳头把对阵的野牛打开了，从此大家都叫他客措巴布，意思是：一拳可以把牛打开的巨人。

这下小伙子可神气了，眼睛都长到额头上去了，走起路来，横冲直撞，挨撞的人稍埋怨两句，他就把眼珠子一翻，嚷道："你知道我是谁吗？我是巨人客措巴布！"

他也不干活了，整天在家睡懒觉，吃饭的时候，就往别人家里一坐，谁家不端出糌粑、奶茶、牛羊肉，他就挽起袖口，亮出拳头，威胁道："你知道我是谁吗？我是巨人客措巴布！"

寨上的人对他侧目相视，敢怒不敢言。一位好心的长者，实在看不下去，好言相劝道："小溪的水成天叫嚣，大海的水从不咆哮。客措巴布，寨外的山虽高，但高不过须弥山；草坝上的湖虽大，但大不过措布湖。你还是谦虚点好！"

"秃了毛的老狐狸还敢在狮子头上搔痒，瞎了眼的癞狗岂敢教训骏马。老汉，你知道我是谁吗？"客措巴布火冒三丈，大声喊道，"我是巨人客措巴布！"

"你别把自己看得太粗太大了。东山那边有个叫措勒加巴的巨人，他一次能喝九桶酥油茶。西山那边有个叫重加察勒的巨人，肩膀上可以放一百头牦牛。北山那边有个叫路巴客朵的巨人，用九张整牛皮还缝不成他的裤子。他们才是真正的巨人。"好心的长者看到客措巴布如此狂妄自大，气愤地说，"狗不要在鸡面前逞能，你敢和他们比武吗？"

"我一拳打开两头野牛，两拳头把高山打平，三拳头把草原打塌。老头，让我征服了那三个巨人后，再来找你算账。"客措巴布很不服气，决心去找这三个巨人比一下高低。

首先客措巴布往东山去找措勒加巴。在措勒的门口碰到措勒的阿妈。措勒的阿妈边打茶边问道："你有什么事？"

客措巴布昂首挺胸，神气十足地说："找措勒加巴比武！"

措勒的阿妈停下木棍，上下打量客措巴布，问："你有什么本事？"

"我能一拳打开对阵的两头野牛。"

"你还是不要和他比武，你是经不起他一拳头的。"

"措勒加巴有何本事！"客措巴布坚决不答应，一定要和他比个输赢。

"这样吧，我儿子一次能喝九桶酥油茶，你要能喝下九桶半酥油茶，就能打败他。"

客措巴布想：我能打开野牛，九桶半酥油茶算什么？于是他抱起酥油桶就喝，谁知只喝了一桶的五分之一，肚皮就胀得小肥猪似的，任怎样鼓劲，也喝不下去了。这时屋内响起了打雷声，把客措巴布吓了一大跳，忙问措勒的阿妈："你家里怎么炸出惊雷？怪可怕的。"

"哈哈！"措勒的阿妈笑着说，"这不是雷声，是我儿子的鼾声。"

客措巴布探头往里一望，立刻缩回了头。原来他看到措勒加巴的脚板子就同他身子一般大，吓得头也不敢回，一口气跑下了山。

客措巴布想：我赢不了措勒加巴，要赢重加察勒。他勒了勒腰带，去西边找重加察勒。在重加的门口遇上了重加的阿爸。

"小伙子，你来干什么？"重加的阿爸问。

"找重加察勒比武！"

"你有什么本事，敢和我儿子比武？"

"我一拳头可以打开一对撒野的野牛！"

"哈哈！"重加的阿爸说，"小伙子，不要找死了，你还是回去吧！"

"不！我一定要和他比一下高低！"

"他来了，你去找他吧！"重加的阿爸指着山上说。

客措巴布抖擞着精神迎上前去，谁知一看到重加，脸色一下子变得灰白。原来重加察勒的左肩头上放了一百头死獐子，右肩头放了一百头死雪猪。客措巴布自愧弗如，一溜烟地跑下了山。

客措巴布寻思：我不能和重加比武，定要胜路巴客朵才行。于是他径直奔向北边的大山。走着走着，他走进了一座肉红色的大山，山上长满了黑色的草。他吃力地拔草寻路往上爬，爬得大汗淋漓。其实他还不知道自己不是在爬山，而是在爬巨人路巴客朵的腿哩！

路巴客朵觉得腿上有小虫在爬，怪痒痒的，伸手一把把客措巴布当作小虫捏起来，嘟囔着："你这个该死的小虫，看你还咬不咬我！"

"我不是虫，我是人！"客措巴布以为碰到了山神，慌忙在路巴客朵的手心上磕长头。

"你是谁，到这儿来干什么？"

"我是客措巴布，找路巴客朵比武。"

"你有什么本事，敢和他比武？"

"我可以一拳打开野牛。"

路巴客朵听了哈哈大笑起来："依我看，你比不赢他，还是回去吧！"

"路巴客朵有什么本事？"客措巴布扬起嘴角问。

"我就是路巴客朵，没什么本事。"路巴客朵把客措巴布放在地上，问，"小伙子，我们比什么呢？"

客措巴布一听，吓得往后就跑。从此以后他变得谦虚和勤快起来，寨上的人们也都喜欢他了。

驯狮少年

伦竹王杰是一个穷孩子，从小就失去了阿爸，和阿妈住在一个荒凉的山谷间，靠挖人参果[1]度日，饥一餐饱一餐，过着极其贫困的生活。

伦竹王杰和鸟兽交上了朋友，懂得了它们的语言，练就了强壮的体魄。他有羚羊一般灵巧的腿，行走高山险地如履平原。他有大象般的力气，三人合抱的大树，只要他搋一下，树便扑倒在地。十岁时，他恳求阿妈："给我一张弓，几支箭，我要学射箭！"

阿妈没有钱买弓箭，只好对儿子说："你去砍一根竹子，捉一头野牛回来。"

伦竹王杰跑上山，拔起一根大竹子，一拳打死一头野牛，左手拖竹子，右手抱野牛，回到了家。

阿妈劈开几节竹子，做成弓架，取野牛筋搓成弓弦，制成了一张弓。把剩下的竹子削成一根根细杆，做成箭杆。把牛骨头做成箭矢，安在箭杆上，制成了许多箭。又用野牛皮制成了一个箭囊，佩在儿子的腰后。

伦竹王杰，身挎弓箭，骑在一匹野马上，俨然像个大将军，神气地满山奔驰。突然，一只毛色斑斓的大老虎从草丛中蹿了出来，张开血盆大口猛扑过来。野马受了惊，狂跳了一下，把伦竹王杰摔在地上，一溜烟跑得无影无踪。

伦竹王杰从地上爬起来，连忙张开竹弓，向老虎射去。牛骨头箭矢射

---

[1] 人参果，康藏地区的一种野生植物。

在虎头上，反弹到地。伦竹王杰把弓一丢，用手一下抓住老虎项顶五花皮，往下一按。虎被捺得趴在地上，不能动弹，用四个虎爪子在地上扒，扒出了四个深坑。

伦竹王杰用左手捺定五花皮，抽出右手，捏成拳头，使出平生之力，猛地一拳打在虎头顶上。打得老虎咆哮了一声，震得山摇地动。他又打了一拳，打得老虎尾巴乱扫，把周围的树木扫荡一空。他再打一拳，只听得咔嚓一声，老虎躺在地上，一动也不动了。伦竹王杰仔细一看，老虎额头被打开了花，红的白的脑浆流了一地。

伦竹王杰把死老虎拖回了家，剥下了虎皮。这是一张又漂亮又柔软的虎皮，越看越令人喜爱。王杰说："阿妈，我要把这张虎皮卖给国王。"

阿妈听了连忙劝阻说："国王是一个残忍的暴君，你要引起他的怒火，会烧到自己身上来的。"

伦竹王杰毫不在意，第二天瞒着阿妈带上虎皮，翻山越岭，走了三天三夜，走到了王宫门前，求见国王。

国王听说这件事，立即召见了伦竹王杰。

伦竹王杰把虎皮摊在大殿上。这张虎皮大极了，占了大殿的一大半。国王还从来没有看见过这么大的虎皮，抬起羊粪蛋眼睛打量了伦竹王杰一下。只见他两个拳头像一对铁锤，两条腿像两根粗树桩，腰有酥油桶般粗，不由得抽了一口冷气，心想：像这样的勇敢少年，要颠覆我的王室，岂不是轻而易举的事吗？绝对不能留下他。国王想到这里，脸上堆满了奸笑，说：

"打死老虎算不得有本事，你若能驯服雄狮，才是真正的英雄。"

"驯服雄狮并非难事！"伦竹王杰手叉着腰说。

'你如能驯服雄狮，我把半壁江山奉送给你，若驯服不了雄狮，你把头献给我。"羊粪蛋眼睛里闪射着诡谲的光。

"陛下，说话算数吗？"伦竹王杰问。

"我说出去的话就像山上的瀑布，瀑布什么时候倒泻！"

"好，一言为定。"

"一言为定。"

伦竹王杰大步走出王宫，朝深山走去，找了九天九夜也没有看到一根雄狮的鬃毛。第十天，他走到一条岔路口，面前摆着三条路，一条通向山上，一条通向海子，一条通向草原，该走哪条路好呢？伦竹王杰正犹豫不定时，正好一只孔雀飞过。他恭恭敬敬地摊开双手，行了一个礼，说道：

"美丽的孔雀，劳驾一下，你看我该走哪条路才能找到狮子？"

孔雀栖在通向海子的路口，说："沿着这条小路一直走到海子边，海子边有棵檀香树，每天有一只神狮要到檀香树下喝水。你躲在檀香树上，折一根树枝，趁神狮不注意的当口，跳到它的背上，用树枝边敲打狮头边说：'神狮，神狮，休猖狂，乖乖听我话。'敲三下，它才会点头，听候你的命令。"

伦竹王杰谢过孔雀，径直走到海子边，果见一株檀香树。他爬上檀香树，折了一根树枝，静静地等候在那里。

太阳落水了，明月跃出了山头，海面上闪烁着万点银光。突然，大地震动起来，一阵狂风，把檀香树吹得东倒西歪。伦竹王杰紧紧抱住树干，睁大眼睛看，只见远处一座绿茸茸的小山，像风儿一般卷了过来，卷到跟前，才看清楚，原来是一头大狮子。它的眼睛就有车轮般大。大狮子跑到海子边，咕噜咕噜地喝起水来。

伦竹王杰不慌不忙往下一跳，正好跳到狮子背上，用檀香枝猛打大狮子的头，大声喊道："神狮，神狮，休猖狂，乖乖听我话！"

大狮子猛地跃起，想把伦竹王杰摔下地来，伦竹王杰早有准备，紧紧抓住绿鬃毛，用檀香枝第二次猛敲大狮子的头："神狮，神狮，休猖狂，乖乖听我话！"

大狮子趴到地上，打起滚来想把伦竹王杰压死。伦竹王杰搂住大狮子的脖子，随着它一起打滚。当狮子站起来的当儿，伦竹王杰第三次猛敲它的头："神狮，神狮，休猖狂，乖乖听我话！"

这时大狮子驯服地跪在地上，说道："主人，您有什么要求，请尽管吩咐！"

"我要带你去见国王。"

"遵命。"大狮子说，"请您坐稳。"说完一跃而起，挟起狂风卷向空中，不到一顿茶的工夫，就到了王宫门前。

这时天还没有亮，大狮子恭恭敬敬地说："主人，您什么时候需要我，只消将檀香树枝挥一下，喊一声，我就会出现为您效劳。"随即大狮子就隐去了。伦竹王杰也找一个地方舒舒服服地睡了一觉。

当太阳出山的时候，伦竹王杰大摇大摆地走进王宫，对国王说："陛下，你把半壁江山给我吧！"

国王睁大了羊粪蛋眼，左看右看只见伦竹王杰单身一人，便捧腹大笑道："不是我把半壁江山给你，而是要送你上断头台。"说完，大呼一声，令刀斧手将伦竹王杰推出去斩首。

"住手！"伦竹王杰把檀香枝一挥，朗声喊，"神狮快来。"霎时，一阵狂风吹得宫殿摇摇欲坠，把国王从宝座上掀到地上。国王趴在地上，抬头只见一只大狮子凌空而降，站在宫殿正中，张牙舞爪，冲他扑来。国王吓得哆嗦成一团，忙爬到伦竹王杰的身边，哀求："快救救命，我把半壁江山给你。"

伦竹王杰看到国王这副狼狈相，心中好笑。他将檀树枝一收，大狮子顿时不见了。

国王松了一口气，从地上爬起来，整了整皇冠，抖了抖龙袍，恢复了常态，眼珠儿左旋右转，转出了一条坏主意，他说：

"伦竹王杰，你如果能采来加雪赛古花，我把王位让给你。"

伦竹王杰知道国王想赖账，转念一想：哼，让我采来加雪赛古花后，再找你这条癞狗算账。他说："一言为定！"

"一言为定！"国王说，"要是你采不到加雪赛古花，就送你上断头台。"

伦竹王杰大步走出王宫，四处寻找加雪赛古花。但是他找遍了全国的坝子、草原，始终没见到加雪赛古花；翻遍了雪山、冰川，也不知加雪赛古花开在哪里。

他向一位银髯拂地的长者请教。

长者摇摇头说："我活了这么大岁数，还没有听到说过有加雪赛百花。"

伦竹王杰碰了钉子，并不气馁。他到深山里，请一位隐士指点。

隐士捻动着佛珠，沉吟片刻，才说："我听是听说过这个花名，但不知长在什么地方。"

伦竹王杰不打退堂鼓，走出国境寻找，走呵走呵，藏靴走破了一双又一双，还是没有找到加雪赛古花。有一天，他走到一个岔路口，一条通向一座大山，一条通向一条大江。该走哪条路呢？伦竹王杰迟疑不决，一头大象走过来，他恭恭敬敬合掌作揖，问道：

"象大哥，打听一件事，您知道在什么地方可以采到加雪赛百花？"

大象将长鼻子指向大山，说："这座山上，有一个魔鬼，守着加雪赛古花。你要没有擒魔的本领，就赶快回去，不要去送死。"

伦竹王杰谢绝了大象的劝阻，将袖子扎在腰带上，走向大山。路上，他碰到一个武士拿着金弓，双目注视着天空。伦竹王杰感到十分奇怪，问："你看什么？"

武士回答："我三个月前射向天空的一支箭，现在还没有落地，我在这儿等着哩！"

伦竹王杰不由得脱口称赞："你膂力真是天下第一！"

"我算什么！听说有个驯狮的少年，他才是真正有本领的人。"

"驯神狮的少年就是我。"伦竹王杰将双手摊开。

武士上下打量伦竹王杰，摇摇头表示不相信。

伦竹王杰将檀香枝挥了挥："神狮快来。"顿时大狮子摇头摆尾站在他们中间。

武士见了，十分钦佩伦竹王杰，跪在地上，愿做他的弟子，追随左右。

伦竹王杰连忙扶起武士，收好檀香枝，与武士结伴，同去取加雪赛古花。走了一程，突然从身后插进了一根大柱子，把伦竹王杰和武士吓了一跳，他们抬头一看，是一个巨人的一条腿。放眼望去，巨人的另一条腿在另一座山上。

伦竹王杰对巨人说："大哥你真有本事，一抬腿就跨过一座山峰。"

"嗬！嗬！"巨人笑起来，谦虚地说，"我算什么？驯服神狮的少年才是真正有本事的人。"

"他就是这位少年！"武士指着伦竹王杰骄傲地说。

巨人低头端详了一下，摇摇头表示不相信。

伦竹王杰挥了一下檀香枝，喊了一声。大狮子立刻出现在他们面前。

巨人心悦诚服地请求伦竹王杰收留他。伦竹王杰想：一国之王不如三臣[1]，采加雪赛古花不是轻而易举的，多一个人比少一个人好，便高兴地收下巨人。

巨人听说他们要去采加雪赛古花，右手抱起伦竹王杰，左手抱起武士，只迈了半小步，就到了魔鬼所在的山上。他们找了半天，才发现魔鬼住在

---

[1] 藏谚，意犹一个诸葛亮不如三个臭皮匠。

陡崖正中的洞口里。

"怎么到洞口去呢？"伦竹王杰和武士犯起愁来。

"不用着急！"巨人安慰他们。请伦竹王杰站在他的右手上，武士站在他的左手上，把他们送到了洞口。

伦竹王杰叫武士埋伏在洞口的一个隐蔽地方，自己跑到洞门口，把门拍得震天响，用力大喊："魔鬼，快交出加雪赛古花。"

魔鬼把门打开一看，见是一个虎头虎脑的少年，觉得好笑，轻蔑地说："只要你能胜我，我就把加雪赛古花给你。"

伦竹王杰看见魔鬼不愿交花，便闪在一旁，大声喊道："放箭！"

武士早已拉满了金弓，候在那儿，听到伦竹王杰的命令，嗖地一箭射向魔鬼，魔鬼没有提防，被箭射了个穿心过，扑倒在地，一命归天了。

伦竹王杰跨过魔鬼的尸体，走进山洞，果见洞里开满了加雪赛古花。他采撷了满满一大把花，走出山洞。

巨人把伦竹王杰和武士送到了王宫。伦竹王杰上殿对国王说："现在该我做国王了。"

国王万万没有料到伦竹王杰果真能采到加雪赛古花，眼珠儿左旋右转，又转出一条坏主意。他装出十分诚恳的样子，说："有您这样勇敢、聪明的人做国君，国家定将吉祥昌盛，我要举行盛大国宴，一则为您洗尘，二则逊位，正式为您加冕。"

伦竹王杰见国王说得一本正经，于是相信了国王的话。

国王连忙跑到后宫，附着宰相的耳朵如此这般地吩咐了一番。过了一会儿，大殿上布满珍馐百味，大摆筵席。国王让伦竹王杰坐了首席，自己屈尊下座。他非常谦恭地举起酒杯敬酒。

伦竹王杰端起酒杯，正欲送到嘴边时，听到宫外树枝上一对鸟儿的对话。一只鸟儿对另一只鸟儿说："不好了，伙计，伦竹王杰要是喝了酒，他就完了。"

"为什么？"另一只鸟儿扇了一下翅膀问。

"狗嘴里怎么吐得出象牙来，国王在伦竹王杰的酒里下了毒药。"

伦竹王杰闻此，不觉心头火起，咬牙大怒，放下酒杯，指着国王说："佛爷的话'恶行恶果要报应在自己的身上'真是一点不假，你想毒死我，到头来害的是你自己。"

说完，伦竹王杰掏出了檀香枝挥了一下："神狮快来。"

瞬间，大风呼啸，天撼地震，大狮子跳入大殿，说道："主人，有何吩咐？"

"快把这个人面兽心的家伙除掉！"

"遵命！"大狮子扑向早已像烂泥一样瘫在地上的国王，张开大口，一口吞掉了国王。

伦竹王杰当起国王。他在武士和巨人的辅助下，兢兢业业地治理国家，年岁丰登，国泰民安，一片生平。

取太阳的金头发

从前，有一个国王，膝下只有一个女儿，名叫雨珠。人们都说雨珠和雪原上雪莲一样美，和森林里孔雀一样光彩。求婚的人像赶庙会似的从四面八方拥来。

几个大国的王子带上许多稀世珍宝，穿着华丽的藏袍，骑着佩有金鞍银镫的宝马，前来求婚。

雨珠瞧都不瞧他们一眼。王子们不忍离去，在城外搭起了帐篷，把青稞往神龛里撒，合手祈大梵显灵，把雨珠公主许配给自己。

康巴的少万户[1]耳坠大金环，腰别大长刀，带上最好的盐巴、茶和汉族的丝绸前来求婚。

雨珠见都不见他们，少万户不愿离去，也在城外搭起了帐篷，祷告佛祖乞求赐福，把爱情的种粒撒在雨珠的心田。

显贵貌美的大臣的儿子，满堂金银的商贾少爷，络绎不绝地前去王宫求亲，结果一个个都碰了钉子。

一把钥匙开一把锁，一个心印在一个心上。雨珠早有心上人。原来每天雨珠都要骑马上山游玩，结识了一个名叫强巴的樵夫。天长日久，爱情的种子在他们心中萌发。

国王不知道这件事儿，把雨珠唤到身边，问道："大国的储君你看不上眼，聪明漂亮的大臣公子你又不爱，豪商巨贾的子弟你看不中，难道你要

---

[1] 少万户，万户的继承人。

嫁给天神的儿子？难道你来接我的王位？"

"父王，"雨珠轻声地说，"女儿爱的不是潺潺的小溪，而是滔滔的大海；不是宫内的鹦鹉，而是展翅的雄鹰；不是庭院的牡丹，而是高原的格桑梅朵。请父王在果子成熟、牛羊肥壮的季节，举行盛大的锅庄晚会，由女儿自己选择良婿。"

国王想了想，点头应允了。

日子过得像流水一样快，转眼青稞成熟了。国王在林卡举行盛大的锅庄晚会时，特降旨让所有求婚的人都进林卡，由公主自己挑选。

草坪上，王子、少万户、达官显贵的子弟、豪商巨贾的少爷，穿上水獭、貂皮的藏袍，围着雨珠唱了一支又一支的山歌，跳了一次又一次锅庄。

雨珠原和强巴约好了，叫他今晚一定要来参加晚会。可是已经跳了三圈锅庄，还没见强巴的影儿。她怀抱着果子，眼睛四处搜寻，十分焦急。

第四圈锅庄开始，雨珠眼睛突然明亮起来，她在一群水獭、貂皮的藏袍中看到了强巴的山羊皮的藏袍。王公贵族的子弟看到强巴，连忙捂起嘴巴，心里暗笑："这个穷要饭的还想娶如玉似珠的公主，那是癞狗骑骏马！"

谁料到雨珠很快跳到强巴跟前，把怀里的果子给了强巴。

"嗬——"晚会一阵喧腾。王公贵族的子弟以为看花了眼，忙揉一揉眼睛，一点也没错，美丽的雨珠和健壮的强巴正舒袖展臂顿足跳踢踏舞。

"鲜花可惜插在牛粪上。"求婚的人怀着嫉妒、羡慕、愤怒的心情纷纷离去。

晚会结束后，国王怒容满面，对雨珠说："难道你的大海、雄鹰、格桑梅朵就是一个穷打柴的。"

"父王，强巴虽穷，但心有大海那般宽阔，意志有雄鹰般坚强，对我的爱情像格桑般热烈，我要嫁给他。"

"檀香树上能停麻雀吗？显贵的公主怎能嫁给一个穷汉？不行！"

"说出去的话，射出去的箭。父王，你不是答应由女儿自己选择良婿吗？"

雨珠的反问使国王一时语塞，过了好一会儿才说："如果强巴取来三根太阳的金头发，我就同意。"

"父王，你这不是硬要将我们拆散。"

不管雨珠如何哀求，都打动不了国王铁石般的心。雨珠只好把这件事告诉了强巴。

强巴望着雨珠说："我决定去一次。如果你真心爱我，请你等我回来。"

"你去几年，我等你几年。"雨珠扑簌簌地掉着眼泪，摘下佛珠挂在强巴的颈上，祈祷天神护佑强巴一路平安。

强巴晓行夜宿，一直往东赶路。一天傍晚他走进一个村庄，借宿一个老汉家里。夜里他看到村里的人不停地劳动，好生奇怪，由于疲劳，也顾不上问，一觉睡到天亮。他告辞老汉，正欲赶路，天上响起了一种鸟儿的叫声，村里的人一听到鸟叫，就横七竖八地倒在地上睡起来。强巴听到鸟叫，也连打哈欠，倒在一棵树边睡着了。一觉醒来，太阳已经落山，繁星闪烁，村里的人又开始紧张地干活儿。

强巴奇怪地问老汉："波拉，这儿时辰怎么颠倒了，晚上做活儿，白天睡觉？"

"唉！"老汉叹了一口气，"也不知从什么地方飞来了一只金鸟，它晚上睡觉，太阳出山，就开始鸣叫，我们一听到鸣叫就像听了催眠曲一样，非要睡觉不可。"

"为什么不用网捕它，用箭射它呢？"

老汉摇摇头说："小伙子，它刚飞来时，有些小伙子拿网去捕，用箭去射，结果没有一个回来，全被它啄死了。"老汉停了一下，问："你上哪儿？"

"我去取太阳的金头发。"

"麻烦您顺道问一下太阳，有什么法儿治金鸟。"

"我一定替你们问到治金鸟的法儿。"他告辞了老汉，趁天还未亮，赶紧往东走。

强巴走呵走，走得口渴，看到一个老太婆在往井里望。他上前将双手一摊说："莫拉，祝您吉祥如意。"然后向老太婆讨水喝。

老太婆摇摇头说："这是口宝井，病人喝了病能好，瞎子喝了眼光明，但不知为什么，井突然干涸了。"

强巴叹了一口气，坐在井边休息。老太婆端给他一碗奶茶，问道："小伙子，你上哪儿？"

"我去取太阳的金头发。"强巴一仰脖子，将奶茶喝光。

"劳您的驾，请帮忙问一下太阳，宝井为什么没有水？"

"您放心，我一定问。"强巴说完便起身赶路。

强巴跋山涉水，走到一个地方，看见很多人围着一棵树，他好奇地上前问："伙计们，你们为什么围着树唉声叹气？"

"这是一棵宝树，哑巴吃了树上的果子能讲话，死人吃了果子能复活。不知什么原因，这树忽然枯死了。"这些人打量了一下强巴，问，"小伙子，你上哪儿？"

"我去取太阳的金头发。"

"请你问一下太阳，这树为什么会枯死？"

强巴答应了这些人的请求，继续朝前赶路。他翻山越岭，走到一个渡口，遇上一位白发苍苍的船工。船工问：

"小伙子上哪儿？"

"我去取太阳的金头发。"

"取金头发做什么？"

"娶媳妇。"

船工听了笑起来："你是一个有志气的人，我不要船钱渡你过河，但请你向太阳问一声，我划了六十年的船，为什么从没有人来替代？"

强巴应诺，过河不久，就到了太阳的家。太阳不在家，他遇到了太阳的阿妈。太阳阿妈问：

"小伙子，你来干什么？"

"莫拉"，强巴献上长寿结和哈达后，把国王要太阳三根金头发才同意将女儿嫁给他的事，和沿途的人们向太阳发问的口信，一一告诉了太阳阿妈。

"你的心像哈达一样的洁白，我帮你的忙。"太阳阿妈听了很受感动，说，"太阳快回来了，你赶快去藏到柜子里。"

强巴刚钻入柜子，就听到轰的一声巨响。他忙从柜缝往外窥望，只见满屋一片金碧辉煌，太阳进屋了。

"阿妈，屋里怎么有生人气？"太阳嗅了嗅，问道。

"你一天去人间照耀，带回了生人气。"太阳阿妈说着，端出了丰盛的佳肴，"累了一天，快吃饭吧。"

太阳坐下来吃饭。太阳阿妈拆开太阳的辫子，边梳太阳的头发边问道："我刚才打了个盹，做了四个奇怪的梦，都回答不出来。"

"阿妈，天下事我没有不知道的，您说给我听听。"太阳喝了一口酥油茶。

"大河边有一个船工，划了一辈子的船，为何从没有人替代？"

太阳笑着说："以后有人来把桨掷给他，就找到了替代。"

"有棵宝树，为什么会突然枯死了？"

"那株树下有一条大蛇，把树盘死了，除掉大蛇，树就复活了。"

太阳阿妈拔下一根金头发。

"阿妈，您在头上搞什么？怪痒的。"太阳警觉起来。

"孩子，你头上长了跳蚤，我在捉跳蚤。"

太阳放下心，吃了一块蜂蜜糕。

太阳阿妈又拔下一根金头发，问了第三个问题："孩子，有口宝井，水为什么会突然干涸了？"

"井底里有一条大青龙，只要将大青龙擒住，井水可以重新冒出来。"

太阳阿妈再拔下一根金头发，问了第四个问题："有一只金鸟，白天叫得人都睡觉，如何治这只鸟？"

"用我的头发……"太阳警惕起来，把后面的话吞下肚里，但是聪明的阿妈已经知道治鸟的法儿了。太阳吃完饭，就去睡觉了。

太阳阿妈把强巴放出来，将金头发给他说："小伙子，办法你都听到了吧！"

"莫拉，怎样捆住金鸟，擒住青龙，除掉大蛇呢？"

太阳阿妈说："就用这三根金头发。"

强巴收好金头发，告别太阳阿妈，上路往回走，走到大河边，老船工问道："小伙子，口讯带来没有？"

"你渡我到对岸，就告诉你。"

上了岸，强巴说："以后有人过河，你把桨掷给他，就找到你的替代了。"他怕老船工掷桨，说完转身就跑。

强巴走了九天，来到大树边，叫那些人把树挖开，果见一条大蛇。大蛇腾起身子，哧哧地吐着舌头，吓得人们四处逃散。

强巴甩出金头发，金头发把大蛇紧紧缠住，越缠越紧，一下子就把蛇缠死了。他收回金头发，抬头一看，枯树发芽，长叶开花，结出了丰硕的果实。那些人高兴地跳起了圆圈舞。

他们摘了几个大果子，送给强巴。强巴推辞不过，收下果子往回赶路。

饥了掏出果子吃，真灵哩，果子不光充饥，还可消除疲劳。他一口气走了三天三夜，走到井旁。

强巴请老太婆找一根羊毛绳，把他放下井。

大青龙见到强巴，立刻腾起龙身，张开大口，扑上去。

强巴抛出金头发，把青龙捆住，越捆越紧，一下子把青龙扼死了。大青龙一死，井底便冒出了一股清泉。强巴忙收回金头发，顺着羊毛绳爬上井。

老太婆非常感激，打了满满一牛皮袋井水给强巴喝。强巴带上井水往回走。渴了就解开口袋喝井水，真神哩，井水不光解渴，而且可以充饥。他一口气走了三天三夜，来到了老汉的家。

强巴请老汉指点金鸟的地方。他找到了金鸟。金鸟正在睡觉，听到人声，立刻惊起，展开金翅膀，周身一片金光，闪得强巴连眼睛都睁不开。

强巴把金头发使劲一抖，把金鸟捆住。

金鸟流着眼泪哀求道："小伙子，我再也不唱催眠曲了，求你放了我吧！"

强巴看到金鸟怪可怜的，收起了金头发。

金鸟千恩万谢。它问强巴："小伙子，你到哪儿去？"

"我回家娶媳妇。"

金鸟说："我送你回家。"

说完，金鸟驮着强巴，飞上天空，一会儿就飞到了王宫。金鸟告别了强巴，展翅飞走了。

国王看见了三根金头发，听了强巴讲取金头发的有趣故事，点头同意了这门婚事。国王为女儿的婚事，举行了九天九夜的庆祝会。随后把王位禅让给强巴，自己做起太上皇来。

有一天，国王照镜，看到满脸的皱纹，满头的白发，弯曲的背，不禁黯然神伤。他想，我要喝宝井的水，吃宝树的果子，岂不就年轻了吗？于是国王骑上一匹老实听话的马，朝东去了。

国王走到井旁，舀了一碗水喝下肚。立刻他的头发全黑了，皱纹不见了，背也直了，变成了一个魁伟的青年。他怕将来会老，又舀了一牛皮口袋的水，朝东去。

国王走到宝树边，摘下一个果子吃了，一下子他变成一个活蹦乱跳的少年。国王为了不死，摘了一些果子。此时他也想去找太阳要几根金头发。于是勒紧了马肚带，快马加鞭朝东奔去。

国王到了渡口，老船夫一见替代的来了，喜出望外，忙把桨向国王掷去。国王还不明白是怎么一回事，接过桨就放不下手，当起了船夫。由于他有宝水喝、宝果吃，据说现在还在那儿摆渡呢！

青蛙骑手

　　很早以前，一个头人有三个美丽的女儿，一个比一个长得漂亮，头人视如掌上明珠，远近许多有钱有势的人前来求婚，他挑来选去，竟没有一个中意的。

　　这个村寨里还有一对穷人，老两口为头人支差一辈子，穷得如俗话说的那样："白天没有需要养活的牲畜，晚上没有需要收拾的财物。"他们都六十多岁了，还没有一个孩子，两位老人总盼望有个孩子。有一天，老太婆临睡前，给神灯添上酥油，合掌乞求地母神降福祉，给自己添个娃娃。祈祷后盖上一条破烂透风的羊毛藏被，望着闪动的火苗出了神。火苗跳动了一下，一个青衣的俊美小伙子，从火苗里跑出来，扑到老太婆怀里，甜甜地喊了一声："阿妈！"

　　"你是谁？"老太婆惊讶地问。

　　"我是您的儿子！"

　　"呵！"老太婆笑得合不拢嘴，喜出了眼泪，"儿啊！"她紧紧搂住儿子。忽然儿子不见了，老太婆急得一蹬腿，醒过来了，原来是一场梦。

　　这个梦真奇怪，自那天起，老太婆怀了孕。九个月后，老太婆要临盆了。老汉脸上乐开了花，到处张罗，盼望着早一点抱娃娃。谁知道，老太婆生下来的不是胖娃子，而是一只绿面金睛阔口的小青蛙。

　　老两口愁云眉头挂。老汉说："人生青蛙，没听说过，这是凶兆，赶快把它丢进火塘里！"

　　老太婆心中不忍，淌着眼泪说："我俩苦了一辈子，到头来连个背水点火的人也没有。这青蛙是我祈求地母神后生下来的，大慈大悲的地母神只会赐福不会降灾的。还是留下吧！"

老汉不管老伴怎样哀求，硬要把青蛙丢进火塘里。

"阿妈，阿爸，把我留下吧，我会让你们幸福的。"青蛙开口了。

老两口惊奇地张大了嘴，不知说什么好。过了一会儿，老太婆对老汉说："青蛙说人话，你听说过吗？我看这是好兆头，让它和我们在一起过日子吧！"

老汉心里虽不高兴，但看到老伴这样心疼小青蛙，也就点头同意了。

第二天，老两口仍然很早就出去干活儿，辛苦了一天，回到家里，看到桌上摆着香喷喷的糌粑，他们奇怪极了。老太婆问："儿呀！是谁给阿爸、阿妈做的饭？"

小青蛙转了转大眼珠说："阿妈，是我做的！"

"你有这大能耐？"老汉不相信。

"阿爸，你不要小看了青蛙！"

老太婆欢喜地把小青蛙捧起，放在脸上亲了又亲。小青蛙也亲热地偎在老阿妈的脸上，不愿离开。

第二天，小青蛙说："阿爸、阿妈，你们再不要打柴了！"老两口好生奇怪，问道："谁打柴？"

"我啊！"说着，小青蛙一蹦一跳出了门。一闪眼，背回来了两大捆柴火。

老两口你望着我，我望着你，满脸的皱纹舒展开来。

"阿爸、阿妈，你们不要下地了。"

"谁去收青稞？"

"我啊！"说完，小青蛙一跳一蹦出了门。一眨眼，门外听到了牦牛的声音。老两口出门一看，只见小青蛙神气地赶着一头大牦牛，驮着两大捆

青稞，走到了门口。

老两口乐得合不拢嘴。从此他们不愁吃不愁穿，安闲地坐在火塘边冲壳子[1]。

日子久了，老太婆额头上渐渐又起了愁纹。有一次，她把青蛙搂在怀里，叹了口气："娃娃呀！你能干是能干，可惜不能够讨一个好媳妇，帮你操家务。"

"阿妈，您不用烦愁。"青蛙鼓一鼓眼睛说，"明天你到官寨去，向头人求婚，叫他把一个女儿给我做媳妇。"

老太婆吓了一跳，差点没把小青蛙甩到地上去："蚂蚁怎能背动大象，乌龟哪能采到白云。娃娃呀，你莫不是说梦话吧！"

"我不是说梦话。阿妈请您看在地母神的面上，去一趟吧，头人一定会答应的。"

老太婆经不起小青蛙一再恳求，第二天一大早，在额顶上抹了酥油[2]，梳好了辫子，盖上了帕子，穿上大皮袍子，系上围裙子，去官寨叩见头人。

头人坐在虎皮座上，傲气十足地问："老太婆有什么事？没有吃还是没有穿？"

"托地母神的福，我不愁吃不愁穿。"老太婆跪在地上说，"尊贵的头人，青天绣锦霞，雪岭开并蒂交颈的红花。我是为我的儿子来求婚的，请您将您三个女儿中的一个，赐给我儿子做媳妇吧。"

"嗬哈哈！"头人仰面大笑，"老太婆你还是滚回去吧！你的儿子，一只又丑又小的青蛙，怎能攀上我的高贵女儿？"

说完，挥挥手，兵丁便把老太婆撵出了官寨。

老太婆蹒跚地回到家，抱怨起来："娃娃呀，你叫我是抬个死尸扛在肩

---

[1] 冲壳子，即聊天。
[2] 藏族习俗，喜欢在额顶上抹酥油，作为装饰。

上——自讨苦吃。俗话说:'孔雀乌鸦不同飞,大象黄牛不合群。'你就死了这条心吧!"

"阿妈,我亲自去求婚,您在家里等着接媳妇吧!"

青蛙告辞了老太婆,一蹦一跳到了头人的大门口,在门外大声喊:"头人开开门!"

头人从窗户里探出头来,看了半天没见人影,正准备把头缩回去时,小青蛙跳到窗台上,叫道:"头人,快开门!"

"噢!是你呀,小青蛙。"头人命令兵丁开了门,坐在官厅上,问道,"你来干什么?"

"我来求婚,你有三个女儿,正是出嫁的良辰,请答应一个做我的媳妇吧。"

头人说:"许多国王、万户、头人来求亲,我都没有答应,你也不拿镜子照一照自己,又小又丑,又没有本事,我怎能收你这个女婿!"

"你不要小看青蛙,青蛙虽小,却能智胜鹫鹰!"

"嗬哈哈!"头人讥讽地说,"小青蛙,我倒想听听你是怎样战胜鹫鹰的。"

小青蛙蹦了一下,跳到头人的案桌上,讲起了《青蛙和鹫鹰》的故事。

有一只饥饿的鹫鹰抓住了一只小青蛙,飞上天空。鹫鹰思忖:究竟到什么地方吃掉小青蛙呢?它盘旋了一会儿,看见了一个石头山,嘴里不由得说出声:"对,石头山正是美餐的好地方!"

小青蛙脑袋里嗡的一声,想:"难道就这样送了命?"它装着很高兴的样子说:"鹰大哥,谢谢您,我就是这个山上的青蛙,那儿有我的兄弟姐妹,临死前能和亲友们告别,是桩幸福的事儿。"

鹫鹰一想:"这事不好。"奋力飞上天空。在空中盘旋了一会儿，看到了一条小河，河上有座桥。鹭鹰高兴地说："小青蛙，我到桥上将你吞下。"

"哎呀！"小青蛙哭起来，"鹰大哥行行好，千万别在桥上吃我，那儿没有一个亲人，临死前不能和亲人告别，这不太残忍了吗？"

鹭鹰听了十分高兴，一个俯冲，落到桥头上。

青蛙哀求道："看在菩萨的份上，请你把嘴和爪在石头上磨得锐利些，吃得干脆些，免得我受罪！"

鹭鹰觉得小青蛙的话很有道理。于是放下小青蛙，在桥柱子上磨起自己的嘴和爪子。

小青蛙趁鹭鹰不防，扑腾一声跳进了小河里，探出半截身子，神气地说："谢谢你把我送回了家乡，这儿才真有我的父母和兄弟姐妹。"

鹭鹰发现上了当，愤怒地张开翅膀，猛地扑向小青蛙。

小青蛙一个猛子扎进水里，从另一处又钻出水面，笑嘻嘻地说："大傻瓜，再见了。"

"嗬哈哈！"头人开怀大笑，"难怪俗话说'青蛙称自己粗，蛇又说自己长'，但不管你怎么会说，我也不答应！"

"不答应，我就要笑！"

这话说得多有意思呀！头人感到好笑，嘲讽地说："小青蛙，你要笑就笑个够，最好能把天笑破。"

"咯咯咯！咯咯咯！……"青蛙鼓起肚皮，大笑起来。

顿时，狂飙乍起，伴随着笑声，山撼地动，头人的碉楼和官寨在风中剧烈地抖动摇晃起来。头人从虎皮座上被摔到地上，地上突然裂开了一条大缝。

头人抱着一根大柱子，才没有掉进地缝里。他吓得哆嗦成一团，连忙求情道："小青蛙，看在菩萨的份上，快不要笑了！"

"你答不答应？"

"答应，答应！"

小青蛙停止了笑声。狂风停息了，大地停止了震动，地缝合拢了，碉楼和官寨恢复了原状。

头人从地上爬起来，喊出大女儿，命令她给青蛙做妻子。他叫娃子牵来两匹马，一匹载嫁妆，一匹让大女儿骑。

头人的大女儿气得咬碎了牙，上马时悄悄地把石手磨的上半扇取来藏在怀里。

她骑在马上跟着青蛙走，突生一条毒计，扬鞭策马奔驰，想用马蹄踏死小青蛙。

但小青蛙十分机灵，马蹄儿到左，它就向右跳，马蹄儿到右，它就向左跳，随头人的大女儿怎样打马，总踏不到青蛙的身上。眼看就要到青蛙的家了，头人的大女儿悄悄取出怀中的手磨，向青蛙劈头打去，并立刻拨转马头向官寨跑去。

"站住！"头人的大女儿策马没有跑几步，就看到前面土坡上站着小青蛙，吓得用手捂住了脸。原来小青蛙从手磨的小圆眼里跳出来了，左蹦右跳跑到了头人大女儿的前面。

小青蛙上前抓住了马缰，气愤地说："大小姐，我俩没姻缘，你回去吧！"

小青蛙把头人大女儿送回官寨，对头人说："你的大女儿和我没有姻缘，我要你的二女儿！"

头人哭丧着脸说："小青蛙，不是我不愿意，实在是女儿不愿意……"

"你答应不答应？"

"我女儿不答应！"

"不答应我就要哭！"

"谢天谢地，小青蛙不再笑了，哭有什么可怕？"头人放了心。他说："小青蛙，你要哭就哭个够吧！哭断了肠子可是没有人替你接起来。"

"吁！吁！吁！……"小青蛙鼓起像酥油包一样的肚皮，张大了嘴，哭起来。霎时天昏地暗，雷电交加，天像被撕开了口子一样，水直往下倒。大水一下子漫上了台阶，涌上了官厅，头人一家和左右的人吓得爬上了屋顶。大水一个劲地往上涨，眼看就要淹没了屋顶。

头人站在水里，告饶道："小青蛙，看在菩萨的面上，快不要哭了！"

"你答应不答应？"

"答应，答应！"头人的头像两面鼓那样点个不停。

小青蛙停止了哭。天青云碧，大水退去了，一切都像没有发生过一样。

头人从屋顶上爬下来，把二女儿唤到眼前，命令她做青蛙的妻子。并叫娃子牵来两匹马，一匹驮嫁妆，一匹二女儿骑。

头人二女儿气得将耳环摔得粉碎，上马时悄悄把石手磨的下半扇取来藏在怀里。

她骑在马上跟着青蛙走，心生毒计。一夹马肚，驱马奔驰，想用马蹄踏死小青蛙。

小青蛙真机灵。马蹄儿到右，它就向左跳，马蹄儿到左，它就向右跳，任头人的二女儿怎样策马，总踏不到青蛙的头上。她着急起来，暗暗取出怀中的手磨，猛地向小青蛙头上打去，并立刻扭转马头向碉楼跑去。

同样，小青蛙从手磨的小圆眼里跳出来，跑到头人的二女儿马前说："二小姐，看来我们也没有姻缘。"

说完把她送回了碉楼。小青蛙对头人说："头人，二小姐和我没有姻缘，你把小女儿给我做媳妇吧！"

"小青蛙，你不要欺人太甚！你要我的大女儿，我给了你，你把她退回来。又要我的二女儿，我又依了你，你又把她退回来。现在又要三女儿。你这是有意戏弄我！"头人气急败坏地喊起来，"来人哪！快把这只小青蛙抓起来，剁成碎块！"

小青蛙一纵跳到头人的身上，揪出头人的辫子说："你答不答应？"

"不答应！"

"不答应，我就要跳！"

"该死的兵丁，你们迟疑什么？赶快动手！"头人甩了一下辫子，呼道。

兵丁扑向小青蛙。小青蛙一蹦就跳到大厅中间，一上一下地跳起来。顷刻之间大地变得如大海一样，一起一伏，村寨四面的高山相撞，碉楼和官寨彼此相碰，飞砖走石，吓得头人抱着脑袋，躲在神龛下，哭泣着喊道："小青蛙，看在佛爷的金面上，快不要跳了。"

"你答不答应？"

"我答应，我答应！"头人连连点头。

小青蛙站在神龛上。大地平静得像温顺的绵羊一样，群山还了原，碉楼、官寨仍和过去一样，完整无缺。

头人只好唤来三姑娘，命令她做小青蛙的妻子。叫娃子牵来两匹马，一匹马载嫁妆，一匹马载女儿，送她上路。

头人的三姑娘，没有两个姐姐那样的坏心肠，她心地善良，像清泉一样透亮，像哈达那般纯洁。同时她认为青蛙是一只有神力的蛙，便高高兴兴地随青蛙去了。

老两口在门口接过了漂亮的新媳妇，高兴得像喝了蜜糖一样，一直从嘴里甜到心头。

当天夜晚，老太婆为小青蛙举行了婚礼。新郎和新娘喝了双杯酒。

从此他们在一起过上了和谐的生活。小青蛙对姑娘虽然情深意浓，老两口也疼媳妇，但小青蛙毕竟不是人，姑娘有时也暗暗落泪，她想："小青蛙要是人该多好啊！"

小青蛙明白姑娘的心意，到了秋天，一年一度的赛马会时，小青蛙叫阿爸、阿妈带上姑娘去参加赛马会，散散心。

"你也去吧！"姑娘希望小青蛙一起去。

"不去了。"小青蛙体贴地说，"你去吧，我在家照管羊群。"

姑娘只好和老两口一起去参加赛马会。

会上经幡、彩旗在风中招展，四周错落地扎下了各式各样的帐篷。年轻男女围着火圈，互相喝着坛子酒，唱着情歌，跳起了锅庄，场上洋溢着欢乐的气氛。

赛马时，密密麻麻的人们把场上围得水泄不通。剽悍的年轻骑手穿着鲜艳的衣服，执着马缰，缓缓走进赛场，准备参加比赛。突然，人群骚动起来，目光一下子集中到一个壮健标致的少年身上。这位少年身着青衣，衣服是用最华贵的绸缎做成的。他执着青色鞭，鞭柄上镶着闪光的松耳石。他骑着青骢马，马鞍上镶满了金银和宝石。他肩上挂着一支装饰着银和珊瑚的火枪。

"这是谁家的少年，怎么从没见过。"人们纷纷猜测。

比赛开始了，骑手们如射出去的箭，风驰电掣般地奔向目标。只见青骢马一马当先，跑了一程，便将其余的马丢下了十几绳远。

青衣少年立在马上，向在空中盘旋的三只鹰连开三枪，三只鹰应枪响折起了翅膀，跌落在草原上。

"吉霍[1]！吉霍！吉霍！"赛马场上的欢呼声响彻云霄。

青衣少年突然从马背左边跃下，摘下几朵金黄色的舍尔洛花向左边的人群丢去；又从右边跃下，摘下了几朵紫色的银菊花，向右边的人群丢去。

人群沸腾起来，像喝醉了酒一样为青衣少年喝彩。

青衣少年俯下身，一口气从地上拾起了九条哈达，像旋风般第一个到达目的地。

人们狂热地鼓掌，少女们将鲜花献给青衣少年。

青衣少年走到姑娘面前，献上一束舍尔洛花。姑娘接过花儿，心里一动："青衣少年莫不是我的蛙郎。"

姑娘趁着人们围着赛马的胜利者——青衣少年唱歌跳舞时，悄悄骑上马，快马加鞭跑回家，打开房门，不见小青蛙，她四处寻找，找到了一张蛙皮。

姑娘把蛙皮紧紧搂在胸前，幸福地阖上眼："果然是我的蛙郎！"接着她把蛙皮丢进了火塘。

突然，青衣少年脸色苍白地出现在门口，他扑向火塘去抢青蛙皮，结果只抢到一块右腿皮。青衣少年一下子瘫倒在地上。

姑娘急恼抱起少年，抽泣地问道："你分明是人，为什么要穿一件蛙衣？"

少年偎在姑娘的怀里，泪流满面地说："姑娘，你太性急了，本来我们会幸福地生活下去，现在我将要死了！"

"呵！"姑娘紧紧抱住少年，泪水滴在少年的脸上，"为什么？这是为什么？"

天降下了寒气，少年面色苍白，身软如泥。少年说："我是地母的儿子

[1] 吉霍，古代藏族欢呼的语词。

撒尔加尔神的化身，受母亲之托，到人间要为百姓做三件事：一件事是人间再没有贫富之分；一件事是官家不再压迫百姓；一件事是要开条路，通向汉京，让汉人大哥给我们粮食，我们给汉人牛羊。正当我的力量快长成，要为百姓办这些事时，你把我的保护皮烧掉了，我就抵不住寒气，无法度过三更灯火五更鸡了！"

姑娘泣不成声："蛙郎，是我害了你。"

"不怪你，只怪我自己，我想试试我的力量长成了多少，才到赛马场上去，没料到……"少年冻得牙打战，悲痛地自问，"难道我们也没有姻缘？"

"箭矢没有羽翎，不能射；骏马没有金鞍，不能骑。"姑娘紧紧握住少年冰凉的手，泣不成声，"蛙郎，我们永远在一起！"

说完，姑娘从腰间抽出小宝刀，刺破了手臂，将鲜血涂在少年的身上，少年稍感到了一点暖气，感动地说："姑娘，目前还有一个办法，若办得到，我们可以在一起。"

姑娘泪水涟涟地问："蛙郎，快说有什么办法？"

"你骑上我的青骢马，往西方去，走到一处红云缭绕的大山，山上有一座金色的宫殿，那就是我母亲的住所。你请求她答应在天亮前办好那三件事，我就可以活下去！"

姑娘赶忙抹去眼泪，飞身跨上青骢马。青骢马变成了一朵青云，朝西飞去。飞了一会儿，姑娘看到了一座红云闪耀的大山，山顶上有一幢金碧辉煌的宫阙。姑娘降下青云，径直往大殿奔去。大殿中莲花座上坐着庄重、美丽的地母神。

"大慈大悲的地母神，求求您，让人间从此没有贫富的分别，没有官压民，给我们藏区修一条通向汉京的路。"姑娘跪在大理石台阶下说。

"姑娘，你们的事我全知道。"地母神走下莲花宝座，扶起姑娘，亲热地执着姑娘的手说，"你对我儿子挚诚的爱情，使我深受感动，你要求的事，我都答应，只是你必须在天亮前把这三件事挨家挨户地告诉全体百姓，全体百姓知道了，这三件事就应验了，你的丈夫也就得救了。"

姑娘满心欢喜，谢过地母神后，跨上青骢马往回返。她路过官寨时，遇见了头人。

"女儿，什么急事，深更半夜跑得马儿都汗淋淋的。"头人叫住了姑娘。

姑娘喘着气说："阿爸，我必须在天亮前，将三件事告诉全体百姓。"

"哪三件事？"

"第一件，要消灭贫富的区别。"

"什么？"头人的眼珠儿差点弹出来，抓着马辔说，"人世间没有了贫富，还有上下吗？谁又伺候你阿爸呢？"

姑娘不敢和头人纠缠，急忙说了第二件事。

头人一听，顿足骂道："傻女儿，没有官压迫百姓，谁支差？谁放我们的牛羊，收我们的庄稼？"

姑娘不理睬他，说了最后一件事。

头人气愤极了，咆哮起来："你简直中了魔！汉人是仇家，能把牛羊给仇家吗？"

"不，汉族不是仇家，是我们的兄弟，汉藏是一家！"姑娘扬起马鞭。

"听阿爸的话，不要去和老百姓说这些话。"头人抓着马辔不放。

"喔！喔！喔！"头遍鸡鸣。

"阿爸，快松手！"姑娘心急如焚，猛抽青骢马。青骢马腾起四蹄，向前奔去。

头人死命抓住马缰绳，被拖在地上。拖了一会儿，松开了手。

"喔！喔！喔！"二遍鸡鸣。

姑娘挨家挨户将这三件事告诉了老百姓。

瑰丽的霞光照遍了大地。姑娘披着霞光往家赶，远远看见青衣少年笑着向她跑来。姑娘下马落地，扑向少年。

太阳冉冉地从山顶升起来，瞬间，在姑娘和少年面前，出现了一条金光大道。道边开遍了金黄的格桑花。

老百姓捧着哈达，抬着牛羊，献给姑娘和少年。他们在金光大道上，簇拥着姑娘和少年，手持独柄鼓，拂动着长长水袖，跳起了舞。

姑娘和少年决定要去汉京。他们跨上青骢马，带上百姓送的牛羊，告别了父母和百姓，沿着金光大道，奔向远方。

贪心的猎人

有一个猎人十分贪心和懒惰。贪心使他经常白日做梦，梦见如山的猎物堆在家门口；懒惰使他终日不见一根兽毛、一片羽绒，只好啃别人吃剩的骨头。有一天，他在玛尼堆旁，煨桑祭山神，祈求赐福。

山神变成一只小鸟，在他头上盘旋："快到东部森林，那儿有一只受伤的肥羚羊。如果你擒获了肥羚羊，不要忘了给我一坨肉。"

猎人连连点头，带上弓箭奔往东部森林，果然有一只受伤的肥羚羊躺在草地上。猎人一箭将它射死，就地宰割，放在火中烤熟，狼吞虎咽地吃起来。

小鸟向猎人讨肉吃。猎人心想："这点肉还不够我吃，只有呆子才会给你。"他装着没听见小鸟的要求，低头吃肉。

小鸟忍住气，讲述了《羊肉飞上天》的故事，希望猎人从中得到一点启示——

有一个悭吝的财主，烧了一大锅羊肉，打了一桶酥油茶，正准备美美地享用时，一位充本约他出门谈生意。临行前，财主指着大锅对朗巴说："千万不要揭开锅盖，里面有只会飞上天的动物。"接着他又指着桶说，"千万不要喝桶里的东西，里面是毒药。"

朗巴一眼就识破了财主的心事，嘴里却连说：

"拉索[1]！拉索！"

财主刚跨出大门，朗巴就从锅里捞出羊肉，从桶里舀出酥油茶，饱餐了一顿，然后倒在卡垫[2]上呼呼进入梦乡。

财主谈完生意，进门见羊肉被吃光了，酥油茶也被喝得一滴不剩，气得肚里冒火，口里吐烟，抬腿狠狠踢朗巴。

朗巴被踢醒，见是财主，连忙趴在地上，恭恭敬敬地叩了三个长头，说：

"老爷的脚力真有神功，一脚就将我从地狱踢回地界，还了我的魂。"

财主满脸狐疑，不知朗巴肚里唱的什么戏，惊异地盯着他。

朗巴忙做解释："老爷，我没听您的吩咐，您走后，我好奇地揭开锅盖，'扑'地一下，一只动物飞上了天。我想这下真闯了大祸。我连一枚休巴都没有，拿什么去赔老爷呢？想来想去只有去死，于是将毒药一饮而尽，我的灵魂就飞进了地狱门。想不到老爷大发慈悲，又一脚将我还了生。老爷真是转世的菩萨。"说完他叩头不已。

财主真是哭笑不得，只好自认倒霉。

"你这个饶舌头的邦古，再不走，当心我拔光你的羽毛！"猎人抓一把灰向小鸟撒去。

小鸟倏地一下，飞上了天。

第二天，猎人在屋前晒太阳，小鸟飞到他头上："快到南部森林，那里有一只折断腿的野猪。如果你擒获了野猪，不要忘了给我一段肠子。"

---

[1] 拉索，藏语"是"的意思。
[2] 卡垫，即藏毯。

猎人点点头，带上刀箭赶到南部森林，果然见有一只断了腿的野猪卧在大树旁。猎人一刀砍死野猪，就地剥皮，放在火中烤熟，津津有味地吃起来。

小鸟向猎人讨肠子。猎人暗想："肠子可以灌猪肉、糌粑，只有傻子才会白白地给你！"他装着没听见小鸟的声音，一个劲儿地吃肉。

小鸟摇摇头，讲述了《神石的故事》，希望猎人从中吸取一点教训——

从前，有一对兄弟。老大是个自私自利的人，娶了一个贪心的妻子。哥嫂虐待老二，给他重活做，只给他一勺土巴[1]糊口，后来索性将他赶到牦牛圈里去住。

有一天，老二上山砍柴，饿得两眼冒金花，腿一软倒在一块大石旁。他想到阿爸阿妈早逝，自己又受到哥嫂的欺辱，越想越伤心，便趴在石头上恸哭。

"小伙子，有什么伤心的事，说出来我可以帮助你。"石头忽然开了口。原来老二趴在一块神石上。

老二将自己的遭遇一五一十地告诉神石。神石十分同情他，说道：

"你捡一块石头回去，需要什么就对它讲，它会满足你的。不过千万记住，只能要三次，第四次就不灵了。"

老二捡起一块石头，欢天喜地回到寨子。他对着石头说：

"神石，神石，请帮助我，给我一幢房屋。"话音刚落，一幢又宽敞又漂亮的房屋就耸立在他面前。

"神石，神石，请帮助我，给我糌粑和酥油。"话音刚停，糌

---

[1] 土巴，用萝卜、麦粒、骨头等熬成的稀粥。

粑和酥油就堆满了仓库。

"神石，神石，请帮助我，给我一群牛羊。"话音刚消失，一大群牛羊就在草地上活蹦乱跳。

老二心花怒放，连忙搬出糌粑、酥油分给穷苦的乡亲，将牛羊分给贫穷的牧民。

好事比箭还要快。老大夫妇的脸上堆满了笑，到老二家贺喜。嫂子的嘴像抹了蜜糖，甜言蜜语一串串。老大趁机问：

"老二，你遇到的是哪一路财神爷？"

老二是个老实人，又念着手足骨肉情，便竹筒倒豆子般全部"倒"给了老大。

第二天，天麻麻亮，嫂子就催老大出门。老大脸也不洗，跑上山，趴在神石上，挤出几滴眼泪，干号起来。老大的哭声惊动了神石。神石问道：

"你有什么不称心的事，说出来我可以帮助你。"

老大连忙将老婆编造的悲惨身世诉说了一遍，神石听后，说：

"你捡一块石头回去，需要什么就对它讲。它会满足你的。不过千万记住，只能要三次，第四次就不灵了。"

老大捧着石头，像兔子一样跑回家。人还没喘过气来，就迫不及待地喊起来：

"神石，神石，请帮助我，给我一幢像头人住的房屋。"话音一落，一幢大房屋就出现在他眼前，高大的屋檐下，响起了清脆的铃声，每根柱子和门楣都雕龙画凤。

"啊啧！"嫂子鼓大了眼睛，闪烁着贪婪的光。她喊起来：

"神石，神石，请帮助我，给我满草原的牛马。"话音一停，只听见门外牛马的声音如雷声轰动。他们推门一瞧，只见牛马黑压压的一片，望不到头。

老大心满意足了，但嫂子的贪欲却像大海一样，永远填不满。她嚷道：

"神石，神石，请帮助我，给我满屋的金银珠宝。"话刚说毕，金银珠宝将房屋堆得严严实实的，老大夫妇连腿都不能挪动半步。

他们望着金灿灿的金银珠宝，乐得嘴巴连着耳朵。过了一会儿，他们却号啕大哭起来。原来他们不能向神石作第四次要求，将金银珠宝搬开，只有在金银珠宝堆中等死。

"你这个鼓着牛皮吹火袋的黑乌鸦，再不滚，当心我像剥山羊皮那样扒掉你的皮！"猎人抓一把牛粪灰向小鸟扔去。

小鸟嗦地一下，飞上了天。

第三天，猎人正在牧场打尖，小鸟飞到他头上："快到西部森林，那里有只迷了路的鹿。如果你擒获了鹿，不要忘了给我鹿茸。"

猎人连头都懒得点，连忙带上牦牛绳套索跑到西部森林，果然有只大鹿在地上打着圈儿。猎人甩出绳套索，扣住了大鹿，开膛剥皮，放在火中烤熟，大口大口地吃起来。

小鸟向猎人要鹿茸。猎人暗笑："鹿茸卖给充本，还可以得到一笔钱，只有笨蛋才给你。"他根本不理睬小鸟，头也不抬地拼命吃肉。

小鸟怒视猎人，讲述了《求长寿的国王》，希望猎人从中得到一点教益——

一个国王非常怕死，吃遍了天下名医的妙药，尝尽了加地[1]仙

---

[1] 加地，藏语，指汉地。

人炼的灵丹，可是脸上的皱纹还是一天多似一天，人一天比一天衰老。

有一天，他听一个摩巴讲，吃了天堂的灵芝草可以返老还童，于是命令大臣土登的儿子去完成这件使命。

土登的儿子傻了眼，连连磕头：

"尊贵的主上，只听说过天堂，却从没见人去过，我该走哪条路上那儿呢？"

"你这不是抗王命吗？"国王气得吹胡子，瞪眼睛，一怒之下，下令将土登的儿子处以绞刑。

处刑的前一天，土登到狱中见儿子。儿子哭泣着恳求道：

"阿爸，救救我！"

土登悄声地说："儿子，记住，在刑场上，当我向国王请求，让我替你去死时，你一定要坚持自己去死。这样我才可以救你。"

第二天，国王带着文武大臣，来到刑场。土登大臣跪叩：

"尊敬的陛下，请允许我替儿子上绞架！"

"不，不！"土登的儿子拼命嚷道，"绞死我吧，我愿去死！"

"请陛下赐福，还是让我去死。"土登大臣再次要求。

土登大臣和他的儿子在国王面前你一句我一言地争着上绞架。国王觉得这事顶稀奇，问道：

"人人都怕死，怎么今儿你们父子都争着去死？这是什么意思？"

土登合十叩首："陛下，今天是个吉祥的日子，经书上讲：今天被绞死的人，将被送入天堂。一根灵芝草只能使人返老还童一次，不能永葆青春，而人到天堂，则可得正果，永生不灭。"

"那好，你们不要争了。"国王下令，"来人呀，把我送上绞架！"

文武大臣个个惊得眼珠儿差点跳出来，谁也不敢动手。可是国王的话是射出去的箭，谁也收不回。刽子手只好把国王扶上绞刑架。

"你这个给人带来灾难的赛布鸟，再不滚，当心我折断你的翅膀！"猎人直朝小鸟拍巴掌。

小鸟叹了一口气，嗖地一下，飞上了天。

第四天，太阳升得老高，猎人还躺在床上。小鸟飞到窗户上说："快到北部森林，那里有只死老虎。"

猎人连忙起床，连弓箭也顾不得拿，拔腿就跑。一口气赶到了北部森林，人还未站稳脚跟，随着一声虎啸，猛地从大树后蹿出一只吊睛斑斓大老虎，张着血盆大口向他扑来。

猎人吓得像树叶一样，索索发抖，人还没回过神来，就成了老虎的美餐。

望果节的传说

望果节是藏族人民传统的节日。每年农历七月初头，正是丰收在望的美好日子。这几天，藏族农牧百姓，或在田间地头，或在大河、溪水旁边，或在绿茵茵的草地上，或在鸟语花香的林间，搭起帐篷，穿着鲜艳的民族服装，端着切玛[1]，抬着山羊头，手执箭旗鼓乐，举行各式各样的庆祝活动。他们或跑马赛箭，或跳锅庄、唱弦子、羌谐，或看藏戏，以欢庆一年一度的大丰收，并祈祷地藏神[2]保佑，来年扎西德勒[3]。

关于这个节日，至今还流传着一个感人至深的神话故事。

传说很久很久以前，有一个叫"饿死羊"的草滩，居住着一些牧羊人。这个地方非常贫瘠，牧民们过着十分穷苦的日子。他们早上没有奶茶喝，只能喝凉水；晚上没有肉和糌粑吃，只能吃奶渣、野果。

俗话说："屋漏偏遇连天雨。"有一年，旱魔降落草滩。从此这儿没有阴天，没有雨雪。每天只见火辣辣的太阳，像烈焰炙烤，把草滩上的那扎草[4]烧得精光，把河里的水煮干，露出了河底。

羊儿没有草吃，没有水喝，一个个倒毙在草滩上。

牧民们伤心地流着眼泪，收拾帐篷，迁移到别处。这时，只有一个老羊倌，不愿离开这祖辈生活过的土地。他指天发誓，要与旱魔较量。

老羊倌拖着衰弱的身躯，到很远很远的河滩，用羊皮口袋装水，艰难

---

[1] 切玛，全称竹素切玛。藏族在欢度盛大节日、喜庆日和过新年时必不可少的一种供品。

[2] 地藏神，传说中掌握人间一切的善神。

[3] 扎西德勒，藏语，即吉祥如意。

[4] 那扎草，雪域高原常见的一种野草。

地拖回草滩，才只够羊儿刚润湿一下干裂的嘴唇。

他又来到很远很远的雪山，用拖回的冰块化成水，结果也只能在焦土上留下一点水渍，接着又被太阳的舌头舔得一干二净。

老羊倌决心在河滩上掘井，当挖到九十九层深时，才见微微渗出水花，接着又被太阳的舌头汲净。老羊倌毫不气馁，深信"灰心丧气翻不了山，精神抖擞就能上高峰"的古训。从此他每天挖井不止，发誓要挖出一个海子来。

老羊倌的奋斗精神感动了地藏神，他特派三个弟子，降到地界，普救众生。这三个弟子装扮成游方化缘的喇嘛，来到草滩。

"波拉，这儿怎么听不到人声？"一位弟子合十当胸，问老羊倌。

老羊倌将仅有的一点水拿出来，款待客人。他叹口气答道："这地方遭大灾，人们活不下去，各奔东西了。"

"波拉为何不走？"另一位弟子问道。

"羊见草原亲，鱼见大海亲，人见故乡亲。我要是走了，生我养我的故乡，从此就会荒无人烟。所以我不能走，死也要死在这里。"

第三位弟子不停地摇晃佛铃，问道："这儿没吃没喝，波拉怎样度日呢？"

老羊倌回答："双手就是聚宝盆，我们牧羊人，世世代代靠一双勤劳的手，养活了自己，繁衍了子孙。我也要靠这双手，重建家园。"

三位弟子听后十分感动，都向老羊倌施礼："波拉年老体弱，无依无靠。我们祈求地藏王，收容你，让你到天界去享福。"

"谢谢上师[1]们的好意。"老羊倌说，"人不咽气，希望就不灭。我决心变成一棵大树，长出繁茂的枝叶，为家乡人遮阴；结出丰硕的果实，供家

---

[1] 上师，指僧侣中有地位和学位的人。

乡人食用。我还要不停地祈祷请地藏王垂恩，赐福给家乡的人们，使他们能重返家园，世世代代，在这里安居乐业。"

说完老羊倌不见了，在他站的地方，一株幼苗破土而出，迎风生长，片刻工夫，长成一株参天大树。浓密的枝叶覆盖大地，阵阵凉风驱散了热浪，吹拂在奄奄一息的羊羔身上。羊羔站了起来，吃了树上的果实，又发出咩咩的叫声。

三位弟子为老羊倌舍己为人的精神所感动。大弟子热泪盈眶地说：

"二位师弟，我们奉大师的使命，下界解救人间的苦难。波拉的献身精神，真是堪称佛界的楷模。我要化成五谷种粒，播撒在这块大地上，供人食用，改变他们只知食肉的习惯。"说完这句话，就变成了金灿灿的五谷种粒。

二弟子说："师弟，我要变成一头牛，农忙时帮人拉犁，农闲时为人运输。"说完这句话，就变成了一头大犏牛。

三弟子将套犁的绳子拴在牛脖子上，驾着牛把草滩肥沃的土地犁成一条条黑浪，然后将种粒播撒在黑浪里。种粒变成了绿苗，绿苗见风就长，顿时，草滩上翻滚起层层金浪。

他仰望着苍天，十分虔诚地祷告，呼喊着地藏神："尊敬的大师，您教诲我们要积德行善。我要变成一条大河，不管旱魔怎样作怪，大河永远也不会干涸。"说完一条大河在草滩上出现，千万个浪头簇动，后浪催前浪，大浪推小浪，浩浩荡荡。它宛如一条碧绿的哈达盘绕在草滩上。"哈达"的源头就在须弥山，流到巴颜喀拉山脉时，分成了两条大江。这就是黄河和长江。

好事无风也能传千里。流落他乡的牧民纷纷回到了草滩。他们看到故乡土地上长起枝繁叶茂、金果压满枝头的大树，看到田野里金浪滚滚的庄稼，看到牛羊成群在草滩上撒欢，喝到甜如甘露的河水，抚摸着长得壮实

的大犏牛，内心充满着惊奇和感激。

他们烧起了松针柏枝，把摘下的第一个金果供在玛尼堆上，把收割的第一批青稞，抓起三把撒向天空，撒向草滩，撒向"哈达"，表示衷心感谢地藏神，虔诚祭奠老羊倌和地藏神的三位弟子。

从此，每当金秋收获的季节，藏胞家家户户，男女老少都自动走出家门，高举经幡，点燃香火，载歌载舞，举行庆丰收的各种活动。

达娃卓玛

一

这是一个古老的传说。

在贡嘎山下住着一位名叫达娃卓玛[1]的姑娘。她长得美丽动人，宛如鲜奶一样白的脸上，总是绽开花一般的笑容。一双水灵灵的眼睛似秋风吹动的湖水，晶莹清澈，微波荡漾。她举步轻盈，细细的腰肢如柳条迎风摇曳。她的性格如白绸一样柔和，心肠像一团芳香的糌粑。

达娃卓玛不仅美貌无双，心地善良，而且还有一双灵巧的手。她在藏毯上织出的梅朵，能够招来蝴蝶和蜜蜂；织出的孔雀，引来了青龙；织出的醇酒，沁人心脾。

达娃的名声远播九州四海。小伙子和姑娘们驮起帐篷，背起石锅，带上酥油、糌粑、盐和茶，从山南、羌塘、青海湖和云南姜、戎等地，来到贡嘎山，向她学习技艺。

达娃热心打茶接客，毫无保留地传授她的织毯技艺。

那时候，天上没有星星，也没有月亮。当太阳落山后，大地就被盖上了厚厚的黑幔。

天空，黑得死寂；草原，静得无息。

---

[1] "达娃"在藏语中是月亮，"卓玛"是仙女，连在一起则是月亮仙女的意思。

小伙子和姑娘们只好点起松明火把。火把光线跳跃，而且昏暗，十分影响他们学织毯。一位姑娘叹息道：

"如果晚上也有一个太阳该多好！"

一位小伙子说："姑娘手巧，为何不织一个大太阳？"

在小伙子们的鼓励下，姑娘们飞梭走线，织出了一个鲜红鲜红的太阳。可是那只是挂在藏毯上的红球，并不能给人间带来光明。姑娘和小伙子们个个垂头丧气。

达娃从这件事受到了启发，决心织一个能发亮光的太阳。她从羊毛堆里挑选出最好的毛，捻搓成长长的绒线。

她整日编呀编，将大家的美好希望编进去；她整日织呀织，把大家的真诚祝福织进去。

经过十五个日日夜夜的辛勤编织，一个又大又圆，如雪莲般洁白，似湖水般明净，像太阳般发光的银盘终于编织出来了。

达娃从架上取下藏毯，抛向夜空。奇迹发生了，银盘冉冉升起，越过贡嘎山，升到了空中。

银盘将清亮的光辉洒向雪山，雪山闪烁着晶莹的光；洒向草原，草原一片明亮；洒向海子，海子泛起银鳞般的细浪。

"啊啧啧！"小伙子和姑娘们发出由衷的赞叹声，喜不自胜地围着达娃卓玛，挥舞起长袖，彼此拉起小指[1]，跳起弦子和锅庄，直跳到太阳出山，这个银盘才消逝在苍穹。

当太阳落山后，银盘又从山嘴里姗姗出来，将银光洒向人间。

小伙子和姑娘们为了感激达娃卓玛给人间带来的吉祥，便以她的名字称呼这个银盘。他们朝着银盘呼喊：

---

[1] 藏族群众跳舞时，并非两手相握，而是用小手指相勾。

"达娃卓玛！达娃卓玛！达娃卓玛！"阵阵欢呼声如海啸在草原上滚动。

海啸声惊动了国王。他走出宫殿，立刻被耀目的月光刺得睁不开眼，过了好大一会儿，才适应过来。他看到林卡一片清辉，抬头望天，空中悬着一个银盘，顿时吓得脸色煞白，以为妖怪降临草原，抖索索地念起六字箴言，请三宝[1]保佑。他又请活佛进宫，打卦卜算。

活佛诵经念佛，烧香膜拜，折腾了半晌，才捻动檀香佛珠说道：

"银光，乃圣光。向陛下贺喜，这是佛祖赐给您的吉祥之物。"

"来人啊！"国王大喜，命令属臣，"快将这吉祥之物取下来，供在经堂里。"

文武大臣齐刷刷地匍匐在地，没有一个敢领旨，因为谁也不知道，该用什么办法才能取下这宝物。

还是国王有办法，他叫侍卫大臣取出玉弓金箭，弯弓搭箭，将金箭射向月亮。

金箭在夜空中划出一道耀眼的光。这道光留在了天上，就是闪电；金箭射在月亮上，发出了惊天动地的响声，就成了雷鸣；迸发出的火花，就成了大大小小的星星。月亮被金箭射缺了一个口，但仍高高悬在空中。

国王拉满玉弓，射出了第二支金箭。

达娃看到自己的心爱之物，遭到箭的攻击，忧心如焚，急中生智，抱起黑白混杂的羊毛抛向空中，形成了云和雾，挡住金箭，使它失去了作用。

国王咆哮起来："快把那个抛羊毛的黑头抓起来，让他下地狱！"

全副武装的兵丁立即出发，四处搜捕，终于在贡嘎山下将达娃卓玛抓进了宫。

---

[1] 藏族佛教中称佛、法、僧为三宝，是最神圣的象征。

国王得知抛羊毛的不是黑头，而是一个姑娘，气得火上浇酥油，决定亲自审讯，让她知道王法的利害。

兵丁将达娃押上大殿。国王一见到她，眼珠儿一动也不动。"啊啧！这可是世上绝无仅有的美人。"他立即改变了主意，不是让达娃下地狱，而是要纳为第九百九十九位王妃。

"姑娘，叫什么名字？"

"达娃卓玛。"

"啊啧啧！好一个动听的名字，就和你动人的脸蛋一样。"国王脸上堆满了笑，"达娃，你要宝龙吐珠，还是下九层地狱。"

达娃十分憎恶国王，因为他要将月亮归为己有。她气愤地问道：

"我犯了什么罪？要下九层地狱！"

"你胆敢拦本王取下天上的银盘。"

"那不是银盘，是月亮。这月亮不是你的东西，是我织出来的。"

"哈哈哈！"国王捧腹大笑，"你是在瞎子当中充眼明，跛子当中夸腿长。你要能织出一个林卡来，我才相信你的话。"

达娃二话没说，捻羊毛搓绒线，立即编织起来。

王妃们听说后，纷纷从后宫出来观看。

达娃手巧，不到一顿饭的工夫，织出了一座美丽的林卡。上面有青翠的树木，飞溅水珠的喷泉，绚丽的梅朵，精致的亭阁，还有唱着歌儿的小鸟。

王妃们个个伸出舌头，称赞不已。

国王狡狯地说："我不要藏毯上的林卡，而要供我游玩的林卡。"

达娃看也不看国王，从架上取下藏毯，抛出宫殿，顿时宫外出现了一座郁郁葱葱的林卡。

"啊啧啧！"宫殿内一片赞叹声，连国王也惊异地将眼睛瞪得像羊粪蛋一样。

俗话说："木头再多，也填不饱火焰；江河再多，也流不满大洋。"国王贪色的火焰燃得更炽更旺。他色眯眯地说：

"达娃姑娘，我的金银比大山还要高，我的珠宝比海水还要多。你要嫁给我，这一切都归你。"

"岩羊住在雪山上，绵羊住在草地上，雪山草地虽相近，岩羊总不会到草地上。陛下，堆山的金银，海般的珠宝，只能收买一颗贪欲的心，却买不到纯洁的爱情。"

"我拥有世上最大的权势。有了它，可以享受世上最大的幸福。达娃姑娘，只要你嫁给我，我所掌握的一切，全由你主宰。"

"雄狮离开了雪山不如狗，孔雀落在平地不如鸡，陛下离开了权势就无法活。在正直不卑的人眼里，权势只不过是凶残的恶魔，给黎民百姓带来的不是瑞祥，而是灾难！"

国王气得像一个大蛤蟆，张着嘴巴出粗气，半天说不出话来。过了好一会儿，他才喊道：

"马跑得太快，要陷到泥塘里；蚂蚁太撒野，手脚要被松脂粘住。你不要太放肆了，要知道你离地狱门只有一箭之远！"

达娃卓玛怒斥国王："狂风能摧折参天的大树，却拔不起低垂的细草。陛下要知道，要岩羊与恶狼同穴，连梦神也觉得荒唐。我宁肯去死，也不会屈服的。"

"死？"国王狞笑，"这就太便宜了你。我要你活着，像在地狱里一样生活，在心灵和肉体上备受折磨和煎熬，直到你回心转意。"接着他下令将达娃卓玛关押进古堡地牢。

达娃在地牢里，面对阴暗潮湿的石壁，看不到太阳和月亮，听不到小伙子和姑娘们的欢声笑语。她吃的是发了霉的干索，喝的是苦涩的水。这一切都不能使她屈服，她要坚强地活下去。

她时常惦念着贡嘎山的乡亲们，惦念着学织毯的小伙子和姑娘们，特别惦念着被国王射缺了口的月亮，决心上天去把它修补好。如何去呢？她眼珠儿一转，想出一个办法。她向国王提出织藏毯。

国王心想：达娃织出的藏毯都是无价之宝，只会给自己宝库里增添财富。于是答应了。

达娃要编织的当然不是国王需要的藏毯，而是一条长长的五彩哈达。她不分昼夜地编织，一粒又一粒的汗珠，将哈达浸透；她的手掌磨破，一滴又一滴的鲜血，在哈达上染上了一朵又一朵的红花。花了九天九夜的时间，她织出了一条很长很长的哈达。

达娃将哈达抛起来，轰隆一阵巨响，哈达将石壁冲塌，化成一条五彩缤纷的带子直通向月亮。达娃沿着带子，款步走向月亮。后来这条彩带留在了天上，人们叫它彩虹。

达娃卓玛在月亮里，辛勤地织起来，编织了十五个日日夜夜，终于将月亮的缺口修补好。从此达娃卓玛再也没有回到人间，她为了让月亮永远保持皎洁，给人间带来吉祥，送去光明，决心一个人在那里，不停地编织，使月亮总是保持鲜艳艳的。她怕月亮太寂寞，又织了一只玉兔陪伴月亮。

贡嘎山的乡亲们，向达娃学习织藏毯的姑娘和小伙子们，每当看到月亮，便高声喊着她的名字："达娃卓玛！达娃卓玛！达娃卓玛！"

二

在金沙江的右岸住着一个贪婪、好色的土司。他有成千上万的牛羊，成百上千的朗生，许许多多稀世珍宝，但还是填不满他的欲壑，每年都要派出大批朗生，为他四处寻找奇珍异宝。他有九十九个漂亮的婆子，成群的女奴，还不满足，每年都要派出许多兵丁到坝子、草原上寻找漂亮的姑娘。

俗话说："大海不会嫌水多，金库不会嫌宝多。"土司看够了人间的姑娘，异想天开要娶达娃卓玛。土司寻思：既然坝子上的牛羊、珍宝、朗生、女奴都是我的，那么与坝子相连的天上的一切也该属我。于是他派出大批兵丁、朗生去捉达娃卓玛。

春去秋来，派出去的一批又一批兵丁、朗生翻过了一座又一座雪山，渡过了一个又一个海子，始终找不到通往月宫的路径，只好一个个空手归来。

土司咆哮如雷，出了一个告示：谁要能捉到达娃卓玛，酬谢一百克[1]黄金，一百头牛，一千头羊。

整个坝子议论纷纷，大伙儿都说土司疯了，谁也不去理睬。

半个月过去了。一个月过去了。一天，一个传经的喇嘛揭了告示，朝官寨走去。

土司听说后大为高兴，忙将喇嘛接入官厅，十分恭敬地向喇嘛请教。

那个喇嘛坐在蒲团上，对天合十，却一言不发。

土司见状心里明白，忙将手一招，一个朗生双手托一盘金子跪在厅前。土司欠欠身，指着盘子说：

"这点薄礼请善士笑纳，若能帮助找到达娃卓玛，我定按告示所讲办事，绝不食言。"

卖嘴的门巴没有好药，贪财的喇嘛没有好主意。喇嘛将黄金装进唐古内，然后微笑唱道：

---

[1] 克，藏族的量器，一克约二十六市斤。

什么东西最难采？

天上的白云最难采；

什么样的姑娘最难找？

月宫姑娘达娃卓玛最难找。

要想采白云，

必须造天梯；

要想找到达娃卓玛，

须等望果节。

"望果节？"土司纳闷起来，想了想，摇摇头说：

"善士，每年望果节，我只看到月亮，怎么没有看到漂亮的达娃卓玛？"

"王爷，这时达娃卓玛正在须弥山山顶上向人间眺望，跳锅庄预祝丰收。"

土司听后大喜，掐指一算，离望果节还有半年，立即大呼：

"来人呵！"

一群剽悍的骑手闻声从官厅两侧走出来，在厅下听令。

"你们马上出发到须弥山，在望果节那天不把达娃卓玛捉来，就提着脑袋来见我！"

"王爷，达娃卓玛是天仙，她一看到这些骑士，就会飞回月宫，这样您不是破牛皮袋打水一场空吗？"喇嘛用手制止道。

"那该怎么办？"土司蹙起了眉头，焦急地询问。

喇嘛不搭理，阖上眼皮，打起坐来。

土司抓耳挠腮，心里揣着一团火，忙用手一招，一个女奴双手托了一盘珠宝跪在厅前。土司说：

"望善士不吝赐教。"

喇嘛微微睁开了眼睛，收下了珠宝，笑眯眯地拿出一根青草说：

"陪伴达娃卓玛的是仙兔，王爷只要派一个精干的朗生，用这根草喂仙兔，趁仙兔吃草时，抱着兔子回来。只要仙兔到了官寨，达娃卓玛就一定会来的。"

土司听了心花怒放，忙点起了神灯，向护法神叩头念经，占卜后，派一位精明的朗生带上青草上路。

朗生日夜兼程，翻过了九十九座雪山，渡过了九十九条大河，在望果节那天赶到了须弥山。他按照喇嘛的吩咐，果然捉到了仙兔，连忙往回赶。

土司听说捉回了仙兔，高兴得嘴巴笑到了耳根。赶忙命令吹起了号筒，敲起了法鼓迎接仙兔。

土司把仙兔关进了一个玉雕的笼子，派兵丁守卫，一心等候达娃卓玛的到来。

不到一顿茶的工夫，忽然官寨出现一片银辉，耀得土司睁不开眼。好大一会儿，土司才揉了揉眼睛，朝大厅一看，情不自禁地"啊"了一声，两眼瞪得溜圆，张着嘴巴口水不由自主地淌了出来。在清辉中，他看见大厅里站着一位亭亭玉立的美女。美女的头饰，是用海里最美的珊瑚装扮的，就像头上歇着孔雀一样；耳环是用三颗松耳石装扮的，就像碧玉的树上结出的晶莹果子一样；美女的腰，是用七彩缤纷的衬裙装扮的，就像天上的彩虹一样；美女的眼睛晶亮晶亮，就像闪烁的星星一样。土司看得入了神，恨不得一下把美女揽过来。

"王爷，请快把仙兔还给我！"美女发出的清脆声音，使土司仿佛从梦中惊醒。

"你就是月宫里的达娃卓玛？"

美女点点头。

土司高兴得手舞足蹈，一拍手，从官厅两旁鱼贯走出了一大群朗生、女奴，他们手里捧着各式各样的盘子，盘子里有的是黄灿灿的金子，有的是白晃晃的银子，有的是光闪闪的珠宝，有的是镶着珊瑚、玛瑙的衣物，有的是山珍海味……

"漂亮的孔雀只停歇在檀香树上。美丽的达娃卓玛，官寨的大门为你敞开。只要你答应和我成亲，仙兔奉还，这坝子上的一切都归你享用。"

达娃卓玛看穿了土司的心肠，眼珠儿一转，不慌不忙地说：

"成亲可以，但要答应我三件事。"

"莫说三件，就是三十件、三百件我也答应，快说第一件吧。"

达娃卓玛指着土司身边的喇嘛说：

"第一件，请速斩这个专出坏主意的喇嘛！"

本来，土司看到达娃卓玛后，正想毁约，听达娃卓玛一说，正好一箭双雕，立刻挥了挥手。

传经的喇嘛听达娃卓玛一说，脸吓得蜡黄，还没等转过神来，脑袋就被搬了家。

"第二件，归还我的仙兔。"

土司转动了一下眼珠，心想：你已在我手心，官厅四周也布下了天罗地网，料你想跑也跑不了。他命令打开笼子，放出了仙兔。仙兔一蹦一跳地到了达娃卓玛的身边。达娃卓玛抱起仙兔。

"前两件我都依了你，快说第三件。"土司着急地站起身。

"第三件，你将坝子上的土地、牛羊、财产全部分给朗生、女奴，让他们过上幸福太平的生活。"

"呵！"土司跳起来，"你这不是存心要我的命吗？"

"你答应不答应？"达娃卓玛问。

"不答应！"

达娃卓玛将脸一沉，顿时天空变得一片漆黑，伸手不见五指。

"快把灯点亮！"土司号叫，"给我把她关起来！"

女奴们点起了灯，兵丁们冲上去捉达娃卓玛。

达娃卓玛将手轻轻一摇，身边闪耀着一团银光。银光逼得兵丁直打哆嗦，怎么也靠拢不近达娃卓玛的身。

达娃卓玛说："青蛙想要爬上高崖，可惜没有犀利的爪子；土司还是赶快勒马，小心跌进深崖。"

"哼！看是你跌进深崖，还是我跌进深崖。"土司气急败坏地一挥手，躲在帷幕后面的弓箭手拉弓射箭，成百支箭飞向达娃卓玛。

达娃卓玛轻轻一吹，箭矢一下子变成了冰碴，纷纷落到地上。

土司震怒，拔出宝剑直取达娃卓玛。

"土司，你不后悔吗？"

"胆大，我一个堂堂的王爷还能被一个女人捉弄！"说完，挥剑朝达娃卓玛砍去。

突然达娃卓玛消失了，在土司面前出现了一个银盘子，银盘子越变越大，射出了千万道银光。银光射在土司身上，土司变成了一个冰人。银光射在兵丁身上，兵丁也变成了冰人。银光射在官寨上，高大的寨楼变成了晶亮的琼楼。在一片清辉中，皎洁的银盘冉冉升上了天空。

土司死后，人们分得了土地，过上了幸福、美好的生活。白天人们辛勤地耕种，夜晚燃起篝火朝天祈祷，为达娃卓玛祝福。这时达娃卓玛抱着玉兔，从山顶上姗姗出来，在空中俯视着人间。

到了秋天丰收的时候，坝子上的人们为了感谢达娃卓玛给人间带来的幸福，就在望果节那天，将青稞酒、酥油茶供在神台上。姑娘们戴着珊瑚、松耳石耳环，穿起白绸的衬衣，系上金线银线织成的围腰，脚上穿着绣有格桑花的靴子，和佩着腰刀的小伙子跳起了锅庄。

这时，达娃卓玛带着仙兔也来到了坝子的山上，观看他们的优美舞蹈，看得高兴时，就情不自禁地唱起弦子助兴。不信请你在望果节这天，到坝子上，就可以听到一阵阵银铃般的歌声，那就是达娃卓玛唱的弦子。

少年和国王

从前，有一个国王，是个非常残暴而又十分狂妄自大的统治者。他的每句话就像山上滚下的石头，从未听说石头滚上山的；就像大江里的流水，从未听说流水流回去的。他说白马是黑马，谁也不敢说一个"不"字。他自喻为雪山的雄狮和林卡的孔雀，将臣属和黎民百姓视为癞皮狗和胡豆雀。谁要有智慧，就必定被抓到他面前与他较量，其结果是有智慧的被处以极刑，只有"聪明"的人，故意输给他，以显示国王智慧超群，才幸免于难。国王恶名因而远扬。

有一位少年，十分聪明和富有正义感。他非常憎恨国王的恶行，发誓要用智慧和勇敢弘扬善行，为民除害。他走进王宫，向独裁者挑战。

这可是开朝以来的特大新闻，轰动了朝野上下。文臣武将纷纷上殿观战，黎民百姓都为少年捏一把汗，纷纷聚集在宫门前，看国王怎样对待他。

"檀香树上哪有麻雀的位置，鹿角再长也戳不破青天。这小子是吃了豹子胆，敢在神山上砍树！"国王气得胸脯一鼓一鼓的，脸上却堆满了笑，"小伙子，我考你三次，你不要'不会走路脚尖碰石，不会说话惹村里人讥笑'[1]，莫拿小命去喂虎呵！"

"要是陛下输了呢？"

"我把江山送给你。"

少年朗声说："请陛下出题。"

---

[1] 藏谚，"胡说"的意思。

"先考你五个谜。"国王捋了一下胡须，道出了第一个谜语，"嘴像小铲子，脚像小扁子，走道晃膀子，水上划牛筏子。"

少年微笑着道出谜底："青蛙。"

"三十只白绵羊，关在红房里，你想把它吃，它却吃了你。"

"牙齿。"

"竹姑娘呀嘴巴多，天天陪我唱山歌。"

"笛子。"

"一匹铁马，背的皮鞍，走的石头路，过的火焰山。"

"火镰。"

"这个东西真奇怪，天生就怕太阳晒，太阳不晒还不湿，越晒越是湿得快。"

"冰山。"

国王微闭双目，一口气提了三个问题："什么树最高最软果实最珍贵？什么石最大最软最珍贵？什么水最宽最清最珍贵？"

少年亮开了嗓子，用歌声作答：

最高的树是檀香树，

檀香树尖子在天宫里。

最软的树是柏木树，

柏木树枝可以圆圈起。

最珍奇的果是黑松果，

黑松果走遍大地难寻觅。

最大的石头是王石，

巍峨的山王石头如峭壁。

最软的石头是红灶石，
红色的灶石软如泥。
最珍贵的石头是花石头，
用它来建造房屋顶阔气。

最宽的水是海水，
茫茫海水汪洋无边际。
最清的水是清泉水，
清清流泉日夜起涟漪。
天旱时田间渠水最珍贵，
禾苗渴望渠水心焦急。

国王睁开眼睛，嘿嘿冷笑了两声："你到龙王那里做客，向他讨一块珍宝。"

满朝文武大臣，面面相觑。这可是草原上打石头——没有回音的事。他们想：这下少年准是死定了。

少年说："请给我三天的时间，做点准备。"

"完全可以。"国王暗想，"你纵有天大的本事，也翻不出我的手掌心，就让你再吃三天的糌粑。"

少年回到家，他的父亲满腮泪水说："儿呀，国王真是甲玛花，毒得很。你还是赶快逃命吧。"

少年安慰老人："孔雀不怕中毒，大山不怕雪压，英雄不怕折磨。阿爸，你放心，我自有妙法惩治国王。"他附在老人的耳根，唧唧道出一条计谋。老人听后，抹掉了眼泪，笑开了花。

三天后，国王煞有介事地在海边举行了隆重的欢送仪式。少年对天祈祷后，乘着牛皮筏子，到海中，纵身跳入大海。

国王拊掌大笑起来，对大臣们说："这个真杜，定将葬身鱼腹。"

第二天，上朝时，少年昂首阔步进入大殿，拜见国王。国王惊愕不已，简直不敢相信这一切，连忙揉了揉眼睛，定神呆看，只见少年穿着镶金嵌玉的华贵楚巴，精神抖擞地立在面前。原来少年跳入大海，立即从胸前掏出原先准备好的竹子当换气筒，潜入水中，待天黑后浮出水面，悄悄回家。天亮后，他穿上阿爸从充本那儿借来的楚巴，径直来到王宫。国王当然不知道这一切，他急的是自己的王位，忙转动眼珠，暗想对策。

少年毕恭毕敬地叩头道："托陛下的福，我到龙宫真是大饱眼福和口福。龙宫里到处散发着芬芳香味，丝竹之声不绝如缕。大厅的四壁由珊瑚砌成，地上铺满了琥珀，厅当中有一个喷水池，喷出来的不是水，而是晶莹的珍珠。龙王的宝座镶满了璀璨的珠宝，闪烁着奇光异彩。龙宫的林卡更是美妙无穷，每棵树上都结满了晶莹剔透的果实，每个果实都是稀世之珍。龙宫内的宝贝真是俯拾即是。"

国王将信将疑，茫然不知所以，只好听着少年讲下去。

"龙王听说我是陛下的使者，满心欢喜，立即设宴款待，让我尝遍了珍馐百味。每道菜都与地界的菜不同，吃起来满口芬芳，吃到肚里感到一种极大的快意和满足。成群的美女翩翩起舞。她们的舞蹈也与地界的不同，不是用腿跳，而是用鱼尾巴舞。她们上下前后舞动，舞姿变幻无穷，令人眼花缭乱，使人身不由己地随着她们的舞姿跳起来，让人飘飘欲仙。

"我真不愿意离开这幸福之地，但一想到陛下的使命，就只好起身向龙王提出想讨一块珍宝。龙王非常慷慨大方。他说：'贵国之君真是太客气了，为了表示我的心愿和友谊，将送给贵国之君一百块珍宝。'同时赠送给我这套灿烂炫目的楚巴。"

"呵，啧啧！"国王几乎要从王座上跳起来。他眼睛里射出贪婪的光，情不自禁地叫起来："龙宫的一块珍宝就是无价之宝，一百件……"

"是呵，陛下将得到巨大的财富，一跃而成为世界上最富有的人。"少年装出十分羡慕的样子，"龙王请陛下到龙宫做客，当面将珍宝馈赠给您。"

国王心里嘀咕起来："如果说这一切都是胡言乱语，可我是亲眼看到少年跳入大海的呀，何况龙王还赠送给他华贵的楚巴。如果说这一切都是真的话，万一我回不来，怎么办呢？"他犹豫不决，一时不知如何是好。

少年再次叩头："尊敬的陛下，我将作向导，陪您去龙宫。"

国王一听，才将悬着的心放了下来，欣喜若狂地返回寝宫，沐浴熏香，煨桑祭祀，然后到海边，与少年乘上大舟。船到海上，国王对天祈祷后，随少年跃入大海。少年用上次的办法，回了家。贪婪的国王当然见不到龙王的珍宝，喝饱了苦涩的海水后，一翻白眼葬入海底。

第二天，少年向全国宣布：国王因留恋龙宫，将王位让给了他。黎民百姓发出了海啸般的欢呼声，文武大臣高呼万岁，叩首称臣。少年登基后，爱护百姓施仁政，国运日益兴隆。

聪明人戏弄财主

有个坏心眼的财主骑着枣红马，走到河边，碰到一个聪明人。他勒住马对聪明人说："听说你很会冲壳子，今天你给我冲几个。"

聪明人将双手放在胸前："我真想冲几个，可惜，我的壳子口袋放在家里，冲不起来。"

"这好办，我把马借给你，你赶快回去将壳子口袋取来。"财主把缰绳递给聪明人。

聪明人皱起了眉头："我一天没沾糌粑，走不动。"

"这好办。"财主将唐古递给聪明人。

聪明人将唐古里的食物吃得一干二净，抹了抹嘴巴，一跃骑到马上，暗地里将马嚼子一拉，马又跃又跳。聪明人说：

"老爷，你的马认人，我穿得破烂，它不听我的使唤。"

"这好办。"财主脱下裘皮楚巴，给聪明人穿上。

聪明人一抖缰绳，一溜烟地跑得无影无踪。

财主在河边一直等到太阳之神将金轮推下须弥山，也未见到聪明人的影儿。他心想："莫不是他的壳子口袋破了。"

财主忍着饥饿和寒冷在河滩睡了一觉。当雪山顶上戴上金冠的时候，他上路去找聪明人。

在一座寺庙前，聪明人看到远处的财主，决定再戏弄他一回。当财主走近时，他抱着庙前高挂经幡的长旗杆。

财主见到聪明人，十分生气地喊起来：

"喂，你快把我的马、楚巴还给我，不然的话，我把你交给铁棒喇嘛[1]，让你好受。"

"老爷，真对不起。昨日回家取壳子口袋时，被寺院拉去办这个差事，脱不开身，待我办完差，就把东西还给你。"

"好吧，你快点办，我等着。"

"老爷，这可不是一袋烟工夫的差事，我一松手，旗杆就要倒。请你耐着性子等吧。"

财主望了望日头，显得不耐烦的样子，跺了跺脚，说：

"这样吧，我替你抱旗杆，你赶快回家把我的东西拿来，我要赶路。"

"拉索。"聪明人装出无可奈何的样子，"老爷这样性急，只好暂时委屈你了。"说完，他一松手，财主连忙扑上去，紧紧抱住旗杆。

聪明人一转身，捂着笑脸，慢悠悠地走了。

财主紧抱着旗杆，心里默念六字箴言，乞求六臂贡布[2]保佑，莫让旗杆倒下。

太阳渐渐西移。财主又饥又渴，头又老是仰着，不禁眼冒金花，觉得旗杆摇摇晃晃的，仿佛要倒下来的样子，不觉吓得乱叫起来：

"大乱临头了，经幡旗杆要倒了。"

寺庙里的喇嘛闻声冲出来，只见一个牛肚子一样的人抱着旗杆狂呼乱叫。喇嘛们齐声怒骂：

"这个寺人布[3]，开罪了菩萨，给寺院带来了晦气。"他们一哄而上，将"牛肚子"掀倒在地上，抡起生牛皮鞭子一阵抽打，打得"牛肚子"皮开肉绽，叫苦不迭。随后铁棒喇嘛将他轰出了寺门。

---

[1] 铁棒喇嘛，在藏族佛教中，负责维持寺庙秩序、纪律，处理僧众的一般纠纷的喇嘛。

[2] 六臂贡布，喇嘛教里的护法之神。

[3] 寺人布，藏族佛教中对恶鬼的总称。

春夏秋冬的故事

在很久很久以前，相传地界的春夏秋冬被下界[1]龙宫的鱼精专管着。有一天，鱼精偷偷潜出龙宫，来到地界，还阳作起怪来。它听说国王参木洛新近丧偶，眼珠儿一转，转出一条计来。

一天，国王参木洛到山上打猎，见到一头牝鹿，连忙策马追赶。牝鹿七转八弯，将国王领到一个花团锦簇的地方便消失了。

国王勒马寻觅，不见牝鹿的影儿，却见满处盛开的鲜花，好生纳闷："我是一国之主，怎么从来没见过这仙境般的地方？"

忽然，随着一阵香风，一位亭亭玉立的丽人站在国王面前。国王眼睛一亮，只见丽人的容貌如十五的月亮，肌肤如雪山一般洁白。他好生奇怪："我是一国之君，怎么从来没见过这仙女般的美人，莫非在做梦？"

"陛下，这不是在做梦。人世的姻缘前世定，我们相会说明我们有缘分。"丽人合十当胸，顶礼稽首。

国王大喜过望，当即迎娶入宫，册封为妃子。从此他宠爱妃子，不理朝政，终日沉湎在女色之中。

一天，妃子突然紧锁娥眉，一脸病态，一滴酥油茶不喝，一块玛桑也不吃。

国王立即招天下名医，为她诊脉开方，不见效验；请来喇嘛念经，为她禳解祛灾，也无济于事。他急得团团转，忧愁地说：

---

[1] 藏族传说中，将宇宙分为天、地、下三界。

"爱妃，我虔诚地敬神做法事，国库里的钱财也没少花，为何你的病却不见好转呢？"

妃子启动朱唇："'有叼羊羔的恶狼，就有捕杀它的猎手。'世上的事情没有一样不是相反相成的，救治我的良方并非难找，就看大王肯不肯给了。"

国王紧握着爱妃的手："常言道：'上师的命令，父母的教诲，妻子的知心话，不能不听。'爱妃有何良方，快告诉我。"

妃子微露喜色："大王若真想救我，请先发誓吧。"

国王立即双手合十，念起六字箴言："我向文殊菩萨发誓，若不听爱妃的话，将堕入地狱。"

"由于我和太子桑杰年属相克，只有吃了太子的心，才能病愈。"

国王顿时如雷劈顶，目瞪口呆。太子桑杰是前妃所生，法定的王储。他一时失去了主意。

妃子失声痛哭："大王，还是让我去死吧！"国王只能在爱妃和太子之间做出选择。他心如刀绞，长叹一声："'开弓岂有回头箭，纵马哪能收缰绳。'我已发过重誓，就照爱妃的话办吧。"

妃子听后，一骨碌从床上坐起来，病好了一大半。原来她是鱼精的化身，为了篡夺王位，生出了这条毒计。

妖妃的话被太子的奶娘偷听到了，她急忙告诉了桑杰。桑杰将牙咬得嘣嘣响，向着经塔[1]发誓："不报此仇，绝不活在人世上！"然后哭别奶娘，逃出了王宫，晓行夜宿，避难邻国。

邻国正在遭灾，一年没有阴晴雨雪，春夏秋冬。桑杰掐指一算，这个时间正好与父王与妃子完婚的时间相合，顿生疑窦。

邻国的国王为了乞求雨水，下令每三十天选定一个少年或少女投入海

---

[1] 经塔，指藏有经文的塔。

中，作为祈求龙王降雨的供品。这天正好是朔日，士兵捉住了桑杰，不由分说将他投入了大海。

桑杰紧闭双目，任身体往下沉，想到自己的仇未报，就要葬入龙腹，不由得号啕大哭起来。

"小伙子，你为什么这般伤心？"一个声音朗朗响起。桑杰忙把眼睛睁开，循声望去，只见龙王坐在高高的宝座上。桑杰将自己的遭遇讲给龙王听。龙王遂生恻隐之心："你能回答我的问题，可以免你一死。"

桑杰连忙将双手结成一个像佛盒的印结，祈龙王赐教。

"这一年来，为何地界月月往海里扔人害命？结果腐烂的尸体太多，害得宫里的恶臭之气四溢。"

"龙王，这是因为地界没有了春夏秋冬，人们才被送生，以祈求您赐福。"

龙王困惑不解，向章鱼大臣询问："地界的春夏秋冬不是鱼精掌管吗？它为何不尽职责？"

章鱼大臣连忙匍匐在地："圣上息怒，请宣召鱼精上殿问个明白。"

龙王点点头。

章鱼大臣赶忙出宫找鱼精，可是找遍了下界，也没找着，于是它拿出夜明珠，查询鱼精的下落。在夜明珠忽闪的光环中，它看到了鱼精的踪迹，大惊失色，立即上殿，启奏道：

"圣上，昨日鱼精胆敢冒犯天规，还阳地界，做了国王参木洛的宠妃。她欲加害太子桑杰未遂，便将国王害死，成为一国之君。因下界一日，正是地界一年，所以地界一年就没有春夏秋冬。"

龙王震怒："胆大的鱼精，竟敢跑到地界为害众生，赶快将它的阳寿收回。"

桑杰一听父王死于非命，痛不欲生，向龙王请求：

"骏马到草原，当然要扬蹄奔驰；男儿生在世，当然要与仇敌相拼。尊贵的龙王，如果不报杀父之仇，我比死去九次还难受。请允许我返回地界，除掉鱼精。"

龙王沉吟片刻，说道："你是凡人，怎能降伏鱼精？它有四道魔法，我给你四支箭，可以破它的魔法。"

桑杰接着箭，只见箭镞分别由绿莹莹的松耳石、红艳艳的玛瑙、金灿灿的琥珀和亮晶晶的白螺做成。他叩谢了龙王，重返地界。

邻国的国王得知事情的原委后，发兵一支给桑杰统率，去降伏鱼精。

望日十五是吉祥的日子，桑杰定这天为起程的时间。他披上金甲，戴上金盔，腰系三眷属[1]，箭鞘里插着四支宝箭，率军出征。

邻国的国王带领文武属臣和僧俗百姓送到郊外。上师们手捧寿结，官员们拿着哈达，妇女们端着茶酒，敬祈三神[2]佑助桑杰降妖禳灾，圆满成功。

桑杰挥师返故里，一年的路程将作一月赶，一月的路程将作一日行，经过长途跋涉，在鱼精的正宫前扎下大营。桑杰立马宫殿下，高声挑战。

鱼精走出宫门，见是桑杰，不禁嘿嘿冷笑两声："黑狗怎能和豹子比爪利？毛头小子怎敢和须弥山比高低？上次没吃你的心，这回你倒自个儿送上门来，算我有福气。"

"'抢了牲畜要追赶，伤了人命要索还！'我是来报仇的，非把你剁成肉泥不可！"说毕，桑杰挥刀向鱼精杀去。

鱼精不慌不忙，将手轻轻一挥，顿时涌出一汪绿水。水中一个妖怪，长有一颗狰狞的脑袋、三只手臂，掀起千万浪头朝桑杰冲去。所过之处，汪洋一片。

桑杰从箭鞘里拈出绿松耳石箭，展臂拉弓，嗖地一箭射向妖怪。妖怪

---

[1] 三眷属，指勇士随身带的弓、箭、矛三种武器。
[2] 三神，指天神、厉神、龙神。

化成轻烟消去。

鱼精又将手一挥，霎时喷出一串火焰。火中一个妖怪长有两颗狰狞的脑袋、六只手臂，吐出千万串烈焰朝桑杰喷去。所过之处，石裂土焦。

桑杰从箭鞘里拈出红玛瑙箭，搭箭拉弓，嗖地一箭射向妖怪。妖怪化成轻烟消去。

鱼精额头上冒出了汗珠，赶忙将手一挥，瞬间腾起一股黄风。风中一个妖怪，长有三颗狰狞的脑袋、九只手臂，卷起飓风朝桑杰扫去。所过之处，飞沙走石。

桑杰从箭鞘里拈出金琥珀箭，拉满硬弓，嗖地一箭射向妖怪。妖怪化成轻烟消去。

鱼精脸色苍白，将手猛挥，顷刻冲出一缕寒气。寒气中一个妖怪，长有四颗狰狞的脑袋、十二只手臂，捣起铺天盖地的冰雪朝桑杰压去。所过之处，冰封雪飘。

桑杰从箭鞘里拈出白螺箭，开弓射击，嗖地一箭射向妖怪。妖怪化成轻烟消去。

鱼精一下子瘫倒在地。桑杰一个箭步跨上前去，抡起大刀，就势砍去。

"手下留生，让它回去尽职守责，以赎罪愆吧。"空中响起了龙王的声音。

桑杰连忙收起大刀，伏在地上，向龙王顶礼膜拜，连说："拉索，拉索。"

龙王带上鱼精，架起祥云，飞回龙宫。

从此，地界又有了春夏秋冬。桑杰继承父业，精心管理国家。邻国的国王也老了，又没有子嗣，便将王位给了桑杰。桑杰将两国的疆域合在一起，让春夏秋冬四季分明，年年风调雨顺，五谷丰登，牛肥马壮，在雪域高原上建起一个繁荣富强的国家。

愚蠢的胖喇嘛

喇嘛被尊为上师，应是聪明的智者，有地位和有学问的僧侣，但不是每一个喇嘛都配得上这样的尊号，正如俗话说的那样："无能的上师，好比瓦筒里面点油灯，既不能照亮别人，也不能照亮自己。"不信，请看一个"全知全能"的胖喇嘛闹出的一串笑话。

啃骨头

在寺院里，最好的肉供胖喇嘛吃，扎巴们只能啃骨头。有一个扎巴想知道肉的味道，一摸脖子，主意出来了。第二天吃饭的时候，这位扎巴抓起一块大骨头就啃，嘴巴里故意发出"啧啧"的声音。这引起了胖喇嘛的注意，他好奇地问道："格[1]，吃的什么？这么有味儿。"

扎巴装着十分虔诚的样子，双手合十："尊贵的上师，我在吃肉的精华。"

胖喇嘛很诧异，暗思忖："我是全知全能的智者，怎么不知道肉的精华？"于是问道："肉的精华是什么？"

"肉的精华就是骨头哇。真可惜，上师每餐只知吃肉，却不享用肉的精华。"说完，扎巴敲了一点骨髓给胖喇嘛。胖喇嘛从未吃过骨髓，吃下肚觉得很有味道，便将脸一沉："秃鸡怎能与孔雀同食？劣羊怎能与骏马同行？

---

[1] 格，藏语，对男子的卑称。

我是尊贵的智者，怎能让卑贱的扎巴吃肉的精华？"

扎巴显得十分惶恐，连连磕头，请求胖喇嘛恕罪，双手献上骨头。从此寺院里的骨头就归胖喇嘛享用，扎巴们吃肉。

吃猪屎

胖喇嘛雇有一个年轻的约布，每天的重活儿就像河滩上的石头，得到的干索却像秃头上的跳蚤。

有一天，胖喇嘛出外念经。约布喂猪后忘关猪圈门，猪跑到寺院里到处拉屎。

胖喇嘛回来见状，气得抽打约布十鞭后还不解恨，大声嚷道：

"穷小子，你再让猪乱拉屎，我非要你吃掉那些猪屎不可！"

约布十分气愤，决心惩罚胖喇嘛。第二天，胖喇嘛又出外念经去了。他用红糖、酥油、糌粑搅和做成像猪屎一样的食物，撒在院内。

胖喇嘛回寺，暴跳如雷："穷小子，你将这些猪屎给我吃得干干净净！"

约布装着十分难过的样子，捡起一坨"猪屎"吃了下去，接着便大口大口地吃起来。

胖喇嘛惊异地瞪圆了眼珠，好奇地问道：

"喂，你吃猪屎怎么像吃丘热那样津津有味？"

约布边吃边答："上师，我还从未吃过这样好吃的东西，比丘热有味道多了。"

胖喇嘛半信半疑，让约布拿一点给他。他从约布手中接过"猪屎"，一闻觉得香气扑鼻，不禁口水直淌，忙放进口里，果然好吃。他思忖："俗话说：'美味到嘴巴，别用舌头顶出。'我要独食这美味。"

第二天，胖喇嘛一大早就将约布支苦差去。他关上大门，将猪喂得饱饱的，然后把猪赶到院内，让猪将屎拉得满地皆是。

胖喇嘛折腾了半天，肚子也咕噜咕噜叫起来。他连忙趴在地上，捡起一坨猪屎，闻也不闻就塞进口里。满嘴的恶臭，使他翻肚倒肠呕吐不止，足足吐了一顿茶的时间。他直愣愣地瞧着臭气四溢的猪屎，始终闹不明白，为什么一夜之间，猪屎就由香喷喷的变成了臭熏熏的呢？

做生意

一天，胖喇嘛突发奇想："人说充本会做生意，我是无所不晓的尊者，应该比充本更会赚钱。"于是他将一批极名贵的印度檀香木拿到市场出售。

几天过去了，没人问津，而隔壁专营木炭的充本，生意却红红火火的。胖喇嘛琢磨了半晌，突然拍了一下前额，悟出了其中奥妙。

他令扎巴将檀香木运到山中烧成炭，复运回市场叫卖，果然不到一顿茶的工夫，木炭全部售罄。

胖喇嘛高兴得将脑袋晃得像双面鼓，忙将这生财之道传授给其他的喇嘛。

做发财的梦

有一次，胖喇嘛戴上金灿灿的尖顶硬圆帽，披上红色袈裟，手捻象牙佛珠出外云游。他走到一个坝子，碰到一位善良的老妇。老妇给他一罐牛奶。

晚上，他在坝上野宿。围在火塘旁，抱着牛奶罐渐渐进入梦乡。

梦中他将牛奶做成了酸奶，用酸奶换了一只母鸡。母鸡生下许多蛋，又用那些卖蛋的钱，买了只母羊。母羊生了许多小羊，再将卖小羊的钱买头母牛。母牛又生下许多小牛，不到几年的工夫，他的牛就布满了牧场……

"嗬嗬嗬！我成了坝上最富的人。"胖喇嘛乐得手舞足蹈，一脚将奶罐踢翻。

这下他也惊醒过来，看到的当然不是成群的牛，而是洒了一地的牛奶。

打星星

有一个夜晚，胖喇嘛在寺院里，看见一个小扎巴用竹竿不停地向空中挥舞。他感到很奇怪，便问道：

"格，这是干什么？"

"我想把天上的星星打下来，可是不管怎样打，老是打不着？"

"真杜！"胖喇嘛说，"你在院子里打一辈子，也打不着，爬到屋顶上去，准会把星星打下来。"

等雨灭火

有一次，胖喇嘛在外布施，借一户人家住宿。半夜，这户人家的屋顶着火了。火借着风势，越烧越猛。

这户人家的男主人叫全家都到藏布去打水救火。

女主人说："藏布太远了，不如到井里打水吧！"

这户人家的儿子说："井再近也没有用，水太少了，赶快引山上的泉水更好些。"

胖喇嘛拊掌大笑："真杜，引泉水也太麻烦了，还不如等天上下雨灭火吧！"

傻子的故事

找"吐"算账

藏族有一种食品，叫作"吐"。它是用酥油、奶渣和红糖做成的。吐怕热，人的体温就足以将它化掉。傻子不知道这个道理。他背上一大块吐去走亲戚。半路上，他腰酸背疼，便在一个林子里休息。他将吐当枕头，睡在上面一会儿便打起鼾来了。

傻子醒来后，只觉得脖子上湿漉漉地沾满了红糖、奶渣和酥油，却不见了吐。他前后左右找了半天，还是没找着，便生气地大喊起来：

"吐，你怎么不打招呼就跑了，还在我脖子上撒了泡尿，真是不像话。你快点回来，我要找你算账！"

会咬人的石锅

有一次，傻子在草地上放牧。他支起了石锅，用牛粪烧起茶来。茶烧好后，他一边喝茶，一边吃糌粑。当他舀第二碗茶时，手不小心碰在石锅上，立刻烫起了一个小泡。他气恼地大嚷起来：

"喂，石锅，我没有惹你，你为什么咬我一口？"

他见石锅没吭声，更是气愤："你有什么了不起，来，我们比比力气。"说完，忙将两只藏袍的长袖塞进腰间，露出黑茸茸的胸脯。他两手叉着腰，对石锅说："有种的，过来。"将眼睛瞪得鸡蛋大，摆开要与石锅搏斗的架势，可是，石锅动也没动。

傻子觉得石锅居然敢蔑视自己，更是火上被浇了油，跨前一步，双手紧紧将石锅抱住。火烫的石锅烫得傻子龇牙咧嘴，他忍着剧痛，叫嚷：

"你这小子，还敢咬我，我非收拾你不可。"他把石锅搂得更紧。

石锅将傻子的双手和胸前烧得咝咝冒烟，他昏倒在地，双手还搂着石锅不放，口里嘟囔着："你敢咬我……"

显示力气的犏牛

傻子耕地，犏牛在前面拉轭，他在后面扶犁。犏牛边耕地，边甩尾巴。傻子叫起来：

"喂，你这家伙，不老老实实耕地，尾巴甩来甩去的，向谁逞威风？"

犏牛若无其事，仍是一边耕地，一边甩尾巴。

傻子一怒之下，拔出腰刀，将牛尾巴割掉："我看你拿什么逞威风！"

牛尾巴是赶牛虻的，犏牛没有了尾巴，牛虻便肆无忌惮地叮牛肚子，犏牛疼痒无比，牛腿子上的毛就不由自主地打哆嗦。

傻子拉长了脸："喂，你这家伙，不老老实实耕地，毛抖来抖去，向谁逞能？"

犏牛似乎没有听见主人的话，照样抖着牛毛。傻子咆哮起来："你敢不听我的话！"说完又将犏牛的毛剃得溜光。

犏牛没有尾巴，没有牛毛，难以忍受牛虻的叮咬，烦躁不安起来。

傻子鞭抽犏牛驱赶它犁地。犏牛忍无可忍，拖着犁和傻子在地里乱奔。傻子被拖得伤痕累累，有气无力地喊：

"喂，你这个家伙，吃饱了青稞，力气没地方出，向我显示什么力气！"

不识抬举的马

有一次，傻子将装着杂物的羊皮口袋驮在马上，自己骑在口袋上出门远行。赶路时，他不下马，也不让马休息。马终于累得走不动了，任傻子怎样抽打，也不肯挪动马蹄儿一步。

傻子在马背上转着眼珠儿，恍然大悟："哦，我明白了，准是皮口袋太重了。"于是他跳下马，将羊皮口袋搭在自己的肩上，然后爬在马背上，猛打马的屁股，催它上路。

马的胸前汗水淋淋的，走了两步又不动了。

傻子蒙了："我替你背上皮口袋，你还不走！"他一阵猛抽，马经不起傻子的折磨，一下子倒在地上。

几位赶牛的人经过，好心问傻子为何抽打马。傻子恼怒地说："这马不识抬举，我要教训教训它。"

栽牛尾巴

傻子到牧场干活，觉得放牧牛太辛苦了，便跑到牧场主那儿讨牛尾巴。牧场主问："你要牛尾巴干什么？"

"我有一个妙法，既不喂草，也不喂青稞，就会生出牦牛来。"

牧场主惊异地问："什么妙法？"

傻子二话没说，将牛尾巴栽在地上，十分神气地说："主人，你看，就像种青稞一样，准会长出又壮又大的牦牛。"

死真好玩

有一次，傻子的阿妈叫他上街去打油。傻子提了油瓶到油铺里去，给了钱打满了油。

他盯着油瓶半天，对老板说："大叔，你怎么不把油瓶打满？"

老板仔细察看了油瓶，见油已满到瓶口，便好生奇怪地问道："朗巴，不要鸡蛋里面挑骨头，油分明打得满满的，你怎么说没打满呢？"

傻子把瓶子翻过来，指着瓶底的凹处说："这儿不是空的？"

老板忍俊不禁，哈哈大笑起来，二话不说，便把瓶底凹处装满了油。

傻子高高兴兴地回家，瓶里的油早已流尽。

傻子的阿妈气昏了，骂道："你这个笨东西，一点儿也不会做事，还不如死了的好！"

"阿妈，怎么个死法？"

"你爬到树上，风把你吹下来就摔死了。"阿妈气恼地说。

傻子跑出门，爬上一棵高树，要尝尝死的滋味。偏巧这一天没有风。他腿站酸了，也没有摔下来。

一位过路的人看到傻子，大声叫起来："喂，树上的朗巴，什么地方不好玩，偏要爬到树上玩？快下来！"

"大叔，我不是玩，我是在找死。"傻子说。

过路人十分着急，爬上树，把傻子拉下地，好心劝他道："你这么年轻，为什么要去死呢？"

傻子却指责过路的人不让他去死。于是两个人拉拉扯扯到国王那里去评理。

国王是个自作聪明的人，听了他们的陈诉后，大声呵斥过路人："你这个人真多事，不该把要死的人拉下来，给你三十牛鞭，让你永远记住多管闲事的教训。"

　　傻子欢天喜地跑回家，在门口就喊起来："阿妈，国王也叫我去死，看来死真好玩。"

吉祥云

从前，在康巴地区有一个寨子，因寨子内外盛开绯红的色吉梅朵、娇艳的格桑梅朵、靛青的邦锦梅朵、雪白的达玛梅朵……一年四季花开不断，沁人心脾，芬芳不息，所以人们给它起了一个非常美丽的村名——梅朵寨。

梅朵寨是个富裕的地方，背靠松石山，如鲜奶的泉水绕村寨，滋润、灌溉着广袤的牧场和田地。牧场上壮牛肥羊成群，就像蓝天上飘浮的片片白云；田地里穗粒饱满的青稞在风中浮动，就像大海里掀动的层层浪涛。寨子里家家青稞装满仓，牛羊满圈棚，一年收成富三载。

梅朵寨的乡亲勤劳又相爱，女的持家务、挤奶、织卡垫，男的放牧、耕种、狩猎。每年雪顿节[1]，男女吹着竹笛，弹着琴弦，打着热巴鼓，在坝子上挥动长长的彩袖，放开嘹亮高亢的歌喉。正如一首歌中唱的那样：

山下泉边梅朵寨，

不知苦愁不知哀。

竹笛吹得人心醉，

琴弦弹得花常开。

朝朝歌声满天洒，

日日笑语出胸怀。

弦子跳得太阳升，

---

[1] 雪顿节，又称藏戏节，是藏族民间传统节日之一。时在藏历七月初一，历时五天。

锅庄请出星月来。

寨子里有一户人家，阿爸是猎手，一年四季钻密林，是远近闻名的神枪手。阿妈是挤奶剪毛的能手，春夏秋冬都在牧场放牛羊。还有阿翁[1]是个打铁匠，一年三百六十天都在炉台旁，打出来的铁具人人买。

有一天，阿爸和阿妈添了一个小男孩。这个男孩与众不同，坠地时不是啼哭，而是发出银铃般的笑声。孔雀听到笑声不收屏，獐子听到笑声不愿回森林，老鸹子听到笑声忘记报晓。

小男孩长得又黑又壮，活像一头小雄狮。他顺风长，两岁就跟随阿妈到牧场追逐牛羊，三岁到赛马场上比箭术。村寨人看着谁都喜欢他，说是梅朵寨生下的布巴鸟[2]。在他命名日[3]时，全村寨人人出动，到寺庙为他祈福。德高望重的昂加格西给他取名叫格桑，寄寓着如意，象征着吉祥。

小格桑七岁就帮家里干活儿。他跟着阿妈，一顿饭的工夫便将全村寨奶牛的奶挤光。一声吆喝，所有的羊儿就围着他咩咩叫。他跟着阿爸，到高山密林寻猎物，空掌擒猛虎，撕下虎腿当茶饭。单手降雄狮，喝起狮血作酒饮。他跟着阿翁，锤下铁花盖星光，打出镰刀赛弯月。

有一天，小格桑打猎回村寨，发现世间变了样。抬头望天上，霹雳闪电撕天空，黑气黑雨锁住了太阳；低头看，村寨石砌的房屋全倒塌，到处是牲畜的尸体。地里的青稞一片焦黄，牧场上满是倒毙的牛羊。

小格桑跑回家，见阿爸、阿妈倒在血泊中，阿翁还剩一口气。他抱起阿翁，哭着问缘由。

阿翁吃力地说："小格桑呵，赛布鸟降落，村寨遭劫难。天外飞来一条

---

[2] 布，藏语儿子；巴鸟，藏语英雄。合在一起为英雄的儿子。
[3] 藏族旧风俗，生了孩子，到一定的时间请喇嘛取名，这一天叫命名日。

凶蟒，将松石山缠住，毒鳞一闪动，山崩地裂，飞沙走石，毁坏了所有的房屋。它张开血盆大口，喷出黑气，遮住日月光，人一吸进黑气就死亡。它的眼睛射出黑雨，落在青稞上青稞就焦黄。我也活不成了，你一定要给乡亲们报仇！"说完便咽了气。

小格桑目眦震裂，高声喊道："向着经塔发誓！向着玛尼堆发誓！向着寨子的乡亲们发誓！我格桑不把妖蟒除掉绝不活在世上！"

小格桑喝下九桶奶，咽下九只羊，拉起牛皮口袋风箱，抡起铁锤，从炉火中取出铁块，在砧子上打了九天的铁，终于打出一把锋利的钢刀。小格桑将钢刀挥向九人环抱的松树，就如割紫朵一样，松树倒在地上。他将钢刀挥向九人推不动的巨石，就如削泥一样，巨石被劈成两半。

小格桑手提钢刀，攀岩爬壁，登上山顶，只见凶蟒正在吃人肉。他怒火万丈，大声吼道：

"妖蟒，不准你亵渎松石山，我要找你算账，为乡亲们报仇！"

凶蟒吐出一块骨头，望着小格桑狞笑："你这还没断奶的小马驹，也敢夸海口；你正好来填我的牙缝。"

小格桑挥动钢刀，猛力向凶蟒砍去，只听到当的一声，震得虎口裂开，钢刀折成两段。

凶蟒哈哈大笑起来："黄口小儿，你的本事用完了吧，看我的本事。"说完它将大口张开，轻轻一吸。小格桑躲避不及，一下子被吸进了蟒口。他急中生智，抓住凶蟒的牙齿，一用劲，扳动了蟒牙。凶蟒疼得一张口，将小格桑吐到山下。

小格桑受了伤，昏倒在草地上。孔雀吮来檀柏枝上的露水，替他熬茶洗创伤。獐子取来麝香，替他包扎伤口。老鸹子咕咕叫出太阳，灿烂的阳光轻抚他的身体。小格桑躺了九天九夜，第十天，金冠从山顶露出脸时，他终于睁开了眼睛，他陷入极大的苦闷之中，通过与凶蟒的较量，他清楚

地知道单靠自己的本事和力量，是无法报仇的。思前想后，决定去找智慧的昂加格西。

昂加格西胸前拂动着银髯，手捻动着佛珠，端详着小格桑，说道：

"古谚说得好：'苍龙要是没有牙与爪，狗在苍龙面前敢称王；狩猎没有刀和剑，山耗敢把猎人咬。'要除掉妖蟒，必须锻造出一柄宝剑。"

小格桑急忙向活佛施大礼，恳求告诉锻造宝剑的神法。

昂加格西沉吟片刻，问道："小格桑，你能吃苦，并能做出巨大的牺牲吗？"

"只要能除掉妖蟒，给寨子重新带来欢乐和吉祥，我能吃世上最大的苦，做出最大的牺牲。"

昂加格西点点头，说道："锻造宝剑要用东山的铁石、南山的木柴和郎吉大师的火种。这三样东西都是很难得到的。"

"就是要罗刹王的眼珠，我也要得到！"

"好！"昂加格西捻着银髯，说道，"你先去取铁石，守护着铁石的是雄狮和猛虎。这不是一般的野兽，靠你的气力是斗不过它们的，你要设法降伏它们，方可取到铁石。木柴是山神日乌达掌管的，你要有诚心，方能打动他的心，让你取走木柴。至于火种，你只答应郎吉大师的一个条件就可以得到。"

"拉索！"小格桑高兴地告别活佛，上路去取铁石、木柴、火种。他翻山越岭，走破了三双羊皮靴，终于来到东山。只见松萝满挂，青翠欲滴的密林间，有一条蜿蜒的石板小道。他拾级而上，快到山顶，突然从左边跳出一只大老虎。它一声吼叫，山摇地动；尾巴一扫，成排大树倒地。小格桑抽出腰刀，从自己的左股割下一块肉，丢给老虎。老虎高兴地吃肉，让他通过。

小格桑忍着剧痛，继续往上爬，突然从右边跳出一只雄狮。它脚一踏，山崩地裂；头一摇，狂风骤起。小格桑好不容易站稳脚跟，又将自己右股肉割下，丢给雄狮。雄狮高兴地吃肉，闪开了一条路。

小格桑拖着血淋淋的双腿，上到山顶，把铁石放入背筐里，径直奔向南山。

他跋山涉水，又走破了三双羊皮靴，终于到达南山，只见满山松柏耸入云霄，风儿一吹，涛声宛如阵阵海啸迎面扑来。他无心听涛赏景，沿着一条小径向山上走去。途中碰到一位老人。他眼睛发蓝，倒在路边。小格桑连忙扶起老人问道：

"大叔，您怎么啦？"

老人有气无力地说："我有三天没沾糌粑，没喝酥油茶了。"

小格桑连忙解开唐古，将袋内的酥油、糌粑喂给老人。

老人一口一口将酥油、糌粑吃得精光。他说："小伙子，我还想吃草芽羊[1]。"

小格桑感到很为难，因为这除了影响自己取柴外，更重要的是在荒山野岭到哪儿去逮草芽羊呢？他想撇开老人，径直去取柴火，但又一想："火要空心，人要实心。"于是请老人看管铁石和行装，自己下山到坝子上捕捉了一只草芽羊，匆匆赶上山，将羊烤熟给老人吃。老人也不谦让，一个人将羊吃得只剩下一堆骨头。

老人抹了抹油嘴巴，笑吟吟地说："小伙子，心诚才能得到幸福。现在，你去取木柴吧。"说完，老人不见了，站在小格桑面前的是一位环绕着一团祥云紫气的慈祥老人。原来老人是山神日乌达的化身。

小格桑连忙匍匐在地，向山神合十叩拜。随后他跟着山神来到山顶，将木柴放入背筐里，辞别山神，去找郎吉大师。

---

[1] 草芽羊，指吃了新草芽的羊，肉嫩味香。

小格桑一路上风餐露宿，一连又走破了三双羊皮靴，来到一座大山前。只见满山绽开杜鹃花，红的，黄的，白的……一团团如霞似锦，争妍斗艳。在鲜花丛中，孔雀在戏耍，还有布谷鸟、雪鸡……斑斓鲜丽的羽毛，织成了一张花团锦簇的卡垫。清清的溪水淙淙流淌，清新的空气令人心旷神怡。小格桑十分疲劳，真想停下来，欣赏这仙景，但他一想到乡亲们的悲惨遭遇，便勒紧腰带，沿山路上行。

翻过这座大山，一座雪山兀地耸立在小格桑面前，整座山都是冰砌起来的，如一个晶莹的银屏，深深嵌在蓝天。雪峰上有一座巍峨的寺院，大殿顶上有金碧交辉的兽吻飞檐，法幡迎风高高飘扬，法鼓、法号声声齐鸣。小格桑肃然起敬，知道这就是郎吉大师修行讲法的地方，顿时忘记了疲劳和饥饿，飞奔上山。

经堂大殿上，郎吉大师头戴空性修法大白帽，手上有旃檀花纹的修法绳，黑头束在头顶上，披着耀眼的袈裟，在铺着绸缎的蒲团上，一动也不动地结跏趺坐。小格桑怀着十分虔诚的心，从护身佛盒里取出洁白的哈达，敬献给大师，然后说出自己的要求，祈求大师赐予火种。

郎吉大师说道："火种可以给你，但你必须答应我一件事。"

小格桑将两手伸过头顶，合掌作揖："尊贵的大师，只要能报仇，我什么事都愿意做。"

郎吉大师点点头，缓缓地说："那凶蟒是从九个妖魔的血肉中分化出来的，宝剑只能消灭它的肉体，却不能消灭它的灵魂。为了将它的灵魂引入净土去，在消灭它的肉体时，你的身体也将泯灭，化成祥云而去，你乐意吗？"

"我乐意。"小格桑虽然舍不得人间，但为了降凶蟒，便咬咬牙答应了。于是郎吉大师就把火种交给了小格桑。

小格桑带上铁石、木柴和火种回到寨子，搭起铁炉，锻造宝剑。孔雀飞来，拉起牛皮口袋风箱。小獐子跑来，往炉里添木柴。老鸹子赶来，为他做糌粑、打茶。

炉灶里满膛红红的火，烧红了铁石，更燃起了小格桑的复仇烈焰。

他取出铁石，抡起大锤，将满腔的仇恨锤进铁石。铁石迸发的火星，驱散了黑暗，给小格桑带来无限的希望。

他抡起大锤，将阿翁的嘱托锤进铁石。他锤呀锤，日复一日，第九十九天，一柄宝剑终于锻造出来了。

小格桑擎起宝剑，剑锋上射出的寒光，使太阳黯然失色，月亮不敢露面。他提起宝剑，登上宝石山，找凶蟒算账。

凶蟒看见小格桑，伸了伸懒腰说："兔子敢戏狮子的胡须，是兔子想品尝死亡的滋味！'你来得正好，我有几天没吃人肉了。"说完张开了大口。

小格桑举起了宝剑，只见寒光一闪，凶蟒的巨口像遭到雷劈一样，疼痛无比。它连忙腾起身，跃入云端，从口中吐出一股黑气，将天地盖得严严实实的。小格桑又挥动宝剑，只见一道道寒光将黑气驱散。

凶蟒慌忙从眼睛里喷出黑雨。小格桑将宝剑舞动成一圈又一圈光环，使黑雨沾不到他身上。

凶蟒见魔法已失效，急忙抽身逃跑。

小格桑大吼一声："妖蟒，休想逃走，今天要你入地狱。"他将宝剑掷向凶蟒。宝剑化成一团烈焰将凶蟒团团围住，烧得凶蟒心肝裂，皮肉黑，霎时变成一堆骨头渣。

此时烟消云雾散，鲜灿灿的太阳跃出山巅，梅朵寨又恢复了一片生机，但小格桑不见了。只见一团彩云飘上了天空，盘着松石山绕。当寨子干旱时，彩云就降下甘露，落在寨子上，落入草原。当寨子遭水灾时，彩云又引出太阳，将大水吮去，将湿气驱散。正如一首歌谣唱的那样：

彩云望着寨子笑，
寨子更美好。
珍珠铺路面，
宝石架彩桥。
歌荡青山山更翠，
舞催百花花更香……

彩云吻着草原飘，
草原多兴旺。
草茂似翠林，
花繁似海浪。
酥油堆起座座山，
奶汁流出道道江……

彩云啊，
原是格桑的化身；
格桑啊，
人人称吉祥；
吉祥云的故事个个爱，
吉祥云的故事人人传。

洛桑和卓呷

洛桑是个纯朴的少年，胸怀如海子般宽阔，体魄如狮子般雄伟，眼神如雄鹰的目光一样犀利。他住在深山里，以打猎为生，终日与鸟族、兽类为伴。他深爱大山，觉得大山如母亲，养育抚爱着他。他是大山的儿子。

卓呷是位美丽的公主，脸庞如十五的明月一样皎洁，细腰如修竹一样苗条，眼睛如湖水一样明净、晶亮。她住在王宫，过着衣来伸手、饭来张口的生活，终日陪伴她的是成群的宫仆和兵丁。她不喜欢王宫，觉得它像一个大笼子，自己是关在笼子里的孔雀。"孔雀"时常想飞出笼子，在山林里自由地飞翔。有一天，"孔雀"趁守门的侍卫打盹的工夫，蹑手蹑脚溜出了宫门，飞出了城门。

卓呷边走边玩，不知不觉走进了大山。山里的一切对她来讲，都是十分新鲜的。飞湍溅珠的瀑布，王宫林卡的喷水池无法与它比。她掬起清水，送到唇边，觉得比饴糖还要甜。满山遍野怒放的梅朵，王宫林卡的梅朵无法与它比。她摘了一朵，一朵，又一朵，编成一个大花环，挂在胸前，觉得比琥珀项链更绚丽。百鸟齐鸣，王宫艺人的歌声无法比。卓呷情不自禁亮开嗓子，合着鸟鸣，优美的歌声在林间回荡。

突然，鸟儿停止了歌声，倏地一下，全飞走了。卓呷不知发生了什么事，回首一望，惊骇得不知所措。原来一只大狗熊向她扑来。她惊叫一声，昏倒在地。

大狗熊跃身而起，眼看卓呷就要遭难。就在这千钧一发之际，洛桑赶到。他双手握刀，在狗熊的背后，朝它脑门砍去，狗熊脑浆迸裂，一声惨叫，像一棵大树一样倒在地上。

洛桑用泉水给卓呷洗脸。清凉的泉水使卓呷慢慢苏醒过来。她望着眼前英俊的洛桑，感激地说：

"勇敢的小伙子，你可是观音菩萨的使者？请随我一道回宫，领受父王的重赏。"

洛桑没有想到被自己救起的姑娘是高贵的公主，真是又惊又喜。他十分恭敬地把手合在胸前：

"尊贵的公主，我是一个普通的猎人，除恶济善是我的本分，能救出公主，做了一件大善事，已心满意足了，怎么能去接受赏赐。我的生活虽然清贫，但野味和兽皮足够我的吃穿。"

洛桑的英俊、勇敢，特别是善良的心地，在卓呷的心湖，激起阵阵涟漪。她情不自禁地唱起歌来：

美丽的孔雀，要绚丽的羽翎装饰，

名贵的玛瑙，要工匠凿磨，

骏马雄风千里，要骑手驾驭，

姑娘的手镯，需要换一换[1]。

洛桑没有领会到她的意思，傻乎乎地唱了一段打猎曲：

猎人身上有三宝，

第一是手中的硬弓，

第二是肩上的火枪，

---

[1] 藏族风俗，换手镯、换戒指、换腰带等，都是男女之间定情的表示。

第三是烈火一样的勇敢。

我的硬弓射秃鹫，

我的火枪打灰狼，

我的勇敢擒雄狮。

洛桑的憨厚和善良，更加深了卓呷对他的爱慕。她邀请洛桑与她同返王宫。洛桑推辞再三，终被卓呷火样的热情所感动，与她一起走出了大山。

再说国王发现女儿失踪后，就像掉了魂儿一样神不守舍，终日精神恍惚。忽见女儿归来，欣喜地跑下金座，紧紧搂着女儿，泪如泉涌。

"父王，这位勇敢的青年，是孩儿的救命恩人。"卓呷将洛桑救自己的经过讲给国王听。

国王十分感激洛桑，亲切地执着洛桑的手说："勇敢的小伙子，你救了我爱女的命，我一定要重重地赏赐你。"说罢，让宫仆端出一盘黄金。

洛桑摇摇头。

国王一招手，宫仆端出一盘珠宝。

洛桑摇摇头。

国王笑着说："小伙子，你是不是想要土地和牛羊？"

洛桑摇摇头。

国王想了一想，问道："你是不是想做官？"

洛桑还是摇摇头。

国王发愁起来："小伙子，你究竟想要什么呢？"

"尊敬的陛下，"洛桑施大礼，"我只想回到大山去。"

国王被洛桑不爱财的行为所感动，请洛桑无论如何在宫里住几天。这几天中，卓呷时时陪伴着洛桑，爱慕之情与日俱增。日子就像箭一样快。九天过去了，洛桑思恋着大山，国王只好答应第二天让他回去。

夜，静静的；月，明明的。

卓呷和洛桑在王宫林卡里。卓呷想到太阳出来的时候就要和心上人分手，心里一阵难过。俗话说："灯要拨才亮，话要讲才明。"她勇敢地唱起歌，倾诉爱情：

　　　　你若是鲜艳的吉祥花，
　　　　我便是金黄的花蕊，
　　　　纵使寒袭霜打，
　　　　花蕊绝不会凋谢。

　　　　你若是奔腾的骏马，
　　　　我便是骏马背上的金鞍，
　　　　纵使马跑到天涯海角，
　　　　金鞍也绝不离开马身。

　　　　你若是碧蓝的湖水，
　　　　我便是湖上的黄鸭，
　　　　纵使冰封湖面，
　　　　黄鸭也绝不离开湖水。

洛桑深深地被卓呷的真挚感情打动，爱情的花朵在心里盛开。他激动地以歌作答：

　　　　雄狮离不开雪山，
　　　　孔雀离不开草坪，

骏马离不开草原，

洛桑离不开卓呷。

卓呷一下子沉浸在爱情的旋涡中，一头扑在洛桑的怀里。他们指天发誓，等到望果节，要使爱情之花结出硕果。

第二天，洛桑告别了国王、公主，回到了大山。

过了几日，邻近的国王派来了使者，敬送礼品，为王子求婚。

卓呷拒绝了。

又过了几日，康巴的万户，亲自带上重礼，跋涉千山万水，向卓呷求爱。

卓呷又拒绝了。

再过几日，宰相请求国王，将他的儿子招为驸马。

卓呷还是拒绝了。

国王感到十分奇怪，问道："我亲爱的女儿，你的心究竟要交给哪位青年？"

"父王，"卓呷说，"金钱、权势是换不到爱情的。女儿的心已交给勇敢、善良的洛桑。"

国王惊异极了，气愤地嚷起来："没听说凤凰窝里住的是胡豆雀，金瓶口上插的是狗毛！洛桑是个穷苦的猎人，没有进王宫的福泽。"不管卓呷怎样苦苦哀求，国王坚决不答应。

邻国的国王听说卓呷爱上了一个穷小子，觉得受到了莫大的侮辱，立即下战表，兴师问罪。

国王十分着急，劝说卓呷与邻国王子结百年之好。卓呷宁死不从。他只好召集御前会议，商讨迎战事宜。

文臣武将都知道邻国兵强马壮，与之交战，无疑是以卵击石。谁当主帅，无疑是"毛驴自找活，活该驮重驮"[1]，所以他们在会上个个紧缩着脖子，人人喉咙里像塞上蔓菁一样，低头不语。

宰相眼珠儿一转，跪倒在地："启禀主上，何不张榜天下，以重金招募主帅？"

国王方寸已乱，只好下令贴出皇榜。

洛桑看到皇榜，为满朝文武在国难当头，却没有一个人能挺身而出感到万分气愤。他毅然揭下了皇榜。

国王虽然满脸愁云，但战火已烧近城池，只好授权于洛桑。

洛桑戴上金盔，披上金刚铠甲，腰佩刀、箭、矛三样武器，更显得英武雄壮。当他率队出城门时，黎民百姓煨起柏枝桑，举着桃花，手持藏香，捧着哈达前来送行。只听见鼓声、铃声、螺声齐鸣，震天动地。

卓呷不顾国王的阻拦，前去送行。她右手拿着金壶，左手拿着银杯，杯里斟满醇酒，为洛桑唱起送行曲：

> 天上最威严的神是白梵天王[2]，
> 地上最英勇的是洛桑；
> 请喝下这杯壮行酒，
> 胜利归来再唱庆功曲。

洛桑用手指蘸点酒，向天上弹三下，然后一仰脖子喝下酒，唱起了雄壮的出征曲：

> 再毒狠的蛇，

---

[1] 驮重驮，藏语，意同"自作自受"。
[2] 白梵天王，传说中掌管天界的大神。

有鹫鹰对付；

再凶猛的老虎，

有火枪对付；

再刁顽的妖魔，

有英雄降伏。

诚心向三宝来祈祷，

请世上无敌的格萨尔[1]来援助。

我的弓箭能逢凶化吉，

我的刀枪对邪恶绝不留情，

不打败凶顽绝不生还。

　　唱毕，洛桑带着队伍出发，走出城门不远，就与邻国的军队相遇。洛桑立于马上，放眼望去，只见邻国的军队各色军旗遮蔽了七鸟[2]，林立的铁矛覆盖了草原，士兵的喧嚷声如涨潮的怒涛，惊天撼地。

　　洛桑暗思：敌军果然强大，如果硬拼只能是"拿着颈项买绳索，拿着瓦罐买石头"[3]，看来只能智取。这时他想到打野牛的办法。聪明的猎手从不与力大无比的野牛正面较量，而是东打一枪，西打一枪，让野牛不停地奔跑。等到野牛累得疲困不堪时，猎手便上前，轻而易举地将它捕获。

　　洛桑于是将部队分成左、中、右三路。中路正面摆开阵势，自己居中坐镇运筹帷幄；另两路绕在敌后，对敌军不停地进行骚扰。

　　左、右部队出发后不久，洛桑看到敌军骚动起来，只见他们一会儿往东边奔，一会儿又往西边跑。这样东奔西跑来回折腾，敌军被搞得疲惫不

---

[1] 格萨尔，藏族传说中大圣莲花生转世的盖世无双的英雄。

[2] 七鸟，太阳的别称，如同汉族的"金乌"。

[3] 藏谚，意同汉语成语"自寻死路"。

堪，纷纷放下武器，躺在草地上喘粗气。

洛桑见出击时机已到，一声令下，中路扬起旗幡，大吹海螺，大击法鼓。洛桑拔出腰刀，策动坐骑，一马当先。顿时，三路士兵个个奋勇当先，人人英勇出击，喊杀声如半空龙吼。铁骑如雄鹰，如鸟群，队伍如猛虎，如蛟龙，直扑敌阵。

敌军的士卒哪还有迎战的力气，只恨阿爸阿妈少给自己生一条腿，纷纷夺路逃跑，全军如雪崩般倒塌。邻国的国王大发雷霆，亲自斩杀一员逃命的将领，妄图稳住阵脚。俗话说：兵败如山倒。他非但阻止不了溃散，反而被溃兵踏成肉泥。邻国的王子也成了俘虏。

洛桑班师回朝，黎民百姓倾城而出，箪食壶浆，热烈欢迎凯旋之师。

国王非常高兴，决定举行盛大宴会，庆贺胜利。王宫里竖起了宝伞、经幡，地上铺上了羊毛大垫，鼓乐齐鸣。国王坐在金座上，特赐银座给洛桑。文武大臣依官位大小，鱼贯入座。

士兵押上邻国王子。国王让洛桑发落。

洛桑连忙弯下腰"拉、拉"地尊呼了几声，然后小心地抬起头，恭敬地说："俗话说'有本事的老虎，不吃求饶的小兔'。冤家宜解不宜结，乞求陛下开恩，将邻国的王子以宾客相待，两国从此化干戈为玉帛。"

国王深深地被洛桑的善良、宽厚所感动，颔首微笑。

洛桑亲自给王子松绑，并恳请国王，让他坐在自己的身边。

邻国王子羞愧得满脸通红，连连叩首谢恩。入座后，他感激地与洛桑行了三个碰头礼，表示两国永不开仗，结成友好之邦。

"吉霍！吉霍！吉霍！"大殿上响起一片欢呼声。

卓呷款款上殿，向洛桑敬酒，然后与宫女们一起，舒展长袖，跳起了著名的舞蹈"孔雀吃水"。姑娘们袅娜多姿的舞姿将宴会推向高潮。卓呷脉脉含情的目光，时常在洛桑的脸上停留。

洛桑一碰到卓呷饱含深情的目光，心里就激起一层波澜。

国王看在眼里，脸上掠过一片阴云，稍纵即逝。

宰相看在眼里，嫉妒之火在胸中燃烧，久久不能熄灭。

宴会上，文臣武将开怀痛饮，个个喝得酩酊大醉。突然，城外又响起了阵阵鼙鼓，不知又有什么灾难降临头。

探马飞奔上殿，气喘咻咻："启禀主上，康巴的万户因求婚不成，燃起了烽火！"

国王惊骇得从金座上跳起，急得在大殿上踱来踱去，毫无主张。

洛桑离座起身："森林大火，只有用水才能浇灭。陛下请允许我率兵去降伏凶悍好战的万户！"

"好！好！"国王连忙发兵，交给洛桑统率。

洛桑辞别国王、卓呷，跃上骏马，率军出城，在城外安营扎寨。他走出寨门，却不见一兵一卒，只见万户和一个喇嘛。

万户胖得像头猪，圆鼓鼓的脸上弹得出酥油来。他头上包着一条火焰般的狐皮，耳根垂着的几条狐脚晃来晃去，狐皮上点缀着大红珊瑚和翠绿的松耳石。肥胖的身体裹着裘袍，胸前挂着镶金嵌珠的噶乌，一只肥手握着腰刀，傲气十足地吸着鼻烟。

喇嘛瘦得像个猴，尖嘴猴腮，一双小眼珠不停地乱转，射出一道道凶光。他披着袈裟，露出一只干瘪的手臂，手捻着琥珀佛珠，不停地诵玛尼真经。

洛桑看到这架势，纳闷起来，不知"胖猪"羊皮口袋里卖的是什么药。此时"胖猪"嚎起来："喂，黄口小子，快让国王把卓呷送给我，否则你们的国家将降下灾祸。"

洛桑气愤万分："吃人肉的鹫鹰，不要过分狂妄；一旦太阳下山，还得回到岩洞。你还是快点回到贡嘎山去喝奶茶，否则草原就是你入地狱的大门。"

"胖猪"咧开厚嘴说道:"猫头鹰只敢在黑夜里嚎叫,小鬼怎能在大神面前显灵!你是死到临头还嘴硬。"说完向"瘦猴"挥挥手。

"瘦猴"立即在一个用草扎的"鬼"面前,念起咒经。他时而抬起头,用力吹气;时而摇头晃脑,手舞足蹈;时而全身抖动,就像抽风一样。念完咒经,他又围着"鬼"从右向左转了三圈,将几粒青稞扔在火中,一阵烟过,霎时草原上出现了一队又一队的军队,士兵戴着红盔,穿着红铠甲,擎着红毛的长矛,赤色的大旗到处飘扬。

这支军队如同呼啸的火龙,在山冈,在草地燃烧。火龙朝洛桑的军队席卷而去,将洛桑的军队烧得焦头烂额,士兵纷纷抱头鼠窜。洛桑知道军队是无法与魔法相斗的,连忙下令吹起了撤兵号角,退守入寨。

"胖猪"不断挑战,洛桑也不敢开寨迎战。他整日在大帐里冥思苦想,怎么也想不出破"瘦猴"魔法的良策。他苦闷极了,走出帐篷。

一只布谷鸟栖在旗杆上,见洛桑愁眉紧锁,说道:"洛桑大哥,不要发愁,只要搞到喇嘛的生命球,就能不战自胜。"

洛桑眉头舒展,忙向布谷鸟求教:"请问,他的生命球在何方?"

"往西走,有一座黑山,山上有一片黑森林,森林深处有一棵黑松树,树上栖着一只乌鸦。它就是喇嘛的生命球。"

洛桑欢喜万分,叩谢布谷鸟后,换上便装,动身去寻乌鸦。他一直往西走,走破了羊皮靴,走到了草原尽头,看见了大黑山。

山脚怪石嶙峋,满山蒺藜。怪石划破了洛桑的脚,蒺藜划破了洛桑的脸,洛桑全然不顾,拼命往上爬。洛桑看见了黑森林,他举目四顾。原来这个森林不同于别的森林,只见大树参天,树叶将天空遮得严严实实,里面一片漆黑。森林深处,不时传来野兽的嚎叫,令人毛骨悚然。

洛桑点起火把,紧握大刀,走进森林。火把给他照路,野兽见到火把不敢靠拢。他走到森林中间，果然见到了一棵大松树。这松树树身九个人也抱不住，挺直的树干使人无法攀登，乌鸦栖在树梢上，也就无法捉到它。洛桑急中生智，在树下设伏套索，在套索上放了一块干肉，自己躲在大树后面盯着。

乌鸦闻到肉味，哧的一声飞下来，正要开口叼肉时，被套索套住了。洛桑立即跳上去抓住了乌鸦。

洛桑带着乌鸦，风儿一般回到草原。"瘦猴"一见到乌鸦，吓得脸色苍白，匍匐在地，一再恳求洛桑开恩，表示今后绝不再做恶事，弃恶从善。洛桑放走了乌鸦，"瘦猴"也离开了草原。

"胖猪"失去了"瘦猴"，也像断了魂儿一样，骑上马逃回了贡嘎山。

捷报传进城里，全城一片欢腾，家家张灯结彩，百姓交口称赞洛桑是草原上的雄鹰，大智大勇的英雄。

洛桑用勇敢和智慧，两次使国家免遭灾难，转危为安，博得朝野的敬重。国王因而转变了看法，对洛桑表示了好感。

卓呷看在眼里，喜上眉梢，让洛桑正式向父王求婚。

洛桑上殿，叩拜国王："马儿爱草原，鱼儿爱海子，苍鹰爱大山，我爱公主卓呷。请尊敬的陛下，让我和公主结成秦晋之好。"

国王非常高兴洛桑为东床，决定在望果节为他们举行庆婚大典。

这一天，全城百姓和官员们络绎不绝来到王宫，为洛桑和卓呷祈祷、祝福。乐师们吹奏起欢快的庆祝曲，男女青年纵情唱歌跳舞。全城到处是婉转悦耳的歌声，处处是优美动人的舞姿。宫内宫外一片喜庆气氛，欢声笑语，响彻云霄。

参加宴会的有朝中文武官员、耆绅、富商和名流，还有各国的使节。宾客齐聚一堂，开怀畅饮。

洛桑和卓呷穿戴焕然一新，容光焕发。洛桑像雪山上的雄狮，卓呷像湖畔的格桑梅朵。他们坐在一起，又如阳光下的一对雪莲，光洁灿烂。他们不停地接受臣民们的祝福和哈达，沉浸在无比幸福之中。

宰相看在眼里，恨在心里，因为他的儿子未做成驸马，便将全部愤怒泄在洛桑身上。他买通了一个宫女，在酒中下了毒药，要趁洛桑和卓呷喝交杯酒时毒死洛桑。

宫女托着金盘走上大殿，将酒奉献给新郎和新娘。不料卓呷和洛桑交换了位置，卓呷拿起的正是毒酒。宰相怕暴露自己，不敢上前阻拦。卓呷将酒一饮而尽，霎时感到烈火在胸中燃烧，有如利刃在肚内搅割，疼痛得伏下身子，死在了洛桑的怀里。

俗话说："有谁想把灰尘抛向太阳，结果只会落进他的眼睛。"宰相眼睁睁看着卓呷死去，吓得身子不由自主像筛糠一样，哆哆嗦嗦地抖个不停。

国王见状，已明白了事情的大半，一声炸雷："你这个披豹皮的驴[1]！为你儿子向公主求婚不成，竟胆敢下毒手！"

宰相听着，一下子瘫倒在地，磕头如捣蒜，祈求国王留下他一条性命。

国王怒火万丈，一挥手，侍卫便把宰相拖出殿斩首。

这突如其来的变故，使洛桑悲痛欲绝，整天不吃不喝，抚着卓呷的遗体恸哭。

一只红嘴乌鸦[2]飞到窗外，扇动着翅膀，说道：

"洛桑大哥，不要悲伤，赶快去搞甘露净水，滴在公主的身上，她就可以死而复活。"

洛桑抬起泪眼，忙向红嘴乌鸦参拜："请问，在什么地方才能搞到甘露净水？"

"往东走，如果你能渡过销魂湖，就可以得到它。"

---

[1] 藏谚，喻同"披着人皮的狼"。
[2] 按藏族风俗，红嘴乌鸦为吉祥之鸟。

洛桑揩干净泪水，叩谢红嘴乌鸦，辞别国王，朝东奔去。一路上，晓行夜宿，到第九天来到了一个湖边。宽阔的湖面上，不见一只飞鸟，不见一只牛皮筏子。天色渐渐暗下来，洛桑急得在岸边直跺脚。

忽然，一只大船顺着风儿驶来，洛桑喜形于色，对天合十。船靠岸后，从舱内娉娉婷婷走出一位佳人。她具有勾魂的丽质，媚态轻盈，充满了情韵。她笑容可掬地说：

"大哥拉，你可要渡湖？"

这正是洛桑求之不得的事儿，他连忙登船。船缓缓离开了湖畔。佳人请洛桑进入船舱休息。

洛桑进入船舱，惊讶得目瞪口呆。原来船舱仿佛是一座寝宫，壁上装饰着绸子的流苏垂帘，和各色各样名目繁多的装饰物，布置得富丽堂皇；两旁的酥油灯座上，熊熊光焰辉映着一张莲花宝床，床上镶嵌着闪烁奇光异彩的珍宝。舱内洋溢着一股诱人的芳香。洛桑忽然明白过来，自己正在销魂湖上。他连忙排除一切杂念，正襟危坐在坐垫上，诵起经来。

佳人莺语美言、曲尽柔情，均不能使洛桑动心。她端起一杯茶，喟然叹道：

"大哥拉，请喝下这杯酥油，我就送你过湖。"

洛桑已是一日没吃东西，加上过湖心切，便接过酥油茶，一饮而尽。不料，他感到昏昏沉沉，进入了一种似睡非睡、似醒非醒的状态。原来佳人给他喝的是迷魂汤。

佳人见洛桑神思恍惚，便将他扶到床上，自己紧偎在洛桑的身上。

洛桑一阵心颤，身不由己要做出非礼的事情。忽然，耳畔响起了卓呼的声音："洛桑，快来救我！"他一惊，顿时清醒过来，发现自己睡在佳人旁边，连忙推开佳人，穿好衣服，坐在坐垫上，闭上双目，专心诵经，很快就心定神宁了。

"只有对爱情忠贞不渝的人，才能得到甘露净水。洛桑，抬起头来。"洛桑的耳边响起了亲切的声音。他睁开双目，不见佳人，不见大船，不见湖水，只见空中一朵莲花，上面站着一位眉如小月、眼似双星的玉面菩萨。

"大慈大悲的观音菩萨！"洛桑怀着十分虔诚的心，对天膜拜。

观音菩萨从净瓶里取出一枝蘸满了甘露的柏树枝，送给洛桑。同时降下一朵祥云，让他坐在云上，叫他闭上眼睛。观音菩萨轻轻一吹，洛桑觉得身体飘了起来，耳边响起呼呼的风声。过了一会儿，风停了，身体渐渐下降，落在地上。他睁目看见了公主的灵堂。

洛桑急忙奔进灵堂，将第一滴甘露滴在卓呷脸上。卓呷脸上顿时红润起来，就像迎着朝阳盛开的格桑梅朵。

洛桑将第二滴甘露滴在卓呷的脸上。卓呷的眼睛睁开，朝洛桑眨了眨眼，就像夜空中的星星闪烁。

洛桑将第三滴甘露滴在卓呷的脸上。卓呷一骨碌坐起来，紧紧搂住洛桑，泪水流满腮。

国王见女儿活过来，狂喜不已，频频吻着卓呷的前额。

经过这次磨难，国王衰老多了。他想把王位让给洛桑，自己一心一意崇佛诵经，安度晚年。

洛桑谢绝了国王的盛情好意，和卓呷骑上马，并辔奔回大山。在清脆的马铃声伴奏下，他们唱起了歌：

> 马儿啊听我唱，
> 举起一杯青稞酒，
> 盛满着我们的一片深情，
> 献给家乡的山和水。
> 敲起热巴鼓，

寄托着我们的美好祝福，

为家乡歌和舞。

不翻越陡峭的山路，

走不到平坦的原野；

不付出艰辛的劳动，

得不到财富和幸福。

三界只是欢乐的幻境，

美好的生活来自我们的创造。

知恩报恩

从前，有个奴隶叫朗木杰，专门为头人放牧牦牛。他失去了双亲，与妹妹相依为生。每天，他赶着牛群到山沟放牧。

有一个泉洞里关押着一个魔鬼，一块贴着符咒的青石板压在泉眼上，使魔鬼不能出去兴风作浪。朗木杰每走到这里，都格外小心，不去绊动青石板。

有一头花牦牛生了病，一天不如一天。头人命令朗木杰将花牦牛杀掉，把肉拿到市镇出售。

朗木杰不忍心下手，将花牦牛藏到山洞里，向头人谎报：

"主人，花牦牛得的是癞子病[1]，我已将它埋在山里。"

头人一听说花牦牛得的是这种令人畏惧的病，躲都躲不及，哪里还会去查实。

朗木杰每天挤奶给花牦牛喝，割最嫩的草给它吃，挖草药为它治病。在他的精心调养下，花牦牛恢复了健康，感激地对朗木杰说：

"恩人，你救了我的命，我一定要报答你。"

朗木杰摇摇手，说："只要你无病无灾，我就放心了。报答的事，不要放在心上。"

有一次，朗木杰被支差，放牧的事就交给了妹妹。临行前，他一再叮嘱：

---

[1] 藏族称麻风病为癞子病。

"阿妹，我们是一张牛皮上剥下的牛筋，是一家人。父母不在，你要听阿哥的话。放牧时，千万不要动山沟里贴有符咒的青石板，否则放出了魔鬼，将给人间带来灾难。"

妹妹点点头，挥动着牛鞭，一声吆喝，赶着牛群进了山沟。山沟里到处盛开鲜花。她快乐得就像一只小鹿，满山遍野采撷鲜花，做成花冠，戴在头上；做成花环，挂在胸前；做成花镯，套在手腕；做成花床，睡在其间。她玩得忘乎所以，早把阿哥的叮嘱丢在脑后，无意中绊动了石板。

泉眼里冒出一缕青烟，飘飘荡荡升到空中，逐渐变成一团黑云。果然云中显现出一个魔鬼。它身体像山那样高大，浑身长着硬毛，青面獠牙。嘴内呼气，像爆发的火山烟雾；鼻内呼气，像刮起毒气狂风。

妹妹看到狰狞可怕的魔鬼，战栗不已。魔鬼伸了一个懒腰，说道：

"我三年没吃肉了。姑娘，你还是乖乖地让我享用吧。"

妹妹哭泣起来，恳求道："魔爷，是我搬动青石板，你才能出来，怎能以怨报德呢？"

"哈哈，哈哈！"魔鬼狞笑，"我是邪恶多端的魔鬼，从心到骨头都是黑的，只作恶事，从不报德。"说完，张牙舞爪扑向朗木杰的妹妹。

妹妹一边拼命挣扎，一边大声呼喊："阿哥，快来救我！"

风儿将妹妹的呼救声送到朗木杰的耳边。他又看到天上的黑云，知道大事不好，飞身上马，箭一般冲到山沟，举刀砍向魔鬼。

魔鬼丢开朗木杰的妹妹，像老鹰抓小鸡一样，将朗木杰连人带马抓到一个岩洞里。它把朗木杰捆起来，将马撕成几大块，一边喝着马血，一边吞食马肉。吃毕打了一个呵欠，对朗木杰说：

"我有三年没吃肉，没喝血，今天开了斋。我困了，待我睡醒后，再吃你的肉，喝你的血。"说完倒在地上，呼呼地打起鼾来。

朗木杰心里像一口油锅翻滚。他绝望极了，眼泪大滴大滴滚滚落下来。

"恩人，不要急，我来救你。"花牦牛出现在他面前。

"你？"朗木杰半信半疑地问，"你斗得过魔鬼？"

花牦牛用牙咬断捆朗木杰的牛毛绳，说道："你趁魔鬼还没有醒，赶快把它头上的针拔下来，那是它的灵魂针。"

朗木杰轻手轻脚把针拔下来，骑上花牦牛跑出岩洞。刚跑出五百弓[1]远，就听到魔鬼的咆哮声：

"我向三宝发誓，要将你撕成万段！"

朗木杰回头一看，魔鬼卷起一阵狂风，仅离三弓远。花牦牛叫起来：

"快，将灵魂针折断。"

朗木杰取出针，魔鬼一下子跪倒在地上，流着泪，恳求道：

"凭着三宝起誓，年轻人，你别这样做。我固然作恶多端，请你看在佛祖的圣面上，饶恕我吧。我将弃恶从善。"

花牦牛喊道："恩人，对魔鬼的慈悲，就是对善人的罪孽。千万不要怜悯这个十恶不赦的魔鬼。"

朗木杰用劲折断了针。魔鬼惨叫一声，震得大地摇动。它口吐乌血，跌倒在地上，地下塌成了一个大湖。

花牦牛驮着朗木杰跑到一个水草丰茂的坝子上，它对朗木杰说：

"恩人，请你把我杀了，皮子摊在地上，心脏放在中间，四蹄放在四个角。你睡在皮子上，醒来后会吉祥如意的。"

朗木杰说："你的救命之恩，我还报答不尽，怎能做伤天害理的事？"

花牦牛说："我的阳寿已尽，你不杀我，我也要死，你照我的话去做，我还能报恩。"

朗木杰煨桑作祈祷，用清洁的水洗手，然后照着花牦牛的话去做。一

---

[1] 藏族的度量衡单位名称，500弓，相当于800米。

觉醒来，发现牛皮变成了一个大宫殿，心脏变成了经堂，四蹄变成了四个城门，白毛变成了绵羊，黑毛变成了牦牛，花毛变成了马。他把妹妹接来，在坝子上过着幸福美满的生活。

兔子的故事

兔子为什么胆小？

兔子为什么胆小？这里面还有一段兔子和青蛙比赛的有趣故事。

兔子跑得很快，在山林的田径比赛中，总是夺取冠军，因而变得十分骄傲，目中无人。它神气活现地对动物伙伴们说：

"我是山神的儿子，你们都是我的仆人。"

兔子碰到金丝猴，嘲笑道："金丝猴，你敢从树上下来和我比赛吗？别看你穿一身漂亮的衣服，却不能给你增添一点光彩！"

金丝猴气得鼓起小眼珠，但也无可奈何。因为它实在没有兔子跳得快。

兔子碰到大熊猫，讪笑道："大熊猫，你敢和我较量吗？别看你有逗人喜爱的外表，你的肥胖身体却是一坨一坨的赘肉。"

大熊猫气归气，但懒得与它斗嘴，趴在树杈上呼呼睡着了。

兔子见没有一个小动物能说过自己，更加神气起来，居然发号施令，叫小山羊为它打酥油茶，小松鼠给它做糌粑，小刺猬可惨了，被罚做最苦的差事。

愤怒的小动物聚集在一起，商量对策。金丝猴情绪激动地说：

"兔子有什么能耐，俗话说：'人多柴多，柴多火旺。'[1] 我们只要团结起

---

[1] 藏谚，喻同"众人拾柴火焰高"。

来，齐心协力，定可战胜它。"

"金丝猴小弟，你就说说如何战胜兔子的办法吧。"大熊猫瓮声瓮气地说。

金丝猴搔着耳朵，嗫嚅着："这，这……"

小山羊、小松鼠、小刺猬也是你望着我，我望着你，想不出一个办法来。

"各位大哥，我去和兔子比赛！"忽然一个清脆的声音响起。大伙儿高兴地鼓起掌来，但左看右看，怎么也看不见说话的伙伴。

青蛙跳在小山羊的背上，大声说："请各位大哥放心，我一定会旗开得胜的。"

"你不要驴子充牦牛。"金丝猴见是青蛙，顿时泄了气，"我们都跑不赢兔子，你哪有那个能耐！"

"青石板上怎么打得出酥油？小青蛙，你不要去和兔子比赛了。"大熊猫好心劝告。

动物伙伴们人人额上皱起愁纹，个个无精打采。

青蛙胸有成竹地邀请大家明天上午观看比赛。然后，它到兔子那儿，提出挑战。

兔子捧腹大笑："水烧得再滚再烫，也永远不会变成火。小青蛙，你还是安心在水泽里，鼓肚皮去吧！"

"这样说，你是认输了。"青蛙仰着脖子说。

"什么？"兔子跳起来，"俗话说得一点也不假：'青蛙总是称自己粗。'好吧，我接受你的挑战。"

第二天，山林热闹非凡。所有的小动物都来观看兔子和青蛙的比赛。它们组成了以小刺猬为指挥的啦啦队，专为青蛙鼓劲，尽管大家心里都明白，青蛙将要失败。

"小青蛙，"兔子十分傲气地说，"比赛项目让你定。"

"我们比登山，看谁第一个到山顶。"

兔子暗笑："小青蛙呵，小青蛙，你真是世界上最大的傻瓜。你要比游泳，我可能输给你。你比登山，可要你输得惨。"它说："好吧，等你爬上山，山顶上的风准会把你冻僵的。"

小松鼠担任这次比赛的裁判。它发出了比赛口令后，青蛙一蹦一蹦往山上跳。兔子让青蛙跳出几绳远后，才跑起来。它在草丛中跑了一阵子，便在一块石头旁歇歇脚，得意地朝山下喊：

"小青蛙看见没有，这才是比赛的样子哩！"

"兔子，你还不快跑，我在你前面。"

兔子听到山上传来了青蛙的声音，大吃一惊，急忙往前飞奔。刚跑过一片松树林，又听见小青蛙的声音："兔子，我快到山顶了，你怎么还像蜗牛爬呵！"

兔子发急起来，憋着一口气，跑上了山顶。

"兔子，你怎么才来？山风快把我冻僵了。"小青蛙站在一块大石头上神气地说。

兔子又气又羞，忙说："不行，还得看谁先下山。"

"行！"青蛙也不与它争辩，很有礼貌地说，"这回请你发令吧。"

兔子下令后，不敢大意，鼓着劲儿，像一阵风似的卷下山。它还未站稳脚跟，又听见青蛙的声音："兔子，你又输了，我在这儿恭候多时了。"

骄傲的兔子输了，山林里响起了一片嘲笑声："兔子脖子再长，半个头还是耳朵！"

兔子面红耳赤，连忙钻进草丛里藏起来。它当然不知道青蛙靠的是智慧战胜。原来青蛙找来了很多同伴，从山下一直排到山顶，所以兔子就是有飞毛腿，也总是输者。

从此兔子怕动物伙伴嘲笑，总是躲避起来。当周围没有动物时，才小心翼翼从草丛里出来觅食，一片叶子落地的声音，也会使它没命地钻进草丛，好久都缓不过气来。

兔子为什么是三瓣嘴？

有一天，狼、狐狸和乌鸦碰到了兔子。兔子建议："朋友们，俗话说：'若走三步路，能成三件事；若蹲着不动，只有活活饿死。'我们结伙下山，去碰碰运气，怎么样？"

狼、狐狸和乌鸦觉得兔子的主意不错。于是它们结伴同行，欢欢喜喜下山。

路上，它们看到一个年轻人背着大背篓，迎面走过来。兔子自告奋勇："朋友们，让我把他引开，你们把背篓藏起来。"说完它就一蹦一蹦跑到年轻人身边，装出十分着急的样子，说道：

"阿哥，快点救救我的阿妈。"

年轻人问道："你阿妈怎么啦？"

"阿妈掉在洞里，出不来。"

年轻人一盘算："我要走好运了，洞里的大兔子，外加这只肥兔子。"想到这儿，他便放下背篓，跟着兔子跑，转了一个弯，没看见洞。年轻人问道："兔子，你的阿妈在哪里？"

兔子朝他笑了笑，哧地一下跑得老远老远。年轻人发现自己上当了，赶忙回去找背篓，找来找去，也不见背篓。他十分懊丧地继续赶路。

兔子找到狼、狐狸和乌鸦。它们正在脸红脖子粗地争吵着分背篓里的东西。

兔子说："朋友们，不要争吵，凭着对'三宝'发誓，我保证公平合理的分配。"

狼、狐狸和乌鸦彼此不买账，最后一致同意让兔子来帮助分配。

背篓里有一双靴子、一副铜钹、一张头帕和一大坨酥油。兔子眼珠儿一转，分配方案就制订出来了。它拿起靴子，对狼说：

"狼大哥，你每天都要寻猎物，最辛苦。这双靴子给你，你穿上它会跑得更快，抓获更多的猎物。"

兔子的话说得狼心里美滋滋的。它高兴地接过靴子，穿在脚上，神气活现地去寻猎物。

兔子拿起铜钹，对狐狸说："狐狸大姐，你有众多的孩子，管理它们不是件容易的事。如果敲响这玩意儿，一定可以使它们开心，就不会惹事了。"

狐狸觉得兔子的话很有道理，于是接过铜钹，欢天喜地奔回家。

兔子拿起头帕，对乌鸦说："乌鸦阿妹，你的美貌羞得太阳不敢露脸，月亮躲到云层里。如果你戴上这头帕，更是肉上加酥油[1]！"

兔子的赞词，说得乌鸦哇哇直笑。它急不可待地将头帕戴在头上，张开翅膀飞回山林，向同伴们去炫耀。

兔子则留在原地，美美地享受酥油。吃饱后，它唱着歌儿回到山里。

狼在路上，碰到了猎人。猎人立即追赶。狼拔腿就跑，但怎么也跑不快，原来是靴子太大了。它急忙脱下靴子，没命地跑，好不容易才逃脱。狼停下来，一想才发现上了兔子的当，气愤地去找兔子。

狐狸回到窝里，紧敲慢打铜钹，逗得儿女们咯咯直笑。猎人闻声寻来，要不是狐狸发现得快，赶紧带着孩子们逃命，全家险些成为猎人的猎物。铜钹并不能给狐狸家庭带来欢乐，反而带来灾难。狐狸恨死了兔子，决心

---

[1] 藏谚，喻同"锦上添花"。

要想办法惩罚兔子。

乌鸦戴着头帕，在树上高兴地哇哇叫着，希望引起人们的注意，以赞扬它的美丽。一队迎亲的人马经过，乌鸦扇动翅膀，高声嚷道：

"新娘一脸丑相，身态呆笨。看看我呵，我才美如古洁梅朵[1]。"

在人们的眼中，乌鸦本来就是不吉利的鸟儿，居然还大声奚落新娘，更引起迎亲人们的愤怒。他们捡起石子打乌鸦。乌鸦要不是飞得快，早被打死了。它气愤地扯下头帕，去找兔子算账。

路上，狼、狐狸和乌鸦相遇，一阵议论，觉得兔子处处为自己打算，对朋友不忠不义，一定得给它点颜色看。

它们找到了兔子。狼嚎叫："黑心的兔子，我要咬断你的喉管！"

狐狸尖着嗓子，叫道："狡猾的兔子，我要剥掉你的皮！"

乌鸦哇哇地喊道："自私的兔子，我要啄瞎你的红眼珠。"

兔子笑着说："朋友们，承蒙你们的厚爱。不过我有癞子病，如果你们不怕传染的话，就请便吧！"

狼、狐狸、乌鸦这下可傻了眼，谁也不敢靠拢兔子。

兔子暗笑这群笨蛋，故意向狼冲过去。狼吓得一溜烟地跑开了。它又向狐狸扑过去，狐狸扭头就跑。它回过头，找乌鸦，乌鸦早已飞得无影无踪。

兔子像打了胜仗的将军，拉开嘴巴，纵声狂笑，没想到用力过猛，将嘴撕开，变成了三瓣嘴。

---

[1] 古洁梅朵，康巴草原生长的一种美丽野花，花蕊黄，花瓣呈天蓝色，藏族爱用它来敬神。

喝喜酒

有一只兔子在草地上玩耍，突然，从草丛里蹿出一条大灰狼。它眼睛里射出贪婪的凶光，张开血盆大口，一步一步逼近兔子。

兔子害怕极了，红眼珠儿一转，想出了一个脱身的办法。它做出满不在乎的样子，主动说：

"狼老爷，您看我太瘦了，不够塞您的牙缝。今晚村里人请我喝喜酒，您和我一同去。在喜庆宴上，老爷可以喝甜甜的奶茶，咽肥肥的牛肉，吃香香的酥油糌粑。"

狼舔了一下嘴巴，觉得兔子的主意不错。再说喝完了喜酒，再吃兔子也不迟。它点了点头，同意了。

晚上，兔子带着狼，来到举行婚礼的人家。狼从小窗户里看到婚桌上摆满了肥嫩的牛羊肉，心里痒痒的，真想立即蹿进去大嚼一顿。

兔子阻止狼，说道："好吃的东西都在厨房，我们到厨房去。"

它把狼引进厨房存放食物的地方，掀开酒坛，对狼说："参加婚礼的人，首先要喝醇香的酒。"

狼从未喝过酒，一闻到酒香，就直咽口水，迫不及待将长嘴伸进酒坛，咕噜咕噜地狂喝起来，一会儿便将一坛酒喝得精光。顿时它觉得头重脚轻，走起路来飘飘然。它抬起醉眼，对兔子说：

"快去拿山羊的头给我吃！"

兔子跑到院子里，大声喊起来："快来人呵，狼在厨房里偷东西吃！"

人们听到喊声，拿起刀冲进厨房，一阵乱砍，将大灰狼砍死了。

兔子吹着口哨，一蹦一跳胜利地回到了草地。

驴智斗豹子

一头饿得眼睛发了蓝的豹子，看到一匹驴在草地上溜达，便想立即扑上去将驴吃掉，但看到驴粗壮的腿，不由得琢磨起来："我饿得浑身没有劲，如果强行吃掉它，必有一番恶斗。正如俗语说的那样：'虎之在皮，人之在心。'让我略施小技先将它弄到手。"

豹子将利爪藏起来，装出十分恭敬的样子，上前说："驴大叔，求您帮个忙。"

驴十分热心地说："不要客气，有什么事，请尽管吩咐。"

"我的上颚不知被什么东西卡住了，怪不舒服的。劳您的驾，帮我取下它好吗？"豹子想到即将美食到手，口水不由自主地淌出来。

驴一眼就识破了豹子的诡计，心想："酥油好坏，嗅嗅味道就知道；豹子的心肠，听听声音就明白。我要给它一个教训，让它记住佛爷的话：'恶行恶果要报应到自己的身上。'"于是它装出十分乐意的样子：

"这点小事，好办。"

豹子一听，高兴得咧开大嘴，只等驴自个儿送到口中。

"哎呀，不好！"驴皱起眉头，"我站久了，腿抽筋，你得先帮我把腿拉拉直，我才能帮助你。"

"行！"豹子不知是驴施的计，立即上前去帮它拉腿。

驴让豹子走近，飞起一蹄正好踢在豹子的头上。豹子没提防，被踢得眼前金星直冒，昏倒在地。

驴鄙视地瞧了豹子一眼，慢悠悠地到别的地方吃草去了。

过了好一会儿，豹子苏醒过来，指天发誓，一定要报这个仇。它还邀请狐狸帮忙，以对付驴。狐狸对于这个美差，当然是乐意干的。于是它们四处找驴。

在另一块草坪上，它们看见了驴。它们立即分开，从前后两方面逼近驴。

驴发现豹子和狐狸时，已无法逃脱了。它灵机一动，想出一个好主意，装着没看到豹子的样子，仍低头吃草。

豹子张开血盆大口，叫起来："笨驴，快快过来，让我饱餐一顿。"

驴抬起头，对豹和狐狸说："今天是个吉祥的日子，对你们来说，有了一餐丰盛的美食；对我来讲，是升入天堂的时刻。为了纪念这个美好日子，让我们先跳团圆舞。"

豹子心想："驴子已是自己口中之物，暂且让它快乐一下。"它说，"好吧，团圆舞怎么跳。"

驴拿起一根牦牛绳："用这根绳子把我们三个连在一起，我长得最高，所以由我来领头，你们两个排成队，在我的后头跳。跳完舞后，我就可以升天堂了。"

豹子和狐狸觉得这件事顶好玩，就高兴地催促驴快点进行。

驴用绳子将豹子和狐狸的脖子紧紧套住，然后将绳子捆在自己的腰间，使上劲儿，跑起来。

"喂，这哪儿是跳舞，分明是跑步！"豹子感到套在脖子上的绳子越拉越紧，气喘咻咻地喊起来。

"豹大哥，我们上当了！"狐狸叫起来。

驴发出欢乐的长嘶，拉着豹子和狐狸拼命地跑，从草坪跑上了山岗，从山岗跑到了河滩。绳套将豹子和狐狸卡得只有上气没有下气，河滩的石头将豹子和狐狸的身体磨得血肉模糊。豹子和狐狸一翻白眼，一命呜呼。

猫子念经

俗话说:"猫子念经,没安好心。"此话一点不假,因为有段故事说明了这个道理。

从前有只懒猫,总因逮不住老鼠而犯愁。有一天,它经过经堂时,看到善男信女们十分虔诚地听格西讲经,从中得到了启发。

它戴上了黄顶尖帽,披上红色的袈裟,胸挂长长的佛珠,来到鼠群的地方,对它们说:

"我是修行有道的活佛,严守五大戒律:不杀生、恶淫乱、不招摇撞骗、不偷不抢、戒酒节欲。从今天起,我给你们讲经。你们只要崇佛念经,死后将升入天堂,否则就到阎王那里服乌拉差役。"

老鼠们都知道升天堂的快乐、入地狱的痛苦,于是个个争先恐后到经堂,听猫活佛讲经。

猫在经台周围烧起了藏香和柏树枝,青烟缭绕,香飘四处,更增加了一种庄严、神秘的气氛。老鼠们怀着虔诚的心,来到经堂,恭恭敬敬等待活佛出来。

过了一会儿,猫庄严地走上讲经台。老鼠们鱼贯上前,向猫献哈达,献礼品,请它摩顶祝福。

待大家坐定,猫就开始胡诌一通"五佛五智"的教义。它说:"佛家讲四皈依[1],特别是皈依喇嘛。说明白点就是视师如佛,只有敬仰上师,才能近

---

[1] 四皈依,指皈依喇嘛,皈依佛,皈依法,皈依僧。

得佛。"

老鼠听后，以为得到佛的真谛，愈发崇拜起猫来，连忙五体投地磕长头。

猫忍住笑，用缎带在老鼠们的头上轻轻拂动，于是老鼠们排成队伍，眼睛望着前方，慢慢离开经堂。

猫趁老鼠们不注意的时候，将最后一只老鼠拖到经台后面，一口将它咬死，饱餐了一顿。

第二天，老鼠们又来经堂听猫讲经。经讲完后，猫如法炮制，又吃了一只老鼠。

天长日久，鼠类的数目一天比一天少。老鼠的首领将大家召集起来，议论此事。

一只鼠妈妈哭泣着说："我的女儿，听经时还和我在一起，可是出了经堂，就不见了。"

一只老鼠语调十分低沉："我的阿弟，昨日约我听完经后，到草地上捉迷藏。可是我在草地等到太阳下山，也未看到它的身影。"

"难道是活佛？"老鼠的首领不敢想下去，连忙摇摇头，认为自己胡思乱想，冒犯了神灵，连忙合十念起六字箴言。

第二天，听完经后，又有一位老鼠向首领报告："主上，我和儿子走在队伍的最后，出了经堂大门，回头一看，儿子不见了，企求主上为我做主。"

首领惊骇极了，不得不又想到"弘扬善业"的活佛身上。

它蹑手蹑脚地爬到经堂的小窗户上往里窥探，只见猫脱去袈裟，正在吃着自己的同类。它气得瞪大了眼睛，立即召集所有老鼠，将真相告诉大家。

老鼠们怒火万丈，有的拿起棍棒，有的捡起了石头，扑向懒猫，将它打得遍体鳞伤，猫狼狈地逃出了经堂。

麻雀和老鼠打官司

麻雀和老鼠是一对邻居。麻雀的窠在树上，老鼠的穴在树下一个洞里。

它们可不是好邻居，经常发生摩擦。一次，它们又发生了争吵。老鼠气愤地嚷起来："麻雀，你怎么老是将屎屙在我的洞口，把我的粮食都弄脏了。"

麻雀也不甘示弱，指责树洞里的邻居："你把树根都挖空了，大风一吹，树就摇摇晃晃的，树枝常把我的窠摇落。"

它们互不相让，唇枪舌剑，不可开交，最后只好一起去找猫评理，讨一个公道。

猫听了麻雀和老鼠的陈述后，捋了捋胡须说："我有一个办法，让你们永远不争吵。"

麻雀和老鼠非常高兴，立即洗耳恭听。

"这个办法嘛，就是把你们吃掉，免得你们以后再无理取闹。"说完它一张口，就将麻雀吞下肚里。

老鼠吓得转身就逃，还没跑出去几步，就被猫的利爪逮住，成了它的口中食。

羊尾巴

　　从前，在一个头人，家里有一个叫贡布的牧童。他十分勤快。每天，老鸹子还没有报晓，他就赶着羊群到牧场；七鸟权威[1]下山，才将羊群赶回羊圈。他放牧的羊儿如一头头小马，跑起来能追赶天上的云朵儿；羊群膘儿肥，身上的毛油亮亮的，像是油渗过羊皮往外流。羊儿有一点毛病，他就四处寻找草药，给羊治病。天长日久，他和羊儿建立了深厚的感情。

　　快到藏历年了，头人将一条羊尾巴掷到地上，对贡布说："这就是你一年劳动的报偿。"

　　贡布有苦倒不出，有理没处讲，只好带着羊尾巴回家。阿妈看到孩子，高兴得一把将贡布搂到怀里；看到羊尾巴，布满皱纹的额上又增添几条愁纹，气得猛摇转经筒，咒骂道："头人真是罗刹王转世，该入地狱！"

　　贡布知道家里已是用太阳来烧水，眼睁睁盼着自己一年劳动换得肉和糌粑来过年，可是却仅得一条羊尾巴，怎不伤阿妈的心！贡布背过身，偷偷揩眼泪。

　　晚上，他又饥又饿，依在火塘旁，迷迷糊糊地睡着了。梦中他看到羊尾巴跳到自己面前，唱起来：

　　　　牧童大哥不要急，
　　　　羊尾巴将给你带来好运气；

---

[1] 七鸟权威，指太阳。

你盼望得到的东西，

只需开口说出来，

一定会让你满意。

羊尾巴唱完歌，轻轻推搡贡布，说道："牧童大哥，你醒一醒。"

贡布一伸脚，醒过来了。他发现羊尾巴正在自己手中，回想起梦中的情景，半信半疑地说：

"羊尾巴，快过年了，我家连一坨牛肉还没有。"

"牧童大哥，你放心，我将牵一头牛来，让你过个好年。"羊尾巴说起话来。

贡布以为自己还在做梦，连忙揉了揉眼睛，定神看羊尾巴。只见羊尾巴从他的手上跳到地下，接着又跳出了帐篷。

羊尾巴一蹦一跳进到头人家，跳进了经堂，跳上了神龛，躲在佛祖坐像的后面。

过了一会儿，头人到经堂来拜佛诵经。羊尾巴在佛祖坐像后面唱道：

头人头人你听着，

你要止恶修善，

就将最肥的花脸牦牛，

牵到寨外祭天神。

头人连忙朝神龛磕长头，以为是佛祖指点修习大圆满法而叫自己做的善事，立即命令仆人照办。

羊尾巴跳到寨外，跃上牛背，吆喝着，把牛赶到了贡布的家门口。

天麻麻亮，贡布听到牛的叫声，连忙跑出帐篷，看见一头肥壮的牦牛，高兴得不得了。他立即动手将牛宰了，煮了满满一大锅喷香的牛肉。

肉香飘到头人家。头人顿生疑心，循着肉香来到贡布的帐篷前，看到花脸牛头拴在木柱子上，感到这事颇蹊跷，走回家里，脑袋里还盘旋着这个问题。

晚上，贡布对羊尾巴说："羊尾巴，我的好兄弟，快过年了，我家连一口糌粑也没有。"

"贡布大哥，请放心，我将让马驮两大口袋糌粑给你。"羊尾巴说完，一蹦一跳又躲进了头人神龛上佛祖坐像的后面。

头人到经堂打坐。羊尾巴唱起来：

头人头人你听着，

你要功德圆满，

就用马驮两口袋上等糌粑，

送到寨外供天神享用。

头人不露声色，命令仆人照办。随后他悄悄跟在马的后面，出了寨门，一闪身躲在一棵大树的后面。过了一会儿，只见羊尾巴蹦蹦跳跳地过来，吆喝着马朝贡布的帐篷走去。"原来是这个孽障搞鬼呀？"头人大怒，狂呼："来人啊，快把羊尾巴抓起来！"

仆人们立即冲上去。羊尾巴东蹦一下，西跳一下，与仆人们捉起迷藏。一大群仆人东撞成一团，西蹦成一堆，碰得鼻青眼肿，怎么也抓不到羊尾巴。

头人眼珠儿一转，转出了一个办法。他大吼一声："赶快把贡布抓起来！"

仆人们立即冲进帐篷，将贡布掀倒在地，五花大绑，捉到头人面前。

头人抽出腰刀，将刀架在贡布的头上，冷笑两声："羊尾巴，如果你不俯首就擒的话，我就杀死贡布。"

"住手，你放掉贡布大哥，我就跟你走。"羊尾巴说。

头人收起腰刀，一挥手，仆人给贡布松了绑，放走他。羊尾巴一蹦一跳随头人跳进了大堂。

一路上，头人的脑袋没休息，他琢磨："这个羊尾巴是个神物，绝非普通的羊尾巴，得设法让它来伺候我。"他主意打定，进入大堂，入座后便咋呼起来：

"羊尾巴，你骗了我的花脸牛，还想骗我的上等糌粑，该当何罪？"

"我没有骗，而是拿！"羊尾巴理直气壮地说，"我是帮贡布大哥拿走他劳动一年应该得到的报酬。"

"羊尾巴，你只要帮助我，我就饶了你。"头人尽量装出平和的样子。

"你要我帮什么忙？"

"我要金山银海。"

"哈哈……"羊尾巴大笑起来，"财富是靠辛勤劳动挣来的，你不怕不义之财烫坏你的手吗？"

"只要有金银，我什么都不怕。"

"好吧，"羊尾巴说，"你出门去，就会得到你所想要的东西。"

头人连忙跑出寨门，只见一座金山，一片银海，出现在眼前，金灿灿、银晃晃的光，将他的眼睛都照花了。

"啊啧啧！"头人发出贪婪的呼叫，不顾一切奔向银海，用手去捧那银晃晃的波浪。突然，他发出撕心裂肺的叫声："烫死我了！烫死我了！"他抱着双手在地上打滚。

仆人们连忙上前，扶起头人，将酥油涂抹在他红肿的手上。

头人暴跳如雷："羊尾巴，你的小命可攥在我的手心上，我要你死，你绝活不成！我再给你一次机会，给我搞一盘稀世珍宝！"

"你不怕珍宝扎手？"羊尾巴问。

"我谅你也不敢再戏弄我。"

"好吧，你睁大眼睛看一看。"

"啊啧啧！"头人将眼珠儿鼓得如牦牛的眼珠，只见大堂正中，放着一盘奇珍异宝，闪烁着瑰丽夺目的光辉。头人扑过去，用手抚摸珍宝。忽然他的手如万箭穿心般疼痛。他捂着手，咆哮道：

"快把这孽障丢到火里，烧死它！"

大堂燃起了一盆火，仆人将羊尾巴丢在火盆里。可是不管仆人怎样不停地扇动风箱，不管加多少青杠柴火，就是烧不死羊尾巴。羊尾巴在火焰里跳起舞来。

头人狂叫："快往火里浇酥油！"

仆人们连忙将一桶酥油倒入火中。火焰一下子蹿高了许多。羊尾巴跳出火盆，一蹦一跳出了大堂。

"抓住它，谁抓住它有重赏！"头人气急败坏嚎叫起来，也顾不上保持自己的尊严，追出大门。

仆人们听说有重赏，争先恐后，随着头人，尾追羊尾巴。

羊尾巴蹦到坝子上。头人跑掉了火红的狐狸帽，大喊大叫："抓住它！"

羊尾巴跳到山上。头人跑掉了藏靴，光着脚丫子，声嘶力竭地喊："抓住它！"

羊尾巴站在悬崖边，对着身后的头人唱起来：

> 头人头人你听着，
> 贪婪会给你带来灾难，
> 残酷将引你入地狱，

赶快回头是岸，

否则人死身亡！

　　头人根本听不进这个忠告，一心只想置羊尾巴于死地。他瞪着血红的眼睛，如猛虎擒绵羊一般猛扑过去。

　　羊尾巴一躲闪，闪到一旁。

　　头人收不住脚，一下子冲下了悬崖。

　　头人死后，羊尾巴将头人的牛羊、财物分给了寨子里的百姓。贡布和他的阿妈住进了头人的家。从此，贡布和百姓辛勤劳动，过上了天天有奶酪吃，日日有酥油茶喝的美好日子。

尼珍姑娘

从前，在雪域高原上，有一个国王，他的儿子叫坚赞。坚赞十分喜爱打猎，几乎每天都带着弓箭，佩上宝剑，骑马出外追寻猎物。

有一次，他策马来到一个河滩。这是一个风景优美的地方。

天，是蓝宝石般的莹莹的天；山，是赤金般的黄灿灿的山；河，是哈达般的洁白的河。

在山谷褐色的土地上安扎了数十个白色的帐篷，住着数十户牧民。一个牧羊女赶着一群羊儿从山后慢悠悠地走过来。她的面貌还看不清，银铃般的歌声却随着风儿、顺着河水飘了过来：

> 我们牧民的家乡，
> 嗦呀拉呢嗦！
> 花开水草兴旺，
> 嗦呀，嗦呀！
> 滚滚牛羊肥壮。

> 我们牧民的家乡，
> 嗦呀拉呢嗦！
> 鲜奶似河流淌，
> 嗦呀，嗦呀！
> 酥油堆如山岗。

"好一副百灵鸟的嗓子！"王子坚赞被优美的歌声所陶醉，情不自禁地喝起彩来。

随着歌声，一位美丽的姑娘出现在他面前。她的脸庞像明月一样亮，水灵灵的双眸像星星一样亮，乌油的碎辫披落在肩头，像海螺一样亮，碎辫上拖着一条红颜色的绒斗[1]，像火光一样亮。她穿着粗糙的羊皮袍，却遮不住少女特有的青春气息。她的腰带扎在胯间，上面挂着一只拥切[2]，随着轻盈的步伐，与身上的装饰品碰撞，发出清脆悦耳的声音。

坚赞看呆了，就像一根木头，竖立在马背上。

"骑马的客人，请用茶。"这位姑娘双手捧着一碗奶茶，淡淡一笑，露出两个浅浅的酒窝。

坚赞忙接过碗，喝了一口，问道："姑娘，你叫什么名字，住在哪儿？"

"小女叫尼珍，就住在河谷的帐篷里。"

从此，坚赞就像跑失了的羊羔总要回到羊群一样，经常跑到山谷，和尼珍一起放牧、挤奶、剪羊毛、唱歌……

天长日久，他们彼此产生了爱情。有一天，坚赞拉着尼珍的手，穿过小树林，来到河边。

鲜奶似的大河，翻波涌浪，奔腾不息。

爱情的浪花，在他俩胸中跳跃、奔泻。

坚赞取下手中的戒指，戴在尼珍的手指上，用歌声表达自己纯真的爱情：

蓝莹莹的天，请作证，

---

[1] 绒斗，嵌有珊瑚珠子的彩色布带子。
[2] 拥切，用铁、铜或银做成的双钩，藏族牧区妇女挤牛奶时，用来挂奶桶，同时也是一种装饰品。

黄灿灿的山，请作证，

　　　洁白的河水，请作证，

　　　姑娘尼珍啊，

　　　我的心永远不会变。

尼珍脸绯红，用衣袖蒙住半个脸，用歌声作答：

　　　鹿子和草原在一起，

　　　鱼儿和大河在一起，

　　　盐和茶在一起，

　　　光辉和太阳在一起，

　　　温暖和春天在一起，

　　　尼珍和坚赞在一起。

　　尼珍唱完，从右边衣襟上，摘下一面小钢镜[1]，送给坚赞。

　　坚赞兴奋得脸红扑扑的，紧攥着尼珍的手，将自己真实的身份告诉了她。

　　尼珍脸上交织着喜和愁。她惊喜，没有想到自己的心上人，既是高贵的王子，却又是那样平易近人，和蔼可亲。她忧愁，光洁的前额皱起了眉头：“你是坐金宝座的人，我只是一个普普通通的牧羊女。我们之间隔着一条大河，隔着一座高山。”

　　坚赞安慰道：“尼珍姑娘，我对你的爱就像这大河一样，永不干涸；就像这高山一样，永不动摇。”

---

[1] 小铜镜，藏族姑娘的护身法宝，小时候用它驱鬼，长大了用它定情。

他们脸上笑开了花，时而互相顶额，时而互相拉手，时而对歌，互诉衷肠，直到月亮爬上了枝头，才依依不舍地分手。

坚赞回到皇宫，立即被国王和王后召见。国王说："儿啊，我和你母后已为你向邻国公主订婚，选择吉日即举行庆婚大典。"

坚赞如惊雷轰顶，半天说不出话来。

王后看见儿子直愣愣的样子，感到奇怪，问道："儿啊，父王的话你听见了没有？"

"听见了。"坚赞嗫嚅，"父王、母后，树上甜美的果子，熟透了自然会落下地；果实还未成熟，提前摘下没有一点益处。孩儿还太小，婚事是否以后再提？"

"儿啊，父王和母后像风里的酥油灯，说什么时候灭就什么时候灭。"国王叹口气说，"你已经不小了，要对国家负起责任。现在你一天到晚在外游玩，整日见不到你的人，僧俗官员已有议论，你要好自为之。"

国王是个独断专行的统治者。他的主意一定，就是须弥山倒塌，也改变不了。坚赞只好噙着眼泪，告别国王和王后，回到住处。

第二天，国王下令，在举行庆婚大典之前，不准坚赞出门一步。坚赞心如刀绞，心里惦念着尼珍，却没有办法与她见面，连捎信的人都找不到。

时间一天一天地过去，在国王的主持下，终于举行了庆婚大典。坚赞痛苦万分，内心里千遍万遍地呼唤着尼珍的名字。他不吃不喝，不说不笑，如同木头人一般。魁梧的身子消瘦成干柴，神采奕奕的眼睛失去了光泽。没过几天，就命归黄泉。

尼珍姑娘虽然不知道发生的这一切，但她见不到坚赞，像丢了魂儿一样，天天来到和坚赞定情的地方，对着滔滔的江水，唱道：

一月里是新年，

思恋王子难见面；

　　二月里响春雷，

　　盼望王子歌声悲；

　　三月里桃花开，

　　盼望王子他不来；

　　四月里杜鹃啼，

　　思恋王子泪沾衣；

　　十五日月儿圆，

　　盼望王子来团圆。

　　又是一个十五日。尼珍来到河滩上，抚摸着戒指，不由得眼泪扑簌簌地掉。她抬头呼喊：

　　"达娃，请告诉我，坚赞在哪里？"

　　月亮叹了口气，没有回答。

　　"河神，请告诉我，坚赞在哪里？"

　　河水呜咽，没有回答。

　　尼珍泪水奔涌，脸庞像是泡在漩涡里，对着大山哭喊："山神，请告诉我，坚赞在哪里？"

　　大山静静的，没有回答。

　　"尼珍，我在这里。"忽然尼珍耳畔响起了熟悉的声音。她连忙抹去泪水，焦急地四处寻找。

　　月光下，坚赞从树丛中走出来。他已不是昔日的英俊少年，而是头发蓬松，脸色憔悴，身上穿着破烂不堪的素衣。

　　尼珍惊异地问道："坚赞，你从哪里来？"

　　"尼珍，我从地狱来。"

尼珍扑过去，紧紧搂住坚赞，哭喊道："坚赞，我不让你回地狱，我要你永远留在我身边。"

坚赞的眼泪像急雨一样唰唰地在脸上流："如果我们的爱情是真诚的，彼此永不变心的话，我们就一定能够结成终身伴侣。"

"日月有升又有落，我俩爱情永不变。只要能和你永远在一起，粉身碎骨也心甘。"尼珍说，"佛祖说，人是可以还魂的。坚赞，快告诉我，怎样才能使你还魂？"

坚赞说："在莎噶达瓦[1]那个月的十五晚上，你就一直往南走，首先会碰到一个铁大汉。他会对你说：'我好渴呀。'你就给他一桶鲜奶茶。再往前走，你会见到两只羊在抵角，你给它们一些草料，让它们分开。往后，你将碰到三个全副武装的士兵。你不要怕，给他们点肉和糌粑。再往前走，你会见到一个经塔。你在经塔前念完六字箴言后，从左往右绕一圈，千万不要反着绕。过了经塔，你就来到了阎罗王的大殿。门口有两个打着两条血辫子的小鬼，你给他俩一人一升牛血。进殿后有八个念咒经的喇嘛在那里诵经，你不要理睬他们，径直走过去，后面有间小屋，里面有九颗心，其中有一颗是我的，你要设法辨认出来。特别要注意，回来路上，你绝对不能回头。你把心拿到这儿，我就可以还魂了。"说完，他就消失在月光下。

到了莎噶达瓦月的十五晚上，尼珍带上所需的东西，踏着月光，朝南方走去。一路上她照坚赞的话做去，很顺当地进入大殿。

她看到八个念咒经的喇嘛，心儿不由得打起颤来。只见这八个喇嘛比寺院里的铁棒喇嘛还要可怕。他们膀大腰圆，穿着黄缎镶边的坎肩，一只裸露手臂有打酥油茶的茶桶那般粗。一个个铁青着脸，盘腿席地而坐。念

---

[1] 莎噶达瓦，即藏历四月，为爱情之月。

经的声音如雷声在大殿滚动，震得柱子都在摇动。

尼珍小心地绕过他们，穿过殿堂，走进一间小屋，看见了九颗心，哪一颗是坚赞呢？她咬着下嘴唇，思忖："坚赞是我的心上人，将他的心搂在怀里，我一定会感受到的。"于是她一颗一颗地试，将第九颗心放在怀里时，这颗心脏忽然跳动起来。尼珍喜出望外，激动地叫起来：

"是它，一定是坚赞的心！"

尼珍小心地揣着坚赞的心走出大殿。忽然八个喇嘛一起跳起来，用惊雷般的声音叫起来：

"血辫子小鬼，心被这个女人偷走了，快抓住她！"

尼珍拔起腿就跑。

两个血辫子小鬼非但不阻拦，反而说："这个姑娘是好人，送我们牛血喝，我们不抓她。"

尼珍跑近经塔，八个喇嘛在后面嚷道：

"经塔，心被这个女人偷走了，快抓住她！"

经塔放过尼珍，说道："到地狱的人，没一个向我顶礼膜拜，只有这位姑娘向我叩头，我不抓她。"

尼珍看见了三个武装士兵，只见士兵唰地一下举起了武器。她心里一沉："这下完蛋了。"喇嘛们在后面大喊：

"士兵，心被这个女人偷走了，快抓住她！"

三个士兵说："姑娘，你给了我们肉和糌粑，我们向你致敬。"原来士兵举起武器是敬礼的表示。他们让尼珍顺利地通过。

尼珍跑近两只羊，喇嘛们喊道：

"羊，心被这个女人偷走了，快抓住她！"

羊却闪到一边，说："好姑娘，你给我们草吃，我们感恩不尽，你快走吧。"

尼珍跑到了铁大汉的地方，喇嘛们叫道：

"铁大汉，心被这个女人偷走了，快用铁弹打死她！"

铁大汉嘟囔着："这个姑娘解了我的渴，是我的恩人。我怎能打死恩人呢？"他放走了尼珍。

尼珍闯过了最后一道关，紧张的心松弛下来，高高兴兴地往回奔。当她看到小树林时，心儿不由自主地怦怦一阵乱跳，连忙加快了步伐。

"尼珍，你拿的心不是我的，快回去换。"忽然，在尼珍的身后响起了坚赞的声音。她大吃一惊，正欲回头，这时她记起了坚赞的叮嘱："特别要注意，回来的路上，你绝对不能回头。"于是她头也不回地穿过小树林，来到河边。

融融的月光下，坚赞伸开双臂，尼珍一下子扑到坚赞的怀里，将心放进他的胸膛。顿时坚赞神采奕奕，目光炯炯有神，英俊的脸上绽开了一朵花。

太阳出来了，玫瑰色的光洒在山上，河里，树林里……天地一片金碧辉煌。

尼珍和坚赞披着一身阳光，手挽着手，唱着牧歌，朝着太阳走去。

圆梦人

　　从前，有一个非常残暴的国王。他的乌拉差役就像草原上的紫朵、河滩上的石头，多得数不清，压得黑头百姓喘不过气来。老百姓都偷偷祈求三宝，降下灾难，惩罚这个暴君。

　　这个国王非常怕死，听说有个叫罗珠江赞的青年，很会圆梦，立即宣召他入宫，令他圆梦，预告未来。

　　晚上，罗珠江赞沐浴，浑身用麝香、沉香、樟脑等香料熏得喷香，虔诚向三宝祈祷，随后倒头而睡，一会儿就进入梦乡。

　　国王心却像热锅上的蚂蚁，一直等候在罗珠江赞的身边，盼望尽早得知自己阳寿还有多长。忽然，罗珠江赞发出嘿嘿的笑声，国王急不可待地推醒罗珠江赞，问道：

　　"怎么样，是主凶？还是主吉？"

　　罗珠江赞低着头，张开嘴，却不讲话。

　　国王急着说："路与弓要弯的好，话与树要直的好！你有话不妨直说。"

　　罗珠江赞不管国王怎样催逼，死也不开口。

　　国王勃然大怒："贱民，你到罗刹国把罗刹王的头发取来一根，否则就让你下九重地狱。"

　　"拉索，拉索。"罗珠江赞弓着腰，退出宫殿，返回家。

　　他的阿妈忧心如焚，说道："儿啊，罗刹王是个杀人不眨眼的魔鬼，你宁肯去找魔鬼，也不愿说出梦境，这是什么缘故呢？"

　　"阿妈拉！"罗珠江赞说，"我要说出梦境，立即会被国王送上断头台，所以我不能讲。请放心，一切都会平安无事的。"

第二天，罗珠江赞拜别了阿妈，朝楞伽山罗刹国走去。走到一个村寨，罗珠江赞看到村寨人正在玛尼堆前举行祭祀仪式。一个小男孩被捆住双手。他泪如泉涌，悲惨地呼叫菩萨救命。所有的人都是愁容满面，一个劲儿地念着六字箴言。他感到十分奇怪，忙双手合十，向一位老大爷探问。

老大爷叹口气，沉痛地说："最近来了一个妖魔，扬言要将村寨夷成平地。村寨的人要与它斗，可是它来无影，去无踪，谁也看不到它，只是每日骚扰村寨，给我们带来灾难。村寨的人只好请喇嘛帮忙，与它交涉。它答应保全村寨，但每天必须送一个男孩给它吃。这已经是第九个男孩。"说完，老大爷眼泪滚落下来。

罗珠江赞胸中烧起了怒火，大声说道："乡亲们，你们把这个男孩放了，我去找妖魔算账！"

所有村民一起给罗珠江赞叩头，但他们却十分担心，这位青年能否战胜妖魔，一时议论纷纷。

"小伙子，你的心意我们领了，但你与妖魔斗，无异于在老虎脖上挂念珠。"

"远方的客人，你还是赶路吧，不要'拿着颈项买绳套，拿着瓦罐买石头'。"

罗珠江赞向大伙儿施礼后，说道："乡亲们，俗话说：'没有战胜狮子的胆量，就不敢挤狮子的奶。'请放心，我自有降伏妖魔的办法。"

村寨的人怀着忐忑不安的心情，纷纷离开了玛尼堆，躲进石屋，猛摇转经筒，念六字箴言，请三宝保佑罗珠江赞，战胜妖魔。

罗珠江赞在玛尼堆旁，睡起觉来。梦中尼玛神对他说："这个妖魔有魔法隐身衣，所以来无影、去无踪。你到村寨的北西山上，那里有一个寺庙，庙内有盏金灯。你只要拿到金灯，妖魔就会现出原形，听从你的吩咐。"

罗珠江赞醒后，立即按照梦境去做。他举起了金灯，金光四射，妖魔跪在地上，说道：

"请主人宽恕我的罪孽，有何吩咐，请说罢。"

"我要你脱下魔法隐身衣，从此去恶行善，永远不准加害于僧俗百姓。"

"遵命。"妖魔脱下魔法隐身衣，向罗珠江赞磕一个头后，便悄然隐去。

罗珠江赞收起金灯，拾起魔法隐身衣，告别了村民，继续赶路。

走了九天九夜，他来到楞伽山地界。他寻思："罗刹王十分厉害，又戒备森严，直接向它要头发，无异于在狮子头上揉皮，自找死路。"于是他穿上魔法隐身衣，朝大殿走去。

守护大殿的小罗刹，看不见罗珠江赞，使他顺利地进入大殿。罗刹王不在大殿上，他正欲穿殿而过，忽然守护着金座的黄狗嗅到生人味，叫起来，向罗珠江赞扑过去。

罗珠江赞忙丢给它一根牛骨头。黄狗衔起骨头，跑到金座后面啃起来。

此时，站立在金座上的白鹰扇动起翅膀，发出警告。原来，它也嗅出罗珠江赞的生人气味。

罗珠江赞丢给它一坨牛肉。白鹰叼起肉，飞到草坪，吃起来。

罗珠江赞穿过大殿，潜入寝宫。罗刹王正在睡觉，他悄声悄气地走到罗刹王头前，迅速拔下一根头发，飞快奔出寝宫，奔下山来。

走了几天，他回到家乡，过家门而不入，径直进王宫，将罗刹王的头发呈上。

国王不相信这头发是罗刹王的头发，阴阳怪气地说："如果它能将城外的大山捆起来，我就相信它是罗刹王的头发。"

罗珠江赞将头发朝大山抛过去。头发立即将大山捆得严严实实的。

国王惊骇得眼珠儿差点弹出来，暗思："要是这穷小子用头发来捆我，我不就完了吗？"于是他赶紧接过头发，脸儿一沉，命令侍卫将罗珠江赞关进地牢。

罗珠江赞没料到，自己会落得这个下场，怒火心中烧，从怀里取出金灯，灯光一闪，妖魔出现在他面前，将手放在胸前："主人，有何吩咐？"

"让我出大牢。"

"遵命。请主上闭上双眼。"妖魔应诺着悄然隐退。

罗珠江赞闭上眼睛，只觉得两腿离地，耳边响起呜呜的风声。一会儿，两腿落地，睁开眼睛，发现自己已站在草坪上。他想立即闯进宫去，找国王算账，但转念一想，国王有罗刹王的头发，自己莽撞行事，只会吃亏，于是他穿上魔法隐身衣，潜入皇宫。

国王与爱妃正在寻欢作乐。妃子问道："主上，您将怎样处置那个穷小子？"

国王喝一口酒，说："明日就送他上绞刑架。"

罗珠江赞气得怒目而视，恨不得冲上去掐死这暴君，但还不知道罗刹王头发的下落，只好忍住气，静听他们的谈话。

"主上，罗刹王的头发可是稀世之宝。有了它，您可以统治世界。千万要藏好，小心被人偷盗。"

"放心吧！"国王有点醉意，拍拍胸前的嘎乌，说道："爱妃，放到这儿，谁能偷走？"说完，就去睡觉了。

罗珠江赞耐着性子，等国王和妃子睡熟后，蹑手蹑脚摘下嘎乌，走出王宫。

第二天，罗珠江赞率领愤怒的老百姓冲进王宫。侍卫们本来就十分憎恨国王，纷纷反戈相向，和造反的百姓一起冲进大殿。

国王见状，心里有些慌乱，但一想自己还有罗刹王的头发，又神气起来。他指着罗珠江赞，大声呵斥："贱民，你真是狗跳到屋顶向星星狂叫。要知道，奶筒里搅水，是永远打不出酥油的；黑头百姓也是永远翻不了身的。"

"你这个暴君！"罗珠江赞愤怒地说，"你的心肠像冰块一样冷酷，手段像豺狼一样凶残，今日要你去见阎罗王。"

国王气得肚里冒火，口中出烟，伸手去拿嘎乌，这才发现嘎乌不见了，顿时吓得像一团湿牛粪，一下子瘫倒在地上。

罗珠江赞拿出嘎乌，取出头发："暴君，你看这是什么？"

国王一个劲儿在地上叩头，叩得头破血流，眼泪鼻涕满地流，不停地求饶："罗珠江赞，你是英才盖世的英雄，我有眼无珠。英雄的胸怀就像太阳，照耀众生。请您网开一面，饶恕我吧。"

"豺狼和绵羊绝不能在一起。你恶贯满盈，死有余辜。不过，我让你死得明白。"罗珠江赞鄙夷地望着瑟瑟发抖的国王，说道，"你不是要我告诉你梦境吗？现在我告诉你，梦境中的一切都已应验了，它的结局就是——"说到这里，他抛出了头发。头发将国王缠住，越缠越紧，国王眼珠儿一翻，腿一伸，灵魂倏地一下飞进了地狱门。

"吉霍！吉霍！吉霍！"王宫内外欢声雷动。僧俗百姓一致拥戴罗珠江赞当国王。

罗珠江赞登基后，将罗刹王的头发、金灯和魔法隐身衣供在神龛上，作为镇国之宝。他将国库里的珍宝、黄金，分给黑头百姓，让他们置购牲畜、农具，放牧生产，幸福的日子就像格桑花盛开一样灿烂。

尊老国

远古时期，有一个国王，非常憎恶老人，认为他们佝偻着腰，掉光了牙，只能喝奶茶，吃糌粑，却不能做事；有的连转经筒都摇不动。他制定了一个法令，凡是老人，一律驱逐出境，死活不管。

这件事传到了天界，一位天神非常愤怒，变成一个活佛，在宫门前唱道：

> 天上飘来黑云，
>
> 黑云上盘旋赛布鸟，
>
> 三七二十一不吉祥[1]，
>
> 若想消灾避难，
>
> 赶快请教全知全能的智者。

国王非常崇尚佛学密宗，听见歌声，惶惶然，连忙请活佛入殿，敬献人寿结、哈达后，恭敬地问道：

"圣明的活佛，如何能消灾避难呢？"

"陛下，你要过五关，就可以化险为夷。"

国王诚心诚意地说："望活佛赐教。"

"你要回答出幼童、乞丐、残疾人、牧羊女、老羊倌提出的问题，吉祥

---

[1] 藏族传说不吉祥的数字，有二十一、八十一等，是最不吉祥的意思。

的阳光就将照在金殿上。"

国王松了一口气，心想："我的谋臣如森林的树木，格西、学士如林卡的梅朵，不要说五个人的问题，就是九十九个人的问题，保准能答得圆满。"他十分虔诚地说："祈三宝显灵，我将做认真的准备，使国家吉祥如意。"

第二天，天神变成幼童，蹦蹦跳跳跑进金殿。大殿上，一侧站满了文武属臣，一侧排满了格西、学士。国王坐在金座上。

"圣上，我问三个谜，请说出谜底。"幼童说。

国王听说是猜谜，绷紧的脸一下子平和下来，忙说："快讲！"

"一头青犏牛半边嘴，九谷四方的草尝尽。"

国王苦思冥想，猜不出来，便将眼睛扫向大殿。

满朝文武个个提心吊胆，将头垂得低低的，生怕国王点自己的将。

格西、学士人人像泥塑石雕一般，连眼珠儿都不动一下。

国王懊丧极了，只好叫幼童说出另两个谜，希能解答这两个谜底，以摆脱困境。

幼童笑一笑，说出了两条谜语："天上下冰雹，山腰大雪飘，山脚瑞雪绕。红黄蓝的彩色弓，有箭也射不成。"

国王更是解答不出，对着幼童发愣。大殿鸦雀无声，没有一个人站出来回答谜底。宰相双手合十，说道：

"圣上，可否请聪明人上殿作答？"

国王听说有人能答出谜底，喜出望外，连忙说："爱卿，快去召聪明人上殿。"

过了一会儿，宰相推着车子上殿，车四周用白布遮拦，使人看不见坐在车上的人。国王脸上露出困惑的神情。宰相参拜，说道：

"祈主上赐恩，聪明人只能避人才能显示出智慧。"

国王只求答出谜底，也就免去聪明人的叩拜礼。宰相隔着白布，将三个谜语告诉聪明人。聪明人在车内说道：

"第一个谜底是镰刀，第二个谜底是磨子，第三个谜底是彩虹。"

大殿上一片欢腾。国王也高兴地笑起来，忽然金殿沉寂下来，只见幼童退下，乞丐上殿，提出一个问题：

"谁对于睡着的人，称他是觉醒的人；谁对于觉醒的人，称他是睡着的人。"

国王的脸一下子又绷得紧紧的。满朝文武生怕出丑，立即冠缨拂尘，齐声奏道：

"佛圣赐给聪明人以智慧，主上，请聪明人回答。"

"好吧。"国王瞪了一眼跪在地上的属臣，令聪明人回答乞丐提出的问题。

聪明人说："这是指有名望而又有学问的人，对于那些庸人，称他是觉者，对于罗汉，称他是睡者。"

乞丐笑着点点头，接着又提一个问题："一掬水比大海多，这是什么道理？"

聪明人答："如果有人能心地清净，把一掬水施舍给佛僧、父母以及困苦中的病人，这样的功德，流芳千万代，受福永无穷，这就是一掬水比大海多千万倍的道理。"

"啊啧啧！"满朝文武情不自禁发出赞叹声。

乞丐退去，残疾人上殿，施礼后，说道：

"世上还有人比我更痛苦吗？"

国王又傻愣愣地望着格西、学士。格西、学士害怕丢面子，立即袈裟、长袍扫地，一起奏道：

"俗话说：'大海不会嫌水多，仓库不会嫌宝物多，智者不会嫌知识多。'

圣上，还是请聪明人回答。"

国王失望地扫了一眼这群饱学之士，叹了一口气，请聪明人作答。

聪明人回答："世间有的人，不孝敬父母，反叛，陷害师长，背叛配偶，诽谤三尊。人们都咒骂他，愿他坠入地狱，爬刀山剑树，坐火燃的炉炭，滚沸腾的河，过刀山火海，叫他受各种苦刑，这样的人比你痛苦万千倍。"

国王听了，若有所思。残疾人退去，牧羊女上殿，当胸合十，问道：

"世上还有比我更端正更美丽的人吗？"

朝廷上寂静无声。满朝文武、格西和学士都是你望着我，我望着你，不知如何作答。国王见这情景，内心不迭地叫苦，只好又请聪明人回答。

"世上有的人，孝顺父母，好施、忍辱，学业精通，努力上进，持重守律，人人尊奉。这样的人，比你更端正美丽万千倍。"

满朝文武、格西和学士频频点头，脸上露出了无限钦佩的神情。牧羊女微笑着退去，老羊倌牵着两只颜色形体一模一样的羊，问道：

"谁是母，谁是子？"

文武大臣、格西和学士从来没有放过牧，区别不出来，于是一个个大眼瞪小眼，作傻状。国王更是回答不出，只好再次让聪明人回答。

聪明人说："拿草叫它们吃，如果是母羊一定推草给子羊吃。"

"对头。真是全知全能的智者！"国王喜不自胜，高声赞扬。文武百官、格西和学士也跟着欢呼。顿时殿堂沸腾，赞颂声四起。

忽然，老羊倌消失了。殿堂上升起了一团祥云，云中站着一位天神。

国王顿时醒悟过来，原来是天神变幻出的活佛、幼童、乞丐、残疾人、牧羊女、老羊倌，通过提问，向他指点安邦治国的真谛。他率领文武臣属、格西和学士伏跪地上，恭恭敬敬地叩长头，施大礼，口里说道：

"圣明的天神，请明示佛祖的旨意，赐降齐天大福。"

天神说："佛祖保佑，全知全能的智者已回答出所有的问题，陛下的灾难已消除。这些问题都寓含着一定的道理，希望陛下三思。陛下要善待、尊重使你消灾避难的智者，只有这样，国家才能吉祥、繁荣。"

国王十分虔诚地说："拉索，拉索。"

天神驾起祥云离去。

国王十分钦佩、感激智者，无论如何要面谢。

宰相不敢违拗，只好打开白布，车内坐着一位满头银发的老人。

国王大吃一惊。文武百官、格西和学士惊诧万分，一个个偷觑国王，大气都不敢出。宰相跪在地上，启奏道：

"圣上，这位老人是臣下的父亲。我知道私藏老人，违犯了王法，但将父亲赶出家门，则违背了伦常。臣下宁愿做一个不忠之臣，也不愿做一个不孝之子。圣上，人皆有父母，您却下令驱赶所有的老人，使他们流离失所，陷入悲惨的绝境，这叫他们的儿女怎能不痛心疾首？世上没有一个人会青春常在，每个人都会老的，他们从父母的身上，看到自己的未来命运，必然人人不寒而栗。这样人心惶惶，国家又怎能安定、强盛？"

本来，宰相父亲的聪明才智使国王深有触动，听了宰相披肝沥胆的剖陈，国王更是羞愧难当，低下了头，沉思片刻，抬头说道：

"爱卿所言极是，孝顺父母，原本是每个做儿女的应做的善事。他们虽然老了，但长期效忠于国家，功不可泯，何况他们当中不少人的聪明才智和经验，仍是宝贵的财富。"接着他下令，在殿堂上竖起一块大匾，上书"尊老"二字，又在城门上贴"尊老"布告，昭示天下，每个臣民必须孝顺父母，尊敬老人。

宰相、文武百官、格西和学士听毕圣旨，感动得长跪在地，齐声颂赞。

从此，这个国家的老人受到尊重，安享幸福的晚年。

玛曲河的故事

　　黄河的藏语名字叫玛曲河。它的源头在哪里？在天上。这是藏胞的一种传说。至今在雪域高原上，还广泛流传着玛曲河水天上来的优美动人的故事[1]。

　　在远古时代，天和地原本在一块，混沌一团。后来天和地虽然渐渐分开了，并有了人类，但地上却没有江河，人类也不知道放牧和种植，渴了就喝点雨水，吃点野果，饥了就捕捉野兽。

　　有一年夏天，旱魔闯到地界，作起妖法，霎时，苍穹上出现了九个太阳，就像高悬着的九个大火炉。火炉喷出的火焰，将大地烧得热烘烘的，石头冒出青烟，森林燃起大火，草原一片焦黄，人类赖以生存的野果和野兽被烧焦了。

　　俗话说：破屋堆粪土[2]。病魔趁机放出肉眼看不到的魔鬼，钻入人的身体，使瘟疫迅速蔓延开来。人类在这两个魔鬼侵害下，陷入绝境之中。他们朝天顶礼膜拜，乞求天神拯救人类。

　　人类的祈祷声和呻吟声传到天界，惊动了渡救母[3]。仁慈的女神命令地藏神赶快设法营救。地藏神找白梵天王商量此事。白梵天王也很着急，想了想，说道：

　　"普救众生，是我们的神职。我有一个弟子，叫比亚索顿，他长有千手

---

[1]　关于黄河的传说，在藏族的不同地区，有不同的说法，有的说黄河是巴颜喀拉山的儿子，见本书《金沙江》。本故事又是另外一种说法。

[2]　藏谚，喻同"祸不单行"。

[3]　渡救母，传说天界中的女神。

千眼，苦心修法已有百载，深得佛法，有各种神力，派他下凡，定能使人类消灾祛难。"

地藏神十分高兴，催促白梵天王立即召见比亚索顿，下达渡救母的旨意。

白梵天王把比亚索顿叫来，下令道："我诚心爱护的大弟子，现在地界出现了大灾难，为师奉渡救母和地藏神之命，派你下凡，消灭旱病二魔，普救众生。不完成这件使命，你就永远留在地界。"

比亚索顿不由得暗暗叫苦，心想："天界多么美好，没有春夏秋冬，暴雨冰雪，处处是富丽堂皇的宫殿庙宇，时时有妙不可言的仙乐福音。地界原本是个苦难之地，穴居野处，茹毛饮血。夏日酷热，冬日严寒，还要与旱病二魔厮杀，真是晦气。"但大师之话，又不敢违抗，只好唉声叹气地向地界走去。

"上师，遇到什么不顺心的事？"途中，碰到台布朗[1]。台布朗问道。

"我奉大师白梵天王神的命令，去地界消除众生苦难，你陪我去，也是做一件善事。"比亚索顿说。

台布朗眨了眨眼睛，说："地界好端端的，无灾无难，去干什么？"

比亚索顿惊奇地问道："不是旱病二魔造成赤地万里，瘟疫蔓延吗？"

"没有的事。"布台朗造谣说，"我刚从地界来，那里风调雨顺，众生安泰无恙，根本没有什么灾难。只是那些凡人，懒得要死，只知道躺在地上，成天仰天呼号，祈求天神赐福给他们罢了。"

"原来是这样。"比亚索顿立即掉转头，兴高采烈地向白梵天王交差去了。

过了几天，渡救母在天宫，召见诸神，询问普救众生的事。白梵天王

---

[1] 台布朗，传说中近似于精灵，似真非真的神。

恭恭敬敬地禀报：

"尊敬的渡救母，小弟子派比亚索顿去普救众生。他说地界风调雨顺，无灾无难，众生也安居乐业。"

渡救母感到十分奇怪，取出宝镜一照，只见地界一片火海，烈焰冲天。地上没有一个生灵，人类和其他动物全葬身于火海之中；天上没有一只飞禽，天空中翻滚着火焰和浓烟。整个地界，只有须弥山上，尚存几只猴子在垂死挣扎。

诸神都被镜内的惨景所震惊。渡救母十分愤怒，责问比亚索顿。

比亚索顿看到地界实况，痛恨自己因贪图享乐，竟轻信台布朗的谎言，懊悔不已。他淌着眼泪，恳求道：

"功德像如意树[1]的妙香四散的渡救母，弟子知罪，请允许弟子到地界，降伏恶魔，以赎自己的罪愆。"

渡救母严厉谴责比亚索顿玩忽职守的行为，命令他赶快下凡。

比亚索顿立即出宫，找到台布朗，气愤地举起千只手，瞪圆千只眼，大喝三声，好似晴天霹雳，震得天界摇动。他吼道：

"你这个'自己偷了糌粑，把糌粑袋子扔给他人'的下贱坏子，天界容不得你！"

台布朗早已吓得魂飞魄散，不待比亚索顿动手，就一个趔趄从天上跌落到地上，但改不了捣蛋的恶习，仍旧干着害人的勾当。

天河也被比亚索顿的吼声震得晃了三下，晃出三滴水。比亚索顿接住这三滴水，驾着云头，飞向地界。

地界笼罩在火海之中，烈焰已烧到须弥山顶，几只猴子眼看就要被烧死。比亚索顿急忙降下云头，从火中将猴子救起，然后将三滴天河之水洒

---

[1] 如意树，传说中天界的宝树。

向须弥山。霎时一条大河从山上奔泻，河水卷起千万个金色浪头，挟着狂劲的风儿，以不可阻挡之势，扑向火焰，大火很快被扑灭。金色浪头穿过高山峻岭，沿途的大地恢复了生机。

正在睡觉的旱魔和病魔被惊天动地的涛声惊醒，睁开眼睛一瞧，只见一条金带盘绕在大地上，所过之处，火焰正在熄灭。它们气急败坏地跳起来，大声吼叫：

"哪一个孽障，敢挤狮子的奶！"

"真是'牛说牛大，角说角长'。你们只是两条疯狗，还不知羞耻妄称雄狮！"

旱、病二魔抬起怪眼，看见一位青年威武地立在面前，在他的身后，涌动着一条金色的大河。病魔狞笑着喝道：

"啄木鸟在林中逞能，还以为自己最有本事，可是一旦遇到岩雕，才知道谁的翅膀最硬。黄口小儿，你在爷们面前夸海口，是活着不耐烦了！"说完卷起一阵狂风，扑向比亚索顿。

比亚索顿现出原形，伸出千只手，将病魔抓住，轻轻一捏，就使它命归黄泉。

旱魔狂喊一声，呼呼打起牛皮风箱。瞬间，火焰冲天，整个大地陷入一片火海之中，天空浓烟滚滚。

比亚索顿轻轻吹一口气，骤起一阵狂风，掠过河面，金浪助着风威，掀起万丈浪头。顿时，烈焰被浪涛吞没，浓烟被风儿驱散，天宇一片清朗。旱魔被一个浪头冲倒在山谷，要不是它躲闪得快，也将与病魔同一下场。

旱魔心中打起鼓，颤声问道："你是哪一路英雄，快报姓名。"

"我是白梵天王的大弟子比亚索顿。知趣的话，赶快投降。"

"哎呀！"旱魔吓得两腿抖个不停，心想，"原来是神力无比的比亚索顿，难怪这般厉害，还是赶快逃吧！"旱魔立刻化成一道光逃遁。

比亚索顿驾着波浪追赶，眼看就要追上，突然旱魔在崇山峻岭之间，兜着圈子躲闪。比亚索顿紧追不舍，于是大河也就流经千山万壑，曲曲折折，绕了九道大弯。

旱魔回头一看，见比亚索顿就在后面，吓得脸色煞白，急中生智，就地一滚，变成一望无垠的沙漠。

比亚索顿发现不见了旱魔，便停下来，睁开千只眼搜寻，见沙漠就是旱魔变幻而成的。他挥动大旗，金色浪头冲向沙漠。

沙漠像一张巨口，呼地一下，将涌过来的浪涛吞了下去，连一个泡沫也不留。

大河一惊，打了一个回弯。

比亚索顿吹起了法螺，大河折回头，鼓浪冲向大漠。前浪被沙漠吞没，后浪奋勇冲上去，经过九天九夜的不停冲击，终于在沙漠上冲开了一条河道，哗哗的浪涛在蛮荒大漠上发出了胜利的欢笑。

旱魔眼瞅着要被大河淹没，连忙跳起身就逃。比亚索顿紧紧追踪。旱魔摇身一变，变成一座耸入云端的大山。比亚索顿发出轻蔑的笑声，一声号令，大河立刻兴风作浪，千万浪头像猛虎一样，呼啸着扑向大山。一排巨浪撞击山脚，激起水花四溅，另一排巨浪更有力撞击过去。经过九天九夜的撞击，轰隆一声，大山被冲塌了，如一个巨人瘫倒在地上。浪涛从它身上飞流直下，形成巨大的飞瀑。阳光也不甘寂寞，在水帘的雾状屏上架起了一座七色彩桥。

"咯咯……"浪花发出银铃般的笑声，从彩桥下穿过，奔向东方。

旱魔被浪涛冲得东倒西歪，只好随着大河奔泻万里，最后精疲力竭，连挣扎的力气也没有，喝足了河水以后，就眼睛一瞪，脚一伸，一命呜呼。

比亚索顿生怕它的灵魂又附在别处，继续作怪，一挥手，千千万万浪涛汇集在一起，形成广阔无边的海子，将旱魔永远压在海底。

比亚索顿做完这件善事，环顾四周，只见大地一片荒凉，寂静无声，不见一个人影，唯有几只猴子在向他顶礼膜拜。他一阵心酸，不由得滚下成串的泪珠。为了弥补自己的过失，他朝猴子轻轻吹了一口气，猴子立刻变成了人。他又从天界取来五谷种粒和六畜良种，教给人类耕种和放牧，并给大河起了个名，叫玛曲河。

玛曲河，恰如天女的飘带盘绕在广袤的大地上。金色的河水是神水，给人类带来福祉。人喝了它身体健康，面容红润；牲畜喝了它，体壮膘肥。

河水是甘霖，滋润着两岸，使大地一年四季披上了绿的，红的，白的，黄的，紫的……色彩绚丽的服装，变成一个吐金喷玉的聚宝盆。

人类生活在玛曲河两岸，五谷丰登，六畜兴旺，人寿年丰，吉祥如意。

诚实的马倌

从前，一座大山正好成为两个王国的国界线。山前的国王叫固布，山后的国王叫邦色。他们都是酒袋子，常在一起喝酒，海阔天空地神聊。有一天，他们聚在一起，三杯酒一下肚，舌头就像奔驰的马儿一样，收不住缰绳，谈来扯去，比起阔来。

固布扯起喉咙，用歌声夸耀自己的财富：

> 须弥山高又高，
>
> 我的黄金、白银如高山巍巍；
>
> 雅鲁藏布江水长又长，
>
> 我的琥珀和玛瑙如流水淙淙。

邦色喝下一杯酒，抹了抹胡髭，也唱起来：

> 高高的九霄云天，
>
> 落下了及时的雨水，
>
> 不！那不是雨水，
>
> 是我的金色青稞，
>
> 撒遍雪域高原。

嫩绿绿的大草原，

飘满了彩云，

不！那不是彩云，

是我的牛羊，

奔驰在草原望不到边。

"我有一个白犀角，里面刻有千尊佛像，内外透亮，是一个奇妙的宝贝。"固布神气地说。

"你只有一件宝贝，不稀罕。"邦色摇摇头，伸出两个指头说：

"我有两件稀世之宝。头一件是枣红马，它是上界天神马下凡，世上独一无二。"他拍了一下巴掌，马倌牵上一匹马。

固布一看，不禁暗中称奇，见那枣红马，身上的毛色像晚霞一样火红，每根毛梢发出亮光，通体如红宝石熠熠闪烁，令人目眩。马头高高扬起，不时发出嘶鸣，四蹄不停地跳跃。马倌一松缰绳，枣红马一声长鸣，跃起四蹄，飞快奔腾。草原上风儿轻快地吹着，但枣红马跑得比风儿更轻快，一眨眼，就无影无踪。

过了一会儿，远方天际又出现了枣红马。它丰满的胸腔伸出了两个飞翼，迎着两个国王飞来。天空中岩雕敏捷地飞翔，但枣红马飞得更敏捷，一闪眼，就立在两个国王的面前。

"啊啧啧！"固布惊诧地发出赞叹声。他羡慕地问道，"陛下，另一件宝贝呢？"

"另一件宝贝就是我的马倌。"

"什么？"固布将眼睛瞪得有碗口大。当他确信自己没有听错后，看了一眼马倌，不禁心里嘀咕：这位少年，瘦弱的身体裹着破旧楚巴，稚嫩的

脸上，除了蓄着英雄发[1]外，没有任何吸引人的地方。他带着嘲笑，问道：

"黑头奴隶也成了宝贝？"

"不错。"邦色扬扬得意地说，"我的马倌勤劳实干。这枣红马就是他饲养的。最特别的是他心地纯洁像奶子，从不说谎，就是教他他也不会。他实在比宝贝还珍贵。"

"凭着佛祖发誓。"固布说，"我不相信一个黑头奴隶不会说谎，除非太阳从山的西边出来。陛下敢与我打赌吗？"

"当然敢，赌什么？"

"我设法试你的马倌，若他真的不说谎，我将半壁江山给你；若他说了谎，你将半壁江山给我。"

"行，陛下的话可是射出去的箭，泼出去的水。咱们立下文书作证。"邦色说。

两位国王请山上寺庙的活佛作公证人，立下了文书。

固布返宫后，立即召见一位大臣，命令道：

"俗话说：'鸟为食亡，人为财死。'你装扮成一个富商，用千金买来马倌的一句谎话。"

"遵命，主上。"大臣对国王的命令不敢怠慢，立即率领一队牦牛出发。牦牛上驮着茶、盐、食物和珍宝。他翻过了大山，进入邻国，找到了马倌的帐篷。

马倌听到牦牛的铃铛声，走出帐篷欢迎远方的客人。他热情地请大臣进帐屋，端上青稞酒，献上三白三甜的食物。

大臣回赠给帐篷的主人哈达和人寿结，恭恭敬敬地接过青稞酒，用右手无名指蘸着酒水向空中弹洒三下，表示上供。然后围着火塘，盘膝坐下，

---

[1] 传说中格萨尔的英雄们蓄的发，将头发扎成辫子盘起来，用一束火红的缨须编扎。

与马倌聊天。

马倌合十问道:"充本大叔,您打老远到草原,有何贵干?"

"买马。"大臣说,"小兄弟,听说你们这儿的马是世界上最好的骏马,我想拣几匹上等马,请小兄弟帮忙。"

说到马,马倌的话就多了。他滔滔不绝讲起养马经来。随后站起身,请客人出帐篷,打了一个呼哨,顿时一群马从草原上飞奔而来。马倌指着欢腾跳跃的马群,说道:

"充本大叔,这群马个个体壮膘肥,跑起来像旋风一样,随你挑。"

大臣装模作样地东挑西拣,结果当然是一匹也不满意,因为他是冲着枣红马来的。他用手指着拴在马桩上的枣红马说:

"小兄弟,我选中了这匹。"

"不行,这是国王的御马。"马倌摇摇头。

大臣从牦牛卸下驮子,十几袋毡子口袋堆在草滩上。他解开几个袋子,露出黑沉沉的茶砖、白闪闪的盐巴、金灿灿的青稞。马倌从没见过这么多的东西,一时傻了眼。

大臣说:"小兄弟,你只要把枣红马卖给我,这些东西就全归你了。"

"不行!不行!"马倌摇了摇头。

大臣又打开一个口袋,露出了晶莹闪烁的珠宝。马倌从没见过这么多的奇珍异宝,眼睛都看花了。

大臣说:"小兄弟,你只要允许我将马鞍安在枣红马身上,这些珍宝就属于你。"

"不行!不行!"马倌还是摇了摇头。

"小兄弟,不要让放在手中的财宝像河水一样流走。这些珠宝可以使你成为草原上最富有的人。"大臣说。

"人心有高山和深谷,有红也有黑。不是自己的钱财,到手也会飞走的。充本大叔，枣红马是国王的宝物，你就死了这份心吧。"

"傻兄弟，你不会对国王说，枣红马失踪了。这样你不就可以得到幸福吗？"

"幸福，只有靠诚实和勤劳才能得到。你让我说谎话，心一定是黑的。"马倌气得朝地上啐一口，掉头走进帐篷。

大臣十分狼狈地离开了草原，回到王宫，将经过详细禀报国王。

固布不死心，召见一个阿巴摩巴[1]。他叫宫女托出一盘黄金，赏给阿巴摩巴，说道：

"请上师去邻国，让马倌说一句谎话，事后另有重谢。"

阿巴摩巴收下黄金，带上卜算的卦具，骑着毛驴，念着真经，翻过大山，朝马倌的帐篷走去。

马倌崇尚佛法密宗，是一个虔诚的藏传佛教教徒，听到诵经声，立即走出帐篷，匍匐在地，向摩巴叩了三个长头，恭恭敬敬地请摩巴进帐屋，双手献上酥油茶。

摩巴盘膝而坐，接过茶碗，吹开酥油花，品尝一口浓香的茶，放下茶碗，端详马倌，惊讶地说：

"小伙子，你大祸临头了。"

马倌心怦怦乱跳，忐忑不安地说："圣明的上师，我无病无难，哪来的大祸？"

"小伙子，让我好好为你看看。"摩巴抬头四望，突然惊惧地叫起来，"不好，除了你额上现有祸纹外，帐屋里还充满了魔气，莫不是三恶趣的魔障降落。你赶快请神将它除去，否则灾难就像霹雳一样落到你头上。"

马倌脸色煞白，恳求摩巴请神祛灾。

---

[1] 阿巴摩巴，从事念咒、驱鬼的僧人。

摩巴叫马倌在帐屋里升起了桑，一时烟火腾空而起。他刺破了舌头，让鲜血滴在圆鼓鼓的青稞粒上，示意马倌跪在经塔前，将沾血的青稞粒儿，像冰雹似的唰唰浇在马倌的头上。然后击钹、吹喇叭，口里念念有词地念着请神消魔经，在帐篷里大蹦大跳。

马倌在一旁，心颤身抖，面露惊惧之色。突然，摩巴跑出帐屋，围着帐篷跑了一圈后，跳到枣红马身边，疯狂地念着经，击着钹，吹着喇叭。这样折腾了好一会儿，才安静下来。

他身上冒着热气，淌着大汗，指着枣红马说：

"小伙子，三恶趣的魔障附在这匹马身上，只要将它宰了，剥去皮，你就能翻过这次危坎。"

马倌神情黯然，不知所措，坐在火塘旁发愣。他很难相信这句话，因为枣红马与他朝夕相处，就像奶和茶一样，分不开。枣红马给他带来的是欢乐和荣耀，怎么会带来灾祸？但这句话却出自上师之口……他思考再三，决定到雪山上的玛尼堆前去祈祷，请山神圣断。

马倌来到玛尼堆前，十分虔诚地磕头，祈望山神指点。但是山神没有开口，只有经幡随风飘动的声音。他抬起泪眼，说道：

"圣明而充满着智慧的山神，请赐福给我，我该怎么办？"话音未落，远方传来了枣红马的嘶鸣，嘶鸣声伴着经咒声化成了人的声音：

"俗话说：'水鸭子对于狸猫，睡觉时也要睁开眼。'马倌阿哥，对于摩巴的话，你可要警惕啊！"

马倌惊疑不决，抬起头，看到摩巴和骗过自己的"充本"正朝雪山走来，倍生疑心，连忙闪到玛尼堆后。

摩巴走进玛尼堆时，说："尊敬的大臣，请回去禀报陛下，我已使马倌上当，他一定会按我的话去禀报邦色国王……"

"还是上师高明，马倌撒了谎，自己还蒙在鼓里。"大臣接过话茬。摩巴和大臣得意忘形地哈哈大笑起来。

马倌气得一下子从玛尼堆后冲出去，朝摩巴撒了一把灰："你这个披着袈裟的猫头鹰，发出的笑声都是不祥之兆。还不赶快滚开，小心我拧断你那邪恶的脑袋！"

摩巴和大臣大惊失色，吓得连滚带爬地逃走了。

有一天傍晚，马倌刚把枣红马安顿好，一位俊美的姑娘来到帐篷前，双手合十："阿哥，我是外乡人，来到牧场，走迷了路，眼看天就黑了，请阿哥让我住下吧。"

按照牧人的习惯，给旅人招待就像往灯里添酥油一样，是义不容辞的事儿。马倌非常热情地将姑娘迎入帐屋，并端出最好的食物招待。

第二天，姑娘没有走，留下来给马倌拾掇帐屋，打奶茶，做糌粑，使马倌吃上了一顿香喷喷的饭。

这样，姑娘就住下来。天长日久，他俩感情就像盐茶和酥油同煮一个锅里一样，就如手镯戴在手腕一样，分不开了。

有一天，姑娘突然疼痛得倒在地上，滚来滚去。马倌慌了神，要去请精通医道的上师。姑娘拦住他：

"阿哥，我得的怪病，什么药也治不好的。"

马倌眼眶里滚动着热泪："姑娘，我不能看着你离开我呀！"

"办法倒有一个……"姑娘喘着气，却停止话头。

马倌急得说："就是天上的星星，我也要给你摘下来。什么办法，快说！"

"枣红马的肝可治我的病。"

马倌一下子傻了眼，不知如何是好。"哎哟！"姑娘惨叫一声，昏死过去。

马倌跑到雪山玛尼堆前，哭泣着祈求山神指点。但是山神没有开口，只有经幡随风飘动的声音。他泪流满面，恳求道：

"圣明又充满着智慧的山神，请赐福给我，我该怎么办？"话音刚落，远方传来了枣红马的嘶鸣，嘶鸣声伴着经幡声化成了人的声音：

"俗话说：'走马若不能上路奔驰，那草料岂不是白喂了吗？箭若不能射中靶子，再美丽的翎毛又有什么用？'马倌阿哥，现在你需要我，就将我宰了，救姑娘的命吧！"

"不！不！"马倌痛苦地摇摇头，"你是国王的宝马，是我养大的，怎忍心下手？"

"阿哥，放心吧，好心一定会有好报的，只要心诚，菩萨会保佑你的。救人命要紧啊。"

马倌返回帐篷，把糌粑团喂给枣红马，哆哆嗦嗦举起了斧头，却下不了手。

枣红马用舌头舔了舔马倌的手，长鸣一声，猛地朝斧头闯去，倒在血泊中。

马倌号啕大哭，取出马肝。

姑娘吃了马肝，病就好了。

第二天，马倌牧马后，返回帐篷，却不见姑娘。他难过极了。此时，国王派来了侍卫，叫他牵着枣红马去见国王。

"如何向国王交代呢！"马倌边走边琢磨这件事。如实说吧，他感到害臊，为了一个姑娘而宰了枣红马。他叹了一口气，决定撒一个谎。

进了王宫，只见邦色国王和邻国固布国王坐在一起。固布国王的公主亭亭玉立站在一旁。

马倌瞧了一眼公主，觉得好面熟，但一时又想不起来在哪里见过。

邦色国王问道："马倌，我的宝马还好吗？"

马倌跪在地上，刚想将谎话讲出口，突然脸绯红，懊悔起来。他下决心，宁肯受惩罚，也绝不说谎话。于是一五一十将实情抖了出来。

"怎么样，固布国王，您输了吧！"邦色国王神气十足地说。

固布国王微笑，点点头，说："公主，你的眼力果然不错！"

马倌被两位国王的话搞得糊里糊涂。此时公主走下殿，扶起马倌："阿哥，怎么一天的工夫，就把我忘了。"

"姑娘！"马倌又惊又喜，一时不知说什么好。

原来，固布国王的公主得知父王两次试马倌的事儿，半是钦佩半是怀疑，于是扮成民女考验马倌。通过这一连串的考验，她被马倌的诚实所感动，爱情之火在胸中燃烧起来。

突然，宫外响起了一阵马的嘶鸣。马倌和公主手牵着手跑出去，只见一匹通红的马驹，在扬鬃奋蹄。

马倌困惑地望着马驹。随着一阵风，送来了枣红马的声音："诚实的阿哥，这是我的儿子，希望你好好喂养它。扎西德勒！"

邦色国王实现了自己的诺言，将半壁江山送给了马倌。马倌跃身上马，将公主抱上马背，打起了一声响亮的口哨，奔回牧场。

索郎索命的故事

　　从前，在藏北高原上，有一个叫索郎的年轻猎人。有一天，他四处打猎，奔波了一天，却一无所获。归途中，遇到邻村的一位猎人手里牵着一只狐狸。这只狐狸瘦得只有一张皮。索郎上前打招呼：

　　"阿哥，你的运气真好，逮住了一只狐狸。"

　　"唉，好什么呀，捡到了一张皮。"邻村的猎人苦笑着说。

　　狐狸眼泪汪汪地望着索郎，好像在说："阿哥，救救我。"索郎看到狐狸怪可怜的，从腰间掏出仅有的五枚铜币，说道：

　　"阿哥，这张皮也不够填你的牙缝，你就做件善事，卖给我吧。"索郎说。

　　"好吧，看在我们往日的情分上。"邻村的猎人接过铜币，将狐狸交给了索郎。

　　索郎等邻村的猎人走远后，就放掉了狐狸。分手时，狐狸突然开了口：

　　"救命的阿哥，你将来一定有好报的。"

　　索郎做了这件善事，高兴地唱起山歌往回走。此时，他碰上了桑耶寺[1]的三个铁人，一个背着收魂袋，一个腰里挂着牦牛尾，一个手里拿着索命绳。三个铁人打量了一下索郎，互相耳语一番，决定将他的灵魂收回。一个铁人上前说：

---

[1] 桑耶寺，在藏族传说中是掌管人生死的寺院。

"小伙子，我有个秘密告诉你。"

索郎十分恭敬地说："上师，不知有何见教？"

"这件事只能对你一个人说，请将耳朵凑过来。"

索郎连忙将耳朵凑过去。铁人悄悄地说："我是桑耶寺的使者，要拿走你的灵魂。"

索郎如五雷轰顶，一时吓得目瞪口呆。过了一会儿，才转过神来。他想：生死由佛祖主宰，急也没有用，铁人找到我，说明我的阳寿已尽。于是坦然对铁人说：

"上师，请你拿走我的灵魂吧。"

铁人问："你有什么要求吗？"

"我只希望能与家里人诀别。"

铁人答应了索郎的最后请求。索郎告别了父母，灵魂便飞出身体，朝桑耶寺飘去。

路上，他的灵魂碰到了狐狸。狐狸大声喊道：

"救命的阿哥，到了桑耶寺，千万记住，女神阿尼白姑叫你吃人肉，你不要吃；她叫你喝人血，你不要喝；她叫你穿人皮，你不要穿。这三样做到了，你就可以还魂了。"

索郎的灵魂飘进桑耶寺的大庙，顿时感到阴风阵阵，庙堂内侍立着两排铁人，个个露出狰狞的面孔。庙堂的神座上坐着女神阿尼白姑。她令铁人端出一盘人肉，说道：

"索郎，一路上，你辛苦了，快把这盘肉吃了。"

索郎记起了狐狸的叮嘱，很有礼貌地说：

"尊敬的女神，谢谢您的好意，我不饿。"

女神阿尼白姑叫铁人端出一碗人血："索郎，请你喝下这碗人血，以解渴。"

"无上权威的女神，谢谢您的好意，我不渴。"

女神阿尼白姑又叫铁人取出一件人皮："索郎，地狱阴冷无比，快穿上这件人皮，可以御寒。"

索郎尽管冷得直打战，却说："主宰生死的女神，谢谢您的好意，我不冷。"

女神一怔，连忙翻开生死簿，查到索郎，发现他的阳寿还没有终结，铁人勾错了灵魂。女神很生气，但又不能随便让索郎还魂。她扔下一只收魂袋，一条牦牛尾，一根索命绳，吩咐道：

"索郎，你到地界去，用这三样东西，去收三个人的灵魂到这儿来，你就可以与你的阿爸、阿妈团聚了。但要记住，不是任何人的灵魂都可以收的，必须本着佛祖的扬善抑恶的教诲，否则的话你就永远在地狱里。"

索郎带上这三样东西，飘到地界。他游荡在一个牧圈[1]里，遇上了一个老头。这位老头正在服乌拉差役。他佝偻着身体，背驮着一块巨大的石头。由于饥饿和劳累，一阵昏眩，倒在地上。过了一会儿，才渐渐苏醒过来，对着苍天，他发出悲愤的呼喊：

"女神阿尼白姑，头人的乌拉苦差，就像大山一样压得我们奴隶翻不了身，您就发发善心，把我的灵魂收去，让我脱离这个苦海吧！"

索郎流下了同情的眼泪，不忍心收去这位风烛残年之人的灵魂，决定到头人的官寨去瞧瞧。他的灵魂飘到了官寨，只见服乌拉差役的奴隶成群结队，男的为头人搬石头、扬青稞……女的为头人织氆氇、打酥油……如狼似虎的兵丁来回巡逻，见有人偷懒，立即冲上前一阵拳打脚踢。

索郎见状怒火万丈，沿着石梯，走进官寨。

头人坐在威严的虎皮座上，对着一个气息奄奄的奴隶，大声咆哮：

---

[1] 牧圈，牧区的自然村落。

"你这个该死的黑头奴隶，给你吃糌粑不吃，要吃虎肉[1]。好大的胆！你非但抗拒乌拉差役不说，还想在坝子上掀起风暴，我要你尝尝我的'虎肉'的滋味。"说完，他下令兵丁砍断这位奴隶的双肢，剜去他的双眼。

兵丁立刻将他从地上拖起来，绑在大柱子上，正欲动手。索郎急忙举起收魂袋，厉声喝道：

"住手！你们一个也不准动，我是招魂者！"

兵丁们听了，如晴天霹雳，个个面如土色，呆若木鸡。

头人双腿打战，低声下气地说："女神阿尼白姑的使者，我的奴隶多得如河滩上的石头，兵丁多得如草原上的那扎草，你想要谁的灵魂就去收吧。"

"不！"索郎摇摇头，"谁的灵魂也不收，只收你的。"

头人痛哭流涕，伏在地上，咚咚地连磕响头，磕得头破血流："您是带有太阳光辉的使者，请高抬贵手，找一个替身，让我活在世上吧。"

索郎轻蔑地说："你在世上横征暴敛，作恶多端，造出许多罪孽。要知道每做一件恶事，你就向地狱走近了一步，现在正是你的阳寿终期，后悔已来不及了。"

"那么，请您发发善心，让我去向妻室儿女做最后一次告别吧？"

"不行，你的罪孽太深重，女神阿尼白姑连这点时间也没有给你，你得马上走。"索郎打开了收魂袋，头人的灵魂一下子飞进袋里，剩下他的尸体硬邦邦地倒在地上。

索郎背上收魂袋，飘到河谷，见一位小伙子，凄楚地站在岸边，眼泪唰唰地流淌，对着滔滔的河水喊道：

"阿爸，你死得好惨。阿哥的心是钢刀，为了吞掉你的钱财，居然对你

---

[1] 藏谚，喻同"敬酒不吃，吃罚酒"。

下毒手，又将我赶出了家门。河神，你要有眼，就让我到桑耶寺去伺候阿爸吧。"说完纵身跳进了大河。

索郎心想："这位可怜小伙子的灵魂，我不能收。"于是赶紧将小伙子救上岸，问起事情的缘由。小伙子哭泣着讲述自己的家况。原来小伙子的父亲是位勤劳、正派的生意人，长年累月赶着牦牛运输队，在汉藏之间进行流通贸易。平时省吃俭用，渐渐积攒下一笔相当可观的家财。小伙子的阿哥叫仁青多杰，从小好逸恶劳，贪图享乐，不务正业。成人后在外吃喝嫖赌，肆意挥霍家财。一次输了钱，找阿爸要钱，阿爸不给。他就黑了心肠，在酒中下了毒药，将阿爸毒毙，然后又将亲弟弟赶出家门，独吞了家财。

索郎听后怒火中烧，请小伙子带路，去找仁青多杰。

仁青多杰独吞家财后，成天沉湎在酒色之中，尽情享乐。索郎来到仁青多杰家时，他正在摆百羊宴，宴请自己的狐朋狗友。席上堆满了山珍海味，珍馐美食。他啃着山羊头，喝着醇香的酒，突然看到阿弟，狂喊起来：

"你这条赶不走的癞皮狗，回来找死呵！"说完，抛下一根羊腿骨头，"拿去啃吧，赶快滚开，越远越好。"

仁青多杰的狐朋狗友跟着起哄："去啃羊腿骨头吧！"

索郎按捺着怒火，走向前，问道："你是仁青多杰？"

"是啊，"仁青多杰吊起醉眼，问道，"你是谁？"

索郎附在仁青多杰的耳根，轻声细气地说：

"我是女神阿尼白姑的使者，奉命召你的灵魂。"

仁青多杰已喝得醉醺醺的，以为遇到了一个开玩笑的年轻人，故意压低了嗓门，说道：

"尊敬的死神，让我们做笔交易。"

"做什么交易？"

"我用钱财来换回我的命，你开个价吧。"仁青多杰哈哈大笑起来。

他的狐朋狗友也一起叫起来："对，以钱换命。"

索郎亮出了牦牛尾，大声喝道："仁青多杰，你不要以为钱财可以买到一切，就是搬来金山银海，也买不回你的命。"

仁青多杰的狐朋狗友一看到牦牛尾，吓得屁滚尿流，哆哆嗦嗦逃出门去。

仁青多杰惊骇得出了一身冷汗，酒顿时吓醒了，连忙抽打双颊，撕扯头发，捶打胸口，像癞皮狗一样伏在地上，发出阵阵哀求声。当他看到这一切都无法打动索郎的心时，只好提出最后一个请求：

"尊敬的死神，请看在佛祖的圣面，让我带上金银珠宝，使我在阴森的地狱，少受点罪，少吃点苦。"

索郎说："俗话说：'豺狼爱找绵羊，贪财伴随灾祸。'贪欲染黑了你的心。为了财物，你做出伤天害理的事。要知道这正是女神阿尼白姑要你去的原因。我来收你的灵魂，就是让你离开你不应该得到的财物。"说完，一甩牦牛尾，一下子让仁青多杰命归黄泉。

索郎回头说："小伙子，你继承这份家业，像你阿爸一样，靠勤劳致富。"

小伙子千恩万谢。

索郎告别小伙子后，悠悠飘到一个漏风的帐篷前，突被凄楚的哭泣声所吸引。他仔细一瞧，一对老伴抱头痛哭。他想：看在佛祖的份上，我不能取走这对可怜老人中的任何一个灵魂，不知他们遇上了什么伤心事。于是他进入帐篷，好心询问。

老头抽泣着说："外乡人，你不知道，我们的国王是一个十分贪色的暴君，每十天就要搜掠一个美女给他，不喜欢了又将她送上天葬台。今天，他的爪牙抢走了我们的独生女，眼看着我那可怜的命根子进入火坑，叫我们怎么不揪心呢？"

索郎怒睁双目，说道："凭着三宝发誓，我一定使你们的爱女重新回到草原，陪伴在你们的身边！"说完，离开帐篷，朝王宫飘去。

王宫耸立在一座巍峨的山上，显得格外雄伟壮丽。宫殿内外，到处是持着刀戈、挎着弓箭的士兵。成群的奴仆为国王服务。国王坐在金座上，殿下美女就像一圈盛开的格桑花，簇拥着金座。国王的目光盯着老夫妇的女儿，射出了邪恶的光。他威逼着这位姑娘顺从他。但姑娘双眼盛满了泪水，咬着下嘴唇，宁死不屈。

国王恼怒地走下金座，挥动着生牛皮鞭子，噼噼啪啪打下去。

一道道鞭打，一条条血迹；一条条血迹，一笔笔仇恨。姑娘咬紧牙关，吭也不吭一声，眼睛里喷出愤怒的火焰。

国王的目光碰到"火焰"，倒抽一口冷气，愈加死命抽打。姑娘昏死过去。

"住手！"索郎喝道，"放下你罪恶的手！"

国王是发号施令的人主，从来还没听到有人敢在自己面前下达命令，不由得惊怔了一下，连忙抬起眼睛，看到一位青年站在大厅上，对他怒目而视。

"你是谁？"国王不由得打了一下寒战，"王宫戒备森严，你从哪里钻出来的？胆敢在这儿撒野！"

"我是从桑耶寺来！我到哪儿，从不需要通报；帝王的威严和权势，对我不起作用；金银和珠宝，无法诱惑我。正如地藏神是幸福的使者一样，我是死亡的使者。"

国王听了这番话，知道大祸临头了，吓得趴在地上，朝索郎叩长头，战战兢兢地问道：

"死亡的使者，您到敝国不知要召谁的灵魂？"

"你的灵魂。"

国王号啕大哭起来。索郎耐着性子，让他哭个够。过了一顿茶的工夫，国王终于止住了眼泪，低声哀求道：

"尊敬的使者，请让我沐浴熏香后，再随您去。"

"不行，刚才你哭得太久，花去了你寿限的最后一点时间，你得马上就走。"索郎扬起了索命绳。

国王深深地叹了一口气，无限留恋地望了一眼殿前花枝招展的美女，随着索郎挥动索命绳，轰然倒地。

索郎完成了女神阿尼白姑的差事后，灵魂飘回家乡，回到自己的身体，欢欢喜喜奔回家，与家人团聚。

曲林巧惩头人

从前，在青海湖畔，有一个头人，贪婪残暴。他的贪婪如火焰，正如俗话说的那样："木头再多，也填不饱火焰。"他的残暴如毒蛇，正如俗话说的那样："毒蛇的舌头碰不得。"草原上的人们只要一听到他的马蹄声，能躲的就躲，躲不及的，便猛摇转经筒，暗自祈求佛祖将他打入十八层地狱。

曲林是个穷苦的牧民，家里穷得碗里的土巴可以照得见脸，睡在破帐篷里能够数天上的星星。他一年到头像背上鞍子的马，驮上茶驮的牦牛，成天不停地干活，到头来还是交不完头人的租税。

有一年，他眼巴巴盼到了剪羊毛的季节，指望能多剪些羊毛，交足头人的租税，过一个安稳的年。谁知道正如俗话说的那样，"荒年又碰上闰月"。灾难一个接一个降落到草原。一场大暴雨，湖水泛滥，接着一场冰雹，把羊儿不是打死，就是打散。最后曲林只剩下一匹骨瘦如柴的老马。

此时，湖边又传来了头人催收租税的吆喝声。声声如催命符一样，搅得曲林心里像油锅不停地翻滚。为什么树大分枝，骡马不能同槽？为什么头人吃羊头，穷人喝土巴？曲林越想越气，越想越不平，决定要从头人手中捞些钱物过年。

曲林向充本借了二两银子，将这些银子塞进老马的肛门里，再将马牵进帐篷。他在帐屋里烧起一堆桑，一时香气缭绕。当他听到头人的马蹄声时，就盘腿坐在卡垫上，双手合十，不停地念起六字箴言。

"曲林，赶快交租税，否则你给我服一年的乌拉差役！"随着一阵炸雷，头人闯进了帐篷。

曲林连忙起身，恭敬地请头人坐在火塘旁，十分神秘地说：

"尊敬的头人，请您稍候，等我的宝马生下银子，立刻交租。"

"马生银子？"头人简直不相信自己的耳朵，但看到曲林十分认真的神情，便半信半疑坐在火塘旁等待。

曲林不停地向煨桑添柏枝，不停地念真经。突然，马撅了撅屁股，生下了白晃晃的银子。

"啊，啧啧！"头人的眼珠儿一下子鼓得溜圆，闪射出贪婪的光，嘴里发出了赞叹声。

"曲林兄弟，从哪儿弄来的这匹宝马？"

"头人，"曲林弯腰吐舌，右手抓挠鬓角，装出对头人敬畏的样子，"昨天佛祖托梦给我，可怜我一年辛劳，一无所获，特赐我这匹宝马。我从梦中醒来，听到帐篷外有马的嘶鸣声，出去一瞧，果然有匹马。您瞧，我真有福气啊！"

"呸！准是佛祖托错了梦。俗话说：'有福之人垫上坐，酥油糌粑天上来。'曲林这只小羊羔，还想吃雄狮的餐中肉。"头人心里在诅咒，贼胖的脸上却笑成了一朵花，"曲林，我的好兄弟，我们都是喝青海湖的水，吃一个草原喂养的羊。今年你欠我的租税就免了，你将宝马给我，我再另送你五十两银子，二十只绵羊。"

曲林皱着眉头说："老爷，这是佛祖赐的宝马，给了你，不是亵渎了神灵吗？"

"我们供的是一个佛祖，都是他老人家的弟子，给你给我不都是一回事。再说你给我宝马，也是做了一件善事，会得到善报的。"

曲林心里乐开了花，嘴里却说："这事我可做不了主。"

头人一下子黑了脸："孔雀乌鸦不同飞，大象黄牛不合群。你不要'放着福自己不享，别人就要给你罪受'。"说完扔下五十两银子，留下二十只绵羊，牵着老马离开了帐篷。

头人兴高采烈地往回奔，还未进院，就嚷起来了："今儿可是个吉祥的日子，佛祖赐给我一匹能生银子的宝马！"

家里的男男女女、老老少少闻声，一起拥到院子里，看到那匹骨瘦如柴的老马，有的称赞，有的怀疑，有的祝福，有的祈祷。你一言我一语，就像煮沸的羊肉汤，咕噜咕噜直翻滚。

头人忙不迭地在院落里，铺上大红地毯，摆上香案，堆起柏枝，将马牵到地毯上。他盘算到：岂不是喂得越多生的银子也就越多？于是他亲自搬出糌粑，一口气喂了五升，将马的肚子胀得鼓鼓的。

头人十分虔诚地朝马叩长头，口里念念有词地祈祷，等待宝马生银子。

突然，马倒在地上，不停地打滚，过了一会儿，便咽了气。原来马吃得太多，活活地被撑死了。

头人跑到曲林的帐篷里，沮丧地说："曲林，宝马死了。"

"一定是你的心不诚。"曲林装出十分惊讶的样子。

"不是的，我像你一样，烧了桑，做了祈祷。"头人哭丧着脸。

"宝马怎么会死呢？"

"我给它喂了五升糌粑，撑死的。"

"哎呀！"曲林埋怨道，"难怪的，它只吃草，不吃糌粑。"

头人用哭腔说："今年真是运气不好，让我破了财。"

曲林心里甭提多高兴了，想笑却没有笑出声，倒装出十分同情的样子，安慰道：

"尊敬的头人，厄运过后便是好运。请先喝点奶茶，解解闷。"他吩咐媳妇端出一口石锅，将茶、奶、盐倒进去，奶茶马上就"咕嘟、咕嘟"地翻滚起来。曲林盛上一碗奶茶，十分恭敬地端给头人。

头人看到热气腾腾的奶茶，好生奇怪地问道："你的石锅，怎么不放在火塘上烧，就煮出茶来？"

曲林神气地夸耀起来："这可不是一口平常的石锅，而是一口宝锅，不要柴火烧，不要牛粪煮，只要将奶茶倒进去就可以煮出浓酽醇香的奶茶，正如您看到的那样。"曲林的话当然不是真的。他用老马骗了头人后，知道纸包不住火，眼珠儿一转，又想出一条妙计捉弄头人。他叫媳妇将石锅烧得红红的，将奶茶煮好，只等头人。头人从不煮茶，不知道石锅耐热的道理，一下子又蒙住了。

头人起了贪心："你的宝马让我破了财，应将这口宝锅送给我。"

"尊敬的头人，我两口儿就靠这口宝锅过日子，送给您，我们只好喝西北风了。"

"这样吧，我给你五十两银子，一驮茶叶，一驮盐巴。"

曲林故意哭丧着脸，将石锅卖给了头人。

头人欣喜若狂地抱着石锅回到家，又把全家人召集起来，将茶、奶倒进石锅，可是奇迹并没有出现。

头人仔细琢磨起来，终于发现自己上了曲林的当，气得肺都要炸开了。他立刻率领兵丁，如猛虎下山一样，扑向曲林的帐篷。

头人闯进帐篷，只见曲林用一根大棒子，一棍将媳妇打倒在地。

头人被眼前的景象惊呆了，不知曲林又耍什么新花招，厉声嚷道："曲林，你这个可恶的骗子，想打死老婆来蒙我，没门！来人啊，把他捆起来。"

"头人息怒，我已是你手中的羊羔，不会跑走的。请稍候一下，等我媳妇活过来，我得到银子再跟您走。"

死人还能复活，还能带回银子？这又是一件稀罕的事，头人要看一个究竟。

这当然是曲林生的又一条妙计。他利用气功的方法，让媳妇口含银子，运气假死。曲林看到头人困惑的神情，便走到经塔下，取出一根早放在那里的生牛皮鞭子，高高扬起，拍打媳妇。

啪！第一鞭子下去，媳妇动了一下身体。

啪！第二鞭子下去，媳妇睁开了双眼。

啪！第三鞭子下去，媳妇骨碌一下从地上爬起来，一开口，吐出一锭亮晃晃的银子。

贪财的头人惊诧得张大了嘴，口水淌了出来。

"曲林好兄弟，以前的事咱就一笔勾销，只要你交出神鞭。"

"这可不行，神鞭不但不会伤人，还能将人从桑耶寺里搭救出来。我靠它过日子。"

"给你一百两银子，十头牦牛，一百头绵羊。"头人不由分说，夺过鞭子策马归家。

头人一进院子，迎面碰到他最宠爱的姨太太，上前一棍子将她打死。家里人以为他中了魔，害怕得东躲西藏。

头人见状，拊掌大笑："你们不要害怕，快出来，这儿有神鞭，可以使人起死还生。"

家里人心惊胆战地走到院子里，远远看头人怎样使死人复活。

啪！头人猛抽第一鞭，姨太太动也不动。

啪！第二鞭下去，姨太太华贵的衣服被打烂了。

啪！第三鞭下去，姨太太的尸体绽开了花。

头人急了，一阵乱抽，将姨太太的尸体打得血肉模糊。头人盯着神鞭，哭喊起来："神鞭，请显神威！佛祖，请赐给无比的威力，让她复活。"

神鞭，没有显神威。

佛祖，无动于衷。

大管家问起事情的缘由。头人喘着粗气，将经过叙述了一遍。大管家说：

"头人啊，您上当啦！还不赶快发兵将曲林抓起来，处以极刑！"

头人恍然大悟，立刻率领兵丁，像狂风掠过草原，卷进了曲林的帐篷。

"曲林，你这个寺人布投的魔胎，竟敢在老虎额上跑马——找死。今日我要把你投到青海湖里去！"头人一声令下，兵丁将曲林装入牛皮口袋里，拖着向青海湖走去。

曲林的媳妇追在后面，哭泣着呼喊着。曲林在袋里一语双关地喊道："眼睛里装的不是眼泪，而是火焰！"他的媳妇突然想起曲林的吩咐，连忙擦干眼泪，掉头朝头人的家跑去。

头人和兵丁拖着曲林的牛皮袋走到青海湖边，突然，背后传来一片响声："头人家起火了！头人家起火了！"

头人回头一看，只见自己的住宅火焰冲天，浓烟滚滚，头人急忙拽下牛皮袋，飞马奔回救火。这火是曲林的媳妇放的。原来曲林用"神鞭"再次让头人上当后，算计着头人绝不善罢，眉头一皱，计上心来。他吩咐媳妇，若头人来抓他，便到头人家放火，他好在混乱中脱身。

此时，湖边静悄悄的，只有湖水轻轻拍岸的声音和野鸟的鸣啼声。曲林正欲脱身时，正巧头人在外经商的独生儿子，赶着十来头驮着珍贵货物的牦牛，路过此地。看到鼓鼓囊囊的牛皮袋，他不由心中一喜，还以为自己碰上了好运气，连忙打开袋子，曲林钻了出来。头人的儿子大吃一惊，问道：

"你是谁？怎么在袋子里？"

曲林一看是头人多年不归家的独生儿子，因瞎了一只眼，被人称"一只眼"，不禁一阵欣喜，随之生出一条妙计。他故意揉了揉眼睛，说道：

"真是佛祖显灵，原来我是瞎子，一位上师可怜我，送我这只神奇的牛皮口袋，让我钻进去，再钻出来后，双目就明亮了。我现在就能看到你了，你是谁？"

"我是头人的少爷。""一只眼"喜出望外，"好兄弟，你把牛皮袋借给我，让我在里面睡一会儿，也治好我的这只眼睛。"

"行！"曲林叮嘱道，"少爷，钻进牛皮袋里，不管外面发生什么事，您千万不能吭声，若说半句话，口袋就失灵了。"

"拉索，拉索！""一只眼"迫不及待地钻入牛皮口袋。曲林将口袋扎好，见头人家的火已熄灭，于是赶着"一只眼"的牦牛，绕道朝头人的家走去。

火熄灭后，头人赶回青海湖边，狠狠踢了牛皮口袋一脚，正好踢在"一只眼"的腰眼上，"一只眼"疼得冷汗直冒，却不敢吭一声。

头人念了咒经后，命令兵丁将牛皮口袋丢入湖里喂鱼。等头人回到家里，竟看到曲林在大堂上"恭候"。头人以为自己眼睛看花了，连忙揉揉眼睛，再睁眼一看，只见曲林朝他合十施礼。他以为自己在梦境里，连忙拔下一根胡须，感到疼痛，同时又听到曲林的声音。

"尊贵的头人，您是光明的太阳，给曲林送来了温暖和吉祥，您送我到龙宫里做客，龙王高兴万分，特赐给我许多钱财，使我一下子发了财。"曲林说毕，领头人到院子里将牦牛驮的毡子口袋卸下，搬出财物，满满摆了一院子。

"啊啧啧！"头人情不自禁叫起来，他被琳琅满目的财物弄花了眼。"曲林，俗话说：'草最知道木的性格，鱼最知道水的脾气。'你最知道我的为人，看在佛祖的份上，让我也分享一下这些财物。"

"头人，您的恩泽就像草尖上刮来的风，没有吹不到的地方。我的这些财物都是因为您的恩泽才得到的，您想要什么，就尽管拿去。"

头人一听曲林这样说，顿时高兴得手舞足蹈，恨不得立刻将全部财物都搬进自己的仓库。

"尊敬的头人，不过，吃嚼羊脆骨没味道。若是您亲自到龙宫做客，龙王一定感到十分荣幸。他老人家一高兴，必定送您更多的宝物。这样，您就变成草原上最富的人了！"

头人欢呼起来，立即跃上了马背，带领曲林和随从飞驰到湖边。

曲林打开一个牛皮口袋，头人念了玛尼真经后，钻入袋内，曲林将牛皮口袋扎紧抛入湖里后，抑制不住内心的激情，"哈哈哈哈……"一连串的笑声落地。他唱起了垄谐，策马奔回帐篷。

曲林的媳妇听到歌声，高兴地奔出帐篷，伸开双臂，热情地迎接聪明机智的丈夫。

朗昂生儿

有个地主，十分吝啬，家里虽然有不少朗昂[1]，却舍不得借给穷人炒青稞，因为生怕朗昂被炒薄了。

顿巴是个正直、聪明的小伙子，想出一条妙法，惩治一下这个吝啬鬼。有一天，他到地主家里，恭恭敬敬地献上哈达，向地主借朗昂。

地主一口拒绝。

"可惜呀，放着金山不睡，翅膀怎能变成金呢[2]？"顿巴叹了一口气，走出地主家门。

地主追出门，问道："顿巴，你说翅膀怎能变成金？"

"老爷，"顿巴弯腰吐舌，"您借给我朗昂，我会报答的。"

"怎样报答？"

"借一还一。"

地主一算，值得！于是将大腿一拍，这笔交易就谈妥了。

过了两天，顿巴还朗昂时，果然拎了一口小朗昂。地主惊奇地问：

"顿巴，你炒什么东西？一个炒出两个？"

"老爷，"顿巴回答，"这朗昂能生儿子。"

地主诧异极了："为什么我用朗昂时，它不生儿？"

顿巴恭敬地说："我是有福气的人，菩萨保佑我，凡我用过的朗昂，就会生儿子。"

---

[1] 朗昂，藏语，意为炒青稞的小铁锅。
[2] 此句是从藏谚"谁要枕着金山睡，他的翅膀变成金"衍化而来。

"啊啧啧！"地主羡慕极了。

过了几日，顿巴又来借朗昂。地主十分爽快地借了一口大朗昂给他，指望着生一个大儿子。

翌日，顿巴果然又拎来一个中等朗昂。地主乐得眼睛眯成了一条缝。

"老爷，过些时候，我还要借朗昂。"临走时，顿巴丢下这句话。

地主听了像喝了蜜糖一样，连忙和老婆一合计，决定造一口金朗昂借给顿巴。

金朗昂造好后，地主天天在门口，伸长了脖子张望。半个月后，他终于盼来了顿巴。

顿巴回到家，便用斧头将金朗昂砸成一小块一小块的，分给了穷苦的乡亲。

第二天，顿巴跑到地主家报丧："老爷，真是不幸，您的朗昂死了。"

"什么？"地主震惊得跳起来，连火红的狐皮帽子也从头上掉下来，"我还从来没听说过朗昂会死！"

"哎哟，老爷，您难道还不清楚，凡是能生儿子的东西，都不是有生有死吗？如老爷家里的牛、羊、马，如老爷的阿爸、阿妈。"

地主气得脸上的赘肉直打哆嗦，却一句话也说不出来，眼睁睁地看着顿巴走出家门。

贪财者

有一个人，只有一种嗜好，就是贪财。他一心朝钱眼里钻，只认钱，不认人。久而久之，除了影子以外没有一个朋友，除了鞭子之外没有一个亲戚。连老婆，他也不要了，因为多一个人，就多一份开销。但有一个傻儿子，他推不脱，只好留在身边。

有一天，贪财者带着傻儿子出外做买卖。傻儿子贪玩，老是掉在后面。他走到一个山沟里，突然从山上蹿出一个斑斓吊睛大老虎来，吓得他屁滚尿流，搂着钱袋子，钻进一个大石缝里。

老虎扑上去，前爪伸在贪财者的胸前。他吓得魂飞魄散，一阵乱喊："救命啊，救命啊！"

傻儿子听到老子的呼救声，扔下了行李，操起斧头赶来，举起斧头就朝老虎的额头砍去。

"别砍，别砍！"贪财者急忙阻止，"老虎皮值钱，拿到集市上可以卖个好价钱。"傻儿子放下斧头，顺手操起一根木棍朝老虎打去。

贪财者连忙说："不要打，不要打，赶快用绳子将老虎捆起来！活的比死的更值钱。"

傻儿子扔下了木棍，跑回去解开行李的绳子，赶回山沟，只见贪财者的脑袋已被老虎咬开，胸也被撕成了两半，石缝里淌着一摊血。

傻儿子心中没谱了，愣愣地望着老子，心想："老虎不见了，阿爸也死了，拿什么到集市上去呢？"想了一会儿，自言自语地说："死的总比没有的强。"于是他用牦牛绳将老子残缺的身体捆起来，拖向集市。

赔银失马

牧人拉章牧养了一匹宝驹，日行千里，夜行八百。头人措里布心里痒痒的，仗着权势，用三百两银子硬要拉章将马卖给他。

这不是勒索吗？拉章虽然舍不得宝驹，但不敢得罪头人，只好收下了三百两银子。

措里布将马牵回马厩后，十分后悔，觉得这三百两银子花得太不值得了，于是眼珠儿一转，转出了一个坏主意。

当夜幕笼罩牧圈时，头人率领一群兵丁将拉章的帐篷围得严严实实的。他们闯入帐篷，像鹞鹰逮鸽子一样，将睡梦中的拉章抓起来，把帐篷里里外外搜查一遍，却没发现银子。

"拉章，你要财还是要命！"头人将刀架在拉章的脖子上。

"尊贵的头人，我犯了什么罪？"

"我是头人，草原上的一切都属于我，连草也是我的，所以你赶快将三百两银子交出来。"

"哟，仁慈的头人，原来是这回事，您只要吩咐一声，何必兴师动众？"

"你这小子倒还乖巧，赶快交出银子。"

"头人，银子不在我这儿，在您的马厩里。"

"什么！"头人惊诧地将眼珠儿鼓得圆圆的，问道，"怎么跑到我的马厩里了？"

"事情是这样的。"拉章吐舌垂手，装出十分恭敬的样子，说道，"头人，我的马是靠吃银子长大的。我和它分手时，想到它跟我一年多，帮了我不少的忙，心里怪难受的，于是将您的三百两银子全喂给它，希望它长得更壮实。"

头人大惊，暗中叫苦："这真是遇到下弦月 —— 晦气。这匹马破费我三百两银子不说，每天还得喂它银子，我的银子就是堆成须弥山高，天长日久也要被它吃光的。"想到这里，打定主意，下令：

"拉章，你赶快到我的马厩里，将你的宝驹牵走！"

"头人，这不是为难我吗？我哪有银子喂它呢？"拉章装出痛苦的样子。

"少说废话，你不照我的话去做，小心鞭子！"头人高高扬起了马鞭。

"亚亚[1]！"拉章一溜烟地跑出帐篷，在夜色中，拼命捂着脸，尽量不让笑声被头人听见。原来，他卖马后，就琢磨着头人会翻悔，便将银子藏起来，想出这条妙计奚落头人。

拉章跑到头人家时，太阳的灿烂光辉照亮了草原。他跑进马厩，解开缰绳，一跃上马，迎着太阳，唱着牧歌，奔向草原。

---

[1] 亚亚，藏语，即"是"的意思。

法官断案

从前，有一个法官，主持公道，执法严明，无论怎样离奇、蹊跷的案件，到他那儿，准能得到公断。因此他断的案子就成了故事，一代一代流传下来。

箱子说话

有一天，法官在称康[1]坐堂时，一对老夫妇和一个充本吵吵嚷嚷进入大堂。

充本气呼呼地说："法官大人，我是一个本分的经商人，住在这对老夫妇开的客店里。我怕遇上小偷，便将随身带的五枚金币，藏在青稞袋里。没想到，这对老人见财眼开，趁我外出做生意的时候，偷走了金币，请大人公断。"

老头子大声说："法官大人，常言道，无商不奸。这个刁滑的充本，将一袋青稞放在客店，设下陷阱，反诬好人。这种诬告的劣行，应该受到法律的惩罚！"

法官望了一眼充本，充本眼睛里注满了冤屈和愤怒。他看了一眼老夫妇，老夫妇脸上充满了诚恳和期待。这下法官可犯了愁：究竟谁在说谎？他想了想，气愤地说：

---

[1]　称康，藏语，类似法院的机构。

"你们争来争去，各说各的理，我也无法判断，只好惩罚你们双方，这样可能公平一些。"说完低头向一位差役交代了几句。

这位差役点头称是，退入后堂，过了一会儿，让人抬出两口大箱子。

法官指着一口箱子，叫充本背上，沿着郊外的神山从左至右绕一圈。然后，指着另一口箱子，叫老夫妇抬上，沿着神山从右至左绕一圈。

充本二话没说，背起箱子，"呼哧、呼哧"地向神山走去。走到半路，满头大汗，放下箱子，坐在上面，自言自语地说：

"常言道：'宝贝拿在自己手中时，要不把它抓住，一旦到了别人手，那时才觉得后悔。'只怪自己没多安几个心眼，吃了店主亏，真是不吉利。"说完，背上箱子继续赶路。

那对老夫妇听毕法官的发落，哭丧着脸，紧锁着眉头，用一根大棍子，"哎哟，哎哟"地向神山走去。走到半路，他们吵起来。老太婆气得将棍子摔在地上，埋怨道：

"老不死的，都是你的贪心，害得我遭这份罪！"

"哎呀，老太婆，你的忘性真大，青稞里藏有金币，还是你告诉我的。"老头子宽慰老太婆，"你就忍着点吧，将箱子抬回去，金币不就成了我们的，那时你乐得嘴都合不拢啊！"

老太婆听老头子这么一讲，气就消了，拾起大棍子，和老头子抬起箱子绕了一圈，正好和充本一起回到称康。

法官问道："你们绕了神山一圈，希望你们对山神发誓，说出真情。"

充本发重誓，说自己讲的全是实话。

老夫妇对天合十，赌咒说若有半句谎言，要山神惩罚。

法官笑了笑，不紧不慢地说："好吧，那就让箱子开口吧。"他命令差役打开箱子，从箱子里各走出一个小伙子。

老夫妇顿时脸吓得煞白，两腿一软，瘫倒在地上，连连朝法官磕头，

交出了五枚金币，并请求宽恕。

自作自受

从前有一对一胖一瘦的朋友。胖子傻乎乎的缺一个心眼，瘦子机灵灵的又多了一个心眼。

胖子有一个家传宝瓶，是个无价之宝。有一天，瘦子打起宝瓶的主意来了。他跑到胖子家里，说道：

"兄弟，你想发财吗？"

"发财是美事，怎能不想呢？"胖子乐呵呵地回答。

"你不是有一个传家宝吗？我发现了一棵神树，只要将宝瓶埋在树下，一个可变两个。"

胖子一琢磨，觉得这真是发财之道，于是和瘦子一起将宝瓶埋在一棵大树下。

晚上，瘦子悄悄地挖走了宝瓶。这棵大树有个洞，瘦子请阿爸帮忙，把宝瓶藏进洞里。

第二天，他和胖子一起去取宝瓶，挖了半天，当然是一无所获。

胖子起了疑心，说道："朋友，'火要空心，人要实心'。你可不要蒙我。"

瘦子指天发誓："这是棵神树，我们对它祈祷，神树一定会显灵，告诉我们宝瓶的去处。"

胖子一想瘦子的话有道理，于是搬来柏枝，在树前煨桑，与瘦子一起，虔诚朝大树顶礼膜拜。

神树果然开了口："宝瓶是天界之物，已回到天界。"

胖子一下子傻了眼，闷闷不乐回到家里睡了一天。第二天，他上街，听说法官善解人意，断案分明，于是跑进称康，将这事从头到尾讲给法官听。

法官通知瘦子，第二天再与胖子一道到神树前祈祷。

瘦子没法子，只好在半夜里，又悄悄将阿爸送进树洞里，准备故伎重演。

第二天，法官和胖子、瘦子一起来到大树旁，一切都与上次一模一样，没什么变化。

事后，胖子和瘦子望着法官，等待法官的判词。法官沉吟了一下，命令役夫搬来柴火，堆在树根前点燃，顿时浓烟滚滚。

瘦子的阿爸被烟熏得受不了，只好爬出了树洞。这下真相大白了。

法官命令杖打瘦子的阿爸二十下，将瘦子关入大牢，宝瓶归还原主。

胖子欢天喜地抱着宝瓶奔回家去。

刀声赔肉味

仁青和龙举是邻居，但彼此的身份却有天壤之别。仁青是售抓羊肉的老板，龙举则是娃子。

龙举经常挨饿，每当路过仁青的店铺时，都要停下来，嗅嗅羊肉味。

有一天，仁青脑袋里钻出了一个坏主意。他趁龙举嗅羊肉味的当口，一把将龙举抓住，气势汹汹地说：

"你这个贪嘴的娃子，每天跑到我的店铺吃肉味，害得我的肉都没有香味，你得赔我十两银子。"

"老板，你还是积点德吧，肉味怎能吃！"龙举十分气愤地说。

"'聪明的羊羔跟着老羊的脚步。'你这个黑脑壳的牲畜，聪明的话，乖乖交出银子，否则要你吃官司。"

龙举气得肚里冒火，口里吐烟，和仁青一起到称康，请法官断理。

法官听罢双方的申诉，向龙举要腰刀。龙举将腰刀给法官。法官拔出腰刀，故意看了半天锋利的刀刃，然后唰地一下扔到地上，问道：

"仁青，刀声好听吗？"

仁青不知法官葫芦里卖的什么药，看了一眼雪亮的腰刀，低声地说：

"法官大人，腰刀是凶器，刀声难听。"

"这刀的声音，本来是好听的，经你这样一说，变得不好听了。你要赔龙举十两银子。"法官说。

"法官大人，哪有赔刀声的理？"

"那么，天下哪有赔肉味的理呢？"

仁青脸红得像羊肝，在一片嘲笑声中，狼狈地跑出称康，躲回家，几天不敢开张。

公鸡下蛋

一天，一个财主和一个穷汉来到称康。财主参礼后，说：

"大人，借债还钱，是不是天经地义？"

法官点点头。

财主指着穷汉说："春天，他贷一头牛，秋收后，却拒纳利息，请大人明断。"

法官望着穷汉，问道："财主说得句句在理，你为何拒缴纳利息？"

穷汉哭丧着脸："大人，财主硬要规定，用酥油抵利息，若用他物抵利息，利息就要加倍。但是财主借贷的是一条公犏牛[1]，怎能挤出奶呢？"

---

[1] 犏牛，牦牛和黄牛交配后生的杂种牛。

法官听后，问财主："你有公鸡吗？"

"我有成群的公鸡。"

"公鸡下蛋吗？"

财主笑起来："大人真会说笑话，公鸡怎能下蛋？"

法官将脸一沉："公鸡既然不能下蛋，公犏牛怎能挤出奶来！"

财主被问得哑口无言，只好取消了这一条盘剥穷人的规定。

琥珀佛珠的主人

有一个充本，十分贪心，一天到晚，琢磨着发财，想得多了，便干起诈骗的勾当。

有一天，他家来了一位客人。客人有一串琥珀佛珠，充本看得眼馋，便向客人提出借戴佛珠一日。

客人十分爽快地摘下琥珀佛珠，递给了充本。第二天，他到充本家取佛珠时，充本竖起剑眉，瞪起小眼，叫起来：

"'乌鸦终归是乌鸦，岂能充当孔雀。'这琥珀佛珠分明是我的，怎能给你呢？"

"充本你不要忘记了老人的话：'偷来的赃物像火中肉，火中抓肉结果烧了自己的手。'你赶快把琥珀佛珠还给我，否则我与你没完！"客人气愤地说。

充本当然不会交出佛珠，于是两个人拉拉扯扯进了称康。

法官听了客人和充本的申诉后，要过佛珠，仔细看了看，往地上一扔，说道：

"你们争吵什么，这佛珠是石子串成的，不值分文！"

充本一听这话，拍拍屁股就离开了称康，客人忙从地上捡起佛珠，十分虔诚地挂在胸前。

　　法官知道佛珠的主人后，叫回了充本，下令杖打二十，以惩罚他的诈骗罪行。

橘子姑娘

在雪域高原上，至今还流传着这样一首歌谣：

> 要摘天上的星星，
> 需要彩云的翅膀，
> 要找橘子姑娘，
> 需要金子的心肠。

据说橘子姑娘是一个仙女，长得十分美丽，脸如皎洁的月亮，明眸如晶亮的星星，身段如细软的柳枝，心如洁白的哈达。谁要是得到橘子姑娘，谁就得到了幸福。

但是，没有一个人知道橘子姑娘的住处，当然也就没有一个人见过橘子姑娘。

有一个王子，决心寻找幸福。在王宫门前，有一口清甜的水井，每天都有许多人来打水，这儿很自然就成了一个打听消息的地方。小王子每天从清晨，直到太阳落山，都在水井旁，一边帮助人们打水，一边打听橘子姑娘的消息。

整整七七四十九天，他的手因拉牦牛绳而长出了一层厚茧，仍没有打听到橘子姑娘的住处。

王子不灰心，又过了七七四十九天，仍然一点消息也没有。

第五十天，来了一位老太婆，头发白得像海螺，穿着破氆氇的长袍，

抱着一个水罐。她走到王子身边，手一松，水罐掉在地上，摔成了几块。

老太婆拉住王子，硬要他赔。

王子心里窝着一团火，觉得这老太婆胡搅蛮缠，分明是自己不小心摔破了水罐，怎么要别人赔呢？他正欲发火，但看到老太婆干瘪的嘴，连珍珠大的牙齿也没有一颗，顿时生出无限的同情。他从怀里掏出一枚金币送给老太婆，并从唐古取出一些糌粑，给老太婆吃。

老太婆接过金币和糌粑，感谢地说："愿菩萨保佑您。听说您就是成天打听橘子姑娘的王子吧？"

"是。"王子急忙朝老太婆施礼，"莫拉，您知道橘子姑娘的住地吗？"

"知道是知道，可是没有一个人能找到她。"老太婆说。

"如果她在天界，我要造一个天梯爬上去；如果她在龙宫，我也敢下海！"王子发誓。

老太婆笑了笑："俗话说：'哈达并非要长，只要洁白就行。''莫说兔子腿短，能翻重重高山。'我看您人小却有志气，就告诉您吧。橘子姑娘不在天界，也不在龙宫，在很远很远的东方，有一个橘子园，那儿就是姑娘的家。但要走到橘子园，比登须弥山还难，即使找到了，也会走失方向，永远回不来。"

"莫拉，谢谢您的指点。不越高山，到不了平地。我的决心不是写在水上，而是用金刚石刻在岩石上。"

"王子，请记住，只有心像奶汁一样洁白，品德像圣者一样高尚，才能找到橘子姑娘。"说完，老太婆不见了，半空中出现了一朵舍尔洛花[1]状的云朵，云朵中站着白拉姆女神[2]。

---

[1] 舍尔洛花，草原上一种美丽的野花。
[2] 白拉姆女神，传说中的吉祥女神。

王子顿时醒悟过来，是慈祥的白拉姆女神变幻成老太婆考验自己，连忙朝云朵三拜九叩，更坚定去寻找橘子姑娘的决心。

王子立即回宫，备好了出门的必要物品，告别了国王，踏上了漫漫的旅途。

一天，王子翻越一座雪山时，看到一只狮子因雪崩而被困在雪地里。他急忙抛出牦牛绳将狮子解救出来。

狮子感谢地说："救命恩人，你上哪儿？"

"我去找橘子姑娘。"

"听说那儿路途遥远，要翻许多高山，请带上我，我可以帮助你。"

王子欢天喜地，带上狮子往前赶路。一天，他们走到一条河边，看到一条蛇受了重伤，奄奄一息。王子急忙挖了一些草药，敷在蛇的伤口上，蛇慢慢缓过气来。王子又喂它羊奶，蛇顿时恢复了元气。

蛇感激地说："救命恩人，你上哪儿？"

"我去找橘子姑娘。"

"听说那儿路途遥远，要渡许多大河，请带上我，我可以帮助你。"

王子喜形于色，带上蛇往前赶路。一路上，遇到大山时，王子就跃上狮背。狮子一声吼叫，奔跑起来，一闪眼就翻越过去。遇到大河时，王子就跨在蛇身上。蛇一扭身子，一晃眼就渡过去了。

有一天，王子看到一位老叟倒在路旁，他连忙走上前询问，原来老叟有几天没吃饭了。

王子解开唐古，发现仅有一天的口粮。他犯了愁：若给老叟，自己就要挨饿，往后的路该怎样走呢？但又不能眼睁睁看到老叟饿死呵，还是救人要紧！于是王子不再犹豫，掏出糌粑给了老叟。

老叟吃完糌粑，咂咂嘴，问道："救命恩人，你上哪儿？"

"我去找橘子姑娘。"

老叟摇摇头，说："你还是回去吧，我在这里住了一百多年了，见过不少人去橘子园，却没见一个人回来。我看你年纪轻轻的，何必去找死哩。"

"波拉，我已发过誓，就是十八层地狱，也要去！"

老叟见王子的决心如花岗岩般坚硬，便从怀里掏出一个羊毛线团，叮嘱王子进入橘子园后，一边走，一边扔线团，等到找到橘子姑娘，便沿着羊毛线走出园子。

王子千恩万谢，辞别老叟，又翻了九座大山，渡过了九条大河，走过了九个坝子，来到一条峡谷。

峡高山高谷深，河流倾珠泻银，湍急奔流。两岸覆盖着郁郁葱葱的橘树林，树枝上缀满了金黄色的橘子。

"橘子园！"王子惊呼起来，连忙扔出羊毛线团，跑进了橘树林。他仿佛进入一个用翡翠和琥珀装扮的美丽花园。一片片翠绿的叶子如翡翠，一个个沉甸甸的橘子如琥珀。翡翠和琥珀交相辉映，飞金流彩，将小王子的眼睛都看花了。

"橘子姑娘，你在哪儿？"王子喊起来。

"橘子姑娘，你在哪儿？"满山谷除了回声外，便是涛声和树叶声。

王子面对眼前看也看不完的"翡翠"，数也数不清的"琥珀"，不知如何是好，发起愣来。

"橘子姑娘爱唱歌，橘子姑娘爱唱歌。"一阵风过，送来了白拉姆女神的声音。

王子亮开了嗓子，唱起雄浑的歌：

　　　百颗星斗中间，

　　　要数金星最耀眼；

　　　百个姑娘中间，

要数橘子姑娘最善良。

百座雪山中间，

要数须弥山最雄伟；

百个姑娘中间，

要数橘子姑娘最美丽。

百个草原中间，

要数藏北草原最辽阔；

百个姑娘中间，

要数橘子姑娘最令我思恋。

　　歌声在林间缭绕，久久不散。过了一会儿，树林深处响起了清脆而又
甜美的歌声：

橘子姑娘是洁白的雪峰，

矗立在高山之巅；

谁是雄壮的雪狮，

绕着雪峰转行？

橘子姑娘是辽阔的海子，

掀起层层涟漪；

谁是忠实的天鹅，

在海子里浮游？

> 橘子姑娘是广袤的草原，
>
> 铺绒展翠如藏毯；
>
> 谁是骏逸的奔马，
>
> 驰骋在草原上？

"我是雪狮、天鹅、骏马！"王子情不自禁喊起来。他循着歌声，来到一棵很高很高的橘子树下，抬头一望，树尖上吊着一只很大很大的橘子。歌声就是从这只大橘子里传出来的。

王子伸展双臂，唱道：

> 美丽的橘子姑娘，
>
> 住在高高的树梢，
>
> 姑娘啊，如果你有意，
>
> 请落进我的怀抱。

歌声刚停，橘子就轻轻飘落下来，落进王子的怀里。王子心潮激荡，怀抱着橘子，沿着羊毛线跑出了橘子园。

王子在狮子和蛇的帮助下，归途像射出去的箭，森林、江河、高山、平原一晃眼就穿过去，很快看到了王宫。他告别了狮子、蛇，就像一只欢快的小鹿，蹦蹦跳跳进了王宫。

"父王，我要娶橘子姑娘。"王子朝国王请求道。

国王看着王子怀里的橘子，笑起来："儿呀，你在外面玩糊涂了吧，你怀中的是橘子，不是人。"

王子双手捧出金晃晃的橘子，小心翼翼把橘子剥开。当他剥完最后一瓣橘皮时，突然，金光四射，在金光中出现了一位亭亭玉立的美丽姑娘。

姑娘头戴晶莹碧绿的宝石，身穿金线织成的藏袍；脸蛋白里透红，像橘瓣一样鲜艳欲滴；身段窈窕，像橘枝一般轻柔；走起路来，像橘叶一样轻盈。她款款向前，朝国王参拜。

国王欣喜若狂，一手牵着王子，一手牵着橘子姑娘，连连点头。

国王亲自择定吉日，为他们举行了盛大的婚宴。婚后，他们互敬互爱，过着幸福甜美的生活。一年后，他们又添贵子。国王喜得常从梦里笑醒。

但是，正如俗话说的那样："高山顶上风暴多，宫廷里面凶险多。"一场灾难落在他们的头上。

有一天，王子和橘子姑娘到湖畔踏青。他们看到碧绿的湖水，沐浴着和煦的春风，心旷神怡。王子愉悦地唱起了歌，橘子姑娘水袖飘拂，跳起了舞。

歌声和舞步声惊动了湖妖。它看到王子和橘子姑娘相亲相爱，非常嫉妒，发誓要从橘子姑娘手中夺走小王子。

湖妖摇身一变，变成一个女仆，侍候在王子和橘子姑娘的身边。

王子玩累了，在湖边草地上临时搭起的帐篷里睡觉。橘子姑娘兴致很浓地在湖边赏景。

湖妖走上前，说道："后妃，人人都说您美丽，其实是衣服漂亮，若后妃脱下这身华贵的衣服，就像孔雀失去了翎羽，还不如奴婢。"

橘子姑娘看了一眼湖妖，觉得她奇丑无比，于是与湖妖换了衣服，双双站在湖边。湖水映出了两个人影。橘子姑娘虽穿着朴素的衣服，仍衬出她皎洁的面庞。湖妖虽穿上华贵的服饰，却遮不住她丑陋的面容。

湖妖越看越气，趁橘子姑娘不注意，一把将她推入湖中。

湖妖施出魔法，一转头，脸变得与橘子姑娘一模一样。

王子醒来后，与"橘子姑娘"一道返回王宫。自这以后，王子觉得"橘子姑娘"简直变成了另一个人。尽管"橘子姑娘"仍然那样妖媚动人，并大献殷勤，尽力博取王子的欢心。但王子觉得她没有以往的温情和善良，特别是对自己亲生的骨肉，变得残暴和冷酷。

王子心里结下了一个疙瘩，老是解不开。从此，他闷闷不乐，郁郁寡欢。

过了几日，一个牧羊人进宫报告："尊贵的殿下，请允许我报告一个吉兆。我在湖边放牧时，突然发现碧波荡漾的湖中，生长出一朵奇异的金花，散发出淡淡的芬芳。更有趣的是，花蕊里飘出一种声音，仔细一听，是殿下的名字。"

王子十分惊异，连忙和牧羊人赶到湖边。"啊，这不是橘子花吗？"王子驾着牛皮船，将金花捞起，供在佛堂里。

每天早晨、中午、傍晚，王子都要到佛堂，陪伴着金花。当他听到金花呼唤自己的名字时，觉得像橘子姑娘的声音，不由得想起与橘子姑娘在一起度过的美好日子，热泪夺眶而出。

湖妖听说这件事，恨得咬牙切齿。一天深夜，它悄悄溜进佛堂，将金花揉得粉碎，撒在林卡中。

过了几日，林卡的花匠跑到王子跟前报告："尊贵的殿下，请允许我报告一个吉兆。林卡里长出一棵神奇的树，树叶像翡翠，结的果子像琥珀。"

王子十分惊诧，急忙和花匠赶到林卡。"啊，这不是橘子树吗？"他摘下一个橘子请花匠吃。

"尊贵的殿下，这东西真好吃，比蜜糖还甜，比羊羔肉还香。"花匠说。

王子看到橘子，产生了无限的伤感。他下令将橘子摘下来，布施给全国的僧俗百姓。

山里一位老太婆领到了一个橘子，舍不得吃，带回家，供在神龛上，每天诵经祈祷。

有一天，老太婆到牧场挤奶，天黑回家，发现屋子被打扫得干干净净，酥油茶打得浓浓的，羊肉煮得香香的。她以为是邻居做的好事，吃完饭后，到左邻右舍去道谢，可没有一户承认这件事。

老太婆感到这事顶蹊跷。第二天，她出门后，在山上转了一圈，悄悄回家，朝门缝里一瞧，见橘子里走出一位美丽的姑娘，卷起袖子就干起活来。

老太婆一阵风地跑进去，抱住姑娘说："好心的姑娘，你是谁？为什么要躲进橘子里？"

姑娘悲恸地哭起来。过了一会儿，她强忍着眼泪，讲出了自己遇害的经过。

老太婆十分同情橘子姑娘的悲惨遭遇，便收留下橘子姑娘。从此，她们两个相依为命，过着清贫和睦的生活。

再说王子越来越苦闷，一天，披上铠甲，提上金弓，骑射游猎以解闷。他追赶一只猎物时，迷失了方向。在山上转了半天，来到了老太婆的屋前，突然，他听到了一个十分熟悉的歌声。

> 橘子姑娘是洁白的雪峰，
> 矗立在高山之巅；
> 谁是雄壮的雪狮，
> 绕着雪峰转行？
> …………

"这不是橘子姑娘的歌声吗？"王子惊异极了，闯进屋去，只见橘子姑娘正在织氆氇。他大惑不解："后妃，你怎么在这儿？为何这身打扮？"

橘子姑娘泪如泉涌，扑进王子的怀中，将事情的经过原原本本叙述了一遍。

王子心中受到了强烈的震动，发誓要除掉湖妖。他急速返回王宫，"橘子姑娘"却失踪了。

"启禀殿下，后妃带着王孙朝湖边去了。"一位侍卫报告。

王子立即策马向湖边奔去。

湖妖将王孙骗到湖边，凶狠地正想把王孙推向湖中，正当这千钧一发之际，王子飞马赶到，弯起金弓，嗖地一箭射中湖妖的肩胛。

湖妖丢下了王孙，跳进湖里，企图逃生。

王子从马上跃入湖中，一把抓住湖妖的头发，将它拖上了岸。

湖妖瑟缩一团，磕头作揖，不停地求饶：

"如红日东升的殿下，您的宽阔胸膛能够驰骋战马，望祈开恩，饶我一命吧。"

"呸！"王子怒睁双目，"豺狼有时也会悲鸣，那是被猎人的绳索套住。你的心比蝎子还狠毒，不能宽恕你。"王子拔出宝剑，一剑刺进了湖妖的心窝。

王子抱起王孙，来到老太婆的家，接回了橘子姑娘。后来王子做了国王，橘子姑娘辅佐王子，使国家繁荣富强，变成乐园。

嘎玛明珠的传说

嘎玛明珠是天上的一个星座，汉族同胞叫它为参星。

每当嘎玛明珠出现在夜空时，汤东弟子[1]就戴上假面具，悬挂上唐卡[2]，拨弄六弦琴，演唱起有关它的动人传说。

从前，帝释天王[3]命令一个天神，去捉拿一个作恶多端的女妖。女妖闻讯后逃得无影无踪。天神走遍天涯海角也没捉拿到。帝释天王很生气，便将他惩罚到地界，投胎到一个穷苦的牧民家，便是后来的玛桑雅儒卡查。

玛桑雅儒卡查生下来时长着牛头人身，还带有一条尾巴。家里人脸上充满了恐惧，认为是生下了灾难。大家都嫌弃他，唯独生育他的老阿妈疼爱他，对他处处加以照顾。

时间像箭一样快，一晃眼，玛桑雅儒卡查长成了少年。老阿妈拿出一把腰刀，一张弓，流着泪对他说：

"儿呀，你是阿妈的心头肉，可是家里人却容不下你，你还是自己去闯天下吧。"

"阿妈，"玛桑雅儒卡查呜咽起来，"我走了，将来一定要报答您的养育之恩。"他将刀别在腰间，将弓背在肩上，一步一回头，恋恋不舍地离开了家。

他走到了藏北羌塘大荒原，碰上了三个流浪汉，凑在了一起，四个人

---

1 汤东弟子，藏族人民对艺人的称呼，相当于汉语的"梨园弟子"。
2 唐卡，一种绘有神佛等连环图像的卷轴画。
3 帝释天王，传说天界中的统治者，相当于汉族的"玉皇大帝"。

越谈越开心，越谈越投机。玛桑雅儒卡查对他们说：

"一根牦牛绳拉不起帐篷；一根链条三个环，紧连着。咱们结成一伙儿，就能搬动大山。"

"亚，亚，亚！"三个流浪汉连连点头。他们四个人对天盟誓，结交成了志同道合的朋友。

玛桑雅儒卡查心想："对朋友要患难与共，赤诚相待，他们三人饿得脖子细长，我去为他们弄点吃的，也算是尽到朋友的责任。"他跑进了深山，遇上了一只老虎。

老虎以为自己碰上的是一条牛犊，张牙舞爪猛扑过来。

玛桑雅儒卡查一闪身，躲过了老虎的利爪，顺势抓住老虎的尾巴，像抛小鸡一样，将老虎抛上了天。待老虎落到地面时，已经奄奄一息了。

玛桑雅儒卡查背着老虎，来到朋友们身边。

三个流浪汉见状，个个吓得伸出了舌头，半天缩不回去。"牛头朋友，你真了不起，我们托你的福。"说完，他们一起动手剥去老虎皮，将虎肉放在篝火上烤熟，大家一同美美地饱餐了一顿。

第二天，玛桑雅儒卡查提出建议："朋友们，我们老是与星星做伴，不是个办法。百鸟到晚上还要归窝，咱们也动手造一栋房子吧。"

"亚，亚，亚！"三个流浪汉将头点得像两面鼓，却没有一个人站起身动手。

玛桑雅儒卡查憨厚地笑一笑，二话没说，跑到森林里，一手拔起一棵参天的大树，背回了草原。

三个流浪汉惊得半晌说不出话来。"牛头兄弟，你真是好样的，我们托你的福。"说完，他们卷起袖子，锯木的锯木，搭架子的搭架子，很快地便造起了一栋木房子。

从此，他们有了家。每天，玛桑雅儒卡查出去打猎，三个流浪汉轮流在家做饭，不做饭的就随玛桑雅儒卡查外出背猎物。他们的日子过得像春天里的邦锦梅朵，一天红似一天。

有一天，玛桑雅儒卡查等三人打猎归来，突然发现在家做饭的流浪汉被捆在房柱子上。他们连忙解开绳子，问起事情的缘由。

"朋友们，我遇上了一件可怕的事情。"那位流浪汉哆哆嗦嗦讲述在屋里发生的事情。

那个流浪汉刚将饭做好，忽然来了一位老太婆，站在门口说：

"好心的人，请把你熬的茶舀一碗给我喝吧。"

流浪汉舀一碗茶递给老太婆，老太婆一口气喝下肚去。她闻到了肉香，又说：

"善心的人，请把你烧的肉给我一坨吃吧。"

流浪汉从锅里捞起一坨肉给老太婆，老太婆连吞带咽吃下肚去。

"玛桑雅儒卡查在家吗？"

"莫拉，他打猎去了。"

老太婆突然变了脸，一把将流浪汉抓起来，捆在柱子上，说道：

"幸亏你给我喝了茶，吃了肉，我看在这点情分上，饶了你，告诉玛桑雅儒卡查，我要找他算账。"

玛桑雅儒卡查十分纳闷，左思右想，怎么也想不起他在什么地方得罪了一个老太婆。

第二天，他叫三个流浪汉出外打猎，自己留在家探个究竟。

当他将饭做好后，同样见到一个老太婆站在门口。

"好心的人，请把你熬的茶舀一碗给我喝吧。"

玛桑雅儒卡查特意将茶里多加一点酥油和奶汁，恭敬地双手献给老太婆。

老太婆不客气地一口将茶喝下。

"善心的人，请把你烧的肉给我一坨吃吧。"

玛桑雅儒卡查将山羊头端出来，说道："莫拉，您是长辈，应该吃山羊脑袋。"

老太婆也不搭理，用劲啃起山羊头。

"玛桑雅儒卡查在家吗？"老太婆啃完山羊头，往袖口上擦了擦油手，问道。

"莫拉，你找他有什么事？"

"我找他算账。"

"他欠你的钱，还是欠你的情？"

"你是谁？"老太婆不耐烦地问。

"我就是玛桑雅儒卡查。"

老太婆一听，马上端详，认准玛桑雅儒卡查，然后从鼻孔里发出几声冷笑，一摇身，恢复了本来面目。原来它正是当初玛桑雅儒卡查追捕的女妖。女妖将他掳住，一阵风一样将他卷进一个山洞。

玛桑雅儒卡查早有准备，沿途撒下青稞穗粒。

女妖用一根牦牛绳将玛桑雅儒卡查捆得严严实实的。她嚷道：

"玛桑雅儒卡查，我要你死得明白，你原是天神，奉帝释天王命来捉拿我，所以有你就没有我，有我就没有你！"

玛桑雅儒卡查一听到此话，顿时感到自己身体产生了神力。原来帝释天王有旨意，玛桑雅儒卡查找到女妖时，就由凡人恢复天神。他连忙运足神力，奋力挣扎，企图将牦牛绳挣断。没料到，这根牦牛绳不是普通的绳子，而是被女妖施上了魔法，它会随玛桑雅儒卡查的身体而变化，所以不管玛桑雅儒卡查怎样挣扎，牦牛绳总是紧紧地捆在他的身上。

"哈哈……"女妖发出狂笑，一步一步逼近玛桑雅儒卡查。

玛桑雅儒卡查连忙念解魔法经，再一用劲，便将牦牛绳挣断成几段。

他一个箭步飞快骑在女妖的背上，张开五指，猛地朝女妖头上扇去。不料他用力过猛，一巴掌便将女妖送入黄泉。

玛桑雅儒卡查从女妖身上爬起来，环顾洞穴，发现了一口大箱子。他打开箱子，看见满满一箱璀璨耀眼的宝石。

此时，从洞口传来了三个流浪汉的脚步声。原来他们打猎归来，看到室内一片狼藉，不见玛桑雅儒卡查，便四处寻找，他们发现了地上散布的青稞，就沿着青稞找到了洞口。

来到洞口往里一瞧，黑黢黢的，深不见底，三个人谁也不敢下去，只好扯起喉咙喊叫：

"牛头兄弟，牛头兄弟，牛头兄弟！"

"朋友们，我在这里，快把绳子扔下来！"玛桑雅儒卡查满心欢喜，心想箱内宝石分给三个朋友，他们将赢得巨大的财富，马上一跃成为世界上最富有的人了。

三个流浪汉连忙抛下绳子，玛桑雅儒卡查用绳子将箱子捆牢，叫上面的人把箱子吊上去。

三个流浪汉拉上箱子，打开来，璀璨的宝石在阳光下更加灿烂夺目。

"啊啧啧！"三个流浪汉惊诧得目瞪口呆。他们将头凑在一起，叽叽喳喳议论开来，结果一致决定将绳子丢到山岩下。

他们把头分开时，又各怀鬼胎，谁都想独霸这一箱子宝石，于是三双眼睛互相怒视，三张面孔凶神恶煞一般。猛地一下，三个人拔出了腰刀，在洞口前厮杀开来，结果每个人都受了重伤，倒在血泊中。他们望着宝石箱子，相继咽了气。

玛桑雅儒卡查等了半天，也不见绳子抛下，便念经作法，随着一声"起"，他的身体便飞出了洞口。

他看到三个流浪汉的尸体，叹口气道："老虎的花纹，长在皮上，你们的花纹，却长在心上。贪心终于送掉了你们自己的性命。"

他一手提着女妖的脑袋，一手抱起宝石箱，飞回天宫去向帝释天王复命。

帝释天王大喜，将那箱宝石赏赐给玛桑雅儒卡查。

一位天神急匆匆上殿，启奏道：

"天王，玛桑雅儒卡查天神诛灭女妖后，妖公又作起乱来，掳走天神在地界的阿妈，扬言要报仇。"

玛桑雅儒卡查大惊，连忙跪下，请求天王允许他返回地界，为民除害。

帝释天王恩准了玛桑雅儒卡查的请求。

玛桑雅儒卡查旋即驾起云头，飞向地界。在天上，他看见妖公割下一块老阿妈的肉，正往嘴里送。老阿妈疼得昏厥过去。

玛桑雅儒卡查怒火万丈，双手合十，念起咒经，然后将施食[1]向妖公投去。顷刻之间，尖头的施食变成一只大雕，凌空扑向妖公，用尖利的长喙啄妖公的手。

妖公疼得将肉丢在地上，朝天上一看，见是玛桑雅儒卡查，发出一声怪叫，升上天空，与玛桑雅儒卡查拼命。

玛桑雅儒卡查从嘎乌内取出一粒青稞，掷向妖公，瞬间，青稞变成一道闪电，随着一声霹雳，闪电将妖公打倒在地。

妖公一骨碌爬起来，作起妖法，以邪恶的诅咒使黑芜根的叶子放出毒云，霎时，天地间充满一片黑云毒气。

玛桑雅儒卡查撑起了白伞[2]，顿时，白伞闪射出万道金光，将黑云毒气驱散。

---

[1] 施食，用炒面、酥油等捏成的上尖下圆的供品。
[2] 白伞，为八吉祥徽记之一。藏族视白伞为释迦牟尼之首的象征。

他拔出了宝剑，朝妖公脑袋劈去。妖公一闪身，保住了脑袋，一只手臂被砍掉。它忍着剧痛，化成一道光逃遁。

玛桑雅儒卡查从地上拾起老阿妈身上的肉块，敷在老阿妈的伤口上，轻轻吹一口气，肉又长在了老阿妈的身上。他用圣水滴在老阿妈的脸上，老阿妈清醒了过来。

她看到自己的牛头儿子，抱着儿子，悲痛地哭起来。

"阿妈，儿子不孝，使你受罪了。"玛桑雅儒卡查流着眼泪说。

他把阿妈送回家，将帝释天王赏赐的宝石全部送给了老阿妈，使她过上了幸福的生活。

玛桑雅儒卡查安顿好阿妈后，遍寻害人的妖公，但始终找不到。他担心妖公还会再次伤害老阿妈和天下人类，便让自己化成了嘎玛明珠，挂在天上，永远警惕地注视着地界。

丑少年

从前，有一户人家，生了一个小孩。这个小孩长得太丑，矮小的个儿就像灰鼠；脸蛋黑乎乎的，就像涂上了一层灶灰。他的眼睛小小的，几乎看不见眼珠。更糟糕的是，他还是个塌鼻子。因他模样实在难看，周围的人都叫他"丑少年"，以至于他的名字反而被人们遗忘了。

丑少年命运十分悲惨，从小就失去了双亲，跟着哥哥。最初的日子还过得去，自从哥哥娶了媳妇后，他的处境就越来越坏了。

丑少年的嫂子十分嫌弃他，横看竖看总瞧不顺眼，不准他进屋吃饭，只是将啃剩的羊骨头和馍糌粑扔到屋外，叫他吃。有时没剩食物，便奚落道：

"格！石头里打不出酥油来，你就啃自己的手指头充饥吧！"

嫂子不准他在屋里睡觉，还嘲笑说："黑乌鸦还配与金孔雀同窝？快滚到后山的洞里，与羊儿一起过夜吧。"

丑少年长得虽然丑，但心地却很善良。有一个孤老太婆，年老体弱，无法背水。他知道后，便每天给老太婆送水。老太婆十分感动，经常到经塔，为他祝福。

有一次，他在路边拾到一个羊皮口袋，打开一看，竟是满满一袋子金币。他站在路边，等了整整一天，终于等到了失主。

失主非常感动，连忙解开羊皮口袋，掏出一把金币作为酬金。

丑少年笑了笑，摇摇头，一挥羊鞭，赶着羊群，返回山洞。

有一天夜晚，骤起狂风暴雨。狂风，将林间的大树摧断；暴雨，引起山洪暴发。

清晨，风息了，雨停了，太阳笑眯眯地出山了。丑少年赶着羊群走出山洞，在洞边发现一只小鸟。小鸟的翅膀已被折断，身体冷得直打哆嗦，眼睛里噙满泪水。

丑少年连忙将小鸟捧在怀里，用体温去暖和小鸟，并喂它羊奶。过了一会儿，小鸟精神得到恢复，眼里闪动着感激的光，用鸟喙温柔地啄救命恩人的手。

丑少年在洞里用细茸茸的羊羔毛为它做了一个温暖的小巢，用青稞酒调和草药，敷在小鸟受伤的翅膀上。九天后，小鸟的翅膀动了起来。又过了九天，小鸟能在洞里飞了。

丑少年高兴极了，情不自禁地跳起了锅庄。小鸟也愉悦极了，在丑少年的头上盘旋。

突然，丑少年停下了舞步，伸开手臂。小鸟似乎懂得他的意思，栖在他的手上。

丑少年叹了一口气说："小鸟，你的伤养好了，也该回去看阿爸阿妈了，我们就要分手了。"说完，他垂下脑袋，十分难过。

"阿哥，我不走，永远陪伴着你。"忽然，小鸟讲起话来。

丑少年诧异地抬起头，但左看右瞧也没有发现小鸟。

"吃吃……"一串银铃般的笑声在洞深处响起。丑少年循着笑声望去，只见一位比月光还要漂亮的姑娘飘飘悠悠迎面走来。姑娘着一身翡翠色的轻纱长裙，面貌比古洁梅朵还要美丽，眼睛好似秋风吹动的湖面，清流涟漪，微波荡漾；满头的秀发披在脑后，就像乌云滚滚要洒雨儿；细细的腰肢犹如柳条，随着轻盈的步履，左右摇曳。

"你是谁？"丑少年惊奇地问道。

"阿哥，我是被你救起的小鸟。"姑娘含情脉脉地望着丑少年。

"姑娘？小鸟？"丑少年一时不知怎样称呼，"你回去吧，不要留在这儿。你瞧，这儿像个狗窝。"

"我不走，要和阿哥在一起。"姑娘温柔地说。

丑少年急得差点掉下眼泪："高贵的姑娘，你如果是从天上来，就请回天界！你如果是从海子里来，就请回下界去！我怎配与貌如天仙的你做伴，我长得多么丑……"

姑娘走上前，紧紧握着丑少年的手，深情地说：

"阿哥，你虽然长得丑，可你有金子般的心，比那些有着漂亮外貌，却藏着自私、贪婪、残暴的心的人来讲，你是多么美丽。你的善良使我觉得在雪山上沐浴到了春风，在寒夜里得到了火种。"

丑少年感动得热泪盈眶，痛苦地摇摇头："姑娘，你还是走吧，我穷得买不起糌粑和衣服，哪里养得起你这云间落下的仙女。"

"这个不用你犯愁。"姑娘抖开自己油黑发亮的头发，用金梳子梳了几下，叮叮当当一阵响声，大大小小的钻石落在地上，闪射出奇光异彩。

丑少年从来没见过钻石，被眼前的奇迹惊呆了，说不出一句话来。

姑娘捡起几颗钻石，交给丑少年，让他到集市上卖给珠宝商人。丑少年临走时，姑娘叮嘱：

"阿哥，你要记住，千万不要讲出钻石的来历，更不要提到我，否则灾难将降临到你头上。"

丑少年答应着来到集市上，走进一个珠宝商人搭的帐篷。珠宝商人看到他，便大声喝道：

"喂，你这个丑陋的邦古，还不快点滚出去，小心打断你的腿。"

"充本大叔，我有几颗钻石出售。"

"哈哈……"珠宝商人捧腹大笑，"这真是土山鸡想充金凤凰！好吧，你把你的石子给我瞧瞧。"

"你不要牛腿裆里瞧人，把人瞧扁了！"丑少年将钻石放在珠宝商人的手中。

"啊啧啧！"珠宝商人的眼珠儿惊骇得差点弹出来，因为他从来没有见过这样名贵的钻石。"这可是无价之宝，我的全部家产也抵不上这几颗钻石！"珠宝商人心里打起鼓。他小心翼翼地探问：

"尊敬的小少爷，这些钻石你打算卖多少钱呢？"

"你是行家，你就出个价吧。"

经过交谈，狡猾的珠宝商人断定这位小卖主对钻石完全无知，压根儿不知道它们的价值，于是给丑少年一袋金币。

丑少年接过钱，到集市上买了一些食物、日常必需品，特意为姑娘买了一套十分漂亮的藏袍，又买回一圈羊，回到了山洞。

姑娘知道成交的情况后，气愤地说：

"阿哥，那个珠宝商人真是黑了心。他贱买贵卖，从中渔利，你吃亏上当了。"

丑少年气呼呼地说："姑娘，我去找他要回钻石。"

"算了，一手交钱一手交货，这是买卖人的规矩，你今后注意就行了。"姑娘说。

第二天，丑少年到哥哥家，告诉哥哥，自己已成家立业，不再为哥哥牧羊做事了。

从此，他和姑娘依靠自己的双手，过着不愁吃、不愁穿的小康生活。白天他放牧，姑娘在洞里织氆氇；晚上聚在一起，其乐融融。山洞里充满着欢乐、幸福。

珠宝商人得到钻石后，兴奋得几乎发了疯，再也没有心思做生意了，成天捧着钻石，翻来覆去地欣赏，百看不厌。他思忖："如果我将其中两颗钻石献给国王，国王一定会封我一个大官，赏赐一大片领地。"他选了两颗最小的钻石，装在一个十分精致的小盒子里，穿上最好的裘皮藏袍，戴上簇新的火红狐皮帽子，蹬上绣花的藏靴子，去见国王。

"有如太阳光芒四射的圣主，小民获得两颗稀世之宝，不敢独自享用，特献给圣主，以表小民一片赤诚之心。"珠宝商人恭恭敬敬献上小盒子。

国王令宫仆打开盒子，看到瑰丽夺目的钻石，一下子从金座上站起来，手捧一颗钻石，暗自吃惊："我有生以来，第一次看到这样大的钻石，在我的珠宝库里，还找不出一颗能够与它媲美！"他扫了商人一眼，问道：

"商人，这两颗宝石，你是从什么地方搞到的？"

"启奏圣主，小民从一位外国富商手中买到的。"

"胡说！"国王凶恶地吼叫，"老鼠掺屎也只有一坨肉，你的全部家产也没有一颗钻石值钱，何况是两颗，从实招来。"

"圣主息怒，小民绝不敢撒谎，句句是实。"

国王气得脸都扭歪了，命令侍卫到商人家去，清点他的全部家产。过了一会儿，侍卫拿回一袋钻石。

珠宝商人吓得脸色苍白，一个劲儿地用额头碰着地面，哭泣着恳求饶命，并交代出钻石的来历。

"限你一个月内，给我找到那个少年，否则送你上断头台！"国王下令。

"遵旨。"珠宝商人跌跌撞撞离开王宫。"这真是吃饱了驴肉，没事找事。"他懊丧极了，唉声叹气地走回家。

为了活命，珠宝商人一天到晚在集市上转，寻找那个丑少年，但是时间像流水一样，二十九天过去了，他始终没找到丑少年。

到了第三十天，他绝望了，向家人做了后事安排，失魂落魄地朝王宫走去。途中，忽然，他眼睛一亮，只见一个矮小少年，赶着一圈羊，迎面走来。他仔细一看，大喜过望，连忙跑上前，一把抓住丑少年，将他带进王宫。

"丑陋的少年，你从哪儿弄到那么多珍贵的钻石？"国王盯着丑少年质问。

"尊敬的圣主，说起这些钻石的来历，真是有趣极了。"丑少年目光触到国王贪婪的目光，扑闪了一下眼睛，决定与国王开开玩笑，"有一次，我在很远很远的山里牧羊时，看见了一棵很高很高的树，树上有个很大很大的鸟巢，鸟巢里有一个很重很重的鸟蛋。我费了九牛二虎之力，取下鸟蛋，打开来一看，嗬，真是想不到，里面全是钻石。"

国王眼珠转了一下，露出慈颜和笑脸："幸运的少年，你讲了一个神奇的故事，说明你的福气大，吉星高照。我祝愿你扎西德勒。"他放走了丑少年。

丑少年以为自己的机智瞒过了国王，满心欢喜地返回山洞。不料，没过三天他又被侍卫抓回了王宫。

国王和颜悦色地说："少年，快告诉我，在山洞里和你唱歌、谈笑的姑娘是谁？她是从哪儿来的？"

"天啊，国王原来是一只狡猾的狐狸！"丑少年一下子愣住了。他万万没想到国王故意放走他，然后派出侍卫跟踪。他当然也不知道，姑娘是神鸟的化身，她的形体只有丑少年看得见，其他人是看不见的，所以侍卫只能听到姑娘的声音，而看不见姑娘的身影。

丑少年心想："就是死，我也绝不交出姑娘。"他咬紧牙关，不管国王如何追问，死不开口。

国王暴跳如雷，命令侍卫用烧红的铁条捅进丑少年的口里，如果不说，就捅进他的肠子。

丑少年闭上眼睛，心里呼喊："白渡母请赐恩，我死后，请让我的灵魂附在山洞里，永远和美丽的姑娘做伴。"

侍卫拿着烧红的铁条，逼近丑少年。

"住手！"一声厉喝。国王愣了一下，连忙寻找厉喝的人。只见大殿上出现了一圈耀目灿烂的光环。在光环中，站立着一位穿着绿色长袍的俏丽姑娘，长袍上装饰着各式各样的钻石，发出奇光异彩。姑娘像一朵轻风吹动的彩云，飘到国王面前。

彩云说："国王，你不是要钻石吗？你把我丈夫放了，我会满足你的要求。"

"什么？"国王惊骇地跳起来，"这个丑陋的家伙，配上你这貌如天仙的绝代佳人，真是鲜花插在牛粪上。"

彩云鄙夷地望了一眼国王，掉转头，走向丑少年。

"被猎手圈套住的美丽小鹿，逃不了。"国王暗喜，"好吧，你如果能用钻石铺满这个大殿，我就放了你的丑丈夫。"

姑娘散开了浓密的黑发，掏出金梳子，边走边梳。随着叮叮当当音乐般清脆悦耳的声响，钻石如瀑布般从她头上泻落。

国王欣喜若狂，连忙扑到地上，抓起一把钻石，搂在怀里，又抓一把……

群臣目瞪口呆，被夺目的光辉照得头晕眼花……

侍卫们傻了眼，美妙无比的姑娘梳出钻石的奇观使他们心醉神迷……

不到一顿茶的工夫，姑娘在大殿上走了一圈，地上铺满了各式各样、大大小小的钻石。

"国王，请实现自己的诺言。"姑娘说。

"行。"国王命令侍卫给丑少年松绑。他得意扬扬地说："限你在一个月之内，给我弄来百鸟之王[1]的神奇风箱，否则的话，你的妻子就做我的

---

[1] 百鸟之王，指布谷鸟。藏族人民自古崇拜布谷鸟，认为它会给人带来吉祥、幸福。

妃子。"

丑少年回到山洞，心头压着一块重石，愁眉苦脸，想不出办法对付。

"阿哥，不要急，取神奇风箱虽然十分困难，但只要你有坚强的意志，便可以取到。"

丑少年连忙央求道：

"请你快告诉我该怎样去取，就是上刀山、蹈火海，我也要去！"

"阿哥，百鸟之王的宫殿在东边的一座花果山上。凡上山的人，必须经过百鸟之王的一次考验。但我听说，至今还没有一个人闯过这道门槛，不知阿哥能否闯得过？"

"放心吧，姑娘，就是千道门槛，我也要闯。"说完，丑少年带上食物，便匆匆上路了。

一路上，他走过了许多雪山、江河、草原、森林。一天，他带的糌粑吃光了，还没有见到花果山。他勒紧裤带继续赶路。

又走了两天，丑少年饿得眼睛发蓝，终于倒在地上。忽然，他看到一座金碧辉煌的大殿，一阵狂喜，连忙打起精神，跟跟跄跄奔向大殿求食。

但是大殿没有一个人，殿内灯火通明，桌上摆满了丰盛的饭菜，散发出诱人的香味。

丑少年咽下口水，心想："没有经过主人的同意，不能吃。"他坐在椅子上，耐心等待。

他整整等了一天，星星出来了，大殿仍旧空无一人。他饿得昏厥过去，过了一会儿，他慢慢苏醒过来，自言自语地说："我不能在食物面前活活地饿死，让我先填饱肚子，待主人回来，再做解释并致歉意。"于是他狼吞虎咽吃起来。

丑少年刚吃毕，大殿内忽然发出一声巨响，只见一个狰狞的魔怪出现在面前。魔怪吼道：

"你这个贪嘴的家伙，我发过誓，谁擅自吃了我的食物，我一定要送他上天葬台。"

丑少年吓得脸色苍白，双手合十乞求道：

"老爷，请饶恕我吧。我没想到吃您的食物会触怒您，我愿意为此付出代价，只是请让我做完一件事后，再去天葬台。"

"什么事？"魔怪粗声粗气地问道。

丑少年将国王要他取百鸟衣的事告诉了魔怪。

魔怪说："我最喜欢说老实话的人，看在佛祖的圣面上，我给你一次机会，不过，办完这件事后，将姑娘送来，代替你死。"

"不！"丑少年喊起来，"老爷，我宁肯自己去死，绝不要伤害姑娘。"

"你爱姑娘胜过了自己？"魔怪问。

"是的，"丑少年说，"一根针不能两头尖，一个人不能有两颗心，只要太阳还有光芒，我就是属于姑娘的。我愿为她献出一切，即使献出生命也心甘情愿。"

"小伙子，你的心肠真像奶汁一样纯洁。"魔怪说完便消失了。

忽然，丑少年发现大殿也消失了，眼前出现了一座灿烂绚丽的大山。山上处处是果树，沉甸甸的果实垂挂在树枝上，琳琅满目，芳香四溢。彩云像绚丽的哈达飘绕在林间。鹧鸪、孔雀、鹦鹉等千百种鸟类，在林间飞旋、跳跃，表演着优美动人的舞步。一条青石板小路，蜿蜒伸向山顶。

"花果山！"丑少年不觉惊叫起来。他明白刚才的情景是百鸟之王对自己的考验，他用纯洁的爱情闯过这道门槛。他像一只欢蹦乱跳的小鹿，沿着石板小路，飞快地朝山顶奔去。

山顶上耸立着一座巍峨的宫殿，殿顶是用鸟的羽毛铺成的，一层红的，一层黄的，一层白的，拼成色彩绚丽的图案。

丑少年跑进大殿。百鸟之王在羽毛装饰的宝座上站起来，笑盈盈地说：

"善良的少年，你虽然有一副丑陋的容貌，但你有高尚的美德和对爱情的忠贞，这是人类最美好的东西，比任何珍珠、钻石都珍贵。现在你可以得到你所需要的东西。"百鸟之王将神奇风箱赠送给了丑少年。

丑少年打开了风箱，说："神奇的风箱请把我送回山洞。"

风箱里飞出许多小鸟，簇拥着丑少年，飞上了蓝天。一会儿，就将他送回了山洞。

姑娘见到神奇风箱惊喜交集，紧紧搂住丑少年，流下了幸福的泪水。

第二天，正好是国王限定日期的最后一日。国王率领侍卫，将洞口团团围住。

丑少年和姑娘抱着神奇风箱，走出洞口。

国王吃惊不小。他万万没想到这个不显眼的丑八怪真有能耐，居然能搞到神奇风箱。他暗自思忖："先将神奇风箱弄到手，再抢姑娘也不迟。"主意打定，便假惺惺地说：

"少年，时辰已到，你弄到神奇风箱了吗？"

"这不是！"丑少年高高举起神奇风箱。

"你真有福气，快交上神奇风箱。"

"不！"丑少年高声地说，"神奇风箱只属于善良的人，暴君休想得到它！"

"丑鬼！"国王咆哮起来，"你不要'羊毛做投绳，抛出石头打在羊身上'[1]。快交出神奇风箱和姑娘，我给你一条活路。"

"哈哈……"丑少年大笑起来，"暴君，你问一下神奇风箱答应不答应。"

国王咬牙切齿，命令侍卫去抢。侍卫一阵呼喊，冲向山洞。

---

[1] 藏谚，喻同"自讨苦吃"。

丑少年不慌不忙，打开了神奇风箱，随着一阵风儿，飞出了成千上万的鸟儿。鸟儿用锋利的爪、坚硬的喙，抓的抓侍卫的脸蛋儿，啄的啄侍卫的眼珠儿。侍卫躲的躲，逃的逃，一片鬼哭狼嚎，霎时阵脚大乱。国王挥动宝剑，连斩数名退兵，也挡不住如雪崩的溃败。

丑少年神采飞扬，关上了风箱，天空中一下子不见一只鸟儿。

国王气得一声怪叫，挥动宝剑，策动坐骑，朝丑少年冲去。

"暴君，'虱子翻了山，还在额头上'。你还是回去吧，不要自找死路。"丑少年说。

国王哪里听得进，犹如酥油浇进火焰一样，怒火万丈："真是'奴仆吃饱了就同主人赛'。看剑！"

丑少年打开风箱，一阵风过，千百只鸟儿一下子将国王连人带马卷上了高空。国王吓得缩成一团，不住地哭泣乞求：

"好兄弟，饶了我的命，千万不要关上风箱。"

"暴君，'恶狼掉进井里，对山羊也叫姐姐'。你的心肠太毒狠，我饶了你，神奇风箱可饶不了你！"丑少年说完，关上了风箱。

鸟儿一下子消失得无影无踪，国王从半空中摔了下来，跌在深渊里，连尸体都找不着。

这个国家的人民听说暴君死了，无不拍手称快，他们举着山羊头，捧着哈达，来到山洞，向丑少年弯腰致敬，齐声说道：

"谁正直谁就是长官，谁慈爱谁就是父母。少年呀，你为我们除掉了吸血的恶魔，我们拥戴你当新的国王。"

丑少年戴上了王冠，姑娘做了王后，他们打开国王的宝库，使人民过上安居乐业的生活。

金玉凤凰讲到这里，突然停住了口。

大王子情不自禁地问道：

"那个贪心的珠宝商人和他狠心的嫂子结局怎样？"

金玉凤凰眨了眨眼睛，惋惜地对大王子说：

"大王子呀，你又忘了雪山隐士的警告，对我开口说话了。我告诉你故事的结局，就要飞回去了。"接着金玉凤凰讲道：

"后来，那个贪心的珠宝商人，十分羞愧，变成一只老鼠，躲进地洞里，白天不敢出来。丑少年的嫂子也无颜见国王，变成一只蝙蝠，藏进了山洞，当夜幕降临时，才敢飞出洞觅食。"

金玉凤凰说完，脱出失了魔法灵效的鹿皮袋，唱着歌儿飞回桫椤树林去了。

多磨炼，终获金玉凤凰

大王子眼睁睁地看着金玉凤凰飞走，十分懊悔，但他没有泄气，虽然自己追寻金玉凤凰已有九个春夏，走过的路程，连起来可以绕地球几圈了。他知道只有自己具有沉着的性格，磨炼出坚韧不拔的精神，才能获得这只吉祥之鸟。他孑然一身，就像天上太阳运行一样，咬紧牙关，紧一紧腰带，径直朝桫椤树奔去。

"金玉凤凰不要躲，我有魔法月牙斧。"大王子来到桫椤树下，举起月牙斧。

金玉凤凰在花丛中探出头，笑着说：

"大王子，可要记住这是第 107 回[1] 啰！"

大王子也不搭理，扬起鹿皮袋说：

"金玉凤凰不要藏，鹿皮袋儿把你装。"

话音一落，金玉凤凰倏地一下飞进了鹿皮袋。

大王子连忙用红丝绳扎上口袋，背起金玉凤凰往回赶路。

金玉凤凰笑着说："大王子，我再给你讲一个《迁识夺舍法术[2]》的故事。"它不管大王子愿听还是不愿听，娓娓讲起。

从前，有一个王子和一个大臣的儿子，从小就在一起玩耍、读书，成了一对好朋友。

---

[1] 指该书中的 107 个故事，连同最后的《迁识夺舍法术》和引子，全书共 109 个故事。
[2] 佛教信奉的一种能使灵魂离开身体的法术。

国王看着一天天长大的王子，考虑到继位的问题。为了让王子将来能够统治国家，他决定派王子去印度学习迁识夺舍的法术，同时选派大臣的儿子去陪读。

于是，王子和大臣的儿子跋山涉水，到印度，向一位婆罗门学习法术。

大臣的儿子非常虔诚和用功，渐渐对这种法术心领神会，达到了出神入化的地步。

王子十分贪玩，修炼时心猿意马，结果当然不能获得真谛。

一晃，九年过去了，国王召王子回国。王子虽然迷恋上印度的纱丽和鹿目[1]，但父王的旨意难以违拗，只好收拾行装，返回祖国。

路上，王子心事重重，担心大臣的儿子将实情禀告父王，自己丢丑不说，父王一怒之下，废除嗣君，自己岂不是永远戴不上王冠了吗？他思前想后，只有谋害大臣的儿子，父王才对自己在印度的行为一无所知。

主意打定，王子处处留意，寻找机会，要将大臣的儿子置于死地。善良的大臣儿子对此却一点也感觉不出，一路上，还细心地照料王子。

有一天，王子偷偷跑到必经的山口处，将一条死蟒蛇搬移到路上。然后退回驻地，装作什么事也没有发生一样，与大臣儿子赶路。他们走到山口处，死蟒蛇挡住了归途。王子故意皱起眉头，着急地对大臣的儿子说：

"喂，朋友，怎么办？我们回不到家了！"

---

[1] 印度人认为，双目如鹿眼一样大而圆才是美丽的。这里泛指美女。

"不要急，"大臣的儿子安慰道，"我有办法，只要殿下答应我一个条件。"

"只要能回家，九个条件都能答应。"

大臣的儿子说："我用迁识夺舍法，将我的灵魂从身体里迁出来，然后移到死蟒蛇的身上，将它从山口移开。不过当我作法术时，殿下千万要保护好我的身体，不能随意搬动，更不能使它受到损伤，否则，我的灵魂就不能回到身体里去了。"

"你就放心吧，我对朋友历来是忠诚的。"王子暗喜。

大臣的儿子祈祷后，便作起法术来。一会儿，他的灵魂从身体里飘出去，慢悠悠地钻入死蟒蛇的身上，接着蟒蛇蠕动起身躯，从山口爬走了。

王子连忙抽出腰刀，一阵乱砍，将大臣儿子的身体砍成几大块，扔到山谷里，然后像狼一样，急促地窜回王宫。

大臣儿子的灵魂飘回山口时，没有见到王子，觉得事情有些蹊跷，连忙寻找自己的身体，除看到地上一摊鲜血外，什么也没有。他知道自己遭到了暗算，气愤地叫起来：

"真没想到王子是个扮成善人的灰狼，凭着三宝发誓，我一定要报仇！"

他的灵魂在空中飘荡，看到一顶帐篷冒着炊烟，立即飞进帐篷。正好帐篷主人的一只鹦鹉刚死，他立即将灵魂附在鹦鹉的身上。鹦鹉一下子又活过来，而且变得更加可爱。

这人家马上朝经塔顶礼膜拜，认为是佛祖降下这个吉祥之物。

有一天，国王巡猎，来到这个地区，听说这件事儿，很感兴趣，走进了帐篷。

鹦鹉见到国王，唱起来：

盖世无双的国王，

从远方的草原来，

辛苦了，

请进来喝杯醇香的奶茶。

受人拥戴的英主，

从远方的雪山来，

辛苦了，

请进来喝杯青稞酒。

爱护众生的君王，

从远方的海子来，

辛苦了，

请进来尝一尝山羊头。

这甘露般的歌声，拂到国王的耳边，国王就像在金浆玉液里洗了个澡，感到舒服极了。他决定买下这只招人喜爱的鹦鹉。

鹦鹉的主人见状，只好忍痛割爱。

鹦鹉到了王宫，不仅唱歌、讲故事为国王解闷，还能算卦问卜，而且每卦必灵验。宫中上下一片祈祷声，视鹦鹉为天界之物，奉为神灵。

王子回到国王身边，一天到晚游手好闲，结交了一帮不善的朋友，经常在外寻欢作乐。当然他所做的一切坏事，都是瞒着国王的。

王子天天苦思冥想，不知从何处找供自己挥霍的财路。

有一次，他路过父王的寝宫时，听到鹦鹉叫起来：

"王子殿下，你过得春风得意吧？"

王子当然听不出鹦鹉这句带有嘲讽的问话，却心中一喜："鹦鹉能卜卦，何不向它请教生财之道。"他忙端来一盘玛桑，请鹦鹉吃。他恭恭敬敬地合十，祈求道：

"全能全知的神鸟，请告诉我，哪里有珠宝金币？"

"殿下，你想发财？"

"亚，亚！"王子大喜，"好聪明的神鸟。"

"明天，你带上一捆牦牛绳，我带你去。"

王子喜不自胜，立即准备了一大捆牦牛绳。第二天，他随鹦鹉出宫。

鹦鹉飞到一个山顶，扇动着翅膀说：

"殿下，这下面绝壁处有一个山洞，洞里藏的瑰宝，你一生也用不尽。"

王子站在悬崖，探头朝下一望，只见深谷见不到底，陡直的石壁像刀削了一样，大雕在山间回旋，不由得倒抽了一口冷气。

"殿下，你害怕了。如果你不要瑰宝，我们就回去。"

"不，不！"王子眼前晃动着灿烂夺目的宝石，胆子忽然大起来。他将牦牛绳的一头捆在一棵大松树上，朝手心唾了一口唾沫，拽着另一头牦牛绳，缓缓爬下悬崖。

鹦鹉不慌不忙，衔出早已藏好的火种，将牦牛绳点燃。一会儿，牦牛绳便烧断了，王子摔下了万丈深渊。

鹦鹉飞下山谷，将灵魂迁出来，钻进王子的尸体，高高兴兴奔回家……

故事讲到这里，金玉凤凰突然停住。

"大臣的儿子已变了形，回家后，他的阿爸还认识他吗？"大王子心里急得一团火，正欲开口，雪山隐士的话如重锤在耳畔响起：

"大王子，顶要紧的是，在带回金玉凤凰的路上，你不能开一次口，否则我施在月牙斧、鹿皮袋、红丝绳上的魔法就要失一次灵。"

大王子闪动了一下明眸，笑眯眯地望着金玉凤凰，就是不开口。

这时候，已见到王宫金碧辉煌的金顶，听到了经塔上传来清脆的铃声，看到了经幡在屋脊上哗哗飘扬。

金玉凤凰笑吟吟地说："祝福你，大王子，你经过万水千山，历经许许多多磨炼，终于修行出沉着的性格和坚韧不拔的精神，为国家带来了吉祥，也使你自己变得更加聪明和智慧，现在已回到了祖国，你可以开口了。"

大王子心花怒放，但仍缄默不语。他不顾满身的灰尘，忘记了疲劳，忘记了饥饿，背着金玉凤凰，甩开大步，朝王宫奔去。

举国上下轰动了。国王走出城门，老泪纵横，紧紧搂住九年未见的王子。

雪山隐士破例走下山门，牵着小王子迎接大王子。大王子热泪满面，朝雪山隐士膜拜。雪山隐士将酥油涂在大王子的额上，表示吉祥如意。

黎民百姓举着经幡，捧着哈达，擎着藏香，欢呼声似海潮汹涌于全城。

大王子返回王宫后，国王因春秋已高，便禅位给他。

大王子奉雪山隐士为圣者，封金玉凤凰作国师。他向国师讨教安邦治国的方略时，金玉凤凰说：

"陛下，我对你讲的许多故事，并非只是为了消遣。请想想其中的哲理，好像花儿一样有红有绿，又像食物一样有酸有甜。只要你能分辨善恶，认清是非，崇仁爱，守和平，做人会受赞扬，当国王会受拥戴。"

大王子牢记下金玉凤凰的教诲，励精图治，勤政清廉，在雪域高原上建立起金雕玉刻的乐园。

愚蠢的小王子，也因金玉凤凰对他讲了很多故事，变得聪明起来。

金玉凤凰和雪山隐士看到国家一天天兴旺发达，大王子治理国家有方，便向大王子辞行。雪山隐士要回到山林去静思修禅，金玉凤凰也想念自己的家乡。

大王子尊重国师和圣者的决定，举行盛大的仪式，为金玉凤凰和雪山隐士送行。

金玉凤凰让雪山隐士骑在自己背上，朝国王稽首后，展开了金翅膀，飞上了天空。

大王子仰望天空，回首往事，不禁热泪滚滚。他和小王子一起朝空中磕头膜拜。

全城僧俗百姓一齐念起六字箴言，朝天磕头不迭。

金玉凤凰噙着泪花，依依不舍地绕王宫飞了三圈，闪烁出三道金环，然后飞向远方。在它的身后，回荡着它对雪域高原人民的衷心祝愿：

扎西德勒！

《金玉凤凰》的诞生

（《金玉凤凰》1957 年版·前记）

因为工作的关系，我送西藏代表团引航通过三峡河谷。三峡的瑰丽雄奇的山光水色，引起了藏族朋友们的兴趣。他们要我讲述三峡的胜迹和古老的传说。我讲了"神女峰"和"杜鹃"，立即引出了流行在西藏的许多故事。其中有一个名叫《金玉凤凰》的故事，很长，很曲折，也很有意义。于是，他们讲，我记，经过三天断断续续的讲述，记下了这个故事的梗概。

据西藏代表团的朋友们说：

"这个故事，曾被一个英国人搜集，这个英国人在伦敦发表过《西藏奇谈》，把故事歪曲成为提倡忍耐的性质。上海世界书局早年也出版过类似的《西藏民间故事》，但内容、情节，也有很大的不同，性质亦被歪曲不少，而且书也找不到了。"

这个故事，通过主人公——大王子追捕金玉凤凰的过程，显示出藏族人民的沉着、坚韧和爱好和平的精神。

这份传说资料，我搜集于 1954 年春季，整理于 1956 年夏季，到现在已经经过三年多时间，直到 1957 年春季，又在北京中央民族学院王尧教授处知道两本题名《神奇死尸的故事》的西藏传说集，一是文言本，一是拉萨口语本。两种本子都由十五个故事组成。书中的主人翁——小伙子，与《金玉凤凰》中的大王子相似。神奇死尸与《金玉凤凰》中的金玉凤凰相似，旃檀树[1]与《金玉凤凰》中的桫椤树相似，龙树大师与《金玉凤凰》中的雪山隐士相似，各节故事，也与《金玉凤凰》中的故事大同小异，证明是一个故事，只是藏文本出自喇嘛手笔，所以，性质、风格和民间传说有显著的不同。最近我到四川省阿坝藏族自治州的首府刷经寺，西藏很有名的学者沙木胆活佛，对我介绍这是一部有一百多个故事的文学巨著，名叫《智慧的故事》。四川省文联创作辅导部萧崇素同志，也在来苏、米亚罗一带听到好多个属于《神奇死尸的故事》的传说，也得到两部文字书。

据说这个故事来自印度，但经过西藏人民许多年代和许多地区的流传，已经非常丰富，非常充实了。就文学艺术而言，它与北欧流传甚广的《鹦鹉讲的故事》，简直可以媲美。在藏族文学上，是一朵奇异瑰丽的不败之花。

有了这些依据，又得大家的鼓励，我才放心地选择其中的主要故事，整理成这本册子。一些不大重要或者和外国的、国内兄弟民族传说类似的故事，加以割舍，不拟重复，至于那一百来个故事，当继续搜集，将来有可能时，再出续集。

至于《金玉凤凰》中的"凤凰"，据考证佛教传说中有一种神鸟与汉民族所说的凤凰近似，在藏语中叫作"nam mk-hav lding"，汉人曾音译为"揭楼罗"，意译为金翅鸟。据说它的翅膀是红的，脸是白的，身子是金色的……在中央民族歌舞团编的《金沙江藏族歌谣选》和王沂暖编译的《玉树藏族民歌选》中，都有关于凤凰的歌。玉树有一首《百鸟之王是凤凰》

---

[1] 即檀香树，印藏用此刻佛像。

的歌，与汉人所说的凤凰相同；故仍作金玉凤凰。

病中整理这个著名的文学价值很高的藏族传说，自知精力不足，技巧也很拙劣，但得到王尧、萧崇素、赵镇雨等同志的鼓励和帮助，自己也努过力，花过调查整理功夫，所以决定献给读者。希望得到大家的意见，继续加以修正。

田海燕

1954 年春季，搜集于三峡。

1956 年夏季，整理于庐山。

1957 年春季，修改于北京。

1957 年秋季，定稿于阿坝藏族州刷经寺。

一些汉藏文化的交流线索

《《金玉凤凰》1961 年版·代序言）

《金玉凤凰》这部连环性的故事集，据说是西藏的大型民间传说。

对这部传说，我从 1954 年春季送西藏代表团过三峡时开始搜集，1956 年夏季开始整理，1957 年春季开始研究，以后，又从 1958 年起到现在，进行了比较认真的搜集、整理和向人请教与自己研究的工作，算来已经将近八年了。

在这期间，上海的少年儿童出版社曾将其中十多则故事，出版过一本名叫《金玉凤凰》的小册子。前年夏天，少年儿童出版社要求我多整理一些故事出来，作为一套传说集子介绍给读者。我觉得这部传说，不仅是西藏的民间文学之花，而且是研究汉藏文化关系的很好线索与资料，就郑重其事地答应了。

兹值《金玉凤凰》第一册正式印行的时候，我还不敢就这部大型传说——特别是就汉藏文化的具体关系方面，发表什么论断性的意见，因为还须要继续深入地调查研究。但我愿意趁此机会，提出一些线索，以供关怀汉藏文化关系这个问题的同志参考。我十分希望有人来做这个工作，从中清理出汉藏文化关系的具体名目，那对于我们国家的民族友谊与文化发展，是有好处的。因此我的主要目的，不是单纯为了介绍西藏故事，而主要是为了汉藏民族友谊与文化前途。此点，应请读者和出版者了解。否则，像我这样一个没有到过西藏（只到过四川省甘孜、阿坝藏族自治州和滇、甘藏区），又对汉藏历史、文化知识了解很差，理论水平很低，加上体弱多病坚持系统研究也有困难的汉族小兵，其所吃力而又隔靴搔痒地编著的这部故事集，简直可以不必出版了。

我愿提出两个问题。

第一，对这部著名传说，是有不少人提到过它的梗概和文学价值的。

就我所知而言，较早的是远生根据西尔顿（A·I·Shelton）的《西藏民间故事》及赖卫（Elenore Myers Lewett）的《西藏奇谈》而编译的《西藏民间故事》（1930 年 2 月世界书局初版）。译者在序言中所说的"后篇"，即这套故事的梗概。他说：

> 后篇所收集的，讲一个王子为了如何能做一个贤明的国王，去捕捉一个怪物名叫西谛歌尔；在出发之前，有一位隐者给了他一个须静默的警诫。但因为王子在途中不能静默，忘了隐者的警诫，屡次捕位又被逃走。一直到他能照了隐者的警诫，静着不和西谛歌尔说话，这才把西谛歌尔捕得回来，做了一个贤明的国王。

故事的连环体裁，远生在序言中说得明白。事实上，他那本书的后篇，就译了西谛歌尔连续讲的七个"都有深刻寄意"的故事。

其次是中央民族学院王尧同志译的《说不完的故事》（1956 年 12 月通俗读物出版社第一版）。他在这本书的前言中说：

这一本西藏民间传说，原名叫《神奇死尸的故事》……译者曾见到过两种规范了的版本，一本是文言本，一本是拉萨口语本，这两种版本的回目完全相同，都是十五回。可是，流传在西藏民间的却有二十一回，这显然是经过西藏各地的说书人丰富了的。

其实，这套传说的回数远不止此，王尧同志说他在西藏又获悉这部传说竟有一百来个故事，所以，他译的书名，便叫《说不完的故事》。

四川省文联萧崇素同志在其所著《奴隶与龙女》（1957 年 7 月中国少年儿童出版社第一版）的"后记"中也说："……一部分是'上古书'上的，一部分是人们口里说的'上古书'的故事。"

什么是"上古书"呢？我在成都和萧崇素同志谈到这部传说，他说据阿坝藏族自治州《岷江报》的藏族编辑潘同志谈：是一种连续说下去的名叫《智慧的故事》。而且，他在来苏、米亚罗一带，就听到过好多个属于这套传说的故事，也得到了两部文字书。

1959 年，我见《甘孜报》译载了《智慧的故事》中的几则故事，再问阿坝的沙木胆活佛，他说的与萧、潘两位所说的情况相同。

上述情况，充分说明这部传说是连环性的故事集，尽管对故事里串联的人物，远生译的是王子与西谛歌尔，王尧译的是小伙子与神奇死尸，我听的和写的是王子和金玉凤凰，好像有些不同，其实都是通过一条线索来串联许多故事，说明许多道理。

为什么有人说这部传说有一百多个或者是说不完的故事？而有人又说只有七八个、十五个，或者二十一个故事呢？按同我接触过的人的意见是：这些故事有许多本来就是民间传说，像我国若干古代寓言、谣谚先于诸子百家著作而被记载引用的情形一样，有的地方多些，有的地方少些，有的是说的形式，有的是唱的形式，也有谣、谚、格言掺杂其间。总之，都是赞美他们的理想，歌唱他们的生活，称颂他们的英雄，诅咒他们的仇敌，讽刺贪婪、自私，鞭挞横暴、专制，明确善恶、是非、美丑的故事。自然也由于阶级觉悟与文化水平的限制，加上奴隶主与宗教思想的影响，其中也有一些听天由命的消极故事。特别是有些故事，经过识字的统治层的篡改、利用，成了所谓"善书、格言"，所以，性质、内容、情节变了，故事回数少了。但民间传说，却在继承和发展，他们不管"书"上如何说，"经"上如何讲，径直在不同地区，做着不同的取舍、补充，经过许多年月，许多地区，许多人物的传说，汇成了回数不同、风格不同的故事海洋，以至于谁都可以把他喜欢的故事加进去，把他不喜欢的故事抽出来，还可以把别的民族的故事移植或者改编，结果便成了《说不完的故事》。这是世界各国民间文学常有的现象，丝毫不足为奇。因此，我不打算在这方面多花功夫（当然这也值得有心人进行研究）。

对于这部传说的文学价值，远生和王尧都给了相当高的评价。

远生认为这些故事是"新鲜、珍奇不落陈套的作品，……是第二部《西游记》，可说是第二部《天方夜谭》，可说是第二部《本迦檀曲》（印度著名的传说）"。

王尧同志认为"这些故事有着曲折的情节，健康的内容，所以，很多年来在西藏地区广泛地流传着。……更重要的是：我们可以看到创造这些故事的劳动人民追求幸福生活的理想"。

第二，我在上面这些人的翻译整理基础之上，开始了另一方面的研究工作。

我的着眼点，放在由此进而探讨汉藏文化的关系上面，经过初步查证，发现其中大有苗头。于是，我把收入这套传说的某些故事与未注明来源的西藏传说并在一起研究，逐渐看到了一些轮廓和眉目，从中抓到了一条汉藏文化的交流线索。

让我举例说明几类情况。

第一类西藏故事，除地点、人名、风貌略异之外，完全与汉人著作中的掌故记载相同。

例如《三个喇嘛的私心》，说的是三个喇嘛在山上一同拾了银子，叫一个喇嘛去买酒肉回来吃了再分。于是买酒肉的喇嘛暗计放毒害死另外两个喇嘛，以便独得银子。另外两个喇嘛也商量打死买酒肉的喇嘛而平分银子。结果，买酒肉的一个喇嘛回来被打死，吃酒肉的两个喇嘛也被毒死。这和宋时《可书》里的《天宝山三道人》完全一样，试看原文：

> 天宝山三道人采药，忽得瘗钱，而日已晚。三人者议先取一二千，沽酒市脯，待旦而发。遂令一道人住。二人潜谋，俟沽酒（者）归杀之，庶几作两分，沽酒者又有心置毒酒食中，诛二道人而独取之。既携酒内示二人，次，二人忽举斧杀之，投于绝涧。二人喜而酌酒以食，遂中毒药俱死。此事得之于张道人。

同类的故事，在胡仲持译的《西藏故事集》（1931 年 9 月开明书店再版本）中也有出现，《贪心》中的七个强盗碰到一堆熊、狐、象肉想吃，叫四人去取水，三人守候。因为双方怀了鬼胎，各自放毒；结果三人喝水、四人吃肉都中毒而同归于尽。只不过是道人与强盗，三人与七人，银子与熊、狐、象的差别而已。

在西藏流传更多的《还银得银》案，在远生编译《西藏民间故事》的《拾得的钱袋》和胡仲持译《西藏故事集》的《一百两银子的官司》里都有记载，说：一个青年上山打柴，在路上拾了一包银子，回家奉父命去守候失主还银，反被诬栽报案，幸遇清官查明实情，将银给了青年而叱失主。更与元《山居新话》中的《聂以道》故事相同，文短可证，也摘在下面：

聂以道，江西人，为□□县尹。有一买菜人，早往市中买菜，半途忽拾钞一束，时天尚未明，遂藏身僻处。待曙检视之，计一十五锭。内有五贯者，乃取一张买肉二贯，米三贯，寘之担中，不复买菜而归。其母见无菜，乃叩之。对曰："早于半途拾得此物，遂买米肉而回。"母怒曰："是欺我也，纵有遗失者，不过一二张而已，岂有遗一束之理，得非盗乎？尔果拾得，可送还之。"训诲再三，其子不从。母曰："若不然，我诉之官。"子曰："拾得之物，送还何人？"母曰："尔于何处拾得，当往原处俟之，伺有失主来寻，还之可也。"又曰："吾家一世，未尝有钱买许多米肉，一时骤获，必有祸事。"其子遂携往其处，果有寻物者至。其买菜者本村夫，竟不诘其钞数，止云："失钱在此。"付还与之。旁观者皆令分赏。失主靳之，乃曰："我失去三十锭，今尚欠其半，如何可赏？"既称钞数相悬，争闹不已，遂闻之官，聂尹复问拾得者，其词颇实。因暗唤其母复审之，亦同。乃令二人各具结罪丈状："失者实失三十锭，买菜者实拾得十五锭。"聂尹乃曰："如此则所拾之者，非是所失之钞。此十五锭，乃天赐贤母养老。"给付母子令去。喻失者曰："尔所失三十锭当在别处，可自寻之。"因叱出。闻者莫不称善。

其他像本书所收《扎尔干判案》中的《烧夫案》与清《龟狱宝卷》中的吴举《烧羊审奸》案，《争鸡案》与《南史》中的傅琰《判鸡案》，《盗牛案》与《南史》中的顾宪之《审牛案》，《羊皮案》与《北史》李惠《审羊皮案》，《还牛案》与《唐书》本传张允济《武阳审案》，《摸钟案》与《宋史》本传陈襄《摸钟认盗》案，《偷刀杀人案》与《唐书》蒋常复审《板桥店杀人案》，以及《好管家》与清《谐铎》中的《枷号好人案》等，简直一模一样，分不出故事的汉藏差别，我都收进本书。再例如在唐与五代时就已著名的宣扬"姻缘前定"的《定婚店》和《灌园婴女》型的故事，在西藏也有完全相同的传说，被胡仲持作为《特拉苏与女神》译载在《西藏民间故事》里，只是后面多了一条尾巴，说那男的没防女的吃了羊肋膀而死，以加强"谁都逃不脱女神的判断"的宿命论的宣传。至于胡仲持译本中的《大强》与唐李泌的《枕中记》，也是情节、命意相同的说明"人生如梦"的故事。对于这类传说，因为考虑到对一般读者无甚益处，只好不加整理，留待专家研究了。

第二类西藏故事，与汉人著作中某些故事的主要情节完全相同，但有很好的和很不好的发展之处。

例如《胆小人除鬼》故事，开头和《列异传》中的《宋定伯捉鬼》故事一样，但发展得很好：那青年不只除了鬼，还因此救了自己爱人被鬼勾摄的魂而得完婚团聚，与朱定伯唾鬼变羊卖钱不同。远生编译本中的《一个把幽灵骗了的人》的结局则很不好：说那男子等幽灵把摄魂的袋卸下走了，他扮成喇嘛，背袋进城，救了被鬼勾魂的王子的命，国王分一半国土、金钱和家畜给他，而那鬼的下落不明，没有什么意思，其结局也与宋定伯唾鬼变羊卖钱不同。

《巧木匠》与列子《偃师戏》故事大意及其技可通神相同，试抄原文看看：

> 周穆王西巡狩，越昆仑，不至弇山返还。未及中国，道有献工人名偃师，穆王荐之，问曰："臣唯命所试。然臣已有所造，愿王先观之。"穆王曰："日以俱来，吾与若俱观之。"越日，偃师谒见王。王荐之曰："若与偕来者何人耶？"对曰："臣之所造能倡者。"穆王惊视之，趋步俯仰，信人也，巧夫领其颐则歌合律，捧

其手则舞应节。千变万化，惟意所适。王以为实人也。与盛姬内御并观之。技将终，倡者瞬其目而招王之左右侍妾。王大怒，立欲诛偃师。偃师大慑，立剖散倡者以示王，皆傅会革、木、胶、漆、白、黑、丹、青之所为。王谛料之，内则肝、胆、心、肺、肾、脾、肠、胃，外则筋、骨、支、节、皮、毛、齿、发，皆假物也，而无不毕具者。合会复如初见。王试废其心，则口不能言；废其肝则目不能视；废其肾则足不能步。穆王始悦而叹曰："人之巧，乃可与造化者同功乎！"诏贰车载之以归。

但西藏传说的发展，却把木人与妃子说成眉目传情，他们终于飞出王宫结成夫妻，非常新奇可喜。

胡仲持译本中的《狡猾的穷人》，穷人得妻后的回家一段，把骗来的妻子放在木箱里而独自回家，国王带了猎虎出来，用箭射中木箱，放出女人，装进老虎。那骗子带箱回家开视，被老虎咬死了。不但与长江三峡的《箱中黑熊》的传说相同，且与唐《酉阳杂俎》的《宁王》故事相同。《救白蛇》故事的前段，与明清《梵箧》宝卷本中《药王救苦忠孝宝卷》之《孙思邈救白蛇》完全相同，也与清《蕉尾丛谈》中的《放鲤祠》故事近似。但后段则说成那青年向龙王要了一个会笑的小花猫（龙王的公主）回家配成夫妻，后被荒淫无道的国王发现，梦想在几次比赛中赢得美人，结果被她用法烧死，那青年做了国王。

第三类西藏故事，与汉人著作中的题名相同，而内容完全不同，显得非常出色。这类故事，我掌握的虽还不多，但有几个很好的例子足资说明。

举一个众所周知的《刻舟求剑》的故事来作比较：

《刻舟求剑》故事，出自公元前二百四十多年的《吕氏春秋》，原文是：

楚人有涉江者，其剑自舟中坠于水，遽契其舟曰："是吾剑之所从坠。"舟止，从其所契者入水求之。舟已行矣！而剑不行，求剑若此，不亦惑乎！

很明显，这是一则讽刺故事。但藏族的《刻舟求剑》故事，却被藏族人民说得出人意料，是与《吕氏春秋》原意完全不同的成功之作。请看：一个船民，因给一个贪婪的商人拉船，第一次被骗了。他回去打了两把同样的剑藏好一把，在行舟时假装失手落剑于水。他不顾那商人与别人的嘲笑，认真地在船边刻了记号，扬言会在刻了记号之处下水取回魔剑。结果船行数日，到达目的地了，他真的从刻了记号的船边跳下水去取出预先藏在衫内的另一把"魔剑"，利用那商人的迷信心理和大家对那商人的仇恨情绪扬起剑，逼那商人付出应给自己和大家的工钱。回程舟中，他才对众说出"双剑"秘密。真是一个非常有趣而人民性和艺术性又都很强的故事。

以上所举各例，仅是信手拈来，实则还有很多实例，一时无法列表对照。将来如有必要，我愿按照两种故事的异同之处，整理一份精确的文字资料出来。

仅就这些简例来看，已经可以断定汉藏文化的密切交流的关系，而不是什么蛛丝马迹。事实上，既然汉藏之间有着悠久的历史关系 —— 政治、经济、文化的往来，某些时代的军事进退，以及许多地区的汉藏杂处和通婚关系，那就必然随时随地都在发生着文化交流的关系。特别是唐、元、明、清各代与西藏的频繁、复杂的关系之中，也就自然而然地不但在民间会有"摆龙门阵"的传说交流，而且会有从汉文传播汉人著作中的故事过去，又从藏文中传播西藏和佛经故事过来的文化交流，这是完全可能的。因此，也就可以理解：汉文化（文字的、口头传说的）不但影响和丰富着藏族文化，而且会与藏族的进步文化因素（主要是民间文学）结合起来，对统治御用的文学故事，以及对宗教中的寓言故事，起着吸收精华、扬弃糟粕的作用。自然，也就产生了汉藏故事互相移植、丰富的奇花异果，而又分明显著的原始痕迹与各具风格，我想这也是合乎逻辑的解释。不过，这须要从历史关系中去找许多真凭实据。那当然是一项艰巨的工作，一时不可能弄出眉目，尤其是我还不能弄出眉目。

谨将有关线索提些出来，一则公诸同好，一则征求同志，总之算是抛砖引玉吧。

田海燕

1961 年国庆前夕写于北京

《金玉凤凰》溯源

（《金玉凤凰》1983 年版·后记）

田海燕同志的《金玉凤凰》第一册于 1961 年出版后，因其中的故事"不落陈套，曲折有趣，优美动人"，而受到读者的好评。其中《九色鹿》获第二次全国少年儿童文艺创作评奖（1954 — 1979）三等奖。1977 年，日本著名儿童文学家、国立民族学博物馆教授君岛久子女士将《金玉凤凰》译成日文，由岩波书店出版，在日本受到欢迎。其中《斑竹姑娘》经君岛改编成连环画本，被列为 1981 年世界童话故事 30 卷绘本之一。

田海燕当年曾赴川、滇等藏区进行采访，搜集过许多资料，原计划该书编著三册或四册出版，后因种种原因被迫辍笔，一停就近二十年。当 1979 年少年儿童出版社来函约写续集时，他已瘫痪在床，言语困难，无法动笔了。但万幸的是，他当年搜集的一部分资料尚存，在少年儿童出版社的热情鼓励和支持下，我接受了这个任务。在研究了田海燕留存下来的资料后，我还到北京等地进一步作了搜集，并向藏族同志和有关同志请教疑难，才编写出了这本续集，也算是初步实现了田海燕当年计划的一部分愿望。现有几个问题需作说明如下。

（一）《金玉凤凰》是根据西藏大型民间故事《若钟》改写而成的。"若钟"是藏语，"若"即尸体，"钟"即故事，直译出来就是《尸语故事》。这是西藏著名的民间故事集。由于它在广大藏族居住地区流传相当广泛，时间久远，至于它究竟有多少回故事，恐怕谁也说不清楚。所以，中央民族学院王尧同志于1955年选译这部故事集时，依据实际情况首先将其命名为《说不完的故事》，从此以后中外译者又沿用此名。这部故事集的本子很多，目前我所知道的，仅藏族版本（包括手抄本）就有下面几种：

1. 《贝神通的故事》（四川德格十六回木刻本）

2. 《贝神通的人尸故事》（青海十三回手抄本，亦称安木多十三回缮本）

3. 《人尸变金的故事》（甘肃夏河县拉卜楞寺二十一回本）

4. 《起尸变金的佛法故事》（西藏二十一回手抄本）

5. 《佛法故事二十一则》（西藏二十一回手抄本）

6. 山南琼结二十一回手抄本

7. 尧西、朗顿珍藏缮本（二十三回）

8. 浪卡子七回手抄本

9. 拉萨口语十五回油印本

10. 《尸语故事》（西藏人民出版社1980年4月拉萨第一版，二十一回本）

11. 《说不完的故事》（青海民族出版社1978年10月版，二十四回本）

其中大多数故事大同小异，去同存异约有四十回。但事实上流传在藏、甘、青、滇、川广大藏族居住地区的民间故事比书面故事的内容要丰富和生动得多，也更加健康和积极。王尧同志搜集了一百多个，青海民族学院中文科在1960年搜集到二百多个。《若钟》在藏族地区，经过历代西藏劳动人民的加工再创作，犹如千万条涓涓细流，汇成了汪汪"故事的海洋"。而且同一个故事，在藏族居住的不同地区，又染上了各个地区的特色，情节有所增删，内容也不尽相同。有的甚至出入很大，变化十分复杂。因此，要想找到一个统一的本子是很困难的。

（二）所以，田海燕编写《金玉凤凰》中的故事时，或采撷民间的一种传说，或综合民间的几种说法，有时甚至根据自己的"好恶增删"和想象补充，可以说，加工成分是较大的。

（三）而且《金玉凤凰》是他根据《若钟》民间故事的内容，改写成少年儿童读物的一次尝试。因此他自己称为"编著"而不称"整理"，以及王尧同志称《金玉凤凰》为改写本，都不无道理。田海燕这种尝试是有意义的，他的这本书无疑为我国的儿童文学园地里增添了一朵奇葩。

（四）我是沿袭田海燕改写的方法进行这项工作的。如果说他是"老汉推车——心有余而力不足"的话，那么对于我这个初学者而言，则是"邯郸学步"了。现在呈献给读者，希望能获得批评和指正。

（五）此书的编写工作得到中国民间文学研究会高鲁同志、中央民族学院王尧同志、西藏文联李朝群同志的热情鼓励和帮助，谨此致谢。

雏燕

1981 年 10 月 15 日

悠悠三十年

（《金玉凤凰》1992年版·代后记）

1989 年 12 月 26 日，"江汉 57"号轮从湍急的长江三峡溯江而上。下午 3 时许，神女峰已耸立眼前，我捧着父亲的骨灰罐，与妈妈、姐姐和妹妹下到底舱，只见两岸奇峰陡立，翻腾的浪头被船头击碎，立即又汇成新的浪花，簇拥着向东疾逝。

"呜——"3 时 30 分，轮船拉起了三声长笛，向在长江航运事业中战斗了四十载的父亲的英灵致以最后的敬意。

在汽笛声中，我噙着泪水，揭开了骨灰罐的盖子，抖搂着，将父亲的骨灰撒入滔滔江水中……

再往上溯行 700 多公里，便是父亲的故乡——泸州。1913 年他出生在那里。他的一生基本上是在长江边生活、工作和战斗的。他热爱长江，经常称自己是长江的儿子。他早留下遗言，死后要求将骨灰撒在神女峰下的激流中。现在他的遗愿实现了，他的骨灰随着江水，投入大地母亲的怀抱，回归于大自然中。

我望着滔滔的江水，不禁想起了他的一部没有完成的书——《金玉凤凰》。

正是在这神女峰下，他开始孕育《金玉凤凰》。1954 年春，一批西藏客人经过宜昌。父亲当时任宜昌民生轮船公司经理、宜昌港务局局长，奉命上船陪该团去重庆。在船上的三天，父亲应该团的要求，讲解三峡的名胜和古老的传说，想不到引出了流行在西藏的许多新鲜生动的故事。其中有一部藏族大型民间故事，因富于连续性，体裁别具一格，不落俗套，叙事曲折跌宕，引人入胜，集中体现了藏族人民勤劳、纯朴、好客、勇敢和机智的品格，反映了他们的美好理想和对幸福生活的憧憬。这部故事引起了父亲的关注和浓厚的研究兴趣。

此后，他到北京等地搜集材料，向专家请教。在拥有丰富材料的基础上，整理出题名《金玉凤凰》的一本小册子，1957 年由少年儿童出版社出版。出版后立即受到小朋友们的喜爱和欢迎，这对他无疑是一个极大的鼓舞，于是他又深入到川、滇等藏族地区进行采风，循此搜集到更多有趣的故事。1959 年应少年儿童出版社的要求，他先编写出 42 个故事，作为《金玉凤凰》的第一册印行出版。书出版后顷刻售罄，不到一年的时间，《金玉凤凰》四次再版，总印数达十余万册。

与此同时，他有机会随董必武进行生活采访，准备写作《董必武传》。他将《金玉凤凰》赠送给董老。董老十分高兴，热情鼓励他完成这项十分有意义的工作。

1975 年夏，父亲突患脑溢血，虽经抢救，幸免于死，但从此留下神志不清、半身瘫痪的后患。1979 年，少年儿童出版社来函约写《金玉凤凰》续集。全家人喜忧参半，喜的是读者没有忘记这位境遇坎坷的老作家，忧的是此时此刻他已丧失提笔的能力。于是作为儿子的我，立志要赓续父业，自告奋勇接受了这个任务。坦率地说，当时我更多的是从政治上考虑问题，因为父亲还戴着"反动文人""黑作家"的帽子，母亲和我希望通过这件事为他扩大影响，以期有利于他的问题的最终解决。

然而摆在我面前的困难犹如一座耸入云天的高山。父亲收藏的资料在"文革"中基本散失，加之对藏族的民间故事和风俗人情，我又知之甚少，对文学更是一个门外汉。那时我正在武汉的一所职工业余学校担任历史教员，月薪仅40余元。在家人的支持下，我自费到北京等地，首先找到当年父亲请教过的藏族文学专家和民间文学家，从他们那儿，知道父亲搜集资料的线索和改写的思路。接着我又与西藏、四川等地民间文学研究会的同志取得联系，在他们的大力支持和帮助下，经过艰苦的登攀，我终于爬上了高山，迎着阵阵山风，俯瞰脚下连绵的奇峰叠嶂，心情是何等激动呵！

1981年10月，在少年儿童出版社的热情鼓励下，我终于完成了《金玉凤凰》的第二册，于1983年5月出版，第一次印刷便是5万余册。

与此同时，日本著名儿童文学家、翻译家君岛久子访问了中国，赠送给父亲一本由她翻译、岩波书店出版的日文本《金玉凤凰》（《鸟》）。这时，我才知道《金玉凤凰》在日本受到欢迎的情况，其中尤以《斑竹姑娘》引起了轰动。

正当父亲度过他一生中最艰难的岁月时刻，他完全没有料到《斑竹姑娘》在日本，因同被誉为日本"古典文学的母亲"的《竹取物语》有着惊人的相似之处，而被称为"冲击性的发现"。

1971年，这一发现首先被日本一位女学生百田弥荣子在毕业论文中提出，继而引起了不少日本专家坚持不懈的探索。据不完全统计，日本学者已发表了近30篇（本）有关文章。这一探索是中日文化交流的重要内容之一。有的日本学者认为这两个故事存在着非同一般的相似乃至契合之处，简直是不可思议的。他们呼吁我国学者也对此进行系统的整理和研究。

八十年代，我国学者作出了响应，有的文章经过比较认为，"历史地看，中国文学对日本文学的发展有着巨大而深远的影响，留下了难以磨灭的胎痕。"并大胆地断定："《竹取物语》是完整地吸收并融化了《斑竹姑娘》的原型传说，而成为日本古典文学的重要的一分子。"中国学者的探索是有积极意义的，其中不乏精辟的见解，但研究规模和深度，还远不如日本。

中日学者的研究之所以难以取得突破性的成果，主要原因之一是未发现《斑竹姑娘》的原始记录，而父亲生前又没提供采集故事的准确地点和经过（发生以上情况时，他已神志不清）。这个遗憾最终竟酿成了一个难以解开的谜。

去年10月，日本京都花园大学文学部国文学科副教授曾根诚一先生来函询问有关情况。他执着地探索和促进中日文化交流的热情，鼓励和推动了我。我在认真清理父亲的遗物时，在一大堆杂志内，欣喜地发现了两份《金玉凤凰》的油印稿，无形中为研究《斑竹姑娘》提供了一个不期而来的重要线索。现将我所了解的情况提供如下：

第一，探索《斑竹姑娘》应放入《金玉凤凰》的大框架内进行。《金玉凤凰》是藏族连环性民间传说《若钟》（藏语，直译汉语为《尸语故事集》）的改写本。《若钟》最早由印度传入，经过藏族人民的流传加工和再创作，演变成为"酥油味"极浓的大型民间故事，并被誉为"第二部《天方夜谭》"。它是我国民间文学园地里的一朵奇葩。《若钟》目前能看到两种规范的版本，一种是文言本，一种是拉萨口语本。从已发现的11个版本的故事看，其中有许多重复之处，有的故事情节大体相同，只是细节有所变化。去同存异，大致有40个各具特色的故事，但《斑竹姑娘》并不在其中。

第二，《若钟》作为口头传承文学在藏、甘、青、川、滇等广大藏族聚居区流传。这部分口头文学比有文字记载的故事更健康、更丰富，如涓涓细流汇成了奔流不息的大江。但对于同一个故事，在藏族居住的不同地区，又带上了各个地区的不同特色，情节不免有所增删，内容也不尽相同，有的出入很大，甚至殊异，变化十分复杂。因此要想找到一个统一的本子，是十分困难的。《斑竹姑娘》属口头文学中的一个部分，它是父亲于 1955 年至 1956 年两年间数次到金沙江流域搜集到的，最初篇名为《竹筒姑娘》，后改为《斑筒姑娘》，最后定稿时称《斑竹姑娘》。

第三，《若钟》产生的年代待考，但从有的版本标明作者是鲁珠祖师来推定，它至少产生于公元 3 世纪。《竹取物语》是日本平安时代（794—1185）传承下来的一部最古老的文学作品。这一时期正是我国的唐代。众所周知，唐代是中国文化对日本文化产生深远影响的时期，特别是佛教，正是那时由中匿（包括西藏地区）传入日本的。在这样的文化背景下，日本产生的《竹取物语》与早 300 年前在中国诞生的《若钟》，是否存在某种内在联系呢？这是值得深研的一个问题。

要解开这个谜，尚需中日学者坚持不懈地共同努力。我希望我国有关方面组织力量，深入到藏区，特别是《斑竹姑娘》的故乡——金沙江流域，寻找故事的源头，从而对中日文化交流作出有益的贡献。这也是有益于世界文化史的一件事。

《金玉凤凰》从 1957 年的最初版本至今，已有 30 多年了。当我看到第一个小册子时，脖子上还系着红领巾，真没想到，在我步入不惑之年时，竟会由我来承担完成它的续篇任务。当我合上最后一页稿纸，习惯地看了一眼台历，1990 年 12 月 17 日，我惊呆了！这一日正是父亲的周年忌日，是巧合，是神意，还是心灵上的呼应？我无法知道。

回顾这酸甜苦辣的前尘，我不由得热泪盈眶。《金玉凤凰》一书终为父亲赢得了荣誉，为祖国赢得了荣誉，我感到由衷的欣慰。1961 年它作为我国文化交流图书之一，参加莱比锡国际书展。其中《九色鹿》获得我国第二届（1954—1979）少年儿童文学三等奖，并被译成英文。上海电视台、湖北电视台播放了根据《金玉凤凰》中的故事改编的动画片。1987 年 4 月，在莫斯科儿童文学期刊国际会议期间，苏联最大的儿童图书馆的陈列室内，陈列的中国图书仅有《鲁迅作品选》《张天翼作品选》和《金玉凤凰》三种。《金玉凤凰》被译成日文后，获得日本读者的普遍好评。1981年日本出版的《斑竹姑娘》连环画，被列为世界童话故事30卷绘本之一。1989年《金玉凤凰》又被日本岩波书店列入儿童文学名著21册之一。

每念及这风风雨雨的30多年，心绪难以平复。这套书不仅凝结着我家两代人的辛勤劳动，也凝结着一些文学前辈、兄长和朋友们的热心支持和关怀培植。中央民族学院王尧教授对我们父子都给予了热情的指点。当年帮助过父亲的萧崇素前辈，得知我继承父业，非常高兴，寄来了资料并赠诗一首。高鲁同志曾与父亲合编《红色歌谣集》。1979年8月，经他修订和补充的《红色歌谣集》再版时，他在《修订增补后》一文中公开为父亲鸣不平，并将全部稿费寄给母亲。当时父亲仍在审查中，这深情厚谊如一团火焰，温暖着我们一家冻僵的心。同年我为《金玉凤凰》搜集材料上北京，他又予以鼎力相助。

1980年我在《西藏文艺》上，看到连载的《说不完的故事》（即《若钟》），便冒昧地写信给翻译者李朝群先生。他从雪域高原寄来了鸿书，真令我激动不已。他与我保持通信达五年之久，他无私地将自己搜集到的资料提供给我，并在事业上给予我热情的鼓励和期待。

1984年我在成都参加一次审稿时，认识了一位青年。他叫林俊华，当时在四川省教育学院进修。从交谈中，我得知他在甘孜藏区工作，于是请他帮助调查搜集故事。他返回家乡后，以极大的热情四处搜集，源源不断为我寄来资料。

少年儿童出版社对我的工作也给予了很大的支持，多年来如果没有该社的支持和鼓励，我是缺乏完成这项工作的勇气的。《金玉凤凰》后两集的责任编辑刘东远同志，我从1980年夏季与他结识，至今已是11年了。他和施雁冰大姐给予我多方面的关心和指导。后两集也倾注了他们的心血。

我还一直铭记1957年最初版本的责任编辑魏同贤同志和1961年修订增补新编本的责任编辑严大椿先生。惊悉严先生已经谢世，在此表示我的衷心悼念。《金玉凤凰》的面世以及它在东方世界民间文学领域所产生的巨大影响，应当说与少年儿童出版社的工作是分不开的，因此我也永远不会忘记少年儿童出版社与这本书的历次责任编辑。

著名画家王树忱先生，30多年来对《金玉凤凰》一书倾注了极大的热情，用他娴熟而富有东方特色的绘画，给该书第一、二两册增添了光彩。惊悉去年5月他不幸患了癌症，并动了大手术，身体十分虚弱，"拿起笔来就觉得千斤重"，已辍画笔很久了。但当他得知《金玉凤凰》第三集完稿，少年儿童出版社决定将三集合并出版时，他忍受着病苦，以惊人的毅力重新拿起"千斤重"的笔，精心构思绘画插图。闻之，我的心在颤抖，在流泪！新近获悉王树忱先生已去世，内心无比悲痛，今年秋，他在弥留之际，我在沪虽探望了他一次，已感到他的病情之沉重，怕是见不到该书的出版了。心里十分难过。面对着他的最后遗作，为《金玉凤凰》的插图，我深感这不是一般的画，而是融进了王先生对我们父子两代人的真挚情感，跳动着一颗对生活无比热爱和对艺术执着追求的心。而今王先生的精美作品与他在艺术事业上所作的贡献一样，将永远留载青史，与《金玉凤凰》一同传诸久远而不泯。

还有我的朋友胡水清先生，是《金玉凤凰》第二、三两集的第一位读者，利用业余时间，帮助我校读手稿，提出了许多宝贵的意见，其真诚的友谊使我难以忘怀。我的学友孔艳霞为此书倾注了热情，西藏民族学院文国根先生为本书题写了藏文书名，我铭记在心。对于以上各位前辈、兄长、朋友们的热情鼓励和帮助，致以我诚挚的谢意。

写完代后记前，接到刘东远同志信告，少年儿童出版社决定将《金玉凤凰》三集合编，分上下两卷出版，并纳入该社的"少年文库"丛书。听到消息，无比高兴。从此《金玉凤凰》有了一个归宿，它将作为一个完整的书目在儿童文学园地上保留下来，传扬开去，传之久远，在广大少年读者中生根开花。这里应加说明的是，依据三集合编的需要，对《金玉凤凰》故事引子的接头重新归口；有的故事排列次序适应内容的需要做了个别调整，对已发表的故事在文字上做了订正、修改，删去《金翅鸟》一篇。全书共得故事 109 个。并将 1957 年版"前记"、1961 年版"代序言"和 1983 年版"后记"附于书后，以供研究者参考。

雏燕（田子渝）

1991 年 12 月于汉口北湖

图书在版编目(CIP)数据

金玉凤凰:藏族民间故事:全两册 / 田海燕,雏
燕编著. — 广州:广东人民出版社,2025.5

ISBN 978-7-218-17342-9

Ⅰ.①金… Ⅱ.①田…②雏… Ⅲ.①藏族—民间故
事—作品集—中国 Ⅳ.① I277.3

中国国家版本馆 CIP 数据核字(2024)第 011247 号

JINYU FENGHUANG: ZANGZU MINJIAN GUSHI

金玉凤凰:藏族民间故事(全两册)

田海燕 雏燕 编著   ☞ 版权所有 翻印必究

出 版 人:肖风华

责任编辑:廖智聪 刘美慧
插画设计:愚公子
装帧设计:崔晓晋
责任技编:吴彦斌

出版发行:广东人民出版社
地　　址:广州市越秀区大沙头四马路 10 号(邮政编码:510199)
电　　话:(020)85716809(总编室)
传　　真:(020)83289585
网　　址:http://www.gdpph.com
印　　刷:广东鹏腾宇文化创新有限公司
开　　本:889mm×1260mm 1/32
印　　张:21.75 **字　数:**768 千
版　　次:2025 年 5 月第 1 版
印　　次:2025 年 5 月第 1 次印刷
定　　价:110.00 元(全两册)

有声点播
随时随地尽享文化熏陶

作者简介
深入了解作品背后故事

扫码加入

故事汇

功华

邀你共赴一场地域文化之旅

云游华夏
身临其境找寻中国美景

文化探秘
跟随名著感受历史温度

樂 府

·

心里滿了，就从口中溢出

金玉凤凰

藏 族 民 间 故 事

上

田海燕　雏燕　编著

广东人民出版社
·广州·

让金玉凤凰飞进孩子们的心灵
《金玉凤凰：藏族民间故事》2025年版序言

我笔耕了大半辈子，做梦也没有想到，会和这本书的渊源有如此之深。

1957年，我刚11岁。某天邮递员送来一个邮包。父亲打开邮包，是《金玉凤凰》的样书，红色封面上面绘有一只美丽的长尾金凤凰，站在一棵枝叶繁茂的大椰树枝头含笑俯视着树下年轻英俊的藏族王子。那王子身姿矫健，头戴花毡帽，腰别长斧，脚穿高靴，双手越过头顶高举大网，目光如炬意欲网捕凤凰。这本由父亲编著、上海少年儿童出版社出版的小册子，共有十多则小故事，约六万字。它用金玉凤凰作为全书的引子，在主人公藏族王子追捕凤凰来来回回的过程中，讲了一个又一个的引人入胜、溢满智慧的故事，最终让大王子从这些故事中领悟到人生真谛和安邦治国的哲理。这些情节深深地吸引了我，一口气将它读完。

1961年，我15岁。一天邮递员送来了一批书，父亲打开一看，是新版《金玉凤凰》，为大32开本，是1957年版的扩编版，有42则小故事。封面与1957年版一模一样，只是上面写着"第一册"字样，表明还将出版若干册。

过了几天，邮递员又送来了一个邮包。父亲打开，这是一本十分精致的书。它的版式与当时流行的32开本不同，是小16开本。封面是银灰色棉麻料，上面有一只采用烫金压凹工艺的凤凰，显得格外素雅别致。书中附出版社一封信，方知它是1961年版的另一个版本，是我国参加莱比锡国际书展的样书。那时我国与西方国家联系很少，参展是很稀罕的事情。这本小16开本的《金玉凤凰》从来没有在市场上出现过，纯为参展而特别印制的。

　　1961年版问世，一时洛阳纸贵，成为少年儿童的最爱，短时间四次再版，总印数达十余万册。这部书被日本著名学者君岛久子翻译，作为儿童名著出版日文版，其中《斑竹姑娘》连环画本被列入1981年世界童话故事30卷绘本之一。这部书还参加了莫斯科儿童期刊国际会议的书展，中国参展的儿童图书只有《鲁迅作品选》《张天翼作品选》和《金玉凤凰》三种。《金玉凤凰》中的《九色鹿》获得第二次全国少年儿童文艺创作评奖（1954—1979）三等奖，并被制作成动画片，还上了小学的课本。

　　这些新故事如同丰盛的文化美餐，我大快朵颐，尽情品味完的当天晚上做了一个梦：我骑在金玉凤凰身上，飞向了神奇的雪域高原，飞向盛开格桑花的藏区坝子……

　　1983年，我37岁。一天邮递员送来了一个大邮包。我打开一看，有20本《金玉凤凰》第二册样书，封面白色底彩色图，色彩明快，造型生动。在一片群山环绕、祥云紧随、艳阳高照的森林里，一棵枝叶繁茂的大椰树上卧着一只口衔嫩枝悠然自得的长尾金凤凰。树下站着一个仰望凤凰的年轻而又威武的藏族王子，他头戴花毡帽，肩系长披，脚穿翘头长靴。王子卷起袖子一手持斧，一手持棍。我捧着书，激动万分。这是我赓继父业，续写的《金玉凤凰》呀！

　　1962年父亲写了第一册后，打算写第二册、第三册、第四册。没有料到，"文化大革命"的风暴将他卷了进去。他被打成叛徒、反动文人，失去了创作的权利。1979年，我国改革开放的春风刚刚沐浴在神州大地时，少儿社便来信，希望出版《金玉凤凰》续集。我们全家喜忧参半。喜的是小朋友们没有忘记这位境遇坎坷的老作家，尽管当时父亲的政治问题还没有解决；忧的是他因中风失去了写作的能力。万幸的是，父亲搜集的一些资料还在，于是我自告奋勇来完成这部很有意义的作品。

我在学校工作，从事历史教学与研究，对文学我是门外汉。唯一的办法就是学习，于是我订阅了《西藏文艺》《青海湖》以及甘孜藏族自治州的文学刊物（内部出版）和大量藏族文学的书籍，每天发疯般地阅读，走路、吃饭、睡前都念藏族谚语、俗语、诗歌，梦里也是藏族民间故事。我沿着父亲搜集资料的路线，到北京、上海，从图书馆中找相关资料；到北京民间文学研究会，寻觅藏族民间文学的珠玑；向藏学学者王尧（1928－2015）、藏族民间文学专家萧崇素（1905－2002）、藏族民间文学研究者李朝群等请教；到金沙江流域、巴塘地区等地采风。有了资料，产生了感觉，便进入创作，其间我不知翻阅《金玉凤凰》多少遍，追寻父亲的写作路径，模仿他的语言风格，经过三年奋笔疾书，于1982年写出了第二册30多则故事交给少儿社。我内心十分忐忑，不知"考试"能否及格。没有料到出版社很满意，老编辑施雁冰、刘东远欣喜万分，惊讶"田海燕父子的文笔竟是这等相像，青蓝一色，如出一辙"。

《金玉凤凰》第二册出版后，大受欢迎，第一次印刷就有五万册。1991年5月，少儿社将《金玉凤凰》与《中华上下五千年》一起选入"少年文库"。

1992年，我46岁。一天邮递员送来一张领书通知，按照通知我到邮局取了一个邮包，打开是20本三卷本的《金玉凤凰》。1983年《金玉凤凰》第二册出版后，少儿社希望我写第三册。于是我进一步深入收集资料，再次攀登藏族民间传说的高山，花了近十年时间，于1991年写出了第三册。出版社将三册合编，共107个故事出版。合编集有两个版本，一个版本是上下册，封面与1983年版相同。另一个版本是全集一册，黄色的封面上是凤凰和王子的剪影图形，造型概括简练，富有联想空间。书名"金玉凤凰"分别为红、绿、深棕、蓝四种颜色，藏文字紧随其下，别开生面。后一个版本没有在市场流通，印数极少，是作为国际文化交流赠送的图书。

值得特别一提的是，《金玉凤凰》从1957年出版第一个版本到1992年合编版本，共有4个版本封面和65幅插图，都是王树忱（1931－1991）绘制的。王先生是著名的少数民族画家，因创作《过猴山》《黄金梦》《哪吒闹海》等动画片而名满天下。王先生画《金玉凤凰》第一版封面时，是26岁的青年画家。《金玉凤凰》第三册完成时，60岁的王先生不幸患癌症一年有余，动了大手术，身体非常虚弱，"拿起笔来就觉得千斤重"，已辍画笔很久了。但他得知《金玉凤凰》第三集完稿，少儿社决定将三集合并出版时，强忍病痛，以惊人的毅力重新拿起"千斤重"的笔，精心构思绘图。这最后的十来幅精美的作品，是王先生的最后遗作。这不是一般的插图，而是融进了王先生对我们父子两代人的深情厚谊，跳动着一颗对生活无比热爱和对艺术执着追求的心。

一部儿童故事，包孕了父子两代人35年的心血，溢满了王树忱先生34年丹青的情怀，创造了文学史上的两个奇迹。

2025年，我79岁了。遥记得2021年初春，乐府文化来信希望出新版的《金玉凤凰》。接到信我很惊喜，鉴于我与少儿社签订的出版合同早已过期，我同意由他们来出版。2025版对原书略做文字修订，内文插图由一位年轻的新锐插画师愚公子重新设计绘制，赋予了这些故事新的活力。

啊！韶华瞬息。《金玉凤凰》是我们父子两代人整整用了 65 载春秋合编的文学作品，历经了两家出版机构，我不禁百感交集。我们不是《金玉凤凰》的原创者。《金玉凤凰》的文学源泉是藏族文化的瑰宝，上千年广泛流传在西藏、青海、甘肃、四川、云南等地的大型民间故事，又有《若钟》《贝神通的故事》《神奇尸语的故事》《说不完的故事》等名称。早在 20 世纪初，就有外国人 A. I. Shelton 和 Elenore Myers Lewett 将它介绍到欧洲，其有"东方的《一千零一夜》"、"第二部《本迦檀曲》"（印度著名的传说）等美誉。《金玉凤凰》是在这个大型民间故事的基础上，进行艺术再加工的一次有意义的尝试。

这是一本根据少年儿童的阅读兴趣进行编著的故事集。今天重读，我感到无比欣慰。从《金玉凤凰》最初产生的年代到如今，世道已经发生了翻天覆地的变化，读者也换了好几代，但它没有过时，它的语言依然是那样生动有趣，故事依然是那样熠熠生辉。它以金玉凤凰作为引子，串起 107 个奇巧多姿的故事，向小朋友播撒文明。这些故事不仅妙趣横生，散发浓郁的"酥油味"，而且极富人生哲理。

《九色鹿》讲的是善良的九色鹿救落入水中的弄蛇人，后来弄蛇人出卖九色鹿，因其忘恩负义的丑恶行为而遭到惩罚的故事，宣扬了惩恶扬善。《斑竹姑娘》讲一个老阿妈和她的朗巴（藏语：儿子），用生命无微不至地养护一根斑竹，教育人不要贪财图势，要知恩图报。《尼珍姑娘》《橘子姑娘》歌颂了纯洁、真挚的爱情，它们主题相同，但情节迥异、各有特色。藏族的《刻舟求剑》与《吕氏春秋》的寓言《刻舟求剑》结局完全不同，《吕氏春秋》讽刺的是掉剑楚人的愚蠢可笑；藏族的《刻舟求剑》讲的是一个船民通过聪明才智惩罚愚蠢的商人，这个故事体现了人民性和艺术性的统一。《黄金梦》《三个喇嘛的私心》《贪心的猎人》《贪财者》鞭挞自私贪婪。《如意宝》《丑少年》《救白蛇》歌颂善良，"好心有好报"。《青蛙智胜老虎》《聪明人戏弄财主》《羚羊退敌》等歌颂聪明智慧。《圆梦人》《曲林巧惩头人》等讲述用机智、勇敢降伏头人、土司、国王的故事。《尊老国》教导人们要继承尊老的美好传统。《玛曲河的故事》讲述人类化身的天神比亚索顿战胜瘟疫病魔的故事。《达娃卓玛》记录藏族同胞关于月亮的传说，运用聪明才智和勇敢抗击权势的故事。《机智却敌的加玛》伸张正义，反抗侵略，弘扬爱国主义……

著名人士查理·芒格说："我这辈子遇到的聪明人（来自各行各业的聪明人）没有不每天阅读的——没有，一个都没有。"小朋友通过《金玉凤凰》等有益书籍的熏陶和浸染，启迪心智，滋养人生，赓续中华民族优秀传统美德，增强真善美的品格，努力学习文化知识，向美好的明天飞翔。

雏燕（田子渝）

2024 年于武汉市武昌沙湖田宅

目录

讲故事，先做声明

你很爱听世界屋脊上的神奇故事，也曾幻想自己要结伴飞上云霄，在珠穆朗玛峰顶，一面建设乐园，一面纵情歌舞吧？

不消说，神话毕竟只是希望的寄托；神仙佛道不可能真把世界屋脊上的冰川雪岭，变成幸福乐园。只有在党的领导下，我们才能搬走压在人民头上的三座大山，让奴隶成为掌管世界屋脊的主人。这是远远胜过神话和传说的奇迹。在新社会里，多少超过神仙的英雄已经产生，多少上天入地的故事已经流传，多少建设宏图已经揭幕。说实在话：西藏高原今天发生的事迹，早已超出你的幻想了。你要听就听，反正新的故事和新的人物很多，够你听到胡子拖到十丈长的。

"那就讲新的故事吧。"你说。

照理我该讲了；然而说实话，我是老汉推车——心有余而力不足的。

这是因为我从来没有到过西藏，只从报刊、广播中知道一些发生在高原上的新奇故事，比你所知道的不会多太多。至于前几年我到过的四川省甘孜、阿坝等藏族羌族自治州和滇、甘藏区，如今已日新月异，飞跃变化；我所采访的一些故事，早已成为陈旧"皇历"。所以你想听新的故事，只好请你等待别人讲说，或者由你迎风成长，亲自登上世界屋脊去看，去听。

"既不能讲新的，就讲那个开了头而未结尾的《金玉凤凰》吧。"

是的。我既然不能讲新的，也就只好仿照《一千零一夜》那种方式，断断续续地讲述这部西藏民间故事了。但要声明：我未到过西藏，只是根据传闻，边回想边讲述，有时甚至根据我的好恶增删，自然很难保持故事原有的面貌。这当然由我负责。好在这部《金玉凤凰》又叫《智慧的故事》，或叫《神奇死尸的故事》，是流行于各个藏区的著名的民间文学，将来一定会有藏族的优秀文学家整理发表，让你享到耳福；我只不过把那些歌颂神仙、佛祖、国王、喇嘛、头人和代表统治阶级欺骗人民的荒唐故事，加以剔删，对你讲些可能感到有趣和有益的故事；也想通过某些和汉族传说、记载类似的故事，让你了解一些汉藏文化的交流关系，从而对祖国各族人民的文化产生兴趣，我也算尽一点增强汉藏民族友谊与交流汉藏故事传说的责任吧。

闲话休讲，言归正传。

变魔法，引出故事

从前，有一个国王和他的王后，年纪老了，才生下一对王子。两兄弟的面貌、身材长得一模一样，穿着也同式同色，远看就像两朵迎着朝霞盛开的雪莲。所有大臣、喇嘛，尽都五体投地为国王祝贺，为王子祝福。可是，国王和王后的眉头，却半开半皱，现出一半儿欢喜、一半儿烦忧的神色。

你猜是什么原因？原来，大王子生得绝顶聪明，两岁就识字，三岁就读书，五岁六岁就学会历算、武艺和工技，七岁八岁就夸耀自己已经学会了当国王的本领。虽然事实并非如此，但却无人否认他的绝顶聪明。比如那位法术高深的雪山隐士，尽管口里说他还很幼稚，心里也禁不住赞许他是"下凡的菩萨"。可是那个同母同胎的小王子呢，枉自和他哥哥长得一般模样，肚里却满是糊涂虫儿，十岁不识数，十二岁还撒尿在床上，不用说，读书识字与他无缘，历算、武艺与他无故，真如俗话说的："一树花儿开两朵，一朵香来一朵臭。"这当然要使老来得子的国王和王后又喜又忧了。

国王和王后时常求神拜佛，烧香许愿，无非希望小王子变得聪明；也时常请经师教导。可是小王子仍是提起笔杆发抖，写不出自己的名字。国王束手无策，只得登朝，向臣子们征询教儿聪明的方法。满朝文武，尽都你望着我，我望着你，像一群哑嘴的鸦雀，气得国王胡子乱抖。

正在这个时候，朝门外响起一阵歌声：

哑巴会开口，

顽石会点头，

愚者会聪明，

智者我为首。

歌声惊醒了那群"鸦雀"，满朝文武倏地锦袍扫地，冠缨拂尘，争着挤作一堆，七嘴八舌地奏道：

"臣有治愚之方。"

"臣有开窍之策。"

"臣有复聪之药。"

嘈杂刺耳的声音，一时震得梁上、殿上灰尘飞扬，几乎把那高居宝座的国王耳朵都震聋了。

国王勃然变色，向跪在尘埃里的那批"鸦雀"，怒冲冲地横扫一眼，径向侍卫们喊道：

"快唤歌者进殿。"

歌者飘然而进，一个接着一个，一连飘进来七个魔法师，他们走路都脚不沾地。带头的一个向飞过天空的鸟儿一招，鸟儿就吱吱喳喳飞到国王面前。第二个用手向朝门一指，朝门突然变成两位神将，威威武武地跨上殿来。第三个张口向殿前的花树一吹，花树变成一群仙女，在殿前吹弹歌舞。第四个向殿前的侍卫一笑，侍卫转身就把王后和大小王子领来。第五个向大王子念句咒语，大王子立时变得像小王子那么愚蠢。第六个向小王子点一点头，小王子立时变得像大王子那么聪明，还对着殿上发生的新奇事儿，即景吟诗。第七个向那群大臣用手一挥，那些大臣尽都变成鸦雀，满天飞旋。

国王和王后见了，既惊奇，又骇异，心中顿时沸腾起满锅开水：小王子忽然变得聪明，自然是天大的好事，可是大王子忽然变成呆子，众文武忽然变成飞禽，这是"卖了灰马买白马"，反添了王位谁继、江山谁保的忧虑。两夫妇想到这里，不由心惊胆战，赶紧定神，满脸笑容地恭请七位魔法师就座。

七位魔法师昂然入座，互相争着夸耀自己的本领，越说越使得国王心惊，倒把求儿聪明的事忘了，心想先保住护驾的文武大臣要紧，便对魔法师们恭恭敬敬地请求道：

"大师们法术高深，我已当面领教，想来无须费吹灰之力，便能使他们还原。"

"这很容易。"魔法师们一面笑着回答，一面施法念咒，顷刻间，一切都已还原，像没有发生过什么事情一样。

文武大臣清醒过来，想着刚才遭受的羞辱，一个个心中恼火，但抬头看见国王和王后又是满面愁容。大家回头望望小王子，又是那么呆头呆脑，赶紧争着献媚道：

"大王有福，异人有法，还用担心殿下不会变得聪明吗？"

国王心中明白，这些魔法师虽有法术可使小王儿聪明，但是不可把他们留在朝中，以致发生大患，便提出厚礼酬谢教儿聪明的办法。

七位魔法师互相瞅着笑了一阵，都摆起架子来说：

"小人等不过一时之戏，哪里真能教殿下聪明？"

他们边说边站起来，装出就要归山的样子，急得满脸皱纹的国王和王后涕泗滂沱，文武百官又都跟着鸦雀无声，生怕魔法师们推脱，国王又骂他们无用。

宰相急忙转身，向魔法师们东求西劝，好久才得到他们的冷冷回答：

"试试看吧，不过时间无定。"

这是在讲价钱了，国王才开口笑道：

"但求早日成功，财礼倒可多送。不过，宫中不洁，请法师们就带了小王儿去吧。"

国王以为那七位魔法师还要讨价还价，想不到他们倒顿时异口同声地答应了。

于是，魔法师们带了小王子和国王赏赐的几驮财礼，得意扬扬地回雅拉香布雪山去了。

一晃过了三年，国王时时派了高贵的大臣送去许多财礼，可总带不回小王子聪明的消息，魔法师们老是对大臣那么回答：

"请国王放心，我们一定尽力教导殿下。"

实际呢，魔法师们一等大臣回马，便哈哈大笑道：

"难道我们也是糊涂虫，放着宝树不摇钱吗？"

就这样，他们七个人，轮流陪着小王子吃喝游玩，从不教他半点儿本事。所以过了三年时间，小王子没有学到一点本领，自然不会比来的时候稍微聪明一些。

大王子在这些年里，又学了许多本领，认为自己是国里的头号聪明人。但他对弟弟很友爱，因为有三年不见弟弟，心里十分惦念。一天，他请求国王准许他去看王弟是不是学到了本领，是不是变得聪明了。

国王答应，大王子就骑着一匹黄骠马，"嘚嘚嘚"地跑到雅拉香布雪山去了。

到了七位魔法师的岩洞门口，大王子下了马，正要伸手拍门，忽然听见里面有喧笑的声音，便就着门缝往里张望……

七位魔法师正巧带了小王子在饮酒歌舞，谈笑作乐。

他先见魔法师只是陪着弟弟吃喝，什么也不教他。然后又见魔法师向弟弟的头上念两句咒语，弟弟打一个呵欠就倒地睡了。他很气愤，正要冲门进去，忽然又听见那些魔法在笑说当年的秘密，才知道他们用的是魔法，所以不愿住在王宫里，免得露出马脚，只是把小王子领了回山诈财。

大王子非常轻视他们，但忽然又惊奇不已，那七位魔法师不知为什么那么高兴，竟比赛起魔法来了。他们比赛得很起劲，把全部魔法都表演了，也把全部秘诀都说了。这些都被大王子看在眼里，记在心里。

大王子突然学得了这么多魔法，便认为自己如虎添翼，并且认为弟弟也不必留在这里了，就敲门进去，向魔法师们假称是国王派他来接小王子的，也不管七位魔法师愿不愿意，径直唤醒弟弟带起走了。

大王子高高兴兴地和弟弟一起骑着黄骠马回去。一路上，他不多和弟弟说话。好在弟弟不是聪明人，也注意不到哥哥在想什么心事。

两兄弟快到王宫门前时，大王子忽然决定要试试自己偷学得来的本领，就在宫门前对小王子说：

"你把这匹黄骠马牵到马厩里去拴好，再看看是不是还有一匹小白马，假如有的话，你把小白马牵去市上卖了，拿了钱来见我。但是，千万要记住：你牵小白马去卖的时候，切不可走近魔法师们住的岩洞门口呵！"

"好的，好的。"

小王子连声答应，牵了黄骠马到马厩去了。一看，哪有什么小白马呀，但当他拴好黄骠马的时候，却忽然发现一匹漂亮的小白马站在黄骠马的面前，还摇头摆尾地在一面吃草，一面轻轻踢着蹄子。

要说小王子愚蠢得很吧，这一回却有了自己的主意，他爱上了小白马，心想："这马卖了可惜，不如留着自己骑吧。"于是，他骑上小白马，跑出王宫，十分得意地在雪野里奔驰，根本不向马市跑去。

小王子在雪野里驰骋一阵之后，又有了新的主意，他觉得应该让他的老师们，看看自己的骑马本领。这时把他哥哥警告"不要走近魔法师住的岩洞门口"的话全忘记了，只是拉紧缰绳，扬起鞭子，策马向着雅拉香布雪山跑去。不管小白马怎样不愿前进，他还是死劲儿鞭打小白马的臀部、腹部和颈项，一直赶到了七位魔法师的岩洞门口。

小王子还没下马，那七位魔法师已经笑吟吟地迎了出来。

小白马嘶叫着往后退避，小王子本想让师父们看一眼之后就走，想不到魔法师们却对小王子笑着说道：

"你既来了，就不用走了，把马卖给我们吧。"

小王子并不知道这小白马就是他哥哥变的，此时心想："卖了钱去见父王，一定能得到夸奖。"便笑着从师父手里接过了黄灿灿的金子和白晃晃的银子，把小白马交给师父们，自己便跑回去了。

魔法师们把小白马拴在石柱头上，用藤鞭抽打他的背脊，把钢刀架在他的颈上恶狠狠地说：

"自作聪明的太子呵，你虽然偷得了我们的魔法，却逃不出我们的手掌。"

变成小白马的大王子很悲哀，懊悔自己不该卖弄聪明，弄得现在进退两难。但是，他立刻镇静下来，默默地对着岩前的河流念道：

"天有灵，地有灵，但愿有鱼来现形，我变鱼儿好游行。"

立刻，河里有一群小鱼游来，小白马摇身变做一条小鱼，混到鱼群里游走了。

七位魔法师都没想到大王子变得这么迅速，不禁呆了一下，赶紧变做七条大鱼，一齐追赶小鱼。过了深水过浅滩，大王子变的小鱼，被一条大鱼追上，尾巴快被咬着了。

大王子变的小鱼心惊胆战地念道：

"人有灵，物有灵，但愿有鸟来现形，我变鸟儿好飞行。"

立刻，一群白鸽飞了过来，小鱼摇身变做一只白鸽，混到白鸽群里飞走了。

七位魔法师也立刻变成七只黑色的雄鹰，飞上天空追赶。飞越山冈，飞过云层，大王子变的小白鸽，在风云里飞得非常疲倦，实在支持不住了，只好在七只雄鹰围扑上来的时候，一个跟头，从云层里直栽下去，落到雪山沟里。

沟里有一个山洞，正是那个说太子"还很幼稚"的雪山隐士住在里面。

小白鸽直飞进洞，像要断气似的，扑到隐士的石床上面。

隐士把小白鸽轻轻抱在怀里，亲切地抚摸着说：

"你为什么这么惊慌？"

小白鸽得到人的温热抚慰，立刻往地上一跳，现出了大王子的本相，恭敬地向隐士道：

"我是太子，因为偷了七位魔法师的秘诀，被他们紧追，请你照我教你的办法搭救我吧。"

若是大王子向隐士虚心求教，隐士自会另有办法救他。但是他却要教隐士计谋，那位"年高有道"的隐士，也没料到要出什么大事，便对他笑笑，点头答应了。

门外响起了播鼓一般的敲门声。

大王子急忙附着隐士的耳朵说：

"那七位魔法师赶来了，请你在你的颈上挂一串佛珠，我变做最大的一颗佛珠混在里面，然后你去开门，让他们在洞里找不到我。假如他们认出了我，向你要佛珠的时候，你就将串珠的丝线拉断，让所有的珠子散落地上，此时我自有妙术对付他们。"

门外又起了更响的敲门声音，隐士只好对大王子说一声："依你的试试看吧。"说着挂上佛珠，去开柴门了。

门外果然站着七位头发胡子白飘飘的老人，个子都不高大，只是个个的眼里，都露着凶恶的神色。

隐士请他们进来。那七位魔法师向屋里扫视了一下，就都盯着隐士颈

上的佛珠，假装说是到名山求宝，请求隐士把颈上的佛珠施给他们，好带着去烧香拜佛。

隐士照着大王子的意思，伸手把串珠的丝线拉断，大大小小的佛珠撒了满地，尽都变成了小虫；大王子变的那颗大佛珠呢，还留在丝线上面。

七位魔法师一时粗心，被佛珠变成许多小虫的情景迷惑住了，就施展魔法，立刻变成了七只大公鸡，抢着啄吃那些小虫。

正当公鸡们抢啄小虫的时候，大佛珠啪一声落下地来，立时变成一个威武的王子，举起大刀一挥，就把七只大公鸡全部砍死，地上现出的是七位魔法师的血淋淋的尸体。

逢指点，追寻金玉凤凰

雪山隐士被这突然发生的事情震惊了，立即沉下脸来责备大王子说：

"为什么下这样的毒手？你现在就这么随便杀人，将来岂不是个残暴的国王？"

大王子也发觉自己卖弄本事过分了，失悔地说：

"晚了，我怎样才能不再发生错误呢？"

雪山隐士庄重地说：

"如果不用和平而用残暴，天下不会太平，人民不会安乐。那七位魔法师虽然狡诈，但还罪不至死。而你，怎么可以不分轻重就任意滥杀呢？"

雪山隐士见大王子被说得有些羞愧，就点着头说：

"一个真正聪明、智慧的人，首先必须具有沉着的性格和坚韧的精神，然后才能运用聪明和智慧，否则就是急躁和脆弱。所以，我说你还很幼稚呢。"

大王子听了这番话，像从梦里醒来，提出要求道：

"请帮助我具备沉着性格和坚韧精神吧。"

雪山隐士笑着说：

"这是要一半靠自己的决心，一半靠别人的帮助才能成功的。"

"我有决心养成沉着性格和坚韧精神。"

雪山隐士见大王子有些诚意，便拉他坐在石凳上，亲切地对他说：

"我不能帮助你；但是，我知道在遥远的某处的桫椤树林里，有一只金玉凤凰能帮助你。"

"为什么叫金玉凤凰？"

"因为这凤凰的腰部以上是黄金铸的，腰部以下是碧玉镶的。他的头上，戴着美丽的花冠。他的尾上，张着五彩的花屏。这凤凰是聪明、智慧的美丽神鸟，他到了哪个国家，哪个国家就会吉祥，人们将得到聪明和智慧。只是要有决心，才能得到这只神鸟。"

大王子快乐而坚决地说：

"我有决心！我有决心！一定要找到这只神鸟。"

雪山隐士笑着说：

"假如你能把这只神鸟带回国来，你的沉着性格和坚韧精神就算养成了。"

雪山隐士说完话，就从石室里取了一只网篮，递给大王子说：

"这只网篮里装的是魔法的青稞，你在遇到危险的时候，撒几粒青稞出去，它会帮助你的。"

大王子接了网篮。雪山隐士又从石室里取了一把月牙斧，一只鹿皮袋，一根红丝绳，一件一件地递给大王子说：

"这些宝物也能帮助你，当你经历了三次危险，找到了金玉凤凰的时候，你就对他说：'金玉凤凰不要躲，我有魔法月牙斧。'他就会从杪椤树上下来。这只鹿皮袋呢，看起来很小，可是魔力很大，能装仙禽神鸟。你追逐金玉凤凰的时候，就对他说：'金玉凤凰不要藏，鹿皮袋儿把你装。'至于这根红丝绳呢，你可以用来扎住鹿皮袋口，金玉凤凰就不能飞了。但是这还不是要紧的，顶要紧的是你千万不要在回来路上，开口和会讲故事的金玉凤凰说话，因为你开一次口，我施在月牙斧、鹿皮袋、红丝绳上的魔法就要失一次灵，制不住金玉凤凰，他就会飞回杪椤树林去的。"

大王子表示了自己一定遵照雪山隐士的吩咐去做，一定要把金玉凤凰取回，就带起三件宝物，朝着西方去了。

一路上，他走的尽是陡峭的山岩，危险的峡谷。他熬辛受苦地走了三十六天，走到一条漆黑无光伸手不见五指的幽谷，全靠脚尖试探着走。脚底下满是又尖又滑的石块，走一步，跌一下，周身都跌伤了，好不容易才摸到一块平坦的石头，坐下来休息。这时，满耳听到的是汹涌飞流的水声。流水激荡着，浪头溅到他的脚上，溅到他的身上和脸上，然后冲来了疯狂的巨浪，把他和坐着的石头，冲得摇摇晃晃。大王子吓得心肝都要蹦出来了，忽然听到浪涛里有什么妖怪大声喊道：

　　"赶快回去，要不我吃了你。"

　　大王子知道自己遇到了危险，赶紧拈几粒青稞撒出去，立时天朗气清，峡谷没有了，浪涛没有了，什么妖怪也没有了，他站在辽阔的草原上，朝阳正放射着美丽的霞光，温暖地抚照着他哩。

　　他抬头欣赏着像绵羊一样奔驰的白云，便躺在轻柔的绿茵草地上面睡了一阵，吃了糌粑，喝了水，又鼓起勇气前进了。

　　一路上，他走的尽是松软得像豆腐一样的沼泽，茂密得像森林一般的草地。蛇样的蚂蟥，蝙蝠般的蚊子，成群结队地缠着他咬，追着他叮。大王子的头上、身上、手脚上，满是血迹斑斑的伤痕。他熬辛受苦地走了七十二天，走到了一块漂荡摇晃的沼地，荒草遮没了天空，没有日月的光辉，全靠两手扒开荒草，把胸脯贴着软地爬行，腐草的臭味，熏得他鼻子发痒，眼睛发疼，好容易才爬到一堆陈年草根上面，勉强坐下来休息。

　　这陈年草根紧紧地缠在一起，根须连着根须，织成了许多精密的网，像一个小岛似的浮在水上。大王子不知道自己躺着休息的草岛底下，就是无情的深潭，潭里住着一条毒龙。突然，草岛浮动起来，大王子听到巨蟒捕食的咝咝声音，空中电光一闪，出现一条长了八个角的毒龙，从潭里跳出来，厉声喝道：

　　"赶快回去，要不我吃了你。"

大王子知道自己遇到第二次危险了，赶紧拈几粒青稞撒出去，立时天朗气清，沼地没有了，毒龙也没有了，他坐的不是什么陈年草根，而是花岗石的石坛，月亮正发散着柔和的银光，亲切地抚照着他哩。

大王子又摸出几粒青稞，往自己身上一擦，周身的伤痕立刻消失，而且精神百倍。于是，他对着月光唱歌，吹笛子，直到吹开天边一道缺口，红朗朗的太阳从缺口里跳出来的时候，才吃了糌粑，睡醒了觉，就鼓起勇气前进了。

但是，一路上，他走的还不是什么康庄大道，而是渺无人烟的原始森林。头几天，森林里还有稀疏的阳光，到了第七天，简直像走进了魔鬼的地狱，树枝把头刺破，树干把脚撞伤了。他熬辛受苦地走了一百零八天，走到了森林中的一块稀有的小空地上，倒在两块闪光的石头旁边，就合上了疲倦的眼皮。

一会儿，夜枭呵呵呵地狂叫着，大王子揉着惺忪的睡眼，借着石光凝望，斗大的蝙蝠在模糊的月影中飞舞。一阵呼呼的响声，使大王子掉头向森林望去：从来没听说过的一条游龙般的大蜈蚣，头上长着十二只角，身上尽长着矛样的毒须，一闪一闪地放射着磷光，灯笼大的两只眼睛，东张西望地像要找寻什么食物似的。

大王子惊慌得急忙藏到两块石头的缝里。石头突然变成了活的，顿时像张开的蚌壳遇到敌人一样，砰的一声合拢了来。

大王子的两脚和半个身子被石头缝儿紧紧夹住，无论怎样用劲也拔不出身，幸好两手和头颈没被夹着。大王子知道自己遇到第三次危险了，趁毒蜈蚣还没爬近身旁的时候，赶紧拈几粒青稞撒出去，立时月明星稀，石头消失了，蜈蚣也不见了，合欢花正摇着白色的花朵，向他吹送着浓烈的香气。

大王子知道自己已经历过三次危险，明天早上，就要到达桫椤树林，找到金玉凤凰了。他满怀喜悦地摸出几粒青稞，擦擦被石缝夹出的伤痕，又吃了糌粑，睡了觉，第二天天色刚亮，就快快乐乐地前进了。

不到半天工夫，大王子望见了桫椤树林，所有的桫椤树都翘起鸡尾巴模样的叶子，满林的桫椤花，争着露出金光闪闪的笑脸，欢迎大王子的到来。

大王子被美丽的景色迷住了，带着雪山隐士给他的宝物走进树林，一面欣赏桫椤树林的景致，一面找寻金玉凤凰。

但是，金玉凤凰却藏在一朵又大又香的桫椤花里，不肯轻易露出头尾。

大王子耐心找了三天三夜，丝毫没见金玉凤凰的影子，累了，只好倚着一株大桫椤树休息。

一群百灵鸟在天空里看见他，便唱着歌问他要找什么。

大王子的回答，引得百灵鸟们笑着唱道：

> 骑马忘马，
>
> 吸烟忘烟，
>
> 说你聪明，
>
> 实在痴癫，
>
> 想想古话，
>
> 理在其间。

然后高歌入云，飞向远处。风中传来两句古话：

"远在天边，近在眼前。"

原来这株大桫椤树，正好是金玉凤凰藏身的树。但是，大王子还没体会到百灵鸟们说的这句古话的意思，也想不出找寻金玉凤凰的方法，苦恼得心里发慌，忽然下了"砍倒所有桫椤树，一定能够找到金玉凤凰"的决心，便站起身，拔出月牙斧，对准大桫椤树就砍。

砍第一下，桫椤花流下眼泪；砍第二下，桫椤树流出血浆；砍第三下，金玉凤凰伸出头来了。

大王子说：

"金玉凤凰不要躲，我有魔法月牙斧。"

大王子一面说，一面又举起月牙斧要砍。

金玉凤凰急了，只好从树上飞下来，站在大王子面前。

大王子一看，果然是只金黄碧玉的凤凰，张起霞光灿烂的尾屏，迷得他眼睛都睁不开了。

大王子生怕金玉凤凰趁机逃走，急忙摸出几粒青稞往眼皮上一擦，两眼立刻成了见色不迷的慧眼。但是，金玉凤凰还是绕着桫椤树，和大王子捉着迷藏。大王子对金玉凤凰扬了扬鹿皮袋说：

"金玉凤凰不要藏，鹿皮袋儿把你装。"

金玉凤凰只好站着叹气说：

"好吧，我跟你去，但要约定在先：假如你在路上开口说一句话，我就要回来的。"

大王子点头答应之后，双手把金玉凤凰放进鹿皮袋，扎上红丝绳，用月牙斧搁在肩上，就踏上了归程。

一路上，大王子心里高兴，忘记了疲劳。尽管肩头上多了一只沉重的金玉凤凰，也不在乎。但是，因为不能开口说话，所以只好默默地赶路。

走了雪山过草地，没发生什么事情。

有一天，大王子走累了，坐在一条清水溪旁的青石上休息。打开鹿皮袋，抚摸着金玉凤凰的花冠直笑。

金玉凤凰也笑着要求道：

"闭起嘴巴走这么遥远的路，真是闷得心慌。大王子，请讲一个故事解

解闷吧！"

大王子记起雪山隐士"不要开口说话"的警告，摇摇头，一声不响地捎起鹿皮袋就走。

金玉凤凰细声细气地说：

"聪明的大王子呵，你既然不肯开口，那就听我讲个有趣的故事吧；只要你忍得住不开口，我有什么办法逃走呢？"

大王子一想不错，听着有趣的故事走路本来是件快乐的事，忍住嘴巴不说话，也没有什么困难嘛，就点头答应了。

于是，金玉凤凰就开口讲起了故事……

老人变法制国王

古时候，有一个国王，非常骄傲自大，过着骄奢淫逸的生活，把臣子和人民都不放在眼里。

但是，臣民里面却有很多有本领的人物，因为得不到国王的重视，就在民间活动，受到人民的欢迎。

别的不说，单说一个会耍把戏的老人。

那老人年纪虽已六十七八，但却很精神、很幽默，他一耍起把戏来，就像从百宝箱里掏宝一样，要啥有啥，似乎永远掏不完。

他的态度又随和，只要谁请他来个"纸变虫鱼"，他就笑眯眯地拿起一张纸，剪成许多虫鱼，然后向纸虫纸鱼吹一口气，它们就变成活蹦乱跳的虫鱼了。他还让大家捉起来玩个够，之后才两手一拍，把它们又变成了纸虫纸鱼。

大家请他"撒豆成兵"，他当场抓一把豆子，往地上一甩，那些豆儿立刻变成活的人马，驰骋到无边的草原去了。

人们看得很高兴，争着给他传名，他更加起劲地到处表演。

有一回，一群哑人在风雪漫天的夜里，又冻又饿挤在一个岩洞里哭泣，被耍把戏的老人知道了。他赶了去，用纸剪了一轮红日，贴在石壁上一吹，变成了又光明又温暖的太阳，把哑人们照得暖和和的，然后又剪了些桃树、李树一吹，桃花红了，李花白了，一会儿就结了满树的桃子、李子，摘下来分给大家吃。哑人们一面吃，一面高兴得咧嘴直笑。

从此，耍把戏老人的名声传得更远，人们把他说成是"具有令人哭笑的本领"的人物。

消息传到了国王的耳朵里，国王硬不相信有这么大的本领的人，就派武将把耍把戏老人召来，对他说道：

"我不信你会玩稀奇古怪的把戏，也不信你有令人哭笑的本领，现在我要考你一下：假如你不能使我低下头来，我就要砍你的脑袋，免得你妖言惑众。"

耍把戏老人答道：

"要使大王低头并不困难，只是小民不敢。"

国王问道：

"为什么不敢？"

老人说：

"大王是国王，小民是百姓，假如我真使大王低头了，大王会加我'欺君'之罪的。"

国王一时兴起，当着文武官员笑着宣布：

"你尽管表演好了，绝不加罪于你。"

"遵命！小民就试试看吧。"

耍把戏老人退了出去，国王也回到宫里，好久不见动静，就把这事忘了。

一天，国王骑着骏马，带了兵将，到山上围猎。他跑上一个山冈，忽然望见牵了牛马的一大群人，大模大样地走来走去。

国王一见就生气，大声喝道：

"谁敢不经我的允许，牵了牛马践踏我的国土？"

那一大群人理也不理，仍然大模大样地走来走去。

国王派一员武将去看是怎么回事。

那武将把马一拍，就"嘚嘚嘚"地跑到那群人的面前，看见山里有座金碧辉煌的宫殿，宫门口立着身披黄金甲胄、手持钢刀利剑的武士，个个都是威风凛凛、相貌堂堂的。武将不敢鲁莽，走到宫门前，向那些威严的武士问道：

"你们是从哪里来的？"

那些武士答道：

"我们是从地下王国来的。因为国王和王子今天要上天去，所以在贵国地上休息。"

武将回来报告国王，国王想道："原来是这样。既是地下国王经过我的国境，我该拜望他才是。"

于是国王备了许多礼物去拜望地下国王。

地下国王把他接进王宫。国王被宫殿的堂皇建筑和豪华装饰震惊了。他的宫殿和设备，比不上这里的厕所和厨房呀。但是，地下国王一点也不骄傲，很谦恭地对他说：

"本当亲自拜访，奈因上天心急，竟劳大王驾临，实在不敢当得很！"

地下国王立刻命令开宴招待。吃的尽是凤肝、龙脑、熊掌、驼峰，喝的尽是琼浆、玉露、甘泉，吹弹的尽是彩衣仙童，歌舞的尽是霓裳仙女。国王哪里见过这种场面，不由得眼花缭乱，便对地下国王越发羡慕和尊敬。等到酒酣耳热的时候，地下国王把上天的原因告诉国王道：

"我在地下，种了一株蟠桃树，想结些吃了使人长生不老的蟠桃，赏给我的臣民。不幸这株蟠桃树生得特别，一个劲往三十三天长去，半截钻到天空里面，被天帝派人守住，每年开了桃花，结了蟠桃，都被天帝享用。我辛辛苦苦忙了几年，得不到一粒桃核，采不到一片桃叶，所以，到天宫去办交涉。"

地下国王说了原因，又叫他的王子出来拜见国王。

那王子年少英俊，很有礼貌地出来拜见国王。

国王想巴结地下国王，便开口请求道：

"我们既是地上地下的亲密邻国，我愿把大公主嫁给你的王子，结成两国的姻谊。不知尊意怎样？"

地下国王郑重回答道：

"我有三个王儿，这是顶小的王儿。大王把大公主下嫁小王儿，岂不失了上国的威仪？"

国王生怕失掉机会，一点也不加考虑就说：

"只求高攀得上，就是敝国之光了。"

地下国王举起酒杯，笑着点头应允，叫小王子叩拜了。国王怕婚事有变，要求把驸马留下，地下国王也笑着答应了。

临别的时候，地下国王对国王招呼：

"我上天去办交涉，请留意天空的情况。"

国王看着地下国王带着人马上天去了，才带了驸马回去，顿时把大公主打扮起来，当晚就给他们成亲。大公主当然非常高兴。

第二天，国王亲自坐在御花园里观察天空，只见太阳发笑，没有什么事情发生。

第三天，国王又坐在御花园里观察天空，只见彩云呈祥，也没有什么事情发生。

第四天，国王刚到御花园还没坐下，天气就变了，天上起了一朵追着一朵的乌云，闪电的金光一阵阵地划破乌黑的天空，惊天动地的轰雷在空中滚来滚去。接着，不幸的事情发生了，天空落下了人血、人手、人脚。国王惊慌地喊道：

"不好了！天上发生战事了。"

一颗血淋淋的人头，随着国王的喊声，从天空落了下来。眉呀眼的清清楚楚，那不是地下国王的脑袋吗？国王心想，这件悲哀的事情不能让驸马和公主知道，便叫兵将们赶快把落下来的那个脑袋用火烧了。

正当熊熊的烈火烧得那个脑袋喳喳发响的时候，驸马闻声赶来，一见烧的是他父王的脑袋，立刻大叫三声，飞步向着熊熊的火堆跳去。国王来不及把他拉住，驸马就被烧死了，大公主哭得死去活来。

第五天，怪事又发生了：那地下国王，却乘着青鸟从云端里冉冉下来，到国王宫里来做贵宾，并且对国王说道：

"天帝的态度起初非常强硬，后来知道我有翻天覆地的本领，才承认自己理亏，达成协议每年各分一半蟠桃……"

国王只是点头应诺，好像有什么说不出口的心事似的。

地下国王左看右看，前看后看，为什么不见小王子呢？

国王知道隐瞒不过，只好十分歉疚地把天空落下人头的怪事和驸马投火的经过说了。

地下国王立刻变了脸色，拍着桌子骂道：

"呸！我明明坐在这里，哪有脑袋从天上掉下的道理！分明是你用女儿作钓饵，诱害我的王儿。难道你比天帝还神通广大，不怕我的翻天覆地的本领吗？"

国王既怕翻天，也怕覆地，更怕被地下国王害死，做不成国王。赶紧拉了大公主，一同跪在地下国王面前，哀声说好话，磕头求饶，最后简直放开喉咙哭起来啦。

忽然扑哧一下，笑声在他耳边响了起来。

"大王不必低头啼哭，抬起头来吧。"

国王慢慢抬起头来。

一看，呵！哪里有什么地下国王，坐在他面前发笑的，不正是那个耍把戏的老人吗？

国王这才醒悟过来，知道自己在耍把戏的老人面前低下了头，丧失了威风，丢尽了面子啦。

想杀他吧，自己当众说过"绝不加罪"的话；不杀他吧，自己下不了台。国王正转着狡猾的眼珠向武将们示意的时候，那个要把戏的老人，突然从腰间抽出了一根绳子，向天空掷去，绳子笔直挂在天上，他像灵猴一样，拉着绳子一飘，就飞入云霄不见了。

几员武将立刻攀着悬在空中的绳子去追。

金玉凤凰讲到这里，突然闭口不讲了。

大王子正听得津津有味，忍不住着急地问道：

"那个有本领的要把戏老人，被骄横的国王抓到没有？"

金玉凤凰哈哈大笑道：

"受到人民欢迎而又有本领的人物，哪里是国王的威权能够摧残的。倒是那国王在武将们爬到二三十尺高空的时候，嫌他们爬得太慢，仰头大骂起来，骂着骂着，绳子啪的一声断了，武将们跌落下来，把骄横的国王砸死了。"

金玉凤凰说到这里，突然用严肃的口吻对大王子说：

"这个国王和人民之间的故事，是每个国王都该深深体味的。但是，大王子哟，你为什么忘了雪山隐士的警告，对我开口说话呢？"

金玉凤凰一面说，一面脱出失了魔法灵效的鹿皮袋，逍逍遥遥地飞回桫椤树林去了。

大王子眼看金玉凤凰冲天而去，只怪自己的耐性不够，叹口气，又跋山涉水奔到桫椤树林，追逐到金玉凤凰。然后把金玉凤凰又装进鹿皮袋里，一面回头赶路，一面牢牢记着雪山隐士的警告，再也不开口说话啦！

但是，道路多么悠长，闭嘴赶路多么寂寞呵。糟糕的是：聪明快乐的金玉凤凰又在开口说话，要求大王子讲故事啦。

大王子坚决地摇头。

金玉凤凰调皮地说：

"好吧，你不讲，我再讲一个有趣的故事吧！"

大王子也不反对。

于是金玉凤凰讲第二个故事。

以后就这样，金玉凤凰每讲一个故事，都把大王子逗得忍不住开口讲话，于是，金玉凤凰脱出鹿皮袋飞回桫椤树林，累得大王子跋山涉水去追寻，然后又是来回不断逗讲，来回不断追寻。

我不愿意浪费笔墨和浪费时间来重复说他们来回不断逗讲、来回不断追寻的闲情细节，就在这里做过说明，然后就一个故事接着一个故事地讲下去。

巧木匠

一个周游各地的巧木匠，听说某国国王高傲自大，特别看不起手艺人，但却非常喜欢歌舞杂技，他就来到这个国家的都城里。店主知道他有精巧的手艺，就和大家怂恿他显显本领。

巧木匠经不起大家的鼓动，便找了一块上好的木料，做成一个形貌端正、颜色如生的木人，先给他安了机关，又给他做了颜色鲜艳、形式新奇的衣服，还教他唱歌跳舞。等到木人简直像活人一样了，巧木匠才对人们说这是他的儿子，擅长歌舞和耍把戏。

消息传进宫里，国王便带了新选入宫的妃子登阁，宣召木匠的儿子（即木人）前来表演。

木人来到阁前，先向国王和妃子拜跪行礼，然后载歌载舞，边笑边耍把戏。在国王眼里，他是一个胜过常人的歌技家。在妃子眼里，他是一个多才多艺的美少年。但是木人没注意到国王的脸色，却领会了妃子的情意，便向她眯了两下眼睛，这就引起了国王的醋意，马上命令侍从武官，下去砍他的头。

巧木匠一见出了乱子，赶忙上去跪在阁前，流着眼泪哀求道：

"小人只有这一个儿子，有困难的时候靠他照顾生活，有愁闷的时候靠他慰解寂寞，真是相依为命。这次他犯了大王虎威，实在由于小人事先考虑得不周到，恳请大王原谅，免他一死；假使大王一定不肯容情，请准许小人代他受刑。"

国王深恨小木匠爱他妃子，嚷着定要砍头雪恨，一口拒绝了巧木匠的请求。

巧木匠只得又说："既然国王一定不准减刑，小人情愿亲手把他杀死，不必麻烦别人。"

国王觉得有趣，便准许巧木匠的请求，急得妃子面容变色。

巧木匠伸手向木人的肩上一拍，机关立即解脱，头、眉、眼、鼻、手、足摊在地上，现出一堆木块、木屑，使国王、妃子和在场的人大为惊异。

巧木匠见国王脸上有了笑容，又捡起那堆木块、木屑，往木人的肩上一搭，接通机关，木人复又变成了表演歌舞的活人，把妃子喜得忘形喝彩。这下又惹起国王嫉妒，下令把木人关进地牢，把巧木匠赶出王宫，自以为从此天下太平了。

哪里晓得木人在夜里，打开牢门上的铁锁，躲过警备的官兵，径直进了王宫，背起妃子，腾空飞了出去。等到国王在天明后发觉，下令关起城门搜捕的时候，巧木匠已经带着木人和妃子，跑到非常僻静的地方去了。

巧木匠问妃子为什么愿意跟木人来过日子。妃子回答得非常干脆：

"木人虽然没有心肝，但却有情有义，多艺多才，跟他倒比跟那虽有心肝，却无情无义又无本领的横暴的国王幸福得多。"

巧木匠喜欢这样的儿媳妇，便立即给木人安上了心肝，让他们成了真正的夫妻。

机智却敌的加玛

古时候，有一个大国的国王，想侵占邻近一个小国的领土，但听说这个小国的国王虽然昏庸，国中却有不少聪明、勇敢的人物，因此不敢贸然出兵，决定先派使者去试探虚实再说。

你说这个小国的国王昏庸，但他却很自作聪明，好像他就是"万能的佛祖"，把谁都不看在眼里。特别是瞧不起女人。

现在，他遇到了强国的挑衅，那使者在他朝廷上表现的骄横态度，已经十分有伤他的尊严。而那使者公然带了几种东西前来要挟："如无能人识别，就该俯首称降。如果不俯首称降，那就不免国破身亡。"更使他窘迫不堪。

幸亏丞相出来转圜，要求宽限三天再试，才使这位昏王借了机会退朝，赶紧张榜招请能人：

> 王国遇到危险，
>
> 强邻要来欺凌，
>
> 不论大小官兵，
>
> 不论男人女人，
>
> 但能应征却敌，
>
> 封官赐地酬勋。

城门上贴出皇榜，到处议论纷纷。有的说：谁叫昏王愚蠢，活该破国亡身。有的说：昏王既充"万能的佛祖"，为什么不张起"手掌"退兵。有的说：昏王既是鄙视臣民，为什么不匹马单枪上阵。有的妇女说得更是气愤：昏王不想他是女人的儿子，也不念母亲哺育之恩，既然他说女人卑贱，为什么还要祈求女人？

不说众人议论，单说一个士兵，他忠诚爱国，时常保国卫民。如今养病在家，听了十分忧心。因为国王是昏君一个，满朝文武也不过是酒囊饭袋一群，眼见强邻压境，自己再不挺身卫国，便对不起百姓。他向妻子招手：

"加玛，快拿来盔甲、刀剑，我要上阵……"

加玛轻轻一笑，扶他靠在枕上休息，然后温柔地发问：

"你一个人有多少气力？况且又患着重病，现在还不到战争的时候。我代你上朝应征，包管……"

士兵一听摇头，然后叹气沉吟：

"昏王素来鄙视女人。你虽然聪明勇敢，还有姐妹弟兄，代我上朝去应征，我很感激；但是恐怕满朝昏昏，你一个人独力难撑。"

聪敏的加玛笑了，笑得那么天真，好像满天的乌云，被她看作蝇翅两片。好像强国的使者，被她看作粪草一根。当今昏王和文武官吏，不过是一群能说会吃的行尸。大国暴君和百万人马，不过是一层又稀又薄的浮云。

她有忠贞爱国的心，更有机智胜人的才能，而且她能找许多姐妹计议，集中众志成城。不由丈夫不信，她的确能够智退敌人。

加玛跨出门来一听，到处是议论纷纭。大家的激愤固然都有道理，但大敌当前，怎么可以置国家民族于不顾呢！她便赶紧邀约兄弟姐妹，商定计谋。又请出诸姑父老，宣讲大义。大家的意见一致，想出了许多法子，然后推她去上殿应征。

三天的限期到了，她姗姗来到宫廷，态度非常从容，装扮非常素净，但却引起大国使者发笑，满朝君臣为之吃惊。

昏王暗暗叹气：

"国中为什么没有一个能人，怎么只有一个卑贱的妇人前来应征？她会有什么能耐，岂不更叫大国轻看？"

文武百官暗暗叹气：

"怎么不见男子，却来一个女人？如果她没能耐退敌，岂不更显得国中无人？如果她有能耐却敌，叫我们这般堂堂丈夫、高高官宰的脸面何存？"

加玛刚刚踏上玉阶，那大国使者笑得更加放肆。他对昏王笑道：

"大王，想来贵国一定谋臣如雨，猛将如林，竟然想出这个美人妙计，莫非要求和亲……"

使臣连说带笑，逼得昏王腼腆无言，满朝文武鸦雀无声，即使有人胸中怒火千丈，也因为"无材[1]就燃不起来"。

"使者不得无理。"一声娇叱震动朝廷，"你该冷静冷静，先听我唱首古歌，然后再发议论。"

狮子算最大的兽王了，
却保不住自己的皮子。
老虎算最凶的野兽了，
却保不住自己的骨头。

尖石算顶无用的石头了，
却划得破大船的肚子。

---

[1] "材"与"才"同音，这里的"无材"是指无才能。

加玛一面唱，一面走到那位使臣面前，威风凛凛地逼视着他的眼睛，然后上下打量他一番，笑道："原来你是月亮光下看身影，自己把自己看得太大了。"

　　那位骄横的使者，突然被她逼得慌乱惶惑，好一阵才在笑声中镇静下来，咧着嘴说：

　　"妇人不要利嘴，想来你也一定听过这首古歌，懂得是什么意思。"

　　　皇帝是最高的人王了，
　　　只对天帝称"奴仆"。

　　　百姓是最多的人民了，
　　　却对帝王称"儿女"。

　　　尖石是顶无用的石头了，
　　　遇着铁锤就粉碎。

　　"少说废话，"加玛截住使者的话说，"你有什么法宝，就拿出来试试尖石的能耐吧。"

　　那位使者从袖中拿出了两条蛇来攀于梁柱上，要她辨别哪条是雄的，哪条是雌的。

　　加玛不慌不忙，从怀中掏出一块锦缎，摊在殿上，然后把那两条蛇放到上面，手指着躁扰的一条蛇说："这是雄的。"不消说，那条静伏不动的蛇当然是雌的了。

　　昏王没想到她竟这么容易识辨出来，不由喜形于色。但是，当那位使者又说出一番考她的话的时候，眉头又皱了起来。

那位使者说：

"什么像睡着而实清醒？什么像醒着而实昏迷？"

昏王一想，解答不出。文武百官一想，也解答不出。大家你望着我，我望着你，谁都不敢出声。

"猎人装死诱熊，是像睡着而实清醒。醉汉张口谵语，是像醒着而实昏迷。"

朝廷上顿时活跃，文武百官也跟着昏王的笑声而笑将起来，但忽然又一齐肃静了。

大家都对着那位使者拿出的东西发呆，惹得这位士兵的妻子，看了他们和那位使者的丑态，心中又气又笑。

那位使者拿出一块四四方方的真檀木，在手中颠来倒去，笑着要她猜出哪面是头，哪面是尾。

她一接过手，便往河中一甩，惊得昏王睁大眼睛直望。

没等昏王眨眼，她便笑吟吟地指着沉在水里的一头说："这就是头。"不消说，浮在水面的那头是尾了。

昏王禁不住说了声"当然对头"。文武百官又跟着欢呼，把鸦雀无声的殿堂，闹得像赶集的市镇。

那位使者不服气，又叫人来牵了两匹毛色、骨骼相同的白马上殿，气势汹汹地要她指出哪匹是母马，哪匹是子马。这又使只会骑马吆喝的昏王和文武百官变得哑口无言。

加玛一招手，阶下奔来两位牧女，倒一堆鲜草在殿上，一匹白马嗅嗅草味，便把鲜草推给另一匹白马。

她和两位牧女笑得像三棵桃花，一齐指着吃草的白马说：

"这是子马。"不消说，那匹推草喂儿的白马是母马了。

随着满朝笑声，那位使者的气焰顿时一落千丈，赶紧又令人牵了一头白象上殿，冲着她吼道："你猜它有多重？"

朝廷上像发生了地震，加玛却轻轻发着笑声，笑声包含着轻蔑、嘲讽，像一排子弹射中使者的心脏。

她一句话不说，伸手牵了白象径直跨上御河里的一只木船，揪着白象的耳朵，高声向着昏王和那位使者说：

"你，枉自称象王，可怜你竟不知道自己有多少分量！"

昏王感到一阵面热，那位使者更慌得手足无措了。

加玛笑着和几位牧童下船，用刀在船水交界之处刻了记号，一声吆喝，驱象上岸，再装石头进船舱，到了所刻记号之处，用秤称了船上的石头，说出了白象重量。

这当然千真万确。

昏王又高兴，文武百官又欢呼，那位使者越发急得面如土色，任什么也不甘心在小国的妇女和牧童面前示弱，便转着狐狸眼珠想了一个难题，打算赢回面子。他对加玛说：

"这回你要能够很快回答我的问话，并且丝毫没错，敝国就同贵国和好。要是不能马上准确回答，那就不要怪……"

"见怪不怪，"她坦然地笑着点头说，"我自然不怪，只怕你要见怪了。"

"堂堂上国使者，哪里可以说了不算！"他又说又笑地指着自己的脑袋突然问她，"你猜我的头有多重？"

这个出人意料的题目顿时震惊朝廷，使得昏王和文武百官，都受到突如其来的袭击。他们关心她的回答，与其说是关心她的胜败，还不如说是关心自己的得失，心中都像热锅上的蚂蚁——团团打转。那位使者发出胜利的笑声。

想不到加玛竟紧接着笑道：

"你的头不多不少，只有一两一钱一分。"

话音未落，满朝都很慌张，那位使者更加猖狂。

谁都认为那位使者又肥又重的头，当然不止一两一钱一分，都认定她是输了。

那位使者竟自掉转头向着昏王笑道：

"赶快俯首称降，免得国破身亡吧。"

"不要笑得太早了，你怎么输了倒想赖账。"

"怎么我输了，难道我的头只有一两一钱一分？"

"你的头不过是由茅厕里的粪气吹胀的，连皮计算，当真只有一两一钱一分。"

"我不信。"那位使者气呼呼地直嚷。

昏王和文武百官当然也不相信她的说法，但因为本身的利害关系，不好随声附和罢了。

"不由你不信，"她一面说，一面嚓地掣出钢刀，对着那位使者的脑袋说，"让我割下来称，包管给你称得毫厘不差。"

谁也没想到这一着，昏王解忧为笑，得意忘形地跳下宝座，伸手就要揪那使者的头，文武百官也争着围拢了来。

那位使者吓得像一只被雄鹰追赶的小鸡，顾不得什么大国威严，慌忙五体投地拜倒在她的脚前，哀声求饶道：

"我服输，我国也不算赢，请您高抬贵脚，不要踩死一只可怜的小鸡，让我活着回去禀告我王，与贵国永远和好吧。"

加玛向着牧女、牧童们笑了，对那使者说了一句："好不自量力的蠢材，快滚回去叫你国王不要再做梦了。"然后掉头对昏王和文武百官喝道：

"怎么还不退朝？"

昏王缩头回座，文武百官也缩头回班，好像一下子都变成她的部下一样，谁也不敢把她只看作一个士兵的妻子。

论功行赏，她本来不屑受那昏王什么赏赐，但想到国王昏庸，群臣奸猾的情形，又想到诸姑父老、兄弟姐妹的嘱咐，加玛接受了管领兵马的将军职务，叫那使者过了三天再走。

可是那位使者回去之后，他的国王气得暴跳如雷，也不想想自己的横暴无道，立即下令召集所有兵马，嚷着非要亲自扫平这个小国不可，而且又叫那位使者去下战书。

那位大国的国王虽然觉得这是奇耻大辱，不过当他听到他的使者哭泣着劝他的时候，不能不好生考虑了：

"既然一个士兵的妻子，就有这么大的能耐，那么她的丈夫呢？她的国人呢？……"

何况那使者的报告里还说：

"她当了将军三天才放我走，一路上，人民都在勤耕力作，争着送粮献物。军队都在比武练马，争着备战御敌。一切都和去时所见的情形不同。民心士气，大不可侮。"

她又派了许多人到大国来，说明事情的真相。因此，大国人民都恨国王毫无道理，同情邻国人民，并且更加钦佩加玛的爱国精神。谁也不愿打仗，互相劝说军中子弟，使得这位横暴国王的军心松懈，马劲衰疲，想打也打不起来。国王只好迁怒使者办坏了事情，给国家丢脸，就把那位使者打了三百鞭子革职，到荒山牧牛，临走时还高声骂他："没用的东西。"

那位使者嘴里不敢说，心里却总不服气：究竟谁是没用的东西？

好奶娘

从前，有一个公主，爱上一位青年，不敢对王父王母直说。因为他俩知道国王不会准许他们结婚，而要把她嫁给王后的侄儿，为了这件事，他俩便在御花园的假山洞里抱头痛哭，准备双双上吊殉情。

这事被公主的老奶娘知道了，她决心成全他们的婚姻，便悄悄走进山洞，劝他们不要悲痛自杀，而要想法成亲。最后，她给他们出了一个主意。

第二天，公主忽然生起重病。第三天，病情更险恶。第四天便点滴不沾，癫癫狂狂，说起胡话来了。

国王和王后急得没法，找遍大臣、御医，都束手无策；求遍了活佛、喇嘛，也都念经无灵，服药无效。看上去，公主是凶多吉少了。

老奶娘这才上殿向国王献了两条妙计：一条妙计是把病公主立刻嫁给王后的侄儿，免得人死不能了却国王和王后的心愿。

国王急忙宣召王后的侄儿上殿，王后的侄儿当然不愿"死乌鸦沾手发臭"，便推说自己年轻德浅，配不上高贵的公主，把国王气得直咬牙根。

老奶娘的第二条妙计是：请国王召太史占卦求方。国王急忙宣召太史上殿，太史早被老奶娘买通——得了公主许多金银，所以他一占卦就说，只有按照风俗，速送公主到城外坟山去找鬼解除，或许才能解救。

国王急得没法，只好叫老奶娘速送公主到坟山上去。

老奶娘装作胆小，不敢陪送公主，要求丞相同去；丞相一听不妙，借口自己年老眼花，看不见夜路，不肯前去。老奶娘要求老经师同去，老经师一听不妙，借口自己年老病多，走不动路，不肯同去。老奶娘又要求大将军同去，大将军一听不妙，借口自己要保护王宫，不肯同去。老奶娘又要求皇亲国戚们同去，那些皇亲国戚一听不妙，尽各说各的歪道理，一个也不肯同去。老奶娘最后要求御医们同去，说：

"这是你们的应分差事，想必能够护送公主。"

御医们一听不妙，这个赶紧说自己屙痢，那个赶紧说自己吐血，有的说自己打摆子，有的说自己害伤寒，总之，没有一个人愿给"孤魂女鬼当孝子"，害怕"今生倒霉，下世不好投胎"。

老奶娘一见吓退了这些家伙，身子直得昂昂的，像山顶上的苍松，飘着满头白发，冷眼向满朝文武和经师喇嘛们一扫，然后慨然向国王、王后奏道：

"既然大王养兵千日，不能用人一时，我虽是个贱人，但从小哺育公主长大，倒懂得一点情义，明白一点道理，我就拼了老命去吧。"

这一席话说得满朝肃静，无人敢出大气。

"不过我还有句话说，"老奶娘见国王和王后相对无言，脸上有些羞愤，便趁势奏道，"既然求人不得，只有求鬼了。假如有鬼显灵，救了公主，或者公主死而与鬼成婚，不知大王、王后和在朝官爷、王爷、经师和御医们，那时会有什么意见？"

满朝的人，巴不得赶紧脱身，异口同声地说：

"不管是人是鬼，只要治好公主的病，都可招为驸马，因为国俗'女人之体，形不再现'，已定'女触男肤，义不再嫁'，我们哪有异言。"

国王和王后生怕延时误事，只好点头同意大家的意见，催促老奶娘速送公主出城。

天黑，到了坟山，老奶娘叫人把公主放在地上，便照风俗，令人张起酥油灯东看西看，看到一具身子还是软软的男尸，便叫侍卫们架两条凳子在男尸身上，又把公主扶起端坐凳上，两脚正好伸到男尸两手上面。然后伸手倒一罐芥末出来，一面直向公主身上涂抹，一面故意迎风扬末，让芥末飘进所有侍卫、宫女的鼻子里去，弄得大家直打喷嚏，一直到老奶娘打起喷嚏，公主也打起喷嚏了。老奶娘乘人不注意，拈一撮芥末抖进男尸的鼻管，那男尸身体还没动，先就喷嚏连天，把那些平时如狼似虎的侍卫，吓得狼奔鼠窜而逃。

半夜，公主和那复活了的男子，见四下无人，双双向老奶娘笑着道谢。老奶娘带着他俩回城。城门关得紧紧的，一看就知道是侍卫们进城报告了刚才发生过的"鬼事"，把国王吓得下令紧闭四门。

经过公主一阵喊叫，国王才命令开城，还是不敢让那个"男鬼"进宫。

公主含笑进宫，把自己和"男鬼"同时活转的经过，详详细细奏明，国王还是不放心，摆起大队人马，先令人查看那个男子，在灯光下果真有形有影，才相信是人非鬼，出来和那青年见面。

但是，当老奶娘第二天出面催请国王给公主同那青年完婚的时候，国王却推托说要坐朝商议，这当然是想赖婚了，老奶娘赶忙又和他俩商量对付的办法。

临朝一议，那班昏庸老朽的大臣等都不赞成他俩成婚，王后的侄儿也上殿嚷着要当驸马，自称早就愿与公主同生共死。闹得满朝混乱，把老奶娘气得发抖，公主气得发病。

这一次，公主病得比上次更凶，一开始就人事不省，不到半夜便昏死三次，那个青年也忽然不见了。

国王、王后又弄得束手无策，那些昏庸老朽，又都成了缩头乌龟。王后的侄儿，也当朝声明绝不再当驸马。

又经过一番唇舌，老奶娘才装腔作势地到坟山照样救治公主，不过不同的是：她把那些侍卫吓得更凶，使他们跑得更快，也使国王把城门关得更紧。趁此机会，她和公主、青年干脆到第三天才回城去。

公主和那位青年，就这样靠着老奶娘的帮助，结成恩爱夫妻，以"生米已成熟饭"的事实，迫使国王和王后，无可奈何地承认这桩亲事。

金沙江

巴颜喀拉生有四个儿女。

大儿子是黄河，二姑娘是怒江，三姑娘是澜沧江，幺姑娘是金沙江。

巴颜喀拉原本住在昆仑，当她带了儿女来到青藏高原的时候，喜欢这天青云碧、处处闪着花光鸟影的地方，便放下儿女，说："我们就在这儿生根立脚吧。"

从这一天起，巴颜喀拉用青天作帐，白云作被，风作羽扇，雨作香茶，牛羊、糌粑作饭菜，百花、百鸟作邻居，自由自在地生活起来。

儿女们在青天白云的幔帐里游戏，摇着羽扇，喝着香茶，吃着牛羊、糌粑，唱着百花、百鸟的欢歌，绕着阿妈翩翩起舞。阿妈逐渐看出来了：大儿子黄河性情豪迈，幺姑娘金沙江性情直爽，都是有志气的儿女；二姑娘怒江和三姑娘澜沧江生性飘浮，缺少志气。巴颜喀拉很不放心，等到儿女长大了，便照高原上的规矩，叫他们下山去闯世界。

一天早晨，巴颜喀拉对着霞光万道的东方，笑着向儿女们说道："人人都该有远大的志向。你们愿像小兔一样守着妈妈，还是愿做有志气的儿女，到东方去求幸福呢？"

黄河、金沙江被阿妈的话激励了，转着波光闪闪的眼珠，同声表示："我们愿做有志气的儿女。"

怒江、澜沧江也被阿妈的话逗乐了："有福享就行，何必一定要到东方去？"

巴颜喀拉又喜悦又忧伤地把儿女交给天上的太阳，然后从怀里掏出金色谷穗，对儿女们说：

"这不只是给你们作路上的食粮，还有更大的用途：把它撒在沿途岸上，大地会变成绿玉黄金般的世界。"

巴颜喀拉摘下几粒金谷留在身边，准备在青藏高原播种。然后掰开谷穗，分给好奇的儿女。

黄河和金沙江郑重地接了谷穗，小心地放在怀里，才向妈妈告别，预备远征。而怒江和澜沧江，却摇着谷穗，打着口哨，像兔子出窝一样窜向南方去了。

巴颜喀拉站在山顶挥手，黄河才悠悠荡荡地从阿妈的左腋下山，金沙江也才袅袅娜娜地从阿妈的右腋下山，一步三回头，三步九回头地去了。

黄河和金沙江，平时都很注重骨肉情谊，现在临到长期远征，当然依恋不舍，所以他们在初登征程的时候，首先就向鲁莽奔窜的怒江、澜沧江呼唤；怒江和澜沧江，恰如不肯回头的浪子，径自流浪而去。他们一面为这两位姐妹感到伤心，一面彼此关心地隔山呼唤，直到崇山峻岭把他们隔开，他们还相约："一定要携手而行。"而对于越离越远的母亲，总是情不自禁地喊道：

"阿妈，我们怎么回来看望您呀？"

没等巴颜喀拉阿妈开口，太阳就在天空笑着说道：

"去吧！有志气的孩子，我会让你们化气乘风回来的。"

黄河和金沙江放了心，才破涕为笑，各奔前程去了。

巴颜喀拉长久站在山头，为儿女欢呼，给儿女壮胆，现在她还站在那里没有下山哩。

树生一本，花开两枝，让我按下黄河不提，只讲金沙江的远征故事吧。

这金沙江虽然对阿妈表示了志愿，迈开步子走了，但她毕竟还是一个年轻的姑娘，对故乡恋恋难舍。逢到青山绿水，总要东游西逛，在青藏高原上留下许多足迹，一路上邀约了许多水乡姐妹，才说说笑笑地离开青藏高原。

她刚跨出玉树直门达，一不留神，从高坡上跌下去，溅了满身满脸的水晶珠子。水乡姐妹们非常着急，她却拍拍身上水珠，从浪中翻一个跟头站起来，水乡姐妹们惊异称羡不已。金沙江领先放开清脆的歌喉，唱起激昂的进行曲：

太阳永远歌唱，
月亮永远遨游。
谁能阻止太阳和月亮的欢乐，
因为他们前进不休。

风儿永远歌唱，
雨儿永远逍遥。
谁能阻止风儿和雨儿的欢乐，
因为他们志比天高。

我要永远歌唱，
姐妹们也要永远嬉游。
谁能阻止我和姐妹们的欢乐，
因为我们气盖千秋。

金沙江和水乡姐妹们一面歌唱，一面鼓浪前进，逢山就劈，遇峡就冲。时间过了几千年，行程经了几万里，她们沿途又接纳了许多水乡姐妹，组成一支阵容浩荡的女儿军，经过对三岩、巴塘的两场大战，打开一条笔直的道路，浩浩荡荡冲向如今云南省的玉龙雪山来了。

这玉龙雪山高有九千多尺，山上有一个玉龙国王，他身体魁梧，披着白袍，戴着白帽，飘着白发、白须，在山上对天称王，对地称霸。千万年间，谁也不敢从他的国境经过。当金沙江带着队伍还在巴塘一带搏斗的时候，他年老眼花，看不清远方发生了什么事情，但感到国土有些震动，心中隐隐不安，便向官兵下令："加紧把守山寨。"

一天，他站在山顶瞭望，忽见树林中跑出一只灰鼠，向他点头礼拜。他觉得奇怪，伸手把灰鼠捧了起来，只见那灰鼠遍身创伤，血迹斑斑。玉龙国王问他遭到什么灾难，那灰鼠竟涕泪滂沱地说起人话来了。

玉龙国王听出他是三岩国王的化身，茫然不知所措，问道："不幸的国王，怎么落到这般地步？"

变成了灰鼠的三岩国王诚惶诚恐地回答："实在说，我那三座天险山岩，比钢铁坚硬得多，我自己也比神奇的大鹏威武有余。可是，我那三座山岩竟变成流沙而去。而我也由国王变成灰鼠，苟延残喘逃到这儿。请大王念在你我利害相同，发挥雄才大略，为我报仇雪恨，打退敌人吧。"

玉龙国王惊奇地问："怎么山岩会变成流沙，而你会变成灰鼠呢？"

灰鼠长叹一声，凄凄惨惨地说："这是由于金沙江的袭击，才出了这场天翻地覆的灾难呀。假如这只算作我的羞辱，那我并不甘服，也许这块羞布不久会蒙到大王的脸上来呢。"

玉龙国王气喘吁吁地斥责三岩国王不该出言无状，然后叫他把战败的经过详细道来。

灰鼠撅起嘴巴，叙述了三岩国和金沙江的战争故事：

"大王，我们是有悠久邦交的邻国，你当然知道：我的性情烈如猛火，不让草木生长；我的心肠硬如铁石，不让人民欢乐。我和大王一样唯我独尊，犹如大王对天称王，对地称霸一样。

"哪里知道日月星辰突然颠倒，灾难临到我的头上来了。

"那一年冬天，我在山头围猎，亲手杀死了千头野牛，射落了万只凤凰。我站在山头傲然长啸。突然，发现远处一条金色大路，浩浩荡荡直向我的国境伸展。我气得高声吼动天地，派兵马下山阻击：'不准那条金色大路横冲直撞。'

"我的兵马刚下山，官兵们还没看出金色大路上的半个人影，就被卷得片甲不存，全军覆没。

"我这才又惊又气，亲自统率队伍，到山下摆开阵势，命令勇将出营讨战。叫喊半天，还是不见什么人影，只听到笑闹的声音惊天动地。我那勇将纵马直冲过去。那金色大路突然奔腾翻滚，顿时把我那员勇将，连人带马卷得无影无踪。

"我吓得急忙下令退营，把兵马扎在山腰，然后大声叫骂道：'是什么妖魔鬼怪，暗中侵害我国？有本领的就站出来！'

"话音刚落，一位全身披着金光铠甲的年轻女将，带着一群女兵，在金色大路上出现了。

"因为有刚才惨败的教训，我不敢和她对战，决定和她斗法。

"于是我和颜悦色地问她闯路的原因，她也温和地回答：'我叫金沙江，要去东海，请让出一条道路。'

"我一听就暗笑，趁机和她打赌道：'我有三座山岩，正好摆在你们面前，如果你能穿过山岩，就准通过。要是办不到嘛，嘿嘿……就请留下陪我。'

"出乎意料，金沙江竟顺口答道：'我们不但要穿过山岩，而且要把山岩变成流沙。'

"我一听，心中慌乱，但想到国王的尊严和对女子屈服的羞辱，悻悻地冷笑一声，说：'你要办得到，我就不当国王。'

"金沙江也冷笑一声，说：'你会变成灰鼠。'

"这真是难洗的羞辱，我对三座山岩念了咒语，由她们去穿去撞。

"金沙江一声号令，女兵们四面散开，顿时兴风作浪，水花四溅，一个浪头撞了岩脚，另一个浪头又鼓气冲来，一天千万个浪头，千万次冲撞。我眼看岩脚现出一个一个裂缝，急得双脚直跳。

"她们兴风作浪，冲撞了一些时候，金沙江忽然带领一部分女兵直逼岩脚，顺着裂缝直钻，浪头跟着冲击，裂缝越来越多，攻势越来越猛，再经后浪推前浪，大浪推小浪，我那钢铁般的三座山岩，果真变成流沙被冲走了。

"我怀着悲痛，纵身跳到金色路上，想扭住金沙江拼个死活。谁知浪花迷着我的眼睛，浪头打着我的脑袋，漩涡扭着我的手足，我眩晕，我呕吐，我知道自己失败了，忙想变做一只大鹏腾空逃遁，可是耳边总响着'变做灰鼠'的吼声、笑声，我也不由自主地忽然变成这么样的一只灰鼠了。"

灰鼠讲到这里，号啕大哭地说：

"这就是钢铁山岩变成流沙和我变做灰鼠的经过。大王，请你说说：从战争的意义看来，我犯的是什么错误。我能甘心承认这只是我的羞辱吗？这场战争的教训，对我已成过去，似乎对于大王更有严重的意义呵！"

灰鼠讲完了自己的故事，摸摸稀疏的胡须，似乎庆幸自己亏得变了灰鼠，才游水上岸，苟延残喘，仿佛又是不幸中之大幸似的。

玉龙国王听了这个奇怪的故事，心中十分烦恼，半晌没有作声。因为他的玉龙雪山，正和三岩国王的山岩相同。

"用什么妙法，才能阻止金沙江的袭击呢？"

他正侧头凝思，望见远处有一个像人不是人、像狗不是狗的怪物，直奔玉龙雪山而来。

原来是康巴国王，他倒在玉龙国王脚前，满地打滚，哀声请求玉龙国王出兵帮他报仇。

玉龙国王接连见到这种奇事，吓得目瞪口呆，连忙问道："不幸的国王，怎么落到这般地步？莫非你那美丽的巴塘坝子，也像三岩国的三座山岩，突然变成流沙，被金沙江冲走了吗？"

狗头国王这才认出变成灰鼠的三岩国王。他们同病相怜，彼此抱头痛哭。

狗头国王讲述的失败经过，跟三岩国的失败情况又不一般。狗头国王讲：

"大王，我们是有悠久邦交的邻国，而你又是前辈，当然知道我的性情风流潇洒，从来不愿让美女留在民间；我的心肠宽宏大量，总许人民餐风饮露；我的手段巧如灵猴，搜尽人民瓜麦果谷。我有一切国王应该具备的美德，所以，我和大王一样唯我独尊，自命是神圣国王。坝子王国存在了几千万年，证明我的王国非常巩固。我把谁都不放在眼里，犹如大王把谁都不放在心上一样。

"哪里知道，日月星辰突然颠倒，灾难临到我的头上来了。

"那一年夏天，我在坝子里游猎，亲手杀死了千匹野马，射落了百只大雕。我站在楼台上引吭高歌，突然，发现一条蓝色大路，浩浩荡荡直向我的国境伸展。我气得吼声震动平原，派兵马出营阻击：'不准那条蓝色大路横冲直撞。'"

灰鼠听到这里，忍不住插嘴说道："我知道你的兵马一定像我那些兵马的命运一样，被金沙江卷得片甲不存，全军覆没了！"

"事情完全不是那样。"狗头国王说，"我的兵马不但毫无损伤，而且立刻长得兵强马壮。"

玉龙国王忽然有了精神，说：

"这就好了，兵强马壮，当然打胜仗啰。"

"但是，我打的却是彻底的败仗，下场和三岩王兄没有两样。"狗头国王讲到这里，涕泪纵横地说，"当时，我的兵马一出营，那蓝色大路上面，现出一位全身披着金光铠甲的年轻女将，带着一群又歌又舞的女兵，个个都是天仙美女，她们见了我的那些兵马，笑着迎上前来，向他们讲述我的荒淫暴虐。也是那位披金甲的女将，指着我的兵将说：'你们为什么瘦如枯藤？你们的国王为什么胖如大山？'

"我的兵士想起在我手下，只有劳苦服役、挨杀挨骂、没吃没穿的情形，都放下武器，不愿作战了。

"那女将挥动令旗，女兵们突然变成无数道蓝色细流，潺潺地流到坝子上面。细流过去，青草丛生。那女将又从怀中掏出金色谷穗，向坝子四面一撒，立时禾苗油油，金谷累累。绿玉黄金般的坝子上，兵用米饭，马用水草，尽都长得又强又壮，然后那女将一声呼喊，领着无数道蓝色细流，带着无数金色谷穗，通过草原，驰向远方去了。

"我急得浑身出汗，赶忙亲自播鼓，号召全国人民前来救驾。一会儿，果然四面八方拥来了数不清的人民，他们赶着牛羊，拿着锄犁，个个身强力壮，喜气洋洋，我也心中暗喜。谁知他们竟向蓝色细流礼拜，竟向金沙江队伍欢歌。我才明白：这不是救驾的队伍。他们已经得到金沙江的好处，人用了米饭，马用了水草，在百花竞放、百鸟争鸣的美丽坝子上放肆地载歌载舞，拥到我的宫前，把我统领的最后一批官兵、宫女、骏马，都引出去了。我吓得举步无力，下不了台。

"他们把我抓下楼来，在坝子上众口一词地责骂我，我怨羞受辱，百般求饶，好容易才求到金沙江女将面前，她淡淡一笑，向我头上吹了一口气，我就变成狗头人身。只听她说了一句'让天下的国王长些见识'，我就被赶出巴塘坝子了。"

狗头国王伤心地讲完他的故事，接着向玉龙国王说道：

"这就是我的国破家亡和变做狗头人身的经过。大王，请你说说：从战争的意义看来，这叫作什么战争，我犯的又是什么错误？我能甘心承认这只是我的羞辱吗？这场战争的教训，对我已成过去，而对大王，究竟该长些什么见识呢？"

狗头国王揩着眼屎巴沙的狗眼，似乎庆幸自己亏得变了狗头人身的怪物，侥幸保住残躯，还是不幸中之大幸似的。

玉龙国王刚听完这个奇怪的故事，忽然听见国门上的石鼓，惊天动地响了起来。那灰鼠和狗头国王知道厉害，吓得夹起尾巴，飞奔下山逃命去了。

玉龙国王知道灾难临到自己头上，赶紧把太子叫来，附耳悄语一番，然后打起精神，迈开大步，独自下山迎接金沙江的队伍，恭恭敬敬地邀请金沙江答话。

金沙江见了，便上前施礼，说明借道前去东海的意愿。

玉龙国王装聋作哑，和金沙江东拉西扯地说："我可以答应你的请求。不过，我是个一生没有笑过的古板老人，如果你能使我发笑，我就让你过去。"

金沙江知道他的用意，便微笑点头，叫水乡姐妹轻歌曼舞，自己绕着玉龙国王，娓娓地讲起一个发生在高原上的故事。

（金沙江讲的就是这本书里的《老人变法制国王》故事，详情见前，文字从略。）

金沙江讲到"第四天，国王刚到御花园望天，天空突然云飞电闪，接着落下人血、人手、人脚，最后落下了地下国王的头颅"时，玉龙国王趁机抽几口冷气，散出严寒，冻得久离青藏高原的金沙江和水乡姐妹浑身发颤，似乎都要凝成冰块。金沙江急忙向太阳眨两下眼睛，太阳洒一道金光下来，顿时两岸如春，寒意消散。玉龙国王受不住热气，倒退几步，听金沙江又讲下去：

"那国王心想这事不能让公主和驸马知道，便叫兵将们赶紧把地下国王残尸用火烧掉。偏巧驸马走来看见，纵身跳进火堆去抢他父王的脑袋，却被熊熊烈火烧成了灰烬。

"怪事发生在第五天：地下国王却从云端冉冉下来，要带儿子、媳妇回去。

"国王交不出驸马，惹得地下国王勃然变色，大声骂道：'我明明坐在这里，哪有脑袋从天上掉下的道理，分明是你用女儿作饵，诱害我的王儿。难道你比天帝还神通广大，不怕我的翻天覆地的本领吗？'

"国王吓昏了，他怕翻天覆地，也怕地下国王害他，赶紧拉了大公主，一同跪在地下国王的面前，磕头求饶，最后简直放开喉咙哭起来啦……

"忽然，笑声在他耳边响起：'大王不必低头啼哭，抬起头来吧。'

"国王慢慢抬起头来。

"一看，呵，哪有什么地下国王，坐在他面前的，不正是那个耍把戏的吗？"

金沙江讲到这里，玉龙国王忍不住纵声笑了。

金沙江见玉龙国王笑了，要求他实践诺言，准许过境。

玉龙国王失悔自己发笑，想了想说："你是借故事教训我。你这么不尊敬老人，罚你等一会儿，让我睡足醒来再说吧。"

玉龙国王说完话，就闭起眼睛，鼾声如雷地睡了，而且一睡就是几千年。这一来，激怒了金沙江的众位姐妹。

金沙江知道前途还有许多困难，便劝姐妹们休息，积蓄力量。

她们不愿惊醒玉龙国王，悄悄沿着他的直伸的左腿，蹑手蹑脚地溜过去。溜呀溜的，经过几千年时间，才溜到玉龙国王的脚跟。大家望见大、小凉山的铜光铁影，忙想奔去探望。人多声大，一不小心，惊动了玉龙国王。玉龙国王打个呵欠，弯了一下左腿，立时天摇地动，她们感到玉龙雪山飞出一股强猛的吸力，像旋风一样扭着大家，转得头昏眼花。经过很久时间，她们才跟着玉龙国王的左腿停定了。

金沙江抬头一看，变化真是惊人：玉龙国王左腿扭曲的结果，把金沙江的直道，扭成由南到北、再由北到南的一千多里长的大"之"字拐道，把她们偷渡成功的直道，突然缩短三分之二。有些姐妹，对着雪山悲叹起来。

金沙江咬咬嘴唇，对大家说："姐妹们不要气馁，趁玉龙国王还未醒来，我们全力向前冲吧。"

于是，金沙江在前，女兵们在后，一齐奋力鼓浪，勇猛冲向朵美、金江方向去了。大家正欢庆自己的胜利，以为从此可由西向东，顺利奔向东海，哪晓得另一件麻烦事情又突然发生了——

玉龙太子从金江一步跳出，含笑地站在她的面前。如果说玉龙太子只是服从玉龙国王附耳所授的计策，公然带了队伍阻止她的队伍前进，这倒不是什么危险。因为金沙江只消令旗一挥，全军金波齐涌，准把那年轻王子和兵将们卷得无影无踪，像对付三岩国的兵马一样。

危险的是：玉龙太子改变了他父王对金沙江的看法，由衷地洋溢着对她的敬爱。他长久地等待着她，她的坚强性格，英勇行为，深深感动了他。她的花容月貌，歌舞才艺，更深深印在他的心上。于是，他退兵挺身迎着金沙江，热烈地向她表示纯洁的爱情。

爱情，也燃烧着金沙江的身心，这是关系金沙江一生事业的最大危险。"接受还是不接受？"战场摆在她的心房，她陷于彷徨苦闷之中。

站在金沙江面前的玉龙太子，彩云般的打扮，玉树般的风姿，明星般的眼睛，天神般的才能，已经够她动心了。而他还有伟大的志愿："你留下来吧，用我们的力量滋养山川，灌溉田土，培植大地花园，调节人间气候，这有什么不好呢？"

这是美丽的志愿，这是高贵的爱情。能拒绝这种爱情吗？

"不能拒绝这种爱情。"

金沙江的轻快步伐一变而为踌躇不前。玉龙太子跟着唱起一首又一首的情歌，声声打动着她的心弦。

> 我的心是一颗鲜红的心，
> 像玉龙雪山万年不变，
> 像金沙江千载长流。
> 我弹着三弦等你，
> 已经等了几千年；
> 我骑着白马等你，
> 已经等了几千年。
> 我的心和你的心，
> 已经心心相印，
> 让两颗心合在一起吧，
> 别让两颗心儿都碎。

金沙江听得心真碎了。她默默无言，两眼直望青天。忽然听到风从青藏高原送来了阿妈巴颜喀拉的歌声：

> 妈不回头呀儿也莫回头，
> 乘风破浪向东流。
> 光明幸福在向你招手，
> 因为你的事业盖千秋。

要是你在中途罢手呀，

千年万载，

妈羞你更羞。

金沙江这才咬紧牙关，对玉龙太子摇头拒绝，毅然大步向前，带着队伍呐喊而去。一直走到虎跳岩边，她才真正清醒过来，想着伟大的前途和处理爱情的胜利，兴奋地纵声大笑，像几百只老虎一齐怒吼，把玉龙国王也惊醒了。

玉龙国王眼睁睁看着金沙江滚滚东去，对她无可奈何。掉头看见太子还在江边掉泪，一生气就把儿子杀死，然后昏倒在地，至今没有醒来。

金银花姑娘

巴颜河上，有一户人家。家里没有一个男子，只有两个生得一般模样的姑娘。

大姑娘叫金花，二姑娘叫银花。两姐妹从小死了爹娘，相依为命地生活着。

两姐妹都长得很漂亮。单说她们的眼睛，就像碧龙潭里的水晶珠，远看，闪着秋水的柔波，近看，放着明媚的异彩，动人而不轻佻。加上性情又很正直、善良，人们都夸她俩是一对河上明珠。

有一年冬天，金花和银花站在门前赏雪，忽然望见河那边的雪花片里，出现一个衣服破烂的女人，披头散发而来，全身颤抖地跨上雪层很厚的独木桥，艰难地迈着好像是受了伤的跛腿，颤巍巍地走到独木桥当中，就一个倒栽葱，掉到冰冻的河里去了。

金花、银花见了，心中好生不忍，立刻像两只小鹿一样奔过去，从冰河里把那个不幸的女人抬到家中，用酒给她擦身，给她盖上毡子，流着眼泪，用草药给她敷脚腿上的创伤。两姐妹轮流守护她，呼唤她。好半天，那个女人才哼声苏醒了过来。

金花、银花欢喜地念了佛，又给她梳洗，给她饮食。那个女人也真奇怪，只一天工夫，就恢复了精神，脚腿上的伤也好了，而且有说有笑。脸上虽有几粒稀疏的白麻子，但却是一个非常俏媚的女人。

据她说，她叫达玛，丈夫死在仇人手里，自己宁死不受侮辱，负伤逃了出来，不知奔向哪里安身。说着说着，她像河水一样流着泪水，把好心肠的金花、银花，也哭成两株带雨的梨花。

金花、银花请她住下去，叫她达玛大姐。那妇人千恩万谢地住在她们家里，也真像大姐一样操持家务，疼爱她们，给她们讲故事，说笑话。

金花、银花早年死了爹娘，没有享受过温暖的母爱，现在突然得到达玛的疼爱，就依恋她，把管家的事都交给她，天真地追享着童年的幸福。

更奇妙的是：达玛的容貌，一天天地发生着惊人的变化，不久就变得和金花、银花一模一样，人们又把她们三人叫作姐妹花。

姐妹花的花儿虽然相似，可是根儿毕竟不同。夏季的一天，三姐妹嘻嘻哈哈地到河边洗头，金花端的是金盆，银花端的是银盆，达玛端的是木盆。

三姐妹到了河边，快快乐乐地你帮我洗金头发，我帮她洗银头发，然后又由金花、银花给达玛洗黑头发。洗完头，大家躺在草地上，晒了一会儿太阳，达玛突然望着金波荡漾的河心，对金花、银花说：

"我们来比比看，大家把盆子抛到河里去，看谁的不沉？"

金花一高兴，就不假思考地喊：

"好！好！"

随着话声，金花先把金盆抛到河里，金盆立刻沉到河底去了。

金花一看母亲留给她的金盆沉了，就放声大哭要跳河寻找。银花来不及拉住姐姐，金花已经扑通一声跳下河去，河心突然冒出一条金龙，把金花卷走了。

达玛趁机拉着银花的手，说：

"我们快走，金龙吃了金花，就会上岸来吃我们的。"

银花一心要救姐姐，不肯离开这儿，但不知是什么原因，达玛的手，突然比牦牛的力气还大，银花不由自主，被生拉活扯着走了。

达玛把银花带到了河对岸的城里，碰到国王正在给三位王子选妃子，把国里的女子都集合在御花楼前。达玛也带着银花，到御花楼前的广场上，急着等候什么。

国王威武地站在御花楼上，三位王子立在他的后面，侍从们站得像座屏风。御花楼披上了彩色缤纷的花红[1]，迎着金色的阳光，气象庄严瑰丽极了。

银花正看得出神，突然飞来一支无头箭，射在心口上面。这个年轻而没有生活经验的姑娘，来不及明白是怎么回事，就被达玛一手把箭抢在手里。等宫中武士出来寻箭的时候，她就推开众人，大声喊道：

"射中我了！射中我了！"

按照这儿的国俗，国王的无头箭射中了哪个姑娘，哪个姑娘就是王子的妃子。

现在，既然达玛摇着箭高喊射中的是她，而银花又噤不作声，当然达玛就带了银花进宫。又碰巧是三位王子共娶一个妃子，达玛便成了三位王子的妃子。银花被达玛当作宫女使唤。

任银花怎样小心侍候，总不能博取妃子的欢心。达玛变了，不但没有半点"达玛大姐"的温情，而且非常凶暴、狡诈。银花心里奇怪：她怎么一下子变成另外一个人了。

有一回，大王子拉着妃子喝酒，两人都醉得沉睡不醒。半夜时分，银花送茶进去，忽然发现大王子身边，睡着一只拖着尾巴的狐狸。定睛一看，却又是达玛妃子，银花惊得急忙悄声退下……

第二天，宫中传出大王子得了奇怪的急病死了，达玛也哭得非常悲哀……

不久，二王子也得了奇怪的急病死了，达玛哭得更悲伤，好像要以身殉葬的样子。可是，细心的银花悄悄看出来：二王子的心，已被什么东西

---

[1] 花红，指办喜事用的特制的一种花。

吃了。

有一天，银花很巧妙地向妃子献酒，妃子醉了，无意中说出"吃了王子的心可以长生不老"的话，银花便什么都明白了。

达玛开始提防她，折磨她，派她去做牧羊的苦工。

银花一面牧羊，一面悲伤姐姐和自己的遭遇，便不顾什么"龙吃人"的恐怖，赶着羊群到姐姐投河的地方，对着悠悠的河水，望着自己的影子，凄凄惨惨地哭诉着不幸和悲哀。眼泪滴到河中，河里泛起阵阵漩涡。忽然间，一个漩涡急转着，转出一个金发人头，然后就露出身子，走上岸，向银花身边走来。

银花泪眼模糊地望着，惊慌得手足无措，但也不想逃走，只低了头嘤嘤哭泣。

银花感到两只温暖的手抚摩着自己的头发，贴着自己的脸庞，然后感到有人猛力抱住自己的腰身，也呜呜咽咽地哭起来了。

银花惊得猛跳起来，睁大眼睛，凝望了一下抱她哭泣的人，就一头栽到那人怀里昏过去了。

那是金花。原来她投河之后，不但没有死，而且被金龙王接到龙宫，作了妃子。她享受着荣华，怀念着妹妹，从金龙王口中，已经知道达玛是个狐狸精了。今天，银花的眼泪滴到河中，激起阵阵漩涡，金龙王知道是银花来了，便送金花出水，让她们姐妹见面，并且对金花说了如何铲除狐狸精的计策。

临别的时候，金花给银花一些香美的糌粑，又把金龙王传授的除狐计策告诉了银花。

银花回到王宫，在达玛的面前，故意取出糌粑，让香气刺激着达玛的喉管，诱得她直流涎水。她从银花手里夺过来尝了一口，觉得这不是人间所有的珍贵食物，就逼问银花从哪里得来这种美味食物。

银花对她直说是姐姐送的龙涎香制的糌粑，而且把金花作了金龙王妃子的事也对她说了。

达玛一听金花没被害死，又想去吃龙王的心肝，便转着眼珠，装着笑脸，故意向银花套问这样那样，银花却什么也不再说。

达玛见套问不出秘密，就悻悻地把银花留在宫里，自己赶着羊群，到金花投河的地方去了。

银花留在宫中侍候三王子。

三王子叫银花给他梳头。银花梳着梳着，想起自己的不幸遭遇，十分伤心地痛哭起来。

三王子奇怪地问她为什么哭泣。

银花泪如泉涌地边哭边说，把自己和姐姐的遭遇说了。

三王子这才明白无头箭射中的正是这位性情温良、容貌美丽的姑娘，喜欢地绕着银花直唱情歌。

银花见三王子情真，又哭着把大王子和二王子被害的秘密说了。

三王子又恨又怕。

银花对三王子说了金龙王传授的计策。

三王子立刻依计行事，叫人在宫门内挖了一个九尺宽、九尺长、九尺深的陷阱，上面盖上一层薄土，不显一点痕迹，静等达玛回来。

达玛呢，一早赶了羊群到金花投河的地方，也学着银花的样儿，挤了几滴眼泪到河里，河水只翻几片浮沫，就静得微澜不兴，不起一个漩涡。

达玛见眼泪无效，就掩面装着痛哭，高声直喊"金花妹妹"，河面还是宁静无波。直到太阳含着嘲笑隐入群山，达玛才懒洋洋地驱羊回宫，一脚踏到陷阱上面，就跌进坑里，被三王子和宫人们赶紧填上泥土压死了。

第二天，国王为三王子和银花，补行了隆重的婚礼。

"善士"和乌龟

从前，某一条河边，住着一个出售花环的商人。这商人有一个很大的花园，种的花草很多，他自己既不下地种花，也不动手编制花环，却每天和他的大、小老婆一齐起早睡迟监督奴仆做工，谁要是因为劳累成病，不能很好地给他做工，他就抡起皮鞭打人，打开地牢关人。不用说，谁要是损坏了他的一件东西，碰坏了他的一枝花朵，那就要受到割手足、挖眼睛等酷刑了。

但是，他却天天念经拜佛，每年还要买点便宜的动物放生，叫奴仆们恭维他是"大善士"。

一天早晨，他同大老婆下床后就到园中，忽然发现有些花草被什么东西践踏了，便不问三七二十一，把奴仆们叫来跪起，逼问是谁践踏的。

奴仆们没有干过这种事，当然都不承认，这就惹他性起，把他们乱打一顿。有个年老的朗生[1]在挨了打之后，看出那些被践踏的花草上面，留有乌龟的脚印，便去告诉商人。商人鼓起两只眼睛，白了老朗生一眼，不声不响地回到经楼上去。

他从经书上查出曾经有过《佛化水龟》的故事，便幻想这只乌龟也许有些来历，决心自己去查看清楚。如果是佛所化，那他就要立地成佛；如果是只普通乌龟，那他就要捉龟杀了熬胶做补药。

于是，他安了许多罗网，亲自躲在暗中守候，结果当晚就捉到了那只

---

[1] 朗生，西藏农奴制度下的家奴。

乌龟。

那只乌龟虽然不是佛所变化，但也不是一只普通乌龟，而是相当聪明的会说话的乌龟。

商人捉住乌龟一问，听乌龟说是为了上岸求食，他明白自己的第一个希望落空了。但是这只乌龟又肥又大，简直像个大石磨盘，总算第二个希望没有落空，便双手紧紧按着乌龟背喝道：

"老乌龟，你怎么不打听我是干什么的？"

"我知道你是做生意的。"

那商人笑了笑说：

"对，那么你说我是为了什么才做生意呢？"

乌龟悻悻地回答：

"还不是为了赚钱。"

那商人听得哈哈大笑起来：

"你只说对一半，还应该晓得我是将本求利的规矩商人。"

"那么，请问，"乌龟昂起头向他问道，"你对我花了什么本钱，要求什么样的利息？"

"你践踏坏了我的花草，"商人对乌龟算着账说，"那就是我花的本钱，你就该用甲熬胶来作利息。"

大乌龟明白自己闯了大祸，不过，他曾听说这商人是个"大善士"，便一面缩头，一面颤声问道：

"你不是放生的大善士吗？"

商人听得好笑，对乌龟说着实话：

"那是为了求名。但为了让你死得快乐，算是你对我做回'善事'吧！"

随着得意的话声，那商人一刀砍了下来，没砍着乌龟脑袋，却把乌龟背砍了一大道白印子。

大乌龟知道说理没用，急忙想了一个脱身之计，瓮声瓮气地对他笑道：

"我学过舍身的教义，甘愿献了全身给你熬胶；不过，我昨天才背过妈妈的尸体。"

那商人一听就吐口水，要杀吧，乌龟的身子不洁净，熬了胶也不灵验；要放吧，又舍不得这只又肥又大的乌龟。当他踌躇的时候，大乌龟赶紧向他献计道：

"你把我拿到水里去洗干净，不就好在这个好日子杀了去熬胶吗？"

那商人一听乌龟说得有理，便抱了大乌龟到水里去洗，乌龟沾了水，立刻背滑力大，从商人手里奔脱，钻进水中潜游一阵，才从河心冒出头来，向那商人高声嘲笑。

花环商人眼珠一转，也立刻打了一个骗乌龟上岸的主意，向河心的大乌龟合十行礼，赌着咒说：

"大师不要误会，我刚才是和你开开玩笑，其实我也知道你的亲戚朋友很多，很想送个漂亮花环给你系在颈上，让你体面地回府呢。"

大乌龟装作听得中意的样子，张起四脚在水里舞蹈。花环商人以为乌龟信了他的话，便叫他大老婆编一只精致的花环送到岸边，又花言巧语地恭请乌龟上岸，接受他的花环。

大乌龟看得好笑，说：

"多承善男信女美意，我本来应该上岸，接受高贵的礼品，只是一夜辛苦，上岸走路有些困难，敢请'大善士'行善到底，游水送花环过来，我当伸颈领情。"

花环商人望着大老婆呆了一阵，才转了口气，说："好吧，等我游水送来，你可真要领情。"他便把花环扣在颈上，扑通一声跳到水中，游向河心。

等他游到河心，却不见乌龟影子，他东张西望了好久，才见那只大乌龟竟在岸边昂起头，对他笑道：

"善人，回头是岸哟！"

花环商人一心想捉乌龟，哪里明白乌龟对他警告的话意，他掉头又游了过来，近了乌龟身边，也不解颈上的花环，便伸着双手直抓乌龟。但那乌龟却像潜水鸟那么敏捷地钻进水中，又在河心露出头来，哈哈大笑。

花环商人不甘心，不顾自己已经游得很累了，又转身像水蛇那样直窜过去；待到河心，大乌龟又不见了。他踩水直立，向着四处眺望，望着望着，忽然神色大变，涕泗滂沱，像挨刀的肥猪那样拼命叫唤，吓得他的大老婆惊惶失色，慌忙指使奴仆们跳进水中去救。

好半天，花环商人才被救了起来，只是，他的灵根[1]已被乌龟咬断，周身颤抖，不到半天，他戴着那个精致的花环死了。

---

[1] 灵根，指男性生殖器。

银鸟和牧羊女

很早很早以前，有一个四季都开鲜花的国家。

这国里有一条著名的花溪。花溪两岸，生长着美丽的花草，树上结着诱人流涎的香果。山那边有一块水草丰美的牧地。花溪和牧地之间，有一条幽静的山谷。老年人说这条幽谷是神仙居住的圣地，一代一代传下来"凡人不得冒进幽谷"的规矩。因此，花溪一带的老百姓，都不敢进去，只有花溪上游的一块坝子，是老百姓跳锅庄[1]、敬神、喝酒、赛马的地方。

有一户人家，住在花溪左岸，老人巴登的妻子死了，他带着三个聪明美丽的姑娘，养着十几头山羊，种着几亩青稞和马铃薯过日子。

老人的生活过得并不美满，他对三个女儿一点不关心，而对那些山羊倒当作性命似的照顾、爱怜。

三个姑娘，只是轮流不息地种地、牧羊，牧羊、种地。要是能这样死板地工作和生活，也算是她们的福气。但事实不是这样，当她们被老人认为稍有什么疏忽的地方时，赶羊的鞭子就噼里啪啦地落到头上、身上来了。如果不幸有一只羊受了轻伤，那个牧羊的姑娘准会一天不得饭吃，更不用说失了一只羊，要遭到什么样的责罚了。

就这样，每天早上，老人派一个女儿赶羊出去，到太阳落山的时候，他就站在门口，等着女儿赶羊回来，过一只，数一只，还时常把吃得饱饱的山羊抱起，用嘴亲它们，用手理山羊的胡子。但当眼睛扫到自己女儿的

---

[1] 锅庄，藏语音译，一种藏族舞蹈。

脸时，他的脸上，马上起了满天乌云。

有一天，大姑娘斯朗卓玛赶着山羊到草地放牧，直到半夜才垂头丧气地赶着山羊回来。二妹、三妹见她的眼睛哭得又红又肿，知道是出了什么事情，同情地替她着急。

果然，老人数出少了一只羊，不由斯朗卓玛分说，就口里乱骂，手里挥着鞭子，把她打得皮破血流，并且不听二女、三女的劝，把斯朗卓玛赶到旧毡上去。

两个妹妹问她怎么会丢了一只羊，斯朗卓玛光是俯头哭泣，死也不肯说是什么原因。

第二天，老人派二姑娘林丽巴桑去牧羊，亲自把山羊一只一只点交清楚，说：

"要是少了一只羊，我就敲断你的骨头。"

林丽巴桑默默地赶着山羊放牧去了。可是，到了晚上，她回来得更迟，大姐姐、三妹见她的眼睛哭出血了，知道她也出了事情，望着父亲那副凶恶的嘴脸，更同情地替她着急。

老人数出少了一只羊，气得比昨晚更凶，拿起一根木棒，劈头劈脑在林丽巴桑的头上、身上乱打，把她打得筋断骨折，并且也不听三女口劝、大女跪求，凶暴地把林丽巴桑赶到烂毡上去。

斯朗卓玛上前给二妹洗伤敷药，只是望望二妹的眼睛，好像彼此明白发生过同样的事情。三妹娜玛贴近去问原因，林丽巴桑把手一摆，埋头哭得越发厉害，一个字也不肯说。三妹也跟着伤心，不忍心再问下去。

第三天，老人一早就把三姑娘娜玛叫起来，一五一十地把羊点清交给她，十分无情地说：

"你要是再少一只羊，就沟死沟埋，不准回来见我！"

娜玛用袖子掩着脸，哭哭啼啼地望望两位姐姐，赶着山羊翻山去了。

当天晚上，没有娜玛和山羊的影子。老人等到下半夜，才听见似乎有人赶羊，开门出去，山羊回来了，一数又少了一只，气得拿起一把短剑要杀人。但是，他找不到娜玛，娜玛从此没有下落。

娜玛到哪儿去了？老人猜不出，只有斯朗卓玛和林丽巴桑心里明白，暗暗替可怜的三妹伤心落泪。

原来，娜玛赶羊到达牧地的时候，天气十分晴朗，草色十分清新，她专心专意地守着羊群，不准一只山羊乱跑，她相信自己细心、勤快，绝不会像大姐、二姐那样走失一只山羊。

但是，这天的天气特别异样，花很香，空气也清新，闻起来使人舒服，巴不得多闻几下，生怕这迷人的清香飘走了。娜玛越闻越香，闻着闻着就醉了，骨节酥酥地，眼睛迷迷地，不久就躺在柔软的芳草上沉沉睡去。

娜玛只觉得不过睡了一会儿，还没有做完一个好梦，翻身一看，太阳早已隐藏起来，月儿已经像只弯弯的银钩，挂在天空了。

娜玛赶紧清点身边的山羊，不多不少，又是正正失了一只。她惊出一身冷汗，赶忙高声唤羊，但总不见那只山羊的影子。

娜玛守着羊群哭了一阵，然后打定主意，先把没有走失的山羊赶回去，免得年老的父亲过分悲伤，自己决心一定要找到失掉的那只山羊。

所以，老人听到有人赶羊的声音，收到了没有走失的那些山羊。

娜玛在阴暗的角落里，听到了父亲的恶毒咒骂，才摇着头，忍着泪，悄悄回到牧地找羊去了。

娜玛找遍了草原，草原静静的没有声音。

娜玛问遍了星星和月亮，星星和月亮也静静的没有声音。

天亮时，娜玛才在牧地和花溪之间的幽谷口上，发现了山羊的脚迹，那脚迹一直印在走向幽谷深处的路上，她兴奋地跟着山羊脚迹走进谷去，把"凡人不得冒进仙谷"的规矩也置诸脑后了。

她走着寻着，忽然听到了山羊的咩咩叫声，像是呼唤她似的。她想起父亲的冷酷和山羊的亲切，更不顾一切地跑进谷去。

娜玛跟着山羊的脚迹，找到了一座朱红漆的大门。

娜玛知道山羊就在里面，伸手推开红漆的门扇，里面有一条昏暗的狭巷。她踮起脚尖，悄悄地走过巷道，又见一座金光闪亮的黄金大门，门上嵌着两只金狮，舞着头对她表示欢迎。

娜玛又伸手推开黄金大门，听见山羊的咩咩叫声从金门里的曲廊上传来。

娜玛穿过一道曲廊，没看见山羊，又见一座奇异的双扇门，一扇是珍珠镶的，一扇是绿玉镶的，全都闪着珠光宝气。她惊异地伸手去推，只推开了绿玉门，却推不开珍珠门。

娜玛走进屋去，里面陈设着钻石、翡翠、玛瑙、珊瑚镶制的家具，正中悬挂着长明的宝石天灯，真是神仙洞府。但这洞府却静寂得很，没有一个人影。

娜玛东张西望了半天，除了感到惊奇之外，再也不明白这是怎么回事。

忽然传来一个声音：

"娜玛姑娘，你找什么？"

娜玛惊得掉头寻找声音，好容易才在珍珠门旁，发现一个水晶石镂空的笼子，笼里有一只美丽的银鸟，跳来跳去对她唱歌，温情地眯起眼睛看她。

娜玛姑娘一看就喜欢上了这只象征幸福的银鸟，轻轻地打开水晶笼子，银鸟蹦跳到她的手上，她捧起来凝视一阵，然后温柔地把银鸟贴着自己的香腮。银鸟附着她的耳朵说起话来：

"娜玛姑娘，你究竟在找什么？"

娜玛抚着银鸟说：

"请告诉我，我的山羊在哪里？"

"你很看重山羊？"

"因为我的父亲，爱山羊不爱我们。"娜玛伤感起来，眼泪滴在银鸟的羽毛上，说，"要是找不到山羊，我就不能回家了。"

银鸟欢跃地说：

"那很容易，我还你和你大姐、二姐失掉的山羊。"

娜玛立刻收了眼泪，对银鸟说：

"赶快还我山羊，连你也到我家去吧。"

银鸟忽然严肃地说：

"不过，你要答应做我的妻子。"

娜玛惊得睁大着眼睛，迷惘地问道：

"你，小银鸟，我怎么能做你的妻子，莫非我的大姐、二姐，也遇到过你吗？"

"是呀，她们认为做银鸟的妻子太不幸了，所以都拒绝我，慌忙丢下山羊跑回去了。"

娜玛突然遇着这样的怪事，也觉得做一只银鸟的妻子，确实太不幸了，人，怎么可以给鸟为妻呢？娜玛沉默地摇头。

银鸟温柔地劝道：

"娜玛姑娘，这并不是我要挟你，而是我爱你，同情你的遭遇。你回家是黑暗冷酷的路，留下是光明幸福的路，求你答应吧！"

娜玛想到父亲那布满乌云的脸，眼泪又流了下来。

银鸟紧紧地偎依着她，她感到内心产生了一种莫名其妙的强烈感情，长叹一声说：

"回去是受苦，我就答应你吧，谁指望什么光明幸福！"

银鸟高兴地摇一下翅膀，娜玛面前的金桌子上就突然摆满了山珍海味，还有香气袭人的罐子酒。

银鸟陪娜玛用了佳肴美酒，又绕着她唱了人间少有的许多优美情歌，然后欢乐地说：

"大姐、二姐和你的山羊，这时已经回家了。"

就这样，娜玛做了银鸟的妻子，住在豪华的宫殿里，每天银鸟陪她唱歌、跳舞，还给她讲无穷无尽的动人故事。

可是，时间久了，娜玛想念人间的生活，开始感到宫中有些寂寞，被温情的银鸟觉察到了。于是，发生了这样的变化：每天早上，太阳刚露头，银鸟就忙着飞出宫去，到太阳落山的时候才飞回来。原来，银鸟是飞出去搜集人间的消息，回来讲给她听，慰解她的寂寞。她也开始怜惜起多情的银鸟来，但不明白银鸟怎么这样神秘：他似乎是富有的王，却为什么又是一只鸟？她时常向银鸟问这个问题，可是银鸟总是那么叹着气回答：

"总有一天你会明白的。"

从此，娜玛一到梦中，就分明看见自己的丈夫，是一位英俊的王子，觉着无限的幸福，但一睁眼，却仍然是只殷勤歌唱的银鸟，心中更感空虚迷惑……

一天，银鸟十分高兴地唱着歌，飞回她的怀抱，对她说：

"花溪坝子，明天就要举行赛马会了。"

娜玛的眼睛，立刻闪露出光辉，她想起每年赛马会的热闹情景，就像自己夹杂在唱歌、谈情、跳锅庄、烧烟烟的人流之中，脸上也泛起光彩来了。但是，当她被银鸟的歌声惊醒，发觉自己的处境时，又不禁流下泪来。

银鸟体贴地说：

"明天，你打扮得像仙女一样去赶会吧，只是，千万记住：不要在太阳落山之前回来，更不可到珍珠门背后去看。"

娜玛一心憧憬着明天的盛会，没思索银鸟的话意，就含笑酣睡了。

第二天，天还没亮，银鸟就俯在妻子的耳边唱起歌来，等娜玛刚睁开眼，银鸟就叫她去拍珍珠门上的珠环。

娜玛用右手拍一下珍珠门的珠环，珠环咕噜一声转，转出了闪闪发光的美丽衣裳，带着属相的护身符，珊瑚镶的耳环，彩虹一样的围腰，绣着格桑花的靴子。娜玛喜欢极了，一件一件地穿戴起来，真是不多不少，不大不小，就像头等裁缝专门照着她的身材尺寸做的一样。

娜玛穿戴好了，屋子四面的金壁，映照出她的灿烂美丽的倩影，自己很是喜欢，银鸟也非常高兴。

娜玛出门的时候，银鸟又对她叮咛道：

"千万不要在太阳落山之前回来。"

娜玛含笑点点头，走出宫门，跨上一匹桃花马，跑到赛马会场去了。

参加赛马会的老年人、青年人，男的、女的，全被这位突如其来的仙女惊动了，大家为她让路，请她喝茶；年轻小伙子，争着请她跳舞；一下子，她成为万人注目的美人。连她的父亲，也认不出她是什么人，笑着对她拍手。她一面兴奋，一面苦笑，但很快就沉醉在欢乐的人海之中了。

她纵情歌唱着神仙歌曲，柔曼的歌声和优美的歌调，把全场的人声歌声压了下去，连地上的马群也听得入神，尽在天上歌唱不休的百灵鸟，也差一点羞得跌下云端。

娜玛陪着所有的人跳舞，不倦地迈着轻快的舞步，这儿哪有过这么精湛的舞技呵，她跳得拐腿满场飞，哑人也突然开口唱起歌来了。

人人都赞美她是仙女，年轻人都想赢得她的芳心。

赛马开始了，她才从幸福中感到一阵空虚，脸上显出淡淡的忧伤。

忽然间，远处飞来一团滚滚的白云，等到白云停在赛马场边，才看清是一个英俊漂亮的少年，穿着白衣、白靴，戴着白帽，扬着白金丝鞭，骑着白马赶来了。

那白衣少年向娜玛微微一笑，她像被温暖的手抚摩了一下，全身立刻感到异样的温暖和舒服。

白衣少年要求参加赛马的时候，赛手们已经跑过一半马道了。白衣少年一抖白金丝缰绳，白马平地踢起一团白云，闪电一样飞了起来。而且，白衣少年竟奇异地在白云里耍把戏，一会儿翻跟头，一会儿立天柱，一会儿从马背上跳下来，独个儿跳一阵舞，然后一步纵到百步以外的白马背上。娜玛被白衣少年的流星闪电般的骑术感染了，狂热地为他拍手喝彩。忽然又见白衣少年跳下马背，飞向花溪采了一束格桑花掷到她的手上，她还来不及明白是怎么回事，白衣少年已经跑在所有赛手的前面，只一眨眼睛的时间，白衣少年在雷鸣般的喝彩声中，跑到终点。隔了好久，别的赛手们才陆续跑到白衣少年的面前。

白衣少年的红光满面的笑容，感染着全场的人，但更深深地刺伤着娜玛的心，她对着那束象征爱情的格桑花，默默地流着泪走向花溪，没注意一个独眼巫婆跟在她的后面。

娜玛停在一丛美丽的格桑花面前，嘤嘤啜泣起来。

"姑娘，在这样快乐的日子，为什么伤心呢？"

娜玛抬头望着独眼巫婆，泪眼模糊地摇头不语。

独眼巫婆笑着说：

"我知道，你爱白衣少年。"

娜玛像被刺了一下，急忙分辩道：

"我已经有了丈夫。"

独眼巫婆笑得更厉害了：

"他就是你的银鸟丈夫，怎么妻子不认得男人呵？"

"哪有鸟儿变人的事情？"

独眼巫婆庄重地对她说："白衣少年确实是银鸟变的。"并且告诉她，只要她赶快回去在珍珠门后找到鸟皮，把那张鸟皮烧掉，他就永远是个漂亮少年了。

娜玛听了，才想起银鸟早上对她叮咛的话，便半信半疑地谢了独眼巫婆，跨上桃花马飞奔回去。

娜玛一进宫门，立刻跑到珍珠门背后去看：可不是，银鸟的鸟皮正挂在珊瑚架上。娜玛捧着鸟皮，流着喜悦的泪珠说：

"真的是他，他为什么要披上这张皮，难道这是对待自己妻子的道理吗？"

娜玛一面高兴，一面烧起柴火，把那张鸟皮烧了。

这个时候，白衣少年正在赛马场上参加最后决赛，忽然在马背上感到心惊肉跳，忙向人群张望，再也不见娜玛的影子，赶紧鞭着白马赶了回去，引得大家十分惊奇。

但是，事情已经不可挽救了，白衣少年奔进宫去，对着还在燃烧的火光顿足捶胸，望着满脸闪着幸福光辉的妻子说：

"天真的妻哟，你受了独眼巫婆的骗，替她把我的生命燃烧，害得我们这对恩爱夫妻，今夜就要永别了。"

一下子，夫妻俩都掘开了泪河，泪水涌出眼眶，涌到地上，宫殿里的所有金光，也跟着他们的哭声而黯淡了。

娜玛浑身发颤，抱着自己的丈夫，号啕痛哭地说：

"我为了你，为了我们的幸福才这样做的，纯洁的心哪里知道会闯下这么悲惨的大祸呵，这究竟是怎么回事？"

白衣少年悲伤地摇摇头，有气无力地说：

"说起来话长，我怕你听了伤心，所以从来不对你说。现在又是生死关头，更没有时间从头说起，你只记住我犯的错误和教训，记住恶魔危害我的性命，等我死后设法报仇。"

"你很聪明正直，怎么会犯错误？"

"就因为我很聪明，所以十分自负，得罪了对我本来很好的朋友——善魔，因此他在我遇到危难之时，袖手不救。就因为我很正直，到处揭露欺骗成性的恶魔的隐私，被他们施了魔法，把我变成可怜的银鸟，而把我的生命寄托在鸟皮上面。"他说到这里，越发伤心，"这就是我的悲剧和过去总不告诉你的原因。"

娜玛听了，更加崇敬自己的丈夫，觉着他是正直的英雄，不应该死于非命，便义愤填膺地说：

"你不会死，朋友会来救你，我也非全力救你不可。"

他眼睛一亮，忽然又长叹一声，说：

"我已经失悔，谁知道我的朋友会不会原谅我而来仗义相救，而你——一个弱女子，怎么能做这种吃力不讨好的事啊！"

说着说着，他的头低了下去，声音逐渐微弱……

娜玛急忙摇着丈夫慌张地喊道：

"快说，怎么去找你的朋友，我又用什么办法救你？"

丈夫痛苦地呻吟一阵，最后才迸出几句细如蚊声的话，说：

"快去用右手拍两下珍珠门的珠环，我的朋友——善魔或许愿意应声而来，那时，他……"

话未说完，他就闭上眼睛，昏迷过去。

娜玛赶紧放下丈夫的身子，立刻奔到珍珠门边，举起右手猛向珠环拍了两下，心房跳动得骨碌地响，焦急地等候着变化。

天空响起一阵音乐，善魔应声进宫，弯腰俯向自己朋友的面庞，亲切地说：

"朋友，你不必着急，我已经原谅了你，并且把恶魔的爪牙——独眼巫婆绑住了。我愿击退恶魔，救你性命来补我以前量小嫉妒、见危不救的过失。"

娜玛听了，急忙向善魔施礼，请教解救危难的法子。

善魔把她叫到一旁，轻声地告诉她："这是一场激烈的战斗，虽然恶魔邪不敌正，终归要遭覆灭。但是，恶魔气焰还高，不会甘心独眼巫婆的被擒而交回白衣少年的生命。今夜，他要赶来夺去银鸟皮灰，带到别处，再罚他作奴隶。"善魔说到这里，静静望着娜玛的眼睛，说：

"看得出来，你很正直善良，也有坚强的信念，这都是战胜恶魔的力量。从今夜起，只等恶魔到来，我愿和他在宫门外面战斗七天七夜，尽力解救好友危难。但是，你却必须在这七天七夜中，一刻不停地执着金手杖敲打珍珠门扇，直念'丈夫回来'，只要配合我坚持到第八天早上，珍珠门扇就会全开，他的生命就能夺回，因为恶魔最怕金石般的爱情，一遇到金石般的爱情，他的魔法就失效，就会战败。"

天黑，宫外响起怒涛一样的吼声，恶魔果然来了，一见善魔守住宫门，便怒气冲冲地扑向善魔，展开激战。娜玛赶紧一手抚着丈夫衰弱的身子，一手执着善魔交给的金手杖，急急敲着珍珠门扇，口中直念"丈夫回来"。

就这样，外面昼夜不息地战斗，里面也昼夜不息地敲着念着，头三天还不怎么辛苦，第四天起，娜玛开始感到口渴手酸，但纯真的爱情支持着她，毫不松劲地敲着念着，到了第七夜的最后一刻，她把一切力气都使尽了，嘴里念不出声，手也不听指挥，人也失去知觉，倒在地上昏了过去。

就在这一刻，善魔战败，恶魔得胜，狞笑着把银鸟皮灰收走，把白衣少年带到山里罚做奴隶。

过了一阵，娜玛惊醒过来，宫殿内外一片寂静和空虚。

娜玛麻木地环视着周围，像被什么东西塞住咽喉似的，叫不出声，哭不出泪，心里只是翻腾着一个意念：

"任海枯石烂，一定要让丈夫起死回生。"

娜玛挣扎起来，拄着金杖，一步一步向遥远的天涯海角寻去。

风、霜、雨、雪，止不住她的热情，山、河、岩、峡，挡不住她的脚步，虎、豹、豺、狼，也吓不退她的决心，她寻找着、奔跑着，整整花了几年时间，把整个有人居住的世界都走遍了，但还是没有打听到丈夫的消息。

一天，她走进一处百花盛开的山谷，忽然听到一个熟悉的声音，不知从什么地方传来，她的枯萎的心花突然怒放了，爬着山岩找去，最后在一丛合欢树下找到了自己的丈夫，他憔悴了，但眼睛里还闪烁着温柔的光辉。娜玛三脚两步奔过去，一头钻进丈夫怀里，奔流着幸福的泪泉。

但是，幸福还不是这么容易到来的，白衣少年抱着娜玛说：

"天真的妻呵，赶快离开这里，要是被恶魔知道了，我要吃更多的苦头的。"

娜玛万箭穿心般地说：

"难道我们就无法团圆了吗？"

白衣少年望着娜玛，苦笑着说：

"法子是有的，你已经知道邪不敌正的道理，只要你编唱三百支歌颂正义和爱情的歌曲，同时找三百种善鸟的羽毛，织成百鸟宝衣，恶魔就会在正气歌声中逐渐衰弱、昏聩。最后你再用右手拍两下珍珠门的珠环，我的朋友善魔那时已养好了伤，会来帮助制服恶魔，我们才会有幸福生活。"

白衣少年说了，就惊惶地推着妻子走出花谷，一闪不见了。

娜玛回去之后，立刻敲着珍珠门，对着水晶笼子，一口气唱了自己编的三百支爱情歌曲，唱得群山起舞，百鸟高歌，凤凰听得感动，率领百鸟弟兄，来到宫前各自抖落一片羽毛，交给娜玛织成一件百鸟宝衣。

在这些日子里，恶魔受不住正气歌声的力量，一天一天地衰弱，一天一天地昏聩，白衣少年又尽力装作勤劳样子，减少了他的注意。

一天，恶魔因为周身软弱，独自到山顶几株大枷椤树下，躺着晒太阳，什么法宝、武器都没带在身边，没料到善魔已经取了宝衣，约了凤凰，带起百鸟，藏在树里。

恶魔被太阳晒得软绵绵的，禁不住昏昏欲睡。凤凰见机轻轻抛下百鸟宝衣，罩在恶魔身上。恶魔忽然感到万根绳索紧束着身体，赶紧跑回巢穴，大门早被白衣少年紧闭，他拿不到法宝武器，急忙高声呼救，也不见手下兵马到来。掉头看见善魔从门孔飞出，知道自己的法宝、武器及兵马，都被善魔和白衣少年收拾了，只得徒手搏斗。不消三拳两脚，便败阵奔逃，被大鹏金翅鸟飞来啄倒在地，被百鸟啄破眼珠，拔去皮毛。娜玛赶来，亲手剥开他的胸膛，取出他的心肝。善魔吹起一阵狂风，把恶魔尸体吹成粉末。

白衣少年捧着银鸟骨灰出来，笑着同善魔、百鸟和娜玛见面，兴奋地流着眼泪向大家道谢，从此再也不变银鸟，生命也无威胁了。

大家一起回到幽谷，幽谷变成明亮、芬芳的大道。望见宫门外，尽是熙攘欢跃的人群。走进宫去，满处明堂洁殿，文武百官，恭迎白衣少年和娜玛上殿，虔诚地拜见国王、王后。

娜玛这时才明白几百年前发生的事情，丈夫因为自负聪明，不听众议，以致失了信仰，疏了善魔；又因为得罪恶魔，便被恶魔所制，变做银鸟，文武百官被变做草木，恶魔又叫独眼巫婆在人间散布"凡人不得冒进仙谷"的谣言。时过境迁，人们都已忘记，宫廷旧事如烟消散。

现在，白衣王子靠着大家和娜玛的帮助，加上自己的悔悟而复生还，便崇善弃恶，励精图治，天下太平，人民安乐。又开放幽谷，让花鸟伴人同乐，尽情歌舞畅饮。

娜玛的父亲听了三姑娘的遭遇，觉得自己自私糊涂，女儿善良忠义。白衣王子和娜玛把他接进宫去，他们又在幽谷里开了三天三夜的盛会。斯朗卓玛和林丽巴桑也在这儿找到了自己的如意郎君。

刻舟求剑

有一个跑江湖、做买卖的狡猾商人，真是见缝就钻，无利不贪，连轻风从他面前吹过，也想捞一把回去凉快凉快。

他常常雇了骡马和船舶运货，每回出的价钱都很高，不过每回算账，他总是有进无出，不花马钱、船钱。

他有一套花言巧语的欺骗口才和只赢不输的赌博本领，每逢他要运货出门或者运货回家的时候，他都照计行事。他在路上总和马夫、船夫们有说有笑，显得亲亲热热，谁也逃不脱他的圈套，自然而然地和他赌博。结果，到目的地后一算账，马夫、船夫不是空手离开，就是被剥光衣服才走。

只有一回例外，他败在一个船夫手里。

这船夫年轻力壮，机智沉静，从小生长在雅鲁藏布江下游一个码头上，专门驾船揽货，取点运费过活。

他没听说过这个商人狡猾，而商人又是初次来这码头，雇船的价钱出得很高。于是他去受雇，那商人端茶递烟，表示欢迎。不过，当那商人听他说出不会赌博的时候，犹豫一下又笑开了。他假装对船夫关心，给出了一个主意，说：

"这儿鸡价便宜，我们家乡鸡价很贵，你何不捎带两只公鸡乘船而去？"

船夫一想有道理，便回家带了两只公鸡上船，商人取一些麦麸给他喂鸡，才同其他船夫赌博。

一路顺风，几天就到了商人家乡。

算账的结果，没有一个船夫拿到分文。最后轮到这个船夫，商人皮笑肉不笑地拿起算盘一敲：

"我应该付你船钱，你应该付我公鸡料钱，两者相抵不足，把你两只公鸡给我，正好不该不欠。"

船夫心中了然，二话不说就走。回到故乡，便请铁匠打了两把同一样式的锋利短剑，等那商人到来。

不久，那商人来了，又要雇船，这船夫再去应征，说自己非常喜欢商人家乡风景，还愿驾船前去观光。

那商人又假装对这船夫关心，胡说他的家乡鸭价更高，劝船夫捎带两只母鸭同去，并说："这回不算母鸭料钱。"

船夫同意，回家带了两只母鸭上船，商人又动手取些麦麸给他。

有一天，这船夫见商人与船夫们赌博完了，便从枕边拿出一把奇形怪状的短剑，在磨刀石上磨来磨去，把商人和船夫们吸引过来，他一面磨剑，一面夸口说：

"这是我家祖上传下来的魔剑，它能够飞行杀人，锋利得不沾半点血迹。"

他边磨边说，边说边笑，忽然一失手，把魔剑掉到平静的江水中，惹得大家都很着急。商人贪图这把魔剑，催他赶快下水去摸。船夫们惋惜这把魔剑，也愿帮他下水去摸。

哪晓得这个船夫不但不着急，反而笑容满面地从怀中摸出一把小刀来，在他磨剑地方的船板上，悠然自得地刻了几个记号，非常认真地对那商人和船夫们说：

"诸位不要着急，我的魔剑有灵，它会在水下跟着走的。"

大家当然不信，商人还是催他，船夫们还要帮他，他竟然生气，责备大家不懂道理。

这一来，大家默不作声，都在心里骂他。他还是毫不在乎。

几天过去，他们又到了那商人的家乡。

这回和往常不同，商人没有先和其他船夫算账，而是气呼呼地找他算账，说：

"本来我要付你船钱，还要免了母鸭料钱。只是你太糊涂，不该不听人劝，以致固执失剑，使我不得不再和你算账。"

"你才糊涂，我哪里会失魔剑？"这船夫怒冲冲地指着那商人的鼻子说，"看我下水取剑。"

说完话，他昂然走到刻了记号的船板面前，连穿在身上那件宽大的长衫也不脱，就扑通一声跳下水去。

大家看得惊奇，那商人气得直笑。

商人笑得太早了。

水里居然冒出剑尖，冒出剑身，冒出执剑的手，冒出刻舟求剑的船夫。

这船夫飞身上船，扬着那把魔剑，在那商人脑门上面冷飕飕地晃了几下，吓得商人像乌龟一样直缩脑袋。

他逼着商人不算赌账，立刻付清所有船夫的船钱，又逼着商人付足自己的两次船钱，才一手持剑，一手掌舵，与伙伴们又说又笑地扬帆而去。

那商人付钱丢脸不甘心，急叫奴仆们借船追捕，可是奴仆们恨主人又怕魔剑，不肯齐心出力。而船夫们不但人多势大，这船夫又扬剑吓他：

"再不老实，我就飞剑取你脑袋。"

无可奈何，那商人只好恨恨地回了家。

回头路上，众船夫详细询问原因，这船夫才说出请铁匠打剑的经过，然后用短剑指着自己的宽大长衫，说：

"一把剑丢了，一把剑藏在里面，就使那个东西低头认输啦。"

画龙点睛

　　某国国王有一个侍臣，人倒很聪明，只是他不肯把聪明用在正道上面，专门耍各种稀奇把戏，做各种精巧玩意，无非为了讨好国王，升官受赏。到后来，他靠国王的宠爱而骄傲起来，说大话欺侮人家，自认为是天下少有的能人，国王也把他当作朝中无双的奇士。

　　许多人听了都很生气，但不屑和他们计较。只有一个年轻的画匠，偏要去羞辱他们，便一个人走上朝堂，公然嘲笑国王失察，侍臣无能，国王被惹恼了，决定叫侍臣和画匠比赛本事，说：

　　"如果画匠比输，砍头不饶。"

　　"如果比赢了呢？"画匠笑着问。

　　"你如果赢，随便要求什么都行。"国王答应。

　　那侍臣却一变骄横为客气，把画匠请到家中，进门就叫摆宴，然后引了一个能歌善舞、貌若天仙的美人出来，给画匠斟酒添饭，跳舞唱歌。那美人对他，竟然一见钟情，向他频送媚眼。

　　夜静更深，那侍臣把画匠安置在一间精致的房中，招手把美人引来，笑着对画匠和美人说：

　　"你们一个多才多艺，一个多美多娇，正是天生一对，今晚就结了良缘吧。"

　　画匠听了，站到美人身旁，那侍臣更加得意，急忙缩足想走。

　　可是，画匠却迎面对他笑道：

　　"如此美人，叫我怎能领情？"

随着话声，画匠伸手向美人的右耳一摸，美人立即支离破碎，木头、竹屑、丝线、衣服纷纷落在地上……

那侍臣恼羞成怒，转身出门，上起两把铁锁，说：

"这回不算，你能引我开锁，我才服输。"

画匠知道，对这种人不能讲理，自然更不该向他求情，便从怀里摸出画画的颜料、粉笔，就在门旁墙壁上，先画一条生动活泼的巨龙，只是不画眼睛。然后又画一副绞架，在绞架上面，画出自己已被绞死的形象，才隐身藏在床后。

第二天天刚亮，那侍臣见画匠还不求饶，又听房中毫无动静，便戳破窗纸，向房中一望，就哈哈大笑起来。

笑什么呢？他笑画匠技穷气急，半夜悄悄吊死了。

这下当然该开锁了，不过，他不愿一人享受胜利的快乐，而要请国王前来，分享胜利的快乐，增加自己的荣光。何况国中原有规定："凡有死人之事，不管原因如何，必须先奏国王，然后才能掩埋。"所以，他便飞报国王。

国王听了，高兴地带着文武百官，前呼后拥地来到侍臣家里。

站在窗前一看，画匠果然已经上吊而死，国王也哈哈大笑，那侍臣等国王笑够了，才开锁推门进去。

可是，无论使用什么方法都不能取下死人，一看绞架钉在墙上，便笨头笨脑地拿起斧头直砍墙壁。

墙壁忽然变成金石般坚硬，无论他们怎样用力，也不能砍出半道斧痕，当然搬不下绞架，取不了死人。

国王气急，忙叫武将去砍。

武将们奋勇上前，抡起斧砍铁斧断，挥起刀砍钢刀折，除了满屋响着刀斧砍壁声音之外，仍然没有半点影响，自然还是搬不下绞架，取不了死人。

国王、侍臣和文武百官，尽在死人面前束手无策。

画匠突然从床后一步跳出，而且笑声震天，吓得国王、侍臣和文武百官面如土色，好久才发出"打鬼"的叫声。

画匠贴近墙壁，手执画笔，指着众人，连笑带嘲地说了自己作画的真实情况，更使那群人惊疑不定。

要说是真，怎么墙上还挂着一个有形的死人？要说是假，怎么地上却站着一个有形的活人？

到底他们宁信是真，而且决心杀死画匠。因为国王感到容了这个能人，造起反来，王位一定难保。侍臣和文武百官更感到留了这个能人，得起势来，对自己一定不利。于是，都不顾"画匠得胜随便要求什么都行"的条件，蜂拥上前，妄想杀死画匠。

这画匠本来不屑要求什么，只不过是想羞辱他们一番罢了。现在，见到他们这么猖狂蛮横，不禁怒火冲天。

这画匠立刻大笔一挥，在巨龙头上点了两只眼睛，立刻纵身跨上龙背。

一阵雷轰电闪，巨龙破壁冲天，载了画匠而去。

墙壁房屋倒塌下来，把那些人通通压死了。

九色鹿

　　从前，有一头鹿子，身上长着九种颜色的毛，头上生着雪白的角，时常到一条清洁幽静的河边去喝水吃草。这九色鹿性情温良，和一只能说会道的白乌成了好朋友。

　　一天，河中忽然漂流下来一根木头，那木头时而浮在水面，时而沉到水中，上面似乎还附有一条黑色的东西，引得九色鹿感到惊奇，抬起头向树上的白乌说：

　　"朋友，你站得高，看得远，请看看那木头上面还有什么东西！"

　　白乌望了一望，说：

　　"有一个不幸的人在木头上面。"

　　九色鹿十分同情那个落水的人，急得团团打转。

　　木头漂近了，落水者的呼救声音也越来越近了，九色鹿和白乌看见那人抬起头朝天喊叫：

　　"有灵有验的天神、龙神、山神、树神啊，请赶快大发慈悲，搭救我这个苦命的人，要不然，我就没得救了。"

　　悲哀的呼号没打动天神、龙神、山神、树神的心，河水流得更急，波涛翻得更凶，好几次要把那人从木头上冲脱，那人死命抓住木头不放。冲到了白乌和九色鹿前面的河心，那人哭声震天地，向他们哀求道：

　　"慈爱的九色鹿和白乌大哥，你们是爱父母、爱儿女的仁兽义禽，请发慈悲之心，把我救上岸吧！要不然，我的父母、儿女也要痛断肝肠了。"

　　仁慈的九色鹿和白乌听了，心中十分不忍。于是，九色鹿双脚一纵，跳到河心。白乌两翼一张，飞到木头上面。九色鹿死劲和洪水凶涛展开搏斗，好久才接近木头，叫那落水者骑在自己背上，抓住自己双角，由白乌带路，到了岸边，一齐昏倒在地。

过了半天，九色鹿先醒过来，看见落水者和白乌还在昏迷之中，尽管自己四肢无力，还是勉强打起精神上山衔了一株灵芝草回来，把灵芝草嚼成汁水，慢慢喂进落水者和白乌的嘴里，他们才舒气、开眼，清醒过来了。

白乌飞上树去，衔了他为儿女储备的果子下来，给那落水者吃，那落水者感动得流着两行眼泪，挣扎着要向九色鹿和白乌道谢。

这两个仁慈的禽兽，怕他劳累过度，劝他先吃果子。他吃了果子，又行礼拜谢，九色鹿慈祥地叫他吃完灵芝草，说：

"好事做到底，请吃了灵芝草，包你百病不生，而且长生不老。"

那人因祸得福，赶忙一面吃着灵芝草，一面对天盟誓，愿给鹿、乌永远当奴仆，采供水草报恩。

九色鹿和白乌听了，一齐劝他好生回去，免得父母、儿女担忧。

那人一定要留在这里报恩，九色鹿和白乌还是不肯同意，说来说去，说得九色鹿口干舌燥了，才对那人表示：

"我们冒险救你，不是为了计酬，更不是要你作奴仆。假如你要报恩，那就请你回去后，不要对人说我在这里，因为人们贪图我的皮角，万一知道了，一定会来伤害我的。"

那人一本正经地对九色鹿说：

"你对我有救命之恩，我怎么忍心使你遭受杀身之祸呢？"

那人一面说，一面对白乌笑脸相望，样子诚恳极了。白乌心里很高兴，就拍着翅膀唱道：

禽兽讲仁爱，

人当重信义，

不及禽兽者，

枉自披人皮。

那人听了，连连点头，才依依不舍地拜别说："有机会，我自然要感恩图报。"然后徒步回家。

回家的路程遥远，要经过很多城市。那人走了三天三夜，过了六城六市，一路上，他听到了很多消息，其中一件重要的消息说：国王有一位年轻貌美的妃子，得了昏迷怪病，国中无人能医。后来，有一位喇嘛对国王献计："除非找来九色鹿的皮作褥子，角作汤膏，才能使妃子睡了褥子醒神，吃了汤膏去病，否则必死无疑。"

国王立即令那喇嘛带着人马去找九色鹿，碰巧遇上了这个被九色鹿救过性命的人，他经不起喇嘛的三诱四套，就起了贪利负义的念头，于是同那喇嘛去见国王。

国王许他报酬说："找来九色鹿，金盘满银粟，银盘满金粟，还分一半国土给享福。"

那人利欲熏心，便把信义抛到九霄云外，对国王说了真情，并且同国王带了御林军飞奔而去。

白乌在树上望见滚滚烟尘，看清是那人带了人马飞驰而来，知道大事不好，马上招呼九色鹿赶紧躲避，他自己飞进山林向飞禽走兽求救。

九色鹿生性忠厚，心中还有点怀疑白乌的警告，没来得及躲避，就被千军万马重重包围住了。

九色鹿抬头见了自己舍命相救的人，得意扬扬地骑着高头大马，指使弓箭手步步紧逼而来；九色鹿气不过，挺身走到国王马前，要求国王评理，

88

和那忘恩负义的人展开了义正词严的山歌辩论。

正义唱得山河无声，严词问得人马无言，那个忘恩负义的人羞得满面通红，在正义面前，慌得不知所措。喇嘛的慈善面目也被严词谴责，在兵将面前，窘得像座闭嘴菩萨。国王也当众成了被告，不能秉公断案，但仗着国王威权，横不讲理地下令放箭。

在这紧急的时刻，天上地下，忽然响起风暴呼啸的声音：无数飞禽，急冲下来啄掉弓箭手的眼睛；无数野兽，猛冲上来咬死御林军的战马。啄的啄，咬的咬，一时三刻，扫荡得干干净净，拖下国王、喇嘛和那忘恩负义的人，跪在禽兽当中。

九色鹿做起法官，白鸟做起推事，百禽百兽做起法警，在山林中开起正义法庭。

我不说那些审问和口供，只说那只心地仁慈的九色鹿，问到末了，还下不了把那些衣冠禽兽处死的决心，气得白鸟冲天大叫，百禽百兽对河怒吼。

结局是：百口吃了衣冠禽兽，山中有了和平日子。

一只手

有一个人常被盗窃，日夜提防也不济事。

一天晚上，他刚关门上闩，有个强盗居然拍门叫唤，要他献出东西。

他灵机一动，便将计就计说：

"门是不开的。不过，你既访我甚勤，不可使你空手回去。请你伸了右手进窗，我给你点东西吧。"

那强盗居然把右手伸进窗去。

这人用绳子紧紧捆住那强盗的手，举起棍子猛打。

那强盗痛断肝肠，也不敢大声叫唤，只是拼命缩手。绳子越绷越紧，又被血水浸得发胀，更加不能脱手，只得拼命挣扎，好容易才挣断右手，狼狈逃走。

事情传出去，大家都称赞那人的妙法，一齐给强盗取了个"一只手"的诨名。

所以，到处才有"谨防一只手"这句叫人防窃的话。

黄金梦

相传有这样一首歌：

迷人眼睛的光彩，
是从黄金发出的。
至高无上的权力，
是从黄金产生的。
谁要有数不尽的黄金，
就会比皇帝享受更多的幸福。

这首歌流行了好几千年，许多做着黄金梦的人，一代一代地唱着这首歌找寻黄金，有的到深山里找"金穴"唱着死了，有的翻过大吉岭到恒河淘金唱着死了，也有的拿起刀枪、带着药箭、骑着劲马到关口小道抢劫商旅唱着死了。谁都做着同样的黄金迷梦而奔忙、而死亡，但谁都没有找到多少"迷人眼睛"的黄金，自然也就没有谁比皇帝享受更多的幸福。

只有一个红衣人，为了自己和妻子儿女的幸福，怀着同样的希望，遇到了喜马拉雅山上的黄金大仙，学到了点金术，逢到什么点什么，有了比皇帝更多的黄金。可是，黄金也没有给他幸福。

这个红衣人，原本像一幅洁白的丝绢，是个聪明正直、富于感情的青年。

可是，他交上了几个商人朋友，商人们向他吹嘘做生意赚黄金，赚了黄金就能享受比皇帝更多的幸福。红衣人心动了，就跟着那些商人学做生意，居然很快就学会做生意的本领，赚了很多钱，成为拉萨的富豪之一。

但是，他并不满足自己的财产，又出洋做生意，更是一本万利，成为拉萨人中的第一富豪。

但是，他还是不满足自己的财产，他觉得需要寻找一种幸福。于是，他娶了一个温柔美丽的妻子，过着美满的生活。第二年，他的妻子生了一个像凤凰一样美丽、像白松鸡一样聪明的女儿。那个女孩子长得像一株牡丹花，说话比鹦鹉还灵巧，颜色比牡丹还鲜艳，逗得红衣人和妻子笑意常常飞上眉梢，甚至在梦中也摸着女儿笑醒过来。但是，红衣人的妻子，似乎不大注意他的生意经，更不愿意过别离生活，常常对着月光花影叹气。他的女儿呢，也只是今天要这种花，明天要那种花，好像除了花和父母之外，世上再也没有任何东西能够引起她的兴趣了。

为了这，红衣人特别从长安和缅甸，请来了许多有本领的工匠，造了一座精致的花园。园里种植着长安的、印度的、缅甸的奇花异卉，一年四季，这花园都是鸟语花香，小女孩欢乐得像一只恋花的蝴蝶，飞舞在花木丛中，根本不知道人间有什么忧愁。红衣人看了这幅活的图画，高兴得纵情欢笑。

有时候，他也陪着年轻的妻子，到花园里散步，到花丛中谈心。逢到这样的时候，他的妻子，就像鲜花那样自然、鲜艳，但是，当他一提起要到什么地方去的时候，这朵盛开的鲜花，就顿时失去了光辉，像要突然凋谢似的。

他不明白这是什么道理。她呢，也从来不吐露埋在心里的话。

红衣人想了很久，想到"黄金能买女人心"的道理，便以为能够给妻子和女儿积下一座金山，她们就会更快乐，自己也就会更幸福了。

红衣人打定了主意，就削尖脑袋，挖空心思去弄金子。白天想，晚上想，站着想，坐着也想，甚至睡觉也想。想来想去，他看见什么，都心想："那是金子就好了。"

有一天，他到花园里散步，看见女儿正在摘一枝桃花，突然失声喊道：

"桃花都是金花，桃树都是金树，那该多好！"

他女儿吃惊地望着他，睁大眼睛问道：

"哪有金花金树？"

红衣人摸着女儿的脑袋说：

"等着吧！"

又有一天，他从外面回家，看见妻子站在楼台上望他，他又突然失声喊道：

"楼台亭阁都是黄金，那该多好！"

他妻子吃惊地问道：

"哪有黄金楼台？"

红衣人搂着妻子说：

"等着吧！"

就是这种幻想，驱使着红衣人见缝就钻，见利就贪，黄金一天一天多起来了。但是，他的妻子的幽怨更多，活泼的女儿也越来越和他疏远了。

他已经积到一百头牦牛驮的黄金了，但是，他还不满足，到处求神拜佛，希望得到更多的黄金。

不知从什么地方，他听说喜马拉雅山上有座金山，满山尽是金子，山上有位黄金大仙，能够传授点金法术。

黄金迷了他的心窍，他决定自己到金山去求法术。于是，布置了各地的生意，就别了年轻的妻子和美丽的女儿，一个人骑着一匹千里马，冒着风雪去了。

他走过许多高山陡岩，又走过许多深水荒涧，走了七十二天，居然走到了喜马拉雅山脚下。抬头一看，喜马拉雅山插在天空里面，雪峰一座接着一座，简直是望不到头，探不到尖，谁知道金山在哪儿呀？他只好鞭策千里马，扎紧狐皮袍，冒着可以冻掉鼻子的雪风，上山寻找去了。

找了这山找那山，穿过雪层又经过冰岭。好几回他从冰凌上滑跌下来，马摔死了，人也受了重伤，但他毫不灰心，还是死劲地在雪地、冰凌上爬，忍受着高空的严寒努力找寻。好几回他感到呼吸困难，倒在冰雪缝里昏了过去。但是，一醒过来，他又忍着饥寒，翻过这峰再翻到那峰寻找。第十六天晚上，才在万山丛中，找到了一座没有积雪、金光耀眼的高山。他高兴得忘记了辛苦和饥寒，爬到山脚下的一个金玉砌成的仙洞面前，抱着仙洞的金柱休息一阵，恢复了精神，才放眼一看，满地都是金石、金砖、金树、金草、金花，金光闪耀得眼都花了。但是，没有看见一只会飞的金鸟，也没有看见一只会走的金兽。他定了定神，就伸手去捡金石、金砖，浑身缚满黄金，累得行走不动，呼吸困难。正在无法搬运这些金子的时候，忽然听到仙洞里有个声音在说：

"痴人，你有多少力量，想要搬走金山？"

一句话点醒了梦中人，他明白过来了，赶忙取下缚在身上的金石、金砖，整理了衣冠，恭恭敬敬地走进洞去。

黄金大仙坐在金碧辉煌的赤金殿上，笑着问红衣人要找什么。

红衣人两手合十，跪在黄金大仙面前请求道：

"大仙慈悲，怜悯弟子万里奔波，一片诚心，我不敢取宝山点滴金砂，只请把点金法术传授给我，让我回去建造一个黄金家园，使我一家人都过幸福日子吧。"

黄金大仙哈哈笑道：

"只有黄金才能使人幸福吗？"

"是的，古歌说过：有了黄金就有福。"

"好吧，你伸手过来。"

红衣人立刻伸了两手过去，黄金大仙笑着向红衣人的双手吹了口仙气，说：

"好了，你回去随便抚摸什么东西，都会变成黄金了。"

红衣人千恩万谢地拜辞了黄金大仙，转身就跑出洞去。

红衣人出了金山，刚踏到一座雪山边上，就忙着想要试验，顺手向一株不知名的小树一摸，小树立刻变成了金的。红衣人高兴得很，又对着横在路上的一堆石头一摸，石头也立刻变成了金的。

红衣人兴奋地对着天空狂歌一阵，然后把那堆金石装在红衣里面，捆起那株金树，不怕千辛万苦，经过很久时间，才下了山，赶回拉萨去了。

一进门，他喜气洋洋地伸着右手，从大门起一直摸了进去，摸一处，现出黄金；摸两处，也现出黄金。不消一刻工夫，他把房子、家具、衣服，全摸成了金的。

妻子出来迎接，他走近前去拥抱，右手刚摸着她的腰肢，妻子立刻变成一个美丽的金人。他高兴得不知道悲哀，又狂笑着跑到花园里去，信手对着花木、亭子乱摸，把花木和亭子都变成金的了。

一阵哭声从花丛中迸出，原来他的女儿正蹲在花丛里赏花，突然看见鲜花变成了死的金花，不禁心痛这些鲜花，号啕大哭起来。

红衣人走拢去两手搂着女儿说：

"不要哭，我给你带来了幸福。"

随着话声，他的女儿的颈子变成金的，接着，头和头发、腰肢、手足，全变成了金的，挂在她脸上的泪珠也变成了金珠。

带泪的金女儿，呆呆地站在他的面前，他也来不及想到什么悲哀，兴奋地把金女儿抱进房去。

红衣人欣赏了坐着的金妻子和站着的金女儿，又抚摸了室内的各种东西，才满意地坐在金椅子上休息。

又过了好半天，他感到肚子饿了，叫仆人送来许多食物，羊肉、糌粑、奶茶，摆满了金桌子，香气把肚子里的涎水都引出来了。他伸手去拿奶茶，茶罐和奶茶立刻变成了金的。他把糌粑拿到手里，糌粑立刻变成了金的。又伸手去拿羊肉，羊肉也变成了金的。

饥饿熬煎着他，但是，无论怎样，他总吃喝不到一点东西。

没有办法，他仰坐在金椅上面，叫仆人拿食物喂他。

仆人被这奇怪的景象惊住了，失手落了一块羊骨头到他颈里，刺得他痒痒的。他张口大骂。仆人又失手洒了一些奶茶到他眼里，烫得他痛痛的。他火了，伸手一巴掌打去，仆人也立刻变成金人，神色慌张地站在他的面前。他站起来一脚踢去，金人把他的脚尖碰出血了。

从此以后，红衣人尽管很满足自己有许多黄金，但是，妻子和女儿不是活人，他感到了悲哀和空虚。所有的东西和食物不是真的，他感到了冰凉和饥饿。他徘徊着、烦恼着，黄金给他什么幸福呢？别说不能享受比皇帝更多的幸福，连一个普通人的基本生活也过不成啊，他失悔自己没有学到还原的法术。

他痛哭，他诅咒，变得像一只受了伤的野牛，先还拖着沉重的脚步徘徊，而后就倒在金毡上昏过去了。

怎么，这家人全没活转来吗？

自然活转来了。红衣人在恍惚之间，觉得自己又到了金山，拜见了黄金大仙。

黄金大仙问道：

"幸福的人，你为什么流泪呀？"

红衣人哭着把全部经过说了，然后哀求道：

"大仙慈悲，怜悯弟子无知，贪心成性，以致点成黄金，招来烦恼，请把还原的法术教我，让我一家人过点人的生活吧！"

黄金大仙笑着说：

"诚实无欺地对我说吧！妻子和女儿的生命重要，还是黄金的价值重要？食物是你需要的，还是黄金是你更需要的呢？"

红衣人大放悲声道：

"我要妻子和女儿，也要宝贵的食物，生活对我的价值大，我再不贪图黄金断送幸福了。"

黄金大仙这才一面点头，一面叫他伸出手来，吹口气解了点金法术，然后取出一个甘露净瓶说：

"醒吧痴人，回去把甘露洒在变成黄金的东西上，一切就会还原了。"

耳边一阵风响，红衣人醒了过来，揉揉眼，定定神，一看手里果然有个甘露净瓶，急忙洒一滴甘露在妻子身上，妻子打一声呵欠，睁开眼睛说：

"这是一场什么样的噩梦哟！"

说着说着，她泪如泉涌地伏在椅上哭了。

红衣人跟着妻子流下眼泪。

"女儿怎么啦？"

妻子的尖叫声提醒了他，红衣人急忙洒一滴甘露在女儿身上，女儿打一个喷嚏，伸着手臂嚷道：

"我被什么东西害得这样苦啊？"

嚷着嚷着，她涕泪纵横地扑到母亲怀里，生怕她的父亲走近前来。

红衣人望着女儿，羞惭了一阵，然后向妻子和女儿说明了自己的痴迷，又把甘露洒在仆人身上和房屋家具上面，洒一处，还原一处。

妻子和女儿跟着他走出门去，红衣人一面洒着甘露，一面点头，那些石山还原了，楼台还原了，花木也还原了。

青春和幸福，原来就在他的身边。

如意宝

从前，有一个好心人，因为常年给国王服役，弄得家破人亡，不得不忍痛变卖可怜的一点点财产，慷慨地分给穷朋友之后，自己带着两匹氆氇[1]和一只毛驴，逃到远方去流浪。

他走了几天，才走到一块平原坝子上，正要坐下休息，忽然看见一群小孩闹闹嚷嚷地来了。

那群小孩，不知从什么地方，捉到一只小白鼠，有的主张割他的尾巴，有的主张剪他的脚爪，也有的主张剥下鼠皮来玩。

无论哪一个主张，对于小白鼠都是非常危险的事情。小白鼠听得心惊胆战，周身都在抽搐。那位好心人近前一看，小白鼠睁着比绿豆还小的两只眼睛，向他露出求救的眼神，样子可怜极了。

好心人便对孩子们说：

"给你们一匹氆氇，把这只小白鼠换给我吧！"

孩子们想不到突然会有这么划算的事情，立即留下小白鼠，抱起一匹氆氇走了。

好心人带着小白鼠上路。没走多远，又碰见一个人抓了一只猴子，用鞭子训练他耍把戏。猴子被打得跳上跳下，那人不满意。猴子跳累了，那人还是尽用鞭子抽他。

好心人听到猴子的吱吱惨叫声，心中十分不忍，就劝那人停了鞭

---

[1] 氆氇，藏族地区出产的一种羊毛织品，可用于制作床毯、衣服等。

子，说：

"给你一匹氆氇，把这只猴子换给我吧！"

那人揉了揉自己的耳朵，实在没有听错，便笑嘻嘻地把猴子和鞭子给了好心人，拿起一匹氆氇歌唱而去。

好心人扔了鞭子，带着小白鼠和猴子上路。一会儿，猴子和小白鼠亲热起来。他虽然失掉了两匹氆氇，但看着小白鼠和猴子的亲热和快乐，也忘掉旅途的寂寞了。

好心人和小白鼠、猴子快快乐乐地走出平原坝子不久，又在一座山脚下看见一群人捉住一只黑熊，吵闹着要剥皮取肉。

黑熊躺在地上，满嘴溅着白沫，两眼流着泪水，绝望地挣扎着、嘶叫着……

好心人看得心里难过，更不用说小白鼠和猴子是怎样悲伤了。

好心人分开众人，挤到黑熊面前，对大家说：

"求你们别杀这只黑熊吧。"

那些人哈哈大笑道：

"这怎么行？除非你把黑熊买去。"

好心人一看自己没有别的东西，只好忍痛把唯一的一匹驴子，换了那只黑熊。

好心人虽然没有了任何东西，但觉得自己做了好事，看着活泼的小白鼠、猴子和黑熊，便把一切忧愁和疲劳扔到九霄云外了。

但是，精神毕竟不能制止饥饿，好心人终于饿得眼睛发花，不得不找点吃的东西。他把小白鼠、猴子和黑熊放在河边林中，自己走进上游河边的一座城市，到国王那里求点食物，不幸被国王认作小偷，被装进一只油篓投到急流的河中去了。

河里滩多漩水也多，装着好心人的油篓，跟着河水，一会儿直流，一会儿旋转，流呀旋地，旋到小白鼠、猴子和黑熊玩着的地方来了。

小白鼠一见油篓就高兴，趁油篓旋到一根古木根旁的时候，纵步跳到油篓上，想咬个洞孔喝油，等到咬开一个洞孔，好心人望见了小白鼠，小白鼠也望见了救命恩人，立刻跳上岸，把猴子和黑熊叫来。黑熊伸起巴掌，打破油篓，救出了救命恩人，一同走上旅程。

一天，他们走进了另外一条河谷，发现陡岩的龙松上挂着一颗闪闪发光的宝石，便叫猴子爬上龙松，把那颗宝石取下。好心人拿在手里一看，这宝石晶莹润泽，光彩四射。好心人扬着宝石感叹地说：

"宝石呵，你虽然价值千金，但终究不是食物，你要能解饥饿多好。"

奇异的事发生了，好心人的话音刚落，沙滩上面，忽然涌出一张五彩的绣花毯子，毯子上涌出羊肉、牛肉、酥油、糌粑、奶茶，冒着热气，喷着香味，诱得好心人直流口水。小白鼠、猴子和黑熊的面前，也出现了粮食和水果，他们也惊异地跳跃，欢欣得很。

他们快乐得张嘴尽吃。更奇怪的是，吃了一样又涌出一样，样样都吃用不完。好心人酒足饭饱之后，笑着对小白鼠、猴子和黑熊说：

"但愿收起这些东西好了。"

随着话声，那些食物和那张毯子，突然变得比芝麻还小，一下子钻进宝石里去了。

好心人豁然明白过来，对着宝石说：

"你要真是如意宝，请给我一所房子和一个妻子吧！"

他的嘴巴刚刚闭上，自己就坐在富丽堂皇的房子里，一个美丽温柔的妻子迎他进入卧室，好心人过起富裕幸福的生活。但是，小白鼠、猴子和黑熊，却离不了山林。好心人把他们送到了山林里去。

这样过了许多时候，没发生什么事情。

一天，一个商人，赶了驮着一千多包茶叶的牦牛经过这里，碰到好心

人，被那商人一眼认出来了。那商人高兴地向他问好：

"哈嗨！老朋友，你真走运，什么时候找到这份幸福的？"

原来那商人名叫日巴金，是好心人儿童时代的好朋友。

这里流行着古人的一句格言："好朋友生死相交。"好心人按照这句格言，招待远来的朋友，分享几天幸福。于是，他把日巴金迎接进去，吩咐手下人好生照顾那些驮运茶叶的牦牛，然后叫美丽温柔的妻子出来，向她介绍自己的儿时好友。

日巴金一见她的花容，魂灵就出窍了。闻到她的香气，心更醉了。听到她的笑声，眼睛眯细得只剩一条缝了。日巴金恭维她是天仙美女，更恭维他朋友的幸福，赛过了世界各国的帝王。好心人高兴得哈哈直笑。

等到好心人开宴招待日巴金的时候，日巴金凝神望着如意宝涌出各种佳肴美酒。他是漂洋过海、见多识广的人，一下子便心中雪亮，但却装作糊涂，向主人夫妇百般恭维，一味敬酒。主人是个老实人，又喝多了酒，就把自己在外浪游得宝的经过，直对自己的朋友说了，然后烂醉如泥，鼾声雷鸣地熟睡了。日巴金也装作沉醉不醒。

半夜时分，日巴金悄悄摸进主人房里，把如意宝偷到手，溜出房门，就对如意宝说：

"把这房屋、女人和牦牛、茶叶和我，通通搬到我的家乡去，把这愚蠢的'朋友'留在这里。"

说到办到，只听空中唰的一声响，房屋、女人、日巴金、牦牛和茶叶全飞去了。好心人还在沉睡不醒。等到身上感觉寒意，揉着眼睛醒来的时候，发觉自己躺在一块冰冷的青石上面。身上的锦缎衣服都无影无踪，只剩下一丝不挂的光身子，这才明白错对日巴金说了实话。于是，一面悲伤，一面颤巍巍地站起来走动，抵御那无情的寒冷。

好心人走进一座森林，忽然遇见了小白鼠、猴子和黑熊，他们奇怪地问道：

"恩人，你怎么落到这个下场？"

好心人流着眼泪把全部经过对小白鼠、猴子和黑熊说了。小白鼠、猴子和黑熊气呼呼地说：

"日巴金算什么人呢！我们一定要把如意宝找回来！"

于是，好心人留在森林中的木屋里，小白鼠、猴子和黑熊向日巴金住的地方出发，不久，到了日巴金的宫殿般的新房门口。

小白鼠先溜进日巴金的家里一打听，才知道好心人的妻子还在拼着死命不答应和那商人成亲。如意宝呢，被日巴金藏在粮食囤里，旁边拴有一只大狸猫看守。小白鼠下不了手，跑回来对猴子和黑熊说了。

猴子最聪明，听小白鼠说完话，就想出一个计策，对小白鼠、黑熊说了。

当天晚上，小白鼠悄悄地溜进日巴金的房间，趁日巴金熟睡的时候，悄悄咬断他许多头发，然后溜走。

第二天早上，日巴金醒来，触着枕边的许多头发，一看，多倒霉呀，人被老鼠咬断这么多头发，实在不吉利啊。

为了防备老鼠再来咬头发，日巴金一到晚上，就把看守粮囤的大狸猫抱回自己房中，放在床头防备老鼠。

小白鼠呢，却趁此机会，和猴子、黑熊翻进院子去了。小白鼠从窗口钻进粮囤去打探了一转出来说：

"如意宝大，我力气小，搬不出来！"

黑熊凭着自己力大，就要跳进去搬。

猴子小声提醒他说：

"黑熊哥！你的身体大，这儿窗口小，怎么进得去呢？"

黑熊一听更着急：

"难道我们就这样空手回去吗？"

猴子笑着劝他莫急，取了一团绳子，叫小白鼠牵到粮囤里去，用绳子系在尾巴上，然后仰身用四脚抱住如意宝，由伙伴们拖出窗来。

小白鼠依计行事，进去抱住如意宝，吱吱地送出一声暗号，猴子和黑熊，很轻易地把他和如意宝拉了出来。

他们翻出院子，猴子衔着如意宝，一同回去。一会儿，来到一条河边，猴子骑在黑熊身上，小白鼠钻进黑熊耳里，黑熊浮水过河，一个浪头接着一个浪打来，猴子被吓得喊了一声"哎呀"，如意宝从嘴里落到河中去了。

他们虽然终于平安地上了岸，但都悲伤失落了如意宝。

猴子和黑熊都是陆地上的动物，不明白水中的底细。只有小白鼠是水陆两栖的动物，他转了转眼珠子说：

"猴、熊两位哥哥，请先到树林中藏起，等我叫你们，再来取宝。"

猴子和黑熊，不知小白鼠要弄什么玄虚，半信半疑地藏到树林中去。

小白鼠忽然站在河岸上，对着河心喊道：

"不好了，不好了，大祸临头了。"

河里的水獭、鱼、鳖、虾、蚌听见了，一齐冒出头来问道：

"什么大祸临头？"

小白鼠说：

"我刚才碰见一个又大又粗的怪物，他说要把所有的水族杀光，你们再不防御，那怪物就要来啦。"

水族们着急得想不出有效的办法，小白鼠提议筑一道土堤防御，水族们欣然同意，纷纷搬土上岸，一会儿就把落在水里的如意宝扔上岸来。小白鼠吱呀一声叫，猴子和黑熊跑来搬走如意宝，送还了他们的救命恩人。

好心人对如意宝说了要求，宫殿式的房屋出现了，妻子也平安归来了。

你以为这位好心人又该幸福了吧，哪知道天大的危险，突然降到门前来了。

怎么还会有天大的危险呢？

那是日巴金商人搞的诡计。当他发现如意宝和美人不见了的时候，便恼羞成怒，立即跑到王宫去向国王报告。国王听说逃犯得了奇宝娇妻，便亲自率领大军，赶到好心人的门前，把宫殿式的房屋包围起来。金鼓齐鸣，震得山摇地动，小白鼠、猴子和黑熊惊得满园乱窜。好心人也心慌意乱，手足无措。

门上起了冲击的声音，好心人的妻子叫他向如意宝求救。

他急忙向着如意宝说：

"请给我千军万马，杀了昏王和奸商吧！"

转眼间，冲出无数兵马，一下子就把国王的兵马打退，杀死了国王。

吐金玉的故事

从前有一个国家，忽然飞来两条孽龙，降落在大海子里。

那两条孽龙随时出来，吞食人民和牛羊，还用尾巴扫卷人民的庄稼，人民和牛羊一天天少下去，遍地的青稞，也快被扫光了。

全国笼罩着阴沉的愁云，谁和谁见了面，都摇头叹息道：

"世界到了尽头啦。"

国王请一位道德高深的喇嘛去和孽龙谈判。

孽龙说：

"这很容易，你们要过太平日子，那就每年送两个英俊少年给我们吃吧。"

喇嘛回来说了，国王无法可想，便向民间搜索漂亮少年去喂孽龙。

从此，每年都要挑选两位英俊少年，洗得干干净净，送到海子里，给那两条孽龙受用。

人人都对这事感到发愁。到了挑选少年的那些日子，人们更哭得天昏地暗，连太阳和月亮也掩着脸儿躲到密云里去了。

这一年，又到了挑选少年的时节。国王有一位十六岁的王子，他到山上去练武艺，在路上，听见一连串惨不忍闻的哭声，便没有精神练习武艺，掉转马头回宫去了。

陪同王子的一员武将，有很好的武艺，也有很仁慈的心肠，随时教导和影响王子。他知道这时王子的情绪，便和王子商量怎样除掉孽龙的办法。

王子没想过如何用计去取胜的办法，只是想凭个人的武艺去和孽龙搏斗。一听武士提起这件事情，便急切地问道：

"你有什么妙计？"

武将说：

"我也没有什么妙计，只觉得为国除害，是我们该做的事情。但是有句格言说：'知得敌情深，斩草又除根。'我们该先探听孽龙究竟怕什么东西。"

于是，王子和那员武将，把马拴在树上，蹑手蹑脚地从密林里摸到望得见海子的一座山上，躲在树荫下观察。

等到半夜，寒露润湿了他们的衣帽，什么也没有发现。困得打瞌睡了，两人都不知不觉地俯在石头上睡去。

一会儿，海里的小岛上亮起四盏绿灯，传来喝酒谈笑的声音，把王子和武将惊醒了。

王子和武将屏着呼吸静听，先听见带着酒意的笑声，然后听见了越说越高的对话声音。

一个声音说：

"兄弟，再过三天，我们又该享口福了。"

一个声音应道：

"是呀，我们有本领，那国王无法支吾呵！"

说到本领，海岛上的笑声更大了。

一个笑得震动水波的声音说：

"说实话，我的本领比你大，你沾了我的光哩。"

一个咆哮的声音说：

"你有什么本领！假如有人用橡木棒敲你的头，你不断气才怪呢！"

岛上争吵起来，一个更大的声音说：

"橡木棒不是一样可以敲碎你的头，而且谁把你的头煮来吃了，谁就能口吐黄金。"

随着话声，岛上的绿灯闪动得很厉害，似乎是殴斗起来了。

王子和武将最后听到一个还骂的声音说：

"谁把你的头煮来吃了，不也会口吐绿玉吗？"

王子和武将听到这里，比拾了稀世珍宝还高兴，不禁手舞足蹈，把睡在树上的一些小鸟惊动了。海岛上的灯光，便立刻隐灭，声音跟着消失了。

第二天，王子和武将亲手制了两根粗大的橡木棒，然后把昨夜探得的秘密向国王禀告，请求扮作一对祭龙少年前去杀龙。

国王考虑了一天一夜，勉强答应了。

临到祭龙那天，许多官兵，带着弓箭参加，全国人民，也翻山越岭赶来相助。

到了时候，两条孽龙浮出水面，上了海岛，像往年一样，等着享受口福。

王子和武将不慌不忙地把船摇到岛边。两条孽龙，就伸出头来，先嗅嗅他们的身子洗净没有。

王子和武将突然取出藏在袖里的橡木棒，一人朝着一条孽龙的头角打去，孽龙来不及闪躲，就被打昏了。在两岸官兵和人民的呐喊声中，王子和武将再打几棒，两条孽龙便直挺挺地死在岛上了。

岸上的人欢呼起来，国王才挽着妃子拜佛谢神。

后来，王子和武将，一人煮了一个龙头吃了，背着人到花园里去试验。果然，王子一张口，就吐出了一锭接着一锭的黄金；武将一张口，就吐出了一块接着一块的绿玉。

年轻人总是好事，他们有了这种本领，就想出去游玩。

不久，王子就和武将背着国王，到处浪游去了。

一天，他俩走到邻国的一个热闹城市，遇见两队人，拿着刀枪打仗。

王子冲到那些人当中问道：

"你们为了什么打仗呢？"

打仗的人们告诉他："为了争夺一件有魔法的隐身衣，已经打了三代了。"说罢，又激烈战斗。

王子大声喊道：

"难道你们不能和解吗？"

那些打仗的人，停了停说：

"听我们祖先说：要遇见口吐黄金绿玉的人，取了魔法隐身衣去打退海盗，我们得了黄金绿玉作种子，建设黄金碧玉的乐园，才能结束这场战争。"

王子和武将眨了眨眼睛道：

"现在是和平的时候了。"

大家惊奇地看着他们。

王子一张口，吐了三年也运不完的黄金，喜得这队人放下刀枪，争着搬运黄金去了。

武将也张起口来，吐了三年也搬不完的绿玉，喜得那队人也放下刀枪，争着搬运绿玉去了。

王子取了魔法隐身衣，往自己和武将身上一披，大家果然看不见他们。他们笑嘻嘻地又到别处浪游了。

他们走到了这个国家的另一个城市，又碰到两队人在拼命地械斗。

王子跳到那些人当中问道：

"你们为了什么打仗呢？"

打仗的人告诉他："为了争夺一双能飞万里的魔法靴，已经打了五代了。"说罢，又激烈地战斗。

王子大声喊道：

"难道你们不能和解吗？"

那些打仗的人说：

"除非是我们祖先讲的口吐黄金碧玉的人来了，他取了魔法飞靴去制服海寇。我们得了黄金绿玉去作种子，建设黄金碧玉的乐园，才能结束这场战争。"

王子和武将很高兴自己能够尽力，便互相眨了眨眼睛笑道：

"现在是和平的时候了。"

王子和武将朝着那些人把口一张，吐了五年也运不完的黄金绿玉，喜得这两队人连忙放下刀枪，抢着搬运黄金绿玉去作种子，建设金辉玉灿的乐园去了。

王子和武将，一人穿上一只魔法靴，就飞到这个国家的都城去了。

遇着这个国家，正受着勾鼻子红眼睛的海寇攻击，被占了许多城市，被杀了许多人民。这个国家的军队和人民，抵抗不住，大家发愁得很。

王子和武将义愤填膺地到王宫去见国王，要求抗敌。

国王召开了盛大的宴会招待他们。

王子把一杯热酒放在桌上说：

"请国王派兵马出城，我们去取了海寇首领的脑袋之后，再喝这杯酒吧。"

国王立刻派了兵马出城，王子把隐身衣往自己和武将的身上一披，一闪就跑到海寇首领面前，大家看到海寇首领突然倒在地上，一动不动，便使劲呐喊冲杀，把海寇们全部赶跑了。

王子和武将为了邻国的安全，又披上隐身衣，穿起魔法靴，飞过海洋。飞到海寇的老巢，把海寇大王的胡子剪掉，给他留下一张字条。字条上写着："不准你侵占别国土地，屠杀别国人民，如果你再发动战争，当心你的脑袋！"

海寇大王看了，急忙向着天空求饶，发誓再也不敢发动战争。

信不信由你，王子和武将回到金殿的时候，那杯热酒还是温温的哩。

但是，王子的父母，这时正在他自己的国里，因为想念儿子生起病啦！那王子和武收了许多宝贵的颂文和礼物，披起隐身衣，穿上魔法靴，一闪就飞到父母面前。国王见他们做了帮助邻国的正义事业，病就好啦，也不责备他和武将浪游，而且惭愧自己年老无能，便决定把王位让给王子。

这青年国王知道金玉散在民间的好处，就趁到四方巡视的机会，和那武将到处吐出很多黄金、绿玉，让大家建设金玉乐园。也时常穿起隐身衣去视察民情，听取人民意见，所以，政治很清明。又时常命那武将穿起魔法靴，去巡视边疆，消除外患，所以，防疆也很牢固。

老百姓拥护他，他成了一个英明威武的国王。

可是，老王夫妻却很发愁。

因为国王年纪已过二十，还没有妃子。

老王替他选了几位美女，他都不中意，但经不住父母和臣民的敦劝，决定自己出去物色。

谁都愿把自己的女儿配给这位英明威武的国王，所以他遇到很多美女，但却没有选中一个。

一天，他在高山岭上，望见一个骑马的姑娘，忽然从悬岩上摔下深谷。他急忙登上魔法靴一飞，从半空中接住那个姑娘，好容易才把她唤醒。她睁开眼睛对他一笑，他就被迷住了，立刻爱上了她。王子询问她的身世，知道她是个孤苦无依的流浪女郎，更深深同情她。把她带回王宫，正式立为妃子。

你以为国王该很幸福了吧？其实不然，不管国王怎样爱她、体贴她，妃子总闷闷不乐，像有什么埋藏很深的心事。国王越是对她热爱，她越满腔眼泪，忍不住呜呜咽咽地哭泣。

这是什么原因呢？国王弄不明白，老王夫妇也弄不清楚。宫里笼罩着一片阴云。

那忠贞为国的武将很关心这件事情，就悄悄穿起隐身衣，决心探察秘密。

一天夜里，国王睡熟了，妃子突然溜出宫门，望望天空，又望望周围，然后披上一件黑衣，罩上一张面纱，跳出高大的宫墙，奔到一个岩洞里去。

武将穿起魔法靴，紧紧跟在妃子后面，藏到岩洞的角落里。

一会儿，洞外响起一种鸟儿扑翅的声音，妃子立刻卸下黑衣，摘下面纱，换上一件镶满金玉珠宝的闪光的锦衣。然后，对空默念了一句什么，洞外有一只绿羽红嘴的翠鸟应声飞来，摇身变成了一个满脸凶气的红衣喇嘛。

那红衣喇嘛看了看妃子的气色，很不满意地问道：

"你照我的命令办了吗？"

隐身的武将屏着呼吸，静听这场谈话，他看见妃子浑身发颤，用几乎低到听不出的声音说：

"我不能执行你的命令，即使我只有一条死路，也不忍心害一个英明威武的国王，何况我很爱他……"

红衣喇嘛勃然变了脸色，大声骂道：

"你敢违抗我的命令，只有和他一起死亡。要是放明白些，他死你就有功了。"

隐身武将气得双手发痒，本想拔出腰刀把那红衣喇嘛杀掉，但还想看看妃子的态度。

红衣喇嘛一阵威胁，又一阵哄骗道：

"你知道把国王的头颅吃了，我们有用不尽的黄金，而且会长生不老吗？"

妃子哭够了，才睁大着眼睛说："我不稀罕黄金，也不稀罕长生不老，我愿和他同生共死，不信你这万恶的蛇精，就不怕橡木棒把你打死！"

红衣喇嘛一面说"不准泄露秘密"，一面对她念一句咒语，妃子立刻变成了哑巴。红衣喇嘛又说一句"明天我去取了他的头颅，然后杀你这执迷不悟的女人"，接着就变做翠鸟飞走了。

武将把这一切记在心上，跟着妃子回宫，隐在国王床边守护。并且把杀龙的橡木棒执在手上，准备明天在国王面前杀妖。

第二天，国王守着悲啼的妃子，竭力慰解，也无法使妃子开口，急得跟着流泪。

忽然间，宫门外有人喊叫"耍蛇戏"，妃子吓得脸色惨白，对国王只是摇手，嘴里却发不出一点声音。

国王一心要使妃子快乐，立刻把耍蛇戏的艺人宣召进来。

一位秃头老人从箱里取出一条眼镜蛇，刚吹起笛子，眼镜蛇就扭着腰肢，舞到国王的面前来了。

妃子惊得昏死过去。

眼镜蛇舞到国王脚边，刚伸出火焰似的小舌，准备突然扑向国王的时候，隐在国王身边的武将，立刻举起橡木棒向眼镜蛇当头一棒，又顺手一棒，向那秃头老人打去。一下子，地上现出了两条死蛇。蛇身把宫廷盘满了。

蛇妖一死，武将立刻现身，向国王诉说经过，国王又惊又喜地奖励了忠贞的武将，急忙伸手去扶拼命护他的妃子，她慢慢苏醒过来。因为蛇妖已死，施在妃子身上的魔法解除了。她跳起来抱着国王，哭了又笑，笑了又哭，流露着蕴藏已久的真情爱意，追述了她本是牧女，以及被蛇妖施法役使的经过。从此，他们过起真正幸福的生活。

"聪明人"的"聪明事"

"富贵人必定聪明。"这是有钱有势人家深信不疑的一句老话。因此,他们总是夸数自己是"聪明人"。

不信,有下面几则故事可以证明。

只造第三层楼

有一个富翁去拜访一位朋友,非常喜欢这位朋友的三层楼房,他站在第三层楼上一面眺望,一面心想自己有钱有势,也该有这样一座高大、宽敞、漂亮的楼房,才不显得孤寒。于是,急忙回家,唤了几个出名的木匠来,问他们会不会造像他朋友那样的楼房。

木匠们回答:

"那是我们造的。"

那富翁一听很高兴,立刻命令造楼。木匠们便打地基,筑墙脚。可是,那富翁却奇异地问道:

"你们打算造一座什么样的楼房?"

"造三层楼呀。"

富翁笑道:

"既然这样,你们为什么不先造顶上那层楼,偏要先造地基墙脚呢?"

木匠们一本正经地回答:

"造房都是由低到高,层层加盖的嘛!"

富翁大发脾气地骂道：

"你们这般蠢人，还啰里啰唆什么，就给我造那第三层楼好了。"

打锅熄火

冬天，一个有钱人请了许多宾客，别出心裁地在大门前煮了一大锅奶茶，准备招待客人。

锅子下面的火烧得很旺，奶茶翻覆滚沸，他便叫奴隶们拿了很多扇子出来，朝着大锅直扇。客人见了莫名其妙，奴隶们却想笑而不敢出声。

路人见了，奇异地问他："这是为了什么？"

那个有钱人得意扬扬地夸他为的是要奶茶冷些，好让客人进口。

路人和客人都笑了，一齐向他说道：

"奶茶滚沸，是因为柴火太旺，你为什么不抽柴熄火，而却打扇止沸呢？"

那个有钱人，认为大家说的是笨主意，忽然抱起一块大石头，猛向锅中一掷，把锅打破，才哈哈大笑道：

"你们看，奶茶把旺火熄灭了，何必劳神费事地抽柴熄火呢？"

半个粑粑可以充饥

有一个悭吝的商人，同几个朋友赶路，谁都不愿意请客，他更不愿意请人吃饭。

走了一城又一镇，大家都实在饿得不行了，各自散开去买东西吃。

这个商人，摸到一个卖苞谷粑粑的摊子面前，买了粑粑往嘴里塞。

可是，不一会儿，他却打起自己的耳光，使得跑来找他的同路朋友感到惊奇，禁不住问他："为了什么？"

"我聪明一世，糊涂一时。"他举着半个苞谷粑粑说，"你看，我白吃了六个粑粑，不饱肚子，却是后面这半个粑粑，饱了我的肚子。哎，我为什么不先吃这半个充饥的粑粑，而先吃了不充饥的那六个粑粑呢？"

他的朋友听了，对他打趣说：

"能够明白这点，你还算得聪明。"

那商人点着头说：

"对，经一事，长一分聪明嘛。"

催长的灵药

有一个国王，没生儿子，只有一个女儿，他很希望女儿赶快长大，便召来御医对他说：

"我知道你有催长灵药，你就拿了来让公主快点长大吧。"

御医不敢违抗，只好顺着国王的口风说：

"灵药是有，只是要到远地去求，在我未找来灵药之前，请大王不要和公主见面，等我找了药来，包管公主长得更快。"一席话，说得国王同意了。

那御医布置了公主的穿、吃、游玩等事，然后出外游历了十多年，才回来给公主吃点药粉，就带了她去见国王。国王见公主真的长大了，当朝夸耀自己很有见识，还赏了那御医很多宝贝。

播种炒芝麻

一个根本不懂耕种的有钱老人，偶然从商人手里买到成都炒米糖，尝到了芝麻的特别香味，并且知道了芝麻炒过就香的道理，他把这当成秘密，不愿让人知道，就炒熟芝麻，叫朗生带到地里播种。

朗生们几次想说又不敢说，最后终因担心将来不出苗儿会挨打，就怯生生地问他："为什么要种炒熟的芝麻？"

那个老人怒气冲冲地说：

"蠢东西，知道什么！难道我年高识广还会错吗？"

割鼻换鼻

一个宗本[1]老爷，娶了一位年经貌美的娇妻，他越爱越看，终于看出了唯一的缺陷，那就是：她的鼻子略微长得扁些。

他想来想去，想到一个法子，就上街去东张西望，很快发现有一个女人的鼻子，长得又端正又美丽，便奔上前去，把她按倒在地，拔刀割下她的鼻子，然后赶回家，又一刀割下他娇妻的鼻子，不管她怎样哭骂，死命把割回来的鼻子紧紧给她按上，而且十分郑重地说：

"我好心给你换个漂亮鼻子，你切莫摆掉了。"

吃果砍树

一个有钱人在花园中种了一株果树，没几年就长得又高又大，结了很多又香又甜的果子。

许多朋友来看他，都望着满树果子流涎。

这位有钱人一高兴，便提了把斧头出来，一句话不说，就"笃笃笃笃"

---

[1] 宗，相等于县；宗本，相等于县长。

地把果树砍倒。

客人们惊问这是为了什么。他说：

"你们怎么吃果不懂道理？你想树高果多，爬树摘果多么麻烦。现在，树倒果落，大家信手可取，岂不方便。"

客人们不好再说什么，一齐吃了果子想走。

这位有钱人却请他们帮他把果树再立起来，然后笑着邀请大家明年再来吃果。

坐轿种麦

有一个头人，到汉坝[1]时看见汉人种的麦子长得很好，问到种麦子的秘诀是："耕好田，耙平田，多上肥，勤锄草。"

于是，这头人回来就要种麦，先叫朗生们翻地，耙平土，施了肥料，然后自己去播种。他又怕踩坏了耙平的麦田，想了想，便叫四个朗生抬着，自己坐在轿里播种。播完，他十分满意地回家，相信丝毫没有踩坏耙平了的麦田。

漂洋杀引水

一群做印度生意的买卖人要漂洋去采珍珠，请了一位熟悉海洋气候、航道、城池、口岸的老引水。

行到中途，他们遇见一座古庙，照传下的老规矩，要用人头祭了，才可平安航行。

---

[1] 汉坝，就是汉族人民居住的坝子。

但是照老引水的经验，却说不必献祭人头，也能平安无事地过去。

可是那群买卖人却聚拢了来商议道：

"我们不是亲，就是戚，当然不能割头献祭。"

大家愁闷无计，有个素来号称聪明的商人，用嘴向老引水那边歪了歪说：

"老东西把我们当傻瓜看，我们怎么可以不信神威，而信他的技术，大家都是聪明人，应该懂得我的意思。"

"我们当然不是傻瓜。"他们一面轻轻地说，一面奔上去把老引水按倒，割了他的头来祭神。

祭了神，他们又扬帆出海。大风暴来了，他们完全迷失了方向，直到现在，还没有人知道那群"聪明商人"的下落。

杀鸡取蛋

一个头人，不知从哪里弄来一只金鸡[1]，金鸡每天生一个金蛋。他开头很高兴，后来等得不耐烦，就扳起指头计算，算出一年要生的金蛋数目。又用保日角[2]的算法，算出这些金蛋的一年利息，便提起金鸡要杀。

金鸡向他说道：

"杀了我，你会后悔的。"

这个头人笑着说声"聪明人做事，还会后悔"，就一刀把金鸡杀了。

金鸡肚子里，只有一个明天该下的金蛋。

---

[1] 金鸡，即锦鸡。

[2] 保日角，"保日"是量青稞的一种"升"，"角"是十的意思，这里是指"借一还十"的剥削制度之一。

积奶宴客

一个自作聪明的人，要举行一次盛大的宴会。

他实在是用脑筋的人，就说为了这次宴会吧，他就打过预先把牛奶存储起来的主意。可是，仔细一想，又觉得每天挤奶、摇奶，不免有许多麻烦，便想到每天不挤牛奶，把牛奶存在奶牛身上，岂不称心如意。

宴会开始了，他当着许多客人，说了他的主意，惹得客人们忍不住大笑起来。他没来得及省悟，却欣然牵了奶牛出来当众挤奶。

他挤得越吃力，奶牛越烦躁，客人们笑得越厉害。

他霍地站起，气呼呼地像是说人又像在说自己道：

"谁像我这样深思熟虑，难道这个道理不通？"

浅学子游历送命

　　城里有一户豪富人家，主人在外边做着印度生意，家里藏着数不清的财宝。这位财主为了表示自己乐善好施，有时也请出家修道的沙门[1]来家供养。

　　被请的沙门在吃饱喝足之后，常对他说些吉利话，让他听得高兴。

　　有一回，帮他做印度生意的伙计，给他赚回很多珍贵的珠宝；小夫人又给他一胎生了两个男孩；他还受到国王的赏识，被封了一个不小的官。所以，他大宴宾客，夸耀富贵风光。

　　应邀赴宴的达官贵人自然很多，闻风而来巴结道贺的亦真不少。其中有一个富而不贵的绰号"算盘精"的老财主，他一面逢迎吃喝，一面观察别人的巴结方法。他见许多人送了这样或那样的礼物，主人只是略微道谢，并不特别喜欢。他也看见许多人说了这种或那种的吉利话，主人只是略微道谢，并不特别高兴。他自己向主人送的礼物、说的吉利话也不算少，但也没有引起主人注意，当然也不特别喜欢。

　　主人喜欢的却是一个最后到来的老沙门，他什么礼物都没送，除了向主人合掌施礼之外，便是当众高声念了一首颂诗：

　　　　吉人良日得好彩，
　　　　官上加官财上财，

---

[1] 沙门，佛教专指依照戒律出家修道的人。

长寿又生双贵子，

　　都有佛相非凡胎，

　　全家当会有十力[1]，

　　富贵财喜多多来。

　　一首诗博得主人和所有客人的满堂喝彩，主人当然更比客人高兴，顿时倒送了老沙门许多财宝，还恭恭敬敬请他坐了首席。

　　算盘精看在眼里，喜在心中，一散席就去找老沙门，表示自己也很乐善好施，请老沙门到他那里接受供养。

　　老沙门便随了他去，被招待得十分周到、殷勤。

　　第三天，算盘精带了他的儿子进来，要求老沙门收作弟子。

　　老沙门惊诧地问道："他愿意皈依佛法？"

　　"不，他的根基很浅，哪能作佛门弟子。"算盘精转弯抹角地说，"我要他拜你为师，学作颂诗，因为你的诗才名扬四海，但求他学到万一，我家就感激不尽了。"

　　老沙门因为自己接受了供养，不便推辞，便破例答应教他儿子作诗，并且为他命名卡呷达莫。

　　算盘精的意思是：学会作诗，儿子可以不花本钱去恭维人，像老沙门那样空手出门，饱财归家。这就是他请老沙门来家供养的如意算盘。

　　可是，他的儿子性蠢善忘，不懂得他老子的心事，而又自作聪明，把任何事情都看得非常容易，对任何学问都认为一学就成，从来不肯下一点功夫，用半点心思。现在听说要学诗，先是好奇，后来听老沙门说还有许多规矩，便十分不感兴趣。但对老沙门平常所讲的各地风光，倒非常喜欢，

---

[1] 十力，说佛和菩萨各有十种力量，指有很多本领的意思。

做梦也想出去看看。所以，他学了三十三天诗，什么也没领会，总算勉强记住了他老子时常夸奖的老沙门那首颂诗，这多半是因为听说那老沙门一念颂诗，就得了财宝，坐了首席的缘故。

他想出门游历了，便对他老子说：

"我已学会作诗了，让我出门去显显本领吧。"

算盘精一听很欢喜，便让儿子出门，一心等着财宝归家。

一出门，卡呷达莫就跑到城里那户豪富人家去。正值主人因为做印度生意的伙计损失了许多珠宝，家里又死了那对双生子，自己也被国王撤了职，还被判了罪，正坐在家中发愁。

卡呷达莫进了门，不问三七二十一，连礼也不施，就笑嘻嘻地向着主人，径自长声吃喝地念起老沙门的那首颂诗。把主人气得双脚直跳，大骂他是故意跑来嘲笑的，喝令手下人把他痛打一顿，然后赶了出去。

卡呷达莫出门奔逃，慌不择路，忽然跑到一户人家的胡麻地里，把许多胡麻踩坏了，被胡麻主人一家围住。他站在胡麻当中，本想对人家念老沙门那首颂诗求情消气，但被吃喝得把诗句忘了，只记得最后一句的"多多来"三字，急忙高声直念：

"多多来，多多来！"

胡麻主人听了更气，心想这个家伙踩了一回胡麻不算，还要多多来踩几回，真是可恶之至，便挥起棍棒，把他打倒在地。

挨完打，卡呷达莫爬到路边呻唤。路人问他，他才说出经过，把人家的肚子都笑痛了。一位好心人见他行走艰难，送他一根棍子拄着走路。

卡呷达莫并没有好生想想挨打的原因，自以为只是不该踩了胡麻，以后见了庄稼不踩，绕道而走就是。

卡呷达莫走到一座麦堆面前，想到刚才挨打的事，便向麦堆左边绕着走过，想不到这儿的风俗是绕右吉利，绕左招凶。守麦主人认为他是故意来捣鬼，上前一把抓住，厉声问他为什么要来捣鬼。他也想求情消气，赶忙高声直念：

"多多来！多多来！"

守麦主人气得更厉害，把他结结实实打了一顿，然后告诉他：绕麦垛该右走而不应左转，左转犯法，应该挨打；有过不改，还要多多来，更该挨打。

卡呷达莫也没有好生想想挨打的原因，自以为只是不该左绕麦堆，以后见了堆堆该向右转就是了。

不久，他走进一个山腰，遇着一家埋死人的坟堆。右边只有一条小道，可是有些妇女坐在道上哭丧，卡呷达莫想到刚才挨打的事，便向坟堆右边走去，路窄腿坏，一不小心，跌撞到一位姑娘的身上。丧家认为他是故意侮辱妇女，一齐跳拢来责备他。他仍想求情消气，急忙高声直念：

"多多来！多多来！"

你想，侮辱妇女，初次已经不可原谅，怎么还可"多多来"呢？死人一次已很不幸，又怎么还可"多多来"呢？丧家一听，当然气炸肝肺，便举起垒坟的锄头、杠子，把他打得头破血流。

卡呷达莫挨完打，才哭着说出了自己的事情，丧家主人怜悯他，给他吃点祭过死人的东西，然后说他怎么可以对丧事人家乱说"多多来，多多来"。临别时候，又再三对他嘱咐：

"记住，以后不要这样。"

"这很容易。"卡呷达莫一面答应，一面庆幸自己明白了挨打的原因，但是一高兴，他又把丧家的话忘了，只记得"不要这样"四字。

走着走着，他遇到了一家办婚礼喜事的。他心想几次都因为走错了路挨打，便站在路旁让路，又想讨人喜欢，等新轿到了面前，便高声直念：

"不要这样！不要这样！"

怎么可以叫办喜事的"不要这样"呢？这当然得罪了人家，卡呷达莫又被打得抱头鼠窜，好容易狂奔到山顶，一脚踏到猎人捕捉大雁的网子上面，心慌脚乱，把猎网踢破，几只落网的大雁从他脚边脱网而出，展翅飞上天空。他被猎人捉住了。

猎人怒气难消，把卡呷达莫关在一间闷热的屋子里，罚他挨饿。他又热又饿，实在难过，苦苦哀求猎人了解他的遭遇，宽恕他的无心之过。

猎人很讲道理，慨然放他出来，给了他几大块干羊肉，然后送他下山，分手时特别关照他说：

"记住，以后应该匍匐而行。"

猎人的意思，当然是对遇到人家张网捕鸟的情况说的。

你要说卡呷达莫性蠢善忘，那这一回，倒又记得一字不差，而且在路上作了爬行的练习，以为再不会出事了。

没多久，他来到山下，要过一条大江的渡口。一见那里有许多洗衣的人，便想不惊动他们，暗自匍匐在地，学着蛇样爬行过去。近了，突然被洗衣的发现，认为他想偷衣，一齐站起，拿了石头、衣杵打他，一直把他打落水中，然后才扯着他的头发，拉上岸来骂他，唾他。

经过几次挨打，现在又遭水浸，卡呷达莫已经支持不住，睁着眼睛，望着他家乡天空的白云死了。

算盘精的算盘打错了，不但儿子的结局是惨死他乡，连他自己也因独丁儿子的死亡而痛惜发疯死了。

斑竹姑娘

在金沙江的左岸，有一块风景美丽、气候温和的地方。种稻子，稻子结成金珠穗串；种麦子，麦子也结成金珠穗串。这地方的人，除了播种稻麦之外，还喜欢种竹子。那竹子的种类，可就说不清啦，什么金竹、慈竹、水竹、楠竹，种得满山满谷，其中数楠竹最受人们喜爱。这楠竹，长得比笔直的楠木还高，枝叶稀稀疏疏，身干又大又直，只消一两年，竹竿就长得很结实，人们砍下来造房子，搭竹桥，抬东西，没一样不恰到好处。所以，从生笋到成材，人们都很爱它。虽然都知道这种竹笋是最好吃的东西，也可以运出去卖好价钱，可谁也舍不得动手拔笋。

有一户穷人家，住在金沙江南岸的陡岩边，屋背后有二十多丈宽的一块山地，几代人传下来一座竹林。这家人的老妈妈和一个十来岁的朗巴[1]，把这座竹林当成性命一样培植，特别是对楠竹，更照顾得无微不至，养护得视同生命。两母子尽管吃食不够，但也不肯砍一根竹笋充饥。那些楠竹，好像也通人性，使劲长得枝秀干粗，生怕长慢了，会辜负主人的好意似的。

但是，祸事飞到竹林来了。

管辖这一带地方的土司[2]，住在寨子里尽打发财的主意。有一天，他差派人传令金沙江两岸的百姓，要买所有竹林的笋子。于是，不管百姓们愿不愿意，就用最低的价钱把笋子买下了。

---

[1] 朗巴，即孩子。
[2] 土司，少数民族首领的世袭官职，也指被授予这种官职的人。

说的是买笋子，可他并不砍笋子。

土司为什么不砍笋子呢？他想贩笋出卖的利益不大，就命令百姓给他照数看守，等两年过后，那些笋子全长成好竹材了，他才派人砍下，扎成竹筏，从金沙江流放出去变卖；老百姓吃尽了苦头，他却用一个本钱赚了一百个利钱。

故事里讲的这户穷人家，因为有屋背后那片竹林，当然也逃不脱土司的魔爪。母子俩尽管在土司派来的兵士面前磕头求情，也没法保住笋子，一样要给他照看竹林，因为笋子点了数，将来如果短少一根，不是照笋价赔偿，而是照竹价赔偿的。

拿什么赔呀？这户穷人家的母子俩，只好忍着眼泪，饿着肚子，看着楠竹一天一天向空中长去。楠竹长得越好，母子俩就越伤心，泪也流得越多。

但是，奇怪的事发生了：这母子俩流出一颗泪珠，那原来是灰瓦色的竹竿上，就生出一块斑点，泪珠越滴越多，楠竹的斑点也越长越多，好像是画家画上去的一样。

有一根秀劲的楠竹，斑点长得很多，很好看，但当长到和朗巴一般高的时候，就只长身干和枝叶，再也不肯向上长了。

朗巴天天到竹林里去哭，也天天去比那根楠竹，楠竹总是和他一般高，只是身干和枝叶上随着他的泪珠增长着美丽的斑点。

过了一年，竹林长成，土司派人砍楠竹来了。朗巴和妈妈，流泪看着楠竹一根一根地被砍倒，像针尖刺着心肝，妈妈支持不住，几次气昏过去。

当土司派来的人要动手砍那根和朗巴一般高的楠竹的时候，妈妈跪在土司派来的人面前哀求道：

"这根楠竹长得很矮，你们砍去没用，请免了吧。"

土司派来的人对着那根矮楠竹看了看，说：

“用是没用，可这根竹子是土司的，怎能不砍？”

于是，他们举刀就砍竹根。妈妈奔上去，拉着那些人的手，被他们砍伤了手指，血溅到那根楠竹上，她就昏过去了。

朗巴把妈妈唤醒过来，那些人已经砍完了楠竹，扛着下河去了。

朗巴扶了妈妈进屋休息，趁土司派来的人没注意，抱着和他一般高的那节楠竹向陡岩走去，一下子抛在回水氹里。

土司派来的人，因为扛楠竹累了，谁也没注意到这节楠竹的下落。等他们走了，朗巴才溜到岩边去看，那节楠竹还在回水氹里，跟着漩涡打转转，一会儿漂到河中，一会儿又漂到岩脚，总不肯随波逐流而去。

朗巴赶紧拔了几根葛藤，扭成绳子，一头牢结在岩边的朝天石上，然后缘着绳子，像猴子下河喝水似的，降到人迹不到的岩脚水边，右手抱紧葛绳，左手一伸，把那节楠竹捞住了。

楠竹是捞住了，可是朗巴一只手攀绳，怎能上得陡岩呢？就是大人也很困难，朗巴不过才十来岁呵。

但是，困难吓不住他。朗巴两脚一绞，夹住葛藤，赶紧用双手将葛藤的这一头把楠竹拴在背上，然后腾出双手，一攀一挪地上岩来了。

朗巴刚上岩口，就累倒在地上，沉睡不醒。

隔了好些时候，朗巴被一阵哭声惊醒，睁眼一看，他的妈妈正对着那节楠竹发呆。

怎么回事，哭的不是他妈妈，哭声是从楠竹里发出来的。

朗巴抱了楠竹回家，小心劈开楠竹一看，竹筒里竟有一个漂亮的女孩。妈妈乐得忘去了忧愁，赶紧抱在怀里，朗巴转身去取马奶喂她。可是，事情变化得非常奇妙，那女孩见风直长，等到朗巴取了马奶回来的时候，她已经长得和他一般高大，妈妈也抱不住她了。

朗巴和妈妈，对这件事情虽然惊异，但一点也不怀疑她是什么妖精，

倒认为是天女下凡，把她叫作斑竹姑娘，留在家里，一家人过着快乐的生活。

从此以后，妈妈管家务，朗巴和斑竹姑娘种地，浇竹林，还时常一起上山打猎。

日子过得快，朗巴和斑竹姑娘也长得快，男的像山鹰一样英俊，女的像牝鹿一样美丽。男的唱歌像金沙江流水那么婉转而又雄浑，女的唱歌像百灵鸟那么清脆而又迷人。山光水影，处处闪耀着这两枝鲜花，妈妈也常常笑得从梦中醒来。有一天，她拉着斑竹姑娘的手说：

"娘像女儿一样疼你，你就嫁了朗巴，永远不要离开我吧。"

斑竹姑娘打着哈哈说：

"好是好，但是要等三年。"

为什么要等三年呢？

原来有这么一回事：那个横暴的土司死了，土司的儿子交了四个朋友——一个是商人的儿子，一个是官家的儿子，一个是骄傲自大的少年，一个是胆小而又喜欢吹牛的少年。

这五个人都有钱有势，但谁也没有真正的学问和本领，他们只是乘着肥马，穿着轻裘，天天游山玩水。

有一回，他们游玩到朗巴屋前的江边来了。他们看了回水沱，又看回水沱上的陡岩，正在对着险境赞叹的时候，忽然听到银铃般的姑娘笑声，从竹林中传来。

他们偷偷向竹林里一望，看见斑竹姑娘和妈妈在给楠竹浇水。

斑竹姑娘鲜花一般的面容，让他们垂涎不已。

糟糕的是：这时候，朗巴走亲戚去了，要三天才能回来。

而更糟糕的是：这五个家伙仗着地位和权势，竟然走进这户穷人家，一个个争着向她求婚。

朗巴妈妈恐慌得很，忧愁得不知用什么办法对付。

斑竹姑娘却笑着对妈妈说：

"不要紧，让我对付他们。"

斑竹姑娘大大方方地走来，对土司的儿子说：

"听说什么地方，有一口打不破的金钟，你能在三年内取了来，我答应嫁给你，但过了三年就无效了。"

土司儿子仗着自己的权势，认为天下没有办不到的事情，就发了誓，骑马走了。

斑竹姑娘掉头对商人的儿子说：

"听说什么地方，有一株打不碎的玉树，你能在三年内取了来，我答应嫁你，但过了三年就无效了。"

商人儿子仗着自己有钱，认为天下没有办不到的事情，就发了誓，骑马走了。

斑竹姑娘又对官家的儿子说：

"听说什么地方，有一件烧不烂的火鼠皮袍，你能在三年内找了来，我答应嫁你，但过了三年就无效了。"

官家儿子仗着自己手下人多，认为天下没有办不到的事情，就发了誓，骑马走了。

斑竹姑娘又对那个骄傲自大的少年说：

"听说什么地方的燕子窝里，有个金蛋，你能在三年内找了来，我答应嫁你，但过了三年就无效了。"

那个骄傲自大的少年，认为自己有盖天的本领，哪有办不到的事情，也发了誓，骑马走了。

斑竹姑娘对最后一个胆小而又喜欢吹牛的少年说：

"听说什么地方的海龙额下，有一个分水珠，你能在三年内取了来，我答应嫁你，但过了三年就无效了。"

那个少年胆子特别小，听说海龙就很害怕了，但却要吹牛，说：

"这有什么困难。"

他说完话，也发了誓，骑马走了。

三天以后，朗巴回来了，听妈妈说了这事，便满面忧愁地问斑竹姑娘道：

"我不能没有你，要是他们有一个或者几个都找来了那些宝贝，你一人能嫁几人？"

斑竹姑娘温柔地答道：

"我要嫁的只有你，他们，没有一个能够取宝来的。"

朗巴半信半疑地望着她，她安详地笑着叫他放心。

那五个想吃天鹅肉的"癞蛤蟆"，跳到哪里去了呢？

先说取金钟的土司儿子。

他一打听，才知道缅甸果然有口金钟，是边疆的警钟，并有雄兵日夜看守着，哪里是土司儿子的权势能够取来的？这家伙又很懒惰，做一点点事情就嫌麻烦，怎肯去做明知办不到的事呢？

但是，他对美丽的斑竹姑娘不肯放手，就假装说是去取金钟，溜到深山里的一座庙里，偷了一口铜钟回来，镀了金，亲自送到斑竹姑娘面前，诉说自己辛苦取宝的经过，一心想骗取斑竹姑娘的芳心。

斑竹姑娘笑着取出一把锋利的锥子，当着土司儿子的面，向那镀金的铜钟一戳，金箔脱落，铜钟被戳了一个大洞。土司儿子没有话说，羞得急忙上马逃走。斑竹姑娘把铜钟扔出门去。

想取玉树的商人儿子呢？他也打听到确实有一株玉树，生长在通天河上，但他也不肯跋山涉水去吃苦头，就假装说是去取玉树。走到北方，招了几个手艺高超的汉人工匠，用碧绿碧绿的上等玉石，雕镶成一座和通天河上一样的玉树像，用旃檀木做成精致的匣子装好，亲自送到斑竹姑娘面前，诉说自己取宝的经过，一心想骗得斑竹姑娘的爱情。

斑竹姑娘见这株玉树，的确又美丽，又贵重，便盘问他取宝的一些细节。

他正说得热闹，忽然看见斑竹姑娘的脸上露出笑容，以为她一定嫁给自己了，也得意地笑得合不拢嘴。

但是，斑竹姑娘却突然问道：

"你背后跟的什么人？"

商人的儿子猛地转过身去，看见跟来的是那几个给他雕镶碧玉树的汉人工匠，窘得脸色一下变白了。

那几名汉人工匠，上前拉住他，责备他为什么临走时不付工钱。

斑竹姑娘鄙夷地冷笑着说：

"你，为什么骗我也骗汉人？"

商人的儿子被质问得没话说，抱着玉树就想上马逃走，被那几个汉人工匠拉着手，把玉树打碎，然后扭头走了。

官家的儿子呢？自己动身去寻找火鼠皮袍，从西藏问到四川，没有找着。后来又问到北京，还是没有找着。一年过去了，第二年的冬天，他才在松潘，听人说在终年积雪的深山里的一座古庙中，似乎有一件火烧不烂的火鼠皮袍。

官家儿子找了很久，雪山是找到了，可是找不到那座古庙。他又耐心地在雪山里探寻，还是找不到古庙，只在一个山顶上，找到了一堆碎瓦颓垣。但出乎意外，在碎瓦颓垣里发现了一个石匣，费了很多气力，打开石盖，里面有一个黄缎子包裹。打开包裹，居然有一件火红色的鼠皮袍子。官家儿子高兴极了，以为这就是火鼠皮袍，急忙包好赶回去，亲自送到斑竹姑娘面前，诉说自己寻宝的路径和细节。他说到得意处就纵声大笑，说到遇险处，竟流出泪来了，好像为了她，他几乎把性命都抛了。

斑竹姑娘望着鼠皮袍子，听他说完了话，就烧起一堆松柴，把那件鼠皮袍子投进火里，一阵皮毛焦味，刺得两人直打喷嚏。不消说，鼠皮袍子已经烧成灰烬了。

斑竹姑娘鼻子里哼了一声，官家儿子低着脑袋，出门上马跑了。

那个自以为有盖天本领的骄傲少年呢？倒真正动身寻找燕窝里的金蛋去了。

他带着一群手下人，挨门挨户去翻从南边来筑在人家檐下的燕窝，捣毁了无数燕窝，打破了很多燕蛋，弄得那些娇小的燕子阿爸和燕子阿妈，绕着屋梁乱飞，守着破巢悲鸣。他也始终找不出哪个燕窝有金蛋。

慈善的人看得伤心，正直的人看得发怒，一个少年，看不顺眼，指着山上的一座摩天台，骗他说：

"摩天台的画梁上，有个燕窝，那窝里就有金蛋。"

他也不问是真是假，就带人到摩天台去了。

摩天台有一百零八丈高，那画梁自然也高一百零八丈。他抬头一看，那上面果然有一对燕子，筑了一个燕窝，便叫手下人想法上去掏窝，可是手下人尽都对这么高的画梁缩起头，吐着舌头。

他一面破口乱骂，一面叫手下人拿根绳子，一头结上小铁锤，然后挽成活缆执在手上，甩几甩结了小铁锤的那一头，一下子把绳子掷绕画梁，慢慢松开手执的绳子，让小铁锤坠下绳子，再取下小铁锤，系上一个桶子，自己坐在桶子里，就命令手下人说：

"你们这群无用的懒牛，使劲拉那一头绳子吧。"

他的手下人见他这个办法不错，就拉着没结桶子的那头绳子，拉一丈，桶子上升一丈，拉十丈，桶子上升十丈，他在桶子里得意非常，直催手下人快拉。就这样一边拉，一边升，升到一百丈，桶子开始摇晃了，升到一百零七丈，桶子摇晃得更厉害了。梁上的燕子明白是祸事来了，保护子女的天性激得它们先绕着桶子悲鸣，然后就鼓翅扑打敌人。雄燕被他捉到手里掐死了，剩下那只雌燕，拼命冲到他的脸上，没等他伸手捉住，一嘴把他的眼珠啄破了。

他一面喊痛，一面伸手去捉疾飞的雌燕，上身歪出桶外，一下子就跌出桶子，摔死了。

手下人吓得跑回金沙江，在山里打猎过活，有知道斑竹姑娘的，好心好意把骄傲少年摔死的事告诉她，她和朗巴又放下了一件心事。

最后一个是那位胆小而又吹牛的少年，他也没有碰到好运。

开始的时候，他不肯自己去取什么龙珠，因为一则怕海路危险，二则怕海龙发怒。他想与其自己遇险，不如派人冒险去换自己的幸福。于是拿出金银、刀枪，接二连三地派了好几批人出海去取龙珠。

那些人都不是痴人，拿了金银、刀枪，就悄悄带着父母妻儿，溜到很远的地方安家去了。

他等了一年，不见一个人回来。

他又等了一年，还是不见一个人回来。

他在两年等待期间，曾经逢人吹嘘要取龙珠的事情，现在没有一个人影回来，他受到了许多人的嘲笑。于是，他对人说：

"我要亲自出海去取龙珠！"

他真的卖了牛羊，集了很多金银，带着人乘船出海去了。

在海上航行不到五天，就遇上大风，把大木船吹得漂了几天几夜，全船人都晕倒了。他自己也躺在船板上，翻肠倒肚地吐得头要开花，胸要开膛……

第七天，海上风平浪静，他坐的那只大木船，已经搁浅到一座气候温暖而无人迹的南荒岛的沙滩上。

手下人埋怨他不该冲犯海龙，惹得海龙王发怒刮风。他更怕得心神不定，决心不找什么龙珠，也不敢再继续航海了。但又找不到任何通往大陆的路径，只好死了心，带着那些手下人住在岛上，永远流落海外了。

后来，有些人背着他上船漂海，回到了家乡，送了消息给斑竹姑娘。

斑竹姑娘呢，和朗巴终于成了夫妻。

古桑为王

有个名叫古桑的人，娶了一个漂亮妻子，两个人种地打猎，日子过得艰苦，生活倒还幸福。

可是这个小国的昏王，在上山围猎的时候，见到古桑的妻子，便想占为己有，公然下令抢了回去。

妻子爱古桑不爱国王，国王逼她，她就要寻死。昏王舍不得杀她，便把她锁在宫里。

古桑当然不甘心，但又敌不过国王，便把家中破破烂烂的东西分给附近的穷苦弟兄，骑马出去设法报仇。

他跑到邻近一个小国的都城，正巧这个小国的国王死了，接位的是个不到十岁的小王。他便化名写了一封信，派人送给抢他妻子的昏王。那信中说：

"敝国王死子幼，不能管理国事，素仰大王英武，敬请发兵前来，我们愿奉神明……"

昏王志大才疏，便下令发兵，突然占了这个小国人民赖以为生的盐湖，立时震动全国，民情激昂，纷纷请求入伍，个个踊跃从军，誓非收复失地，直捣敌巢不可。

可是，这小国的国王毕竟年幼怕事，文武百官又都贪生怕死，一时找不出领兵之将。

古桑上书说他深知敌国虚实，愿意充当先锋，于是他就被委任为大将，带领人民反攻，不但一举收复盐湖，而且打进昏王国境，势如破竹，直扑都城。

两军对阵，古桑策马上前，向昏王的将领和士兵历数昏王的罪恶，又说了人民和自己所受的切身痛苦，正义声动天地，使得昏王军中的谋士胆寒，武将心惊，士兵们涕泪纵横，连战马也回过头去。然后他又说了借兵除暴，两国相安的意见。两军欢声雷动，立时会合入城，冲进王宫。

昏王还在花天酒地，毫无防备，忽然听到宫人急报，自然措手不及，急忙钻进一只茶桶。

古桑冲进宫廷，找不着昏王，就向一个年老的宫女打听。老宫女把嘴向茶桶一歪，昏王便被捉了出来。那老宫女又领古桑向关他妻子的房间走去，让他们夫妇团圆。

昏王被杀死了，大家拥戴古桑夫妇做了国王、王后。

新王开了三天三夜酒宴，两国将士尽情欢乐，然后礼送客军回国。

扎尔干判案

扎尔干是个穷人，不是法官。可是因为法官贪赃枉法，愚蠢残暴，扎尔干却急公好义，聪明善良，所以民间发生了纠纷、案件，都不找法官而来找扎尔干。

因此，扎尔干替人民解决了许多纠纷，判决了许多案子。

麻花案

一个卖麻花的贪心人，带了五十根麻花，在街上人群中挤来挤去叫卖，被一个挑担子的农民，把麻花撞碎在地。卖麻花的就一把抓住农民，趁机以少诈多，要农民赔偿三百根麻花。

那位农民当然不服，彼此争吵不休。

旁观的人劝解无用，就把扎尔干找来。

扎尔干一面听，一面看，然后叫那卖麻花的回家取来一根才出锅的麻花，用秤称出重量，再扫起碎在地上的麻花条块一称，当众一算，说出被打碎的麻花是五十根，而不是三百根。

大家非常佩服扎尔干，那卖麻花的也无话可说。

烧夫案

有一个妇人半夜缢死丈夫，然后放火烧屋，说丈夫给火烧死了。

大家怀疑这件事情，便到寺庙去告状。

不料这寺庙的大喇嘛就是同谋的凶手，案情当然不能水落石出。

大家去找扎尔干。扎尔干说：

"这很容易。"

他叫大家牵了两只羊来，就在那妇人面前，杀了一只，留一只活的。然后烧起一堆柴火，把死羊活羊都烧在火堆里面。

火熄灭后，扎尔干才取出羊来当众查验，死羊经火嘴里无灰，活羊经火却口里有灰。因为活羊在火里挣扎，自然张嘴嘶叫，含了灰在嘴里。

扎尔干这才当众验尸，死人口里果然没有半点灰烬。

案情弄清，大家捉了那妇人和大喇嘛治罪。

争鸡案

两人争一只鸡，都说那只鸡是自己养的。

扎尔干走来，便问他们早上用什么东西喂鸡。

一个说是豆子，一个说是荞麦。

扎尔干当众把这只鸡杀了，破开鸡嗉子查验，只见满嗉豆子，不见半点荞麦。

扎尔干叫那讹诈的人，赔偿鸡主一只活鸡。

盗牛案

一人偷了别人一头母牛，被失主追上认出，他却硬说是自己的牛。

打官司没结果，他们便去找扎尔干。扎尔干听双方各执一词，便说：

"不必啰唆，我知道了。"

扎尔干放了牛，和那两人跟着牛走，那牛熟悉地走回失主的家，径直走进牛圈，并给小牛喂奶。

偷牛的受到了处罚。

羊皮案

两人一同行路，一个背的一筐盐，一个背的一捆柴。走累了，两人都靠着一棵大树，放下筐子休息。

临走却为一张羊皮发生了纠纷，两人都说羊皮是自己的背垫，并且由争吵而打起架来，引了许多过路人围观，谁也不能判断是非。

扎尔干走来了，大家请他判案。

扎尔干笑着说：

"这很容易，问问羊皮就知道了。"

大家感到奇怪，连那两个争羊皮的也惊奇不已。

扎尔干把羊皮挂在一棵树上，举起棍子，直打羊皮，连叫：

"快说，快说！"

大家看得发笑，扎尔干却正经地说：

"羊皮已经说出谁是主人了。"

扎尔干说完，指指地上，大家看得很清楚，地上掉了许多盐渣。

背柴的红着脸在嘲笑声中走开，背盐的取走了自己的羊皮。

还牛案

一天，一个年轻人哭哭啼啼地来向扎尔干诉苦。

那人说他有十头牦牛，因为放牧回来，路过丈人门口，被丈人请去喝酒，趁他喝醉的时候，丈人把十头牦牛赶去关在栏里。

走的时候，他丈人却昧着良心说那十头牦牛是自己的，不但不准他去牵牛，反而翻脸动棍，把他赶了出来。

扎尔干装成一个差人，用牛毛袋蒙了这个诉苦人的头，押到他丈人寨里，吆喝众人出来，当众指他是偷牛贼，现在押了来追赃物。

说完话，扎尔干就押着"蒙头贼"一家一家去搜，自然到了他的丈人家里。

扎尔干仔细数牛，一头一头地清查来历。

那个贪心丈人根本没想到这蒙头的就是他的女婿，只是怕吃官司，便说那十头牛是女婿寄在这里的。

扎尔干装作不相信，故意当着众人问道：

"有没有证人？"

那个贪心的丈人原是瞒着众人干的，当然谁也不能为他作证。他说："家人可证。"扎尔干一面说："家人不能作证。"一面伸手要捆那丈人，那丈人只好急忙说道：

"我女婿可以证明。"

"丈人说的果是真话。"女婿一面说，一面推开头上的牛毛袋子。

贪心的丈人，无话可说，眼睁睁看着女婿牵了十头牦牛而去。

摸钟案

寨子里失了东西，请大喇嘛来查，查了很久，也无下落。大家去找扎尔干，扎尔干听说大喇嘛破不了案，就笑着说：

"何不请庙钟辨认盗犯？"

大喇嘛以为扎尔干也是无法破案而说混话。大家以为扎尔干平素瞧不起喇嘛，不过借机嘲笑而已。

当然，大喇嘛的想法错了，大家的想法也只对一半：扎尔干果真要用庙钟来认盗犯。

他把寨子里的人和庙里的喇嘛都喊拢来，大声说道：

"庙钟很灵，只是喇嘛光晓得打钟，不晓得庙钟德性。我晓得：是强盗摸了有响声，是好人摸了没响声。"

扎尔干说完话，先去钟楼，在钟上涂了一层黑油，罩上幔帐，然后自己走在前头，带领所有的人摸钟。

一会儿，所有的人都走过钟旁，而且都说自己是好人，因为摸了没有响声。

大喇嘛转身对扎尔干嘲笑道：

"聪明的扎尔干，庙钟给你认出盗犯了吧！"

扎尔干不理他，只叫大家伸出手来，一个一个查看，大家手上都有黑油，只有管家喇嘛手上没有，就一把抓住他说：

"原来你是偷东西的贼。"

大家押着他到他房中去搜，果然搜出全部赃物。

因为这家伙做贼心虚，又很迷信，不敢像大家那样伸手摸钟，所以手上没有黑油，被扎尔干辨别出来了。

偷刀杀人案

有三个人因事出门，在一家店里投宿。

店主的侄儿趁他们睡熟了，悄悄偷了他们的刀去杀了一个旅客，又把血刀插进他们的鞘中。

这三人当然不知道，天明起身赶路，不到两里，就被店主追来，查出血刀，送到官府，他们无法辩白，以致屈打成招，等候砍头。

第二任官在就职的时候查案，见这三人不像杀人凶手，但又无从缉凶，听说扎尔干会审案，便派人请了他来商量。

扎尔干也认为这三人不是凶手，想了想便说：

"这好办。"

第二天，扎尔干叫那官儿派人把出事那天晚上的店主、旅客、店役等都抓来关起，三天不问不审，忽然又都释放，只留一个老妇人，说要详细审问，到晚上才放她出去。

其实，他已派人暗中侦查，一连三天，都见店主的侄子在向老妇人打听这样那样，于是把他捉去严问，果然是他和死者的妻子相好，才偷刀杀了人的。

三人出狱去向扎尔干道谢，扎尔干只是对他们说：

"投店不要睡得太死。"

所以，这句话有一阵在西藏很流行。

扎尔干惩治财主

一个财主非常吝啬，每到年三十，他总要故意大声喊叫家里东西被雇工偷了，结果雇工辛辛苦苦在他家干了一年的活儿，不但一粒青稞拿不到手，还背上小偷的罪名，被赶出了门。

扎尔干是个好打抱不平的小伙子，听说这件事后，非常气愤，决定要教训教训这个财主。

下面就是扎尔干惩治财主的几则故事。

牛钻地

快过年了，财主家张灯结彩，宰牛杀羊，磨糌粑打奶茶，可是穷人家里却连隔夜的糌粑也没有。

扎尔干对穷人们说：要从财主家牵一头牛来让大伙儿过个年。穷人听了十分高兴，都想看看扎尔干这回怎么下手。

一天，财主叫扎尔干套牛去置办年货。扎尔干选了一头又肥又大的牦牛，刚出门，又慌慌张张地跑回去，对财主说：

"老爷，不好了，这头牛一个劲儿往地下钻。"

财主一听扎尔干的傻话，哈哈大笑起来："你什么时候看到太阳从西边出，什么时候牛往地下钻呢？"

扎尔干也露出呆头呆脑的神情，嘟囔着："是呵，我也奇怪，太阳明明是从东边出，可这头牛却偏偏要往地下钻。"

"混账东西！"财主以为扎尔干不想去置办年货，大骂起来，"快去做活儿，牛要是真往地下钻，我就当没有这头牛。"

扎尔干挨了一顿骂，走出门，把牛赶到穷人们那儿，叫大家一齐动手，把牛宰了，将肉分了，然后把牛尾巴一端栽在地上，托人去找财主。

那人气喘吁吁地跑到财主家，说：

"老爷的牛钻进地里去了，扎尔干请老爷快点去。"

财主听了半信半疑，跑出门，果真见扎尔干抓着牛尾巴，拼命往上拉。

"老爷，快点帮个忙。"扎尔干装着顶用劲的样子，大声喊。

财主慌了神，忙跑过去，抱着扎尔干的腰往外拔，只听见咔嚓一声，扎尔干和财主一个趔趄摔在地上。扎尔干手中拿着条牛尾巴，站起来拍拍身上的灰，叹息一声："真可惜，牛尾巴被拉断了。"

财主见牛钻进地里，伤心地抱住牛尾巴呜呜地哭起来。

闹洞房

财主虽是五十岁的人，还要娶小老婆。扎尔干知道后，一想这又是让财主吃苦头的好机会。

财主为了讨新娘的欢心，迎亲那天，他忍心破费，请来折戈[1]人，还举办了丰盛的筵席。席上，扎尔干穿戴整齐，十分殷勤地向客人劝酒。客人们开怀痛饮，一个个喝得如烂泥一般。

到晚上，待财主和新娘进了洞房，客人们睡后，扎尔干先悄悄溜进了女客们的房间，将她们的辫子捆在一起。再溜进男客们的房间，在他们宽大袖子里放满了小石头，然后在洞房门口撒满了豌豆，豌豆前放上一堆牛

---

[1] 折戈，藏族的一种民间曲艺形式，有说有唱，酷似汉族的莲花落。

粪，牛粪上插上几根针。最后扎尔干跑到厨房，牵出一头牦牛，在牛尾上涂了酥酒，点上火。牛尾巴烧了起来，牦牛惊得四处乱窜，窜到仓库，仓库着火；窜到经堂，彩幡烧起来；窜到大厅，大柱冒起烟……

扎尔干扯起喉咙，大声喊："起火啰！起火啰！"

女客们吓得往外跑，辫子扯在一起，你骂我嚷，吵成一团。

男客们爬起来就跑，一摆手，袖口的石子乱飞，打得一个个鼻青脸肿。

财主闻到火烟味，披起衣服就往门外跑，踩在豌豆上，"啪哧"一声摔在地上，嘴巴正好啃在牛粪上，脸上扎进了几根针，疼得嗷嗷直叫。

扎尔干看到财主满脸污血和臭牛粪，捂着嘴巴笑："老爷，起火了！"说着，一桶水泼在财主身上。财主像落汤鸡一样，哆哆嗦嗦爬起来就跑。

卖石锅

财主吃了几次亏，开始怀疑是扎尔干搞的鬼，但又抓不到把柄，只好把他解雇了。

扎尔干开始到处流浪。有一天，他在去拉萨的大路上，搭起石锅，添上柴火，烧起奶茶。一会儿，茶烧好了，扎尔干舀了一木碗茶，刚放在嘴边，看见财主骑着马过来。扎尔干灵机一动，决定再叫财主吃些苦头，赶紧用土将石锅下的火埋掉，扔掉灶脚石，因石锅较厚，取掉锅底柴火后水仍在沸腾。他盘腿坐在地上，悠闲地喝着茶。

"老爷，好久未见，您上哪儿？"扎尔干问。

"呵，是扎尔干呀！"财主赶了大半天路，口干舌燥。他转着经筒说："到圣地[1]去朝佛。"

---

[1] 藏语里称拉萨为圣地。

"噢，那可是积德的事，老爷定会得到极大的福祉。"扎尔干双手合在胸前，十分虔诚地说，"老爷歇歇脚，喝碗香茶。"扎尔干揭开石锅盖，浓醇的茶香顿时飘进了财主的鼻孔。他直咽口水，瞧了一下石锅，见石锅内茶水沸腾，十分奇怪地问："你没烧火，怎么水会开呢？"

扎尔干舀了一木碗茶，献给财主，故作惊讶地说：

"老爷，您还不知道吗？这是一口宝锅，水放在里面，自然会开。"

"噢！"财主喝着奶茶，心里打起了鬼算盘，"若把这个宝物弄到手，献给藏王，藏王一定会赏赐我许多金子和牛羊。"他越想越甜蜜，厚着脸皮说：

"扎尔干，把这宝锅卖给我，我把这串琥珀佛珠给你。"

"不行。"扎尔干喝了一口奶茶，"这是稀世之宝，您就是给我金山，我也不卖。"

"老弟，看在佛爷的面上卖给我，我把这匹马给你。"

"不行，您就是把您所有的牲畜给我，我也不卖。"

"这样吧，我把朝佛的所有宝物、银钱、口粮都给你，行了吧？"财主求宝心切，恳求道。

扎尔干瞟了一眼毛皮光滑的枣红马，和驮在马上的东西，叹了一口气，做出忍痛割爱的样子说：

"好吧，看在佛爷的面上，你把枣红马和你身上的所有东西都给我，宝锅就给你了。"

财主立即脱下了华贵的藏袍、藏靴，穿上扎尔干的破衣裳，抱起石锅。

扎尔干骑上马，看见财主裸露着的细白双脚，捂着嘴巴暗笑。他说：

"老爷，你用这宝锅烧水时，若水不开，就用石头敲三下。若还不开，

您再用石头在锅底敲三下，保管水会开。"说完，一夹马肚，唱着拉由[1]飞驰去了。

财主如获至宝，抱着石锅上路。走了一程路，觉得口干了，也想试试石锅的神力，于是便装满了一锅冷水，用一块大石头连续敲了三下，水没有开。他又用石块在锅底敲了三下，水仍然没有开。他使出了吃奶劲，用劲朝石锅敲了一下，当啷一声，石锅被打碎了，锅水溅了他一身。这时，他才大梦初醒，明白自己上了扎尔干的当。他既没有吃的，也没有马骑，只好光了脚丫子，一路乞讨回家去了。

---

[1] 拉由，藏语山歌。

"胆小人"除鬼

从前，有一个聪明而胆小的年轻人，随着父亲到成都，住了三年，因为有事情，他一人回家，偏在路上遇着了鬼。

那是在一条峡谷的羊肠小道上，两旁岩高林密，阴森不见日光，尽管他一面赶路，一面呼啸，不但没有给自己壮胆，那此落彼起的四山回声，却像许多幽灵在对他吆喝，把他吓得毛骨悚然。更糟糕的是，啸声引来了一个鬼，一身喇嘛打扮，挺起胸脯，脑袋垂在后面走路。

这个鬼先是迎他正面而来，但一照面，就转身和他并排着走，并且絮絮不休地和他交谈，说自己是勾魂的鬼，现在要去城里勾一位美女的魂。

路狭岩陡，想逃也无处可逃，他只得硬着头皮，强作镇静，假装说自己也是新鬼，想凭聪明随机应变。

好容易才走出峡谷，到了河边，既不见桥，也不见船，他心里很急，不由自主地叹了口气，那鬼却对他笑一笑说：

"让我背你过河吧。"

他怕鬼整他，笑着推辞，让鬼先过河。那鬼便踏着水波过去了。他只好踩水过河，把水弄得吧嗒吧嗒地响，还顺手捉了一条神鱼[1]上岸。

那个鬼见了他的行动，感到奇怪，便问他为什么要这样过河。

他信口开河地说：

"这是我在人间练就的一种本领，因为随身没带乐器，所以在水中一面

---

[1] 神鱼，藏族视鱼为神。

152

跳舞，一面拍水作乐，心里高兴，便捉一条神鱼敬你。"

那鬼听了高兴，不禁赞许他，并且表示愿意和他结成朋友，这更使他啼笑皆非，不得不虚与周旋。

他边走边想，忽然打了一个主意，便笑着对鬼说：

"我们既然是好朋友，而且我也深知你的勾魂本领，但是不知你最怕的是什么东西？"

鬼略微迟疑一下，笑道：

"我什么东西都不怕。"

他一听冷了半截，但立即摇头，表示不相信，而且显出不高兴的神色，说：

"原来你没有把我当作知心朋友，所以不肯说实话。但是，我却最重友谊，总想在你遇到危险时，能够对你有所帮助。"

鬼听他说得在理，便说了实话：

"我只怕别人打我的耳光，所以走路总是胸脯挺起，脑袋垂在后面。"

心中有数了，他便同鬼有说有笑地走到了一块草地上，请鬼坐下休息，打算出其不意地打他几记耳光，捉了鬼为人除害。

但是，鬼却不同意，这倒不是他觉察出这年轻人的打算，而是他要赶着进城。

年轻人再三套问他究竟要勾哪位姑娘的魂。鬼却对他神秘地眨着眼睛说：

"你在这里休息，等一会儿就明白了。"

鬼说完话，一阵烟似的闪进城里去。

年轻人当真坐下休息，一心要弄明白是怎么回事。

果然，等不多久，那鬼得意扬扬地捎着一个牛毛袋回来了，直走到他的面前，才放下牛毛袋，喘着气说：

"朋友，等得心焦了吧？不要紧，我请你喝喜酒去。"

"喝什么喜酒？"

"我把那位姑娘的魂勾来了。"

"勾魂和办喜事有什么关系？"

鬼笑得更加得意，一屁股坐到他的身旁，滔滔不绝地说：

"那位姑娘生得身材苗条，面貌美丽，性情又温和，持家又仔细，许多人都羡慕她，追求她，可是她却毫不理睬，总说自己不愿意结婚。"

"她为什么不愿意结婚？"

"她说的当然不是真话，"鬼挤动一下眉眼说，"原来她和一位青年有了爱情，但那青年却随他父亲到成都去了，三年没有消息，我要她来陪伴……"

他听得十分生气，这个鬼东西竟然这么伤天害理，把一个贞洁美丽的姑娘活生生勾了魂来梦想霸占，也不想想她和她的情人，将会多么痛苦。

他同情地望着牛毛袋出神，牛毛袋忽然蠕动起来，接着翻滚，并且发出凄惨的嘤嘤哭声。

姑娘的声音，怎么这样熟悉？他听着听着，感到一阵心惊肉跳，而后明白过来，便一声狂笑，用手拍着鬼的肩膀说：

"你真有本事，我要向你道喜。"

鬼满意非常，但姑娘的哭声，却忽然由凄婉而变为悲愤。

这位同情姑娘、憎恨鬼的青年，怎么忽然发笑，又要向鬼道喜呢？看来他也是一个坏人。

这位青年自然不是坏人，他不但憎恨鬼，而且决心要除鬼。因为他本来就很正直，而现在又有特殊的理由，非当机立断把鬼治死不可。

他趁鬼得意而不防备的一刹那，猛伸双手向鬼连打几十个耳光，先把鬼打得昏昏沉沉，然后打得鬼逐渐缩小，变成了一块焦黑的骨头。他才掮起牛毛袋，急忙赶进城去，像回到自己家里一样熟悉地走向那位姑娘的家中。

姑娘的爸妈自从女儿遭到不测后，一直哭个不停。现在见了这青年，哭得越发厉害，对他涕泪滂沱地哭诉女儿的不幸，又责备他说：

"负心的孩子，你怎么几年不来书信，可怜她苦苦等你，今天突然倒地死了。"

他来不及理会两位老人，只是一面解袋，一面向老人笑着摇头，意思是请他们放心。老人不明白他的意思，见了他这种奇异的动作，更气得怒火直冒，冲着他骂了起来。

两位老人骂着骂着，忽然由惊奇、愤怒而破涕为笑。

原来他打开袋子，口里轻轻唤着姑娘的名字。那姑娘打一个呵欠，便像睡醒过来一样，揉一下眼睛，又笑又哭地扑到他的怀里。

两位老人看到非常高兴，又怕发生意外，当天给他们办了喜事。

懒丈夫闯世

一个不聪明的男人，娶了一个勤快能干的妻子，他就靠着妻子管家做活，整天在家睡觉，不大肯做事情。

他的妻子愁了一些时候，就想了一个计策来改变丈夫的习惯。

有一天，她从外面回来，就给丈夫备了马，催促他到玛尼堆[1]附近去游玩。他正睡得腰酸背痛，乐得答应妻子，便骑马出去，向她说的地点去了。

他没走多远，忽然望见玛尼堆上有一群乌鸦在抢什么东西，便好奇地拍马近前，驱散了乌鸦，发现玛尼堆上有一包酥油和半腔羊。他像拾了珠宝一样高兴，立刻取了酥油和羊肉跑回家，得意扬扬地对妻子夸耀道：

"看我多能干，一出去就得了这些东西。"

她见丈夫把自己埋放的东西取回，庆幸第一步计策成功了，就笑着鼓励他道：

"你要是少睡觉，多出去跑跑，说不定还会发现更多的稀奇事哩。"

从此以后，他就喜欢出门，再也不肯待在家里。有时候也取回来妻子预先埋放的一些东西，他的兴头更高了，于是决定要出远门。

一天，他对妻子说：

"给我一匹马，一只狗，一副弓箭，让我出出远门，闯闯世界吧。"

妻子当然赞成，立刻给他备了一匹马、一只狗和一副弓箭，又给他带上食物，把他送出门去。

---

[1] 玛尼堆，是藏族人用经咒刻的石板堆成的。

他跨上马，带着狗，背着弓箭，像个威武的猎人，呼啸着踏上旅程。

他走着走着，才发现自己并没有什么目的地，打算回家去了。但忽然间，看见草丛里蹿出一只狐狸，立刻放狗去追，自己也拍马赶去。狐狸被追得急，钻进一个洞里。他追到洞口，下了马，把弓箭系在马鞍上，又把狗拴在辔头上，然后取下头上的帽子，盖在狐狸藏身的洞口上，用双脚"笃笃笃"地在洞上直蹬。

狐狸藏身的洞子不深，它被震得惶恐不安，一下子蹿出洞口，把他的帽子顶在头上跑了。

狗跟着追赶狐狸，绳子牵动马，马也跟着跑去，把他抛在后面，他只得徒步跟着追赶。

一会儿，狐狸和狗、马都跑过山去，等他跑上山冈，再也不见它们的影子了。

他找来找去，找不到自己的狗、马和弓箭，却找到一户死了人的人家，奏着哀乐。这个老实人本来就没见过世面，只见过一回奏乐歌舞的场面，以为奏乐就有快乐的事，便客气地向前问道：

"快乐的人！你们见着狐狸戴着帽子，狗牵着马，马驮着弓箭从这儿走过没有？"

这户死了人的人家，以为他是故意取闹，悲愤地打了他一顿，然后把他赶走。

他一面呻吟，一面颠颠摇摇地走着，好久才走到一户办喜事人家的门前，这家人正在奏婚乐。他记起刚才因为说了"快乐的人"的话挨打的事情，便走去向那些奏乐的人问道：

"苦难的人！你们见着狐狸戴着帽子，狗牵着马，马驮着弓箭从这儿走过没有？"

结婚的人家，认为他是故意来说不吉利话，气愤地打了他一顿，然后剥光了他的衣服，把他赶走。

他光着身子，冻得唇青面白，刚走进一条峡谷，偏遇到大风来了，他一路求神祷告：

"不要来风！不要来风！"

他一面抖一面念，走到一户簸扬青稞的人家门口，那家人正要风来簸扬青稞，见他不住口地直念"不要来风！不要来风！"，也认为他是故意捣乱，拿起农具围拢来，把他又打了一顿，然后把他骂走了。

可怜这位没见过世面的人，说了实话却接连挨打，真是哑子吃猪胆——有苦说不出。

后来，他走到一家纸坊的门前，肚子实在饿得慌，想讨点什么吃的。还没有开口，就被人家吆喝住了：

"你要什么？"

这一吆喝不打紧，他被粗粝的声音惊住了，想起刚才说"不要来风"挨打的事，赶忙改口说道：

"要大风！要大风！"

纸坊最忌讳大风把纸张吹走，那些人也认为他是取闹，就怒气冲冲地打了他一顿，然后把他赶走了。

这位可怜人，无故挨了四顿饱打，浑身皮开肉绽。当他走到王宫后花园墙外的时候，已经没有气力支持。天气又很寒冷，便钻到牛屎堆[1]里避风，一晃身子倒了下去。

好半天，他才略微有点气力，睁眼呆望……

宫楼上突然掉下一块宝玉，一滚一滚地滚到路边停住，被一条牦牛走来屙了一堆屎在上面。

---

[1] 牛屎堆，西藏地方多用风干的牛屎饼作燃料，故有钱人家多堆存大量牛屎饼。

事有凑巧，一个妇人走来见了牛屎饼，顺手抓起，贴在王宫后花园对面的墙壁上面。

他看得清清楚楚，牢牢记在心里，因为怕多嘴挨打，不敢对那妇人再说实话。

可是，肚子饿，天气冷，他受不了饥寒交迫的滋味，不得不跟跟跄跄地站起来，向人家求点破衣残食。

他刚站起来，忽然听到宫中传出命令：

"国王有令：王妃丢了一块通灵宝玉[1]，现正患着严重的癫症。谁要能把宝玉找来，定有重赏。"

他听了国王的命令，心想自己反正衣食无着，不如弄点衣食再说，便到王宫去要求道：

"先给我穿好吃好，然后派人跟我去取宝玉好了。"

国王见他像个骗子，顿时喝令把他斩了。

如狼似虎的卫士们，拥上前来就缚。

正在这个紧急时刻，后宫传出悲哀的哭声：

"王妃昏过去了。"

这个可怜人倒不含糊，立刻拼着性命高声喊道：

"为什么不试试我的本领，就要冤杀好人？"

国王慌得没有主意。一位大臣趁机建议：

"大王何不叫他试取宝玉。若取不来，再杀不迟。"

国王只得一面叫人跟他去取宝玉，一面匆匆忙忙进去救治妃子。

这个可怜人虽被押着，但他很有把握，就到后花园外的对门墙壁面前，伸手扒开牛屎饼，把通灵宝玉取下，送到宫中。这一来情况完全变了。

---

[1] 通灵宝玉，即松耳石，一种葱绿色的宝石。藏族传说这种玉上附着持者本人的灵魂，与本人共存亡。

原来这块玉是王妃胎里带来的命根子，宝玉一回到她的身边，她就活转了来，病也立刻好了。

国王和王妃，认定他是很有法术的奇人，除了用锦衣美食招待以外，还要请他做官，替国王解决疑难事情。

他想了想，笑了笑，然后坚决要求回家。

他离宫回家那天，国王又办了盛宴送行，王妃向他劝酒之后，问他要什么珍宝。

他表示：只求早些回家和妻子团圆，不要什么珍宝。

后来王妃换了语气，细问他的妻子的德性和嗜好，才问出他妻子曾经想过一条丝绢，然后叫宫女捧出一条十分美丽的丝绢，强要他收下。又传令出去找回他的帽子、弓箭、狗、马，一样一样交给他。

他戴着帽子，骑上马，牵着狗，背着弓箭，揣着丝绢回家，把全部经过对妻子说了。

她含着眼泪，捧着丝绢，听丈夫说完了"出门闯世界"的伤心故事，哭着请他再也不要出去闯了。

有了这番经历，他也变得聪明、勤快，愿意劳动了。

三个喇嘛的私心

大路旁的高山上，常常有三个喇嘛一道采药，采了药卖钱平分。

一天，他们又出去采药，在黄昏时候，忽然挖到一罐银圆，一时搬不完，便商量先取两块银圆，买些酒肉吃喝，等明天来搬银圆回去。

于是，一个喇嘛去买酒肉，两个喇嘛看守银圆。

看守银圆的两个喇嘛商量道：

"三人分不如两人分，我们把他杀死吧。"

买酒肉的那个喇嘛，也在路上想道：

"三人分不如一人得，买药把他们毒死吧。"

三人都照自己的心计办事。

等到买酒肉的喇嘛回来，那两个喇嘛出其不意，举起锄头把他砸死，然后高兴地喝酒吃肉。

两个喇嘛中了毒，也倒在银圆罐旁边死去了。

一个和国王同名的人

有一个名叫真赛的人，突然被国王派人抓去。

真赛不知自己犯了什么罪，便问国王为什么抓他。

国王翘着山羊胡子说：

"你为什么要和我同名？"

真赛说：

"爹妈给我取名字的时候，陛下还没有诞生呢！"

国王嫌他竟敢顶嘴，本想把他杀了，但他又没犯什么大罪，便想了一个理由说：

"你既然和我同名，想必也有什么本领。我的脖子上挂着一块松耳石宝玉，你要能偷了去，我把江山分一半给你；要是办不到，我就砍你的脑袋。"

别的事情困难，这可难不倒他，真赛答应了国王，就回去了。

第一天晚上，国王手摸着松耳石，睁眼防到天明，没发生什么事情。

第二天晚上，国王又手摸着松耳石，在宫中踱到天明，还是没发生什么事情。

第三天晚上，国王已经很疲倦，手摸松耳石迈着步子，可又骄傲地发笑，说那个真赛没本领，不敢来了。

一个打扮得非常漂亮的姑娘，在黄昏时候，提着一罐子药酒走到宫门口，看见四个骑着骏马、手执金戈的武士，正严守着宫门。

武士们一见这个漂亮的姑娘，就大声问道：

"好姑娘，你看见真赛没有？"

漂亮的姑娘微笑着说：

"我不认识真赛，可我听说了国王和真赛打赌的事情。为了帮助你们防备聪明的真赛，我带了酒来送你们，让你们喝了酒不打瞌睡，免得真赛混进宫去。"

四个武士全乐了，于是放开肚子畅饮。又经不起这个姑娘热情劝酒，一个个烈酒下肚，都醉得像烂泥一样。那姑娘把他们抱到墙上卧着，然后把马赶走。

这个漂亮的姑娘笑着走进宫去，在通向国王寝宫的巷道上，又遇见一对男女围着火堆看守，她又用同样的敬酒办法，把那一对男女也灌醉了。她在女的头发上撒上许多麦秆，又在男的袖子里装上许多石子。

姑娘提着酒罐到国王的寝宫门口，往门缝里一望，国王已经呼呼入睡，姑娘轻轻进去，用一闻就醉的迷药在国王的鼻子上一晃，国王便沉醉不醒了。

姑娘卸下了女装，成了一个男人。

那男人动手把国王的头发剃光，从怀里取出一个牦牛肚子套在国王头上，然后把国王脖子上的松耳石解下来佩在身上，一路跑出宫去，一路高声喊叫：

"真赛把国王的松耳石拿走了！"

国王惊醒过来，伸手向脖子上一摸，松耳石不见了。再往头上一摸，眼睛、鼻子、耳朵都没有了，只有一个圈球似的东西，国王惊得大喊大叫：

"不好了，真赛把我的头也拿走了！"

守着火堆的男女惊醒过来，女的一着急，栽到火堆边，麦秆引起火，把头发烧着了。男的赶紧用袖子去扑火，袖里的石子把女的额头打破了，痛得她直喊。

164

宫中一片惊叫和混乱，守卫宫门的四个武士也惊醒了，他们拔腿想追，一齐从墙上跌下来，把腿全跌坏了。

真赛趁着混乱，安然回到家中。

第二天，国王正要派人去捉真赛，真赛却捧着松耳石，进宫来了。

真赛对国王说：

"我把陛下的松耳石拿到了手，请把江山分一半给我吧！"

国王恼羞成怒，不但不履行条件，还大声骂道：

"我只叫你来偷松耳石，没有叫你剃我的头发，更没有叫你用牦牛肚子套在我的头上。你太不尊敬国王了，我要治你的欺君之罪。"

国王骂完了，又叫武士们把真赛拖出去斩首。可是死的不是真赛而是国王。

原来，真赛见国王凶横得没有道理，为了抢救自己的性命，立刻把手里的松耳石往地上一摔，松耳石碎了，国王就应声死了，因为松耳石上附着国王的灵魂，所以，松耳石一碎，国王就断命了。

满朝文武，见真赛替他们除了暴君，又见他很有本领，就拥护他当了国王。

雌野猫和雄野鸡

　　树林中有一只雌野猫，因为生小野猫没吃东西，肚子饿得发慌，抬头望见一只漂亮的雄野鸡飞来，落在一株大树上面，她便慢步走到树下，恭敬地对雄野鸡唱歌：

　　　　一看仙鸡有佛相，
　　　　想来必定学问强，
　　　　愿拜明师作弟子，
　　　　虚心学习作文章。

　　雄野鸡听了好笑，便唱歌推辞：

　　　　羽毛虽美天生成，
　　　　外表不能当作真，
　　　　误人子弟罪尊重，
　　　　敬请另外找高明。

　　雌野猫见一计不成，又想出二计，便缓缓舞到树下，柔媚地对雄野鸡唱歌：

　　　　不愿误人情义重，

叫我听了好倾心，

甘愿陪你一辈子，

快下树来结婚姻。

雄野鸡听了好笑，又唱歌推辞：

大姐洪福长四腿，

小弟生来只两爪，

两爪哪敢乱高攀，

大姐不必寻烦恼。

雌野猫见二计不成，又想出三计，便轻轻跪在树下，诚恳地对野鸡唱歌：

一谦二让德性高，

少年老成世上少，

如此良朋不可失，

下树请结八拜交。

雄野鸡听了好笑，不再唱歌推辞，只好揭穿她的秘密：

你是兽来我是禽，

禽兽怎能结妹兄？

飞得高来看得远，

狡计难逃我眼睛。

雌野猫的秘密被人说穿，还赌咒发愿说，非上树向雄野鸡表明心迹不可。雄野鸡想了想，便含笑点头，表示欢迎她上树来。

雌野猫生产不久，身体还未复原，上树不免有些艰难，好容易才爬到雄野鸡站的树枝上，雄野鸡节节退到树枝颠颠上面。

雌野猫一步步紧逼，眼看离雄野鸡只有一尺远了，便纵身猛扑过去。

雄野鸡哈哈大笑飞开了。雌野猫扑空落地摔死了。

乌鸦和猫头鹰

乌鸦的毛色和叫声虽然惹人厌恶，但却是仁慈而又勇敢的鸟儿。

时常有这样的事情：乌鸦生了儿女，晚上却被猫头鹰飞来，欺他们黑夜不能看见，吃了他们的儿女。

乌鸦当然不甘心，也趁着猫头鹰白天不能看见的机会，飞去啄猫头鹰的肉和肠子。

就这样，你来我往地互相残杀，世代为仇。

一对狡猾的猫头鹰心想，这样下去不是办法，便在一个晚上，飞到一对乌鸦的巢儿面前，互相啄毁自己的羽毛，待天一亮，就对睁开眼睛的乌鸦夫妇哭诉：

"仁慈的乌鸦，可怜可怜我们，因为我们主张和平，被亲戚们啄掉羽毛，不得已前来投奔，请发发善心收留我们吧。"

乌鸦夫妇见他们说得可怜，发了善心，请他们进巢休息，又飞出去找食物来喂他们。

众乌鸦劝他们不要接纳仇家，两夫妇还耐心地做着解释。

日子一天天过去，猫头鹰羽毛丰满了，但还安然住在乌鸦巢里，乌鸦夫妇也不好意思请他们走，猫头鹰索性招朋呼友把鸦巢占为己有。

冬天快到，乌鸦夫妇要求猫头鹰分一小块地方给他们安身，猫头鹰却翻脸不讲理，反而联合朋友来扑打乌鸦夫妇。

乌鸦夫妇赶忙要求道：

"别先啄我们，请让我们做完了好事再啄好不好？"

猫头鹰们听到还有什么好事，都异口同声地直催："快讲。"

乌鸦夫妇缓了缓气，说：

"冬天寒冷又难找到食物，这是大家知道的事情。现在，你们鸟多窠小，不免受寒，而肉少鸟多，恐怕也要受饿。为什么不让我们招了乌鸦来帮造大巢，多储些好肉呢？"

猫头鹰们听了很高兴，便要他们赶快去做这些好事。

乌鸦夫妇脱身飞走，立即去找众乌鸦商量，想出了一条妙计。

一连几天，众乌鸦果然成群地飞来飞去，造巢的争衔树枝，觅食的争送肥肉。猫头鹰们晚上来检查，满怀喜悦。等到有门的大巢已经造成，有油的肥肉已经备足，那对猫头鹰才邀请所有的猫头鹰来住，准备第二夜大摆筵席，当众啄吃乌鸦。

乌鸦们见那群猫头鹰白天关着大门安眠，便在门上加了锁，又衔来几支火棍点起大巢、肥肉，一下子把那群毫无情义的猫头鹰烧得一个不留。

六朋友和大鹏金翅鸟

从前，有六个青年结拜为异姓兄弟。

一个是永丹王子，一个是魔术师的儿子，一个是铁匠的儿子，一个是画家的儿子，还有两个分别是医生和雕刻匠的儿子。

这六个朋友，各有自己的本领，但性情相投，肝胆相照，所以谁都没有做过一件辜负朋友的事情。六个人的胆量都很大，常常幻想到深山大海去探险。

有一天，六个朋友聚在一起，玩了一阵，魔术师的儿子提议大家一起到什么地方去探探险，开开眼界。这个提议得到大家的赞同，就一起出发了。

可是，永丹突然有了个新鲜主意，对五位朋友说：

"我们每人都是英雄好汉，一人去探一处险好了。"

画家的儿子表示反对，说：

"六个人在一起，知识多，力量大，为什么要分散呢？"

永丹说出他的理由：

"一个人增加一种知识，就有六种知识，不是比六个人挤在一起好吗？"

另外四位朋友被他说动了，赞成分开活动。事情就这样决定了。

临别的时候，他们正站在一个浩瀚的海子边上。铁匠的儿子说：

"朋友们，你们看这海子正通六道河流，我们就各人沿着一条河流去吧。但是，我们是同生死、共患难的朋友，分别容易，怎样聚齐呀？"

魔术师的儿子想了想说：

"我们每人在海子边栽一株树，由我在每株树上念个咒语，谁要是在路上遇到不幸的事情，那株树就会枯萎，我们回到这儿聚齐的时候，发现那株树儿枯萎，就去救难友出险。"

大家赞成，各人亲手栽了树，由魔术师的儿子念过咒语，就各自沿着一条河流走了。

永丹雄心勃勃地沿着一条河流走去，走着走着，走到一座高山面前，看见一股绿油油的泉水，从地下直冒出来，汇积在一个清澈见底的碧潭里，一些红头绿耳白尾巴的神鱼，在这碧潭里悠然自得地游来游去。

永丹看出了神，忽然发现水里有个美人倒影。那美人提着一个翠色水瓮刚走到潭边，潭边立刻开了无数的鲜花。潭里的神鱼也成群结队奔到美人面前，美妙地向她舞蹈。

永丹吃惊地抬起头来，立刻爱上了这位漂亮的姑娘。他见她放下水瓮准备汲水，就走过去，取过水瓮，替她汲满了水，扛在肩上，说：

"走吧，我给你送水回去。"

姑娘笑着在前面走，让永丹跟在后面。姑娘走到哪里，哪里的草木尽都开花。姑娘坐到哪里，哪里的小鸟尽都歌唱。好像她就是春天，万物都会在春天里苏醒似的。只是永丹的肩头上，水瓮越来越重，走得并不轻快。

姑娘穿过草地，又走进了森林。道路崎岖很不好走，姑娘却像云一样，飘呀飘的就浮空过去了。永丹却要一步高一步低地跨过树桩，迈过乱石，肩头上的水瓮更重，压得永丹气喘如牛，举步艰难，但爱情的魔力鼓舞着他，还是紧紧地跟着她走。

姑娘走出森林，天色已经黑了，永丹向四处一望，四边是漆黑的夜幕，只有姑娘的衣服，闪着奇异明亮的白光，照着永丹走路。

幸好，没有多久，白光停在一户露着灯光的人家门前，姑娘一敲门，门就咿呀一声开了。出来一对和善的老夫妻，只是向姑娘的背后瞰视，看见了永丹，就互相望着笑道：

"真把少年郎引来了！"

姑娘一面从永丹肩上取下水瓮，一面笑着点点头。永丹跟着进屋，向和善的老公公和老婆婆行礼，姑娘闪进厨房去了。

一会儿，姑娘摆出丰美的食物，陪永丹吃喝了，才收拾东西进去。

永丹向老公公和老婆婆表示：愿娶他家的姑娘。

老公公和老婆婆笑着说：

"你的诚意固然很好，只是她不是我家的姑娘。"

永丹惊叫起来：

"她是谁家的姑娘？"

"也许是仙女吧。"老公公捋着胡子说，"几年前的某一天，我和老伴正在发愁地谈论着我们无儿无女的痛苦的时候，门槛上忽然出现一个手戴着红宝石戒指的女孩，这女孩美丽得像夜空的明星，又像花丛里的孔雀，我们不相信自己的眼睛，想到在这杳无人烟的荒山里，哪来这样娇小的姑娘呀？"

老婆婆笑着露出缺牙的嘴巴说：

"是呀，我也这样想，当时使劲揉着眼皮，想看明白是不是白日做梦，可是，她呀，爬到我的怀里来了。我用手摸她，抱她，实实在在是个人呀！"

就这样，这姑娘三天长，五天大，作为老夫妻的女儿住下来了。她对老夫妻很孝顺，比亲生女儿还体贴细致、热情，只是从来不说一句话，好像是什么神在她身上施过法术似的。虽然她是一个哑女，但老夫妻也像枯木逢春似的，满脸开起鲜花来了。

老公公叙述了她的来历之后，说：

"昨天，竟然发生了奇怪的变化，她提起水瓮出门的时候，突然开口对我们说：'我要领一个少年回来，给两位老人家做女婿。'现在，果然把你领来了。她不是仙女是什么？"

永丹听得喜上眉梢，立刻对老公公和老婆婆行了礼，就和美丽的仙女结婚了。

他们幸福地生活着：山间响起凤凰鸟的歌声，水里现出比目鱼的俪影。

他们相亲相爱地过着不知日月的日子，只是山里热得使人流汗，他们才知道夏季到了。

有一天，他们到小河边的树荫下乘凉，两夫妻一时兴起，双双跳到水里洗澡，忽然间，姑娘手上戴的一只镶着红宝石的戒指滑落到水里，而且被一条金色的鲤鱼吞下肚，游到远方去了。

姑娘惊叫起来：

"我的魔戒指失掉，我们要遭难了！"

永丹听了，急忙抱她上岸，安慰道：

"丢掉一只戒指，怎么就会有灾难？我有文武全才，又有五位忠实的朋友帮忙，还怕什么灾难呢？"

妻子摇头哭泣着。

永丹牵着她的手儿回去。

那吞了戒指的金色鲤鱼游到邻国国王的御河里去，碰上国王正在御河捕鱼作乐，一网就把它捕住了。

国王叫人把金色鲤鱼烹了。

金色鲤鱼急忙说：

"大王，你放了我，我送你一只镶红宝石的魔戒指，保你找到一位天仙美女。"

国王点了头。金色鲤鱼把口一张，吐出了魔戒指，又说了姑娘住的地方。国王把金色鲤鱼放了，然后拿起红宝石戒指，命令几十位武将道：

"你们向这条河流的上游找去，一定要把那位美女找来。"

武将们带着兵马，沿着河流的上游寻去，走了九天九夜[1]，走到永丹和他妻子住的地方，果然看见了她，就叫嚷着散开队伍，把小屋子包围起来。

永丹一见突然来了这支人马，赶紧手执钢刀奔出门去抵抗。他精神抖擞地从日中战到黄昏，终究寡不敌众，被官兵们生擒而去。

姑娘失去红宝石戒指，已经没有一点魔力帮助丈夫抗敌，只是抱着老公公和老婆婆哭泣，等到外面的战斗声音停息，她也被官兵捉走了。

国王一见这位貌若天仙的美女，立刻把她带进宫去，然后命令把永丹关到水牢里去。

但是，任凭国王怎样哄骗、威胁，她死也不肯答应嫁给他，并表示永远不和自己的丈夫分离，还当面把国王骂了几顿。

国王恼羞成怒，跑上殿去下令：

"缚个大石盘在她男人身上，把他沉到六十里外的龙潭淹死，看她分不分离？"

武将们遵令照办，永丹被沉到龙潭里了。

从此，她在宫中的处境更险，但她拼死不答应。国王也怕逼死这位人间难寻的美人，只好派人劝说，暂时没有下手。

正当永丹被大石盘沉下龙潭的时候，他的五位朋友，都回到栽树的海子边上，唯独不见永丹的踪影。

等着望着，他们忽然看见永丹手栽的那株树儿，叶子变色，枝干一下子枯萎了。

大家惊慌地喊道：

---

[1] 藏族习惯用九代表多数，在这里泛指走了许多天。

"不好了，永丹遇难了！"

魔术师的儿子急忙念了咒语，说：

"让我看是怎么回事。"

魔术师的儿子，跳进自己画的魔圈，看了一眼，对朋友们说：

"永丹被邻国国王用大石盘沉到龙潭里，他的妻子也在宫中遭难。"

五位朋友都很愤怒，立刻奔向龙潭。魔术师的儿子念一声咒，老龙就露出头来说：

"我同情永丹的不幸遭遇，对他渡了气，没有被水淹死。"

老龙说罢，尾巴一甩，把永丹送到岸上。

大石盘紧紧压在永丹身上，大家用力也搬不开。

铁匠的儿子取下打铁的铁锤，两下把大石盘打碎，永丹面色惨白，醒不过来。

医生的儿子取了回生丹，向永丹的鼻子一吹，永丹打了一个喷嚏，揉揉鼻子，翻身坐起来了。

永丹一见五位朋友都站在眼前，就说了遭遇，请他们帮忙搭救他的妻子。

木匠的儿子说：

"国王还有魔戒指在手，我们和他硬干不得，今夜，请魔术师的儿子去盗取魔戒指给王嫂戴上，我做一只大鹏金翅鸟去接她好了。"

到了晚上，魔术师的儿子念了咒语，隐身到王宫里去，向国王的耳心吹一口气，国王昏迷不醒，由他把魔戒指从手上取下，立刻送给永丹的妻子，并附着她的耳朵说了明天脱险的计策。

木匠的儿子呢，在龙潭边用橡木造了一只大鹏鸟，然后由雕刻匠的儿子雕刻出头、脚、爪子、尾巴，画家的儿子接着用笔涂上彩色，做成了一只金煌煌的大鹏金翅鸟。

天亮了，魔术师的儿子回来，把办过的事说了，又看看大鹏金翅鸟说："好得很，让那个昏王叩头吧。"

王子钻进大鹏鸟的肚子里，扭动机关，大鹏鸟张开金翅，迎着初升的太阳，金光闪闪地飞起来啦。

一会儿，大鹏金翅鸟飞到王宫上空，全城的人看见了一齐欢呼起来，把国王惊醒了。

国王听说是吉祥鸟飞临，忘了注意手指上的魔戒指，立刻起身命令臣民们跪在殿前，同时吆喝妃子们出来和他一同跪在天台上迎接。

永丹的妻子也应召出来，瞧着大鹏鸟直向她的面前飞去，她像打秋千一样飘了上去。国王急命弓箭手朝天射击，却被永丹在空中投下钢刀，给拦住了。大鹏鸟载着永丹和他的妻子顺利飞到龙潭会合五位朋友，老龙送他们回到家里，自己才重回龙潭。

缸中人影

　　一对有钱人家的新婚夫妇，十分相亲相爱，忽然平地起了风波，那是由丈夫叫妻子到水缸取水引起的。

　　新妇到水缸取水，因为水少缸高，便俯头伸手去舀，忽然看见水里有个漂亮的女子，立刻横眉怒眼地跑来责备丈夫：不该藏了漂亮女人又骗她成亲。

　　丈夫听了不信，赶忙拉了妻子跑到水缸面前伸头去看，也立刻横眉怒眼地扭着妻子骂她：不该勾引男人来和他争风。

　　两人争执不休，丈夫便去请他那个懒得走路的老子前来评理，他老子一看水中有个老汉，便气呼呼地大骂他们：

　　"既有老人在此，何必再来麻烦老子？"

　　三人争执不休，他老子又叫自己的老伴前来评理。她一看水中有个老婆子，便扭着老汉哭闹，骂他：不该年老心斜，勾引老太婆来家。

　　四人争执不休，只好叫一个老奴来看，老奴一见水缸便心中明白，二话没说，搬起一块石头打破水缸。

　　四人只见几块破缸片片，不见丝毫人影，才面面相觑，没有话说。

丑妇破罐

一天，一个丑妇人，背了一只水罐去河边取水，忽然看见水中有个十分美丽的女人影子，她看了就爱，爱了就笑，以为是自己的面容，便打破水罐，空手回家。

她的父母问是什么原因，她怒气冲冲地说：

"我貌若天仙，你们怎么老是使我背水？"

父母自然认为她在白日见鬼，把她骂了一顿，又给她一个水罐，叫她再去背水。

她很不服气，又到河边去望着水里的美人面影，得意忘形地欢舞，又把带去的水罐打破。

树上忽然起了笑声，她赶忙抬头，见是一个美丽的采果姑娘，正在抿嘴发笑。

她才明白过来，羞得掩面回家。

马屎治伤

一个土财主，因为没有权势，受人轻视，便出门去求法术。

一天，他看见有位喇嘛用马鞭鞭打一个奴隶，打得奴隶皮破血流，气息奄奄了，那喇嘛才厌恶地踢了几把马屎在奴隶身上，打算走开。他还没有迈步，遇到土财主上前请问："这是什么法术？"喇嘛听了好笑，便顺口骗他说："马屎可以治伤。"

不想土财主也不追问，以为自己已经学得了法术，就兴冲冲地跑回家去大宴宾客，打算显示法术，好叫别人看重自己。

当着许多宾客，他脱了衣服，趴在榻上，叫奴隶们打他二百鞭子。奴隶们不敢动手，他大发脾气，喝叫："只许重打，不到皮破血流，不准住手。"

几个头人上前劝阻，他更加不听，得意扬扬地夸口道：

"这是有灵有验的法术，好叫你们开开眼界。"

劝的不敢再劝，打的只好"遵命"打了。

他咬紧牙关挨了二百鞭子，自然气息奄奄，但他相信法术灵验，拼命挣着说了一句"快拿马屎堆在我的身上"，便昏了过去。

马屎当然没有灵效，鞭伤却在溃烂，他又痛又羞地在家治了半年才好。

从此，别人更瞧不起他了。

有钱人的心肠

同样是人，可是有些有钱人和穷人的心肠却不一样。你猜是什么缘故？讲个故事也许能够说明一些道理。

一对采药为生的穷夫妻老来生了一个儿子，本来应该是高兴的事情，但因为药不值钱，以致穷得缺衣少食，不能养活儿子。

实在没办法，老夫妻各人扯下一把头发，织成一块毛布。又到大路边去求人布施，讨来一千文钱，然后用毛布裹起孩儿，把一千文钱挂在孩儿身上，抱到路边的丛林下，放在垫了干草的一块石头上面，然后五体投地为儿祷祝：

> 有儿不能养，
>
> 父母心惨伤，
>
> 犹如割了两心肝，
>
> 犹如死了两爹娘。
>
> 心肝为何割？
>
> 只因有儿养不活；
>
> 爹娘为何死？
>
> 只因有儿却无依。
>
> 求天天不应，
>
> 求地地无灵，
>
> 无奈弃儿求善人，

但愿善人发善心。

好比多喂一条狗，

狗儿长大会看门。

好比多养一只鸡，

鸡雏长大会司晨。

两把头发织毛布，

丝丝深系父母心。

一千文钱作谢礼，

酬谢善人救儿恩。

老夫妻守着睡熟的孩子哭了半天，才望见远方出现一匹骏马影子，便一把鼻涕一把眼泪地钻到树丛中去。

马未近前，铃声叮叮咚咚地响了过来，骑在马上的商人的笑声、吆喝声，也越来越清楚了。老夫妻的心情，随着这些声音的起伏而起伏，可是总不会有商人那种笑意，也不会有马儿那种欢情，而是一面担心商人看不见自己的儿子，一面又怕商人竟然带走自己的儿子。

铜铃声、马蹄声、商人吆喝声，把弃在石上的婴儿惊醒了，哭声把商人引下骏马，把老夫妻引得痛哭而不敢眨眼。

那商人一见石头上的孩子，知道是怎么回事，便把那孩子抱了起来。铜钱触到手上，他更笑得得意。伸手取钱塞进牛毛袋里，然后端详一阵孩子的面貌，似乎很满意这个孩子生就一副福相。又摇摇孩子的手足，捏捏孩子的骨头，就纵声大笑。

那商人笑的是因为自己有了喜事。一则他已年过六旬，还没有生过一个儿女，纵有数不清的金银财宝，可是他很明白自己的日子不多，老婆又绝无生育希望，所以，就想物色一个儿子，免得亲族来"吃绝业"。现在突然捡到这个孩子，他怎么不喜？二则适逢今天是个吉祥的日子，全国的有钱人，都要邀朋野宴，吃喝玩乐，贫穷人也要聚众歌舞，希望沾点吉祥之气。婆罗门教徒[1]在这一天，总要当众说那年年不变的赞语：

"啊，到会的人啊，应该个个都像粳米那样纯白而无稗屑，都像蕨根那样芬芳而无臭气。谁要在今天得了儿女，一定富贵而且贤良。"

现在，商人在这吉祥的日子得了儿子，不光是自己的财产有人承继，而且儿子将来又会富贵贤良。这种双喜临门的好事，当然使他得意忘形。独个儿抱着孩子又歌又舞，把那孩子吓得脸青面黑。这种罕见的狂欢举动，不但引起他的骏马惊奇，也使丛林中老夫妻的四只眼睛惊异不已："莫非真是遇着善人？"

那商人果真装出和善的面孔，似乎也有善心，你看他向着周围看了看，就提高嗓子喊道：

"是哪个可怜人丢了孩子，要不是我好心捡起，岂不被猛虎恶鹫吃了。"

老夫妻听得感动，轻轻走出丛林，拜倒在地，求他好好看待自己的骨肉。

商人装作同情地唉声叹气说：

"谁愿意割了骨肉给人？我看这孩子生有福相，将来……"

"说什么将来，"老夫妻认真诉苦说，"眼前就会饿死……"

"菩萨不会保佑吗？"

"我们求神拜佛是真，日子越过越坏也是真，只怕孩子命苦，等不到菩萨慈悲……"老夫妻泣不成声地说。

"我倒有慈悲之心，"商人用嘴亲亲孩子的嫩脸，好像他就是一尊愿意救苦救难的菩萨，抱起孩子上马，载着老夫妻的痛苦和希望而去，还笑着

---

[1] 婆罗门教是印度的一种古宗教。

回头说，"我替天帝养育这个流落人间的孩子吧！"

那商人上马不久，走到一个寨子，便兴冲冲地跑进一户人家，拴好马，抱着孩子上楼，交给一位寡妇，附着她的耳朵边笑边说。

那个寡妇先听得睁大两只圆圆的眼睛，诧异商人怎么突然做起善事来，而后静听商人说他打的算盘，自己也笑得满面春风。

商人以为那寡妇迎合自己心意，答应嫁作他的小老婆，充当捡来孩子的母亲回家，以掩别人耳目，栽稳后代根基，便搂着她说笑，好像他是情真义重的男人。

当他看见寡妇笑着点头的时候，感到自己的算盘实在打得如意。如果把他这次又赚了许多金钱计算在内，他真是个"人财两旺，四喜临门"的幸福的人。

可是，那寡妇却打着和他完全不同的算盘，她不愿对他吐露真情。表面看来，他很爱她，也很爱孩子，她也爱他，又很喜欢孩子。从他们今晚杀鸡宰羊，喝酒唱歌，殷勤给孩子喂马奶，换衣服，又比往常更加亲热的情形来说，他们是在享受幸福。但是，这既不是相同的幸福，也不是幸福的开始，这是一场笑里藏刀、血和泪的搏斗的开端……

当那商人认为一切都已办妥当之后，便带着小老婆和孩子回家，办了酒席请客，得到亲朋赞扬。尽管他的大老婆十分体贴，也得不到他的欢心，尽管大老婆十分凶狠，也压不住小老婆。丈夫口口声声对她指桑骂槐，数落她是一匹骒马（不产马驹的母马）。小老婆对她放声炫耀，说自己是多子的莲蓬。就这样，大老婆因为自己不能生育，商人因为保财需要，那个捡来的孩子，一时被当作了宝贝。靠着这宝贝，小老婆装腔作势，不到一个月，就要挟那位商人请客，宣布她是"平妻"（即与大老婆名义相平，不算小老婆的意思），不再甘居大老婆之下，也不让"丈夫"和别人把她当作小老婆看待，这是第一场赌博，结果是她赢了，那位商人和大老婆输了。不过，大老婆的输势是明显的，谁都看得出是因为她没生育。那商人的输势，却是不明显的，别说别人和他的大老婆看不出来，就是他的算盘再精，也觉察不出自己已经居于输势，相反，他还认为真是四喜临门。只是小老婆时常背了大老婆对他要挟这样那样，感到有点不大舒服罢了。

但是，他的这种感觉很快消失了。因为那个寡妇在来家一个月之后，忽然说她身怀有孕，而且大叫大嚷要吃酸果，使他又高兴自己五喜临门，对她怜爱起来，实际是在为自己高兴：

"真正有了亲的骨肉。"

风流寡妇虽然很不爱听这句话，却又时常把这句话挂在嘴上，逢人便说，闹得满城皆知，把自己的架子，搭得像座见风会长的山头，不只想把大老婆的身子压成粉末，也要那商人交出钥匙。

大老婆不甘心，和娘家兄弟一商量，便变仇恨为亲热，对那捡来的孩子表示特别关心，时常抢着给孩子喂酥油、马奶。她一面喂酥油、马奶，一面奇怪小老婆为什么生了娃娃却不出奶，怎么很快又怀了第二个娃娃。

风流寡妇看在眼里，当然明白大老婆的用意。但因为还不能肯定自己会不会"顺产"，又不知是儿是女，也抢着把那孩子当成心肝宝贝似的照顾。

那商人对于孩子，倒是像爱财产一样钟爱，现在见了大小老婆都爱孩子，禁不住从心眼里高兴，时常杀猪、烫酒，要大小老婆陪他吃喝。虽然每回都闹得不欢而散，也没减少他的内心喜悦。

孩子一天天长大了，那风流寡妇的肚子也一天天大了。当孩子周岁那天，那商人当着满座贺客，宣布自己又添一个儿子，受到朋友们的羡慕，也引起那些想吃绝业的亲族的嫉妒。

大老婆的气焰一落千丈，小老婆已经不愿平等相待，时常对她谩骂，对她侮辱。但小老婆还是对两个儿子一样殷勤照顾，对那商人一样撒娇体贴，让人见了，称赞她是"贤妻良母"，她就趁势怂恿商人，把大老婆赶出门去。

大老婆更不甘心，她的兄弟们也不服气，于是设计活动起来……

商人家里的情况变了，首先是那两个孩子长得像一对玉石雕刻的璧人，而且两兄弟非常亲热。特别是有一天，他们背了父母上山游玩，忽然有一条青竹标毒蛇蹿到弟弟面前，大哥挺身上前，打死青竹标毒蛇，救起小弟弟。两兄弟回家，虽然没告诉大人，从此却更加亲爱和睦，一天天对父母的奇怪脾气摸不到底。

风流寡妇对那商人，时常吵嘴、打架，对大孩子时常咒骂、殴打，商人劝她，她总哭闹着说：

"狠心人，你怎么不为亲生骨肉着想？"

逢到这种场合，那商人总是皮笑肉不笑地对她说：

"近视眼，你怎么不看得远些，想得周到些？"

两个孩子自然不明白这话的含意，只是觉得大人是为了他们吵嘴，而且开始在幼小的心灵中，发出了疑问：

"难道有谁不是父母的亲生骨肉？"

孩子们想是想，可是总不敢问个明白。

孩子们长到十多岁了，两兄弟的感情，并没有随着大人的争吵而发生裂痕，反倒与日俱增，和睦得连拾了颗松子，也要分成两瓣来吃，谁也没想过他们不是同根生的。这种感情，多半是为了躲避大人的吵闹，两兄弟时常到山中去玩，在那里相亲相爱建立起来的。

只有一次，发生了这样的事情：

那个商人的大舅子，在山中带了他们到家，见了他们的大妈，大妈对老大非常亲热，却对老二非常冷淡，这使两个孩子感到奇怪；而当他们出门的时候，大妈给了老大很多吃的玩的东西，又不给老二什么，还笑着叫老大下回再去，却对老二狠狠盯了几眼；他们似乎还听到了咒骂老二的恶毒声音。两兄弟闹不清是怎么回事，只是闷声闷气地走路，要不是老大平均分给老二一些东西，老二几乎要哭出声了。

就在这天晚上，老二因为睡在母亲房里，半夜醒来，听到了父母正在盘算：

"难道你真要把野鸭当成家鸭？"

"我当然不是这个主意，只是怕……"

"怕什么？难道你是善人，怕别人说话？"

"我当然不是善人，也不怕别人说话，是怕老二万一有个好歹，我的财产……"

"什么，你咒亲生骨肉？"老二的母亲大哭大闹起来，"我的孩子生来就铁打铜铸，喇嘛亲口对我说过他会长命富贵，我不信你这爱钱如命的商人，会把财产真的传给那个野种。"

老二屏气静听下文，却无丝毫结果，房里只有一片哭泣和叹气的声音。

老二很想告诉大哥（他还是把老大当哥哥看待），但一见了大哥的笑貌或者见了父母对大哥脸色不好的时候，总把听到的秘密埋在心里，为大哥的境遇一天天变坏而着急。

一天，老二的母亲亲手在房里和了一团糌粑，叫老大带了上山砍柴，笑着关照老大说：

"你饿了就吃这个。"

老二一看不放心，嚷着要一同上山，被他母亲一把拉来关在房里，更加放心不下，一个人在房里左搞右搞，撬开了窗子，跟着追到半山，才赶上了大哥。

老大怕被发觉，连累老二挨打，声色俱厉地要他赶快回去。老二也不愿在这时暴露秘密，突然伸手把大哥手里的糌粑夺了就往回跑。老大以为弟弟贪吃，毫不在意地笑笑，挥手送他回去。

老二跳回房里，藏好糍粑，倒头睡了一阵好觉，等到太阳下山时分，才被母亲放了出来。抬头望见大哥闪悠悠地担了柴捆进门，高兴得直奔过去，夺了哥哥的柴捆过来，想担进厨房，想不到柴捆很重，叫了几个娃子帮忙才搬了进去。他心中纳罕："怎么他会有这般大的气力？"

风流寡妇气得半天说不出话，好久才装得和颜悦色地向老大问道："你没吃糍粑？"

老二心中着急，担心大哥说出实话，赶忙站在母亲背后，直向大哥眨眼示意。

老大不慌不忙地笑着回答：

"母亲好心准备糍粑，为儿岂敢不吃？"

这倒使风流寡妇糊涂了："怎么那包毒药不灵？"

毒药自然很灵，当晚老二就把一条花狗毒死了。

谁都不知道花狗是怎么死的，老二也不肯为母亲和大哥解去心中的疙瘩。

老大的境遇虽然天天变坏，时常被父母赶了出门，做着各种各样的劳动，但他却和猎人、农民和娃子们有了感情，得到许多帮助，学到许多本领，也得到老二多次暗助，不但对付过了各种难关，而且变得非常聪明，非常威武。

这使风流寡妇更加担心，她既怕那商人果真会看中老大，自己和儿子不能独占他的财产；又怕老大精明强悍，将来自己的儿子吃亏上当。而自己的儿子又偏不争气，总和老大秤不离砣，何况又听说大老婆对老大使劲拉拢呢。她越想越气：

"不行，非把这个孩子种斩草除根不可！"

于是她一面折磨老大，教唆儿子恨他，一面向那商人嚷着要带了儿子离家。

那商人生怕她果真带儿远走，只得对她说了实话：

"我们的亲生骨肉，现在已经十八岁了，不但生得聪明，而且长得强壮，看来一定长命富贵，当然用不着再花钱去养野鸭了，不过，野鸭却是上好的娃子。"

风流寡妇要赢得彻底的胜利，当然不稀罕什么娃子，趁势更加要挟，时常装着要带了她的"亲生骨肉"离家的模样说：

"好让野鸭安坐正窝。"

经过那商人的好说歹说，风流寡妇才勉强点头，但要他即刻把野鸭杀死，否则还是非走不可。

那商人淡淡一笑，毒计在淡笑中想了出来。

一天，那商人带了一个管家和一匹骏马，叫老大随他出门学做生意，老大因为在家受气，也想出门散散闷气，便别了老二上路。

走了一天又一天，走到一座万丈悬岩的盘道上面，那商人向周身长毛的管家眨眨眼睛，管家便和老大边走边笑，趁老大没注意，忽然伸手一推，把老大打下悬岩。那商人连看也不看，便拍马回家而去。

哪晓得老大早在猎人那里学到纵腾本领，能够在空中连翻跟头。所以他一被推下岩，便接连翻着跟头，翻到一棵挺枝生长的岩松旁边，纵身跳到树上，找到一个直通后山的龙洞，安然走了出来。面前正是来时走过的路，抬头见太阳还在当空，便敲石取火，悠然自得地抽起烟来。

好一会儿，那商人才兴冲冲跨马而来，他站起来笑打招呼，那商人大吃一惊，差点跌下马来。

老大笑眯眯装说他在岩上打过秋千，游过龙洞，看过宝宫。一阵天花乱坠的吹嘘，引起那商人的贪念来了。但是，他无法解释为什么要推老大下岩，便诡称是恶管家的阴谋，拔刀杀了管家，说好说歹地拉了老大回家。

老二远远望见老大，高兴得直叫，气得他母亲面如土色，嚷着又要带儿子离家。可是，当她听说老大游过龙洞，看过宝宫，便心肝宝贝地对待老大，而且像蛇精一样缠住那个商人，急忙叫她儿子和老大带了一帮娃子、骡马前去取宝。

娃子们倒愿意跟他们出去，因为这两兄弟从来不打人、骂人，大家相处得很好。可是，老大不愿骗他兄弟，出门后便把全部实情告诉了老二，老二怕哥哥再吃大亏，又不愿说出埋在心里的秘密，但无法解决这个难题，急得搓手顿脚。

老大见弟弟急成这个样子，笑着安慰他，说：

"不要着急，有人帮助我们……"

"谁能帮助我们？"

两兄弟话未说完，耳边忽然响起熟悉的女人声音：

"有什么为难的事，我来帮忙。"

这是谁呢？老大说的不是找女人帮助，而是要说他有很多朋友可以帮忙，怎么突然窜出愿意帮忙的女人呢？

原来是那商人的大老婆闻风而来，吓得娃子们和老二惶恐不安。可是，她却非常和善，花言巧语地招呼老大、老二和娃子们一起到她住的寨子里去。

她根本不问他们的事情，一味搬出好酒、好肉、酥油、糌粑，直让大家吃喝，流水般地说着关怀老大、老二的甜言蜜语，似乎她忽然成了世上难找的好人，弄得大家莫名其妙。老大见她今天特别对老二殷勤劝酒，担心会出什么事情，便装作酒醉失手，把她最后从厨房拿来的一瓶酒泼在脚下，地面开口冒烟，他就心中了然，加紧提防。

那商人的大老婆见一计不成，又想出二计。借天黑不能行路的理由，硬留他们住宿，让老大、老二分住两个房间，然后出去。

老大从窗口翻出，悄悄跳到老二住房的屋顶上面。不久就见商人大老婆的弟弟，右手执着明晃晃的钢刀贴近老二房门，左手执着迷香，从窗眼向内直熏。老大赶紧抓块石头猛掷下去，打断了大老婆弟弟执刀的右手，在屋顶上大叫"有贼"，把人惊走了，才一步跳下，叫起老二和娃子们开门而去，任那商人的大老婆怎么追喊，也不回头。

走不多远，发现前面有火光，火光越闪越近，最后现出了他们父母的马头。原来是他们怕老大、老二取了宝贝迷路或者被盗抢去，带起人马迎上来了。一见面就问："宝贝在哪里？"慌得老二和娃子们讷讷对答不上。

老大挺身上前，假装说是上次遇着龙睡觉，所以能够随便走路，随便看宝。这回遇着龙在门口，不但走不进去，而且也打不进去。

那商人不相信他会武艺，因为他从来没请教师教过他，便骂他在作假弄虚，指责他未带老二和娃子们前去龙洞，自然根本不信他和龙王打过仗。

老大见口说不行，就在马前飞起一脚，把一块须要三十头牦牛才拉得动的石头踢下山去。又伸手一拳，把一棵须要六十个人合拖的大树打倒在地。顿时把那商人惊得吐出舌头，半天缩不回去。他的小老婆听了老大口述因为龙王凶狠，所以不让老二和娃子们上前送命，自己和龙王打了几阵，也无法取胜，不得不退回另行设法的一派谎言，又想起老大每回担回的柴捆很重和吃了毒药糌粑不死的那些情形，倒深信不疑，转身对那商人讥讽道：

"你不信，何不亲自去找龙王？"

那商人不得不信，又不敢亲自去喂龙王。只得掉转马头，带了老大、老二和娃子们回家。

从此，老二和娃子们对老大更加敬佩。而那商人和小老婆，却因此吃不下饭，一则因为催他取宝，老大说要练武十年才能战胜龙王，取得宝贝，而等得不耐烦；二则因为老大智勇双全，老二和娃子们都听他的话，家中有了明显的祸害，为此更加不安。

他们想来想去，毫无办法，最后找了老二进房，关了门对他明说心事，要老二仇视老大，还要老二去骂他是"野种"，好把老大气走，对于"十年取宝"的好事也不等待了。他们对老二说：

"这是为了你的富贵。"

老二装作专心听教的样子，只是满面愁容地说：

"对他揭开老底，自然会把他气走。可是，他性大力强，恐怕气急动手，双亲性命难保……"

一句话击中要害，他们被吓得胆战心惊，都为自己不该"吃鱼卡了鱼骨——吞又吞不下，吐又吐不出"而懊悔。两人你望着我，我望着你，半天说不出话，叫老二气也不是，笑也不是。

这场戏虽没开场，可是他们并不罢休。

一天，那商人趁老二不在家，写了一封信，把老大叫来，叫他到城外一家铁窑主人那里收账，并且叫他骑马快去快回。

老大骑马刚出城门，便见老二被一群人拉着赌博，老二不愿意，正在脸红筋胀地和那些人争吵。老大拍马近前，翻身下马，挤进人群喊道：

"是好手来和我赌。"

老二知道大哥在山中学过赌技，也恨这些人无理取闹，心想让老大把他们赢光也好，只问了问大哥出城的原因，从他手中接过书信，牵马走到旁边守候。

老大和那些人赌博，开始时故意输给他们，引得大家心高气傲，喧闹不休。

老二一见事情不妙，生怕大哥为了自己耽误收债回去受责，便藏书在怀，飞身上马，向铁窑疾驰而去。

那商人在家等了半天，才骑马带了奴仆出城，到铁窑去看下落，不想一出城门，劈头遇见老大抱着一包金银，像在找谁似的东张西望。一问才知道他替老二赌博赢了，但是，老二在哪里呢？

商人连老大手中的金银也无心接，赶忙纵马返家，小老婆先是满脸乌云，而后听说老二失踪，立即昏倒在地。那商人也吓得来不及唤她，慌忙上马，飞奔出城，由老大救治母亲。

这时候，老二的身子已被烧成灰粉，因为铁窑主人是秘密替商人、财主烧杀仇人、娃子的魔王，表面做着炼铁生意，掩人耳目，也是那商人大老婆的老相好。今天，他接过老二递来的信，见有商人要他"立刻烧死这个仇人"的话，又值商人大老婆正在他的房里，两人一商量，便立刻把老二投入熊熊烈焰的炼铁炉中，然后安然喝着盐茶，等待商人的又一笔报酬。

忽然门外铃声急响，接着冲进来了那位商人，他一见铁窑主人面现得意，知道大事不好。等到问明情况，便像受到致命创伤的猛兽一样，疯狂扑向铁窑主人。可是商人外强中干，交手两下就被铁窑主人打昏在地。

他醒来后，也不能吐露秘密，还不得不按规定付给铁窑主人报酬，才伤心失意地回家把悲哀消息带给风流寡妇。

自私造成的错误，对他们并没有成为教训，他和她变成了更加阴险的狐狸。他们不对老大说明老二已经惨死，而假说派老二出外经商了。

他们又写一封信叫老大去一个国王那里借一部佛经。老大便接了信驰马而去。

半路上，他正口干舌燥，忽然遇见一位蒙了面纱的背水妇人，他向她求水解渴。那妇人放下水罐，给他喝着又香又甜的水。

几口甜水下肚，老大忽然眼前发黑，觉得天旋地转，便昏昏沉沉倒在地上。

背水妇人揭去面纱，原来不是别人，正是那商人的大老婆。

她为什么这样做呢，难道她想害他？害了他，对她有何益处？

她不是害他，而是又想笼络他，挑起他对风流寡妇的仇恨；想利用他，夺回已失的地位和商人的财产。因为她知道老二已被烧死，但怕老大仍记恨她上次谋害老二之事，对她不加信任，所以化装了等待机会行事。现在她见老大被迷倒了，才招引兄弟们近前，七手八脚地把老大抬回寨里，叫新收来的采药老妇，给他灌下解迷的药水。

采药老妇端了药水去灌，忽然看见老大嘴角有颗圆如樱桃的朱砂痣。她心中一惊，几乎掉了药杯，赶忙定神伸匙，细心灌下药水。又装着给他按摩，看清他的左耳根上，也有两颗朱砂小痣，便心中明白，赶忙跪地祈祷。

老大打着呵欠醒来，喜得商人的大老婆连声念佛，她的兄弟们连声叫好，采药老妇热泪盈眶。

商人的大老婆一挥手，她的兄弟们立刻拉了老妇退出房去，由她亲自端茶送酒，慢慢说出老二被害和自己对于老大的关怀，只是不说明自己用药水迷他，而说成是他被巫婆麻醉，幸亏遇到她和兄弟们到来赶走巫婆，把他救了回家。

门外，采药老妇找了老伴到墙角低声指着屋里说：

"他……正是我们的儿子。"

老人大吃一惊，来不及问明究竟，怕他吃药过多，醒不过来，急忙从怀中掏了两颗解毒草，递给老妇推着说：

"先别管是不是我们的儿子，赶快进去嚼汁喂他。"

老妇持药进屋，那商人的大老婆倒没责备她，因为老大刚才虽然醒过，但麻药性重，解药量少，加上突然遭到"二弟被烧死"的彻骨伤痛，又昏迷过去了。她正要叫唤，遇着采药老妇适时进来，为了自己的地位和财产，急求采药老妇赶紧搭救老大。

采药老妇一面嚼药，一面用手指指门外，商人的大老婆奔到门外，把采药老汉也叫了进来。解毒药汁下肚，老大完全清醒。采药老汉察看了老伴所指的记号，也深信不疑，禁不住流下痛楚和幸福的眼泪。

老大却挣扎着要下床，嚷着要去找铁窑主人算账，但因为受毒体虚，刚坐起又倒下去，被六只颤巍巍的手按住。

采药老夫妇的四只手连着他们爱儿的两颗红心，而商人大老婆的两只手，却连着她的地位和财产的一颗黑心。她甜言蜜语中的心肝宝贝，不过是珍惜赌博场中的一个重要赌具而已。同时，她知道老大智如孔雀，勇如狮子，生怕他去杀了她的相好，便转移目标说：

"祸从根起，烧死老二的仇人不是他，而是给你老子出主意害你的那个人。"

采药老夫妇不明白女主人指的他是谁，也不明白内幕，只是觉得这些事情复杂，遭到忌害的儿子也未必全部明了。见儿子听了女主人的话又要昏去，便对她说病人须要服药静养，劝她出去，待过了明天再说。

商人的大老婆只得请他们用药照护，才退出去和兄弟们商量。

老夫妇又用复原丹药给儿子服下，老大立刻恢复体力，健壮如牛，跳下床要找仇人算账。不过，究竟找谁算账，他却一时拿不定主意。因为直接烧死弟弟的，自然是铁窑主人。可是叫他持书去铁窑的，不正是自己的父亲。要不是弟弟代他前去，烧死的不正是自己。想到这里，他深深失悔自责，一个人在屋中徘徊，忧伤地说：

"我不该替他赌博误事。要是我去，那铁窑主人纵有三头六臂本领，其奈我何。"

"可是，大妈说得有理，铁窑老板不过是照信行事，并非真正凶手。"老大又自言自语说，"要整死我的，当然是我父母；推我下岩的是父母的主意，要我到铁窑投书的也是父母的主意，对我假称弟弟出外经商而隐瞒实情的，也是父母的主意。为什么，我已百般孝顺，父母却要如此对我？"

一连串的哑谜困惑着他，真要去杀父母为弟报仇，说实话，他也不敢设想，因为父母总是父母，一个孝顺的儿子，怎能向父母开刀？

"可是他现在又叫我到国王那里，"他边说边打战，"莫非又……"

老夫妇听在心里，已经能够解答儿子心中的哑谜，现在，听说还有什么向国王投书的事，觉得事情严重，须要出力帮助自己可怜的儿子了。

当他们齐声哭着喊他是"可怜的儿子"，并且用手抱着他泣不成声的时候，老大虽然感到一种慈爱的温暖，但被突然发生的事情弄糊涂了。

"谁是你们的儿子？"

老夫妇严肃地说起生儿、抛儿和现在到处寻儿的全部经过，给儿子辨别了商人和大小老婆对待两个儿子的不同态度，也说了商人的大老婆和她兄弟们向他们买麻药出去麻醉他的事情，正好揭穿了他的"大妈"刚才胡扯的什么"巫婆放毒，自己带了兄弟们救他"的谎话。老大由此想到她曾讨好自己谋害老二的事情，一下子解开了埋在心中很久的疙瘩："原来他们都是为了地位和财产而勾心斗角，不过把我和弟弟当成赌注罢了。"

但究竟是不是老夫妇的儿子，他心中还有疑惑，等两夫妇当面指明身上的几颗朱砂痣，又取镜子要他和父亲对照相貌的时候，他认真对照了，才急忙跪倒在地，接连悲声喊着"爸爸、妈妈"，埋头贴到他们的脚上。

一家人又悲哀又欣喜一阵，然后看了商人写给国王的那封信，果然，信中诬他是别国派来谋刺国王的勇士，亏商人"忠诚为主，机智套敌才知道，所以将计就计送到都城，请国王多派武将，杀他除患"。

三人看完信，大家眼珠一转，也来一个将计就计……

第二天早上，商人大老婆一进屋，见老大满面笑容，心中石头落地，就大摆酒席，说是"为儿压惊"。叫了她的兄弟和采药夫妇作陪，酒后又请采药夫妇和老大商量，要向老夫妇买些毒药使用。

老大知道她耍的什么把戏，便假装对她表示自己深恨父母的行为。最后还说："将来财产到手，还要帮助大舅、二舅。"喜得她像乞丐拾到了金砖那么高兴，把采药老夫妇和儿子几乎笑掉了牙齿。但是她却很满意，以为他们与她同心，居然和他们商量设计去害风流寡妇。

老大却不赞成，而说了出乎她意料的办法，使她高兴得立时叫了兄弟们进来，由老大把他们布置成为随从，簇拥着他和装成亲戚的父母，骑着高头大马，威威武武地向都城进发。叫商人的大老婆留在寨里，静听好音。

到了都城，老大到宫门投进书去。国王即刻宣召上殿，当面考了这种那种武艺，博得满朝文武喝彩，立刻封他作了将军。正在这时，忽然传来碧眼虬髯的敌人入侵消息，国王命他挂帅出征。老大提了一对要几十人才抬得动的石狮子上阵，吓得敌人滚鞍弃甲，望风而逃，得了个兵不血刃的大捷，使国威重振，邻国求和。

国王更加高兴，决定招他为驸马。同时当朝夸奖他的"父亲"（指那个商人）荐贤有功，派了大臣去迎那商人夫妇前来参加婚礼。一时之间，宫里府里，洋溢着一派吉祥之气，那跟来的所谓"舅爷"们也扬扬得意，派人去接他们的姐姐（就是那商人的大老婆）赶来享受荣华。

可是，婚期前三天，公主忽然得了重病。喇嘛念经无效，王后求佛不灵，御医们投遍药石也无影响，国王着急，老大也寝食不安。

采药老夫妇笑着劝儿子不要着急，叫他报告国王说有灵药可治公主病。

果然话到就请，药到就灵，公主不但重病痊愈，而且经用复原丹药一补，神采更妍，容貌更美。又听说医治她的是驸马进荐的"亲戚"，要求国王封老夫妇为太医。

盛大婚礼在王宫举行。国王和王后，受着驸马、公主和文武百官的拜贺，喜得像两树春天的桃花。

那商人和小老婆也赶来了。虽然他们肚里原有鬼胎，但听说老大武艺惊朝，石狮吓敌，因此封了元帅，成了驸马，他们便不盘算家中那点财产，而为贪图更高的地位和荣华赶来了。

婚礼进行到公主、驸马拜见父母的时候，殿上忽然起了纠纷。

那商人当然自认为是驸马的父亲，昂然上前准备受礼。风流寡妇也因为还未对外人和老大说过他是"野种"的话，也毫不知羞地随夫上前一同受礼，想不到脸上突然挨了两个耳光。

原来是那商人的大老婆带着铁窑主人赶来了。她打了风流寡妇的耳光，伸手推开她，想要和丈夫并排受礼，事情就吵闹开了。

风流寡妇嘴巴硬，当然说驸马是她生的。可是商人的大老婆却从她来时早就怀孕的老底揭起，一直揭到她教唆丈夫几次谋害老大，误烧老二，以及自己如何驱赶巫婆救了驸马，半真半假地对国王、王后诉说不休。最后，她把从铁窑主人手里拿来的丈夫书信呈上作证，同时为她的情人开脱："铁窑主人不过是为朋友帮忙。"

这一来，不但风流寡妇抵赖，一口咬定驸马是她亲生的儿子，那商人也因利害关系，和小老婆一起向大老婆攻击，吵闹得不成体统。

国王、王后被吵昏了，急忙连问驸马："这是怎么回事？"

驸马却含笑回奏，说医治公主的两位老人，才是他的生身父母，而商人一家和铁窑老板，都是他的仇人。

经过驸马详细奏明，并且呈上商人原来写给国王的亲笔书信，然后又请验了几颗胎生的朱砂痣，案情便全部清楚了。

国王、王后、公主听了，一齐勃然大怒。

国王下令把商人和大小老婆处死，把铁窑主人投火焚死。又把商人大老婆的兄弟们，打了三百皮鞭，并且没收了他们的财产。

驸马府中，一家人过着团圆幸福的生活。

追网获鸟

一个猎人，撒了食物，张网捕鸟。他等了很久，不见鸟来，便去小解。

正在这时，一只鸟王领了群鸟铺天盖地而来。它们见了食物，便落地抢食，不慎触动了机关，一齐被网网住。

但因为鸟多网轻，鸟王命令众鸟振翼奋飞，把网子带到空中。猎人望见了，立刻停止小解，拔脚直追。

这当然是件奇事，路人都对着天上带网奋飞的鸟群和地上跟网直追的猎人，大喊大笑道：

"鸟在天上飞，人在地上跑，哪有希望追到！这个猎人实在愚蠢。"

那猎人并不因此停步，仍然一面跑一面说：

"你们有所不知，试想天已黄昏，鸟要各自归林，等它们各自归巢互相牵制的时候，我不就胜利了吗？"

果然，黄昏一到，百鸟便各奔老巢，有的向东，有的向西，有的向茂林，有的向大湖，一阵纷飞、斗嘴，都随网子落下地来。

知识使猎人得到一网打尽的胜利。

暴躁遭焚

有一个人脾气暴躁，动辄出手打人，扔东西。

有一回，他为了一件小事生气，便既不放羊，也不喂羊。一只奶羊饿急了，跑到他的面前吃青稞麸子，被他拿一根棍子打得半死。他打开了头，以后就常拿这只奶羊出气。

奶羊气不过，决定找个机会用角顶他。

有一天，他与人猜拳输了，气鼓鼓地回来。凑巧他手里没拿棍子，见了奶羊就追。奶羊便奋勇上前，挺角顶撞，把他的脚杆刺伤了。

他更加生气，顺手拈一块火炭掷在奶羊背上，羊毛烧着了，奶羊痛得狂叫猛跑，把大门口的一堆青稞秸燃起了大火，顿时烈火封门。

这个暴躁的人逃命不成，赔上了自己的性命。

双头鸟

雪山下有一只鸟，生着两个头，但连着一个身体，真应了"难解难分"那句古话。不过这只双头鸟有个特殊的现象，就是：这头若睡，那头便醒。

红头翠嘴的一头名叫伽罗查，紫头金嘴的一头名叫优婆查，他们一直同呼吸、共命运地生活着。

一天，伽罗查刚睡，优婆查便醒了，睁眼一看，旁边有一株开花的果树，正好春风把香花吹到嘴边。优婆查不忍惊醒哥哥，心想不如吃了下肚，滋养两人身体，彼此都解饥渴，而且互相增色生香，便张嘴吃了这朵落花。

一会儿，伽罗查醒来，觉得腹内饱满，口中香甜，便摇醒弟弟问道：

"你吃了什么好东西，使我腹饱口香？"

优婆查把实在情形说了又睡。

一只造谣生事的乌鸦见了，觉得有趣，便开玩笑说：

"好吃的东西，谁愿自己不享用倒让别人？"

伽罗查听了很生气，望着弟弟闭着的眼睛，吐了一口口水，也未弄醒弟弟。

从此，伽罗查一想到弟弟偷吃香花，便生气不和弟弟说话。

后来，他们游玩到一株毒树下面，彼此感到疲倦，便靠树休息，这回是优婆查先睡，伽罗查醒着。

一阵风吹下几朵毒花，正好落在伽罗查的嘴边。

伽罗查记起上回的事情，想也不想便望着睡熟的弟弟说：

"上回你不叫我，我还对你客气？"

他便张嘴啄花，连嚼也不嚼，就吞下肚去。

肚子痛了，优婆查醒来，问哥哥吃了什么东西，伽罗查一面皱眉，一面噘着嘴说：

“你能独吞香花，难道就不准我独吃甜果？”

优婆查才明白哥哥这些日子不说话，是在和他赌气，便把自己吃香花时的想法告诉哥哥，又再问他是不是吃了毒果。

伽罗查虽然已经知道事情不妙，但又怪弟弟不该教训他，恼羞成怒地说：

“吃了毒果又怎么样，让我死你活岂不更好？”

果然毒性大发，伽罗查才说明经过。弟弟知道已经回生无术，便在死前，吟了一首警世的诗：

为你安眠我食花，
生香增色志堪嘉。
欺兄我不肥私体，
恨弟你却害人家。
误己误人心不正，
无情无义事偏差。
世人莫要多猜忌，
致将双命送乌鸦。

好管家

有一个自称是"好管家"的恶棍，在一个有钱寡妇那里当管家，不但娃子们怕他，寡妇的独生子怕他，连这独生子的叔父、舅父也都怕他。

因为他和那寡妇相好，又想占她财产，就怂恿她赶走她的儿子。可是，她心虚胆怯，又不善于说话，便由恶管家代她去官府告状。

幸亏遇着一个曾经受后娘驱逐过的官儿，接了状子，便亲自调查了，才升堂问管家道：

"既然他的叔父和舅父都不告他，你凭什么告状？"

"因为主人生前对我恩重如山，我也切望小主人上进，"管家答道，"不想他自甘下流，女主人稍加规劝，他不但不听，反而忤逆不孝，视母如仇，时常到他叔父、舅父那里谩骂母亲，以致女主人气倒在床，不得不由小人仗义代告。"

法官笑道：

"原来你是忠义的人。"

那管家恬不知耻地说：

"不瞒大人，小人素有好人名声。"

法官点点头，便唤被告上堂，一看是个十五六岁的温文少年，问他："为何忤逆不孝？"少年只是啼哭，不肯吐露真情。

法官却假装生气地喝道：

"忤逆不孝，依法应该打死。"

少年吓得浑身发抖，但还是不说真情。急得他的叔父、舅父慌忙上前求情，似乎更惹法官动怒。

管家脸上刚现出得意神色，法官望着他笑道：

"你小主人年轻肉嫩，一定经不起重棍，唯恐打死，伤你忠义之心。既然你有好人名声，而且对主人感恩图报，不如成全你的忠义，代你小主人受罚吧。"

话音一落，便不由管家分说，喝令差人：

"打忤逆不孝的罪人。只准重，不准轻。"

差人也嫌管家不来贿赂，只消四十大棒，便打得他昏倒在地。

法官叫淋冷水，管家悠悠苏醒。又听法官责备少年的叔父说：

"你有侄不教，也该挨打。"

管家舒口气，睁眼想看。

法官又笑道：

"一客不烦二主，你再做一次好人吧。"

管家又被当作少年的叔父挨了二十大棒。

法官又唤少年的舅父责备道：

"母子情深，话易说明，你不好好劝妹劝甥，却纵容他们来打官司，也该挨打。"

少年怕舅父年高体弱，经不住棒打，哭着要求代挨棒子。

法官怒冲冲地喝了声："你是不孝不义之人，怎能让你冒了好人名声？"然后又对管家说："你是好人，我不能不顾全你的名声。"

管家吓得丧魂落魄，顾不得屁股剧痛，连连叩头求免。

法官大笑着说：

"好人，不要过于谦虚，因为你对死去的主人和守寡主母，尚且感恩图报，怎可不为主母的兄长帮忙。"

管家又挨一顿毒打，已经气息奄奄了，法官才叫取了枷来，对管家笑道：

"你替他们挨了棒子，看来真是好人。好人就该把好事做到底，当然不会推辞戴枷的。"

说完话，法官提起朱笔大书："枷押好人一名，待忤逆儿改过自新再放。"于是把他戴枷示众，然后关了起来。

战马推磨

有一个国王，养了很多优良的战马，所以，他的骑兵很出名，曾经迫使邻国国王不战而退。

可是，战争一停息，这国王便以为战马已经没用，就把所有战马用来推磨。

久而久之，那群战马，壮的老了，累的病了，病的死了，剩下的也都只会推磨了。

邻国国王探听清楚，就起兵前来攻打。

这国王仓促调兵遣将，备马应战。

可是，兵将武艺已经生疏，战马只会打转，一下子就被敌人打得一败涂地，国王落了个国破身亡的下场。

还银得银

山下住着一个瞎眼睛的诚实老人，靠一个儿子打柴为生。

一天，他儿子出去打柴，在路边捡到一个银包，里面有十块银圆，便不去打柴，带了银圆回家，想让年老失明的父亲高兴。

可是，老人听儿子捡了银子，却说："穷人要有骨气，应该自己挣钱过活，不可为了自己享受，叫丢钱的人痛苦。"

儿子听得有理，便原封不动地带了银包到路上等候，好久才见一个商人急急忙忙地赶来，四处寻找，样子非常焦急。

他问明是商人掉了银圆，便把银包还他。

那商人接来一数，果然分文不少，抬头见少年诚实，便忽然变脸，说他银包里有三十元，诬指少年偷了二十元，要他如数赔出。

少年绝没想到好心却遭恶报，心中当然气愤，和那商人说理，哪晓得商人利令智昏，硬扯他去打官司。

幸好遇到一个聪明正直的好官，一研究便知道是商人昧良心诈财，当下派人到少年家里问清情况，果然捡到的是十块银圆，便叫那商人交出银包、银圆，然后判决道：

"查商人既失银圆三十，可见此银十元，并非原物，应着其另行寻找。少年拾银不昧，诚实可嘉，且父盲家贫，应持此银回家为生。"

商人听到判决，正要申辩，被法官骂了一顿赶出衙门。

窃银赔银

从前，一个很有钱的婆罗门教徒，由于挥霍成性，家道逐渐衰落。但因为他还保持着高贵的身份，所以，有些暴发户仍旧愿意和他往来。

这个婆罗门教徒的隔壁，住着一位靠偷窃起家的财主。那财主因为出身是个小偷，虽然发了财，却没有什么体面人物和他结交。于是，他便巴结这个婆罗门教徒，因为婆罗门总是属于贵族，他结交上贵族朋友，面子上多少有点光彩，好像能抬高他一点身份似的。

一天，那财主对婆罗门教徒说：

"明天我到府上拜访，不知尊意如何？"

婆罗门教徒表示欢迎之后，就暗暗打了一个主意：马上回家，和他母亲各自带了一只筐子，到外面拾些破铜烂铁回来。

第二天，那财主来了，婆罗门教徒陪财主谈心，他的母亲却在里面反复倾倒那些破铜烂铁，故意发出像是金银的响声，惹得那财主侧耳细听。

婆罗门教徒故意喊母亲不要翻弄银圆，然后就摆出饮食，招待财主吃喝。

临走的时候，婆罗门教徒送了财主一块银圆，那财主连连道谢而去。

婆罗门教徒反身进门，他母亲埋怨道：

"你怎么把家中唯一的一块银圆，给了那个不知足的家伙？"

婆罗门教徒笑着说：

"不知足是他的特性，而利用不知足的特性，却是我的本领。你看着吧，我准保一块换回一千块就是了。"

财主拿了那块银圆回到家里，耳边还在响着婆罗门教徒家中倾倒银圆的声音，也打了一个主意。

　　半夜时候，那财主带了偷东西的家伙，到婆罗门教徒的墙壁下，挖了一个洞，钻进去想偷银圆。

　　可是，事情很出意外，财主的头刚伸进洞，屁股还在洞外，就被早已守候在里面的婆罗门教徒掐住颈子，弄得他进又进不去，退又退不出，浑身使不出力气。

　　婆罗门教徒叫母亲点灯来看，认出了果然就是那个财主，便嚷着要送官府究办。

　　那财主又羞又怕，羞的是见不得人，怕的是送到官府，官司一定打输。他眼见自己逃脱不了，只得央求不要送官，愿意出二百块银圆私下了结。

　　婆罗门教徒装着不答应，一定要送官府，逼着那财主写下一千块银圆的票据，才把他放了。

　　第二天，这位婆罗门教徒，到财主家里取回一千块银圆，交给母亲说："这就叫小的不去，大的不来！"

救白蛇

一个年轻力壮的猎人，终年辛苦，吃不饱穿不暖，自然也无钱娶妻，和年老多病的妈妈，住在一间破石堆成的小房子里，要不是门前的海水如镜，他们连自己的相貌也无法看清。

有一天，这青年猎人到海边一座山上去打猎，还未开弓试箭，忽然望见海心突起一朵乌云，径向山上飞来，近到面前，看清是一只猛鹫叼了一条白蛇在飞，耳边似乎听到急喊"救命"的声音，他便举弓搭箭，嗖地向那猛鹫射去。猛鹫受伤松口，白蛇掉落在地，一会儿才睁开眼睛。

青年猎人见那白蛇长得可爱，又只受一点轻伤，便扯把草药放在口中嚼烂，细心给他敷上，然后轻轻捧起，到海边放在水中，向他祝道：

是龙子，早归海，父子相见。
是蛇儿，早入水，鱼蚌相亲。

白蛇听得高兴，在水中昂头跳跃，向青年猎人点头三次，然后悠然钻入海底。青年猎人回来也没对妈妈讲起这件事情。

第二天早上，门口忽然来了一位使臣，说是奉王命请青年猎人进宫。妈妈因为祖宗三代都被官家逼死，一听说什么国王找他，吓得惊慌失措，跪地磕头求免。

使臣温和地笑着说：

"妈妈不必害怕，我说的不是你们的昏王。"

"又是哪个？"

"是海龙王……"

使臣的话未说完，老妈妈便"哎呀"一声，昏了过去。

猎人又惊又气，上前扭住使臣。

那使臣一面劝阻，一面掏出还魂香来点起，向猎人妈妈的鼻子一熏。妈妈打个喷嚏就跳起来，立时觉得精神旺盛，骨头硬朗，一身毛病全没有了。猎人看得出来，妈妈突然容光焕发，起码年轻十岁，哪里还有病态。

母子俩一齐感到奇怪，向那使臣请问原因。那使臣只说："事实既已证明我无恶意，只管放心前去。"便笑着催促青年猎人起身，说："有我招呼，准保平安。"

母子俩思量没有危险，妈妈才准儿子跟那使臣前去。

猎人随使臣到了海边，海水虽然平静，但无路可通龙宫。他虽善于弄潮戏浪，却不能水中开道。正在踌躇，那使臣举手一挥，海水立即分开，现出一条洁白光辉的水晶大道。

那使臣喜欢猎人耿直、勇敢，在快到龙宫之前，在他耳边悄悄叮嘱几句，猎人记在心里。

一进龙宫，青年猎人见了龙王的奇怪面貌，吓得直往后退。

龙王赶紧说道："先生不必害怕，我因感谢你有救儿之恩，所以请你进宫酬谢。"

青年猎人勉强定下心神，回答：

"我虽射鹫救蛇，但不是为了什么谢礼。"

"这更值得钦佩，"龙王赞扬地说，"我非谢你不可。"

龙王一心要给这青年猎人幸福，首先劝他做官：

送你夜明珠，

快去献人君，

高官随你做，

富贵过一生。

青年猎人摇头回答：

猎人不求贵，

贵人欺穷人，

愿在山打虎，

不入官家门。

龙王耸一耸肩，又劝青年猎人发财：

不要夜明珠，

改送你金银，

随你取多少，

立地成富人。

青年猎人还是摇头回答：

不要夜明珠，

岂肯要金银。

富人欺穷汉，

个个是畜生。

龙王皱一皱眉，三劝青年猎人享福：

> 既不受珠宝，
> 请你吃珍馐，
> 不受人间苦，
> 与天齐福寿。

青年猎人仍然摇着头说：

> 我愿奉老母，
> 除害练弓箭，
> 福寿大家享，
> 何必我齐天。

龙王见青年猎人不慕升官、发财和享福，只得叹着气说：

"既然如此，我也不便勉强。不过，为了表示我的一番心意，请你随便带点东西回去吧。"

青年猎人推辞不得，便照着使臣的话，把龙王面前的一只小花猫和一根拨火棍带了回去。

妈妈见儿子神采奕奕地归家，心里很高兴，又见他带了小花猫和拨火棍，便抱起小花猫，朝灶孔说着笑话：

"让拨火棍做饭吧！"

话音刚落，怪事忽然出现：一桌子珍馐美酒摆在他们面前。妈妈揉揉眼睛，硬是一点不假，连问儿子是怎么回事。儿子把使臣告诉他"这是宝棍"的话说了。

216

"那么，小花猫也是宝贝吧？"妈妈搂着小花猫笑问儿子。

"是的，使臣说她是海龙王的心肝宝贝，"儿子回答，"可是我不知道她会做什么。"

妈妈低头看怀中的小花猫，小花猫竟然笑得非常好看，而且给老妈妈一种温馨恬静的感觉。忽然老妈妈想起儿子还没娶媳妇，便对儿子叹着气说：

"要真是宝贝，给你找个媳妇多好！"

怪事发生得更奇：那拨火棍只不过应声供了酒席，自己并没变化；小花猫呢，不但没有应声贡献什么，而且调皮地接连打滚，从妈妈怀中脱出，滚到地上去了。

妈妈生怕跌伤小花猫，赶紧伸手去抱，地上哪有小花猫的影子，面前忽然立着一个笑容满面的美人。

母子俩又惊又喜，根本用不着问她来历，妈妈便知是儿子从龙宫无意中带回的媳妇，一问又知是海龙王的公主，再问更知她愿来同甘共苦，喜得老树开花，立即就着丰盛的酒席，给儿子、媳妇成了亲事。

一家人过着幸福和谐的生活。

如此过了几年，忽然有一天发生了风波，那是这个小国的昏王，出门打猎，遇雨到他家来躲避，望见青年猎人的美丽妻子，便打了一个歪主意，临走时对青年猎人横不讲理地说：

"明天早晨，我要和你比赛哈达[1]，谁的又白又长算赢；要是你输了，就把妻子给我。"

昏王说完话，便不容猎人分说，上马笑着走了。

儿子着急，妈妈悲伤，媳妇却无忧无愁地对丈夫说：

---

[1] 哈达，一种表示吉祥的丝织品，藏族用作礼物。

"有拨火棍在，还愁什么。"

一家人安稳睡到天明，昏王带着大群人马，抬了许多哈达，先把一座大山整整缠了三圈，真是又白又长，像给大山围了三条玉带似的，然后喝令青年猎人上山比赛。

青年猎人手里不带半截哈达，昏王见他只提一根又黑又细的拨火棍，笑得嘴巴都歪了，满以为立刻就能抢走美人。

哪知青年猎人走上山腰，把拨火棍迎风一挥，口中念念有词，空中就飞出无穷无尽的哈达，从山脚一直缠到山顶，像白云织成似的，飘飘闪闪，光夺日月星辰，把昏王的哈达映照得黯然无光，短小可笑。

昏王输了，青年猎人这才问那昏王：

"既然我输了要把妻子给你，那么，现在你输了，该给我什么？"

昏王不但不认账，还仗着威权说：

"不管那些，明天再来斗牛，不由你不把妻子给我。"

青年猎人本想挥棍揍他，只是体谅妈妈不愿多事，便忍气回家，对妈妈和妻子说了昏王的无理要求。

妈妈生气，媳妇发笑，一家人又安稳睡到天明。

昏王赶了一大群犍牛前来，命令青年猎人放牛决斗。

青年猎人又是迎风挥棍，天空降下一只神牛，威威武武站在地上。

昏王那群犍牛立时一齐跪地，不敢抬头。

青年猎人这才冷笑几声，向昏王吐着口水，说：

"现在你又输了，总该出点什么了吧？"

昏王不但不服输，又厚着脸皮，说：

"三回为定准，再比赛一回拣芝麻吧，不信你能保住妻子。"

青年猎人想到"让人不过三次"的古话，便笑着点头，回家睡觉。

鸡叫了，龙女推醒丈夫起床，挥棍变了满屋子的麻雀，然后把拨火棍放在门背后。

昏王带来十袋混了石子的芝麻，分两堆倒在石坝上面，便叫青年猎人去拣东边一堆，自己叫几百名士兵去拣西边一堆。

青年猎人根本不动手，只是一面看那群士兵忙着又分又拣，一面悠然抽烟，等到烟抽足了，才打几个呵欠，用手向站在门口的妻子一招，龙女开门放出满天麻雀，又站在门口等看笑话。

麻雀三嘴五嘴，就把全部石子、芝麻分得一粒不混。昏王那边的人，虽然手忙脚乱，拼命分拣，还有一半没有分开，急得昏王团团打转。

"你输定了，还忙什么？"青年猎人向昏王嘲笑，昏王果然恼羞成怒，又见美人立在门前，便命武将们捉猎人，抢美女。

青年猎人指挥麻雀直啄武将们的眼睛，那昏王却猛然冲到门前，伸手想捉美人。

龙女顺手举起门背后的拨火棍，向门外一挥，烈焰直扑昏王和武将，也吓走了那些士兵。

就这样，青年猎人做了国王，龙女做了王后，妈妈自然做了国母。

头尾争大

一条生活得好好的蛇，有一天，蛇头和蛇尾夸功逞强起来了。

蛇头对蛇尾说："我有耳能听，有眼能看，有嘴能吃，走路在前，御敌在先，所以我应为大。"

蛇尾冷笑几声，朝蛇头骂道："如果没有我在后面推你，总是躺在黑洞里面，你耳听什么，眼看什么，嘴吃什么，眼看把你饿死，还说什么走路在前，御敌在先？所以，我应为大。"

蛇头听了大怒，昂头想冲上前。

蛇尾更生气，死劲用尾巴在树上缠了三天三夜，果然饿得蛇头两眼难视，两耳难听，嘴巴难张，更不用说走路、御敌了。蛇头无可奈何，只得对蛇尾让步说："算你为大，赶快向前领先，找吃的东西要紧。"

蛇尾争得当了老大，兴高采烈地向前冲去，但因为无耳无眼，当然既不能听，也不能看，便跌下万丈悬岩。

蛇头和蛇尾的争执虽然停止，可是，整整一条蛇却粉身碎骨了。

金鸟、银鸟、松耳石鸟

相传有这样一首歌:

我的名字叫金鸟，
我的故乡在金山上，
我身上有金子做的羽毛。
啊，国王呀！
假若我不愿住在这里，
给我甜茶也不喝。

我的名字叫银鸟，
我的故乡在银山上，
我身上有银子做的羽毛。
啊，国王呀！
假若我不愿住在这里，
给我牛奶也不喝。

我的名字叫松耳石鸟，
我的故乡在松耳石山上，
我身上有松耳石做的羽毛。
啊，国王呀！

假若我不愿住在这里，

给我美酒也不喝。

这首歌是出于八宿地方的一个故事。

从前，有一个残暴而又特别贪婪的国王。他的宫殿里有九个宝库，里面装着无数奇珍异宝，但还是不满足。一天，他坐朝时，大声对朝臣们说：

"我的珍宝不多，你们一定要给我找来更多的宝贝，不然的话，就要杀掉你们！"

满朝文武吓得心摇腿颤。他们想保住自己的性命，一个个拧紧眉头苦思冥想。

"臣愿赴东海采办珊瑚。"一个大臣怯生生地说。

"我的珊瑚堆起来比唐古拉雪山还要高，谁稀罕那个东西！"

"臣愿到印度寻觅金孔雀！"一个武将壮着胆说。

"皇宫林卡[1]里金孔雀开的屏能把太阳遮住，我都看腻了！"国王气得胡子打战。

文武百官哭丧着脸，一筹莫展。

宰相暗想：天下的宝贝早已搜尽，还到哪里去找呢？他整整衣冠，伏地启奏：

"主上，桑巴大活佛是位年高有道的尊者，他定能为陛下找到稀世之珍。"

国王立即下令，召桑巴大活佛上殿。

桑巴大活佛应召飘然上殿，转动佛珠说：

"陛下的边境上有三座宝山，一座叫金山，一座叫银山，一座叫松耳

---

[1] 林卡，藏语园林的意思。

石山。三座山上有三只宝鸟，一只是金鸟，一只是银鸟，一只是松耳石鸟。金鸟的羽毛是金子做的，银鸟的羽毛是银子做的，松耳石鸟的羽毛是松耳石做的。它们都是无价之宝。"

"好极了！"国王高兴得跳了起来，命令宰相，"你赶快带着人马给我捉来，否则，砍掉你的脑袋！"

宰相犯了愁。他早就听说过这些事儿，并且知道有许多人做着发财的美梦，曾到金山、银山、松耳石山去捕捉金鸟、银鸟、松耳石鸟，结果非但没捕到宝鸟，反而送了命。但是他又清楚地知道，如果自己违抗王命，脑袋立即就要搬家，只好先答应下来再说。

散朝后，宰相想：桑巴既然知道这件事，也一定知道捉宝鸟的妙法。于是宰相带上许多黄金、珠宝到经堂拜见大活佛。

桑巴也是一个贪心、奸恶的人。他看到堆成小山的黄金、珠宝，肥团脸上的细眼睛喜得眯成了一条缝儿，念了嘛尼[1]真经后，从经座下取出三颗青稞——一颗金青稞，一颗银青稞，一颗松耳石青稞，送给宰相，说：

"你见到金鸟时，将金青稞喂它吃，它就会跟你走；你见到银鸟时，将银青稞喂它吃，它就会跟你走；你见到松耳石鸟时，将松耳石青稞喂它吃，它就会跟你走。"

宰相欢天喜地拿着三颗青稞，卜了一个吉卦，在一群士兵的保护下，浩浩荡荡上了路。

他先到金山，命令士兵在山下恭候，自己从怀里取出金青稞走上山。山上一切都是金的，树是金树，花是金花，溪水也闪动着金波。宰相无心赏景，费了好大的劲儿，才爬上一道金坡，看见了一只羽毛闪着金光的鸟儿，正用爪子在扒一棵大金树。这棵树有十个人合抱那么粗。只见金鸟一

---

[1] 嘛尼，口诵的佛法六字箴言。

扒，大金树就轰隆一声倒在地上。宰相看到金鸟有这般神力，吓得屁滚尿流，一下瘫倒在地。

"你来干什么？"金鸟看见哆嗦成一团的宰相，问道。

"神力无边的神鸟，敝国国王特派下臣前来，邀请您到敝国做客。"宰相连连叩头。

"你带来了什么礼物？"

"没……没……"宰相慌张得口吃起来。

金鸟扬起了头，怒气冲冲地说：

"要知道这儿的山规，没有称心的礼物，上山的人是休想下山的。"说完，金鸟提起了金爪子。

宰相这时才想起了金青稞，忙双手献给金鸟。金鸟看见了金青稞，才转怒为喜，一口吞下金青稞，说道：

"客人，我随你去。"

宰相用同样的办法，将银鸟、松耳石鸟弄到了手，带回宫复命。

国王马上举行盛大国宴为三只宝鸟洗尘。满朝文武大臣以及皇后妃子都出席宴会作陪。为了嘉奖桑巴活佛和宰相，国王特赐座左右两旁。

酒过三巡后，国王命令侍卫将三只宝鸟抱上殿，让朝臣、皇后和群妃观赏。

朝臣、妃子们从来没有见过这样美丽的鸟儿，为之倾倒，称赞不已。国王喜得嘴巴都合不拢，令侍卫端甜茶给金鸟喝，金鸟摇摇头。令侍卫端牛奶给银鸟喝，银鸟不开口。令侍卫端美酒给松耳石鸟喝，松耳石鸟转过头。国王生怕饿坏了宝鸟，急忙下御座，走到鸟儿面前说：

"美丽的鸟儿不要忧愁，我马上派人在皇宫内，为你们修金山、银山和松耳石山。你们要什么，马上去办。你们想吃什么，立刻去做。"

"我们什么也不要，什么也不吃，我们要回去。"三只鸟儿抬起头说。

"什么都行，就是回去不行。现在你们是我的宝贝。"国王摇摇头，得意地说。

"好吧，陛下，那就先听我们讲三个故事吧！"鸟儿们扇动了一下翅膀说。

这事提得顶新鲜，国王觉得喝酒还能听故事，是一件十分惬意的事，连连点头，坐上御座，洗耳恭听。

金鸟扬了扬脖子，讲了一个《贪心喇嘛》的故事。

有一个贪心的喇嘛，听说贡布拉山上有许多金子，于是他决心去找金子。可是走遍了贡布拉山，也没找到一块金子，只好垂头丧气地往回走。

在下山的路上，他碰到了一只兀鹰。他知道兀鹰是专吃人肉的，吓得两腿像筛糠似的抖个不停，怎么也挪动不了一步。这时，他不由自主地把转经筒转得飞快，口里念起经来，希望山神保佑他。

兀鹰蹲在一块巨石上，站在它身边的是雪鸡。兀鹰看见喇嘛站在那儿不动，十分奇怪地问雪鸡：

"那人在干什么？"

"陛下，"雪鸡说，"那人在祈祷山神，颂扬您的功德。您应该赏赐他。"

兀鹰听了十分高兴："聪明的大臣，我们就赏这位好心人一袋黄金吧。"

福从天降，喇嘛拿到兀鹰恩赐的一袋黄金，欣喜若狂地奔回家。

第二天太阳刚冒尖，喇嘛一觉醒来，心里盘算着：我若再去一趟，不是又可以得到一袋黄金吗？想到这儿，他翻身起床，朝贡布拉山奔去。

他走到兀鹰蹲的巨石下，转动起经筒，口里喃喃自语地诵起经来。

这时站在兀鹰旁边的是狐狸。兀鹰问狐狸：

"那人在干什么？"

"陛下，"狐狸说，"那人在咒骂您，要山神惩罚您。您应该给他点颜色看！"

"呀！"兀鹰愤怒极了，张开了巨大的翅膀，飞向喇嘛，用锋利的爪子将他撕成碎块，饱饱地吃了一顿美餐。

国王听了金鸟的故事，捧腹大笑。他说：
"哪个贪心的喇嘛从我这儿捞走一枚休巴[1]，我就像兀鹰那样对待他！"
满殿的文武百官、皇后妃子也哈哈大笑起来。
"贪心的喇嘛不会有好下场的！"金鸟望着桑巴大活佛说。
"对！对！"愚蠢的国王连连点头。
桑巴大活佛一阵脸红。他知道金鸟在讥讽他，心里发誓道：一定要惩罚这只卖弄嘴皮子的金鸟。
银鸟扇了一下翅膀，讲了第二个《贪心大臣》的故事。

有一个叫顿巴的大臣，非常贪心，而且总是想方设法诬赖仆人偷了他的东西，借此把应付的工钱赖掉。久而久之，谁也不愿到他家干活了。

---

[1] 休巴，藏族地区市场上流通的小铜币。

有一个外乡人被他雇着。好心的人劝外乡人："顿巴是一只老狐狸，你要吃亏的。"

"为什么？"外乡人不解地问。

好心人将顿巴的事情一五一十地讲给了他听。外乡人听后笑了笑说：

"谢谢您的好意，我已经答应了顿巴，失信用的人，是要被割掉舌头的。您放心，不知江河的深浅，是不敢乱放牛皮筏子的。"

外乡人到了顿巴大臣家后，十分殷勤地侍候，小心地提防，没出一点差错。等到快发工钱的时候，顿巴对外乡人说：

"忠诚的仆人，你伺候我很周到，我要重重地赏你。现在，你把桌子上的茶端来。"

其实桌上根本没有什么茶，外乡人当然空着手回答：

"主人，您忘了吧，桌上没有茶。"

"什么？"顿巴故意叫起来，"就是国王恩赏给我的那个金碗，刚才还要你倒上了酥油茶，怎么会忘了呢？"

"主人，我伺候您快一个月了，从来没见过国王恩赐的金碗。刚才我在宰羊，也没有倒过酥油茶。"

"好呀！"顿巴跳了起来，抓住外乡人，"你这个强盗，这只金碗价值连城，你偷了还想赖账。"说完，命令侍卫将外乡人拖出去打一百鞭，打得他遍体鳞伤，轰出门去，当然工钱一个也没给。

外乡人发誓要报仇。

又过了一个月，外乡人穿着锦缎的衣服，戴着黑貂皮[1]，手上戴着宝石戒指，带着几匹牦牛，上面驮着好多口大箱子，来到大

---

[1] 黑貂皮，藏民喜欢把美丽贵重的兽皮兜在头上当帽子戴。

臣家里。

顿巴简直不认识外乡人了。他暗暗思忖：这穷小子碰上财神爷了？这时，外乡人开了口。

"主人，我要感谢您，您使我发了财！"

"是我？"顿巴惊喜地睁大了眼睛。

"是你。"外乡人点头，"我离开主人家后，无家可归，只好变卖衣服度日。一天走到塔拉雪山时，身上只剩下一条裤衩了，眼睛也发了蓝[1]。爬山冷得直颤，心想：'这下完了。'不由得流下了两行眼泪。突然塔拉山神出现在我面前。他笑盈盈地说：

"'我曾发过誓，谁要光着身子走进我的境地，我要让他发财。幸运的人，你想要什么？'

"当时我冷得上下牙齿打架，赶紧说：'我要衣服御寒，要糌粑充饥。'

"话音一落，我身上就穿上了狐裘大衣，一桌山珍海味供我享受。我饱饱地吃了一餐，向山神告别时，山神又给了我这几大箱宝贝。"

外乡人说到这里，将双手放在胸前，十分感激地说：

"主人，要不是您把我赶出去，我怎么会发这个财呢？"

"忠诚的仆人，你能够领我去见山神吗？"顿巴听得涎水流了出来。

"主人，当然可以，不过……"

"不过什么？"顿巴急得跳了起来，差点跪下了。

"雪山的寒冷，怕您受不了。"

---

[1]　西藏古谚："谁的眼睛发了蓝，他一定缺吃又缺穿。"

"那没什么，再冷我也不怕。"说完，顿巴脱光了衣服，腆着肥胖的大肚皮。

外乡人捂着嘴巴笑。原来他找到一个充本[1]朋友，以白白为充本干一年活的代价，借了一套华贵的衣锦、牦牛和空箱子来到顿巴家，施计惩罚这位贪心的大臣。

顿巴是一个爱财如命的家伙，听了外乡人的话，急不可待地催外乡人上路。

他们走到塔拉雪山脚下，满天飘着鹅毛大雪，朔风一阵阵地吹。外乡人裹着皮大衣还冷得打寒噤。他指着一条小路说：

"主人，您沿着这条小路爬上去，就会碰到山神。祝您运气好。"

顿巴大臣与外乡人分手后，光着身子在冰雪上走。凛冽的风，吹得他全身发紫。但他想到将要发财，就双手抱住自己，咬紧牙关，拼命往上爬，最后终于爬不动了，冻僵了。过了一会儿，大雪盖了一身，成了一个大雪人。

国王听了银鸟的故事，笑得直不起腰。

"陛下，您的文臣如雨，武将如林，不知其中有没有这样贪财的朝臣？"银鸟问。

"这群酒囊饭袋，谁要贪财，我就要罚他光着身子在雪地里冻死。"国王傲慢地说。

宰相和朝臣们知道银鸟是在讽刺他们，个个恨得把牙齿咬得咯咯作响，发誓一定要寻机报复这只饶舌的银鸟。

---

[1] 充本，藏语商人。

这时，松耳石鸟眨了眨眼睛，讲了《牧民和暴君》的故事。

　　从前，有一个国家，国王是贪得无厌的暴君。每当青稞成熟的季节，羊羔长膘的时辰，他都亲率臣属，到牧区、牛场、坝子上横征暴敛，鱼肉百姓，搞得全国民不聊生。大批的奴隶、牧民、农夫背井离乡，逃到国外谋生。这样草原枯萎、土地荒芜，牛羊一天天减少，青稞、麦子一年年减产；全国笼罩着阴沉沉的愁云，没有欢笑、歌舞，只有眼泪和叹息。

　　有一次，暴君出巡时，走了一处又一处，没有遇到一个人。后来好不容易碰到一个牧民，暴君喜出望外，命令侍卫把这个人抓到跟前，喝道："贱民听着！你必须在一个月内缴一百头犏牛，一百匹马，一百只肥羊。"

　　牧民长跪在地，恭敬地禀道：

　　"至高无上的主人，我除了身上披的破氆氇之外，一无所有，拿什么纳贡呢？"

　　国王气得直拉胡子，叫侍卫鞭打牧民一百皮鞭后，命令："一个月不如数缴齐，要你的狗命！"

　　说完一挥鞭，带着人马到别处去了。

　　牧民被打得身上没有一块好肉，他咬着牙齿对天发誓，一定要复仇。他饥肠辘辘，拖着受伤的身子走到一棵大树边，看见树上有一个大洞，便裹着氆氇在洞里躺下。一觉醒来，听到洞边有响声，悄悄探出头，看见有四个魔鬼在树边挖洞，吓得忙缩回头，躲在洞里大气都不敢出。

　　过了一会儿，魔鬼们挖好了洞。一个红头发的魔鬼从兜里掏出一个金杯子，炫耀地说：

"朋友们，谁要拿到这个金杯子，一辈子吃喝不完。"

"你这算什么？！谁要有我这个旋杖，任何坏蛋都用不着怕，只要将旋杖往上一抛，旋杖就会自行缠住坏蛋的脖子，将他扼死！"一个白头发的魔鬼舞着手中的旋杖。

"光有吃的、防身的，没有住的就会冻死在这寒冷的草原上。要是谁有我这把铁锤，只要在地上敲九下，就会出现九层铁宫殿。"一个绿头发的魔鬼得意扬扬地挥着铁锤。

"遇上干旱，只要抖一抖我的这张山羊皮，天就会下雨，解除灾情，人畜两旺！"一个黄头发的魔鬼说着要抖山羊皮。

"朋友，千万不要抖，一抖我们就要淋雨了。"三个魔鬼忙劝阻黄头发的魔鬼。黄头发魔鬼神气地咧开大嘴笑起来。

四个魔鬼将宝贝埋在树边的洞里，便分头走了。

牧民待魔鬼们走远了，就从树洞里跳下来，扒洞取宝。他取出宝贝后，咽了一口口水，对金杯子说：

"金杯子，我饿极了，请给我糌粑、酥油茶。"

话音刚落，一桌珍馐佳馔出现在他跟前。他揉揉眼睛，不敢相信，但酥油茶的香气飘进他的鼻子。他拿起一个丘热[1]，狼吞虎咽地吃起来。吃完后，他将金杯、铁锤装进糌粑袋里，执着旋杖，披着山羊皮去找那个国王算账。

他走到国王的宫殿时，天还没有亮。他掏出铁锤，在国王的宫前，敲了九下，顿时在他面前耸立了一座九层高的铁宫殿。

太阳从山嘴慢慢冒出来。国王登朝时，一位大臣慌慌张张地奏道：

---

[1] 丘热，藏语音译，一种用牛奶提出酥油后所剩的汁熬浓晒干制成的食物，是藏族群众喜爱的食品之一。

"启禀陛下，不知是'孔雀给森林带来祥瑞'，还是'丑恶的乌鸦学人言'[1]，一夜之间在陛下的宫前出现了一座九层铁宫殿。"

国王听了大吃一惊，忙起驾出宫，抬头一看，果见一座巍峨的宫殿。左瞧右看，忽然看到牧民从宫门走出。国王认出了这个牧民，威吓地叫起来：

"贱民，我要你缴牛羊，你怎么搬来了这座铁宫殿？"

牧民站在宫门前，笑着说：

"牛羊没有，宫殿倒有一座，不过这座宫殿我还不够住，想借陛下的宫殿住一住。"

国王勃然大怒："'奴仆吃饱了要同主人赛'！来人啊，快将这个该死的贱民抓起来。"

一队士兵执着兵器冲上去捉牧民。

牧民不慌不忙走进宫门，哐当一声将宫门关上，任士兵怎样敲打也打不开。

国王气得暴跳如雷："用木炭烧！"

士兵们搬来了许多木炭，垛在铁宫门前。然后点起火，用大牛皮风箱吹火。呼呼的风声，腾腾的火焰，风助火威，火越烧越旺，烧了三天三夜，铁宫门被烧得通红通红的，眼看就要烧熔了。

这时牧民脱下山羊皮，轻轻一抖，天空哗哗下起雨来，一炷香的工夫，火全被雨浇熄了。

国王大惊，咆哮着："用铁锤和钳子把铁门拆了！"

士兵们拿着铁锤和钳子去拆宫门。他们叮叮当当敲了三天三夜，铁门摇晃起来。

---

[1] 藏谚，灾难的意思。

牧民又拿出山羊皮，使劲抖了三下，霎时天昏地暗，雷电交加，暴雨倾盆而下，将士兵们冲得七零八落。

国王气急败坏，命令士兵们连击法鼓，高悬大旗，大吹法螺。他戴盔持械，统率臣属和士兵们，冲向铁宫殿。

"暴君，你的死期到了！"牧民抛出了旋杖。

旋杖在空中旋转，一下子将国王紧紧缠住，一刻工夫国王便挺直了身体，倒在铁宫门前。

松耳石鸟讲完故事，说："贪心的国王也是没有好下场的！"

愚蠢的国王终于明白了，松耳石鸟是借故事嘲弄自己，气得脸红得像猪肝，嚎叫道："把这些卖嘴的鸟儿关起来！"

活佛、大臣见国王发怒，趁机将自己的怨恨发泄出来，一齐扑向鸟儿。唯有宰相知道三只鸟儿的神力，暗暗着急，连连后退，躲在大柱后面。

本来，三只宝鸟是想通过故事教训一下这些贪心的活佛、大臣和国王，使他们幡然悔悟。但他们毫无悔改之意，反而扑向自己。三只宝鸟愤怒地用爪子抓死了大活佛和大臣。

国王吓得从御座上跌落下来。三只宝鸟一起冲上前去，三只爪子狠狠地一踏，国王翻起了白眼，一命呜呼了。

三只宝鸟飞出宫殿，用爪子一扒，大殿轰隆一声倒塌了，躲在宫柱后面的宰相也被送上了西天。

天空出现了彩虹，三只宝鸟唱着吉祥的歌儿分别飞回金山、银山、松耳石山。

青蛙智胜老虎

有一回，一只老虎沿着河边觅食，走了很久也没捕捉到一只禽兽，饿得眼睛发了蓝。忽然它看见了一只青蛙躺在草堆上，亮着白肚皮晒太阳。老虎咽了一口涎水，摇了摇尾巴，猛地扑到草堆上。

青蛙吃了一惊，知道逃走已来不及了。它急中生智，站在草堆上，挺起大肚皮，叉着腰威严地说：

"喂，你是来当贡品的吗？"

"什么？"老虎没料到青蛙有这般大的口气，不由得停下脚步，"小青蛙，你连手中的虱子都捏不死，还敢在我面前说大话。本来我可以饶了你，无奈我有三天没东西进嘴了，肚子实在饿得慌，只好用你来充饥了。"

说完，老虎张开血盆大口，扑向青蛙。

"住手！"青蛙不等老虎扑过来，鼓起肚皮，尽力放开喉咙："老虎，你知道我是谁吗？"

"嗯！"老虎睁圆了眼睛，打量着青蛙，"你是谁？不就是一只小青蛙吗？"

"我是蛙中之王！"

"哈！哈！哈！"老虎仰头大笑，笑声震动得河水发颤，山岳抖动。它舔了舔嘴唇说："你就是蛙中之帝，也还是一只小小的青蛙！"

"'不要看线圈小，能够绕世界。'老虎你敢和我比赛吗？"

老虎眼睛眨了一下，想："它反正是我口边的肉，就是有通天的本领也逃不脱我的手心，不妨先领教领教它的'本领'。"

于是老虎说："'虱子再大也不能当牛使，沸水再烫也不能当油用'，小青蛙你说比什么吧！"

青蛙心里想了一条妙计，说道：

"老虎，这是一条河，且看你我谁跳得远！"

老虎瞄了一眼小河，认为自己力气大，跳得远，便满口答应了。老虎向后退了几步，先俯下身子，然后纵身一跳，一下子跳过河去。

"老虎，你输了！"老虎刚跳过河，打了一个旋儿就听到青蛙的声音。它定睛一看，青蛙骄傲地仰着头站在它面前。老虎傻了眼，不明白这是怎么回事。

原来，当老虎要跳时，青蛙趁老虎不备，跳到它的尾巴上，用嘴咬住尾巴梢。老虎跳过河，青蛙从它尾巴上向前一跳，就跳到老虎的前面了。

老虎摸不着青蛙的底细，心里忐忑不安起来。

青蛙挑战："老虎，我们再来比一比吐口沫，好不好？"

老虎点点头，但这回不敢轻敌，鼓起饿肚皮，用劲一吐，将口水喷出一绳之远[1]。

老虎吐完了口沫，睁眼注视着青蛙，青蛙看也不看老虎，轻轻一吐，吐出几根老虎毛。

老虎惊诧地问："青蛙王，你怎么吐出老虎毛？"

"噢！"青蛙做着漫不经心的姿态，"昨天我才吃了一只老虎，这几根老虎毛还没有消化，所以吐出来了。"

老虎吓得四条腿打起颤来，心里一阵乱跳，默默祈祷："格作厉神[2]庇佑。昨天它吃了一只老虎，今天一定不会放过我的，还是赶快逃跑吧。"于是转过身子，飞一般地跑上山去。

---

[1] 藏族群众习惯用绳的长度计算距离，一条绳的长度相当于8米左右。
[2] 格作厉神，格作，为厉神之一；厉神，即山神。

路上，它碰到了狐狸。狐狸看到气喘吁吁的老虎，好奇地问：

"老虎大哥，出了什么事，跑得这样急？"

"老弟，不好了，我险些被神兽吃掉了。"

狐狸鼓起眼珠问："哪来的神兽？"

"就是河边的蛙中之王。"

狐狸松了一口气："什么蛙中之王，它是毫不中用的家伙。我虽是一只小狐狸，但能够将它一脚踏死。"

"老弟，休说大话，这只青蛙确非一般青蛙，它的本领我是亲自领教过了。它跳得比我远，口中还吐出了虎毛。"

狐狸暗笑："愚蠢的老虎啊，俗话说'青蛙称自己粗，蛇又说自己长'[1]，你准是被这个卖弄嘴皮的吹牛大王给戏弄了。"狐狸动了动尾巴，安慰老虎："小小青蛙敢侮辱大哥，小弟愿陪大哥前往，找青蛙算账，以洗大哥的耻辱！"

老虎的心像小鹿的蹄子，还在不住地乱跳。它想以前多次吃过狐狸的亏，不敢大意，说：

"老弟，我怕你看到它也会吓跑的。你一逃走，我就没命了，我们将尾巴系在一块，要逃一起逃。"

"好吧！"狐狸点点头。

老虎和狐狸把尾巴系好，一起下山去找青蛙。

青蛙正静静地蹲在草堆上，看到老虎和狐狸便站起来，十分愤怒地质问：

"喂，该死的狐狸，你有一个月没交贡肉了，今天才系一条瘦狗来充数，快献给本王吃！"

---

[1] 藏谚，意思是吹牛皮。

老虎原本就不太相信狐狸，听青蛙这么一说，吓得回头就跑。跑哟跑哟，一口气跑了很远很远。狐狸被拖得半死，口里吐着白沫。

老虎实在跑累了，只好停下来，喘了一口气，一回头，看见身后龇牙咧嘴的狐狸，怒火一下冲上脑门，大声吼：

"你这个'觉巴[1]熊皮帽，表里不一般'的家伙，为了自己欺骗朋友，险些使我丧生。"

说完，扑过去，将狐狸撕成几块，饱餐了一顿。

---

[1]　觉巴，藏族地区专作诵经驱鬼之事的人。比喻心口不一的人。

狮子和狐狸

在一座森林里，住着一只狮子和一只狐狸。狮子自认为是百兽之王，十分高傲自大，常把狐狸当奴隶使唤。狐狸虽然斗不过狮子，但常想出许多妙法对付狮子。结果，吃亏的总是骄傲的狮子。

有一回，狮子杀了一头大象。它摇摇尾巴，命令狐狸：

"忠实的奴隶，你把大象背回去。"

狐狸心里骂狮子，脸上却堆满了笑容。他匍匐在地，吻着狮子脚趾说：

"威武的大王，小臣能为大王效力，感到十分荣幸。不过，小臣背回大象，请不要怪罪小臣犯有欺君之罪！"

"此话怎讲？"

狐狸微微躬起身子说："世上有个规矩，'高贵的人背东西，要有一个下贱的人跟在后面打号子'。如果小臣背大象，大王岂不成了打号子的吗？"

"什么？"狮子绿毛竖了起来，面带愠色，"我是山神的骄子，百兽之王，怎能去当下贱坯打号子。"

于是，狮子命令狐狸当打号子的。狐狸恭听受领，把大象搬到狮子的背上，自己空着双手，神气地跟在后面。

从此流传下来这样一句谚语：

当你狂妄自大的时候，

痛苦就会接踵而来；

当狮子自大的时候，

它做了狐狸的脚夫。

大金瓜

　　顿巴和桑珠是坝子上的长者，都有九十九岁。长者应受到人们的尊重，但坝子上的小伙子和姑娘们喜欢顿巴而不理睬桑珠。这绝不是因为顿巴长着白胡子，桑珠长着红胡子的缘故，而是因为顿巴心地善良，为人忠厚，桑珠却异常吝啬，爱财如命。

　　有一天，顿巴在园里除草，看见菜地里躺着一只金色的小鸟，翅膀微微地抽搐着，小眼睛里含着泪水。顿巴小心地把它捧在手心，发现小金鸟的翅膀被箭射伤了。

　　顿巴十分可怜小金鸟，把它带回家，用氆氇将它包住，用酥油[1]敷它的伤口，把奶茶、糌粑喂给它吃。在顿巴精心调理下，几天后，小金鸟能够展翅飞翔了。

　　顿巴感到由衷的高兴，决定送小金鸟回到大自然中去。这天，顿巴用蜂蜜和青稞花做成蜂蜜糕给小金鸟吃。

　　小金鸟吃完糕后，顿巴捧着它走出了房子，轻声地说：

　　"小金鸟快快飞，飞到你阿爸阿妈身边去吧！"

　　小金鸟仿佛听懂了顿巴的话似的，扇动了一下小翅膀，呼地一下飞到空中。这时阳光照拂着它美丽的金色羽毛，满坝子上闪烁着黄金般的光彩。金色小鸟在顿巴头上盘旋三圈后，吱、吱、吱叫了三声便飞走了。一会儿，小金鸟含了一粒种子又飞了回来，降落在顿巴粗糙的手上，将种粒放在他

---

[1]　藏医认为酥油有止血的功效。

的手心上，突然说起话来：

"顿巴波拉[1]，这是世界上顶好顶好的种子，您把它种下，将会结出丰硕的果实。"

小金鸟说完话就不见了。顿巴这时才明白，小金鸟原是神鸟。他低头看小金鸟送的种粒。它圆圆鼓鼓的，形如热巴鼓[2]，在阳光下灼灼闪光，十分可爱。

雪开始融化了，顿巴将菜地深翻，施足底肥，种下了金种粒。顿巴浇第一瓢水，地里便冒出了两片小金叶。

顿巴浇第二瓢水，金叶抽出了藤。

顿巴浇第三瓢水，藤上开出一朵小金花。

顿巴再浇一瓢水，小金花结出了小金瓜。小金瓜见风就长，不到一顿茶的工夫，长成了一个大金瓜。

顿巴眼睛里露出惊异的神色，喜得直捻白胡子。他弯下腰，想把大金瓜抱出去，可是大金瓜沉得很，怎么抱也抱不动。顿巴请来了坝子上五个力气最大的小伙子，才把大金瓜抱回家。

顿巴拿刀砍大金瓜，要请小伙子们吃。谁知道，刀砍不动，把皮子剥开来一看，原来里面全是金灿灿的黄金。顿巴将黄金换成了青稞、牛羊，全分给了坝子上的穷苦人，从此大家都过上幸福康乐的日子。

桑珠知道了这件事，捻着红胡子，想出了一条毒计。他偷偷带上弓箭，到处寻找小金鸟。有一天，他发现小金鸟栖在树上，正理着金色的羽毛。他躲在草丛里，暗地里拉满了弓，嗖地一箭射伤了小金鸟，小金鸟跌落在树下。

桑珠将弓箭藏起来，装出十分怜悯的样子，将小金鸟捧回了家。

他用羔裘包住小金鸟，用酥油加草药敷它的伤口，用上等的蜂蜜做成

---

[1] 波拉，藏语，对男性老人的尊称，类似于汉族的爷爷、老太爷称呼。

[2] 热巴鼓，藏族的乐器，鼓面呈绿色，鼓槌形如 ⌒ 。

的蜂蜜糕喂它。过了几天，小金鸟抖动着翎翩，飞翔起来了。

桑珠高兴得直翘红胡须，忙把小金鸟抱出帐篷，对小金鸟柔声地说：

"小金鸟快快飞，飞到你阿爸阿妈身边去吧！"

小金鸟展了展翅膀，呼的一下飞到了半空中，吱的叫了一声便离去了。过了好一会儿，它含了一粒种子落在桑珠肥厚的手上，将种子放在他的手心上，说：

"桑珠波拉，这是世界上顶好顶好的种粒，你把它种下，将会结出丰硕的果实。"

桑珠乐得口水都流了出来，也顾不得小金鸟，紧紧将种粒攥在手心，生怕它不见了，嘴里连念六字箴言。

到布谷鸟叫的季节，桑珠深翻菜地，施足了底肥，种下了金种粒。

桑珠浇一瓢水，念一句六字箴言，睁足了眼睛，也没看见金叶冒出地面。他着了急，连念三遍真言，才见金叶冒出了尖。

桑珠赶忙浇第二瓢水，念了三遍真言，金叶才抽藤。

桑珠浇第三瓢水，又念了三遍真言，藤上慢慢开出了一朵金花。

桑珠再浇一瓢水，念完三遍真言，小金花结出了小金瓜。小金瓜见风就长，不到一炷香的工夫，长成了一个大金瓜。

桑珠生怕别人知道，早备好了车子，将大金瓜滚到了车上，用草将大金瓜盖上，赶着牦牛回到家。

他关上房门，眼睛里闪着贪婪的光，急忙用刀削大金瓜的皮。不料皮还没有削完，大金瓜便哗啦一声自己裂开了，从里面跳出一只大老虎，大老虎喝道：

"桑珠你这个黑了心肠的家伙，今天要你去见黑地魔鬼神！"

桑珠吓得直向老虎磕头，乞求饶他一命。

老虎理也不理，张开大口将桑珠吞进了肚里。

好厨师

从前有一个国王，虽年逾半百，但依旧喜爱狩猎。每逢秋季，他都要带着一大群文武百官、侍从士兵，骑上千里马到深山密林里去打猎。

这个国王打猎的本领并不高明，但老喜欢夸耀自己。臣属深知国王这个秉性，所以每次行猎时，他们便分散开去，四处搜寻猎物，然后一齐努力往国王隐伏的地方赶去。这时国王骑在马上，看到成群的野兽朝自己奔来，拈弓搭箭，连连发箭，每射中一只野兽时，臣属和士兵们就欢呼起来，称颂国王的箭不虚发，是世上无双的神箭手，英才盖世的君王。国王看到眼前堆积如小山的猎物，听到这些歌功颂德的话头，心中仿佛喝了蜜一样的甜，像六月酷暑吃了冰块一样的舒服，捻捻胡须，得意地大笑起来。

有一天，太阳刚出山，国王兴致勃勃地领着文武百官和士兵们开始围猎。臣属和士兵按照惯例，悄悄离开国王去寻找猎物。国王背上宝雕弓，插起飞羽箭，神气十足地立在马上，等待着猎物出现在他的眼前。哪知道由于连续几天的追狩，这儿的野兽死的死，逃的逃，所以臣属和士兵们搜寻半天，也没见一根兽毛。国王等了一个上午，只打到一只小獐子。他极不耐烦地换了一个地方，令身边护驾的几个官员和士兵也去搜寻猎物。过了一会儿，一阵旋风陡起，吹得树叶飒飒落下。旋风过后，从密林里跳出一只大老虎来。它舔了舔嘴唇，虎视眈眈地盯着国王。国王在黎民百姓、文臣武将面前是至高无上的统治者，但在老虎面前，却怎样也抖不起王威来。他眼睛发直，脊背爆出冷汗；想呼救，但喉咙里如塞上酥油一般，怎么也喊不出来；想张弓，手却像被牛毛绳捆住一样，怎么也动弹不了，只知道死命地抓住缰绳，两腿筛糠般地在马肚上打战。

大老虎扬起尾巴，往地上一蹲，呼啸一声，猛地扑向国王。国王吓得魂飞魄散，惊慌失措。这时，只见千里马扬起前蹄，腾空而起，驮着国王飞奔而去。

文武大臣和士兵们听到虎啸声，知道事情不妙，急忙策马赶去护驾。当他们气喘吁吁地从四面八方赶到时，只在地上捡到国王的王冠，急得忙分头寻找。

千里马跑啊跑啊，一口气跑到太阳下山，月亮露脸，在一个破帐篷前停了下来。国王回头看了看，没见老虎的影子，才定了定神，看天色已晚，便决定在这里落宿。

国王下马敲帐门。这间破帐篷里住的是一位五十多岁的老阿妈。老阿妈打开门，见是国王，慌忙跪下磕头。

国王已经十分疲惫，顾不上国王的尊严，进了帐篷，一屁股坐在火塘边。

老阿妈献上哈达，祝国王吉祥如意，然后恭敬地请国王喝一杯用茶渣煮的清茶，十分抱歉地说：

"圣明的君主，小民家贫，没有酥油茶，只好请……"

国王实在渴得很，也顾不上那些，捧起来咕噜咕噜地喝。喝完后抹抹胡子，称赞这是他从来没喝过的好茶。

老阿妈想到国王没有吃饭，想拿一些好东西招待国王，但她家里没有牛、羊肉和糌粑，只有一点干索[1]和酸奶渣。她望着这点干索和酸奶渣犯起愁来，因为国王是不会吃这些东西的。

---

[1] 干索，最不好的一种糌粑。

国王坐了一会儿，觉得肚子里像揣着一只小羊羔，咩咩咩地叫起来，怪不舒服的，但他不知道这就是饿了。

　　老阿妈听到国王饥肠辘辘的响声，只好将干索和酸奶渣献上，请国王用膳。国王尝了一点干索，觉得美味无比，又吃了一点酸奶渣，肚子不叫了。于是他狼吞虎咽地吃起来，一下子便把干索和酸奶渣全吃光了。他舔了舔装酸奶渣的木碗，连连称赞这是他从来没有吃过的最精美的食品。这时候他觉得脑袋里昏沉沉的，像装进去一袋糌粑面，眼皮耷拉下来，怎么也睁不开，倒在一块破羊皮上打起鼾来。

　　第二天，官员们终于在老阿妈帐篷前发现了千里马，进了帐篷，恭恭敬敬地跪在地上，轻声请国王起驾。国王睁开干涩的眼睛，看见自己睡在破羊皮上，觉得受到了奇耻大辱，正欲发作，看到跪在面前的老阿妈，才想起昨天发生的事情，连忙起身，骑上千里马回到了皇城。

　　国王回到王宫后，每天吃的都是山珍海味，正如俗话说的那样："整天吃肉喝奶也没味道。"国王吃腻了肉禽奶酪，又想吃在老阿妈家里吃的东西了。他下令皇宫的御用厨师做干索和酸奶渣。

　　这下可难住了这些厨师们，因为他们知道，如果国王真吃那些奴隶吃的东西，一定要大怒砍下自己的头，但如果违抗旨意也是要砍头的。怎么办呢？厨师们一个个愁眉苦脸。一个厨师挖空心思，想出了一个好办法，他用精细的青稞粉加上等酥油做成干索样子的食品和用酸奶充当酸奶渣给国王吃。国王一尝，觉得和他平时吃的食品没什么两样，一怒之下便痛骂了这个自作聪明的厨师。又令另一个厨师做，这个厨师只好从奴隶那儿讨了一些干索和酸奶渣献上御座。国王连忙捂起鼻子，一挥手，这个厨师也被轰了出去。国王一口气惩罚了十个厨师，还是吃不到他想要吃的东西。

　　国王脾气越来越大。上朝时，一个大臣献策，请国王下一道圣旨，命令全国厨师都集中于皇城，一个个做饭给他吃，国王满意者给予重赏。国

246

王听后点点头，立刻颁诏。

全国厨师都集中于皇城，一个个大显身手，结果没有一个厨师做出来的食品使国王满意。越是吃不到，越是想吃，国王食欲的火越烧越旺，脾气更加暴躁。

另一个大臣献媚道："弥天大勇的陛下，微臣看主要是对这些厨师处罚太宽。如果陛下下令，做出来的食品陛下不满意者，处以极刑，那么这些厨师就会精心烹制出陛下所喜爱的食品。"

国王听了觉得很有道理，命令这个大臣代他起草诏书。

诏书一颁布，全国充满了悲恸的哭声，哭得江水抽泣，山头流泪，哭得天空乌云滚滚……

老阿妈听说这件事后，非常气愤，决定进城去见昏君，搭救那些被捉去的厨师。

国王听说老阿妈来当厨师，喜得眼睛眯成了一条缝，忙召老阿妈上殿，破例赐座给她。

老阿妈说："大王，我能做您爱吃的食品，但您要答应我的两个条件！"

国王吞下了一口口水，满口应承。

"第一件，请将所有关押的厨师和他们的家属放回家。"

国王照办了。

"第二件，从现在到明天这时候止，请大王任何东西都不要吃，不要喝，到那时候，小民就做给大王吃。"

国王为了吃到那些可口食品，就照老阿妈的话去做了。第二天，他的肚子又开始咕噜咕噜叫了起来，并隐隐作痛，但他仍然不知道这就叫作饿。

这时候老阿妈托着一个盘子，盘上罩着一块绸子步入宫殿："大王，您按照我的话去做了吗？"

"叶布旦尕保神[1]给我作证，快给我吃。"

老阿妈看着国王发蓝的眼睛，微微一笑，揭开绸子。大臣们一看盘子里放着一块干索和一碗酸奶渣，偷偷用手捂住鼻子，为老阿妈捏一把汗。老阿妈不慌不忙将盘子献给国王。

国王抓起干索就吃，捧起木碗就舔酸奶渣，吃得津津有味。吃完后，他高兴地说：

"你真是一个好厨师，我要重重地赏你！"

"陛下，小民不要赏赐，只要求大王今后不要重罚厨师就行了。"老阿妈说完便步出皇宫。

老阿妈走出金殿，全城黎民百姓向她欢呼和祝福。

那个愚蠢的国王也在沾沾自喜，以为吃到了天上神仙吃的珍品，还不知道饥不择食的道理哩！

---

[1] 叶布旦尕保神，即山神。

吃猪肉

一个喇嘛想吃猪肉，但又不知怎样吃，跑到肉铺里去请教。

肉铺里的伙计答道："用刀剁碎，煮熟便可吃。"

"刀在何处买？"

"刀铺里去买。"

于是喇嘛在刀铺买了一把刀。他右手执刀，左手拿肉，走在街上。不料，刚出城，空中飞下一只秃鹫将肉叼去了。

喇嘛仰首笑秃鹫："哈哈！你没有刀，怎样吃猪肉呢？"

不自量力

一根羊毛、一根草和一个硬壳虫，凑在一起商量，决定合伙去偷一头牛。

它们跑到牛牧场，偷了一头大牦牛。羊毛自告奋勇地说："伙计们，让我在前面牵牛。"

"那我骑在牛背上。"草接着表示。

硬壳虫顶神气地说："我在后面赶牛。"

它们非常得意地把牦牛赶到桥边，冷不防牛打了一个喷嚏，把羊毛吹到河里。正遇上一个漩涡，羊毛被卷得无影无踪。

草听到喷嚏声，吓得从牛背上跌落下来，刚好掉到牛的嘴边。牦牛一张口把草吃了。

硬壳虫不知发生了什么事情，跑到前面去看，正好走到牛蹄下。牦牛一抬脚便把它踩死了。

羚羊退敌

羚羊正在寻草吃，猝不及防，遇上了一只饿狼。羚羊急中生智，很快剥下一张树皮，胡乱写上几句经文，拿出来对狼大声说：

"狼领旨。"

饿狼正欲扑过去，突听羚羊喊声，不由得停下脚步，听羚羊说些什么。

"狮王圣谕：今已收到狼皮一百九十九张，唯差一张，现令你这只缺毛的饿狼，赶快奉献皮，凑足二百张。"羚羊说完，朝饿狼走去。

饿狼一听狮王要它的皮，吓得掉转过头，一溜烟地逃跑了。

银秤换儿子

有一个充本，贪欲之心就像大海一样永远填不满。他有一个朋友要出远门，把祖传的一把银秤托他保管。充本见是一杆银秤，顿起贪心。

一年后，充本的朋友从远方回来，向他索秤。

充本愁眉苦脸："朋友，实在抱歉得很，你的秤让老鼠偷吃了。"

这位朋友真是哑巴吃黄连，有苦说不出，回到家里闷了一夜。第二天，他到充本家，对充本说：

"朋友，你没有什么过错，老鼠既然吃掉了秤，就算了，你不要老放在心上。"

这位朋友告辞时说："今天，我想到河里去洗个澡，麻烦你儿子帮我拿拿洗澡的用具。"

充本满口答应，唤过儿子："大叔要到河里洗澡，你帮他拿洗澡用具。"

这位朋友把充本的儿子引到一个山洞，把他捆起来，塞进洞里，随后到河里痛痛快快地洗了个澡。洗完澡后，他穿好衣服，走到充本家，双手贴胸，装出十分难过的样子说："朋友，实在遗憾得很，你的儿子被一只老鹰从河边叼走了。"

"什么？"充本气得鼻孔冒烟，"谁能相信你的话，一只老鹰能叼走我的儿子？"

这位朋友笑了笑："既然老鼠能吞下银秤，那么老鹰叼走你的儿子，又何足为怪呢？"

充本又气又羞，脸红一阵白一阵，只好把银秤还给了朋友。当然，他的儿子也回到了身边。

天湖的传说

藏北草原的南端，有一个碧玉般的大湖，传说清澈透亮的湖水是天宫王母举行蟠桃盛宴后剩下的琼浆玉液。每逢佳节的夜晚，月儿高悬空中，湖水荡泻着银辉。满湖星星点点，波光闪闪。天宫的神仙飘然而至，湖面上洋溢着悦耳的歌声，所以牧民叫它天湖。

天湖像哈达一样，铺展在草原的四面八方，给牧民们带来了吉祥幸福。它用琼浆玉液般的湖水滋润草原，使水草丰美，牛羊肥壮，牧民们过着幸福的生活。

不知什么时候，一条孽龙从天而降，变成一座大黑山，锁住了天湖的水源。

俗话说："草原无水，长不出嫩绿的青草；人畜无水，就没法生存。"因为断了水源，丰盛的草原干枯了，肥壮的牛羊稀少了，白色的帐篷迁走了。

年老的牧民念经焚香，乞求菩萨显灵，驱走孽龙。但是他们没见到菩萨显灵，反见孽龙愈加猖狂。

年轻的牧民，骑上骏马，抽出腰刀出战孽龙。但他们刚到大黑山脚下，孽龙一开口，狂风呼，雷电闪，把他们吹得无影无踪了。

从此，太阳、白云也不在这儿落脚，阴云黑雾布满了天空，广袤的草原失去了欢乐和歌声。草原一片凄凉。

有一年春天，从远方来了一位少年。他骑着白马，穿着银晃晃的盔甲，头上戴着一顶像白云一样的缨盔，腰间佩着一柄宝剑，银丝绦飘拂在剑上，右面悬挂的箭囊里装着白孔雀翎羽的箭，左面悬挂的豹皮袋里装着晶莹的宝石大弓。他听说了这件事，怒睁双目，发誓要斩孽龙。

喜讯像箭一般射向草原，牧民们捧着藏香，举着桃花，捧着哈达，向白铠少年献上人参果米饭。

白铠少年接过哈达，吃了一点人参果米饭，放开嗓子唱了一段出征曲：

大江河面虽宽阔，
有了船只不难过；
高山峻岭虽险要，
有了牦牛不难攀；
乌云滚滚遮满天，
利剑刺破艳阳出；
孽龙妖法降灾难，
擒龙灭法气盖天。

白铠少年唱毕，告别了牧民们，骑上白马，如雄鹰一样飞向大黑山。

大黑山高耸入云端，抬头不见顶，只见黑雾绕山梁。白铠少年立在马上，大声挑战：

"孽龙听着：

你是软绵绵的草，
我是野牛将你吃掉；
你是红腾腾的烈焰，
我是暴雨把你扑灭；
你是害人的毒蛇，
我是鹰鹞将你啄死。

你若想活命，

乖乖回到地狱里去！"

孽龙正在打瞌睡，被白铠少年的吼声惊醒，睁开惺忪的眼儿瞧，见是一个乳臭未干的娃娃，不由得哈哈大笑起来：

毛驴充骏马，

乌鸦当孔雀，

兔子充雪狮，

青蛙当蛟龙，

压不住马鞍身的黄口小娃，

开口说大话！

"看剑！"白铠少年拍马上前。

孽龙把口一张，霎时天昏地暗，狂风骤起，雷电交加。狂风将白马卷上了天空，雷声击打白铠少年的天顶，闪电射向白铠少年的眼睛。

白铠少年抓紧缰绳，挥剑劈向狂风。哗啦一声，狂风停息。剑锋刺向雷电，哗啦一声，雷电消逝。

孽龙把眼睛闪了闪，摇动起尾巴，霎时天摇地动，飞沙走石。

白铠少年急忙取出弓箭，朝孽龙尾巴射去，轰隆一声巨响，天地停止了震动。

孽龙暴跳如雷，腾身跃上苍穹，张牙舞爪扑向白铠少年。

白铠少年与孽龙搏斗，他们从天上打到地上，从地上打到海底，从海底又打回地上，打了九十九个回合，不分胜负。突然孽龙口吐一道白光，把白铠少年打落在草原上。

孽龙摇动尾巴，正欲擒捉白铠少年。只见白马长啸一声，驮起白铠少年，腾起四蹄，箭一般奔向远方。

白铠少年知道自己降伏不了孽龙，决心去西天向释迦牟尼佛祖求法。他不分昼夜，翻山越岭，涉水渡河，走了九十九天，来到一个海子边，借宿在一个老汉家。晚上他见老汉不睡觉，神色悲哀，愁容满面，好奇地问：

"爸拉[1]，如果我借宿贵处给您带来不幸的话，我将立即离去。"

"啊！尊贵的客人只会给我家带来吉祥，怎么会带来不幸呢？"老汉说到这里，眼泪却扑簌簌地掉下来。

白铠少年越发奇怪："您若有什么不顺心的事儿，说出来心里会舒坦一些。"

"唉！"老汉叹了一口气，"不瞒你说，一年前，一只老妖龟占据了海子，强迫我们每晚送一个姑娘给它受用，否则就要兴风作浪，降下禳灾。我们斗不过老妖龟，只好照办。今天晚上该轮到我的女儿了。"

白铠少年听了，安慰老汉："您放心，今夜我替您女儿去海子边，把老妖龟除掉。"

老汉一听，高兴地唤出女儿，给白铠少年磕长头，千恩万谢。老汉说："听说老妖龟是杀不死的，除非拿到夜明珠，夜明珠是它的命根子。"

"夜明珠在哪儿？"

"在它的口里。"

白铠少年听了点点头，在老汉帮助下，将自己打扮成一个姑娘。他把头发梳成江罗头[2]，头上簪上珊瑚珠，脖子系上玛瑙项链，手上戴上海螺镯。水红的绸内衣外面罩一件深绿色的长衣，腰间系着一条齐膝的五彩邦典[3]。老

---

[1] 藏语在人的称呼后加"拉"，表示尊敬和亲热。
[2] 江罗头，梳独辫的发型，是藏族少女婚前的打扮。
[3] 邦典，藏族女性的围裙。

汉将"姑娘"送到海子边，自己躲到远远的树林里。

过了一会儿，只见平静的海子从远处涌起一团雪浪，雪浪渐渐涌到海子边，从里面浮出一只牦牛般的大乌龟。它左右看了一下，朝"姑娘"爬来，正欲张口，"姑娘"突然从邦典里拔出宝剑，用力一挥。妖龟躲避不及，龟头被砍了下来。"姑娘"立刻用剑撬开妖龟的嘴巴，将夜明珠捧在手心，霎时妖龟化成了一股蓝烟。

乡亲们听说白铠少年除掉了妖龟，纷纷前来向他顶礼。为了感谢白铠少年，老汉捧着夜明珠说：

"英雄少年，听老人说这夜明珠是无价之宝，你带着它，将来会用得上的。"

白铠少年带上夜明珠，骑上白马，继续朝西走去。他不分昼夜，越过许多高山陡岩，跨过许多深山荒涧，走了九十九天，来到一个坝子上。

这个坝子上人烟稀少，景色十分荒凉。这时，白铠少年看到一个骨瘦如柴的牧童吹着牧笛，曲调凄楚悲凉，吹得太阳掩面，云儿悲泣，吹得少年弹下泪来："小兄弟，遇到什么伤心事儿，吹出催人断肠的笛声？"

"唉！"牧童放下牧笛，哭泣起来，"远方的阿哥，不知从何方来了一头妖牛，天天到坝上来吃人。阿爸、阿妈都被吃掉了，它马上就要来吃我啦。"

白铠少年跳下马，安慰牧童："小兄弟不要担忧，你把衣服借我穿一下，让我来除掉这头妖牛。"

牧童愁脸有了欢乐，他边脱衣服边说：

"远方的阿哥，你千万要注意，听老人说，妖牛是杀不死的，除非砍下它头上的两个角。"

白铠少年听了点点头。他戴上了破羊皮帽子，披上旧藏袍，坐在一块石头上，吹起了牧笛。曲调欢乐明朗，娓娓动听，吹得鸟儿在他头上盘旋，

羊儿在身旁欢跳。

突然鸟儿飞去了，羊儿四腿哆嗦趴在地上。只听见哞哞的声音由远及近，如雷声在轰响。大地颤抖起来。

"牧童"循声望去，只见一头大黑牛奔过来，头上竖着一对大牛角。它跑到"牧童"身边，用鼻子嗅了嗅，正欲张口时，"牧童"突地亮出宝剑，唰地一下砍下了妖牛头。"牧童"不等妖牛施展妖法，用剑砍下了妖牛的两个角，顿时妖牛化成了一股黑烟。

坝子上幸存的百姓听说白铠少年除掉了妖牛，载歌载舞，向白铠少年敬献哈达。为了感谢白铠少年，牧童捧着牛角说："听说这对牛角是稀世之珍，您带上它吧！"

白铠少年背上牛角，翻身上马，继续朝西走去。他不分昼夜，越过许多沙丘沙海，跨过了许多雪峰冰川，走了九十九天，走到一座大山上，碰到了一群人。他们衣衫褴褛，面黄肌瘦，但却捧着肥嫩的羊肉、牛肉和糌粑。突然一个人昏倒在地，白铠少年忙下马扶起那个人，发现他是饿昏的，惊奇地问道：

"你们有这么丰盛的食品，怎么个个都面带饥色呢？"

"唉！"那个人叹了一口气，"好心肠的兄弟，不瞒你说，不知从哪儿飞来一只火鸟，命令我们每天要供它一百只羊、一百头牛和一百袋糌粑，否则就要烧掉房屋，烧毁田园。我们没有办法，只好忍饥挨饿供奉它。"

白铠少年听了十分气愤，按着剑柄说：

"你们把供品带回去分了，火鸟在什么地方？我来对付它！"

大伙儿连忙朝白铠少年合十膜拜，为他祈祷。那个人含着感激的泪花说：

"好心的兄弟，你可要当心啊，火鸟是杀不死的，除非拔掉它头上的那根金毛。"

白铠少年点了点头，按照他们指引的路径，骑马上山。

火鸟听到了马蹄声，满以为送贡食的来了，理了理火红的羽毛等待着。谁知道来的只是一个白盔白铠的英武少年，不由得竖起了红羽毛：

"为什么空手来！"

"如果你是神鸟，应该给地界带来吉祥，怎么降下灾难！"白铠少年好言相劝。

"呵！呵！呵！……"火鸟狞笑起来，"乳臭未干的小娃子，听着：

> 我是天鸟生下的煞尾蛋。
>
> 春风孵不出，
>
> 炎风孵不出，
>
> 金风孵不出，
>
> 朔风孵不出。
>
> 压在须弥山[1]底，
>
> 黑魔帮我忙，
>
> 蛋裂震天响；
>
> 红魔促我长，
>
> 飞舞降灾难。
>
> 吉祥我无缘，
>
> 灾星我做伴。"

白铠少年听了怒发冲冠，拔出宝剑，喝道："好言相劝你不听，定要宝剑沾血腥！"说着拍马冲上前去。

---

[1] 须弥山，藏语里有三种解释：一种指喜马拉雅山；一种为佛经传说中最大的山，实际并不存在；最后一种说法为世界中央，日月星辰绕之而转，其东南西北四面海中，各有一大洲。

火鸟将红羽毛竖起来，口喷出火，顿时周围的树木烧起来，熊熊的火焰扑向白铠少年，逼得他连连后退。

白铠少年见靠不近火鸟的身，拔出孔雀翎箭，拉满弓一箭射去，正中火鸟的口，火势顿时退下去。火鸟正欲展翅起飞，白铠少年像旋风般卷去，手起刀落，砍下了火鸟的头，迅速拔去火鸟头上的一根金羽毛，霎时火鸟化成一缕红烟。

白铠少年带上金羽毛，不分昼夜地继续朝西走。走啊走，走了九十九天，走近一座大山，抬头望去，奇峰林立，怪石参差。他催马进山，眼前景色变化万千，异常美妙。有时经过弯弯曲曲的花丛小径，瑶草琪花拂面而过，彩凤青鸾飞翔鸣唱，景色十分清幽。有时行进在万丈高岩之下，雪松、白桦错落谷间，银河从天而降，水声响彻山间，气势格外雄伟。白铠少年无心观赏风光，驰马而过，直上山巅。又见宫殿庙宇起伏重叠，堂皇的大金顶座座相连，直接霄汉。白铠少年知道已到佛境，慌忙下马，跨入门楼，拾级而上。走到一座大殿前，只见门楣上四个镏金大字"大雄宝殿"，殿前立着四大金刚，殿中莲花宝座上，端庄盘腿趺坐着释迦牟尼佛祖。

白铠少年倒身长跪，朗声唱道：

上有六字箴言，
下是莲花宝座，
佛祖法力无穷，
天湖孽龙兴风作浪，
望乞佛祖赐法垂恩，
擒孽龙以济众生。

佛祖满面瑞气，启齿："弟子，你有奶子般的纯洁的心，有雄狮般的英勇，所以佛法已授予你了。"

白铠少年大惊，抬头问道："佛祖，望乞开导。"

佛祖说："你不是有夜明珠、牛角和金羽毛吗？这些就是得到孽龙生命球[1]的佛法。"

"孽龙的生命球，在何处呢？"

"孽龙的生命球系在一把金钥匙上，这把金钥匙藏在仁波山的一个山洞里。你骑上马往东走，碰到第一座山就是仁波山。山洞内有三道门，第一道是金门，有条龙守护，你把夜明珠给它吃，它就会失去知觉；第二道是银门，有条龙守卫，你用牛角将它打晕；第三道是松耳石门，也有条龙守卫，你用金羽毛将它缠住。进门后，里面有三个小匣子，一个是金匣，一个是银匣，一个是松耳石匣。里面都有一把金钥匙，你只要取松耳石匣内的金钥匙，回到天湖，掷向黑山，孽龙就得死亡。"

白铠少年领了佛法，拜谢深恩。

佛祖警诫："记住，在归途中你将碰到一处泉水，千万不要喝，那是孽龙吐出的毒液。"

白铠少年拜辞了佛祖，跨上白马，直向东奔去。找到了仁波山，把白马拴在山下，单身上山，找到洞口，果见一条通身有盔甲般鳞的龙守着金门，它的眼睛有酥油灯盏般大。盔甲龙见有人来，倏地一下腾起身来，气势汹汹地逼近白铠少年。

白铠少年将夜明珠掷向盔甲龙。盔甲龙一口吞下夜明珠，便瘫倒在地上。

白铠少年跨过龙身进入洞口，走了一会儿，果见一扇银门，一条龙守

---

[1] 生命球，藏族传说人和动物的灵魂可以附在任何地方，如玉、刀等，如果将寄托灵魂的物弄毁，其人或动物则必死。

在门口。

这条龙遍身竖着宝剑般的刺，眼睛有酥油桶那般大。它看到有人来，立刻咆哮起来，竖起剑刺，扑向白铠少年。

白铠少年早有准备，将牛角掷向剑龙，正中剑龙的脑门顶，剑龙惨叫一声倒在地上。

白铠少年推开大门，走了一会儿，果见松耳石门，一条龙守在门口。

这条龙的眼睛有车盘那般大，头上有一对锋利的角。它见有人来，立刻呼呼地奔过来。

白铠少年连忙闪在一边，躲过犀利的龙角，将金羽毛朝它一卷，就把龙捆得紧紧的，越捆越紧，一下子便把龙捆住了。

他推门进去，走过金匣、银匣，从松耳石匣里取出金钥匙，下山骑上白马朝天湖奔去。

一路上白马像长了翅膀一样，飞过了高山，飞过了沙漠、草原。飞到一个清泉时，白铠少年听到叮叮咚咚的泉水声，便勒住缰绳，看到清澈的泉水哗哗地流，他口里干得冒了烟，翻身下马，掬起泉水就喝。喝完泉水，正欲起身，突然腹中绞痛起来。这时他才想起佛爷的警诫，十分后悔，忍着剧痛，爬上马背。白马驮着白铠少年，快如疾风般朝大黑山飞去。

到了大黑山，白铠少年已昏晕过去，跌落马下。白马用嘴轻轻舔着他大汗淋漓的苍白的脸。白铠少年渐渐苏醒过来，挣扎着爬起来，掬出金钥匙，奋力向大黑山掷去。

轰隆隆一道金光，一声巨响，天旋地动，大黑山倒塌下来了。一碧清水从地底奔涌而出，一下子变成了碧波荡漾的天湖。天青云碧，太阳从湖水中冉冉升起，万道金辉洒在湖面上，泛起了层层金波。

突然金波里涌出无数黑鱼，将清澈的湖水搅得混浊起来，伤害着湖中的鱼类。原来孽龙的灵魂变成黑鱼，继续兴风作浪。

这时天空飞来了许多湖鸥，直冲湖面，捕捉黑鱼。原来是白铠少年的灵魂变成了湖鸥，与黑鱼作斗争。

白铠少年为了保卫天湖不再受危害，他将白马变成小岛，使湖鸥有栖身之地。千百年来，无论春夏秋冬，湖鸥都在天湖上空飞翔，捕捉黑鱼，保卫天湖。

从此，天湖四周的草原草木复苏，牛羊肥壮，牧民们又过上了幸福的生活。

牧民们非常感激白铠少年，将他的故事编成牧歌，一代一代唱了下去：

> 天湖是块大草原，
>
> 湖鸥是草原上初绽的格桑花；
>
> 天湖是一块蓝缎，
>
> 湖鸥是缎上璀璨的珍珠；
>
> 天湖是一面明镜，
>
> 湖鸥是镜中的凤凰。
>
> 春风啊，
>
> 请捎话给湖鸥，
>
> 我愿变成绿叶，
>
> 陪衬着初绽的格桑花；
>
> 我愿变成精致的小盒，
>
> 装上璀璨的珍珠；
>
> 我愿变成一只云雀，
>
> 永远伴随着凤凰。

老大和老二

有一对兄弟，从小失去了父母。老大去当贵族的佣人，由于会迎合主人，颇受赏识，慢慢地成了有钱人。老二为人老实，不会钻营，所以终年与羊群为伴。

老二穷得只能用太阳来烧水[1]，只好找老大去借一点糌粑。老大好久未见弟弟，今儿看他已变成一个强壮的小伙子，故作怜惜的样子说：

"兄弟，我们可是一根藤上结的果，要幸福大家都像喜鹊一样花，要痛苦大家都像乌鸦一样黑[2]，你就留下吧，还怕阿哥不给你糌粑吃？"

老二以为老大恋着手足之情，非常感激地留了下来。

俗话说："有财亲兄弟，无财兄弟变奴隶。"老大早被钱财迷了心窍，哪有什么手足之情，在他眼睛里，老二是一头不吃饲料的好牦牛。

老二像备上鞍子的马，驮了茶驮的牛，成天不停地干活。每天他鸡鸣就起床，带上仅够糊口的一唐古[3]糌粑，赶羊群到草滩放牧，直到星星冒出来，才回家。

有一天老二放牧时，刚解开唐古的扎口，就有一只兔子跳到他跟前，红眼珠里闪着乞求的光。老二觉得小兔子怪可怜的，就抓一大把糌粑喂它。

兔子吃完了糌粑，一蹦一跳地隐没在深草丛中。第二天兔子又来了，老二照样抓一把糌粑喂兔子。天天如此，这样整整喂到一百天时，忽然，

---

[1] 藏谚，形容穷得一无所有。
[2] 藏谚，意思是有福同享，有苦同当。
[3] 唐古，装糌粑的小羊皮口袋。

老二眼睛一亮，眼前站着一个白头发、白眉毛、白胡须，穿着银色楚巴[1]的慈祥老头儿，他笑眯眯地说：

"小伙子，我是兔神，发过重誓，谁要喂我糌粑一百天，我将报答他。好心肠的人，你要什么宝物？"

"兔神，快别说了，我喂糌粑给你，不是为了报酬。"老二诚恳地说。

"正因为这样，你才应该得到报答。"白老头看了看天色说，"好心肠的人，随我来。"

兔神把老二引到一个山洞旁说："你躲在洞里，洞里住有三个妖魔，待会儿它们就要回来吃饭，你就会看到一件宝物。等他们走后，宝物就归你了。"说完兔神将老二往洞里一推。

老二进入洞里，回头一看，兔神不见了，正欲回身出洞，忽然听见洞口传来一阵怪声，知道妖魔回来了，急忙躲在一块大石头后面。一阵风过，三个妖怪进入山洞。它们用三块石头支起了一个空的石锅，锅下烧起火来。妖魔们围着空锅跳舞，边跳边敲锅说：

"锅儿，锅儿，快出糌粑。"

话音刚落，石锅中冒出了很多热腾腾的糌粑。妖魔们取出糌粑，边舞边敲锅说：

"锅儿，锅儿，快出酥油。"

接着石锅里盛满了黄亮亮的酥油。妖魔们取出酥油，又边舞边敲锅说：

"锅儿，锅儿，快出牛肉。"

顿时石锅里装满了香喷喷的牛肉。妖魔们围着石锅，大吃大喝了一顿。吃饱喝足，尽欢而散。

待妖魔们走后，老二背起石锅，走出山洞，赶着羊群回到老大的家，

---

[1] 楚巴，一种藏式长袍的名称。

对老大说：

"阿哥，我要自己成家。"

老大当然没有理由阻挡他，只好让老二走了。老二走到草原上，支起了石锅，烧起火来，边跳舞边敲着锅说：

"锅儿，锅儿，出一顶帐篷。"

老二话一停，眼前出现了一顶大帐篷。

"锅儿，锅儿，我要吃饭。"

一桌丰盛的珍馐佳肴摆在老二面前。老二痛痛快快地吃了顿他从没吃过的好东西。接着，在帐篷里美美睡了一觉。

一觉醒来，帐顶沐浴着阳光。老二起身后向石锅要了一群牛羊，从此他的生活就像喝了蜜一样，甜在心里。

这事像风一样快地吹到老大耳朵里。老大跑到老二家里，看到华丽的帐篷，数不清的牛羊，十分嫉妒，但脸上却堆满了虚假的微笑："威武的大鹏鸟落到了草原，灿烂的阳光照到了雪山，好兄弟，是什么神把喜事降临在你的头上？"

老二的心像海子般透亮，便老老实实地告诉了阿哥，老大听说这件事，眼珠儿鼓得大大的，乞求老二：

"亲兄弟，你就看在父母的面子上，把石锅借给我用一下吧！"

"好吧！"老二毫不犹豫把石锅借给老大。

老大背上石锅，回到家中，赶走了雇工，关上家门，在经堂里支起石锅，添上柴火，敲打锅边：

"锅儿，锅儿，我要黄金。"

"嗬！"老大的眼睛被满锅金灿灿的黄金照花了。他高兴得手舞足蹈，嗓门儿高起来：

"锅儿，锅儿，我要松耳石。"

"嗬！"满锅绿葱葱的松耳石。老大兴奋得几乎发了疯，敲打石锅：

"锅儿，锅儿，我要玛瑙！

"锅儿，锅儿，我要琥珀！

"锅儿，锅儿，我要珍珠！"

……

经堂堆满了奇珍异宝。老大把石锅架到了卧室，卧室也堆满了宝石。这样，一间房一间房地喊，他的嗓门儿喊哑了，叫老婆来喊，老婆喊哑了，叫女儿来喊。最后每间房子都堆满了宝石，老大全家的嗓子都嘶哑了。

老大收起了石锅，心想：我是全世界最富有的人了。他顾不上睡觉，到每个房子里去查看这些令人眼馋的宝物。但是怪事发生了，老大看一处，一处的宝物就变成了石头。老大走遍了所有的房间，所有的房间都堆满了石头。

老大急得大汗淋漓，忙将石锅架在场地上，烧起火，敲着石锅，用嘶哑的声音说：

"锅儿，锅儿，我要许许多多的羊！"

霎时满院子都是活蹦乱跳的羊儿。老大脸上现出了欢颜。他把石锅支在马厩旁，喊着：

"锅儿，锅儿，我要许许多多的马。"

顿时，马厩内到处是红的、白的、黑的马儿。老大高兴得哈哈直笑。突然，他的笑声变成了哭腔。原来马儿又变成了大石头，把马厩里堆得满满的。老大连忙跑进院子里，两眼直勾勾地望着满院子乱七八糟的石头，发起愣来。

老大脸色气得像青石板一样，把石锅砸了。跑进山里，躲进妖魔的洞里，想直接得到宝贝。不一会儿，三个妖魔都回来了。

一个领头的妖魔说："伙计们，有生人味，准是那个偷石锅的人又来了。"

三个妖魔搜索起来，老大吓得胆战心惊，上下牙一个劲儿地打架。妖怪听到声音，把老大从岩石后面揪了出来。

"你这个贪心不足的家伙，敢在孔雀身上拔毛，神山[1]上砍树，自找死。"领头的妖魔大叫起来。

老大磕头如捣蒜："各位天神饶命，上次偷石锅的不是我，是我的弟弟。""乌鸦会把弄脏了的嘴，往干净的土地上磨蹭，坏人总是把自己的过失向别人身上推诿。"三个妖魔都气愤地扑上前去，让他从此看不到也听不着，并把他赶出了山洞。

老大什么也看不见，只好爬着走，最后从岩上摔下了深谷。

---

[1] 藏族认为神山的树是不允许砍的。

摩巴、喇嘛、活佛

摩巴[1]、喇嘛、活佛总是吹嘘自己聪明绝顶，神通广大，能卜吉凶，逢凶化吉。但是事实并非如此，不信，请看——

摩巴杀子

有一个摩巴，自称德高智广，星术、医道、技艺样样精道，特别是能卜算未来。为了证明自己卦算高明，有一天，他突然抱着儿子痛哭。

一个好心人将双手捧在胸前，问道：

"羊群失去领头羊，青稞突遭重霜打。摩巴先生，你遇到什么不幸？"

摩巴抽泣着说："晴天暗孕着风暴，撒欢的羊羔后面藏着恶狼。七天后灾星将降到我的独生儿子头上。"

"您神运通天，定能消灾禳祸的。"好心的人安慰他。

"呵。"摩巴叹一口气，"命里已注定，他是无法逃避的。"

好心人听了为之变色，吐出了舌头。

乡邻们听说这件事，不以为然，没过几天，都把这件事丢到脑后边去了。

第七天，从摩巴的帐篷里传出了号啕的哭声。乡邻们闻哭声，跑去一看，只见摩巴抚着他儿子的尸体恸哭。

---

[1] 摩巴，藏语卦师，一种专门从事打卦卖卜为生的宗教职业者。

270

乡邻们见摩巴的卦算果然应验，个个称奇，人人信服，都说摩巴卦艺高超。唯有好心人在旁忽而摇头叹气，忽而怒目而视。乡邻们不解地问他。

于是好心人将其中的奥秘泄了出去。原来好心人上过摩巴的当，知道摩巴的底细，听摩巴的话后，便暗暗注意他，看他牛皮袋里装的是什么药。第七天，摩巴为了应验他的卦算，竟下毒手害死了亲儿子，以惑乡邻。

乡邻们听后，十分气愤，纷纷向摩巴撒灰[1]。

牛瓮俱失

喇嘛买了一匹牦牛，叫扎巴[2]给他放牧。一次牦牛把头伸进瓮内吃青稞，头却出不来。扎巴不知所措，只好向喇嘛禀报。

"愚蠢的弟子，"喇嘛正在经堂诵经念佛，听完扎巴的话后，生气地说，"你把牦牛头割下，然后将瓮打破，岂不可取出牦牛头吗？"

扎巴恍然大悟，用刀砍下了牦牛头，并将瓮打破，果然取出了牦牛头。

喇嘛忙将牦牛头死命地按在牦牛的脖子上，十分得意地对扎巴说：

"今后遇到这类事就这么办！"

活佛受骗

山南的一个活佛自称是先知者，扬言谁要在他面前撒谎，那是乌鸦落在帐顶上，要倒霉的。

甘南有一个聪明人听说这件事，决心要戏弄一下这个自负的活佛，有意放风，叫活佛小心上当受骗。

活佛也听说过甘南的聪明人曾用智慧奚落过许多头人、千户、国王，不敢大意，暗做准备。

不久，甘南的聪明人果然来拜访山南的活佛。

活佛特意走出山门，迎接聪明人，破例请聪明人喝盐茶。

"远方的客人，你就说一个谎吧。"活佛拨弄着檀香珠，眯着眼睛打量着对手说。

"佛爷，"聪明人献上哈达，十分诚恳地说，"我阿妈死了，这次到贵地来不是与佛爷比智慧，而是请您到我家念经，超度超度她，不要让她的灵魂在阴间受罪。我一定多给您供养。"

"啊！"活佛松了一口气，"念经当然要去，你太不幸了……你请喝茶！"活佛一边说，一边殷勤地招待他。但是聪明人非常难过，无心喝茶，表示谢意后就告辞了。

第二天，活佛带上法鼓、摇铃和几个弟子，骑上毛驴，上路了。

他刚走上大路，看见聪明人躺在路边草地上晒太阳，十分吃惊，正欲发问，聪明人却先开了腔：

"佛爷，一大早您上哪儿去？"聪明人很恭敬地站起来，将双手捧在胸前。

"嗳！"活佛瞪圆了眼睛，问道，"你阿妈不是死了，请我去念经吗？"

"噢！"聪明人讪笑着说，"佛爷不是有名的先知者，怎么上当了呢？"

"哦！"活佛发现受了骗，脸红得像牛血一样，狼狈地骑着毛驴溜走了。

池底捞宝

一个自负而又贪心的活佛，一天夜晚，踏着月光，步出山门，走到小池塘，看着平静如镜的池水。突然他眼睛发了直。扎巴看到活佛这等模样，十分惊异，顺着活佛的眼光望去，只见水中有一块瑰丽的宝石。

"弟子，把水中的宝石捞出来。"活佛深信"麦秆儿永远漂在水上，宝石都是在水底埋藏"的古训，命令扎巴道。

可是扎巴把手伸进水里，宝石却不见了。手离开水面，不一会儿，宝石又奇迹般地出现在水中。不管怎样捞都捞不到。

活佛心儿跳得更快了，愈相信这不是一般的宝石，眼睛里射出贪婪的光，急忙命令寺院里的扎巴全出动，将池水舀干取稀世之宝。

扎巴们七手八脚，折腾了半天，把池水舀干后，除了捉到几只乌龟和几条小鱼外，什么也没找到。

一个小扎巴合掌道："尊贵无比的佛爷，请你卜算卜算，这块宝石到哪儿去了？"

活佛一想也对，于是卜算起来，算了半天，宝石还在池里。为了应验自己的卜算，他又命令扎巴们把池中水灌满，果然，平静的水中又出现了夺目的瑰宝。

扎巴们又折腾了半天，将池水舀干，还是见不到宝石的影儿。

一个牧民看了半天，无意抬头，看见池塘旁的一棵树上挂着一块宝石，心里嘀咕起来："活佛哪是什么能卜会算的佛爷，分明是一头蠢驴。"牧民决定与活佛开开玩笑，做出十分恭敬的样子说：

"聪明人即使昏迷了，也不会变成傻瓜；蚂蚁虽然没有眼睛，走起路来比别的虫子还快。佛爷，池水里没有，为什么不到天上找呢？"

活佛听到牧民的话，昂头大笑。他讥讽牧民：

"傻瓜哪怕接触了各种知识，也是像星星一样，发不出大的光芒。你这个笨蛋，宝石分明在水中，怎么会在天上！"

最后，宝石当然不会被"能卜会算"的活佛所得，而被"笨蛋"的牧民得到了。

卜算不灵

有一户人家的儿子应征打仗去了，一去三年杳无音讯。阿爸想念儿子，于是请活佛卦算儿子的死活。活佛看了看这户人家奉献的哈达、酥油、山羊和牛肉块，欣然答应了。

活佛披着红袈裟，坐在四方方的软垫上，对天合十，嘴里喃喃自语，卜起卦来。算了一会儿，他脸色变阴，带着忧伤的声调说：

"哎呀，这是一个凶卦，你儿子已不在人间了。"

阿爸一听，双眼涌满了泪水，长磕在地，哀求道：

"佛爷，我只有这一个儿子，请你降福祉，明天到我家替我儿子念念经，让他的灵魂升入天堂。"

当活佛知道这户人家将敬奉他一匹马时，点头应允了。

第二天，活佛带了几个徒弟，到这户人家去念经。经堂里，徒弟们大吹法螺，击法鼓，活佛摇动着法铃，眯着双眼哼哼地念起超度经文来。正当他念得起劲时，经堂门口哗动起来，活佛以为是乡邻们都来看他念经，将嗓门儿提得更高。

"佛爷，你为自己超度吧！"一个生气虎虎的青年，叉着腰，站在经堂门口大声地说。

活佛一惊，忙停住摇铃，转身一看，脸唰地红到耳根，低着头，在人们嘲笑中溜走了，连他诵读的经典——经文也来不及收拾。

原来这位青年正是这户人家的儿子，他打完仗平安地回家来了。

扎巴和狼

从前，有一个好心的扎巴，终年给喇嘛做活儿，弄得很穷，除了身上的袈裟、禅裙，只有一匹氆氇。喇嘛死后，他只好云游四方，靠善男信女布施度日。

有一天，他走到一个地方，看见许多牧民抓住一只狼，用牛毛绳捆住放在一旁。牧人搭铜锅烧茶，准备喝完茶后剥狼的皮。

狼被捆得结结实实的，动弹不得，周身在抽搐着。它看见扎巴，绿眼流出了两行泪水。

扎巴觉得狼怪可怜的，向牧民们稽首："给你们袈裟、禅裙，把这只狼换给我吧！"

牧民们打量了一下扎巴，说：

"这只狼吃了我们很多的羊，用袈裟、禅裙换，太便宜它了。"

"我身上别无他物了，仅这一匹氆氇，你们就发发善心，换了它吧！"

牧民们合计了一下，收下氆氇，把狼交给了扎巴。分手时，牧民们叮嘱道：

"小心啊，狼不光吃羊还会吃人的。"

扎巴把狼带到山嘴，看前后没有人，对狼说：

"狼啊，我放了你，今后你就不要吃羊了。"

狼站在那里，没有离去，绿眼睛骨碌碌地望着扎巴。扎巴奇怪地问：

"你不走，望着我干什么？"

狼舔了舔嘴巴说："好心人，你做好事就做到底吧！"

扎巴抖抖身上的袈裟说："我一贫如洗，什么都没有了，你还要什么呢？"

"我已经有两天没吃肉了。你让我吃，填饱我的肚子，不是做了好事吗？"狼说完，张牙舞爪欲扑上来。

扎巴气得浑身发抖，愤怒地说："你这个忘恩负义的畜牲，我用唯一的一匹氆氇换了你，到头来你却要我的命。菩萨要咒你的。"

"菩萨！"狼仰面大笑，"我不信佛，所以菩萨从不找我。你还是乖乖地给我吃，得一正果。"

"这样吧，我们去找一个生灵，请它评评理，听它说你该不该吃我。"

狼点点头。他们一起往前走，碰到一只绵羊。扎巴忙向绵羊作揖，说："我用一匹氆氇将它从牧民手中救出来，它不但不报恩，反要吃我。羊大哥，你说它该不该吃我？"

绵羊感到狼太无道理了，但看到狼恶狠狠地盯住它，不禁打了个冷战，转念一想，我何苦为了一个呆子而得罪狼呢？于是说道：

"你对狼虽然有恩，可是你对我们羊呢？你们用我们的粪丸烧火做饭取暖；用我们的毛制成氆氇御寒，喝我们的奶和血充饥。我们老了，你们毫不发善心，还要剥我们的皮做袍子，吃我们的肉肥身子，连骨头都要做成乐器供你们享受。唉……"绵羊越说越伤心，差点掉下眼泪，转过头就走了。

狼高兴得摇动着大尾巴："怎么样，你该让我吃吧！"

"前面来了一头牦牛，我们请它评评理。"

他们走到牦牛面前。扎巴合十说：

"我用一匹氆氇将它从牧民手中救了出来，它不报答我，反要吃掉我。牛大哥，你说天下有这个道理吗？"

牦牛本想说句公道话，但一看狼的那双闪烁着凶光的眼睛，舌头打了个转说：

"你对狼虽有恩，可对我们牛呢？我们年轻力壮时，给你们拉犁耕地种庄稼。老了不顶用后，就宰了我们，吃肉喝血，还将牛皮做成靴子，任你们踩。想到这些，狼吃你也是理所当然的。"

狼听完牛的话，一下子扑到扎巴身上。扎巴想到牧民的话，真是后悔不及，淌着眼泪说：

"凡事不过三，你再让我问最后一次吧！"

"好吧，我念你救命之恩。"狼说。

他们走了一会儿，碰到一只兔子。扎巴双手捧到胸前，恳求道：

"兔大哥，请你评评理。我用一匹氆氇把它从牧民手中救出来，它不报恩，反要吃掉我。你说它该不该吃？"

兔子摇摇长耳朵说："这是不可能的事，你怎么会救狼呢？"

"这是真的。"狼早已饥肠辘辘了，为了快点吃扎巴，连忙证实。

"我不相信。"兔子闪动着迷惑的目光，"这样吧，你们按照当时的情况做一遍，我看了才能说该不该吃。"

"好吧！"狼有点不耐烦了，催促着扎巴。

扎巴没办法，只好解下腰带把狼捆起来。

兔子见扎巴捆得不牢，故意问道：

"以前牧民是这样捆的吗？"

"不是的，要紧得多。"狼为快吃扎巴，忙说。

兔子对扎巴说："你要按原来那样捆紧，我看了才知道该吃不该吃。"

扎巴用劲捆起来，狼嚎叫起来："哎呀，快松开，紧得我都受不了了。"

扎巴弯下腰欲将腰带松开时，兔子急忙制止："在有毒蛇的地方，燃了松明也放不出光芒。对于凶残的狼，慈悲换来的是恶报。难道你还要放了它，让它吃掉吗？"

扎巴方如大梦初醒，弯腰伸手，向兔子表示感谢。

"你是佛门子弟，看在菩萨的面上饶了我吧！"狼装出十分虔诚的样子，挤出两滴眼泪，说，"我对山神日乌达发誓，你放了我，我再也不吃羊了。"

"狡猾的人说些好听的话，是为了他自己打算，不是恭敬你；猫头鹰发出笑声，是为了散布不祥，不是喜欢你。"兔子念了一句格言，对扎巴说，"我们走吧，让山神日乌达来惩治它吧！"

扎巴憎恶地瞥了一眼狼，转过头跟在兔子后面走了。

狼被捆在那儿，后来眼睛被乌鸦啄瞎了，身子供大雕饱餐了一顿。

普贵和丹增

一座大山里，住着普贵和丹增。他们虽是邻居，但从不来往。为什么呢？因为普贵家里穷得不见一根羊毛，丹增富得酥油桶里冒出酥油。普贵虽然穷，但有志气，宁肯饿肚皮，也不向丹增伸手；丹增虽富但心肠坏，宁肯把糌粑喂狗，也不借给普贵。正如古歌唱的那样："穷是水，富是火，水火不相容。"

但有一天出现了奇迹，丹增磨蹭地到普贵家，与普贵套热乎，亲热地称普贵为邻居大哥。难道香客走错了庙门，富人换了心肠？当然不是，原来事情是这样的。

普贵靠打柴度日，每天天麻麻亮就进山打柴。山上没有人，只有一座石狮子，所以普贵打柴打累了，就坐在石狮子旁边休息吃饭，每次总是先把糌粑和茶送到石狮子口边，说道：

"石狮子大哥，你老蹲在这儿怪寂寞的，吃点粗糌粑打打尖，喝点茶解解渴吧！"

石狮子当然不会开口，普贵只好叹口气独自吃。这样过了一个月，有一天，普贵想：石狮子不能吃东西，我搭一个棚子给它挡日头避风雨吧。普贵站起身，砍伐了几棵大树，给石狮子搭了一个棚子。棚子刚搭好，石狮子突然开了口：

"好兄弟，你的心真如山泉般清澈，杜鹃花般红火，真是菩萨般的心肠啊！"

普贵忽听到人语，吓了一跳，发现是石狮子说话，高兴地说：

"石狮子大哥，我虽然穷，但粗糌粑还供奉得起，你不吃，只好给你搭一个棚子，表一点心意，这算不了什么！"

"好兄弟，谢谢你。为了表示我一点心意，你在明天老鸹子叫时[1]，带一个口袋来，我送你一点东西。"

普贵答应了。第二天，普贵拿了一个装糌粑的小皮口袋，踏着月光进山，来到石狮子旁。

石狮子看到普贵说：

"现在我张开嘴，你用手从我口里往外掏，就可以掏出金子来，你想掏多少就掏多少，但要记住，太阳未出之前，你必须把手抽出。太阳一露面，我的嘴就要闭上了。"

"行！行！"普贵高兴得连声应诺。

石狮子张开了大口，普贵用手往里一掏，果然掏出一把黄金，普贵掏了两下，把小皮口袋装满后，便不掏了。

"好兄弟，太阳还没有出来，你为什么不掏了呢？"石狮子看看天色，问普贵。

"石狮子大哥，这已足够了。"普贵十分满意地将小皮口袋举起来给石狮子看。接着他和石狮子聊起天来。过了一会儿，天亮了，石狮子合上了大嘴。普贵也拿出砍柴刀打起柴来。夕阳西下，普贵背着柴，拎着小皮口袋回到了家。

第二天普贵用金子买了盐、茶、酥油、牛、羊。归途中，遇上丹增。丹增看到穷普贵买了这么多的东西，感到十分惊奇，眼睛眨了又眨，也眨不出普贵的生财之道，于是决定去拜访这位邻居。

"邻居大哥，你真是'野驴闯进草滩里，天鹅飞进羊卓雍湖里，交上好

---

[1] 西藏地区在天还不太亮时，老鸹子会像报晓的雄鸡一样，哇哇哇地叫起来。

运了。"丹增屁股还没落在垫子上，便说起恭维话来。

普贵是个老实人，经不起丹增刨根究底的询问，便一五一十地讲了出来。丹增一听，喜得嘴巴歪到了耳根。晚上睡到床上，眼前尽是黄金打着圈圈，闹得一夜没合眼。天麻麻亮，就翻身起床，换上破衣，进山砍柴。

丹增是喝奶茶长大的，从来没使用过斧头，只砍了两下，白嫩嫩的手掌便打出了血泡。只好扯一点蒿草，丢到狮子脚下。他拿出精细的糌粑，倒出醇香的酥油茶，将双手放在胸前，装出十分恭敬的样子说：

"石狮子大哥，你吃点糌粑，喝点酥油茶吧！"

石狮子没理睬他。丹增就狼吞虎咽吃起来。吃完后，丹增挪动了身体，爬上棚顶，将蒿草铺到棚顶上："狮子大哥，铺点蒿草为你遮雨雪。"

"好兄弟，你辛苦了，我真要谢谢你！"

"呵啧啧！"丹增一见狮子开了口，连忙说，"石狮子大哥，这是我的一点心意。要不是我穷，定要搭一个金棚子，风吹不倒，雪压不垮。"

石狮子笑着说："不要紧，明天天亮前，你带一个口袋来，我送你一点东西，你就不会穷了。"

丹增一听，高兴得飞奔回家，叫约布[1]送来许多食物，羊肉，糌粑，奶茶，摆满了一桌，津津有味地大嚼了一餐。然后叫妻子找出牦牛驮糌粑的大牛皮口袋，紧紧搂住牛皮口袋睡在床上。不消说，丹增又是一宿没合眼。听到老鸹子打鸣，他连忙起身，抱着牛皮口袋，一路小跑。尽管在路上摔了几跤，额头撞青，手掌被石尖划破，镨氇靴也跑掉了，但他想到即将要得到一大口袋黄金，疲劳、疼痛顷刻烟消云散了。

石狮子看到丹增，说：

"好兄弟，我把嘴张开，你往里面掏，就会掏出金子来，你要掏多少就

---

[1] 约布，藏语，即男佣人。

有多少。不过要记住，必须在太阳出来以前把手抽出来。太阳一出来，我的口就会闭上。"

"行！行！"丹增连连点头，迫不及待地抖开大口袋。

石狮子把口一开，丹增连忙将手伸进去，掏了一把，一看果真是黄灿灿的金子，眼睛都发红了，便两只手一齐往里掏，掏了一把又一把，掏得满头大汗。可是他的口袋太大了，天麻麻亮，口袋才装了一半。

"好兄弟，天快亮了，装满了吗？"

"快啦，快啦！"丹增嘴里说，手不停地掏。

天际渐渐由黑转白，石狮子催促着说：

"好兄弟，快歇手，太阳要出来了。"

丹增想，掏一把可以买一幢房子，掏两把可以买一块草原，掏三把可以买成群牛羊，多掏几把就变成世上最富有的人。他边掏边说："好的，石狮子大哥，让我再掏几把，把口袋装满。"

这时，尼玛太阳神把金轮子推出了山嘴，向大地射出了万道金箭。金箭射到石狮子的身上，石狮子的嘴吧嗒一下闭上了。

"啊唷！石狮子大哥，我的手……手！"丹增的手被石狮子咬着，疼得直流眼泪，哀求道。

但是一切都晚了，贪心的丹增没得到黄金，手却被石狮子咬住，最后饿死在石狮子身旁。

一对兄弟

从前有一个叫滚囊的国王，他有两个妻子，一个叫尼玛赤君，一个叫达娃赤君，她们各生了一个儿子。尼玛赤君的儿子是长子，生下来的时候，小脸蛋红润润的，像朝霞一样鲜艳，国王十分高兴，叫他尼玛悦色，取日光的意思。达娃赤君的儿子生下来的时候，小脸蛋白嫩嫩的，像月光一样皎洁，国王十分喜爱，叫他达娃悦色，取月光的意思。兄弟俩虽同父异母，却像奶和水混在一起一样，不能分离。但尼玛赤君不幸染疾，医治无效死去后，灾难就如暴风雨降落到了尼玛悦色的头上。

达娃赤君为了替儿子夺得王位，成天想着除掉尼玛悦色的毒计。

一天，达娃赤君叫来一个奴仆，给他一支毒箭，命令道：

"在太阳下山前，你要把尼玛悦色射死，否则就提着脑袋来见我。"

奴仆接过毒箭，心里想到尼玛赤君生前对他的恩惠，哪儿忍心去射死她的儿子。于是折断毒箭，从御厩里牵了一匹马，骑马奔向远方。

太阳下山后，达娃赤君没有看到奴仆回命，却看到了尼玛悦色，气得牙齿咬得咯咯响，嘴巴一歪，叫来一个宫女，给她一杯放了毒药的酥油茶说：

"在月亮出来以前，你要把这杯酥油茶给尼玛悦色喝，否则你把它喝下去！"

宫女用颤抖的双手接过酥油茶，走到尼玛悦色的卧室，心里想："我是信佛的人，怎能忍心去毒死才失去了母亲的太子呢？"于是泼掉了酥油茶，悄悄地从御花园的后门逃向草原。

月亮挂上了树梢，达娃赤君没看到宫女，就亲自走到尼玛悦色的卧室，看见尼玛悦色安稳地睡在床上，拧起柳眉，想出一条毒计。她用重金收买了一个叫罗桑洛的活佛，口对口、心对心地说出了自己的毒计。

第二天，达娃赤君突然捂着胸口倒在床上打滚，国王见后十分惊慌："王妃，你怎么啦？"

"主上，我的心病又犯了，这次怕好不了，看来我不能再为陛下宽衣了。"达娃赤君蹙着眉执着国王的手，挤出几滴眼泪，装出一副痛苦的样子说。

国王因前不久失去了尼玛赤君，本来就郁郁不乐，现见达娃赤君又病重，心情更加沉重，急令御医入宫。

"主上，要想治好我的病，只有请罗桑洛活佛来。"达娃赤君说。

国王知道罗桑洛活佛精通医道，立刻宣召。罗桑洛活佛入宫后，装模作样地摸了王妃的脉，故弄玄虚地看了王妃的尿[1]，合掌念了六字箴言后说：

"启禀大王，王妃的病十分危险，若不赶快吃药，恐活不成了。"

国王六神无主，催促罗桑洛活佛开药方。

"大王，药引子恐怕不好办。"

"就是需要天上的星星，我能摘下；要须弥山顶的金翅大鹏鸟，我能捉到。快说，快说。"

"药引子既不需要天上的星星，也不需要须弥山顶的金翅大鹏鸟。大王身边就有，就怕大王舍不得拿出来。"罗桑洛活佛微笑着说。

"公樵松[2]，"国王对天发誓后说，"为了救王妃的命，我一切都舍得。"

"只要大王一个太子的心肝。"罗桑洛活佛捻动着佛珠，微低着头，眼睛里闪着绿色的荧光。

---

[1] 藏族有一种奇特的诊断法，就是根据尿的颜色、气味等开药方。
[2] 公樵松，藏族常用的誓言，意为佛法僧三宝。

国王来回踱步，额头上沁出了汗珠。他遇上了一个难题，要儿子还是要爱妃呢？他只有在这二者之间进行抉择了。

达娃赤君见国王犹豫不决，在床上大声呻吟，做出十分痛苦的样子："主上，还是让我死去吧！我怎忍心去吃自己亲骨肉的心肝呢！"说完昏厥过去。

"射出去的箭是不会回头的，发了重誓是不能反悔的。"国王知道假如取达娃悦色的心肝，爱妃肯定不会吃，只好咬咬牙，流着泪，同意取尼玛悦色的心肝去治王妃的心病。

这些话都被达娃悦色偷听到了，他急忙跑到尼玛悦色那儿，将这件事一五一十地告诉阿哥。尼玛悦色听后十分惊骇，抱着弟弟痛哭。过了好一会儿，尼玛悦色整衣，抽泣着说：

"为了王妃的病，我将到父王那儿去！"

"傻阿哥，阿妈的心像甲玛花[1]的蕊，黑得很，她没有病，是借病害你。"

"呵！"达娃悦色的话像草原突炸起的雷声，震得尼玛悦色目瞪口呆，"那该怎么办？！"

"阿哥，大丈夫要闯四海，我们一起去闯世界吧！"

尼玛悦色没有别的路可走，点了点头。他们偷了一些玛桑[2]去闯天下了。

一路上，兄弟俩相依为命，渴了喝点山泉水，饥了吃点玛桑。天长日久，玛桑终于吃完了，他们只好行乞。有一天他们走进了一座大山，终因又饥又渴晕倒在一个大岩石下。

大岩石上有个洞，洞里住着一位飘着银髯的隐士。隐士看见昏倒的兄弟俩，用佛水轻轻洒在他们脸上，他们便醒来了。隐士见他们衣衫褴褛，

---

[1] 甲玛花，一种有毒的野花，紫瓣黑蕊。
[2] 玛桑，用酥油、糌粑、奶渣做成的食物。

面黄肌瘦，拿出酥油饼给他俩吃，十分同情地询问他们的遭遇。

尼玛悦色和达娃悦色向隐士顶礼叩首，感谢他的救命之恩。尼玛悦色说：

"悦耳的话向长者讲，身体有难向救星讲，香甜食物敬献父母，内心的话儿向祖师讲。"接着他如此这般将他们的遭遇讲述了一遍。

隐士听后顿起恻隐之心，又看这对兄弟聪明伶俐，便收容了他们。

兄弟俩十分感激隐士，叫他为隐士阿爸。

从此，尼玛悦色和达娃悦色非常虔诚地在洞里修炼，有时也和山下的孩子一起玩耍。有一次，孩子们进行摔跤比赛，谁也摔不赢他们。一个孩子揩了一下鼻涕问道：

"你们有什么神力，力气这么大？"

"我们是属虎的，力气当然大。"兄弟俩骄傲地说。

这样，远近的人们都知道山岩洞里住着一对属虎的兄弟。

不知什么时候，有一只熊精跑到这座大山，呼风唤雨闹得这个国家灾祸一个接一个。该国国王没有办法，派出使节与熊精谈判。熊精提出每年贡献一对属虎的青年，否则就要闹得这个国家亡国。国王斗不赢熊精，只好从命。年复一年，这个国家属虎的青年越来越少，最后，一个属虎的青年也难找到了。

"怎么办呢？"国王犯了愁。

一个大臣献策："听说大岩石洞里住着一对属虎的青年。"

国王一听大喜，立即下令侍从骑快马去捉这对青年。

这天，隐士捻佛珠一算，知道大事不好，忙叫尼玛悦色爬上芒果树顶，达娃悦色隐在谷袋里，并反复叮嘱不管发生什么事情，他们都不要出来。

过了一会儿，一群恶狼般的侍从把洞门拍得砰砰直响。

隐士开了门，侍从们一拥而进，翻箱倒柜，折腾了半天，也没有找到兄弟俩。

一个侍从把隐士抓出洞口："喂，老头，你把那两个属虎的青年藏到哪里去了！"

隐士不露声色，捻动着佛珠说：

"我一个出家人，哪有什么两个青年。"

"老头，你是敬酒不吃吃罚酒，不说实话，就宰了你。"一个侍从抽出腰刀，架在隐士的脖子上。

尼玛悦色在树上看得清清楚楚，生怕侍从杀了隐士阿爸，忙从芒果树上跳下来，大喊一声：

"住手，不准害阿爸，我就是那个属虎的青年。"

侍从们一看到尼玛悦色，放下隐士，围住尼玛悦色，其中一个领头的问：

"还有一个呢？"

"唉！"尼玛悦色故意叹了一口气说，"我真傻，为什么不听弟弟的话呢？"

"什么话！"领头的追问。

"弟弟说：'我们是属虎的，如果不逃走，总有一天要轮到我们去喂熊精的。'但我看阿爸年老体衰，不忍离去，弟弟就一个人走了。"

侍从们听尼玛悦色说得合情合理，又实在搜不出人，只好将尼玛悦色捆在马上回去销差。

隐士眼看着尼玛悦色被绑走，心里很懊丧。他放出达娃悦色，安慰小王子说：

"孩子，放心，我一定设法救你阿哥，除掉老熊精。"

尼玛悦色被押到王宫后，立即被洗刷干净，准备第二天贡献给熊精。国王有个女儿叫拉姆则玛，她长得如天仙般美丽，听说抓来了一个属虎的青年，怀着好奇的心情躲在帷幔后面偷看。在她眼前是一个英俊漂亮的小伙子。他的头发像雪山雄狮的鬃毛，眼睛晶亮得像天上的星星，脸膛红扑扑的像海子里升起的太阳，魁梧的身体像展翅的雄鹰。这时，拉姆则玛心头交织着爱慕和怜悯，她急步跑到国王那里，跪在地上，为尼玛悦色求情。

国王一听女儿是为那个青年乞命，脸上顿起乌云，咆哮起来：

"中了邪魔的女儿，你知道吗？要不把这个青年献给熊精，我的王位就保不住了。"

"父王，要知道，您如果把他喂给熊精，我将同他一起去死！"接着她用歌声表示自己的决心：

　　　　孔雀栖在檀香树上，

　　　　布谷鸟落在柳树上，

　　　　野鸡停在杉树上，

　　　　姑娘的心印在小伙子的心上。

　　　　爱情像香甜的苹果，

　　　　苹果树纵有龙魔[1]守护，

　　　　姑娘为了爱情，

　　　　舍命也要去摘它！

真挚的歌声没有感动"乌云"，"乌云"闪着雷电说："快把这个魔女连同那个青年一块儿装到牛皮口袋里，扔到熊精的洞穴去！"

侍从们将他们俩装进了牛皮口袋，扔到熊精的洞穴里，便回去了。

熊精正在狐狸精那里赴宴，洞穴里只有他们两人。尼玛悦色端详着拉

---

[1] 龙魔，指森林中的一种魔怪。

姆则玛，见她柔软的发丝像柳丝，晶亮的眼睛如天上的海螺[1]，明朗的面孔像十五的月亮，修长的身材宛如挺立的竹子，细细的腰像活佛的铃子，不由得怜惜地问：

"姑娘，你也是属虎的吗？"

拉姆则玛摇摇头："我是国王的女儿拉姆则玛。"

"那你为什么来送死？"尼玛悦色十分惊奇。

拉姆则玛的脸上飞起了桃云，轻轻地唱起来：

> 并蒂莲朝着太阳开放，
> 成双成对的黄莺栖在树上，
> 姑娘爱上了小伙子，
> 爱情像朵登花开满心房。

尼玛悦色听后真是悲喜交加，悲的是他们将一块儿去死，喜的是他获得了拉姆则玛最纯真的爱情。他流着眼泪唱道：

> 朵登花迎着太阳开放，
> 哪料乌云遮住了太阳，
> 阳光照不到花朵，
> 朵登花正在枯萎、凋谢。
> 野鹅爱上了湖水，
> 打算亲近一回，
> 哪料冰封湖面，

---

[1] 藏族人民喜爱海螺，把星星也比作海螺。

叫它心灰意懒。

尼玛悦色唱完，催促拉姆则玛赶快离去。拉姆则玛淌着眼泪，表示愿与尼玛悦色同去死。这时，一只小鸟从洞外飞进来，栖在尼玛悦色的肩上。尼玛悦色用手捧起小鸟，叹了一口气，对小鸟说：

"小鸟呵！你怎么也到这个灾难的地方，难道也要随我们去地狱？"

小鸟将嘴里含着的一根银针，放在尼玛悦色的手上，又噗的一下飞到尼玛悦色的肩头上说：

"阿哥，我是达娃悦色！"尼玛悦色一听到是小王子的声音，高兴得差点叫出声，旋即眉头又拧起来，关心地询问达娃悦色怎么会变成小鸟。

"小鸟"叽叽喳喳地说起来。原来隐士阿爸为了救尼玛悦色，带着达娃悦色到文殊菩萨那儿求法，文殊菩萨赐法于他们后，把达娃悦色变成小鸟，将法授于尼玛悦色。小鸟说：

"阿哥，你手心的银针，是文殊菩萨给的，当熊精打开牛皮口袋，用鼻子嗅你时，你将银针插进它的鼻子，你就得救了。"说完，小鸟展翅飞出了洞穴，在地上打了一个滚，就还了原。

过了一会儿，熊精回到了洞穴。它伸了一下懒腰，蹭到牛皮口袋边，把鼻子伸进口袋里，朝尼玛悦色嗅了嗅。尼玛悦色速将银针插进了熊精的鼻子。熊精大叫一声，口喷污血，倒在地上。

尼玛悦色看到熊精死了，牵着拉姆则玛迅速走出洞穴，向王宫奔去。

臣仆和百姓见到他俩，大吃一惊，因为每年只见属虎的青年有去无回，这次尼玛悦色居然和王女安然归来，真是稀罕的事儿。他们又听说尼玛悦色除掉了熊精，便欢呼起来，认为尼玛悦色定是天界下凡的英雄，大伙儿簇拥着英雄向大殿走去。

国王正在为自己一时恼怒，送爱女去死而黯然神伤。突然听说女儿回来了，急忙跑下御座，抱着女儿，泪流满面，请求女儿宽恕自己。

拉姆则玛将尼玛悦色除熊精的经过向父王讲述了一遍。国王立即下令举行盛大国宴，并将隐士和达娃悦色也接到王宫。在宴会上，国王当众宣诏两件事：一件将女儿给尼玛悦色做妻子；一件从今日起逊位，让女婿治理国家。

诏毕，殿上臣仆、侍从、宫女齐声欢呼，声震殿堂。殿外黎民百姓激动地挥袖长舞。

从此，在尼玛悦色的治理下，国泰民安。

过了一年，尼玛悦色偕同拉姆则玛和达娃悦色，带上许多财宝回去探视父母。

滚囊国王自从两个王子跑走后，非常难过和悔恨。后来他渐渐察觉到王妃心肠像冰块一样冷酷，欲壑像大海一样永远填不满，便把这个毒蝎心肠的女人打入了冷宫，下诏寻找王子。年复一年，王子杳无音讯。这一天，滚囊正在默默为王子祈祷时，一个侍从飞奔上殿，禀报两个太子齐归。

滚囊喜得老泪纵横，赶紧下令隆重欢迎。两位王子无比体面，威武地上殿和父王团聚。拉姆则玛上殿拜见了国王。

狠毒的达娃赤君听说儿子回来，心里非常羞愧，无颜见亲骨肉，口吐鲜血而亡。

尼玛悦色和拉姆则玛住了一些时候，告别了父王，回到自己的国家去了。

滚囊也把王位给了达娃悦色，这个国家在达娃悦色的管治下，人畜两旺。

这两个国家也像两兄弟一样亲密无间，来往密切。两国的百姓在两个贤明的国王管理下，日子过得像草原盛开的达玛花一样红火。

幸福山

传说通天河的上游有一座幸福山，那儿四季如春，繁花似锦，牛羊成群，庄稼丰茂，珍鸟异兽比比皆是。那儿没有千户、头人、领主和土司，也没有朗巴、娃子和穷人。人人情同手足，亲如兄妹，过着十分和睦幸福的生活。

通天河沿岸的人们都向往幸福山，把幸福山看成"大天竺"，希望能到这个极乐世界里生活。多年来，许多富户怀着发财的欲望，许多穷人带着过上吃饱穿暖的生活的愿望去寻找幸福山，但却没有一个人到过这个地方。大家只好怀着不同的希望祈祷叶布旦尕保，祈求他能指一条通向幸福山的路径。尽管供山神的香火没断过，奉神灵的油灯没熄过，但山神仍没有显灵，只传来了口信：

> 要到幸福山，
> 须待阿珀加波花儿开，
> 沿着花儿走，
> 幸福吉祥在前头。

从此，两岸人们怀着热切、虔诚的心情盼望着蓝色的阿珀加波花儿开。年复一年，花儿却从没有开过。

在通天河畔唐达地区，有一户穷苦人家，夫妻俩过着牛马不如的生活。他们大半辈还没有一个孩子，直到四十岁才生了一个女儿。这对老夫妻欢喜得不得了，给她取名叫阿珀加波，希望她能把吉祥带来。

美好的愿望仅是愿望，残酷的事实终归是事实。

阿珀加波出世没有给阿爸阿妈带来吉祥如意，由于多添了一张嘴，家庭经济更困难了。老阿爸为了一家糊口度日，白天黑夜，拼死拼活为千户¹干活。在一次支差时，不幸从雪山上摔到深谷里，连尸体都没有找到。老阿爸死后，老阿妈没办法，淌着眼泪被迫将阿珀加波卖给千户当女奴。

千户是一个非常残暴贪婪的家伙，天麻麻亮，他就唤起女奴们去挤奶，捣酥油，捻羊毛，一茬活儿接一茬活儿，不许她们有片刻时间的休息，直干到星星挂满天空才让她们打个盹儿。女奴的活儿只要干得稍不顺他的心，轻则拳打脚踢，重则将她们关进黑牢折磨而死。

阿珀加波虽是破旧牛羊帐篷里长大的姑娘，心却像荷花一样纯洁善良。当女奴挨打受骂时，她总是挺身而出，护着姐妹。因此，姐妹们都非常喜欢她。千户却非常恨她，总是寻隙折磨她，每餐只给她一点比索。阿珀加波吃一半，留一半，偷偷带回给阿妈吃。

俗话说："没有不透风的帐篷。"千户终于知道了这件事，每餐只给她一丁点比索。阿珀加波还是宁肯自己挨饿，将少得可怜的比索一点一点攒起来，给阿妈吃。久而久之，千户又知道了，把眼睛鼓得铜币大，将阿珀加波关进了黑牢里。

千户有一个特殊的嗜好，就是喜欢出一些奇特的点子捉弄女奴。有一天，他命令将关押在黑牢里的女奴全押到官厅里去。千户油亮的圆脸上泛起阴笑，他望了望十几个瘦骨嶙峋的女奴说：

"今天，我要赐福于你们，只要你们满足我的要求，马上放你们回家。"

阿珀加波和女奴们知道狐狸的肚里不会有好主意，她们低着头不理睬

---

¹ 千户，统领兵员的地方政权长官。

千户。

千户坐在虎皮椅上，将一个牛皮口袋丢给一个瘦弱的女奴说：

"阿德洛丹[1]，你到外面去捡一袋野白菜，你就自由了。"

"老爷，这满天的大雪，哪有野白菜？"阿德洛丹噙着眼泪说。

"哈哈，今天你不捡野白菜，就死在我面前。"千户将腰刀拔出，丢在地上。

阿德洛丹咬咬牙齿，眼睛里燃烧着怒火，拿起皮口袋，走出了官寨。

"修莫[2]，到山里去捡一袋蘑菇，你就自由了。"千户捧着大肚皮说。

骨瘦如柴的修莫知道这明明是让她去送死，恨恨地盯了一眼千户，拿起皮口袋，向雪山走去。

"着麻[3]，你到外面去捡一袋蕨麻根。"千户转动着佛珠，微眯着眼睛。

矮小的着麻紧了紧破围裙，抽泣着走了。

"更贞姆[4]，去捡一袋葡萄，你就自由了。"千户闭目养神，低沉的声音从肥厚的嘴唇里吐出来。

更贞姆拾起牛皮口袋，头也不回地走了。

"谢玛拉青[5]，我可怜你，只要你捉来一只蝴蝶，就可以到你阿妈身边了。"千户故作怜悯状。

谢玛拉青心里默默祈求山神惩罚这个人面兽心的家伙，哆嗦着走出了官厅。

这哪里是什么开恩，分明是送女奴们去死。阿珀加波实在忍不住，大声地说：

---

[1] 阿德洛丹，藏语野白菜。
[2] 修莫，藏语蘑菇。
[3] 着麻，藏语蕨麻。
[4] 更贞姆，藏语葡萄。
[5] 谢玛拉青，藏语蝴蝶。

"老爷说的话可算数？"

千户眨眨眼睛，打量了一下阿珀加波，冷笑着："脱缰的马是不会停蹄的，老爷说出的话是不会收回的！"

"老爷请把阿德洛丹、修莫、着麻、更贞姆、谢玛拉青叫回来，我去把老爷要的东西找来。"

"哼哼！"千户从鼻孔里哼了声，用手指着站在阿珀加波身旁的女奴说，"我还要她们去找苹果，加玛花，抽穗的青稞。"

"请老爷将她们全放了，我能将这些东西找来。"

千户心里暗笑，阿珀加波除非能到幸福山，否则纵有上天的本领，也搞不到这些东西，今天我要你好看。千户脸上堆满了笑容："好，你只要把这些东西找来，我绝不食言。"

阿珀加波心急火燎，急忙冲出官寨，在狂风暴雪中寻找阿德洛丹、修莫、着麻、更贞姆、谢玛拉青，叫她们回去。

善良的阿珀加波怎么知道，几天没有吃饭的姐妹们一走出官寨，就被大雪吞没了。

阿珀加波裹着一条破氆氇毯子，冻得全身发紫，艰难地与风雪搏斗，呼号着：

"阿德洛丹妹妹——

"修莫、着麻姐姐——

"更贞姆、谢玛拉青妹妹——"

微弱的呼声被狂风淹没了，阿珀加波喊呀喊，喉咙里喊出了血，殷红的血滴在洁白的雪山上。

"阿珀加波姐姐，赶快回去吧，否则你会冻死的。"突然，阿珀加波的耳边响起了阿德洛丹的声音。她高兴极了，张目四望，只见满天的鹅毛大雪，她急得哭起来："阿德洛丹妹妹，你在哪儿？"

"好姐姐，你已经看不到我了，我变成一袋野白菜，你带回去吧！"阿德洛丹的声音一停，在阿珀加波的面前出现了一袋野白菜。

"不，我一定要找到你和其他姐妹。"阿珀加波揩掉了眼泪，背上野白菜，冒着风雪往前走。呼啸的北风像刀子一样扎在阿珀加波的身上，她走不动了，就爬，爬呀爬，双手爬出了血，冰凌上出现了一条血印。

"阿珀加波妹妹，快回去，否则你会冻死的。"突然阿珀加波的耳畔响起了修莫、着麻的声音。阿珀加波高兴得从雪地爬起来，到处找修莫、着麻姐姐。除了白皑皑的雪山外，什么也没有看到，她急得大声喊：

"修莫——着麻——"

"好妹妹，你已经看不到我们了。我们变成蘑菇、蕨麻根，你带回去吧！"修莫、着麻的声音一停，在阿珀加波的身边出现了一袋蘑菇和蕨麻根。

"不，我一定要找到你们和其他姐妹。"阿珀加波背起了蘑菇和蕨麻根，继续往前走。她越走越伤心，哭啊哭，最后哭出血来，血像断了线的红玛瑙掉在雪地上。

"阿珀加波姐姐快回去，否则你要冻死的。"突然，阿珀加波听到更贞姆、谢玛拉青妹妹的声音。她赶快揉揉眼睛，四处寻找，可是除了满天的雪花外，什么也没有看到。

"更贞姆——谢玛拉青——"

"好姐姐，不用喊了，你已经看不到我们了，我们变成葡萄和蝴蝶，你带回去吧！"更贞姆、谢玛拉青的话音刚落，在阿珀加波的脚边出现了一袋葡萄，在她身边飞舞着一只漂亮的花蝴蝶。阿珀加波将花蝴蝶放在怀里，背起葡萄说：

"不，我一定要找到你们和其他姐妹。"

阿珀加波顶风冒雪往前走，突然在她面前出现了一个白胡子的老人，老人说：

"好姑娘，你不能再往前走了，前面危险！"

阿珀加波惊奇地看着这位老人，只见他银髯飘地，穿着银色的袍子，戴着银色的顶冠，眉毛也是银白色的闪闪发亮，脸上带着慈祥。她恭敬地向老人合十作揖：

"波拉，我必须往前走，只有找到千户要的东西才能救姐妹们。波拉如果是菩萨下凡，请帮助我。"

老人捋了一下白胡子，沉吟片刻，问道：

"好姑娘，千户要些什么东西？"

"要野白菜、蘑菇、蕨麻根、葡萄、蝴蝶，还要苹果、加玛花、抽穗的青稞。"

"这个该入地狱的千户，大雪天哪有这些东西！"老人气愤地说。

"波拉，我听老阿妈说过，幸福山上什么都有。为了搭救姐妹们，我决心寻找幸福山。"

老人被阿珀加波善良的心和坚强的信念所感动，说："好姑娘，我帮助你到幸福山，不知你能否闯三关？"

"只要能搭救姐妹们，就是刀山火海我也敢闯！"

"姑娘，首先要闯冰山，你会感到身上很冷，但你千万要忍着不要喊冷，一吭声你就去不成了。"说到这里，老人看了阿珀加波一眼。

阿珀加波坚定地说："波拉，我绝不吭声。"

老人微笑点点头："第二关是火山，你过时一定会感到热不可耐，但你千万不要喊热，否则你就去不成了。"

阿珀加波请老人放心。

299

"第三关，你必须回答吉嘉女神[1]的问话，如果有一句回答不对，就会前功尽弃！"

"为了从苦难中救出姐妹，我要闯一闯！"

"好姑娘，我给你一匹白马，你骑上它去闯三关吧！"老人说完就不见了。阿珀加波仿佛做了一场梦，忙揉揉眼睛，看到眼前有一匹扬鬃竖蹄的白马，才相信这是真的。原来老人是山神叶布旦尕保，他被阿珀加波舍己献身的精神所感动，变成白胡子老人来指点阿珀加波。

阿珀加波朝雪山磕了一个长头，兴冲冲地跨上白马，抓住马鬃，夹了夹马肚，白马平地踢起一团白云，"白云"腾空而起，阿珀加波只听见耳边呼呼的风声。

"白云"飞啊飞啊，飞进了一座闪着蓝光的冰山，锯齿形的山峰像一柄柄锋利的剑刺向天空，剑端发出一团团冷气，把阿珀加波团团包围。她感到身上像有千万把锥子在刺，痛得忍受不住，正欲大声喊叫起来，眼前出现了阿德洛丹、修莫等姐妹的愁颜，她咬咬牙，紧紧搂住"白云"。"白云"飞过了冰山。

"白云"飞啊飞啊，飞进了一座冒着烈焰的火山。千万条火舌无情地舔着阿珀加波，她感到有千万把刀子在割自己的皮肤，痛得大汗淋漓，正欲大声喊叫时，耳畔响起了阿德洛丹、修莫等姐妹的声音，她咬着嘴唇，伏在"白云"上。"白云"飞过了火山。

"白云"飞啊飞啊，飞近了一片绿茵茵的草地便落了下来。阿珀加波从"白云"上下来，在她面前出现了一座金碧辉煌的宫殿，宫殿内外，全都装饰着华盖、风幡、经幢和彩旗。殿内飘出诱人的芳香和悦耳的音乐。"白云"突然开了口：

---

[1] 吉嘉女神，即春神。

"姑娘，这就是吉嘉女神的宫殿，你去朝拜女神吧！"说完，"白云"飘上了天空，朝远方飞去。

阿珀加波沿着白玉石阶走进宫去。雄伟的宫殿正中，高大的宝座上坐着一位十分美丽端庄的女神。她头上的冠是由百花做成的，蝴蝶、蜜蜂在冠上飞来飞去。阿珀加波匍匐在地，向女神祝福。

"姑娘，你来做什么？"吉嘉女神傲慢地问。

"吉嘉莫拉[1]，我要到幸福山，找野白菜、蘑菇、蕨麻根、葡萄、蝴蝶、苹果、加玛花、抽穗的青稞给千户，换回我的姐妹们。"

"姑娘，到幸福山并不难，你必须能回答我提出的问题。"

"为了姐妹们的生命，我愿意回答您提的问题。"

"什么人心最好，什么人心最坏？"

"受苦的人心最好，有钱的头人心最坏。"阿珀加波答道。

"什么人骨头香，什么人骨头臭？"

"朗巴的骨头香，头人的骨头臭。"

"什么人的意志最顽强，什么人的意志最软弱？"

"勇敢人的意志最顽强，胆小人的意志最软弱。"

"山上的松树被风吹倒，你知道是什么风？白云压低雪山顶，你可知道是什么云？"

"吹倒松树的是大旋风，压低山顶的是水包云。"

"什么兽离不开雪山，什么鸟离不开森林？"

"狮子离不开雪山，孔雀离不开森林。"

吉嘉女神面带喜色，暗暗点点头又问：

"愚蠢的人们争吵起来，谁能使他们安静？"

---

[1] 莫拉，藏语，对女性老人的尊称，类似汉族的老奶奶。

"聪明的人能使他们安静。"

"水和奶搅在一起，谁能分得清？"

"水鸭子能分得清。"

"什么样的人把知识挂在嘴边？什么样的人把学问埋在心底？什么样的东西漂在水上？什么样的东西埋在水底？"

"浅薄的人把知识挂在嘴边，饱学的人把学问埋在心底；麦秆儿永远漂在水上，宝石都是藏在水底。"

吉嘉女神暗暗点头。

"什么不能当枕头，什么不能交朋友？"吉嘉女神要再问几个问题。

"石头不能当枕头，坏人不能交朋友。"

"狼和羊能住在一起，鹰和兔子能住在一起。"吉嘉女神故意说错。

"不对，不对！"阿珀加波赶紧摇手。

"为什么？"

"因为狼要吃羊，鹰要吃兔。"

"什么人能达到愿望，什么人半途后退？"吉嘉女神决心再考考阿珀加波。

"勇敢的人能达到愿望，胆小的人半途而退。"

"回答得好！"吉嘉女神情不自禁脱口而出。

"回答得好！"

挂在梁上的鸟笼子里的十二对绿鹦鹉也一齐叫了起来，拍打着翅膀。

"小云雀常常比大鹰飞得高，看不起眼的小孩常常比大人说得好，你的智慧赛过我，去吧，你可以到幸福山去。"吉嘉女神高兴地走下宝座，在阿珀加波的额头上亲了一下。

阿珀加波步出宫殿，发现眼前绿茵茵的草地不见了，出现了一座花果繁硕的大山，满山开放着金红丝绒般的朋嘎色波花，橘红鸡冠般的藏金花，水红缎子般的江芭花，红铃铛般的倒挂金钟，粉红玉盘般的格桑梅朵[1]……花儿散发出令人心醉的芬芳；花果丛中有鲜艳欲滴的苹果，白嫩的香蘑菇，亮晶晶的野葡萄，高大的野白菜和粗壮的蕨麻根。花果丛中飞舞着数不尽的花蝴蝶，五颜六色的蝴蝶翅翼飞虹流彩，交织成一幅绚丽多彩的藏毯。阿珀加波兴奋地在"藏毯"中舒臂展袖跳起舞来。

突然，她眼光触到带来的牛皮口袋，停下了舞步，从口袋里取出野白菜、蘑菇、蕨麻根、葡萄，从怀里捧出蝴蝶，看到这些姐妹们变成的东西，不由得呜呜地哭起来。

"好姑娘，在幸福山的人是不会哭的。"这时吉嘉女神出现在她眼前，轻抚着她的头发。

"吉嘉莫拉，一个人的幸福不为幸福，只有穷姐妹都有幸福才叫真正的幸福。可是我的姐妹们变成——"阿珀加波用手指指牛皮口袋，抽泣着说。

"放心吧，她们会和你一样幸福的，你看——"吉嘉女神用手一指。

阿珀加波顺着吉嘉女神的手指一看，高兴地喊起来："阿德洛丹、修莫、着麻、更贞姆、谢玛拉青，我的好姐妹。"喊完扑向前去，和姐妹们拥抱。姑娘们高兴地头碰头，手拉手，翩翩起舞。

吉嘉女神站在一旁，看到姑娘们婆娑的舞姿，眼睛里流露出欢乐的光芒。

姑娘们舞毕，齐向吉嘉女神顶礼膜拜。阿珀加波提出请求："吉嘉莫拉，我的家乡有许许多多穷苦人正受到千户的折磨，过着悲惨生活，我愿领他们到幸福山过甜蜜的生活。"

吉嘉女神称赞道："好姑娘，你的心如海子里的水一样清澈。"吉嘉女神注视着阿珀加波又说："但到幸福山是有危险的，领头人可能遇到不幸，

---

[1] 梅朵，藏语，意指花。

你不怕吗？"

"不怕，为了穷人的如意吉祥，我愿变成阿珀加波花为他们引路。"

"好，姑娘，祝你一路顺风。"吉嘉女神点点头。

阿珀加波和姐妹们告别了吉嘉女神，摘了一袋袋的野白菜、蘑菇、蕨麻根、葡萄、苹果、加玛花、抽穗的青稞，提了一只蝴蝶回到了官寨。

"老爷，请你将女奴们都放掉！"阿珀加波将牛皮口袋放在地上说。

千户看到阿珀加波等女奴没被雪山冻死，平安回来，吃了一惊。打开皮口袋看见这些东西，惊骇地把眼珠儿鼓得圆圆的，过了好半天眼珠儿才滴溜溜地转动起来。他心里说："这些东西只有幸福山才有，难道她——"千户想到这，脸上堆起了笑容："阿珀加波，我立即将女奴都放了，不过你得告诉我，这些东西是从哪里搞到的？"

"幸福山。"

"呵！啧啧！"千户听到这，口水都流了出来，"阿珀加波，你如果带我到幸福山，我将全官寨的人都给你当奴隶。"

"不！幸福山只赐福给穷人，像千户这样头面的人是无缘的。"阿珀加波摇摇头。

千户眼珠儿转动了一下，命令兵丁打开寨门，放走了所有女奴。难道千户大发慈悲吗？绝不是的，正如俗话说："恶人有时变得温柔和顺，那是伪装的行动。"千户知道，"人们都喜爱檀香，烧成了木炭还有什么稀罕"，逼阿珀加波是没有用的，于是暗地里注意阿珀加波的行踪。

阿珀加波带着穷姐妹们离开了官寨，回到破牛羊帐篷里。她一户挨一户通知，到月亮圆的那天上路去幸福山。

当银盘将它皎洁的银辉洒在官寨的时候，阿珀加波带领着千百户穷人上路了。

千户带着弓箭，暗暗地跟在队伍后面。

队伍经过了冰山、火山，当大家看到了幸福山时，千户躲在一棵大树后面，拉满了弓，向阿珀加波射去了毒箭。当阿珀加波中箭倒在草地上时，前面的幸福山突然不见了。千户看见幸福山不见了，就像掉进冰窟窿一样，急得嚎叫起来。穷苦人知道是千户放的毒箭，愤怒地冲上去，千百个拳头像雨点般打在他肥胖的身上，一下子把千户送进了地狱。

穷苦的人们围着阿珀加波流淌着眼泪。

阿妈抱着女儿，摧肝裂肺地呼喊：

"阿珀加波，我的女儿！"

姐妹们哭着，悲痛欲绝地呼喊：

"阿珀加波，我们的好姐妹！"

在亲人们的喊声中，阿珀加波渐渐苏醒过来。她忍着剧痛，吃力地安慰大家：

"不要哭，前面就是幸福山，我将变成阿珀加波花，为你们引路。"说完阿珀加波不见了。

此时，在大家脚下出现了一丛一丛蓝色的花朵，像小姑娘的明亮大眼睛，像夏天天上海螺般的星群，像小伙子们的大耳环，像蓝宝石带子伸向远方。

穷人们揩掉眼泪，沿着"带子"走进了幸福山。

蝙蝠

从前，贡嘎山[1]的山顶是飞禽的王国，国王是神鹰。山脚下是走兽国的疆域，统治者是雄狮。一次，飞禽国和走兽国爆发了战争，鹰王动员全部鸟类投入战斗，狮王也率领所有的兽族向山顶猛烈进攻。

在这场战争中，唯独蝙蝠没有参战，它站在远远的山冈上在考虑：

"花到季节才开，果到时辰方落，我要待到大局已定再参战。这样我既是英雄又是胜利者。"主意打定，蝙蝠鼓起小眼珠远远地观战。

仗打了九十九天，还是分不出高低。蝙蝠等得有些着急了。突然，它看到狮王将令旗一挥，老虎冲锋在前，大象压阵在后，狐狸、猞猁、狼狗奔跃其间，蜗牛、岩兔[2]也摇旗呐喊，擂鼓助威，一齐向飞禽国扑去。

飞禽国的军队一时疏忽，没有料到敌方变化了队形，第一道防线很快被老虎冲开了，尽管飞禽国的战士们浴血奋战，英勇抵抗，但终敌不过老虎的利爪。许多鸟儿被撕成碎片，战场上遍地是这些勇士们的尸体和羽毛。

鹰王看到军队损失惨重，忙展开翅膀，率领鸟儿飞上天空，收拾残部，准备再战。在天空中，鹰王一眼看到躲在远处的蝙蝠，忙将令旗给百灵鸟，命令道：

"速令蝙蝠前来参战！"

百灵鸟接过令旗，飞到蝙蝠身边说："蝙蝠哥，大王令你速去接仗。"

蝙蝠"嗯"了一声暗想："这是秃头上捉虱子——明摆着的事，要我去

1　贡嘎山，在原西康和西藏之间。

2　岩兔，一种身体小、无尾，与鼹鼠相似的小动物。

打仗，不是等于白送给狮王下酒吗！"想到这里，它慢慢地说："我又不是鸟儿，为什么要为你们卖命？！"

"什么？"百灵鸟生气地叫起来，"你不是和我们一样有翅膀吗？"

蝙蝠一惊，忙折起翅膀，伸出凸突的嘴说：

"百灵鸟，你没看到我有和老鼠一样的嘴吗？我还能用奶哺育儿女，你们鸟儿能办到吗？"

听了蝙蝠的话，百灵鸟气呼呼地飞了回去，原原本本地禀报了鹰王。

鹰王愤怒地拍打着翅膀骂道："怕死鬼。"它挥动令旗，全体鸟儿鼓起翅膀，发出气壮山河的誓言，再次投入了战斗。

千千万万双翅膀将太阳都遮住了，天空顿时暗下来，一场收复国土的战斗打响了。大雕自告奋勇，充任先锋，从空中迅扑下去，用锋利的嘴和爪向老虎进攻。接着鹤、鹭鸶、天鹅也从空中飞下来，与走兽交锋，胡豆雀[1]、云雀虽小，但不甘落后，跟随大伙儿一道，拼命投入了战斗。

走兽国的军队正在开宴庆功，一个个喝得醉醺醺的，万万没有料到败军会如此迅速地反攻，来势又是如此之迅猛，一下子慌了神，狼奔虎窜，乱了阵脚。

狮王大怒，拔出宝剑，连斩了几个逃命的走兽，可是仍压不住溃败的阵脚，反而被走兽裹挟着退到一个秃山冈上。

山冈上，狮王喘着粗气，四处张望，寻找救兵。突然看到远处的蝙蝠，喜出望外，忙指使狐狸前去，令蝙蝠前来助战。

狐狸跑到蝙蝠那里，双手放在胸前，恭维地说：

"尊敬的蝙蝠，您是世上无双的英雄，英才盖世的勇士。您只要扬扬手，贡嘎山就要发抖；哈哈气，藏布河[2]水也得倒流。英勇的蝙蝠，您若能

---

[1] 胡豆雀，藏语叫"喳喳打都都"，为一种身体细小，在草丛里营窝的灰色小鸟。
[2] 藏布河，藏语音译，即雅鲁藏布江。

出山助战，飞禽国就会被打败。胜利后，狮王将把雪山上最珍贵的宝石加在您的冠上。"

蝙蝠捂着嘴巴暗笑："狐狸再狡猾，也藏不住尾巴。蠢猪才会上你的当。"蝙蝠故意皱起眉头说：

"亲爱的狐狸老兄，请您回禀狮王，对于狮王的盛情邀请，下官十二万分的感激，也极想在大王帐下效命。但是，下官是鸟类，怎能与同族厮杀？"

"啊！"狐狸一惊，"你和老鼠长得如此相似，怎么变成了鸟类？"

"哈哈，哈哈！"蝙蝠仰头大笑，张开了黑色的翅膀，在空中飞着说，"老鼠只会打洞，能在天上飞吗？"

狐狸再会游说，也没有办法说动蝙蝠，只好拖着尾巴回去销差。

这回蝙蝠相信走兽国败定了，很后悔当初没有和百灵鸟一齐去作战，于是灵机一动，抖起翅膀，决定去投奔鹰王，参加决战。

途中，它看见狮王大吼一声，整个山岩都颤抖起来。狮王脱下了长袍，举起了宝剑，带头冲锋，一下子鼓起了群兽的士气，争先恐后不顾命地向鸟类猛扑过去。飞禽国的军队经不起群兽的冲击，虽然鹰王亲自督战，仍无济于事，结果还是败下阵来。

蝙蝠忙折起翅膀，琢磨起来："不好，看来飞禽败定了。"它暗自为自己没有投到鹰王处而庆幸。它转过身子，飞到狮王面前，匍匐在地说：

"至高无上的陛下，天上的星辰很多，唯有北斗最明；地上的树木很多，唯有松树最高；世上的动物很多，唯有陛下最伟大。下官垂慕陛下的英名，今特投奔您的脚下，愿终身为陛下执缰绳。"

狮王捋着胡须，心里骂道："这个见风使舵的卑鄙家伙，当初我战败时，你是那样嘲笑我；现在我胜利了，你来恭维我。哼！先让你为我卖命，待战争结束再收拾你。"于是，狮王堆满了笑容说：

"对于你的忠心，我是坚信不疑的，待你作战有功后，我定论功行赏。"

但是战争并没有按照狮王、蝙蝠的预测发展。飞禽国的将士们，在鹰王的指挥下，众志成城、同心协力，终于打败了走兽国。狮王带着残兵败将，丢下蝙蝠，跑到远远的雪山扎营，再也不敢侵扰飞禽国了。

蝙蝠羞得不敢去见自己鸟类的兄弟姐妹，躲在岩下，待到夜幕降临，百鸟归巢时才敢跑出来觅食。

对于蝙蝠这种背信弃义、投机取巧的卑鄙行为，鸟儿们一致谴责。百灵鸟每天在蝙蝠躲藏的岩石上，唱歌羞它：

> 浮萍没有根，
> 随风到处飘；
> 蝙蝠没有志，
> 何颜在世上。

原形毕露

一只豺狼好吃而又懒惰。好吃意味着他渴求美餐，懒惰却使他经常挨饿。

天下从没有这样美的差事：不通过自己辛勤的劳动会获得丰盛的食物。

因此豺狼常常为这事苦恼。一天，他饿得脖子伸得长长的，躺在树洞里，转动着眼珠苦想，终于想出了一条妙计。他高兴地咂咂嘴唇，伸了一个懒腰，跑出了森林，悄悄溜进了一个小镇的染房，钻进染缸里，痛痛快快地洗了一个澡。待他爬出染缸时，一身邋遢的灰毛变成了一身金黄的毛，大摇大摆地回到了森林。

按照这儿的习俗，人们把金黄色看成高贵、吉祥的象征，所以喇嘛的庙宇顶子是金顶，圣洁无上的佛面是金面。豺狼因此觉得自己无上高贵。当他遇上老虎时，老虎一看到这个浑身闪金光的怪物，吓得哆嗦成一团，远远地就伏倒在地上。

"老虎，听着，你速去告诉狮子，我是日乌达派来的钦差，令他速来向我朝拜。"豺狼高傲地昂着头，威严地命令。

老虎连连点头，表示遵命。接着爬起身子迅速跑到狮子面前，喘着粗气禀报说：

"陛下，直路突要右转[1]，海子陡起风浪。神兽降临森林，不知是灾祸还是吉祥。"

---

[1] 藏族以左转为顺向，右转为逆向，故以右转为邪魔当道，视为灾难。

"什么？"高傲的狮王看到老虎大臣如此慌张，奇怪地问。

"禀陛下，"这时兔子大臣吓得脸色灰白，上气不接下气跑来，匍匐在地说，"不好了，日乌达山神派来了神兽，扬言如果陛下每天不敬献酥油、奶茶和肉，就要吃掉陛下。"

"呵！"狮王脸上露出惊惧的神色，忙向德高望重的猴大臣询问。

老猴子是狮王的军师，他架起眼镜，翻阅经卷，看了半天，捋了一下白胡子说：

"不吉不利的征兆产生灾祸，大吉大利的现象带来幸福。依小臣愚见，这只金黄色的神兽给陛下带来了福祉，望陛下屈尊大驾，拜神兽为王。"

大象、豹子等大臣连连随声附和。

狮王方寸已乱，只好照军师的话去做，命令起驾。

一时，森林响起了迎宾曲，在音乐声中，狮王率领着文武百官，捧着哈达、酥油、肥羊肉，浩浩荡荡地去朝拜豺狼。

豺狼听到乐声，知道他的妙计成功大半，便站在一个土坡上，摆出威严的样子，等待着朝拜的队伍。

狮子走近了坡前，恭敬地献上了哈达，拜跪在地说：

"享受头份茶水、啃吃山羊脑袋[1]的贵宾，您是敝国保护神日乌达的使节，能见到您我们感到不胜荣幸。为了表示对您的忠诚，这点薄礼还望笑纳。"狮子话音刚停，大象、豹子、兔子等大臣将礼品一一奉献上去。

豺狼收下了礼品，和颜悦色地说："狮王，山神对你的忠诚毫不怀疑，正如人相信黄金一样，黄金经过烧和炼，也不会改变颜色。"

狮王听了豺狼的夸奖，才将一颗悬着的心落了下来，脸上显出欢乐的神情。

---

[1] 藏族旧俗，招待显贵的客人喝头份茶、吃羊头肉以示尊贵。

"但是，现在将有一场灾难要降临贵国。"豺狼见狮王逐渐神气起来，用威吓的口吻迷惑他。

狮子心头一紧，尾巴不由自主地哆嗦了一下："乞求山神显灵，让敝国避灾逃难。"

"正因为如此，山神特派我下界来保护你们。"

狮子听了感激涕零，眼里噙着泪花，为了向豺狼表示自己的忠诚和感激之情，狮子把王冠献上，拜豺狼为大王。

豺狼在一片祝贺声中，戴上了王冠。他威风凛凛地站在坡上，委任狮子为宰相，老虎为御榻守卫，大象为宫门守卫，豹子专管玉玺，让兔子来为他执遮阳伞。

每天太阳一冒尖，豺狼就在兔子为他打的镶满月光宝石的遮阳伞下发号施令，他命令所有大臣四处出动捕捉食物。待到太阳下山时，大臣们满载而归，豺狼先将上等的食物留给自己享用，其余的再分给臣属。

天气慢慢热了起来，有一次豺狼吃肥嫩的山羊腿吃上了劲，多喝了一点青稞酒，额头上流出了汗，汗水流过的地方，金黄色的毛色褪去，变成了灰色，兔子见了心里纳闷起来，悄悄将这事告诉了老猴子。

老猴子搔了搔头，想了一想，觉得这事有些蹊跷，对着兔子耳朵说了几句，他们决定暂不声张。

过了几天，天空阴云滚滚，眼看一场暴雨就要来临，豺狼发现兔子不见了，有些慌张，咆哮起来。

老猴子连忙伏在地上奏道："山峰再高也有倒塌的时候，忠诚的兔子由于日夜为阁下操劳，不幸病倒了。"

豺狼不知是老猴子在施计，命令老猴子传旨，令兔子速来执伞。

老猴子磨磨蹭蹭地去找兔子。他转了一圈，和预先等着他的兔子，一起躲在树洞里观察豺狼。

一会儿工夫，大雨倾盆而下，豺狼淋得浑身透湿。大雨将他身上的金黄颜色冲洗得一干二净，豺狼显露出了本来面目。

"原来是好吃懒做的豺狼！"老猴子和兔子一起惊叫起来。他们连忙爬出洞口，将这件事向狮王作了报告。

狮王气得五孔冒烟，大吼起来："这个该死的豺狼，竟敢在我面前拔胡须。"说完，扬起了绿鬃毛，率领着老虎、大象等大臣，找豺狼算账去了。

豺狼原形毕露，知道大事不妙，慌忙逃走，但是森林各个关口已被卫兵把守，只好东逃西躲，最后终被狮子捕捉住了。狮王命令老虎剥去豺狼的皮，将他的肉赐给了臣属分享。

猴子和狐狸

一只小猴子和一只大狐狸交上了朋友，小猴子每天采集果子馈赠给大狐狸，大狐狸也将吃剩的兔肉、羊肉送给小猴子。

小猴子的父母知道了，十分担心，便进行劝阻。小猴子却不耐烦地嘟着嘴说：

"你们放心吧，他和别的狐狸不一样，顶老实的。"

"乌鸦即使换毛千次，全身还是黑的。狐狸即使再老实，心儿还是狡猾的。孩子小心上当啰！"

可是小猴子不听劝告，还是偷偷地和大狐狸来往。

小猴子注重友情，大狐狸却包藏祸心。他听说猴子的心能治百病，吃了可以延年益寿，因此想寻机杀死小猴子。有一天，他装着十分热情的样子，对小猴子说：

"羊群失去了领头羊，就会迷失方向；脱掉翎毛的箭不能射，失掉朋友的人难活。猴小弟，为了我们的友谊，请到我家来做客。"

小猴子分外高兴，穿上了新藏袍，到大狐狸家去做客。一进门，大狐狸就关上了门。

"狐狸大哥，为什么关门？"

"怕老虎闯进来呵！"大狐狸连忙解释。

小猴子见桌上什么东西也没有，还以为大狐狸把好吃的东西藏起来呢，非常快乐地与大狐狸叙谈友谊。

突然大狐狸拧起了眉头，做出十分痛苦的样子。小猴子关心地询问：

"狐狸大哥，您不舒服吗？"

"是啊。"狐狸点点头，"我犯病了。"

"哎呀！我去请啄木鸟门巴[1]来给您治病。"

"不用啦，是旧病复发，我知道病根。"

"那需要什么草药，我去采集。"小猴子焦急地搔搔耳朵。

"猴小弟，只有你能救我的命。"

小猴子立即表示："狐狸大哥，友谊重于山、深似海，为了治好您的病，就是刀山火海，我要去闯。"

"刀山不必去，火海不必闯，你的心能包治百病。"狐狸眼珠儿转了一圈。

"噢！"小猴子看到大狐狸狡猾的目光，有些警惕起来，他顿时想起了爸妈的劝告，不由得吓出一身冷汗，但他还有点不完全相信。

"今天您不是请客吗？待我吃完了饭就把心给您吃吧！"

这下大狐狸露出了馅，因为它什么东西也没有准备。他舔了舔嘴唇，笑着说："猴子小弟，我知道你有菩萨般的心肠，现在就把你的心给我吃吧，免得病老缠着我。"说完，步步逼了上去。

小猴子终于醒悟过来，急步朝门口走去。

大狐狸一下子蹿到门口，堵住门说："你到哪儿去？"

小猴子装着不解的样子说："狐狸大哥，您不是要吃我的心吗？我去取心给您治病。"

大狐狸惊奇地问："你的心不是就在你的肚子里吗？"

"唉！"小猴子故作惊讶地说，"狐狸大哥，您是我的莫逆之交，怎么不知道我们猴子的心都挂在树上呢！我们就一同去拿吧。"

---

[1] 门巴，藏语医生。

大狐狸相信了小猴子的话，和他一道出了门，走到一棵大树下，小猴子说："狐狸大哥，您等在树下。"说完纵身跳上了树。

"狐狸大哥，请把嘴张着，我把心丢下来。"

大狐狸听着，把嘴张得大大的，小猴子就在树上撒起尿来，撒了大狐狸满嘴腺臭的尿。

小猴子在树上望着大狐狸捧腹大笑，挤眉弄眼地说："狐狸呀狐狸，你要猴心就请你吃顿猴尿吧！"

聪明的兔子

常言道:"聪明的兔子不怕力气小,雄武有力的敌人,也奈何不了他。"不信,有下面几则故事可以作证。

小兔制服狮子

一只狮子跑进一座山林,自称是百兽之王,一面传令百兽前来贡食,一面抓住近前来窥探的狐狸要吃。

狐狸赶忙分辩说:"承大王看重,使我能享饱足王腹之荣光,自然感戴不尽。不过,这儿的百兽特别狡猾,所以我来给大王献计,否则王位难立,王腹难饱。"

狮子听他说得有理,又见狐狸皮厚肉少,而自己也不稀罕狐皮袍子,便放了狐狸,问他有何妙计。

狐狸跪在地上说:"大王与其惊得百兽逃散,不如令百兽轮流,日贡一兽,肉源可以保证不绝。"

狮子采纳了这个意见,便在山林中立下了规矩。

但是,路途再远总有终点,百兽虽多也会吃尽。最后一天只剩下了这只狐狸和一只兔子。狮子找到狐狸,露出牙齿说:

"现在是你死有荣光的时候了吧?"

"诚然,小臣早就有此心愿,不过,送佛要送上西天,让我引大王先去找那只不遵王法的兔子,以解大王今日之饥,明天我就洁身奉献。"

这当然是狐狸在争取时间，企图抽身逃走。可是，事情并不如他所想的那样，那只兔子有几个洞子，而且洞洞通连，这就使狐狸和狮子犯难起来。兔子在洞内跳跃，引得狮子满嘴流涎，两眼发火，一张嘴就把狐狸连皮带肉吞到肚里。

那只兔子最后也遇到了危险，因为虽有巧洞藏身，但却无粮食充饥，终于不得不冒险出洞觅食，结果被守候在洞旁的狮子捉住了。

兔子镇静地向狮子表示他之所以不敢出洞，是由于前几天在山边遇见了一个比狮王厉害的恶魔，所以一直吓得不敢出洞。

"世上就数我最大。"狮子怒吼道，"哪有什么恶魔？"

兔子一见计策生效，更加用话刺激狮子："那位恶魔不但大于大王，而且还敢辱骂大王，还说要来吃您……"

狮子不等兔子说完，放了兔子，说："走，快带我去找那个恶魔。"

兔子把狮子带到一个又大又深的水井旁边，装着胆战心惊的样子，指着井口结结巴巴地说：

"那恶魔……就……就在……井里。"

狮子一步纵到井边一望，果然看见水中有个怪物，对他扬须，张嘴，竖起绿鬃毛，凛然逼视，简直就要向他扑来。

狮子当然不知道这是自己的影子，眼看那怪物凶得发疯，便大吼一声，猛扑下去，找那怪物拼命，再也没有上来。

兔子摆弄大象

有一次，成群结队的大象在兔子们居住的地方安下了帐篷，把兔子们赶到了野外。

兔子们十分气愤，你一言我一语地嚷起来，有的诅咒大象，有的发誓要报仇。但是他们知道仅靠自己的力量是赶不走大象的，于是他们去找山羊帮忙。山羊们听说是要与大象战斗，连忙摇头拒绝。他们又去请牦牛助战，牦牛劝他们不要去做无谓的牺牲，表示愿让出一点地方给兔子们安家。兔子们又去乞求狐狸，狐狸立刻答应，并慷慨激昂地扬言要去打头阵，可是还没有开仗，狐狸就跑得无影无踪了。

兔子们垂头丧气，望着月亮叹气。突然一只兔子跳到坡上，大声地说：

"朋友们，智者不是用力气，而是用计谋取胜强者的。大象最崇拜月亮达娃女神，我们何不假冒达娃女神的钦差，去制服他们呢？"

兔子们都认为这是个好办法，但是派谁去充当这个钦差呢？大伙儿你望着我，我望着你，谁也不吭声，因为他们知道，万一被大象识破，这位"钦差"就会丧生。

"朋友们，如果大家信任我，我愿去完成这个神圣的使命！"那只兔子在坡上挺起胸膛，慷慨地说。

兔子们被他献身的精神所感动，纷纷向这位英雄献花以示钦佩、感激和祝愿之情。

那只兔子把长耳朵藏在白帽子里，穿上一件长衫，盖住短尾巴，趁着月光跑到大象的寨前，用劲拍打寨门，说：

"卫兵速传令酋长，请接达娃女神的圣旨。"

守卫在寨门的小象听到"钦差"的喊声，飞奔到酋长的帐前，禀报此事。大象酋长忙令焚香，吹起大喇叭，打起三角形的牛皮鼓，出寨迎迓"钦差"。

"钦差"庄重地走进帐内，向酋长宣读了达娃女神的钦命：

赛布鸟[1]绕帐顶，

大灾难要降临，

赶忙离开此地，

消灾避祸求生。

酋长忙磕头领旨，送走"钦差"后，速令大象们连夜收起帐篷，迁居他地。

第二天，当太阳升起来的时候，兔子们欢欢喜喜地搬回了家。从此在藏族地区留下了这样的格言：

没有智慧的傻瓜，

再多也会被敌人所降服；

成群结队的大象，

受一只小兔的摆弄。

兔子救羊

有一次，一只小山羊悄悄约了一只小绵羊，偷偷离开了阿爸阿妈，到山下海子里喝盐水。他们边走边玩，互相嬉闹、追逐，从花丛中穿过。小山羊采集了许多红艳艳的达玛花，编成花环，套在小绵羊的头上，花环就像一圈红珊瑚项链，美丽极了；小绵羊采集了一些黄绒绒的拥玉花，做成了花冠，戴在小山羊的头上，花冠就像琥珀冠，漂亮极了。

他们走到小塘边，高兴地跳起舞，平静的塘水映照着他们婀娜多姿的

---

[1] 赛布鸟，全名叫赛布岗朵绕小鸟，藏族传说中的灾鸟。

身影。突然，他们停下了脚步，呆呆地望着塘水。塘水里现出了一副狰狞的脸孔，长长的嘴巴露出锯齿形牙齿，口水从利齿中淌下来，绿色的眼珠射出贪婪攫取的光，长满灰色花的额头上竖着一对可怕的尖耳朵。

"狼！"小山羊和小绵羊不约而同地喊起来。他们听阿爸阿妈说过，狼是羊最凶恶的敌人，双腿不由得打起战来。

大灰狼从草丛中蹿出来，猩红的舌头舔着凸出的长嘴巴，狞笑着吼叫："喂！我有三天没吃东西了，你们快过来，我要吃你们！"

小山羊和小绵羊吓得浑身发抖，流着眼泪哀求道："我们很久没有喝盐水了，你看身上一点肉都没有，等我们到海子里喝了盐水，回来时长胖了你再吃吧！"

大灰狼听了心想："也好，让你们喝足了盐水，长胖些会更好吃的。"于是它咽下口水说："好吧，我等在这里，最迟不能超过太阳下山。"

小山羊和小绵羊并不蠢，他们是在用缓兵之计争取时间，等阿爸阿妈来解救他们。哪知道他们到海边喝饱了盐水，阿爸阿妈还没有来。咩咩的呼救声，阿爸阿妈也没听到。眼看太阳就要下山了，阿爸阿妈的影子还没有见到。小山羊和小绵羊绝望了，抱头咩咩地痛哭起来。

"小朋友，你们遇到了什么伤心事？"一只老兔子走过来，关心地询问。

"兔爷爷，大灰狼要吃我们。"小山羊和小绵羊忙将遇到大灰狼的事告诉了兔爷爷。

"哦！原来是这么回事。"兔爷爷捋着白胡子安慰他们说，"小朋友，不要怕，我们团结起来和大灰狼斗！"

"我们的力气小，斗不赢它！"

兔爷爷的眼珠转动了几下，贴着他们的耳根说了几句话。小山羊和小绵羊听后，高兴地竖起前蹄，咩咩地欢叫起来。

夕阳照得山间红通通的，大灰狼守在小路边，伸长着脖子焦灼地朝山下望着。一会儿，他看见小绵羊慢悠悠地上山，不耐烦地嗥叫：

"喂，你这个贪玩的坏东西，快点过来让我吃！"

小绵羊听到大灰狼的声音，回过头喊道："猎人叔叔，大灰狼在这里！"

大灰狼一听，吓了一大跳，忙跷起腿一看，果然在小绵羊的后面，一个猎人披着斗篷走上山来，肩膀上背着一支猎枪。大灰狼吓得一溜烟地逃跑了。

小绵羊高兴地叫起来："兔爷爷，快下来吧！大灰狼逃跑了。"

兔爷爷笑呵呵地脱掉了大斗篷，丢掉了用树枝做成的假枪，从小山羊的背上跳下来。

小山羊和小绵羊高兴地围着兔爷爷撒欢。他们在兔爷爷的伴送下，回到了阿爸阿妈的身边。

兔和狼

一场大雪，使大河结了厚厚的冰。有一天，天放晴了，兔子捡了许多枯柴，在河岸一个避风的地方生起火来，正想暖和暖和身子，突然，一只大灰狼蹿过来，兔子已来不及逃走了，馋嘴的大灰狼舔舔嘴唇大声说：

"兔子，快过来，给老子吃！"

"大灰狼，请等一下，我正在练长生不死。"兔子不慌不忙地把屁股在火边烤一会儿，然后马上跑去坐在冰上，这样来回好几次。

大灰狼惊奇地看着，心里暗想：这门道顶不错，要是我也学会，岂不是终生不死吗？大灰狼暂时放弃了吃兔子的念头，装出十分诚心的样子，轻声轻气地恳求："兔兄弟，请你也教我练长生不死好吗？"

"不行，你要吃掉我！"

"兔兄弟，别见怪，那是和您开玩笑的，谁不知道我是最喜欢开玩笑的。"大灰狼用最亲切的口吻说。

"好吧，但有一个条件！"

"什么条件？"

"欲求佛法需有诚心，稍有邪念便会前功尽弃。"

"我是佛门弟子，心最虔诚了。"大灰狼说着闭上双眼，双手合十，念起"唵嘛呢叭咪吽"佛号来。

"好吧，大灰狼你听着，先把屁股烤热，再坐在冰上，这样练七七四十九次就可以长生不老了。"兔子说完跑到河岸，双手捧着脸，望着大灰狼。

大灰狼按照兔子的吩咐，将屁股烤热后，坐在冰上，冰马上融化成了一个小洞，来回奔跑几次后，冰上的小洞变成了大洞。

"大灰狼，你坐的时间太短了，要长些！"兔子大声喊。

于是大灰狼将屁股烤得热乎乎的，坐在洞口，过了一会儿，冰块重新冻结，连他紧紧地冻在了一起。正在这时，河岸走来了一个猎人。

兔子看见猎人，故意大声喊："大灰狼，不要动，时间要长些！"说完一溜烟跑到山腰，躲在乱石堆里，瞅着大灰狼的命运。

猎人听到兔子的喊声，端着猎枪，跑了过去。大灰狼看见猎人，急欲站起来逃生，但屁股和尾巴早被冰牢牢地冻住了。他慌忙地发出呼救：

"兔兄弟，快来救救我！"

兔子在乱石堆里，吃吃地发笑。

猎人愈走愈近，大灰狼心急火燎，拼命把身子一纵，拉掉了尾巴，屁股也挣脱了一层皮，但他顾不上这些，拔起腿拼命直奔。

大灰狼逃脱后，开始怀疑是兔子的圈套，于是拖着血淋淋的尾巴，找兔子算账。几天后大灰狼终于在雪山的山腰遇到了兔子。

"你这个短尾巴的坏蛋,害得我差点送了命!"大灰狼不顾疼痛,咆哮起来。

"大灰狼,你求法的心不诚,佛不赐法于你,怎么怪罪于我呢?"

"这是什么意思?"大灰狼疑惑起来。

"你性急,没把屁股烤热,结果冻住了,这说明你心不诚。由于有邪念,便错失良机,佛就作法派猎人来惩罚你。你逃脱了,说明你命运不该断送。这都是佛在主宰,怎么怪得了我呢?"兔子说完,便不理大灰狼,将一种半透明的东西搽在眼睛里。

大灰狼听兔子一说,觉得有些道理,口气软了下来:"兔兄弟,你往眼睛里搽的是什么东西呀?"

"搽的是胶水啊。"

"搽胶水干什么?"大灰狼好奇地问。

"哦!大灰狼你还不知道,"兔子故意问,"这是佛赐的,只要朝眼睛里一搽,就成了千里眼。"说着,就指着远处的几座大山喊道:"嘿,你看那几座山上有好多好多的兔子哟!"狼顺着兔子指的方向看去,除了看见在阳光下闪烁着蓝光的几座雪山外,什么也没看到。他沮丧地说:"兔兄弟,在哪儿呀,我怎么没看见。"

"你又没有搽胶水,怎么会看得见呢?"兔子说。

"兔兄弟,能不能也给我搽点胶水?"大灰狼央求道。他心里在打鬼主意,要是变成千里眼,不仅可以吃眼前的这只兔子,还可捕捉到许多兔子做美餐,从此就不会挨饿了。

"不不不!如果我给你搽上胶水,你就会吃掉我。"兔子摇着耳朵说。

"不不不!"大灰狼对天发誓,"只要你教我,你就是我的大恩人。害恩人是要受到佛的惩戒的。"大灰狼一再恳求,兔子只好答应。

"听着,大灰狼,你先把眼睛闭上,我给你搽上胶水,千万不要睁眼睛，要等到明天早晨睁眼，那时你就成了千里眼。"

大灰狼听了以后，满心欢喜，千恩万谢，连忙选择了块地方坐下，闭上眼睛，让兔子用胶水糊满了眼睛。兔子看了一眼大灰狼，悄悄地溜走了。

第二天，山顶挂起了金冠[1]，满山辉映着珊瑚色的晓光。鸟儿出窝唱着歌儿，开始了一天新的生活。大灰狼听到鸟儿的歌声，知道天亮，高兴地咂咂嘴，心里想："哈，这下我要成千里眼了，兔子看你往哪儿跑！"此时，他猛地一下想把眼睛睁开，可是没有办到，上下睫毛和眼皮上的毛全粘住了。大灰狼用力连睁几次眼睛就是睁不开，这时他终于明白又中了兔子的计，气恼地用爪子在眼上乱抓，结果抓得鲜血淋漓，才算勉强地把眼睛睁开。他赌咒要洗刷耻辱。一抬头，看见兔子安逸地在那里晒着太阳，坐在山顶编波子[2]。大灰狼愤怒极了，跳起来扑向山顶。

大灰狼瞪着血淋淋的眼睛，张牙舞爪地对兔子叫起来："你这个黑心的家伙，骗了我两次，今天我非吃掉你不可。"说着直向兔子扑去。

兔子不慌不忙钻进波子里，一边滚动一边说："我早就说过：学不好是要吃亏的。但你偏要逼我教，要吃，你就吃吧。"狼看到兔子非但不怕死，反而滚动着波子，心里想，他又在耍什么花招。于是大灰狼说："你钻进波子里滚有什么好处，赶快滚出来。"

兔子根本不理大灰狼，又滚了几圈后，才跳出波子，叉着腰说：

"有眼无珠的家伙，这是佛祖赐给我的。只要我滚动一下，力量就增加十倍，滚两下，就增加二十倍，我现在正在练力气，昨晚上一只老虎来吃我时，我滚了几下，出来一脚就把老虎踢到山脚下。"兔子昂起头大声斥责道，"听着，忘恩负义的大灰狼，我将佛法教给你，你反而恩将仇报。我知道你不存好心，特地在山顶上练好力气等你。"说后，兔子向狼逼近了两

---

[1] 金冠，指太阳的光辉。
[2] 波子，指用竹子编成的篓子。

步："大灰狼，你不怕死就上来吧！"

大灰狼听了心惊肉跳，慌忙退后几步，眼珠儿一转，语气变得温和多了："兔兄弟，我刚才说的是气话，别老惦着。"他停了停，委婉地说，"如果你能让我在波子里滚上几滚，我愿做你的忠实仆人。"

"不行！"兔子十分气愤地说。

"好兄弟，如果你让我在波子里滚上几滚，我愿做你的臣属。"大灰狼跪在地上直磕长头。

兔子偷偷扭过脸暗笑起来："好吧，忠实的大臣，快起来，你必须按照我的命令办事。"

大灰狼连连点头。兔子叫大灰狼钻进波子，把口封着，大声地说："忠实的大臣，你先在平地滚九十九圈！"

大灰狼忙转动着身子，在平地转动起来，转得眼冒金花。好不容易滚动完九十九圈，喘着粗气说："高贵的兔王，好了吗？"

"听着，狼大臣，你再到岩边去滚动九十九圈，力气就大得可以搬动雪山了。"

大灰狼一听，高兴地叫起来，转动着身子，在岩边滚动起来。

"该死的狼大臣，你滚得太慢，我来帮你掀一掀。"说着兔子用力地掀动波子。大灰狼急于求成，也加紧在波子里滚动，波子沿着岩边越转越快，兔子趁势用劲一掀，狼同波子一起滚下了万丈悬崖，摔得粉身碎骨了。

有声点播
随时随地尽享文化熏陶
作者简介
深入了解作品背后故事
扫码加入
中华故事汇
邀你共赴一场地域文化之旅
云游华夏
身临其境找寻中国美景
文化探秘
跟随名著感受历史温度